Λ
TTICUS

TTICUS

La Catedral del Reino

El sueño de Mauricio

TTICUS

AUTOR: Fernando Liborio Soto Sáez

1ª edición, junio 2021

DISEÑO CUBIERTA: Atticus, en colaboración con el autor.

Impreso en Calprint. Medina del Campo.

Editorial Atticus
www.atticuseditores.com • atticuseditores@gmail.com • 947 269669
DL: BU-150-2021
ISBN: 978-84-123715-0-5

La Catedral del Reino

El sueño de Mauricio

Fernando Liborio
Soto Sáez

Λ
TTICUS

ÍNDICE

Anexos

Imafronte de la catedral románica de Burgos (1221)

NOTA DEL AUTOR

Hace muchos años leí una afamada novela sobre la construcción de una catedral que me dejó un poso de inquietud por una época que parecía estar tocada por la fatalidad. Al mismo tiempo sentí una íntima admiración por quienes la vivieron, ante su capacidad de construir unas extraordinarias edificaciones que aún se mantienen en pie. Desde mi desconocimiento, ambas ideas se contradecían, lo que me impulsó a tratar de comprender cómo dos conceptos tan opuestos podían haber convivido.

La lectura de numerosos ensayos históricos y de algunas novelas de idéntico cariz fueron arrojando luz sobre las sombras que albergaba, llegando a unas conclusiones que, cada vez con más prodigalidad, se han ido repitiendo por parte de diferentes estudiosos y autores medievalistas. El Medioevo, lejos de ser una época oscura y funesta en la que el ser humano sobrevivía a su propia iniquidad, fue un apasionante periodo histórico en el que sus moradores participaron de una vida no menos sencilla y alegre que la actual, acotada por la aceptación de su existencia y de su mortalidad. Desde esos parámetros, las gentes vivían con idénticas inquietudes que hoy: una vida tranquila y una muerte en paz.

No obstante, lo que comenzó siendo un período de forzada ruralidad y obligada ignorancia, desde los mismos centros que gobernaban la espiritualidad de las almas se fueron prodigando ánimos inquietos que buscaban la consolidación de la fe a través del razonamiento, consiguiendo sacar extramuros las docencias de sus lecturas y reflexiones. Así, la recuperación de los clásicos y el desarrollo posterior de sus conceptos iluminaron las mentes abiertas y capaces de promotores y menestrales que, desde su posición en la sociedad, demostrarían que lo imposible era factible. De esta forma, osados eclesiásticos y no menos valientes constructores apostaron por levantar unas edificaciones que al vulgo le parecían tan irreales como a nosotros que hayan perdurado hasta hoy.

Una de esas edificaciones es la catedral de Burgos, orgullo de los burgaleses de toda época y condición y símbolo intemporal que trasciende la religiosidad para adentrarse en el ámbito de lo inmaterialmente propio. Con la humilde pretensión de rendir homenaje a sus ocho siglos de existencia y a todos los que de alguna forma participaron en su fábrica, esta novela se adentra en los entresijos de la concepción y desarrollo de su construcción, a la par que trata de eliminar los típicos tópicos de una época que pudo ser y fue tan dorada como cualquier otra. Espero que el lector la disfrute.

A mi madre.

A Blanca, Sandra y Alberto.

A Burgos y sus gentes, en su tierra nacidas
o a ella llegadas, de ayer, de hoy y de siempre.

AGRADECIMIENTOS

A Paz Soto, Miguel Soto y Esperanza Varona por leer y corregir el relato y asesorarme en las modificaciones pertinentes a lo escrito.

A Enrique Barrio (Maestro Vidriero), experto conocedor del mester de vidriero y restaurador de las vidrieras del rosetón del Sarmental, entre otras, por su asesoramiento en todo lo tocante a la fabricación y colocación de las vidrieras medievales.

A Ángela Pereda (doctora en Historia), por facilitarme algunos libros para la consulta de los datos históricos reflejados en la novela.

A Rafael Sedano (aparejador) y a Paloma Calderón (arquitecto) por sus consejos sobre el diseño del plano, por parte del maestro de obras.

Al coronel don Eduardo Arroyo, legionario y amante de la historia, por transmitirme el apetito por conocer el apasionante y prolífico devenir de un pueblo nacido para desquererse.

A Iván, David, Millán, Rubén y Emilia por enseñarme el camino hacia los editores y sus editoriales, inequívocos herederos de los *armaria* y los *scriptoria* medievales y sin cuya labor no prodríamos subirnos a hombros de gigantes.

PERSONAJES

Todos los personajes que aparecen en el relato formando parte del entorno familiar del monarca existieron. Son reales, asimismo, los personajes de los linajes de la curia regia reflejados en el relato, a excepción de Álvaro Martínez, de Sebastián y de su esposa, doña Úrsula. También existieron los emires y gobernadores de los reinos islámicos de la Península Ibérica, así como los reyes, señores, gobernadores, sultanes y emires de otros reinos extrapeninsulares. Por otro lado, los abades y abadesas citados en el relato están obtenidos de los abadalogios correspondientes y, finalmente, el Viejo de la Montaña y sus sucesores se ciñen a la realidad.

Los acontecimientos en que se ven envueltos los personajes históricos sucedieron realmente, mientras que otros hechos históricos narrados en la novela han contribuido a la ficción, sobre todo en la creación de diálogos, pero sin ver mutada su certeza.

Principales personajes por orden de aparición, ficticios (F) y reales (R):

Diego Rodríguez Porcelos (R): fundador de Burgos.

Fernando III el Santo (R): rey de Castilla como Fernando I y de Castilla y de León como Fernando III. Primer promotor de la actual catedral de Burgos.

Berenguela de Castilla (R): madre de Fernando III el Santo y reina de Castilla.

Mauricio (R): obispo de Burgos y principal impulsor de la actual catedral de Burgos.

Beatriz de Suabia (R): primera esposa del rey don Fernando y reina de Castilla y de León.

Ricard d'Epernay (F): primer maestro de obras de la catedral de Burgos.

Yago (F): hijo de Marta y de Martín el acequiero. Alumno del padre Norberto, un monje de Cardeña.

Álvaro Martínez (F): hermano de leche de Yago.

Úrsula (F): nodriza de Álvaro y de Yago.

Laila (F): mudéjar tejedora en Burgos.

Amín (F): mudéjar tejedor en Burgos.

Zoraida (F): hija de Laila y de Amín Xama, tejedores mudéjares de la aljama de Burgos.

Marsilio (F): acólito al servicio del palacio episcopal de Burgos.

Faridah (F): tejedora en el taller de los Xama.

Norberto (F): monje del monasterio de San Pedro de Cardeña.

Enrique de Burgos (R): segundo maestro de obras de la catedral de Burgos y primero de la de León en su reinicio. Primer maestro constatado en la fábrica de Burgos.

Ramón Bonifaz y Camargo (R): mercader de Burgos y primer almirante de Castilla.

Yehudah (F): hijo de Isaac Abrabanel, cambista judío de la aljama de Burgos.

Salma (F): esclava persa en Damasco.

Juan Pérez (R): hijodalgo de la casa de Lara.

Pierre de Montreuil (R): arquitecto de Luis IX.

ANACRONISMOS EN EL RELATO

La esgueva de las Monedas, citada en el relato, hace referencia a la esgueva de la Moneda, cuya construcción es posterior a la época del relato.

Las vidrieras originales de la catedral fueron destruidas el domingo 13 de junio de 1813 por la onda expansiva generada por la voladura del castillo de Burgos, llevada a cabo por las tropas de Napoleón. La explosión puso fin a la ocupación francesa en la ciudad castellana. Con ella quedó reducida a escombros casi toda la fortaleza, desapareció la ermita de Santa María la Blanca, las puertas de la muralla, en el arco de San Esteban, se abrieron de par en par y las vidrieras de la catedral desaparecieron casi por completo, quedando solo el rosetón del Sarmental, como aterrado testigo de la historia.

Por ese motivo, la descripción de las vidrieras de la catedral que realizo en el relato se corresponde al diseño exhibido actualmente. Detallar la iconografía original que se exponía en el siglo XIII hubiera supuesto un alarde de imaginación, sujeto a las representaciones expuestas en las catedrales francesas coetáneas, que aún conservan sus vidrieras originales.

Las figuras de Moisés y Aarón en la portada del Sarmental son del siglo XVIII, de estilo barroco.

La Ruta de la Seda nunca recibió esta denominación durante los casi 1400 años que se mantuvo abierta. El nombre fue acuñado a finales del siglo XIX por el geógrafo alemán Ferdinand von Richthofen, debido a que este era el producto más valorado y apreciado entre los nobles y dignatarios del Imperio Romano.

Don Agustín de Soto Martínez, hijo de Isidro Soto y de Gregoria Martínez y tío tatarabuelo del autor de la novela, nació en Viloria de Rioja el 4 de mayo de 1848, y se desconoce la fecha de su fallecimiento. Se desempeñó como abogado del Estado, teniendo como pasante a don Manuel Azaña, y fue diputado a Cortes. Además de donar dinero para becas al seminario de Burgos, de las que fueron beneficiarios, entre otros, don Remigio Aguado, del Tribunal de la Rota, y don Teófilo Velasco Barcenilla, profesor de griego del seminario, también sufragó las vidrieras del brazo sur del transepto de la catedral de Burgos, quedando reflejadas en su iconografía algunas advocaciones a los santos de la familia.

Planta y alzado de la Catedral de Burgos en 1260

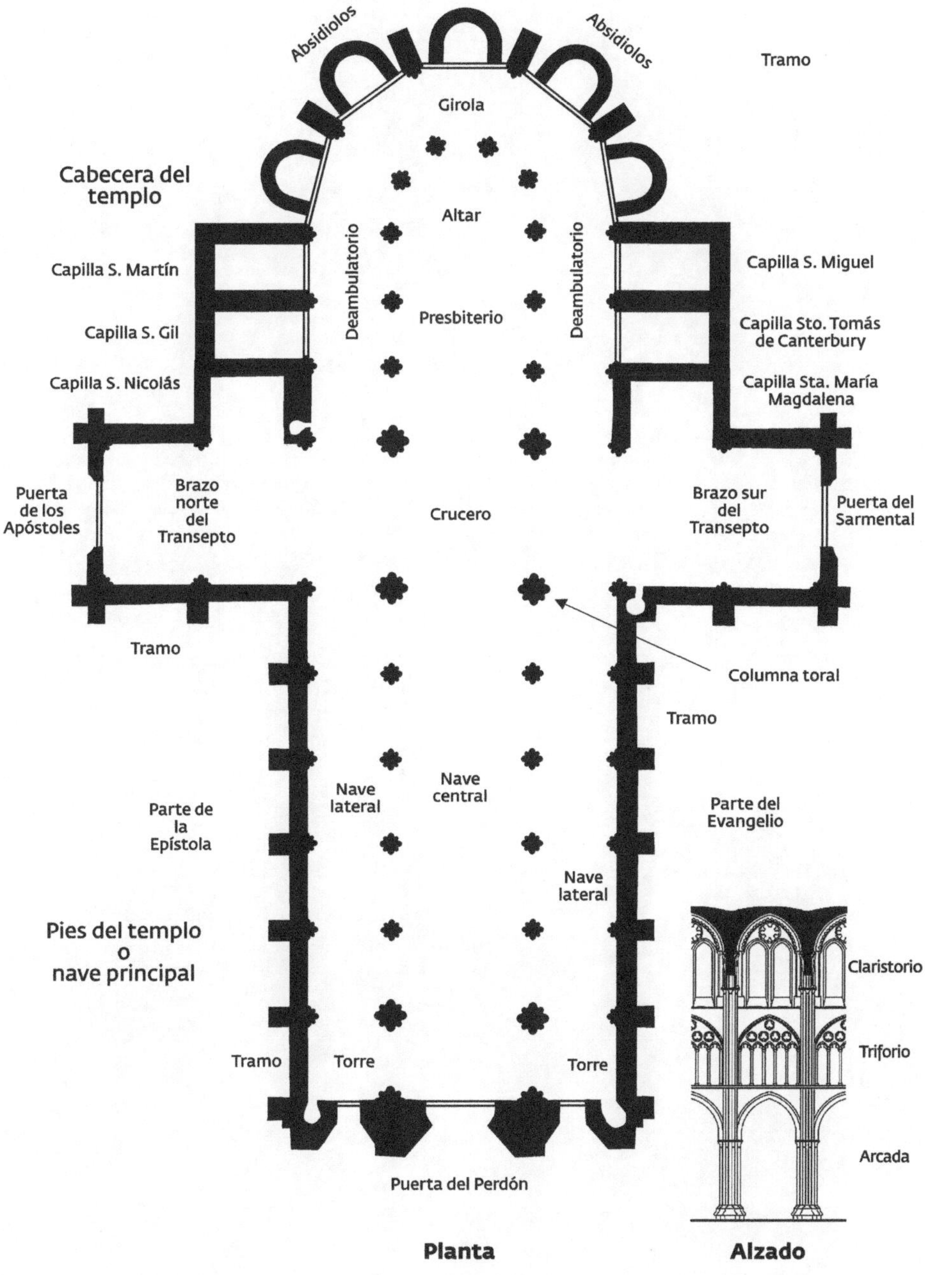

Por vosotros, los señores,
los que en castillos moráis,
por vosotros, los burgaleses,
los que vivís en ciudad,
por vosotros, pueblo llano,
hartos ya de trabajar,
por las mujeres y niños,
que rondan por el ferial,
por estos y por los otros,
por los de aquí y de allá,
vecinos y forasteros
que vinisteis al lugar,
sin distinción, para todos
comienza aquí mi cantar.

Invocación del juglar, Cantar de Mio Cid

PRÓLOGO

CASTILLA, DE CONDADO A REINO

Anno Nostrae Salutis[1] *884*
Burgos

~ SIGLO IX. FUNDACIÓN DE BURGOS ~

—¡Se aproxima una mesnada! —se oyó gritar al centinela desde el estrecho adarve.

—¿Desde Pancorbo o desde Ubierna? —preguntó el jefe del destacamento.

—¡De la zona de Ubierna! —respondió el centinela.

El sol del mediodía picaba con fuerza y su calor rebotaba en los mampuestos del *praesidium*[2]. Desde lo alto de su estoica torre, el vigía controlaba la avenida de las razias sarracenas. La última, hacía dos años, había devastado la vega del Arlanzón haciendo huir a sus habitantes, valientes y decididos campesinos de presura y libre condición, que se habían asentado al sur de *Castella Vetula*[3]. Pero, tras la almogavería, los campesinos habían vuelto con sus familias con la firme pretensión de ocupar esa tierra dura y hostil. Habían reunido sus casas formando varios burgos, de exigua entidad y más escasa defensa, en torno a sobrios templos parroquiales. Repartidas al amparo del cerro que dominaba el ancho valle del Arlanzón, Nuestra Señora de Rebolleda, San Zadornil, Santa Coloma, Santa Cruz, San Juan y la Magdalena eran los nombres dados a algunas de esas aldeas. El austero baluarte que las protegía, situado en la confluencia de los ríos Pico, Vena y Arlanzón, también había sido retomado

1 Año de nuestra salvación.
2 Pequeño destacamento militar de frontera.
3 Castilla Vieja. Territorio original del condado de Castilla que ocupaba los valles de Valdivielso, Valdegovía, Tobalina y Manzanedo, en el norte de la actual provincia de Burgos.

y reconstruido, pero contaba con escasas tropas y apenas podía defender a los pobladores de la vega. Desde su torre se vigilaba la llegada de los moros que, desde Zaragoza, y siguiendo el río Ebro, llegaban hasta Pancorbo o hasta Briviesca, desde donde alcanzaban Burgos siguiendo la todavía visible huella de la vía Aquitania.

Llegando desde el valle del Ubierna, el conde Diego Rodríguez había localizado un cerro que podría cumplir con el mandato de su rey de establecer una barrera defensiva avanzada de mayor solidez que la actual. El otero se encontraba al este del horcajo del río Ubierna con el Arlanzón. Cuando el conde llegó al *praesidium*, dejó a parte de su mesnada y se encaminó hacia el extremo del cerro.

—Aquí —dijo, el conde Diego Rodríguez, después de comprobar su estratégica posición.

El que la historia llamaría Diego Rodríguez *Porcelos* mandó erigir una fortificación de frontera con una cerca que uniera las torres defensivas que tenían seis de las aldeas que en torno al altozano se agrupaban. Utilizando la piedra extraída del propio cerro se levantó una muralla que rodeaba el castillo, completándose con la construcción de nuevas torres y dotándola de puertas ubicadas en los accesos naturales al nuevo poblamiento. De esta forma nacía la ciudad de Burgos.

Siglo XI. Burgos, cabeza de Castilla y sede episcopal

En 1065, tras la muerte del rey Fernando I de León, el Reino fue repartido entre sus tres hijos. Sancho heredó el condado de Castilla y se convirtió en el primer rey castellano. Alfonso sentó en el trono leonés y García en el de Galicia. Sin embargo, tras siete años de hostilidades entre los tres hermanos, el rey Sancho moriría atravesado por una lanza de manos de Vellido Dolfos en el cerco de Zamora, donde se había refugiado su hermano Alfonso.

La tradición visigótica disponía de la figura del juramento exculpatorio para los nobles y reyes, que debía realizarse realizarse en un templo juramentero[4]. En virtud de dicha práctica, Rodrigo Díaz de Vivar, alférez real y amigo personal del asesinado rey Sancho, tomó juramento al rey Alfonso VI de León de no haber participado en la muerte de su hermano.

4 Templo en el que se toma juramento al rey o a los nobles de la curia regia. Licencia del autor, obtenida de Menéndez Pidal.

El rey juramentó en la iglesia de Santa Águeda de Burgos, llamada también de Santa Gadea. Tras el juramento, leyenda o no, Alfonso se hizo con el reino de Castilla y desterró a Rodrigo Díaz, su fiel vasallo, a quien la historia conocería como Cid Campeador.

Dos años más tarde de la muerte del rey Sancho, la sede episcopal de Oca se trasladó de forma provisional a un templo cedido por las hermanas del rey Alfonso VI, doña Urraca y doña Elvira, en la aldea de Gamonal. Tres años más tarde nacería el obispado de Burgos y el rey cedería los palacios de su padre, habidos en la ciudad de Burgos, para edificar la residencia del prelado y la sede catedralicia, una catedral románica que sería consagrada en 1088.

~ Siglo XIII. El obispo Mauricio, promotor de la nueva catedral ~

En 1213 el obispo Mauricio se encontraba al frente de la sede episcopal burgalesa. Jurista de renombre y hombre prudente, don Mauricio era originario de Medina de Pomar, en las Merindades de Castilla, y había cursado las disciplinas de derecho y teología en la Universidad de París, donde obtuvo el título de doctor. Con don Mauricio recién investido como obispo de Burgos, el Reino iba a entrar en una época de conflictos hereditarios y nobiliarios de los que iban a ser protagonistas la ciudad como escenario y él como mediador.

~ Siglo XIII. Los linajes nobiliarios y la cuestión sucesoria del reino castellano ~

En 1214 habían muerto los reyes de Castilla, Alfonso VIII y Leonor de Plantagenet, y su hijo, el infante Enrique, heredó el trono castellano con tan solo diez años. El conde don Álvaro Núñez de Lara, del poderoso linaje de los Lara, alférez del rey Alfonso VIII de Castilla y mayordomo real de Alfonso IX de León, consiguió la tutela y la regencia del joven rey Enrique. Apoyado por sus hermanos, Fernando y Gonzalo, don Álvaro Núñez se alineó con el rey Alfonso IX de León, que pretendía incluir a Castilla bajo su corona. Por su parte, en el reino castellano se formó un grupo de magnates y prohombres en torno a la figura de doña Berenguela de Castilla, hermana del rey Enrique y esposa del rey de León hasta la disolución de su matrimonio por consanguineidad, ordenada por el papa Inocencio

III en 1204. Entre estos aliados estaba don Mauricio, ya investido como obispo de Burgos y que intercedió diplomáticamente ante el rey Alfonso de León. También se alineó con doña Berenguela el arzobispo de Toledo, Jiménez de Rada, que ejerció como su consejero, cargo que ya ostentara con Alfonso VIII.

Pero el rey Enrique falleció a principios de junio de 1217 de forma prematura y su hermana, doña Berenguela, fue proclamada reina de Castilla ese mismo mes en Autillo de Campos. A finales de junio, las Cortes reunieron en Valladolid a los concejos[5] de la Extremadura castellana y de la Trasierra de Toledo. El día 3 de julio, en la plaza del mercado de Valladolid y con la presencia del obispo Mauricio, los concejos allí reunidos reconocieron a doña Berenguela como reina y señora de Castilla, con el pueblo allí congregado como testigo. A continuación, le solicitaron su abdicación a favor del infante Fernando, conocido como el Montesino, lo que hizo condicionada por el deseo de los magnates y de la multitud congregada.

Tras un período de conflictos nobiliarios, alentados por el rey Alfonso IX de León y protagonizados por su mayordomo, Álvaro Núñez de Lara, el 26 de agosto de 1218 se firmó la paz definitiva entre ambos reinos. El rey Fernando I de Castilla se rodeó de un potente grupo de leales, entre los que estarían D. Gonzalo Ruiz Girón como mayordomo real y D. Lope Díaz de Haro como alférez real.

Siglo XIII. La princesa Beatriz y el maestro de obras

Con el rey Fernando en el trono de Castilla, su madre, la reina doña Berenguela, buscó un casamiento que trascendiera las fronteras del Reino. Berenguela eligió a la princesa germana Beatriz de Suabia, hija del duque Felipe de Suabia. La madre del Rey había puesto los ojos en la princesa germana para evitar los problemas de parentesco en las nupcias reales, con el consiguiente peligro de nulidad papal, tan presente en los reinos peninsulares. Además, este matrimonio proporcionaba proyección europea al reino castellano, ya que entroncaba la corona española con la casa germana de Staufen, y la princesa Beatriz era descendiente de dos grandes imperios, el Sacro Imperio Germánico y el Imperio Bizantino. El encargado de obtener la anuencia del emperador Federico II para el ma-

5 Primitivos ayuntamientos.

trimonio de su prima hermana Beatriz y de escoltarla hacia el reino castellano fue el obispo don Mauricio, que saldría de Burgos hacia la capital imperial en marzo de 1219.

La embajada de don Mauricio pasó por París antes de llegar a tierras germanas y allí visitó la basílica de Saint Denis, el primer templo erigido, gracias al impulso de su abad Suger, en un nuevo estilo llamado *opus francigenum*[6]. Después visitó las obras de la catedral de Nuestra Señora de París, que ya conocía de sus tiempos como estudiante en la ciudad del Sena. La majestuosidad de ambos templos le confirmó su idea de que Burgos, *caput castellae, Camera Regia, Prima voz et fide*[7], necesitaba una catedral acorde a la importancia que estaba adquiriendo la ciudad como capital del Reino. Además, el cabildo catedralicio requería de un lugar conforme a su relevancia y a su creciente número de canónigos, y la novedosa disposición del coro de canónigos que había visto en las catedrales que se construían en el reino franco le agradaba.

A través del canónigo fabriquero y del maestro de obras de la catedral de París, don Mauricio se informó de la complejidad que una obra de esa envergadura entrañaba y del coste económico que suponía. El obispo les describió su proyecto en la ciudad castellana y preguntó por los posibles maestros de obra que pudieran conocer y que tuvieran o fueran a tener disponibilidad, teniendo en cuenta el volumen de trabajo que el nuevo estilo arquitectónico estaba generando en el reino franco. Pero el canónigo fabriquero le informó de la dificultad de conseguir maestros de obras de la competencia que buscaba. Casi todos los *mestre mason*[8] en activo venían del estilo románico y muy pocos dominaban el nuevo estilo constructivo. Los que comenzaban a conocer esta nueva forma de edificación eran aquellos que salían de las escuelas, jóvenes maestros con escasa experiencia. La única opción era dar con uno de estos jóvenes que tuviera el respaldo de un gran maestro de obras y un brillante expediente académico. El problema estribaba en que la mayoría estaban ya contratados en obras iniciadas.

El maestro de Nuestra Señora de París le dijo a don Mauricio que su amigo y maestro de obras de la fábrica de la catedral de Reims, Jean d'Orbais, tenía a su cargo a un joven maestro cantero que estaba perfilando su obra maestra para obtener el título de maestro de obras. El joven trabajaba con D'Orbais desde 1211, cuando se inició la fábrica de Reims.

6 Nombre como se conocía al estilo gótico, llamado así a partir del Renacimiento.
7 Cabeza de Castilla, Cámara del Rey y la Primera en voz y en lealtad (En el escudo de la ciudad de Burgos).
8 Maestro de obras.

No se acordaba de su nombre, pero sí recordó que le causó muy buena impresión, pareciéndole un hombre inteligente, inquieto, despierto y valiente. El maestro de París le dijo a Mauricio que quizás, allí en Reims, podrían ayudarle. Desde París, la comitiva partió de nuevo hacia la corte germana, pasando por Reims.

Una vez en Reims, a pie de obra, el obispo Mauricio conoció al maestro de la fábrica, Jean d'Orbais, quien le explicó el desarrollo de la obra. La obra catedralicia de Reims se había acometido de forma atípica. En vez de comenzar por la cabecera, los trabajos se iniciaron desde el ala meridional del templo, levantando el coro y el transepto. Posteriormente se erigió el ábside y se remataron transepto y coro, mientras se iniciaba la nave. Esta organización de la obra le recordó a don Mauricio los inconvenientes que tenía la fábrica de Burgos. Situada entre el palacio real y la iglesia de Santiago, la catedral románica burgense demandaba un relevo, pero respetando la ubicación, lo que complicaba el acometimiento de la empresa. Además, el Palacio Real y la parroquia de Santiago de la Fuente debían de seguir en pie. El prelado burgalés necesitaba un maestro competente y trasladó esta inquietud a Jean d'Orbais, rememorando lo que el maestro de París le contó sobre uno de sus discípulos. D'Orbais, cuyo temperamento era más cercano a la irascibilidad que a la templanza, sin embarg era un hombre justo, y allí donde sus formas con los ilustres le entregaban al oprobio, siempre mantenía una férrea lealtad hacia su equipo de trabajo. Jean d'Orbais presentó al obispo Mauricio a su mejor discípulo, Ricard d'Epernay, quien acababa de obtener *suma cum laude* el título de *mestre mason* en el *Studium Generale* de París.

En presencia del maestro constructor de Reims, el obispo castellano explicó al nuevo maestro de obras su proyecto de sustitución de la catedral románica por una del nuevo estilo. A Ricard d'Epernay le atraía la idea de dirigir su propia fábrica, pero todavía le quedaba casi un año y medio de trabajo en Reims, según el acuerdo que tenía concertado con su mentor. Por su parte, el obispo Mauricio tenía muy claro que deseaba levantar una iglesia catedral al estilo moderno, pero todavía debía contar con la aquiescencia del rey Fernando. No obstante, el obispo era una persona segura de sí misma y guardaba muy buena relación con la reina Berenguela, la madre del Rey, por lo que estaba convencido de que podría contar con el beneplácito real en cuanto se celebrasen los esponsales de don Fernando y doña Beatriz. El prelado tenía claro que el acontecimiento iba a congregar a mucha gente en la vetusta catedral románica de Burgos y quedaría demostrado que el templo carecía del espacio y el empaque que el Reino, la ciudad, el Cabildo y el pueblo de Burgos demandaban.

Finalmente, los dos maestros y el prelado castellano llegaron a un acuerdo. Cuando pasara un año y el joven maestro quedara liberado de la fábrica de Reims y, con el título de maestro de obras y la aprobación de su mentor, Ricard se desplazaría hasta Burgos para hacerse cargo de la fábrica de la nueva catedral.

El miércoles 27 de noviembre de 1219, en la iglesia del monasterio de Santa María la Real de Las Huelgas, el rey Fernando cumplió con la ceremonia prenupcial requerida a todos los monarcas de la época y se armó caballero, siendo cantada la misa ceremonial por el obispo don Mauricio. Después de la misa, el obispo bendijo y santiguó las armas del Rey, y el propio monarca, para manifestar que no tenía superior, cogió la espada del altar y se la ciñó como caballero, siendo la reina doña Berenguela quien se la desciñese. Tres días después, festividad de San Andrés, don Mauricio celebró los esponsales reales en la catedral románica, ante la presencia de la curia real con sus magnates, el consejero real y arzobispo de Toledo, los obispos del Reino, numerosos abades y priores, la abadesa de Santa María la Real de Las Huelgas, la de San Andrés de Arroyo, la nobleza, los representantes concejiles y las familias más acaudaladas de todo el Reino. Tras la boda, el rey don Fernando ratificó la necesidad de construir una nueva sede episcopal.

Desde su despacho de la sede episcopal de Burgos, en el convento de San Llorente, el obispo repasaba su propio recorrido histórico en el reino castellano, mientras contemplaba, al otro lado de la plaza de la Llana, el ábside de la catedral románica. El refrendo real le permitía al prelado iniciar las obras de sustitución de la vieja catedral, para mayor gloria de Dios, del Reino, de Burgos y de él mismo. Solo quedaba preparar el solar para la nueva fábrica y esperara a que llegara a Burgos, un año más tarde, el maestro de obras Ricard d'Épernay.

1221

«Fernando, que se llama Montesino, hijo del rey Alfonso de León, dándole su madre Beringuella el reyno de Castiella, començo a reynar bienaurenturadamente. Porque el reyno de Castiella los nobles lo habían dado a Beringuella la reyna, porque era primogénita de Alfonso, rey de Castiella, y ella, como es dicho, dio el reynoi a su hijo Fernando»

LUCAS DE TUY, CRÓNICA DE ESPAÑA

I

EL REINO. YAGO. ZORAIDA

Anno Nostrae Salutis 1221
Finales de febrero

1

—¿Cómo ha osado retirarse? ¿Acaso no soy lo bastante rey? Fernando estaba rojo de ira e indignación. Requerido por el Rey, don Rodrigo Díaz, señor de los Cameros, se había ido de la corte sin ni siquiera saludar al monarca. La cuestión venía de atrás. Los Reyes acababan de asistir a la boda de la infanta Leonor, hermana menor de doña Berenguela, con el rey de Aragón, Jaime I. La ceremonia se celebró el seis de febrero de ese año, 1221, en la villa de Ágreda, en la frontera entre ambos reinos, cerca de las tenencias del señor de los Cameros. Durante la estancia del Rey en los dominios de don Rodrigo, este le expuso la necesidad de ampliar su señorío jurisdiccional, lo que implicaba unas pretensiones señoriales a las que el monarca no parecía estar dispuesto y, por lo tanto, no accedió.

Antes de dirigirse a las tierras de Cameros, doña Berenguela, asesorada por su fiel consejero, el cardenal Jiménez de Rada, le hizo ver a su hijo que los Lara todavía continuaban conspirando contra él. Muerto Álvaro Núñez de Lara y su hermano Fernando, quedaba aún Gonzalo, el tercer hermano. Aunque el rey Fernando había hecho las paces con su padre, el rey de León, no debía fiarse de que la situación estuviera resuelta, ya que aún estaba pendiente la sucesión del trono leonés. Sin embargo, este escenario dejaba fuera del juego conspiratorio al linaje de los Lara, que desde la muerte de Alfonso VIII, rey de Castilla, habían apoyado al monarca de León. La opción que le quedaba a Gonzalo Núñez de Lara de atacar al Rey castellano era desde su propio Reino. Por ese motivo, era muy probable que el noble de la casa de Lara incitase a Rodrigo Díaz de los Cameros a requerir del monarca castellano mayor poder, tratando así de desequilibrar el *statu quo* de su curia regia. Prevenido don Fernando, cuando el señor de los Cameros le solicitó mayores dominios ya tenía la respuesta bien madurada. Lo que no tenía previsto es que don Rodrigo se indignase de tal manera que perdiera el control de sí mismo y comenzase a atacar los dominios reales, maltratando a la población y las propiedades de la Corona. El señor de los Cameros fue requerido para que compareciera ante su Rey y don Rodrigo fue a Valladolid, pero finalmente no se presentó y se retiró a sus tenencias.

—Alteza, si así lo deseáis, antes de que abandone tierras de Valladolid le podemos traer a vuestra presencia —propuso el alférez real, don Lope Díaz de Haro.

El joven monarca no respondió. Su madre, la reina doña Berenguela, le había enseñado que la templanza era una de las mejores guías en el menester del gobierno. «El Rey ha de regirse para regir», le había dicho en una ocasión. Y sabía que ahora no estaba templado. Tampoco quería buscar la mirada de su madre, estando los magnates presentes. Aparte de su alférez, don Lope, en el gran salón estaban su mayordomo, don Gonzalo Ruiz de Girón, y su hermano don Rodrigo. Ambos eran fidelísimos a su madre, igual que los Téllez de Meneses, de cuya casa estaban hoy en la corte don Alfonso y don Suero. La reina doña Berenguela estaba acompañada por su mayordomo, don García Fernández de Villamayor, y por don Juan González, que combatió a su favor al lado de don Lope Díaz de Haro y de los señores de Cameros frente a don Álvaro Núñez de Lara. Los dos magnates contemplaban expectantes la escena, al igual que don Guillermo Pérez de Guzmán, hijo del mayordomo de Alfonso VIII, don Pedro Núñez de Guzmán, y don Gil Manrique de Manzanedo, de la parte de Campoo. El más reciente en la corte, el merino mayor de Castilla, don Fernando Ladrón, que había sido nombrado ese mismo año en sustitución de Gonzalo Pérez de Arenilla. Cerca del monarca, las dos Reinas esperaban la respuesta real, mientras la sala se llenaba de un denso silencio.

Don Fernando sabía que debía demostrar autoridad regia, pero salir en persecución de un noble de la curia pondría a la Corona en una situación grotesca y a las tierras vallisoletanas en peligro de convertirse en escenario de una batalla campal. Afortunadamente, el mayordomo real, templado ya en estas lides, intervino salvando la situación.

—Si me lo permitís, Alteza, quizá sea prudente dejar que don Rodrigo se aleje. Sabe muy bien que disponéis de un ejército fiel en cuanto vuestros nobles reciban la orden de llamar a sus huestes y que él solo dispone del apoyo de unos cuantos nobles que, cuanto más se alejen de la corte, más aislados se verán. Es muy posible que, entonces, de igual forma que le han animado a retirase de vuestra presencia sin vuestro permiso, le terminen convenciendo ellos mismos de deponer su actitud beligerante. El canciller, aquí presente, puede dar fe en una carta del desplante de don Rodrigo, así como de vuestra autoridad y templanza, quedando refrendado con vuestro sello.

Fernando acababa de escuchar a su madre por boca de su mayordomo. No en vano, antes de coger la mayordomía real, don Gonzalo Ruiz Girón fue el mayordomo de doña Berenguela. Recuperando su regia actitud, el monarca se giró despacio para cruzar una disimulada mirada con su madre, que, cerrando sutilmente los párpados, le indicó que el mayordomo real había hablado de forma preclara. El monarca se dirigió a Juan de Soria, el canciller de Castilla.

—Redactad una carta abierta dirigida a don Rodrigo que manifieste la gravedad de su desplante, ordenándole entregar todos sus castillos y tenencias a la Corona, a la que pertenecen y de los que solo posee su usufructo por la gracia real. Recordadle la magnanimidad tenida por el Rey al concederle los privilegios que posee y que ahora pierde por propia voluntad, e invitadle a considerar si es su deseo enfrentarse a las fuerzas de su señor natural.

—Señor —respondió el canciller al requerimiento de su Rey, a la vez que realizaba un gesto de reverencia con la cabeza.

El monarca, ahora sí, templado, se dirigió hacia el centro de la sala. Su madre le miraba orgullosa, pues veía cómo el joven Rey aprendía deprisa a bregar con los verdaderos enemigos del Reino: sus propios nobles. Debía mostrarse magnánimo, pero firme. Y ahora lo estaba haciendo.

—Don Lope —comenzó a decir Fernando a su alférez, poniendo la mano sobre su hombro—, sé bien que sois firme defensor de la Corona de Castilla y de mi persona, pero la propuesta de don Gonzalo es acertada. Es menester buscarse aliados en estas lides que nos hagan la labor más fácil, y ahora no tenemos mayor aliado que la soledad de don Rodrigo Díaz. Lo único que debemos hacer es esperar de ella.

—Alteza —dijo don Lope Díaz de Haro, al tiempo que reverenciaba a su señor con la cabeza y el rictus de sus labios dejaban entrever la aceptación de sus sabias palabras.

—Don Juan —el Rey habló de nuevo al canciller—, sacad al señor de Cameros de los diplomas y cartas reales. Que no aparezca hasta que no quede restituida su posición en la curia regia, si es que alguna vez sucede ese hecho, y mi autoridad así lo decide. Y su hermano, Alvar, continúa con él, ¿verdad?

—Siempre ha estado a su lado, Alteza —respondió el alférez.

—Aseguraos, don Lope. La suposición suele ser causa de injusticia y la soledad de don Rodrigo será mayor cuanto más leales seamos a la ecuanimidad. No obstante, si continuara a su lado, don Alvar Díaz también debe ser excluido de los documentos reales, en igualdad de condiciones de retorno que su hermano don Rodrigo.

—Y con el resto de nobles que le secundan, ¿tomamos alguna medida? —preguntó el mayordomo.

De nuevo quiso mirar el Rey a su madre y de nuevo quiso que el mayordomo fuera quien propusiera qué hacer con los que secundaban al señor de Cameros. Pero fue precisamente él quien formuló la cuestión. Fernando acababa de apelar a la justicia, así que debía tomar alguna medida que diferenciara el trato entre los leales y los dudosos. Estando en Burgos, en una ocasión en la que su abuelo, el rey Alfonso VIII, repartía prebendas y privilegios a los participantes en las Navas, el joven infante le preguntó qué criterio seguía para dar a unos y a otros en distinta forma, cuando todos habían participado en la misma batalla. «Deberéis tratar al igual como igual y al desigual como desigual, pues no hay mayor desigualdad que tratar a todos como iguales, cuando es la desigualdad la que nos diferencia. La desigualdad entre iguales es injusta, pues premia o castiga sin razonable criterio. Pero más peligrosa es la igualdad entre desiguales, pues diluye el esfuerzo y disimula la apatía, privando de la motivación tanto al esforzado como al holgazán». Esta enseñanza de su abuelo, que hoy traía a su memoria, le seguiría toda su vida, si bien, a veces, lo difícil era discernir el grado de desigualdad.

—Redactad a cada uno una carta con sello céreo y recordadles quién es su señor natural —ordenó el Rey al canciller—. Por quien poseen el cargo y el reconocimiento debido, que no por poseerlo debe descuidarse, pues lleva implícito no solo prebendas sino obligaciones, y estas tienen más valía cuanto más fuerte es el enemigo que invita a la traición.

De esta forma, Fernando trataba de aislar al noble renegado y recuperar a sus acólitos, ya que el aislamiento tendría más fuerza, no porque se quedare sin apoyos, sino porque estos pasasen al bando afrentado, lo que evidenciaría el yerro de quien afrentaba.

—Y, don Lope, seguimos vigilando sus movimientos. Necesitamos saber a qué atenernos. Que mi tía, doña Leonor, sea la reina de Aragón me tranquiliza. Además, recibió del rey Jaime las ciudades de Daroca, Épila y Uncastillo, que forman una línea enfrentada a nuestra frontera. Si los acontecimientos se torcieran, el señorío de los Cameros se encontraría entre dos fuerzas. Me preocupa más la tregua firmada hace siete años. Sabemos con certeza que al-Mustánsir carece de poder en su propio califato y que son sus parientes y los jefes tribales los que gobiernan lo que queda del imperio almohade. Demasiado gobernante para gobernar bien. Saben que no pueden emprender acciones contra nosotros hasta que no estabilicen sus dominios. Y nosotros tampoco podemos, mientras no acabemos con estas lides en la curia regia y entre nuestros nobles. ¿Qué sabemos de la embajada a Córdoba, don Alvar?

—Como teníamos previsto, será con el visir Abu Yahya Zakariya con quien se trate la renovación de las treguas. El califa al-Mustánsir no sale de su alcázar en Marrakech y ha dejado a Zakariya al frente de la gobernación de al-Ándalus. No debe sorprendernos que la embajada tuviera que desplazarse a Marrakech. En cualquier caso, es de esperar que las nuevas treguas se firmen por tres años. Aunque la hambruna nos ha afectado a ambas partes, la situación del reino almohade es más precaria que la nuestra en ese aspecto. Además, el califa tiene suficientes problemas con sus notables a ambos lados del estrecho, como para emprender ninguna acometida contra nuestras fronteras.

El Rey tenía en el Castellano a su adalid para las cuestiones de la frontera con los moros. Nieto de Alfonso VII e hijo de Pedro Fernández de Castro, conocido como el Castellano y de quien heredó el apodo, Alvar Pérez de Castro era el noble que más sabía del enemigo musulmán. Era los ojos y los oídos del monarca más allá de la frontera sur. Además, gracias al conocimiento que poseía de la cultura mahometana y magrebí[1], su capacidad de predicción le permitía asesorar al monarca con acierto, aunque siempre mostraba mucha prudencia y no lanzaba un pronóstico sin antes asegurar una o dos alternativas. Basaba su estrategia en un elevado conocimiento del terreno y del enemigo, por mor a la tupida red de informadores y espías que tenía desplegada en el valle del Guadalquivir, las serranías béticas e incluso en el Maghreb[2], lugar al que había acompañado a su padre cuando este se enemistó con Alfonso VIII. En aquella época comenzó a adquirir los conocimientos que tenía sobre los magre-

1 Oriundo del Maghreb.
2 Lugar por donde se pone el sol. Poniente. Geográfica y políticamente abarca a todos los países de cultura y religión musulmana que se encuentran al oeste de Libia, incluyendo este país. Libia, Túnez, Argelia, Marruecos, Mauritania y los territorios en disputa del Sáhara Occidental.

bíes y a entretejer su sistema de información. En el límite castellano con los dominios mahometanos, la obtención de información se articulaba a través de las unidades de almogávares, peones y jinetes fronteros que se agrupaban en pequeños equipos para realizar algaradas o incursiones, en busca de botín.

Sin embargo, la diplomacia era el oficio de la Reina madre. Doña Berenguela llevaba toda la vida lidiando en las cuestiones del Reino y tenía un quinto, un sexto y un séptimo sentido para desenvolverse entre bastidores. Escondió el fallecimiento del rey de Castilla a su propio regente, Álvaro Núñez de Lara, y al rey de León, que pugnaba por Castilla, consiguiendo de esta manera colocar a su hijo como Fernando I, rey de Castilla. Esconder la muerte de un rey a otro rey es cuestión harto difícil, pero ocultar el cadáver de tu propio hermano a los ojos de quien le custodiaba y controlaba, en un entorno palaciego en el que también se desenvuelve el enemigo, solo se puede hacer cuando se ha nacido para la diplomacia. De nuevo volvería a mostrar sus dotes palaciegas, más allá del reino castellano y de los peninsulares, cuando arregló el matrimonio de su hijo Fernando con la germana Beatriz, alejando la sombra de la nulidad matrimonial y enfocando al Reino hacia tierras europeas. De igual forma, la embajada que partió hacia dominios almohades fue especialmente preparada e instruida por la Reina madre. Ella sabía que finalmente las treguas se firmarían en Marrakech. Sin embargo, no dijo nada. Sabiéndolo ella, el Rey lo sabría a su debido tiempo, aunque solo se lo insinuaría. Mientras tanto, era bueno que los nobles de la curia regia vieran reconocido su trabajo manteniendo el espejismo del control de la situación. Y también era bueno para el Rey saberse rodeado de súbditos fieles y capaces. El ego es un animal voraz que come ávidamente, y si no se le alimenta con mesura termina por devorar al cuidador.

—Esperemos que así sea y que la embajada vuelva de Marrakech con las treguas firmadas. Ahora estamos en manos de la Divina Providencia y los hombres de armas debemos dejar paso a los hombres de almas, porque solo ellos entienden de lo que atañe a la voluntad Divina. Nosotros solo podemos plegarnos a sus solicitudes, para estar en mejor disposición espiritual cuando de nuevo la espada sea requerida. ¿No es así, don Mauricio?

—Tal como lo habéis expresado, Alteza. Es tiempo de orar y esperar en Dios. Solo Él sabe lo que nos depara ante el enemigo de la cristiandad, y lo único que podemos hacer ahora es afianzar nuestra fe y nuestra esperanza. He dado orden a las parroquias de Burgos y de la sede episcopal para que canten misas en honor de San Esperanza, el abad del que nos cuenta San Gregorio Magno que «el venerable anciano, cuanto más se veía falto de la corporal luz, tanto más suspiraba por la espiritual y divina, que jamás le faltaba, porque la buscaba humildemente; y así, viendo el golpe del azote en el cuerpo tenía el consuelo y alivio del Espíritu Santo en el corazón».

—Y que finalmente recuperó también la luz corporal —añadió el Rey.

—Exacto, Alteza. Como esperamos también recuperar la luz de nuestro templo metropolitano con la nueva catedral, cuya edificación permitirá iluminar mejor las almas de vuestros súbditos —El obispo Mauricio, experto también en el arte de la diplomacia, viendo que las cuestiones terrenales del Reino estaban despachadas, aprovechó el momento de su intervención para acercar el ascua a su sardina.

—Y ¿cómo está la cuestión catedralicia? ¿Habéis hablado ya con el maestro?

—Aún no, Alteza. Espero estar con él en cuanto vuelva al palacio episcopal. Salió de Épernay, donde está la casa de sus padres, a comienzos del pasado mes, por lo que supongo que llegará a Burgos en estos días.

—Mantenme informado de vuestra conversación en cuanto departas con él. Quiero saber de los avances en la obra en todo momento —Don Fernando desvió la mirada a su esposa, preñada de su primer hijo, aunque aún no lo sabía—. La reina Beatriz está muy ilusionada con que Burgos posea una catedral como las que vio con vos en tierras francas, en su viaje hacia nuestro Reino.

—Así lo haré, Alteza.

El Rey dio por zanjada la reunión con sus consejeros y ricoshombres. Cuando todos se retiraron, el monarca se quedó a solas con ambas Reinas.

—El mayordomo me ha metido en una encerrona, madre.

Berenguela miro a su hijo esperando que él mismo se respondiese.

—Me refiero a cuando me ha preguntado por ...

—Sé a qué te refieres, hijo. Estaba presente.

—¿Te refieres a cuando te ha preguntado qué hacer con los seguidores del señor de los Cameros? —intervino doña Beatriz.

—Sí —respondió Fernando a su esposa.

—Creo que mi señor ha sabido salir de la situación con habilidad —añadió Beatriz.

Fernando miraba a su madre, de la que tanto había aprendido.

—Hijo —comenzó a decir doña Berenguela—, el oficio de Rey no está hecho para ser desempeñado por pusilánimes, pero tampoco por temerarios. Entre los que rodean al Rey siempre habrá quien espere verlo tropezar. No desean verlo caer, pero sí tropezar. Eso acerca la figura regia a su posición en la jerarquía, de la que no admiten no poder mudar su status. No es el caso de don Gonzalo. Él siempre ha sido fiel a la Corona castellana y me ha sido leal en todo momento. Sabe muy bien cuál es su posición en la curia y desempeña con sabiduría y humildad su papel. Lo que ha hecho hoy ha sido lo que haría un preceptor con su discípulo. Ponerle a prueba en una situación difícil, pero en un entorno seguro. Y el discípulo ha sabido responder como se esperaba.

—Pero yo soy su Rey, no su discípulo. El tiempo de la instrucción ya ha pasado.

—Debemos ser siempre discípulos de quien sabe más, porque es el único camino para llegar a ser maestro.

—¿Y de quién voy a ser yo maestro? Soy rey. Soy el Rey.

—De ti mismo. No hay mayor ciego que el que no quiere ver ni mayor sordo que el que no quiere oír. Y la soberbia es venda y tapones que ciega y ensordece la razón. Por eso has de escuchar a todos como si fueras su discípulo. Y manejar bien los silencios, pues estos te permiten templar el ánimo y razonar con claridad. Tal como has hecho hoy.

—Gracias, madre —acertó a decir Fernando, que conocía muy bien a su madre y en quien se apoyaba de forma incondicional.

—Además, si no aprendes antes, ¿cómo vas a enseñar a tu hijo? —Berenguela miró hacia el vientre de su nuera, mientras salía de la cámara regia.

Beatriz, con expresión de sorpresa, se puso las manos sobre su abdomen. Fernando miró a la joven Reina y después a la Reina madre, que se alejaba con el signo de altivez de quien sabe mucho de ser madre.

—Traedme al galeno —oyó decir a su hijo.

2

—Quédate aquí y cuida de esto —le dijo Martín a su hijo, dándole su sayo y su cinturón.

—Sí, padre.

Yago miraba a su padre con extrañeza. Sabía que era su padre y sabía que se llamaba Martín, pero pasaba tan poco tiempo con él que le resultaba un extraño. De pie, sobre el pequeño talud que bordeaba el canal,

Yago veía cómo se metía en el agua hasta medio muslo. Martín atendía las acequias y los molinos que pertenecían al cenobio cardeniense y el molino del capiscol, que pertenecía al chantre de la catedral. A Martín le gustaba trabajar solo. Desde que murió su mujer se aislaba del resto de la gente y se refugiaba en su trabajo. Habían pasado ya once años pero él seguía igual.

Yago y su padre estaban a la vera del camino jacobeo. Era atardecida y el sol hacía tiempo que había dejado de calentar. Además, se había levantado ese viento del noreste tan típico en Burgos y el mes de febrero, aunque había llegado sin nieves, estaba siendo frio. La zona estaba llena de huertos que aprovechaban el agua de los canales que mantenía Martín, así como de vides, de cuyo fruto se obtenía el vino para consumo de la aldea. También se veían muchos gamones, una planta silvestre de grandes hojas estrechas y largo tallo, al que los aldeanos llamaban candela. En primavera, sus flores blancas, rosadas o amarillas llenaban de color la vega, y de sus tuberculosas raíces las gentes obtenían harina para los cerdos y las ovejas, ya que no era apta para el consumo humano. Esta planta daba nombre a la aldea en la que había nacido Yago, la aldea de Gamonal, a una legua al este de Burgos.

Martín llevaba en la mano las ramas que había sacado de la compuerta que conectaba la acequia con el aliviadero. Había intentado liberar desde la pontana[3] la laja de piedra que hacía de trampilla, pero al final tuvo que meterse en el agua. A Martín le gustaba su trabajo. Era libre de ir y venir. No hablaba con ninguna persona, más allá del saludo, y tampoco discutía con nadie. A veces su trabajo era duro, sobre todo en las ocasiones en las que debía meterse al agua en los meses de invierno. Y hoy estaba fría, era tarde y debía llevar a Yago a casa de doña Úrsula.

Martín era un hombre parco en palabras y seco en emociones. Hacía mucho que la alegría se había ido de su vida. Se fue con Marta, la madre de Yago, cuando murió en el parto. Marta trabajaba como doméstica en casa de doña Úrsula Díaz, sobrina del canónigo don Pedro Díaz de Villalobos. El canónigo, chantre de la catedral de Burgos, era amigo del obispo de Palencia, don Tello, del linaje palentino de los Téllez de Meneses. El marido de doña Úrsula, don Sebastián Yáñez, era persevante de don Martín Pérez, el mayordomo del conde don Gonzalo Núñez de Lara.

Úrsula tenía la misma edad que Marta y, a pesar de su diferencia social, la madre de Yago era su persona de mayor confianza. Compar-

3 Losa que sirve de paso por encima de la acequia.

tían confidencias cuando no las veía el resto del servicio de la casa, ni su marido, don Sebastián. Las dos parieron casi a la vez. Úrsula perdió a su hija al nacer y, dos días más tarde, Marta perdía la vida al dar a luz a Yago. El mismo día en que la madre de Yago fallecía, doña Teresa Núñez, esposa de Martín Pérez, paría a su hijo Álvaro. Siguiendo la costumbre entre la nobleza de encargar la crianza y custodia de los hijos a personas de confianza, Martín Pérez y su mujer nombraron ayos a Úrsula y a Sebastián.

Por su parte, doña Úrsula ya había prometido a Martín, el padre de Yago, que se encargaría de la crianza del hijo de su mejor amiga. Sin embargo, el marido de doña Úrsula se opuso. Sebastián no podía ser el Águila de Álvaro, su ayo e instructor, y a la misma vez serlo de Yago. No podían vivir bajo el mismo techo personas de categorías tan dispares. Esto le planteaba un problema a Úrsula, que se veía entre el deseo de su marido y la imposibilidad del padre de Yago de hacerse cargo de su hijo, pues su trabajo le impedía tenerlo constantemente a su lado. Eso hubiera sido posible si hubiese sido un artesano, como los que se prodigaban en la ciudad, ya que la cofradía del oficio se hubiera encargado de buscarle una familia que se ocupase de la criatura. Era una de las ventajas de pertenecer a un gremio. Pero él no tenía un taller. Además, no tenía más familia que su esposa, su difunta amiga Marta. Doña Úrsula habló entonces con su tío el canónigo, que se puso en contacto con el abad de Cardeña, don Rodrigo. Entre los tres consiguieron convencer a don Sebastián para que Yago se quedara en la casa hasta que pudiera ir al cenobio de Cardeña.

El padre de Yago visitaba casi todas las semanas a su hijo en casa de doña Úrsula, pero no tenía muy claro qué tenía que hacer cuando estaba con él. Era muy pequeño para aprender el oficio y se resistía a enviarlo al cenobio de Cardeña como oblato[4]. Por su parte, el padre de Álvaro no pudo ver mucho a su hijo. En 1212, cuando Álvaro tenía dos años, se fue con el rey Alfonso VIII a combatir a los almohades en la batalla de Úbeda, como se conoció en el bando cristiano a la batalla de las Navas de Tolosa. Cuando falleció Alfonso VIII, don Martín, que era escudero real, pasó al servicio de don Álvaro Núñez de Lara, que se había hecho con la tutela del joven heredero, Enrique I, y con la regencia de Castilla. Esto le llevó a deambular por los reinos de Castilla y de León durante cuatro años, hasta que en 1219 murió su señor, don Álvaro Núñez de Lara, en Toro. Con el

4 Niño ofrecido por sus padres a Dios y confiado a un monasterio para que se eduque culta y piadosamente y, si se aficionase, entre en religión.

hermano mayor de los Núñez de Lara en Marrakech, donde moriría dos años más tarde, y habiendo estado con los Lara desde la muerte del rey Alfonso VIII, a don Martín Pérez no le quedó más opción que integrarse en la casa del tercer hermano Núñez de Lara, don Gonzalo, a la que pasó como mayordomo.

Ambos muchachos tenían la misma edad y la ley estipulaba que la infancia de un niño de la nobleza duraba hasta los siete años, momento en el que comenzaba su educación. Los doce años marcaban la adolescencia y los dieciséis la edad adulta, accediendo entonces a la plenitud de sus derechos. Para los infantes reales, la edad de comienzo en el adiestramiento de las armas estaba en torno a los quince o dieciséis años, aunque la costumbre entre los nobles era iniciarlo un par de años antes. Doña Úrsula era una mujer culta gracias a que su tío la había educado desde pequeña, lo que le sirvió para instruir a los dos niños durante toda la infancia y la adolescencia. A los once años, Yago y Álvaro ya sabían leer y escribir latín y castellano, así como algunas nociones de griego, teología y filosofía que les impartía el padre Norberto, un monje del monasterio de San Pedro de Cardeña. El religioso cisterciense pasaba con periodicidad por la casa del chantre para dejarle algunos libros que la Corte demandaba a la biblioteca del cenobio o para revisar partituras de canto para la catedral, aunque esto solía hacerlo el padre Ataúlfo, el chantre del monasterio.

Yago seguía dependiendo de la casa de doña Úrsula. Ni su padre ni el cenobio podían hacerse cargo del muchacho puesto que carecían de tiempo y personal para ello y, aunque pudiesen, doña Úrsula le había cogido mucho cariño. Por su parte, Álvaro todavía era muy niño para ser llevado a los dominios de los Lara. Además, la situación de la casa de Lara no estaba aún en su mejor momento. Otro problema añadido era que los dos niños eran incansables y su frenética actividad fatigaba sobremanera a doña Úrsula. Así que don Sebastián comenzó el adiestramiento de Álvaro en cuestiones legales y en el uso de las armas, utilizando también a Yago, aunque era plebeyo, ya que los dos niños eran inseparables. De esta forma podría tener a los dos chavales fatigados, en vez de estarlo su esposa.

Por otra parte, ambos niños estaban entrando en la edad social. Mientras Álvaro participaba en algunas de las actividades y de los compromisos que don Sebastián y doña Úrsula tenían, Yago entraba en la fase de ser enfocado hacia uno de los dos estamentos en los que podría ser admitido, el suyo natural o el clero. Así, cada vez que Álvaro se ausentaba para cumplir con sus obligaciones estamentales, visitando a otras personas de alcurnia o asistiendo a ceremonias religiosas, la mayoría de las veces los sábados y domingos, Yago se quedaba con la servidumbre de la casa o se iba con su padre o con el padre Norberto, que se llevaba al chico al monasterio para que pasase allí el día del señor y la víspera. De esta forma, ambos niños dejaron de compartir todo su tiempo y poco a poco comenzaron a distanciarse, dándose cuenta de las diferencias sociales que los separaban.

Hoy Yago estaba con su padre. Desde el talud podía ver, justo enfrente, la iglesia de Gamonal. A su derecha se encontraban las aldeas de Villayuda y de Castañares. Ambas se conectaban por el camino jacobeo, que venía del valle del río Pico y confluía con el camino que llegaba de Ibeas. A su izquierda, el camino se extendía por entre los huertos hasta Burgos. A lo lejos, pasada la iglesia de Villayuda, Yago pudo ver a un hombre que se acercaba montado en un caballo, que a él le pareció enorme.

3

La invasión mahometana eclosionó y dinamizó la industria textil peninsular, sobre todo en los territorios de al-Ándalus, basada hasta entonces en las tradicionales fibras de lana, lino y esparto. Con los musulmanes, los principales centros de producción lanera se instalaron en las serranías del Guadalquivir, en Baleares y en La Mancha, siendo los mayores centros de mercado los de Valencia, Cuenca y Chinchilla. La introducción de la oveja merina por parte de las tribus bereberes aportó un producto textil de mayor calidad que el autóctono. Aunque la lana fue la fibra más empleada en el tejido destinado a la elaboración de vestimenta, también fue muy importante su empleo para la manufactura de alfombras. Combinándose con el lino, las alfombras de lana se realizaban empleando la técnica del nudo español y fueron elogiadas por el cartógrafo y viajero al-Idrisi. El lino de Granada, Málaga, Valencia o Mallorca tenía una calidad comparable al que se producía en Egipto y con él se realizaban turbantes y cendales. Destacaron los velos de Almería y las manufacturas de Zaragoza, ciudades que también producían artículos realizados en cáñamo. A pesar de ello, la producción de esta fibra disminuyó con la llegada del algodón egipcio, cuyo cultivo se expandió por todo al-Ándalus, especialmente por el Aljarafe sevillano.

Sin embargo, la fibra andalusí por excelencia fue la seda. Conocida por los visigodos, a quienes les llegaba desde Bizancio, fue con los mahometanos con quienes la producción, manufactura y explotación de la seda se extendió por todo el Mediterráneo. El principal aporte de los árabes fue la introducción de la sericicultura, la cría del gusano de seda. Traída por las tribus sirias, la morera y su gusano de seda se arraigaron en la vega de Granada, en Jaén, en el Aljarafe y en Niebla, aunque el foco sericicultor de mayor prestigio fue Almería. La sericicultura no pudo prosperar por encima de estas latitudes ya que estaba sujeta a unas condiciones climáticas especiales, por lo que, siendo un tejido solo al alcance de la realeza, los nobles, y posteriormente, de los más acaudalados comerciantes, siempre se procuró mantener un activo comercio entre los centros productores y el resto de las ciudades, tanto de dominio musulmán como cristiano.

La coloración de los tejidos aportaba un valor añadido a su manufactura, ya que el color era un signo de status, además de una tendencia de moda. Por ello, aparejado a la producción textil se desarrolló una importante industria tintorera destinada a la elaboración de tintes y productos para el tintado. Los principales colores fueron los rojos, los amarillos, los azules, los verdes y los negros.

El color rojo se obtenía mediante tintes de origen vegetal, como la granza, el alazor y la alheña o henna, cultivados en la península. Y también de origen animal, cuyo principal colorante se conseguía del quermes, un insecto vinculado a la encina. Para la obtención del color amarillo se empleaban tintes de origen vegetal y de origen mineral. La flor de la gualda era el producto más recurrido para la obtención del tono amarillo, ya que crecía en gran parte de al-Ándalus y en algunas zonas del reino de León. Sin embargo, el azafrán era el principal colorante vegetal para las manufacturas más refinadas y de mayor coste. Su cultivo se extendió por Valencia y Tortosa, convirtiéndose en uno de los productos andalusís de mayor prestigio en el mundo musulmán. Si el azafrán se utilizaba solo, se conseguía un tono dorado; si se empleaba con mordiente o fijador de aluminio, el tono obtenido era anaranjado; y si el mordiente era de estaño se lograba una coloración amarilla.

Para la obtención de tonos azules se recurría a tintes vegetales como el pastel, planta cultivada en torno a Toledo, o el índigo, un arbusto conocido también como añil, del que se conseguía una coloración de mayor calidad, pero que solo se podía adquirir a través del comercio exterior, puesto que únicamente se cultivaba en la India. El lapislázuli, conocido como oro azul, era el mineral empleado para la elaboración del color azul, pero la dificultad de su obtención y su comercio, así como la calidad de su tonalidad conseguida, hacían que se destinase para las prendas más exclusivas. Los tonos verdes eran los más difíciles de obtener, si se deseaba una buena calidad. Bien se mezclaban colorantes azules o amarillos o bien se recurría al cardenillo[5], aunque este era muy peligroso por su toxicidad.

Las tonalidades pardas y las negras se obtenían mediante la aplicación de taninos, como el procedente del zumaque, una planta que se empleaba también para el curtido de cuero y que se cultivaba en toda España, de las agallas de la nuez o del roble. Finalmente, el oro y la plata fueron dos materiales empleados como aditamento para la confección de telas y vestimentas de lujo, sobre todo de seda. La manufactura de hilos metálicos se realizaba mediante la adhesión de una fina lámina de oro a un hilo de seda y más tarde se emplearía el llamado oro de Chipre, u oropel, que consistía en adherir al hilo de seda una fina laminilla de latón.

Al principio se tejía con telares verticales, pero pronto la maquinaria fue sustituida por telares horizontales, que permitían una confección más rápida. Estos telares elevarían la producción andalusí a los primeros puestos del mundo islámico, compitiendo en calidad con las manufacturas bizantinas, egipcias, sirias e iranias. Para confeccionar los tejidos se entrelazaban los hilos entre sí, de forma que los dispuestos en el telar en forma vertical, llamados urdimbre, eran cruzados por la trama, que eran los que se disponían de manera horizontal. La forma de realizar ese cruce determinaba el tipo de tejido, siendo el más sencillo el denominado lienzo, o tafetán si llevaba seda en su confección. Otros tejidos eran la sarga y el raso. Existía un tejido llamado samito, confeccionado por dos urdimbres y varias tramas. Al ser un tejido labrado, se confeccionaba en telares especiales llamados de lazos o de tiro, que tenían la particularidad de permitir repetir diseños. Además, según la técnica empleada para la decoración de las telas, están pueden ser del tipo copto, oriental o norteafricano. Para la elaboración de tejidos siguiendo el estilo copto se emplean telas de lienzo o de tafetán en las que se decora una franja a punto de tapiz, es decir, se decora a la vez que se teje la tela. En el estilo oriental, los tejidos de seda, sargas o tafetanes, se trabajan de una sola

---

5 Materia verdosa o azulada, con propiedades tóxicas, que se forma en los objetos de cobre o sus aleaciones.

vez y muchos llevan hilos entorchados, La técnica más usada dentro de este tipo es la que se conoce como Attabi, el nombre de un barrio de la ciudad de Bagdad. Para el estilo norteafricano se emplean telas de tafetán y raso con dobles tramas y urdimbres en seda y oro, este último con profusión. La decoración se configura en franjas, desapareciendo los círculos, que son sustituidos por redes de rombos, estrellas o polígonos, siendo los motivos fundamentales geométricos, vegetales y animados.

Entre 1115 y 1117, Ibn Tifilwit fue gobernador de Medina Albaida, la Ciudad Blanca, como llamaban los poetas andalusíes a Zaragoza. Huyendo del integrismo almorávide, Tifilwit se rodeó de filósofos y poetas para vivir una ensoñación cortesana que, finalmente, le costó la ciudad. En abril de 1118 los cristianos de Alfonso I el Batallador conquistaron la ciudad del Ebro. Según Ibn al-Kardabus, un historiador tunecino de origen andalusí, de Saraqusta salieron más de cincuenta mil moros. Aunque sea una cifra desproporcionada, sea como fuere, casi toda la población mahometana emigró. Los que se quedaron se extendieron por los arrabales al tener que abandonar el recinto de la ciudad, ateniéndose a las capitulaciones firmadas por el rey cristiano y el gobernador de Murcia, ya que Ibn Tifilwit había fallecido un año antes. Los moros que se quedaron, aunque mantuvieron sus actividades artesanales, perdieron muchísimo mercado y algunos, pasados los años, optaron por emigrar hacia dominios musulmanes.

La familia Xama fue de las que no emigró cuando los cristianos conquistaron Zaragoza. Un siglo después, aunque las condiciones ya no eran como cuando la ciudad estaba bajo dominio mahometano, los Xama seguían manteniendo un próspero negocio de tejidos, principalmente de seda. Con el último gobernador muslime, el taller de sedas se convirtió en un *Dar al-Tiraz*, el taller de palacio, instituido al principio solo en el palacio de la Córdoba califal, pero que terminarían copiando otros emires en los suyos. Ahora, sin embargo, el taller lo tenían en el arrabal, pero entre sus mejores clientes seguían encontrándose los nobles del palacio de la Aljafería, aunque fueran cristianos. Era mucha la nobleza que había en Zaragoza y todos deseaban ataviarse con ricos vestidos de seda, traída por mercaderes desde Almería. Las treguas firmadas entre cristianos y musulmanes, y que parecía se iban a mantener, favorecieron el flujo de mercancías entre la ciudad del Ebro y al-Ándalus.

Yusuf Xama era un comerciante mudéjar de la aljama de Zaragoza que, junto con sus hermanos, Said, Laila y Nasser, tenía un negocio de comercio y manufactura de tejidos, sobre todo de seda. El trabajo lo tenían repartido de forma que cada hermano se encargaba de aquello para lo que estaba mejor dotado. Así, el trato con el cliente lo realizaba Nasser, que era el de carácter más amistoso y afable, aunque alguna vez esa cordialidad les había costado algún que otro desaguisado, que luego tenía que solucionar Yusuf. Este era el más cabal y el más riguroso. Controlaba la compra de todo el material necesario para el negocio y la venta de los productos manufacturados. Siendo el mayor, dirigía el negocio, pero siempre escuchando y considerando lo que opinaban sus hermanos. Por su parte, Samir gestionaba el trabajo en el taller. Estaba pendiente de los trabajadores que tenían contratados, sus necesidades y su rendimiento. Laila era la hermana pequeña. Sus prodigiosas manos eran capaces de realizar bordados que Yusuf solo había visto en Almería. Además, era muy inteligente y perspicaz y ya tenía a dos discípulas a las que llevaba años enseñando la técnica de bordado, una de las cuales era la mujer de Samir.

Los hermanos Xama se enteraron de que la ciudad cristiana de Burgos era foco de un gran comercio emergente y de que la corte castellana estaba creciendo en importancia e influencia, lo que suponía poder expandir el negocio si alguno de los hermanos se afincaba en la capital castellana. Amín, el marido de Laila, llevaba años trabajando con sus cuñados y conocía bien el negocio. Su labor la realizaba en el taller de la familia y por eso tenía un poco del carácter de cada hermano, de quienes había aprendido todo. Sabía llevar el taller gracias a Samir. Conocía los productos y el trato con los mercaderes por boca de Yusuf. Y tenía la afabilidad y el buen trato natural que veía en Nasser. Además, Laila garantizaba unos esplendidos bordados y, lo más importante, un apoyo indispensable. A Laila y a Amín se les presentaba la oportunidad de establecer su propio negocio y no querían desaprovecharla, aunque para ello tuvieran que emigrar a la ciudad del Arlanzón. Al menos, en Burgos no tenían que vivir extramuros.

Sobre la amplia mesa de trabajo se apilaban los paquetes que acaban de llegar. Los había traído Yusuf desde Zaragoza. Cuando tenía que servir telas para la confección de prendas de categoría le gustaba viajar a él. Disponía de un servicio de protección de la mercancía que había conseguido contratando a antiguos soldados que se dedicaban a labores agrícolas en el arrabal, pero que aún mantenían ese espíritu inquieto que los animaba a aventurarse por los caminos como escolta. Además, le gustaba venir hasta Burgos para ver a su hermana. Hacía tiempo que no se veían porque las dos últimas veces Yusuf se encontraba fuera de España cerrando unos acuerdos comerciales. Casi nunca decía dónde iba a cerrar sus tratos en el exterior. Era una forma de proteger el negocio de la competencia cristiana, que siempre estaba deseosa de ocupar el mercado que cubría la familia mudéjar.

Su hermana y su cuñado tenían un taller muy parecido al que regentaban los Xama en Zaragoza. Aunque era bastante más pequeño, estaba aumentando su volumen de mercado gracias al crecimiento económico de la ciudad. De hecho, Amín estaba en tratos con el vecino para comprarle la vivienda y el taller que tenía y así poder ampliar el suyo. El negocio comenzó funcionando como taller para la aljama, ya que la ciudad disponía de sus tejedores cristianos y estos se servían en esos talleres. Pero poco a poco fueron abriéndose paso entre la población cristiana más pudiente, gracias a los excelentes acabados de las prendas y, sobre todo, a los espectaculares bordados de Laila. Sin llegar a ser un *Dar al-Tiraz*, dedicado en exclusiva a la corte, el taller estaba volcado por completo en la confección de vestimenta que solo podían pagar los más acaudalados. Realeza, nobleza, alto clero y grandes comerciantes eran sus clientes. No obstante, continuaban sirviendo a los habitantes de las dos aljamas, la mora y la judía.

Yusuf comenzó a abrir los paquetes con la ayuda de Amín. Uno a uno fue disponiendo ordenadamente sobre la mesa los rulos de la preciada tela. Rojos, anaranjados, verdes, amarillos y azules. Cuando ya tenían todos los rodillos dispuestos y ordenados, Yusuf colocó sobre la mesa el baúl en el que venía lo más delicado. En ese momento Zarádat, que acababa de entrar en el taller con su madre, corrió hacia su padre para abrazarle, pero en cuanto vio a su tío se escondió entre las piernas de su padre.

—¡Hola, lucero! —le dijo Amín a su hija, mientras la levantaba para cogerla en brazos. Zarádat se agarró fuerte al cuello de su padre mientras le besaba, al tiempo que se escondía tras su hombro.

—No la trates como a una niña, Amín —le recriminó Laila a su marido—, tiene ya diez años y más te valdría comenzar a enseñarle el oficio de la familia. Hola, Yusuf, que Alá sea contigo, hermano. ¿Qué tal el viaje? ¿Qué tal va todo por Zaragoza?

Mientras Laila y Yusuf se ponían al día de los avatares de la familia, Amín bajó a su hija al suelo y ambos comenzaron a repasar lo que su padre hacía tiempo que había empezado.

—¿Recuerdas qué tejido es este, cariño?

—Seda, papá.

—Y los colores, ¿recuerdas los nombres que estuvimos viendo la semana pasada?

—Sí. Este es naranja caléndula. Este, amarillo gualdo. Este, verde hierba. Este otro, amarillo azafrán. Y este, azul ¿pastel? —Zarádat miró a su padre esperando su aprobación y este arqueó las cejas. La niña volvió a mirar el último rollo de tela y rápidamente corrigió—. Lapislázuli. Azul lapislázuli.

—Muy bien hija. Muy bien. Ahora vamos a ver estas otras telas.

Amín comenzó a repasar con su hija el resto de rollos que había traído su tío.

—Este es sarga de lino de Valencia.

—¿Por qué de Valencia, hija?

—Por el orillo. Es más ancho que el de Zaragoza.

—Muy bien.

—Este es lienzo de algodón del Aljarafe y este, sarga de algodón y lino.

Bajo la orgullosa mirada de su padre y la sorprendida de su tío, Zarádat fue diciendo, uno a uno, el tipo de tela de los rollos desplegados sobre la mesa.

—¿Y las sedas? —preguntó su tío cuando había terminado la niña—. ¿De qué tipo de tejido son?

Rápidamente, Zarádat dio la vuelta a la mesa y se colocó dónde estaban los primeros rulos.

—Este es tafetán, este es sarga, este tafetán otra vez, este raso, este raso también —la niña continuó hasta describir todos los rollos de seda.

—¿De dónde vienen? —volvió a preguntar su tío.

—De Almería.

—Amín, esta niña te sustituye cualquier día —aseguró Yusuf.

—Bueno, bueno, aún le queda mucho que aprender —intervino Laila—, sobre todo de bordado. Y hablando de bordado, ¿me has traído mi pedido?

—¿Qué pedido? —preguntó sorprendido Yusuf.

—Abu Alí Yusuf al Fatih ibn Xama al-Saraqusti, como no me hayas traído lo que te pedí, ya puedes cuidarte de tus enemigos porque de mí no te vas a poder escapar.

—Umm Zarádat Laila al Faridah bent Xama al-Balansiya, ¿cuándo he dejado yo de atender tus deseos? Mira en esa cajita —le dijo Yusuf a su hermana, señalando la mesa.

Laila se dirigió con premura hacia el pequeño cofre en el que esperaba encontrar lo más preciado del encargo solicitado hacía meses a sus hermanos.

—¿Y quién es esta niña tan inteligente y guapa? —preguntó Yusuf a su sobrina, al tiempo que sacaba un maamoul[6] de su galabiya[7].

—Me llamo Zarádat, pero en casa me llaman Zoraida —le dijo a su tío, mientras miraba el dulce que le había traído.

Zarádat miró a su padre esperando su aprobación para coger lo que Yusuf le entregaba. Su padre se encogió de hombros y le regaló una gran sonrisa a su hija, que cogió el dulce y abrazó fuerte a su tío.

—Ven —dijo este—, vamos a ver qué le ha traído tu tío a tu madre.

Laila estaba intentando abrir el cofre en vano, ya que no lograba dar con el cierre. Era una caja de madera reforzada con hierro, de forma rectangular, tallada con profusión de motivos florales y paisajísticos, y que carecía de cerrojos y cerraduras. Yusuf cogió el cofre y lo giró para tener enfrente el lateral derecho. Con el pulgar apretado sobre una palmera tallada en la madera, desplazó una pieza rectangular hacia la izquierda, dejando un pequeño hueco en la ornamentación de la caja. Luego giró el arca dejando el lateral izquierdo de frente y desplazó otra pieza rectangular de madera, esta vez hacia la derecha, quedando también un pequeño hueco en la decoración del cofre. Yusuf volvió a colocar la caja de frente y abriendo los ojos de forma exagerada, miró a toda la concurrencia.

—¡Deja ya de hacer el tonto, Yusuf! —le espetó su hermana, que estaba ansiosa por ver lo que tanto tiempo llevaba esperando.

Yusuf guiñó un ojo a su sobrina, que le correspondió con una ligera risita. Con mucha ceremonia, deslizó hacia abajo dos fragmentos de la decoración, uno por cada lateral, que ocuparon los espacios dejados por las piezas desplazadas anteriormente y, con un ligero chasquido, la tapa del cofre se abrió. Amín cogió a su hija y la levantó de nuevo en brazos para que pudiera ver su contenido.

—Hermanita, toda tuya —dijo Yusuf a Laila.

Laila se acercó al cofre y levantó la tapa. Un paño de un tejido que nunca habían visto ni ella ni Amín cubría el contenido de la caja. Laila cogió el paño y tras examinarlo se lo pasó a su marido. Este lo contempló maravillado por el brillo y el tacto que poseía. Suave como la seda, tenía un diminuto pelaje que ocupaba toda la superficie de la tela, hasta el orillo,

6 Dulce de la gastronomía árabe en forma de bola, recubierto de azúcar o miel, hecho con harina de trigo o sémola y rellenado con una pasta de dátiles o higos, nueces picadas o pistachos o almendras.

7 Túnica blanca usada en los países musulmanes tanto por hombres como por mujeres.

pero sin perder el suave tacto del paño raso de seda. Por el envés, el tejido se veía apretado. Casi con seguridad se podía decir que era sarga, aunque daba la sensación de que fuera raso. Sin embargo, a pesar de su suavidad, Amín percibió que no era seda. El tejedor miró interrogante a su cuñado.

—Lo llaman al-makhmelee. Lo encontré en Herat, junto con el cofre.

—¿Herat? ¿Eso está en Afganistán? —señaló Laila.

—Exacto, hermanita. Hasta allí va Yusuf al Fatih para buscarte lo mejor.

—Pero, ¿cómo logran tejer las fibras para darle este aspecto? —preguntó aún sorprendido Amín—. Este brillo y este tacto es como de seda, pero no es seda, ¿verdad, Yusuf?

—En efecto, no es seda. Y no sé cómo lo fabrican. A Herat lo llevan comerciantes desde Bujara, una ciudad que está en la ruta de la seda. Allí lo confeccionan junto con sedas de gran calidad. Lo fabrican tejiendo dos hilos más un tercero, al que le dan ese aspecto de pelo corto. Es como si en vez de un tercer hilo fuese un tercer pelo. En algunos mercados lo llaman terciopelo. He traído dos paños, uno rojo y otro azul. No son muy grandes, pero creo que bastarán para tus Reinas. Y aún es posible que sobre algo de tela de cada uno.

—¿Lo podremos hacer aquí, con nuestros telares?

—No lo creo. En el mercado de Herat me dijeron que para poder hacer este tipo de paño es necesario tener unos telares especiales. No los he podido ver porque hubiera tenido que ir a Bujara, y no disponía de tiempo. Quizás en otra ocasión, si Alá me da salud y así lo quiere. Y, hablando de telares, ¿qué tal va el telar de lazos? ¿Has podido confeccionar samito?

—¡Oh!, sí. Mira, lo tenemos dispuesto en esta sala para que Laila pueda trabajar el bordado mientras tejen el paño.

—Espera, Amín —le dijo Laila—, aún no hemos visto mi encargo.

—Claro, claro.

Laila fue sacando los pequeños paquetes que contenía la caja. Envueltos en suave vitela de cordero, los pequeños rollos de hilo de seda y lino almeriense fueron siendo desplegados sobre la mesa. Los colores casaban perfectamente con los de las telas que habían desplegado antes. Cuando terminaron de colocar los hilos, Laila sacó unas cajitas de marfil, labradas cada una con un diminuto motivo geométrico que señalaba el tamaño de las agujas que contenía. Las finas y precisas agujas que le había traído Yusuf venían desde Antioquía, ya que las de Toledo no había podido conseguirlas. Cuando terminó de colocar todo el contenido del cofre sobre la mesa, Laila miró con expresión interrogante a su hermano. Este volvió a introducir su mano en el interior de su galabiya, pero esta vez no sacó un dulce, sino que se descolgó del cuello un paquete de vitela que entregó a su hermana. Laila posó el bulto sobre la mesa y lo abrió con delicadeza. Ante los expectantes ojos de Zarádat, unas pequeñas canillas de hilo entorchado en oro refulgían con la luz del sol que entraba por la ventana del patio. A Laila se le iluminó la cara. Ya podía comenzar a tejer su principal encargo.

—¡Oh! Yusuf, que el Profeta, la paz y la oración estén con él, te guíe siempre con sabiduría y te guarde a ti y a toda la familia —le dijo Laila a su hermano, mientras con ojos llorosos le cogía la cara con sus manos.

—Bueno, todo sea porque mi hermana y su marido dispongan de las mejores telas del reino de Castilla.

II

EL MAESTRO DE OBRAS Y EL OBISPO. ÁLVARO

Anno Nostrae Salutis 1221
Finales de febrero

1

El frío viento serrano que descendía del altozano de Atapuerca disipaba el calor del sol de atardecida y lamía todo el cuerpo de Ricard d'Epernay, calándole hasta el espinazo. De vez en cuando se erguía y, tensando la musculatura de su espalda, intentaba calentar su esforzada marcha. Solo los muslos se mantenían templados gracias al calor que emanaba de la cabalgadura sobre la que iba montado, un precioso caballo de tiro ardenés hecho a los climas extremos. Le había puesto el nombre de Frange, que en el idioma franco significa flequillo.

Atrás habían quedado los frondosos y extensos montes de Oca, conocidos por su peligrosidad, ya que en ellos se escondían partidas de malhechores que malvivían al margen incluso de su propia existencia, asaltando a los viajeros que osaban atravesar esos lares y a quienes, en ocasiones, cuando el miedo y la fuerza se imponían, llegaban a matar. La Divina Providencia tuvo a bien enviarle a dos caballeros pardos que venían de Pedroso, un barrio de Belorado, y que, a la altura de Villafranca Montes de Oca, cuando el maestro acababa de comenzar la subida al monte de Oca, se ofrecieron a continuar con él. Sus acompañantes pertenecían a la caballería villana originaria de los concejos, esa que entre el vulgo era conocida como los caballeros pardos por el color de la capa que vestían.

Ambos caballeros alabaron la montura de Ricard, muy diferente a la suya, el caballo losino. Autóctono de los dominios castellanos de la Merindad de Losa, su crianza llegaba hasta los montes Obarenes. El impresionante tamaño y fortaleza del ardenés no desmerecía la extraordinaria silueta y estoicidad del losino, un caballo que, junto con el asturcón, llevaría el peso inicial de la Reconquista.

Ricard valoró la presencia de ambos caballeros por la seguridad que le dispensaron, aunque no pudo apreciar de igual forma su conversación.

Es posible que fuera porque ellos no se defendían bien en latín y él no lo hiciera en la lengua romance castellana. Pero había algo más. Una especie de forzada y sutil indolencia, significativa de quienes pretenden estar socialmente en un sitio al que no pertenecen y rehúyen aquel de donde vienen, terminando por vivir entrambos en existencial amargura.

Ricard volvió a quedarse solo cuando los caballeros se dirigieron hacia Villafría, mientras él se encaminó hacia la aldea de Castañares, de cuyas casas campesinas se apreciaban tímidamente en lontananza columnillas de humo salientes de los lares. Cuando pasó la aldea, Ricard enfiló el último tramo del camino de Santiago que llegaba hasta Burgos. Acompañado por el cada vez más esporádico canturreo de los pájaros, Ricard volvió a sumergirse en sus pensamientos y rememoró lo que el padre Donaldo, un monje del monasterio benedictino de Santa María la Real, en Nájera, le contó sobre el apóstol.

—Tras la muerte de Cristo —le dijo Donaldo mientras paseaban por el claustro najerense— Santiago el Mayor, hijo de Zebedeo, inició su labor apostólica en Jerusalén, desde la que posteriormente llegaría a Hispania, a tenor de la ruta comercial entre Palestina y la principal provincia romana. En las tierras hispanas del norte realizaría su esfuerzo evangelizador, y a su regreso a la Palestina de Herodes Agripa fue decapitado. San Jerónimo nos dice que los apóstoles acordaron entre sí, antes de separarse, que cada uno sería enterrado allí donde hiciera su apostolado, por eso Santiago fue traído de vuelta a Hispania. La tradición relata que Atanasio y Teodoro, discípulos suyos, se hicieron con el cadáver y lo trasladaron a Iria Flavia. El Apóstol fue enterrado en el bosque de Libredón, en un lugar designado por Dios cuando los bueyes que tiraban del carro que le transportaba se negaron a continuar. Muchos años después, un ermitaño de nombre Pelayo contó al obispo de Iría Flavia, Teodomiro, que durante las noches era testigo de la aparición de extrañas luminarias y misteriosos resplandores. Llegado el obispo Teodomiro al lugar, dio fe de lo narrado por Pelayo y entendió que esa era la señal de que allí se encontraba el Arca Marmárea, el sepulcro del apóstol. El obispo se trasladó a la corte e informó al rey Alfonso, quien ordenó construir un templo para albergar debidamente al discípulo de Cristo, nuestro Señor. Mientras, el obispo Teodomiro trasladó la sede episcopal de Iría Flavia a Compostela, que es como se conoce el lugar del enterramiento. Tan grande era la fe profesada hacia Santiago que Alfonso III el Magno mandó construir una nueva catedral de mayor belleza y dimensiones. Tan poderosa es su presencia que ni siquiera Almanzor, después de destruir la ciudad compostelana llegando a su fin el décimo siglo, osó profanar su tumba.

»En el Monasterio de San Martín de Turieno, Beato de Liébana escribió: ¡Oh! Apóstol. Dignísimo y Santísimo. Cabeza refulgente y dorada de Spania. Defensor poderoso y Patrono nuestro. Y mediado el siglo IX, en el Campo de la Matanza, en Clavijo, muy cerca de aquí, apareció el Apóstol cuando el rey Ramiro I de Asturias daba batalla al moro. Cuenta la leyenda que, en la pugna, los cristianos quedaron muy mermados, ¡tal era el número de sarracenos allí llegados! —Acercándose al maestro, el padre Donaldo se agarró a su brazo para caminar más seguro por el pedregoso suelo del claustro. Su avanzada edad le permitía esas licencias. Atenuando un poco la voz, como queriendo remarcar el sentido fabuloso de su disertación, continuó con el relato—. La noche antes de la batalla, el rey asturiano recibió en sueños la visita del apóstol Santiago, quien le animó a combatir con bravura y le prometió su apoyo en la lid. Al día siguiente, fuertes los ánimos hispanos, aunque más fuertes aún los números sarracenos, apareció Santiago sobre una caballería blanca empuñando su espada. Al verlo, iluminados por la fe y acuciados por su orgullo guerrero, al grito de ¡Santiago y cierra España! los cristianos se alzaron con la victoria.

»Este es Santiago, querido maestro —Donaldo se sentó en el único banco del claustro, colocado allí para que los monjes más viejos pudieran mitigar la natural fatiga que a la ancianidad acompaña—, y este camino por el que viajas es el que lleva a su santuario. La Bula *Regis Aeterni* del Papa Alejandro III estableció que serían años santos o jubilares aquellos en los que el día 25 de julio coincidiera con el día del Señor. Quien allí llegue en año jubilar obtendrá la indulgencia plenaria. Pero para ello, amigo constructor, deberéis llegar a Santiago y cumplir tres requisitos: visitar la tumba del Apóstol, asistir a la Santa Misa o rezar el Credo o el Padre Nuestro pidiendo por las intenciones del Papa, y confesarte y recibir la comunión. Pero no tengas prisa. Para ir a Santiago siempre hay tiempo. Los años jubilares allí son cada seis. Los que van a Roma lo tienen peor. Allí son cada veinticinco.

«Cada seis años no es mucho», pensaba Ricard mientras llegaba a Burgos. Pero la labor que tenía encomendada le llevaría mucho más de seis años. Sin abandonar la posibilidad de viajar a Santiago más adelante, despejó de su cabeza la peregrinación jubilar. Debía centrase en levantar una catedral. Su proyecto le ocuparía toda su energía y pensamiento.

Ricard levantó la mirada de la crin del cuello del caballo y salió de sus pensamientos. Sobre el rojizo cielo que el sol coloreaba en su caída se perfilaba la fortaleza burgalesa, en la parte alta de un pelado cerro. Sin ser excesivamente majestuosa, la solidez y austeridad de su diseño la dotaban de una egregia estampa, como si de alguna forma quisiera representar el rudo clima que la vestía y el carácter de la gente que en torno a ella se agrupaba: el pueblo castellano.

2

A medida que llegaba a la ciudad pudo percatarse de la profusión de molinos que jalonaban el itinerario. Sin duda, la abundancia de agua, que generosamente regaba toda la vega al sur del cerro, era convenientemente aprovechada. Mientras atravesaba un paraje ubicado entre las tierras del capiscol y la aldea de Gamonal, donde descollaba la iglesia de Nuestra Señora la Real y Antigua de Gamonal, distinguió una figura al borde de uno de los canales de riego.

—Muchacho, ¿voy bien por este camino hacia Burgos? —preguntó Ricard al mozalbete que estaba al borde de la acequia.

—Sí, señor —contestó un chaval de pelo castaño y mirada de color miel de brezo.

Ante la efectiva pero parca contestación, Ricard miró al hombre que se encontraba metido hasta las rodillas dentro del agua. El hombre le devolvió la mirada, pero no dijo nada. Ya le había contestado su hijo.

—Quedad con Dios.

—Que Dios os acompañe —recibió por respuesta.

Numerosas huertas y tierras de labor delimitaban el camino por el que progresaba. La actividad en torno a las mismas era constante y a las jaculatorias poco piadosas de algunos campesinos se sumaba el rebuzno, posiblemente también poco misericordioso, de algún pollino. Las gentes con las que se cruzó no dilapidaban más palabras que las necesarias para el saludo correcto. Gentes recias, de manos labradas, gesto duro y mirada noble. Hubo de cruzar el cauce molinar, que por su izquierda venía acompañándolo mientras movía la maquinaria de los molinos que había divisado y de los que aún le quedaba por ver. La profusión de huertas y cultivos se entremezclaba con una no menos prodigalidad de iglesias, conventos y hospitales. Los restos del desmonte y tala de madera en los cercanos bosques daban fe de la creciente actividad de la ciudad castellana y su alfoz. Ricard había dejado atrás la iglesia de Gamonal y el hospital del capiscol y ahora distinguía perfectamente el monasterio de San Juan y el hospital de su mismo nombre, muy cercanos ambos a la ciudad. Fundado en tiempos de Alfonso VI, en el arranque del siglo XI, el hospital era administrado por el monasterio del mismo nombre, que detentaba la propiedad de las tierras existentes entre el cenobio y la ciudad. A medida que se acercaba pudo distinguir mejor la fisonomía de la urbe medieval. Apenas se apreciaba la muralla que bordeaba la fortaleza. Solo por la parte superior del cerro, libre de viviendas, se veía su trazado, que no parecía de muy amplia extensión. Cuando bajaba por la ladera, la cerca se perdía entre las casas, dejando fuera de su protección numerosas edificaciones, lo que solo podía significar un rápido aumento de la población.

Para entrar en la urbe había que atravesar el río Vena, que, hacia la izquierda, muy cerca, desembocaba en el Arlanzón. Pasado el puente estaba situado el portazgo, que sorteó con la bula episcopal que el obispo Mauricio le había extendido hacía unos meses. Una vez en la ciudad, aunque extramuros, la vía de las peregrinaciones trascurría por la calle de San Juan, en la collación[8] de San Juan. Recorrida media calle, cruzaba la esgueva de Cantarranas, que, proveniente del río Vena, llegaba hasta el Arlanzón pasando entre los mercados mayor y menor. Una mixtura inenarrable de hediondez invadió de forma inclemente sus fosas nasales. Ni siquiera el viento, despiadado acompañante desde hacía media tarde, era capaz de mitigar los efectos de la emulsión. Tibiamente lo conseguía el olor de las brasas procedente de los hogares, pero, aun así, la esgueva, fiel colector de inmundicias a cielo abierto, repartía generosamente cuantos olores por ella fluían. A ello había de añadirse la suciedad que se acumulaba en las calles, más aún en las callejas y callejones de limitada concurrencia y sobre todo en los cercados, donde la acumulación de porquería era considerablemente generosa.

Algunas viviendas de esa travesía comenzaban un poco antes de llegar a la esgueva, pero la mayor parte de ellas aparecían a partir de la misma. Se articulaban como casa corral, con huerto en la parte trasera. Puercos, gallinas, perros, gatos, mulos, alguna vaca y algún buey convivían con la población en jubilosa mezcolanza, contribuyendo a una emulsión odorífera acompañada de un *chorus animalium* sobre el que sobresalía de vez en cuando la voz humana. La construcción de las casas se promediaba

8 Barrio.

entre las hechas con tapial y las realizadas con barda, ese entramado de ramas de álamo o de sauce que se rellenaba luego con barro, al que se le había añadido paja o cantos rodados del río para reforzar la pared así levantada. En todas, la madera era escasa, solo empleada para las vigas de las techumbres y para los marcos de puertas y ventanas, que carecían de cristales y se tapaban con una tela que apenas dejaba pasar la luz, y con una contraventana cuando llegaba la noche o arreciaba el frío. Sobre el solado, consistente en arcilla endurecida y apisonada, apenas se veía mobiliario. Un simple banco y alguna mesa en contadas casas, casi exclusivamente de artesanos. La cama era de paja, común para toda la familia, donde la promiscuidad acechaba las horas negras. Sin embargo, el mayor peligro no residía en el órfico roce carnal, cuyo peligro solo acechaba al alma. El fuego con que se combatía el frío castellano en los sencillos lares en no pocas ocasiones se tornaba en demoníaco devorador de todo cuanto a su paso encontraba, reduciendo a cenizas y escombros manzanas de casas completas. Este era el mayor peligro a que estaban expuestas las urbes medievales.

Las campanas ya estaban tocando vísperas. Ricard, que al entrar en Burgos había desmontado de la cabalgadura, avivó el paso. La vía de los peregrinos atravesaba otra esgueva procedente de los Vadillos, al este, que entraba en la ciudad un poco más abajo de la iglesia de San Gil. Como la de Cantarranas, las aguas de la esgueva de Trascorrales se utilizaban para el riego de las huertas habidas entre las casas y además movían las ruedas de un par de molinos. Luego, como la otra, iba recogiendo los desperdicios de algunas de las actividades comerciales, así como los traídos por el agua de lluvia de las collaciones sitas en la parte alta de la ciudad. La esgueva recorría toda la calle en dirección hacia la catedral, en alguno de cuyos tramos solo se podía transitar a pie, por la estrecha orilla que quedaba junto al caserío. Luego salía de Burgos cerca de las aljamas, tras cambiar el nombre por el de Merdancho. ¡Cuánta inmundicia habría de llevar para ser rebautizada!

Cruzada la esgueva de Trascorrales, el camino de Santiago continuaba por la calle Avellaneda, que cuando giraba en dirección hacia el ocaso cambiaba el nombre por el de San Llorente. Hacia la derecha subía la rúa de San Gil, conocida entre la gente como la calle del Infierno, en cuya cima estaba la iglesia del mismo nombre. Por esa calle entraba el camino de Reinosa. Continuando por la calle de San Llorente se llegaba al convento de San Llorente, sede del episcopado burgense y ubicada en el centro del barrio del mismo nombre, uno de los más ricos de la ciudad.

Las casas de esta collación se veían diferentes. La base de piedra sobre la que se levantaba el tapial reflejaba un mayor poder adquisitivo. Su iglesia, conocida también como San Lorenzo el Viejo, fue mandada construir por Fernán González, conde fundador de Castilla. En ella armaba a sus caballeros. En el siglo IX pasó a ser propiedad del rey Fernando I de León tras una permuta con el monasterio de San Pedro de Cardeña, y a principios del siglo XIII, debido al mal estado de la catedral románica y de su claustro, acogió la sede episcopal. En la panda oeste del claustro, sobre lo que fuera la cilla o almacén del viejo convento, se ubicaban las antiguas celdas. Una de ellas estaba habilitada como despacho del obispo don Mauricio y allí esperaba encontrarle el maestro de obras.

El maestro Ricard llamó a la puerta. Al rato se abrió el postigo, aunque la tenue luz no llegaba a iluminar la cara que por el mismo asomaba.

—¿Quién llama a esta hora de recogimiento? —preguntó una voz en la penumbra.

—La paz con vos, padre. Mi nombre es Ricard d'Épernay y busco al obispo don Mauricio. Vengo bajo su encomienda.

El postigo se cerró y se oyeron los cierres del portón que daba acceso al palacio episcopal. El quejumbroso chirriar de los goznes transmitía la longevidad de un edificio avejentado, apremiado por la necesidad de su mantenimiento.

—Os esperábamos hace días, maestro. Soy Silvio, el diácono palatino. Su ilustrísima está ausente y llegará a primeros del próximo mes. En unos instantes Flavio, el portero, os ayudará con la caballería y el equipaje. Supongo que estaréis fatigado del viaje, pero si lo deseáis podéis bañaros aquí cerca. Bajando esta calle, a mitad de la plaza encontraréis los baños. Están aún abiertos, pero deberéis daros prisa. En cuanto al alojamiento, únicamente podemos hospedaros esta noche. Mañana os indicaré donde podréis encontrar mejor albergue. La pobreza es nuestra guía y mal podemos atender al necesitado.

2

Don Mauricio se encontraba asomado a la ventana de su despacho. Su mirada atravesaba la Llana, la plaza en la que se ubicaba el mercado de cereales de la ciudad, y se detenía al fondo, en el ábside de la catedral románica. Llevaba el hábito coral, pues acababa de asistir a la liturgia, aunque sin celebrarla. En el ambiente flotaba un tenue olor a incienso y madera vieja y de la calle llegaban los sonidos de los puestos del grano, que ya estaban de recogida. Un brasero templaba la estancia que los primeros días de marzo se negaban a calentar.

—Su ilustrísima, el maestro acaba de llegar —anunció el ayudante.

—Hazle pasar, dijo el obispo sin girarse.

—Ilustrísima —saludó el maestro.

—Según la tradición, antes de comenzar la construcción de una iglesia han de estar definidos los cimientos de la misma, colocándose una cruz de madera en el lugar donde irá el altar. Me gustaría que esto ocurriera antes de San Juan —señaló don Mauricio a modo de saludo, mientras se giraba—. ¿Qué tal el viaje, Ricard?

El maestro Ricard d'Epernay era un hombre alto, de complexión fuerte, manos largas de piel tersa, atípica para su oficio, pelo castaño oscuro, nariz carnosa y labios finos. De procedencia franca, pero con raíces germanas, su mirada vívida de ojos verdes irradiaba seguridad y firmeza.

—Largo, don Mauricio —respondió el maestro tras besar el anillo del obispo—, pero gratificante. He podido contemplar a través de los peregrinos a Santiago cómo la fe mitiga el agotamiento y alimenta la voluntad.

—Confío en que esa misma fe ilumine nuestra empresa. ¿Has podido ver el solar?

—Sí, ilustrísima. Llegué hace unos días y mientras su ilustrísima se hallaba fuera he aprovechado para realizar un primer estudio del emplazamiento de la nueva catedral.

—Y bien, ¿tienes ya una idea de dónde podré poner la cruz para esas fechas?

—Tenía previsto colocar la primera piedra en la base de una de las columnas torales.

—Eso suele ser lo habitual cuando bajo el altar se sitúa la cripta, pero en Burgos es complicado profundizar sin que el agua lo anegue todo. Hay mucha agua bajo el suelo burgalés y por eso aquí la costumbre suele ser la de colocar esa primera piedra en la base del altar.

—Desconocía esa particularidad del terreno de Burgos. En cualquier caso, no es fácil determinar el lugar del altar. El espacio es limitado y aún me quedan por realizar algunos cálculos. Existe una gran complejidad por la ubicación. Al estar pegada a la ladera del cerro, la diferencia de nivel entre la calle principal y la plaza por donde pasa la esgueva es notable y la fábrica exigirá un basamento que aún no tengo definido. Además, el espacio que ocupa la catedral románica limitará las áreas de trabajo de los menestrales y la ubicación de la casa de la obra.

—Supongo que hubiera sido más fácil levantar la catedral en un solar plano y despejado, exento de casas en los aledaños, pero el caso es que no disponemos de mejor emplazamiento. Y, aunque así fuera, no sería el más apropiado. El rey Alfonso VI de Castilla fue el promotor de la catedral románica, allá por el 1087. El monarca donó entonces el palacio real al episcopado, pasando a ser palacio episcopal y real. Ahora ha sido el rey Fernando quien ha cedido para la fábrica los terrenos del palacio Mayor de Santa María, el palacio real. Por otro lado, la ciudad ha crecido en importancia y prestigio a tenor del camino a Santiago y del comercio con los puertos castellanos del Cantábrico. Ahora es la urbe más comercial del norte de Castilla, lo que ha supuesto un aumento de la población y la proliferación de viviendas construidas por poderosas familias comerciantes. Además, el Concejo de Burgos también tiene sus intereses y no puede, o no quiere, trasladar el mercado de la Llana, pegado al palacio, ni los otros mercados que se abren en zonas despejadas de la ciudad. Como comprenderéis, el suelo en Burgos se vende ya muy caro y trasladar la sede a otro lugar es harto difícil. Existen demasiados intereses y demasiadas trabas. El lugar para la fábrica es el que habéis visto y no se puede ampliar más. Os habréis fijado en que se ha despejado todo el espacio que requeristeis cuando nos vinos la última vez en suelo franco. Recuerdo que en aquella ocasión me enseñasteis un plano en el que me expusisteis el tamaño que debería tener la cabecera con respecto al resto del templo. El canónigo fabriquero es quien se ha encargado de los cálculos y de la dirección de los trabajos de demolición de parte del palacio real y de las casas aledañas. Se ha despejado la plaza de la Llana, que es todo lo que hemos conseguido del Concejo, y creo que hay espacio suficiente para comenzar la nueva fábrica, aunque he de reconocer que a mí también me sorprendió la diferencia de alturas entre la parte superior del palacio y la inferior. En cuanto a la seo románica, Burgos es capital del Reino y sede episcopal exenta, y no puede carecer de cátedra episcopal. Seguirá en pie hasta que puedan celebrarse los oficios en la nueva.

—Contaba ya con ello. Por eso tengo hecho un esbozo que traigo para mostraros. Si me permitís despejar un poco la mesa —apuntó el maestro mientras sacaba de un cartapacio de cuero un pliego de pergamino.

Don Mauricio apenas pudo asentir cuando el maestro ya estaba desplegando el pergamino. Sobre el mismo había dibujados unos trazos que representaban de forma somera la planta de un edificio eclesial.

—Aquí podéis apreciar la cabecera —comenzó a explicar el maestro— y en la misma se distinguen las cinco capillas circulares, el deambulatorio, el altar y el coro. Como podéis ver, se asemeja a la catedral de Reims, cuyas obras habéis podido visitar.

El obispo observó con detenimiento el dibujo. Ciertamente le recordaba la cabecera de la catedral francesa. Pudo visitarla dos veces con ocasión del viaje a la corte del emperador Federico II de Hohenstaufen para concertar el matrimonio de la princesa Beatriz de Suabia con el rey Fernando I de Castilla. Pero el obispo no estaba pensando en Reims. Don Mauricio tenía la mente en París. En el viaje de vuelta de aquella embajada también pasó por París y volvió a entrar en su catedral. Quería contemplar la nueva disposición de la función canóniga.

Hasta comienzos de siglo, los canónigos vivían de forma análoga a los monjes en los monasterios, compartiendo espacios de trabajo, comedor y dormitorio. Pero en los cabildos catedralicios había canónigos que procedían de noble cuna y deseaban recuperar las prebendas y el *modus vivendi* de su linaje, separando las tareas particulares de cada canónigo de las comunes del Cabildo. Para mitigar este efecto secularizador, en el estilo de las nuevas catedrales, conocido como *opus francigenum*, se diseñaban unas cabeceras con mayor profundidad para poder albergar el coro y el presbiterio, los lugares de celebración de los oficios y de reunión del capítulo de los canónigos. En el dibujo que tenía delante, don Mauricio podía ver con claridad cómo destacaba la cabecera del resto de la planta catedralicia, que solo estaba esbozada con unas líneas.

—Se ve claramente la cabecera, pero mi intención es edificar una catedral completa. Supongo que estará previsto —señaló el obispo, con algo de sorna.

—Por supuesto, don Mauricio. En este boceto he querido resaltar aquello en lo que podemos comenzar a trabajar en la explanada ya despejada. Pero en cuanto tome las medidas necesarias sobre el terreno, estaré en disposición de realizar el diseño completo de la planta.

—Observo que el transepto es de una sola nave. Si no me falla la memoria, en Reims el transepto posee dos laterales y la central.

—La memoria de su ilustrísima es acertada, pero si hemos de ceñirnos a los terrenos ocupados por la catedral románica, la longitud de las naves central y laterales del pie del templo serán menores que las que vio su ilustrísima en Reims y en París. Si mantenemos un transepto de tres naves, la longitud de las naves del pie será menor, lo que rompería la proporción. Por eso he diseñado un transepto de una nave.

—En el terreno, ¿dónde se emplaza el transepto?

—He calculado que la columna toral del crucero, cercana al presbiterio por su parte septentrional, quedará donde se sitúa ahora el arco exterior del absidiolo izquierdo de la catedral románica. Pero es un cálculo que aún debo definir.

—Antes has comentado algo sobre la proporción.

—Sí, ilustrísima. Como sabéis, en nuestros estudios como maestros nos sumergimos en las artes del *quadrivium*, entre las que se halla la geometría, de la que nos servimos para la edificación a través de un sistema de proporciones. Y la proporción fundamenta el diseño para la construcción de los edificios. Busca el equilibrio y la simetría entre los componentes de un todo. A cada longitud, a cada anchura y a cada altura le corresponde una medida proporcional en otra dirección, en otra dimensión. Cada medida es resultado de la aplicación geométrica de la proporcionalidad. Y la proporción viene de la figura geométrica. Del círculo, del triángulo, del cuadrado, de ángulos y longitudes. Si no se considera la proporción, la construcción de cualquier edificio se hace tosca, bruta. La principal finalidad del *opus francigenum* es la inundación de los espacios interiores por la luz, que se consigue mediante la eliminación de los muros y su sustitución por enormes ventanales. En el románico, la geometría es basta, elemental, pero consigue su propósito. En el *opus francigenum*, para conseguir su intención, la geometría debe ser compleja, elegante, proporcional. Lo más semejante a la obra de Dios.

Don Mauricio levantó sutilmente la mano. La desbordante y progresiva pasión del maestro en la exposición de sus amplios conocimientos le dejó entrever que la fábrica estaba en buenas manos. Hubiera seguido escuchando gratamente todo lo que el maestro hubiese querido exponer, pues también era un hombre culto y recibía con agrado todo cuanto alimentase su erudición, pero ahora tenía una duda cuya resolución le apremiaba. El cabildo catedralicio contaba ya con más de treinta canónigos y solicitaba un coro con un generoso espacio para su función.

—Entonces, si la longitud total de la catedral es menor, según la teoría de la proporción, también será menor la del coro, ¿no?

—En efecto. Sin embargo, se puede modificar mínimamente la proporción de una parte si se mantiene la variación en la proporcionalidad del todo. De esta forma, cuando se elimina una nave del transepto se puede mantener la proporción del coro con una mínima modificación en su longitud.

—Y en su anchura —puntualizó el obispo.

—Y en su anchura —confirmó el maestro.

—Lo que significa que caben menos estalos[9] o menos canónigos sentados.

—No tiene por qué, ilustrísima. Mientras la misericordia[10] asista, siempre se puede ajustar el ancho de los estalos.

Don Mauricio nunca tendría claro lo que quiso decir exactamente el maestro con esta frase, pero lo que sí que le quedó claro es que dominaba muy bien su oficio y su intelecto.

—La misericordia nunca deja de asistirnos, siempre que la sepamos solicitar y no abusemos de la generosidad de quien la provee. Sin embargo, la indulgencia es más difícil de obtener.

El maestro entendió perfectamente esta última observación de su ilustrísima y ambos quedaron convencidos de que su relación iba a dar muy buenos frutos.

—Pero, dejemos la teología para la liturgia —dijo don Mauricio—. La canonjía también lleva su penitencia, aunque estoy convencido de que los canónigos encontrarán en los estalos el espacio que su condición solicita. En cuanto a la fábrica, imagino que tendrás que realizar la previsión de materiales y oficios que va a necesitar su inicio. ¿Has hecho ya alguna pesquisa para estas necesidades?

—Así es, ilustrísima. Durante mi corta estancia en la ciudad he podido realizar algunas averiguaciones para el suministro de los materiales. En cuanto a los oficios, aún no he comenzado a ojear por las rúas de la ciudad.

—¿Y qué has visto hasta hoy? ¿Poseen las tierras de Burgos la calidad necesaria en los materiales para levantar un templo digno de las nuevas tendencias constructivas?

—Por supuesto, ilustrísima. He podido apreciar los diferentes tipos de piedra con los que se han realizado algunas construcciones. Por ejemplo, la cerca amurallada se ha levantado empleando *lapis villanus*, un tipo de piedra de arenisca de calidad y dureza media, que yo no utilizaría para la sillería o el tallado escultórico. Sin embargo, por esta zona de la ciudad, donde está este palacio episcopal, he visto que hay construcciones hechas con mejor piedra, parecida a la empleada en el Monasterio de Santa María la Real de las Huelgas.

9 Cada uno de los asientos de un coro capitular.
10 Parte que en la se apoya el coxis cuando se levanta un estalo para ponerse de pie, manteniéndose medio sentado.

—¿Y has visitado el taller de cantería del monasterio? Lo abrió el maestro Ricardo de Burgos hace años.

—Sí, como me recomendó su ilustrísima cuando hablamos en Reims.

—¿Y qué te ha parecido? —preguntó el obispo—. A mi modo de ver, su implantación fue un acierto del maestro Ricardo. Bueno, ahora el taller lo lleva el maestro Gonzalo de Covarrubias. Me imagino que te habrá dicho que el maestro Ricardo está en las tierras de Campoo. Tiene bastante trabajo por aquellos lares. Aunque en esta ciudad también hay mucho trabajo que hacer, aparte de la nueva catedral, claro está. La población de Burgos está creciendo a pasos agigantados gracias al camino de peregrinación y al comercio de nuestros puertos cántabros. De hecho, gran parte de las casas ya están extramuros y algún día habrá que emprender la obra de unas nuevas murallas.

Don Mauricio se calló de repente. Se había puesto a andar por la habitación y cayó en la cuenta de que estaba pensando en voz alta y el oyente no era el adecuado para ese mensaje. Claro que tendrían que realizarse unas nuevas murallas. Para cualquiera que conociese los entresijos del reino castellano esa medida sería muy acertada. La frontera con al-Ándalus quedaba ya muy lejos y las treguas y pactos vigentes con el enemigo musulmán hacían muy improbable su presencia en las puertas de la ciudad castellana, ni siquiera mediante alianzas con otros reinos. La amenaza, sin embargo, estaba en el propio Reino. Los rescoldos de los Lara no se habían apagado del todo y cuatro años no era tiempo suficiente para que dejasen de humear las brasas de la sedición. El obispo se giró de repente y miró a Ricard, esperando que retomara una conversación que él mismo había interrumpido.

—También considero una buena decisión la creación del taller, ilustrísima —acertó a continuar el maestro—. Se aprecia claramente que Burgos está en continua expansión y necesitará de buenos menestrales para las obras que tendrán que acometerse, aparte de la nueva catedral. En el taller de Huelgas he podido ver la calidad de los trabajos de los aprendices y los oficiales. Creo que podrá surtirnos de talladores y de algún escultor. El maestro Gonzalo de Covarrubias me ha estado informando sobre las diferentes canteras del alfoz y me ha dicho que las de Celada, Rebolledas, Arcos y Villariezo dan una piedra que puede emplearse como ripio[11] y mampuesto. En un par de ellas tengo pensado establecer las caleras. Sin embargo, para los sillares me ha recomendado las canterías de Hurones

11 Escombro, cascajo obtenido de la piedra en el desbaste o la extracción en las canteras.

y de Atapuerca porque su piedra es dura y resistente. Pero la piedra sobre la que más me ha insistido para la sillería es la que sale de las canteras de Hontoria y de Cubillo. Dice el maestro que aparte de poseer una gran dureza y resistencia, su mayor calidad y su fácil tallado en crudo la hacen especialmente apta para el trabajo fino, siendo muy generosa con el tallado experto.

—Y pertenece al obispado —interrumpió don Mauricio—. Es piedra franca, exenta de gabelas[12]. Es la condición que puso Alfonso VI cuando donó la cantera, junto con parte de su palacio, para construir la actual catedral románica. ¿El transporte lo tienes resuelto?

—Excepto las de Hontoria, que están a una jornada, las demás están a pocas leguas. El ripio y la cal se pueden traer con carros y acémilas, pero para el transporte de la piedra de Hontoria necesitaré hablar con la Hermandad de la Cabaña de Carreteros. Tengo entendido que la zona de donde provienen es abundante en madera de calidad, por lo que podrían entregar también ese material tan necesario para la obra. Sin las cimbras, las vigas y las plataformas del andamiaje, no es posible construir la catedral. Me fijé en los bosques del alfoz cuando me acercaba a Burgos y durante estos días he podido acercarme a los de la zona de Ubierna. Aunque sus árboles son pequeños, pueden cubrir otras necesidades. Pero aún me queda mucho trabajo preparatorio.

—¿Tienes alguna necesidad que pueda solucionar?

—Necesitaría un ayudante que se desenvolviese en la lengua romance castellana. Mi castellano es demasiado sencillo y he de comenzar la búsqueda de maestros, oficiales y aprendices de cantería, de carpintería y de forja y supongo que no todos conocerán bien el latín. Por otra parte, sería deseable que desde las iglesias se hiciera un llamamiento para la contratación de peonadas de cavadores y albañiles. Hasta julio no comienza la siega y ahora las labores agrícolas permitirían una mayor dedicación a la fábrica.

—Me hago cargo de que tienes bastante labor por acometer y no debe ser quien te ha dado el motivo para que la tengas quien te entretenga más de lo deseable.

El obispo rodeó la mesa y extendió la mano al maestro para que besara el anillo, señalando que la entrevista había llegado a su fin.

—Tengo a la persona indicada para la labor de cicerone —dijo mientras Ricard le besaba el anillo—. Y en cuanto al traductor, creo que también. ¿Dónde te alojas?

12 Impuestos.

—Encontré una casa en la calle de Corronería, o de Cornería, no sé muy bien como se dice. Está cerca de San Nicolás. Pertenece al canónigo Aristeo.

—Buena elección —dijo el obispo Mauricio, a la vez que acompañaba al maestro a la puerta—. Aristeo es el canónigo archivero. Es un hombre metódico y constante. Te haré llegar a vuestro guía y concertaré una entrevista con Johan de Champaña, el canónigo fabriquero. Es franco, como tú, y conoce muy bien dónde buscar los oficios y materiales para la obra. Ve con Dios, maestro.

—Ilustrísima —se despidió el maestro.

—Por cierto, maestro —interrumpió don Mauricio la salida de Ricard por la puerta—. En cuanto al nombre de la calle, Corronería está bien dicho, ya que antiguamente se ubicaban en esa zona los corrioneros, los guarnicioneros, como se les conoce en otros lugares. Lo que ocurre es que entre el vulgo burgalés la calle es conocida como calle de Cornería, y mucho me temo que terminará quedándose con esa apócope.

—Gracias por iluminar mi ignorancia, ilustrísima —añadió Ricard d'Epernay, que retomó su camino de vuelta a sus quehaceres.

4

Bajo la atenta mirada del Águila[13], Álvaro y Yago realizaban los ejercicios que les habían enseñado el día anterior. Montados en sendos caballos losinos, los dos niños evolucionaban con sus monturas a través del pequeño prado. Ya habían cogido soltura en el manejo del caballo al trote y al galope sostenido y quiso probarlos a medio galope, portando una lanza. Don Sebastián les ofrecía a los niños una pica a su paso por su lado y ellos debían cogerla, dar una vuelta por el prado y volver hasta donde estaba él para clavarla de nuevo delante de él. Primero llevaban la lanza vertical, tal y como se la daba el oficial. Después aprendieron a llevarla en ristre, en posición horizontal, bajo el brazo y cogida con la mano. Todo eso lo habían aprendido y practicado ayer. Hoy ensayarían la acometida.

Hacia la mitad del prado, don Sebastián había ordenado instalar un soporte que permitía que un escudo a media altura, representando el pecho de un soldado de a pie, pivotase hacia atrás cuando fuera golpeado, volviendo a su posición inicial después del impacto. Primero pasarían

13 Término con el que se conocía al ayo que se encargaba de la instrucción militar del joven noble.

con la lanza en ristre por el lateral del soporte, sin golpear el escudo. Después harían lo mismo, pero golpearían el escudo sacando la lanza de debajo del brazo y estirando este. De esta forma, don Sebastián previó que la lanza terminaría en el suelo tras el impacto, pero no el jinete.

El primero en intentar la arremetida fue el pupilo de don Sebastián. Las pasadas en vacío resultaron muy bien. Álvaro realizó cinco galopadas acercándose al escudo lo suficiente como para haberlo golpeado. Después realizó otras cinco, pero inclinándose ligeramente hacia adelante y hacia la derecha e incorporándose tras sobrepasar el soporte. Después realizó Yago los mismos ejercicios con idéntico resultado. Ambos niños se miraban con la complicidad de quien está disfrutando de compartir vivencias con la otra persona. Además, los dos conseguían los mismos resultados en los ejercicios que su instructor les demandaba. A Álvaro esto le gustaba más que la escritura y la lectura en latín que le enseñaba doña Úrsula, que las leyes de don Sebastián o que la filosofía del padre Norberto. A Yago le pasaba lo contrario, pero tampoco le disgustaba esta actividad.

—Muy bien, prestadme atención. Ahora vais a golpear el escudo. Llevaréis la lanza en ristre, pero para golpear el escudo sacaréis la lanza de debajo del brazo y lo estiráis. Cuando sintáis que la punta de la lanza golpea el objetivo, dejad que la fuerza del golpe eche el brazo hacia atrás y recuperáis la lanza volteándola hacia arriba y hacia adelante, no de lado y hacia adelante.

—Pero será más fácil de lado —dijo Álvaro.

—No. Si lo hacéis lateralmente perdéis la fuerza del golpe, que os impulsa hacia atrás cuando pretendéis volver la lanza hacia adelante. Además, en una batalla no estáis solos y al recuperar la lanza de lado puede chocar contra otra que esté vertical, clavada en el suelo o en el cuerpo inerte de alguien, y eso hará que perdáis la vuestra. Dad dos vueltas al prado llevando la pica de lado hacia atrás y recuperándola como os he indicado. ¡Venga!

Los dos amigos efectuaron lo que les indicó el preceptor de Álvaro. Al iniciar la segunda vuelta iban medio riéndose. A pesar de la seriedad de don Sebastián, los niños aprovechaban cualquier momento para bromear. El oficial les recordaba siempre la importancia y la seriedad de la instrucción militar, pero también recordaba que un joven alazán necesita galopar para que luego responda al adiestramiento.

Cuando completaron las dos vueltas, Álvaro inició el ataque al escudo. Como había previsto don Sebastián, la lanza marchó al suelo tras el impacto. Sorprendido, Álvaro se desestabilizó y perdió el control de la montura, que detuvo el galope de forma suave en cuanto percibió que su joven jinete no era dueño de las riendas. Una vez que se detuvo el losino, aún con el susto en el cuerpo, Álvaro cogió las riendas y se incorporó a la posición de partida, donde el ayo había dejado clavadas en el suelo varias picas. Cuando Yago se disponía a realizar el ejercicio, don Sebastián le detuvo.

—No, espera. Que repita Álvaro.

Don Sebastián sabía que en el oficio de la guerra se dan situaciones en las que el miedo se apodera de uno, y si no se recupera el control enseguida, este miedo se convierte en pavor y termina anulando la voluntad. Ya lo había visto en combate, en la batalla de Úbeda[14], cuando apareció la caballería pesada de la retaguardia cristiana de Alfonso VIII y se produjo la desbandada de los sarracenos. Algunos no acertaron a moverse, paralizados por el miedo.

Álvaro repitió el ejercicio. La punta de la lanza golpeó el escudo, que apenas basculó, y de nuevo la pica terminó en el suelo. Pero esta vez el joven noble no perdió el control de su montura.

—Ahora tú, Yago.

Yago se dirigió hacia el soporte con decisión y lo golpeó con la lanza. El soporte cedió con violencia y Yago recuperó la lanza como les había indicado el oficial. Álvaro miraba a su amigo con una mezcla de envidia y admiración. Algo a que don Sebastián no se le escapó.

—¡Álvaro! —llamó el ayo a su pupilo—. Ahora tú.

Álvaro imitó a Yago y se dirigió hacia el objetivo con denuedo. La punta de la pica golpeó el escudo y el soporte cedió con violencia, provocando que la pica saliese disparada en dirección contraria. No obstante, Álvaro controló su caballo y volvió al punto de partida. Mientras estaba llegando, Yago se acercaba otra vez al soporte, volvía a golpearlo y recuperaba la lanza tal y como les había enseñado el Águila. Esta vez, don Sebastián no tuvo que llamar a Álvaro. Cuando dirigió la mirada para indicarle la orden de acometer, este ya estaba lanza en ristre decidido a golpear el escudo. Cuando la lanza golpeó el escudo y el soporte basculó hacia atrás, Álvaro se desestabilizó. Temiendo lo peor, don Sebastián hizo el movimiento de arrancar hacia donde estaba su discípulo, pero Álvaro se recompuso y dominó su montura. Esta vez no perdió la lanza.

14 Nombre por el que se conocía en la época a la Batalla de las Navas de Tolosa, en 1212.

Después de una hora, los niños estaban cansados de repetir los mismos ejercicios y los caballos también necesitaban descanso. Don Sebastián les ordenó llevar a sus monturas a las caballerizas y les dijo a sus mozos de cuadra que les enseñaran a lavar y cepillar a los caballos. Aunque hoy era sábado, no tenían ningún compromiso social y don Sebastián iba a estar todo el día con ellos, así que por la tarde practicarían el combate a pie. El padre Norberto tampoco pasaría hoy a por Yago.

A la hora de comer, don Sebastián se llevó a Álvaro. Yago se quedó en la casa con la servidumbre, ya que doña Úrsula estaba en casa de su tío, en Burgos. Después de comer repasaron cuestiones legales de usos y fueros. Cuando los niños comenzaron a bostezar, don Sebastián se los llevó a la sala de combate, como llamaba a la estancia de la casa en la que él mismo se adiestraba con su asistente. Como el sol calentaba la tarde y no había nada de viento, salieron al patio.

Armados con espadas de madera y a la voz de su instructor, ambos ejecutaban movimientos de ataque y esquiva, ataque y defensa, finta y contraataque. Don Sebastián llevaba tiempo apreciando las diferencias entre ambos niños. Álvaro era timorato y débil y Yago decidido y fuerte. Álvaro era nervioso y torpe y Yago templado y hábil. Pero Álvaro tenía algo de lo que Yago carecía. Altivez.

—Álvaro, ahora vas a realizar un ataque vertical a la cabeza de Yago —indicó don Sebastián—. Y tú, Yago, bloquea el ataque volteando la espada sobre tu cabeza.

Álvaro lanzó un ataque como le había indicado el oficial y Yago volteó la espada sobre su cabeza. En el choque, Álvaro perdió la espada, que salió despedida de la mano. Rápidamente, Álvaro corrió a recogerla del suelo. Miró a don Sebastián, que con un gesto de la cabeza le indicó que volviese a su sitio. Una vez enfrentados de nuevo, don Sebastián dio la orden de ataque a Álvaro. De nuevo, la espada del muchacho salió despedida. Álvaro corrió a recogerla del suelo, miró a don Sebastián y volvió a situarse en su sitio. Era indiscutible que el niño estaba golpeando con toda su fuerza. Si no, la espada no hubiera salido impelida otra vez, en esta ocasión más lejos.

Enfrentados uno al otro, Yago miraba a su amigo con la expresión de un niño que está jugando, mientras Álvaro lo hacía con otra mirada. Don Sebastián dio la orden de ataque, pero esta vez se fijó en el movimiento de Yago. A la vez que el hijo del acequiero subía su espada desde el lateral de su cuerpo, describiendo un arco hacia adelante y hacia arriba, desplazaba ligeramente su pie derecho hacia adelante y hacia la derecha, tal y como les había enseñado. Pero el acierto de Yago consistía en que su espada no recibía el golpe de la espada de Álvaro, sino que la golpeaba justo en el momento en el que esta estaba a punto de llegar, por lo que la mano de Álvaro no estaba cerrada con la fuerza necesaria para el impacto. Yago llegaba con su espada a la de Álvaro antes de que este cerrara su mano con fuerza. Yago no se defendía del ataque de Álvaro, atacaba a su espada.

La espada de Álvaro volvió a salir despedida de su mano. La inexpresiva cara del oficial le dijo a Álvaro que de nuevo la recogiera del suelo y ocupase su lugar.

—Ahora golpea a Yago en su lateral izquierdo. Como te he enseñado. Espada atrás, paso decidido hacia adelante y golpe lateral medio, en el costillar de tu enemigo.

Esta vez no le dijo a Yago cómo debía defenderse. A la voz de don Sebastián, Álvaro realizó su acometida. Cargado por la indignación de sus anteriores fracasos, lanzó un ataque decidido y enérgico contra las costillas de Yago. La espada chocó contra la de Yago y de nuevo salió despedida.

Don Sebastián se había estado fijando en Yago. Era evidente que el plebeyo tenía un don para el combate. En esta ocasión, Yago describió un arco hacia su lateral izquierdo con la espada vertical y la punta hacia abajo, desplazando su pie izquierdo hacia ese lateral en el último momento, lo que contribuía a infringir un poderoso golpe a la espada de su contrincante, antes de que completase su trayectoria.

—Yago, vete a por los escudos —ordenó don Sebastián.

Yago se fue hasta las caballerizas, en uno de cuyos pesebres vacíos tenían las armas de madera con las que don Sebastián les estaba instruyendo. Cogió dos escudos de torneo y se dirigió otra vez al patio.

—Los de blasón, Yago, trae los de blasón.

Doña Úrsula había ayudado a los niños a pintar sus escudos de juegos. El de Álvaro consistía en una caldera del escudo del linaje Lara, de la que asomaba una espada oblicua, sobre un fondo en color plata. Yago, siendo plebeyo, carecía de linaje y escudo, pero doña Úrsula, cuya bondad estaba por encima de estirpes, quiso que Yago tuviera pintado su escudo de juegos, igual que Álvaro. Al fin y al cabo, para ella era un juego todo aquello que hacían los niños, y Álvaro y Yago eran, ante todo, niños. Con la ayuda de doña Úrsula, Yago pintó el fondo azul y, sobre él, la flor blanca del gamón.

Yago volvió a las caballerizas, dejó los escudos de madera pulida, cogió el escudo de Álvaro y el suyo y volvió al patio. Cuando llegó, don Sebastián tenía a Álvaro cogido por los hombros y con el gesto serio le estaba diciendo algo que no llegó a oír. Sin embargo, se dio cuenta de que la mirada de Álvaro había cambiado.

—Dame el de Álvaro y ponte el tuyo en el brazo.

Cuando Yago estuvo preparado, Álvaro acometió con fuerza. Yago utilizó su escudo para defenderse de los embates del joven noble, que miraba a don Sebastián antes de arrojar su siguiente acometida. El escudo de Álvaro lo tenía el Águila en su mano izquierda, con el dibujo hacia el frente, y daba la señal de ataque alzando el escudo de Álvaro, insuflando en el hijodalgo su orgullo de estirpe.

—Mantén firme la espada en la mano, Álvaro —recordaba Sebastián.

El joven noble descargó otro golpe sobre el escudo de Yago, que no podía realizar el mismo movimiento de ataque que ejecutaba con la espada.

—Otra vez, Álvaro. Adelanta la pierna con decisión y golpea con energía.

El juego se volvía cada vez más violento. Yago reculaba ante las embestidas de su amigo, cuya mirada había pasado del enojo a la cínica sonrisa. Yago observó un rictus de satisfacción en don Sebastián. Entonces reaccionó. Cuando Álvaro iba a soltar el siguiente golpe, Yago retiró el escudo, al tiempo que se apartaba hacia un lado girando hacia atrás sobre su pie derecho. Álvaro se desequilibró cuando su espada no encontró la resistencia del escudo y pasó por delante de Yago de forma torpe, precipitándose contra el suelo cuando su cuerpo no pudo mantenerse erguido.

—¿Qué haces, plebeyo? —gritó enojado el niño noble—. Tú estás aquí para que yo pueda golpearte.

A Yago se le cayeron los brazos. Miraba a su amigo y no entendía que había pasado para que cambiase tanto de la mañana a la tarde. Álvaro se incorporó de un salto y se dirigió rápido hacia Yago, mientras levantaba la espada de madera para asestar otro nuevo golpe. Yago, con la mirada puesta en la de Álvaro, permanecía inmóvil. Aún mantenía los brazos caídos cuando la espada de Álvaro estaba a punto de golpearle la cara. De repente, la espada golpeó con fuerza el escudo del joven noble rebotando y pegando a Álvaro en la cara. Don Sebastián había parado el golpe poniendo el escudo de Álvaro entre Yago y el arma de madera. Yago seguía mirando impasible a Álvaro. El joven noble gritaba de dolor, encogido en el suelo, con ambas manos en la cara. Don Sebastián se acercó a su protegido y le incorporó. Cuando le apartó las manos de cara, Sebastián abrió sorpresivo los ojos. La propia espada de Álvaro había golpeado con fuerza en su cara.

—¡Vete, muchacho, y no vuelvas! —le dijo el persevante.

Yago dejó caer el escudo al suelo y salió de la casa para no volver jamás.

Al otro lado del patio, pasada la tapia, sobresalía el tejado de un molino. Encaramado al mismo, el padre de Yago había visto toda la escena.

Cuando Martín llegó a su casa encontró a Yago echado sobre la paja del suelo. Estaba dormido y no le despertó. Le arropó con una manta de lana y encendió un fuego. Lo que había presenciado esa tarde marcaba un antes y un después en la vida de su hijo. No por Álvaro. Al fin y al cabo, el hijo del conde era aún un niño, como Yago. El problema era don Sebastián. Durante las arremetidas de Álvaro a Yago, Martín se había estado fijando en don Sebastián. El imperturbable gesto del noble fue mudando hacia una mueca de maligna satisfacción, a medida que su pupilo se crecía con cada golpe que asestaba al escudo de Yago. Enardecido ante la visión del blasón de su linaje, Álvaro se convirtió en un crío engreído y violento. Don Sebastián estaba marcando unas diferencias sociales a las que los chiquillos habían sido ajenos mientras fueron amamantados y educados por doña Úrsula. Tampoco se sintieron diferentes cuando el padre Norberto les explicaba cosas que Martín solo había oído a su hijo cuando, ilusionado, le contaba lo que había aprendido. Eran collazos, hermanos de leche. Habían compartido su existencia más allá de un techo y unas viandas. La bondad de doña Úrsula había hecho de resina uniendo dos almas iguales y limpias.

Pero la realidad era diferente. El mundo era dispar y no precisamente limpio. Martín no sabía por qué, pero aceptaba que su lugar en el mundo era el que ocupaba. Como también ocupaban el suyo los nobles y los clérigos. Todo estaba perfectamente dispuesto por la Divina Providencia e intentar modificar el equilibrio existente era un error. Era como pretender cambiar la salida del sol. Solo Dios podría hacerlo. A Martín le faltaban las palabras para poder expresar lo que quería decirle a su hijo. Tenía ya once años. Edad suficiente para comenzar a aprender un oficio. Sin embargo, Martín no quería que Yago fuera un chico de acequia. Martín disfrutaba con su labor, pero percibía que a Yago no le atraía esa vida. Además, era un trabajo peligroso. En un par de ocasiones estuvo a punto de perecer ahogado en el cauce molinar. No quiso recordarlo.

Martín miró a Yago. El crepitar de la leña en el lar era el único sonido que le acompañaba. La luz de la llama bailaba en la pequeña morada del acequiero y jugueteaba sobre la cara de Yago, iluminando sus dulces facciones. No había signos de que hubiese llorado, pero tenía el semblante triste. Así se había quedado dormido. Era un niño guapo, muy guapo. ¡Cómo no iba serlo! Su madre, Marta, era la mujer más bonita de Gamonal. Todavía había veces que Martín se preguntaba cómo se podía haber fijado ella en un bulto como él. Era grande y fuerte, pero no sobresalía por su guapura. Tenía esa tímida tosquedad de los hombres de aldea, que les hacía parecer siempre niños. Ella era distinta. Distinta incluso a las demás mujeres de aldea. Mientras ellas ocupaban su espacio con una natural presencia, Marta estaba sin estar. Sutil, dulce y amable, su presencia quedaba velada por la normal compostura de las gentes de aldea. ¡Cuánto la echaba de menos!

Marta era un ser extraño en un ambiente atípico. Por eso hizo buenas migas con doña Úrsula. Ella también era una persona ajena a su propio entorno. Carecía de esa vanidad del noble que definía a los que habían nacido en ese estamento. La mayor parte de ellos eran así. Cordiales y educados mientras se mantuviera la distancia. Pero cuando esta se acortaba, dejaban de mirarte para pasar a perdonarte. Eso, si no venían a pedir cuentas de su señorío. Entonces la distancia siempre era corta. Para Martín la mejor distancia era aquella en la que dejaba de verlos. Era la más segura. Por eso no le gustaba la idea de que Yago viviera en casa de don Sebastián. Mientras estuvo fuera, con el conde, todo fue bien. Doña Úrsula se encargó de la crianza de los niños como lo hubiera hecho Marta. Pero todo empezó a cambiar desde que volvió don Sebastián, sobre todo desde principios de este año. Cuando decidió comenzar con la instrucción en las armas del niño noble, poco a poco, todo empezó a torcerse. A Yago cada vez le costaba menos salir de esa casa para irse con él, con su padre. Aunque solo fuera para estar. Y lo que menos le costaba era ir al monasterio.

El movimiento de Yago sobre sí mismo sacó a Martín de sus pensamientos. Yago se acomodó girándose hacia la pared. Continuaba dormido. Martín ajustó la manta sobre el cuerpo de su hijo y echó otro leño al fuego. Una columna de chispas subió hacia el techo y las sombras se hicieron dueñas de la estancia. Martín azuzó las brasas y una llama surgió de entre ellas. Mientras la llama envolvía el leño que acababa de arrojar, Martín volvía a irse de sí mismo.

El monasterio. Toda la vida trabajando en el monasterio. Martín sabía que el último pensamiento antes de que el cuerpo de su hijo le sacase de su abstracción había sido el monasterio. Pero no recordaba con exactitud qué era lo que estaba mascullando mentalmente. Quería volver a ese punto de su reflexión. Estaba a gusto. Sabía que estaba llegando a una solución. Su hijo. Eso, su hijo no estaba a gusto en casa de doña Úrsula. Bueno, con ella sí. No. No era con ella con quien tenía el problema. Era con Álvaro. Pero Álvaro es un niño, como él. No. Entonces era don Sebastián el problema. Sí. Así era. Desde que había comenzado la enseñanza en las cosas de las armas. Martín luchaba por llegar a ese punto de su reflexión en el que se había quedado. Como un fogonazo, se le apareció una caldera negra que subía y bajaba y la cara de don Sebastián que expresaba una perversa satisfacción. Eso era. No, no. Eso era antes. Úrsula. Le vino a la mente doña Úrsula. ¿Qué hacía la amiga de Marta? Con ella Yago estaba muy a gusto. Con ella quería estar en casa. Eso es. Estaba a gusto en casa de doña Úrsula. Pero luego dejó de estarlo. Otra vez se le iba el pensamiento a Martín. Dejó de estar a gusto y... Comenzó a costarle menos ir con él. Y también le gustaba ir al monasterio. Eso es. El monasterio. Ese monje, como se llamaba... Norberto. Tenía que ir a hablar con el padre Norberto. Es posible que la mejor opción fuera dejar a Yago de manera temporal en el cenobio cardeniense, como oblato. Aunque era un proceder empleado por la nobleza, Martín esperaba que le admitiesen la súplica, ya que al no ser noble ni pudiente, Yago solo podría optar a ser hermano converso. Pero para eso todavía quedaba tiempo y la decisión habría de ser del muchacho. Martín se echó al lado de su hijo y se quedó dormido.

punto de su reflexión. Estaba a gusto. [illegible] que [illegible] alternando a una soledad [illegible] [illegible] no estaba a gusto en casa de doña Úrsula. Bueno, [illegible] No, [illegible] ella [illegible] problema [illegible] con [illegible] en [illegible] No [illegible] de [illegible] [illegible] el [illegible] Desde [illegible] comenzado la enseñanza en las casas de [illegible] que [illegible] [illegible] en el que se [illegible]. Con [illegible] se le apareció una [illegible] y [illegible] de doña [illegible] que expresaba una [illegible] No, [illegible] Esto [illegible] a la mujer doña [illegible] Qué [illegible] de [illegible] Yago [illegible] gusto [illegible] en casa [illegible] gusto en casa de doña [illegible] ¿Era [illegible] [illegible] No [illegible] que [illegible] a [illegible] [illegible] [illegible] decisión [illegible] del [illegible] que [illegible] [illegible]

III

EL PADRE NORBERTO. MARSILIO. LA CIUDAD

Anno Nostrae Salutis 1221
Primeros de marzo

1

A finales del siglo III surgieron los anacoretas en el desierto de Siria y en el desierto de la Tebaida, en el sur de Egipto. Eran hombres que de forma voluntaria abandonaron el grupo social en el que habitaban y se apartaron para orar y meditar en soledad, inspirados por la vida ascética de Elías, Juan el Bautista o Pablo de Tebas. La mayoría de los anacoretas, ante la necesidad de recibir ayuda en determinadas ocasiones, se fueron agrupando en cenobios o monasterios, surgiendo los monjes cenobitas. Así fueron surgiendo pequeñas comunidades que se configuraron como mundos aislados e independientes, dentro del propio mundo, lo que originó la necesidad de ordenar la vida en comunidad mediante una reglamentación. Al ser comunidades autónomas, cada una tenía sus normas y esto provocaba no pocas desavenencias cuando se relacionaban entre sí y con el mundo exterior. Entre las reglas monásticas más antiguas, surgidas para unificar criterios, destacó la de San Agustín, que, imponiéndose sobre las demás, determinó los deberes teológicos y morales de los monjes e incluso les reguló la vida diaria en torno a un horario, dando forma a las horas canónicas.

Después sería San Benito quien escribiera una normativa bajo la que se edificaría la estructura monástica de todo Occidente. Eremita en Monte Cassino, en la comarca italiana de Campania, Benito de Nursia fundó allí su primer monasterio a mediados del siglo VI y escribió la que más tarde se conocería como *Regula Sancti Benedicti*, la Regla de San Benito. Esta regla se constituyó en la guía monástica de Occidente y tenía como principal premisa el *ora et labora*, lo que necesitaba la organización del horario y del monasterio. La regla determinaba, en el primer precepto y de forma inequívoca, el género de monje que es deseable para llegar a Dios, destacando a los cenobitas sobre los demás, aquellos que viven en un monasterio sujetos a una regla y a un abad.

Pronto surgieron los sarabaítas, monjes que no reconocían ninguna autoridad ni se sujetaban a ninguna regla, y que vivían en grupos de tres o cuatro monjes, en ocasiones cerca de las poblaciones. Benito de Nursia diría de ellos que *se han quedado blandos como el plomo* y mienten a Dios con su tonsura. No obstante, los peor valorados serían los monjes giróvagos, clérigos deambulantes de quienes San Benito decía que se limitaban a servir a sus propias voluntades, siendo peores que los sarabaítas. Así, la regla establecía en su primer precepto que su voluntad era la de *organizar la vida del muy firme género de monjes que es el de los cenobitas*.

Con el paso del tiempo surgieron modificaciones a la Regla de San Benito, siendo la más importante la de los benedictinos franceses de la abadía de Cluny, al norte de Lyon. La reforma de los cluniacenses restaba importancia al trabajo del monje y priorizaba los oficios divinos. La concepción estructural del edificio monástico se fundamentaba en la villa romana, dotando al cenobio de cuatro conjuntos arquitectónicos en torno al elemento principal, el claustro. Este, claro reflejo del patio interior de la *domus* romana, estaba rodeado por una galería techada desde la que se accedía al resto de las salas previstas para ubicar las diferentes necesidades conventuales. Al acceder al convento, la primera sala solía ser el locutorio, donde los monjes recibían las visitas y podían hablar entre ellos. Después estaba la sala capitular, donde se realizaban las reuniones o capítulos de la comunidad monástica. La comida, o refección, se llevaba a cabo en el refectorio, mientras que la despensa se ubicaba en la cilla. Por encima de estas dependencias se situaban las celdas de los monjes, la biblioteca y el *scriptorium*. Y para los oficios divinos, la congregación se reunía en la iglesia. A su alrededor se distribuían los huertos y gallineros de los que obtenían su frugal dieta. Otra necesidad importante que debían solventar eran las dolencias y enfermedades, para lo que, además de entender de farmacología, disponían de enfermería. Al final de su vida, el religioso recibía sepultura en el mismo cenobio, teniendo como mortaja su propio hábito y como nicho una fosa cavada en la tierra.

La regla benedictina no fijaba las características constructivas de los monasterios, pero su configuración se sujetaba a la premisa del *ora et labora*, por lo que todos tenían similares características arquitectónicas. Por otra parte, la localización del cenobio no se elegía al azar y se buscaban lugares aislados pero protegidos, cerca de un bosque y de una cantera y con agua abundante en las inmediaciones. De esta forma, los monasterios se configuraron como islas autosuficientes de vida individual en común. La población circundante a la abadía, temerosa de su propia existencia y de la vida eterna, que podía ser celestial o demoníaca, buscó el perdón de sus pecados y su inclusión en las oraciones de los monjes a través de donaciones. Esto elevó la riqueza y la importancia de los conventos, que, para poder administrar y gestionar sus crecientes posesiones, se dotaron de otras estancias, como bodegas, establos, cuadras, granjas y molinos. En algunos cenobios también hubo hospital de peregrinos y hospedaje de personas ilustres, y en otros lazaretos u hospitales para enfermos, pobres y desheredados. Todo ello con el consiguiente aumento de monjes, lo que supuso la aparición del noviciado y la complicación añadida de la vida en común. Aun así, la prioridad del monasterio cluniacense era la oración por encima de la labor; la liturgia y los oficios sobre cualquier otra función.

Sin embargo, la casa madre cluniacense, el monasterio benedictino de Cluny, llegó a tener la iglesia más grande de la cristiandad, reflejo del poder y la opulencia que había adquirido. Esta abundancia chocaba con la sobriedad de la Regla de San Benito, pero los intentos de reforma eran infructuosos. De nuevo otro monje benedictino franco, Roberto de Molesmes, emprendería la tan necesaria reforma. Roberto era abad en el monasterio de Molesme, al norte de Dijon. El monasterio se enriqueció con las abundantes donaciones que recibía provocando el relajamiento de la disciplina entre los monjes. Roberto fue incapaz de someter a los monjes a las prerrogativas de la regla benedictina cluniacense y terminó dejando la abadía. Pero no se marchó solo. Con él se fueron otros veintiún monjes que, en marzo del año 1098, fundaron la abadía de Cîteaux en un deshabitado lugar llamado Cister. Nacía la Orden Cisterciense.

Esta nueva orden prohibió el lujo en cualquier tipo de manifestación. La frugalidad en la comida, el alojamiento y el hábito fueron observados con celo, doctrina que se trasladó a la arquitectura de los nuevos monasterios. Estos debían estar libres de ornato y su mejor decoración sería la proveniente de Dios, a través de la luz. Surgía de esta forma el gótico, un nuevo estilo arquitectónico que, difundido por la expansión cisterciense, iría sustituyendo al anterior, el románico, extendido por los cluniacenses.

A la par que evolucionaba el pensamiento y las órdenes monásticas, también lo hicieron las agrupaciones humanas. Cuando desaparecieron las *civitas* con la caída del imperio romano, las gentes se fueron agrupando en aldeas, que pasaron a ser pueblos, luego municipios y después ciudades. La analogía con los monasterios era en cierto modo evidente. Al igual que estos, las ciudades eran islas autosuficientes de vida individual en común. La diferencia estribaba en la regla que regía los cenobios y la que organizaba las urbes. Mientras que las urbes eran consideradas las ciudades de los hombres, los monasterios eran las ciudades de Dios. Posteriormente serían los obispos quienes pugnarían para que sus catedrales tuvieran ese título.

La historia de Burgos, una de las ciudades más importantes de comienzos del siglo XIII, estaba ligada al cercano monasterio cisterciense de San Pedro de Cardeña.

—¿Cómo va el Libro de Horas de doña Blanca? En palacio se están poniendo algo nerviosos —preguntó don Rodrigo.

—Va bien, reverendo abad, va bien.

El abad del cenobio estaba dando su semanal paseo con su *armarius*, el padre Norberto de Guildford. Don Rodrigo, que con anterioridad había sido el despensero, había accedido al cargo de superior del monasterio en 1211, sucediendo a don Esteban. El esfuerzo repoblador hacía mucho que había cambiado su centro geográfico y ahora las tierras por las que disputaban los nobles su tenencia y señorío eran las que estaban pasado el Tajo. Lejos había quedado ya el protagonismo monástico de Cardeña, aunque su biblioteca y su *scriptorium* aún mantenían algo de su anterior brillantez.

—¿En qué parte estás trabajando ahora?

—Ahora mismo estamos con dos ilustraciones. Una está siendo dorada y la dificultad reside en las láminas de oro. Con esta humedad se trabajan muy mal. Es necesario calentar los pliegues con paño de lana y de un día para otro se nota el relente. La otra lleva gran profusión de azul con incrustación de oro y plantea un doble inconveniente. Por un lado, el trabajo de la decoración en oro, como ya os he explicado, y por otro, tiene el problema del tinte azul.

—¿No tenemos lapislázuli? —preguntó el abad, que conocía las técnicas y materiales necesarios en la mayoría de los trabajos que se realizaban en el *scriptorium* del monasterio.

—Sí, sí, tenemos suficiente. Con la última remesa que nos llegó hemos repuesto lo necesario para unos meses. El inconveniente es la fórmula.

—¿Qué problema plantea?

—Todos y ninguno. En el *De diversis artibus*[15], el padre Teófilo refiere unas cantidades para la mezcla que aquí no creo que sean las adecuadas. Él era

15 *De diversis artibus* (*Sobre varias artes*) es un texto escrito a finales del siglo XI, que contiene descripciones detalladas de varias artes medievales, cuyo autor fue el presbítero Theophilus (1070-1125).

germano, de Colonia, y cuando redactó su manual estaba en la abadía benedictina de Helmarshausen. Estoy seguro de que el clima allí es diferente y por eso la mezcla tarda un poco en asentarse.

—O sea, hablamos de una cuestión de tiempo, justo lo que apremia en palacio.

—Ambas miniaturas son de tamaño considerable y requieren un trabajo minucioso —señaló Norberto—. ¿Para cuándo quieren disponer del Libro de Horas?

—Aún no me lo ha dicho la reina doña Berenguela. Es ella quien ha preguntado por el volumen, pero tratándose de una mujer prudente y serena, no creo que lo solicite con urgencia. Me imagino que lo querrá para cuando se coloque la primera piedra de la nueva catedral. Es de suponer que venga una representación del reino franco y es muy probable que doña Berenguela se lo quiera hacer llegar a su hermana doña Blanca, que, como sabes, está casada con el rey Luis VIII de Francia.

—Supongo que tampoco se sabrá cuando está prevista la colocación de la primera piedra de la catedral.

—No creo que lo sepa ni el propio obispo. Y no será por ganas. Don Mauricio lleva soñando con esta catedral desde que lo conozco. Y han pasado ya unos años. Tengo entendido que el maestro de obras está ya en Burgos, pero no me lo han confirmado aún.

Don Rodrigo y el padre Norberto paseaban por el claustro. Habían terminado su conversación sobre filosofía y ahora trataban temas mundanos. Norberto se sentía muy a gusto en el cenobio cardeniense. Era un monje inglés nacido en Guildford, al sur de Londres, aunque comenzó su andadura monástica al norte de esa ciudad, en el cenobio benedictino de St. Albans, abadía que se convertiría en la más importante de Inglaterra. Pero a Norberto pronto le asaltaron cuestiones doctrinales que, a medida que profundizaba en el conocimiento teológico, más difíciles y complejas le resultaban. Cansado de buscar soluciones a sus desvelos infructuosamente en el seno del monasterio, optó por abandonarlo y seguir una vida de anacoreta. Sin embargo, la Inglaterra de la época no se lo puso fácil. Con Ricardo I Corazón de León como Rey, Inglaterra vivió un periodo de inestabilidad política que se agudizó cuando subió al trono su hermano Juan sin Tierra, durante el cautiverio de Ricardo a su vuelta de la Tercera Cruzada. Con tanto movimiento de las huestes por los dominios nobiliarios, ser anacoreta en una Inglaterra convulsa era complejo, y por eso Norberto se convirtió en un monje giróvago, abandonando su Inglaterra natal para recorrer numerosos cenobios por toda Europa.

El monasterio que más le marcó fue el de Saint Marcel, a diez leguas de Cluny. En esta abadía conocería al padre Denis, un discípulo de Pedro Abelardo, un monje franco que contrariamente a lo estipulado decía que lo que daba sentido a la fe era la razón, argumentando que las personas debían de conocer y comprender el culto que se les predicaba. Para Abelardo, el individuo era el responsable de sus decisiones y no un ser superior, lo que suponía que la libertad del hombre dependía del conocimiento que adquiría y no de la conciencia que se le imponía. Sin embargo, estas teorías chocaban con las doctrinas de Bernardo de Claraval, monje cisterciense que defendía que era Dios quien trasmitía la verdad a los monjes, para que ellos la difundieran a los hombres.

El padre Denis, ya envejecido, le pidió a Norberto que le ayudase en el *scriptorium* del monasterio, cuyos documentos quería ordenar y no podía hacerlo solo, ya que apenas lograba ver. De esta forma, Norberto pudo consultar códices y manuscritos desconocidos, entre los que estaban algunos realizados por Pedro Abelardo. Para Norberto, las enseñanzas de Abelardo abrían un camino hacia la fe desde la razón, lo que encajaba en su forma de entender la vida religiosa. Sin embargo, las comunidades monásticas y el clero secular existían en una concepción espiritual ajena al razonamiento fuera de la fe, lo que no dejaba de tener su propia lógica, en el momento en el que la razón no llegaba a todas las respuestas. Cuando murió el padre Denis, Norberto abandonó el monasterio y emprendió el camino jacobeo con la pretensión de encontrar un reforzamiento de su fe desde el conocimiento del hombre y no de la regla monástica.

En el viaje de ida a Santiago de Compostela, hizo parada en el hospital del monasterio de San Pedro de Cardeña, donde pudo apreciar la calidad de los trabajos realizados en el *scriptorium*. Finalmente llegó a la ciudad jacobea en abril de 1211, siendo testigo de la consagración del templo por el arzobispo compostelano Pedro Muñiz. A la ceremonia asistió el rey Alfonso IX de León, a cuya comitiva se sumó Norberto para el camino de vuelta. Cansado de buscarse a sí mismo y necesitado de una paz que no lograba encontrar, recordó la quietud del *scriptorium* de Cardeña, donde pensó que quizás encontara el sosiego para su alma. Desde hacía casi una década, Norberto de Guildford se dedicaba con devoción a la miniatura y la transcripción en el cenobio cardeniense, donde el abad Ricardo le había nombrado su *armarius*, el monje encargado del *scriptorium*.

En el *scriptorium* se realizaban copias y traducciones de libros existentes y se producían libros para uso interno del monasterio. Una de las mayores labores era el miniado, la realización de imágenes pintadas en los pergaminos que componían los libros que se realizaban. Los libros acumulados se guardaban en un hueco realizado en la pared llamado armario, y su responsable era el monje del *scriptorium*, conocido como *armarius*. Los monjes se distribuían dentro del *scriptorium* por tareas. Los *scriptores* realizaban los manuscritos y sus copias, los que dibujaban e iluminaban las letras capitales eran los *rubricatores*, y aquellos que se dedicaban a la delicada tarea de la encuadernación eran conocidos como *ligatores*. El padre Norberto se encargaba de la distribución del trabajo diario en el *scriptorium* y de que no faltaran pergaminos, plumines y tintura. Aunque los materiales más importantes, por costosos y delicados, eran las láminas de oro y el polvo de lapislázuli.

El monje de Guildford se sentía muy a gusto trabajando en el *scriptorium* y el abad estaba satisfecho con la labor de su *armarius*, a quien solo le puso una condición. Solo hablaría con él de las cuestiones trascendentales. De la fe y de la razón. Sabía su trayectoria y prefería tenerlo controlado. Al menos hasta que lo conociese mejor. Ya hacía tiempo que se veían para charlar cada mes. Ambos poseían una cultura y una clarividencia de la que el resto de monjes carecía. Además, para aquellos que estaban sujetos a la Regla de San Benito había cuestiones que era mejor no plantear. A no ser que se tuvieran claras las prioridades y las necesidades. Y el abad y su *armarius* las tenían.

El claustro permanecía en silencio, como era habitual. La mañana se había levantado fría y con niebla. Apenas se oían los cantos de un par de zorzales y un pinzón y el ambiente comenzaba a poblarse de los aromas del condumio, provenientes de las cocinas del monasterio.

—¿Y dices que su padre no puede hacerse cargo del muchacho? —el abad don Rodrigo se detuvo y miró a su *armarius*. Acababa de dejar zanjada la cuestión del Libro de Horas y abordaba ahora la del hijo del acequiero.

—Cuando murió la madre del chico, la mujer a la que servía, y con quien guardaba una estrecha relación, se hizo cargo de la crianza —comenzó a decir el padre Norberto, que sabía perfectamente de qué le hablaba el abad—. Martín, el padre del chico, trabaja como acequiero del monasterio y lleva las reparaciones de los molinos...

—Lo sé, Norberto, lo sé —interrumpió el abad, que estaba como ausente—. El chantre vino a verme y estuvimos hablando. Su sobrina es doña Úrsula y para ella trabajaba la madre. La situación era un tanto inusual. Úrsula educaba a Álvaro, el hijo de don Martín Pérez, el mayordomo de don Gonzalo Núñez de Lara, y al mismo tiempo se encargaba de la crianza del hijo de Martín, el acequiero. Pero eso ya lo sabes. El caso es que dos niños de diferente categoría bajo el mismo techo y la misma tutoría... Es normal que terminase así. ¿Y en un taller de artesano? Podría entrar como aprendiz, donde siempre estaría supervisado.

—Eso mismo le he dicho yo a Martín, pero el chico no quiere.

—¿Y qué alega?

—Según su padre, que solo quiere estar con el padre Norberto.

—Y tú, ¿qué dices?

—Todavía es pronto para determinar si su espíritu viene de Dios, como dice nuestra regla, pero el chico pone mucho interés en las cuestiones del espíritu y la razón.

—¿Y es buen discípulo?

—Muy bueno. Cuando les estuve impartiendo doctrina, Yago destacaba siempre sobre Álvaro.

—Ya.

De nuevo el abad se volvió a quedar pensativo. Miraba hacia la fuente del claustro. El canturreo del agua al brotar del chorro le recordó a los mártires de Cardeña y una concatenación veloz de ideas le llevó a relacionar el concepto de inocencia con el de infancia. «Dejad que los niños vengan a mí», decía Cristo. Bueno, pensó él, el tiempo dirá si ha de quedarse o seguir por otra vía el camino de la salvación.

—Supongo que Martín no sabrá escribir —dijo don Rodrigo sin apartar la mirada del caño—, así que vete preparando el documento de ingreso.

—Enseguida, padre —dijo el padre Norberto, con una leve mueca de satisfacción, pues él también quería que Yago estuviera a su lado.

—Se quedará contigo y te auxiliará en las labores de *armarius* —señaló el abad mientras se giraba para dirigirse a las cocinas—. Dile al mayordomo que estaré en las cocinas o en la cilla.

—Claro, reverendísimo padre —respondió el padre Norberto, significando que desde el primer momento esa era su intención.

—Y llámame al mayordomo —dijo el abad mientras se dirigía hacia las cocinas.

2

Desde la ventana de su habitación, Ricard observaba la explanada donde tenía que erigir la cabecera de la nueva seo. El frío matutino apenas dejaba levantar la espesa niebla con que había amanecido la ciudad castellana. Un par de velas iluminaban la estancia, que se mantenía tibiamente caldeada por mor de un pequeño lar, cuyas ascuas aún crepitaban. Su posición, el encargo por el que había llegado a Burgos y, sobre todo, su benefactor, le permitían esas prebendas. Ricard estaba dándole vueltas a cómo realizar las mediciones correctamente, teniendo en cuenta que debía comenzar la obra en un espacio acotado por varios edificios. La catedral y la parroquia de Santiago por el lado de poniente y el palacio real por el meridional. Aún quedaban algunas casas que los alarifes[16] estaban derribando. Pero eso le llevaría todo el mes. Sonaban las tres campanadas de la hora Prima cuando llamaron a la puerta.

—¿Quién llama? —inquirió el maestro.

—Maestro, soy Marsilio. Me envía don Mauricio.

Ricard abrió la endeble puerta y una encorvada figura, de apenas dos varas de altura, se dejó entrever con la escasa luz que salía de la estancia.

—Perdona la descortesía, maestro, pero este frío húmedo clausura todo miramiento —dijo Marsilio mientras, aterido de frío, se colaba en la habitación como un gato por una gatera.

Ricard le contemplaba entre inquieto y maravillado. Inquieto porque, con la espalda encorvada, los hombros caídos, las grandes manos sujetas entre sí y el cuello metido, parecía un martinico, ese duende que en los cuentos castellanos protagoniza las más inverosímiles narraciones y que durante su viaje ya le había descrito algún posadero. Maravillado porque, vestido con talar negro ceñido de cíngulo, unos botines de paño grueso, una manta de basta lana, que acababa de quitarse para sacudir el agua acumulada por la niebla, y una crespina como tocado, parecía una de esas estrafalarias figuras que adornan los canecillos de las iglesias románicas. Todo mejoró cuando dejó de moverse y miró al maestro. Sus saltones ojos enmarcaban una nariz de halcón que dividía su enjuto rostro, marcado por finos pómulos y mandíbulas estrechas, que se unían en una ancha boca, cuya sonrisa, de siniestra intención, era lo menos desgraciado.

—Soy tu cicerone.

16 Albañiles.

Al momento se le arqueó una ceja al maestro, que no supo cuánto tiempo iba a tardar en bajar.

—¿Y bien? ¿A qué tanta premura? ¡Acaba de amanecer! ¿Tenemos que poner las calles? —dijo al fin el maestro Ricard.

Marsilio frunció el ceño, pero enseguida explotó en una gran carcajada.

—No, maestro. Pero la luz del día es breve y la labor extensa.

Estaba claro que Marsilio no era un cúmulo de virtud estética ni de contención emocional, pero sus inquietas maneras dejaban percibir una predisposición que, sin duda, harían de él el mejor guía del que iba a disponer el maestro. Eso, si era capaz de seguirle.

—Lo primero que vamos a hacer es conocer la ciudad. Nos llevará poco tiempo. Sígueme, maestro —dijo Marsilio, tras lo cual desapareció como había llegado, mientras Ricard arqueaba la otra ceja.

Cuando el maestro de obras salió de la casa, Marsilio le estaba esperando calle arriba, cerca de la iglesia de San Nicolás.

—Esta calle que recorremos se llama Cornería —le dijo Marsilio al maestro cuando este llegó a su altura—. Arranca justo delante del convento de San Llorente, donde está el palacio episcopal. Allí también comienza el barrio de Santiago. Como puedes ver, la calle pasa por encima de la catedral y por delante de San Nicolás, esa iglesia que vemos aquí, a nuestra espalda. Pasada la iglesia, la calle cambia otra vez de nombre por el de Tenebregosa y comienza el barrio de San Nicolás.

El maestro observaba de nuevo la catedral románica y la iglesia de Santiago de la Fuente, aneja a ella. Mientras cavilaba cómo acometer las obras de la nueva iglesia catedral en el solar ocupado por la actual, el cicerone continuó explicando a Ricard la fisonomía de la ciudad.

—La pequeña plaza que ves frente a la puerta de poniente de la catedral es la de Santa María. En ella se coloca el mercado del pescado y de la carne. Un poco más arriba está la plaza del Azogue, en la que se encuentran los talleres de algunos cambistas y muchas casas del Cabildo, dentro del barrio de Santa María. La plaza que se ve más abajo es la de Sarmental. En ella se instala el mercado de la leña y el carbón. También se trabajan los sarmientos podados de las viñas de las gleras del Arlanzón y del Vena. Aquí los cortan y los lían en haces. Empezarán en seguida. Ya estamos en marzo. Te habrás fijado que huertos y viñedos comparten importancia en ambas vegas. Alfonso VIII dotó de privilegio a los burgaleses para que pudieran vendimiar antes de San Miguel y también concedió sinecura al Concejo de Burgos sobre las viñas de las tierras aledañas y del alfoz. Aquí en Burgos, las vegas de sus tres ríos obligan a la huerta y a la vid, aunque para un consumo local y eclesiástico.

—También hay campos de cereal entre la vega y los bosques, aunque no muchos —señaló el maestro.

—Conozco otras ciudades castellanas, pero ninguna como Burgos. Desgajado del río Arlanzón, desde más allá de la aldea de Ibeas, corre un canal molinar repleto de molinos, pero el campo adyacente no se prodiga mucho en el cereal.

—¿Y de dónde se trae el grano?

—De las aldeas del alfoz, más allá de los bosques de Pedernales y Cardeña, aquellos que ves al fondo, tras las tierras de pan llevar[17]. Aunque poco a poco se va comiendo terreno al bosque para cultivar más cereal.

—¿Aquella puerta hacia dónde sale? —preguntó Ricard, señalando al frente.

—¿Cruzando la plaza del Sarmental? Hacia la glera del Arlanzón. Es la puerta de Santa María, que da al puente de Yuso. Como verás, tiene torre. ¿Ves aquel campanario? —señaló Marsilio hacia la derecha.

—Sí.

—Es el de la iglesia de Santa Águeda. O de Santa Gadea. La llaman de las dos formas. Por debajo de la plaza del Azogue salen dos calles hacia poniente que se meten en el barrio de Santa Águeda, a la derecha. Son la de los Humos y la de Caldavares. Ambas mueren en la calle de Yuso, frente a la iglesia de Santa Águeda. Cantan los juglares que en ese templo, Ruy Díaz, el de Vivar, a quien los moros llamaban Xidi, hizo juramentar a su Rey, Alfonso VI, que no participó en la muerte de su hermano Sancho. Fueron muy grandes y renombradas las hazañas de aquel a quien los suyos aclamaban *Campidoctor*. Aunque sufrió destierro, la tierra y riqueza que obtuvo la poseyó siempre en nombre de su rey Alfonso, a quien enviaba parte de lo capturado. Era un noble de estirpe venida a menos, pero de mayor grandeza que otros de noble cuna. Castellano, en fin.

Marsilio continuó calle arriba. Ricard le miraba de reojo. Había algo en él que le intrigaba. Podía ser su especial fisonomía o su singular forma de moverse, inquieta y nerviosa, como si se le fuera a terminar el tiempo en un momento, como si al instante tuviera que irse a otro menester. Quizás recelase de su manera de hablar y expresarse, licenciosa, directa, atrevida, extraña para dirigirse a alguien a quien acababa de conocer.

17 Tierras de cultivo de cereal.

—Como te he dicho, a partir de aquí la calle se llama Tenebregosa. A la izquierda está la iglesia de Santa Gadea. Esta calle que sube es Frenería y va a dar a la iglesia de San Román, que está en el arranque de la calle de la Armas, la que sube a la fortaleza.

Marsilio andaba con paso rápido y verbo vivo, mientras el maestro trataba de asimilar la topografía y la historia de la urbe castellana.

—A partir de aquí —continuó su incansable cicerone— la calle Tenebregosa se conoce como Vieja Rúa. El barrio adquiere un aspecto más siniestro por la estrechez que van cogiendo las rúas por la alborotada distribución de las casas. Tiene su lógica, aunque supongo que ya te habrás dado cuenta. Estamos en la zona de las aljamas, y los judíos y los moros construyen así sus barrios. Calles estrechas, sinuosas, sin orden ni concierto.

—Pero esta calle continúa casi recta.

—Sí. Siguiéndola hasta el final se sale de Burgos por la puerta de San Martín. También se la conoce como Real o Juradera. Según parece, los reyes entran a la ciudad por esa puerta, una vez que han jurado respetar sus privilegios. Yo se lo he visto hacer al joven Rey.

»Y también por esa puerta salen los peregrinos de camino a Santiago. La ruta de los peregrinos atraviesa toda la ciudad desde el puente de San Juan, en la parte oriental, hasta esta puerta Real. Lo hace por cinco calles que en realidad es una sola que va cambiando de nombre: la vía de los peregrinos, San Llorente, Cornería, Tenebregosa y Vieja Rúa. Son muchos los peregrinos que llegan a Burgos cada año, camino de Santiago o volviendo de allí. ¿Tú has hecho ya el camino? Deberías hacerlo. Debería hacerlo todo el mundo. Bueno, todo el mundo que sea cristiano. Dicen que es peligroso, pero yo lo encuentro inquietante, apasionante. Caminar cientos de leguas sin importar los peligros y desventuras que acechan su recorrido, compartir diálogos con otras almas o conferenciar largo tiempo con uno mismo sin volverse loco, solo se consigue teniendo un fuerte motivo espiritual, ¿no crees?

—Estoy de acuerdo contigo, Marsilio.

—Bajando esta calle en la que estamos se llega a la glera a través de la puerta de Santa Gadea o de Girón. También tiene torre y puente. Las aljamas tienen sus propias entradas más adelante. Son en el portillo de los Tintes y la puerta de la Judería. Pero subamos hacia la iglesia de San Román, maestro. Por aquí.

—Marsilio, ¿estás en el palacio arzobispal? —preguntó Ricard, intrigado, mientras subían la calle y aprovechando que su guía tomaba aliento.

—Sí, maestro. Soy acólito. Me encargo de las visitas del obispo. Desde hace unas semanas tiene muchas y, como no puede atenderlas en cuanto llegan, me encomienda su acomodo y su guía por la ciudad. A veces les cuesta seguirme, pero siempre terminan encantados. Además, don Mauricio me indica por dónde tengo que guiarles y qué zonas debo evitar, según qué casos, claro. Eso me facilita el trabajo y puedo realizar una mejor ruta.

—Pero —volvió a interrumpir Ricard, antes de que continuase con su infatigable disertación—, ¿no eres mayor para ser acólito?

—Don Mauricio dice que así está bien. Y yo también así lo creo —dijo Marsilio, que, deteniéndose de repente, miró a Ricard y le dijo con los ojos no preguntes más.

El maestro y Marsilio subieron por la calle que separaba la aljama de la parte cristiana de Burgos, hasta dar con la iglesia de San Román. El pequeño templo se encontraba dentro del amurallamiento original, levantado en tiempos del conde Diego Rodríguez y absorbido por las casas de la ciudad. Tras franquear la antigua puerta de acceso que se abría en el amurallamiento iniciaron la subida por la calle de las Armas, en dirección a la fortaleza.

Antes de llegar al baluarte, frente a su parte de poniente se alzaba la ermita románica de Santa María la Blanca. Cuando llegaron a la ermita, la niebla ya había levantado, un espléndido sol comenzaba a irradiar su luz sobre la glera del Arlanzón y toda su vega y la vista se perdía en las ondulaciones de Cardeña, Pedernales y Muñó. Desde el templo pudieron observar, al otro lado del río Arlanzón, el barrio de Vega, el monasterio de Santa María la Real de las Huelgas, del que sobresalía su torre campanario, y los hospitales del Rey, de Malatos, de San Pedro de la Fuente y el del Emperador.

—Desde aquí se ve bien gran parte de la ciudad y sus arrabales —explicó Marsilio al maestro—. Aquella de la derecha es la puerta Real. Por ella se llega a los hospitales del Emperador y de Malatos. Este último es para leprosos, Dios les asista. Un poco más abajo, hacia el río, después del quiebro de la muralla, están la puerta de la Judería y el portillo de los Tintes. Solo las emplean ellos y los mudéjares para entrar y salir de las aljamas.

—¿Y todo eso es la aljama? —preguntó el maestro.

—Sí. Bueno, las aljamas. En la ciudad existen dos, la aljama alta y la aljama baja. Se extienden desde el camino de ronda de la urbe, en la parte del río, hasta la calle de las Armas, y están separadas por la calle Vieja Rúa. Dentro de cada aljama viven mudéjares y judíos, pero separados. Hacia el Oeste se avecinan los judíos, y entre ellos y los cristianos lo hacen los mudéjares.

—¿Qué menestrales hay en las aljamas? He oído que los mahometanos son buenos artesanos. Al menos para mi gremio.

—En la aljama mora no hay muchos artesanos. En Burgos, los mudéjares no suman más de doscientas almas. La mayoría se dedican a los huertos y viñas de la glera baja del Arlanzón. También hay pastores, carniceros, medidores, zapateros, peleteros, curtidores, alfareros. Todos ellos menestrales para uso interno de la aljama. Pero donde destacan fuera de ella es en los oficios de la construcción. Trabajan en casi todas las obras de Burgos y de su alfoz. Incluso en las que tiene abiertas el Cabildo, bueno, excepto las realizadas en la catedral. En el monasterio de las Huelgas trabajaron los siervos musulmanes que estaban a su amparo. También el Concejo utiliza sus habilidades. De hecho, el veedor del Concejo en materia de obras es un moro. Vidrieros, pintores, carpinteros, alfareros, tejeros, alarifes, yeseros. Con estos últimos hay que tener mucho cuidado. Son muy buenos artesanos, pero alquilan mujeres cristianas como amasadoras y eso está muy penado por el Concejo.

—¿Es el Concejo quien regula la aljama?

—Sí. La aljama no tiene cadí[18] que juzgue las cuestiones en litigio porque están sujetos a los alcaldes ordinarios de Burgos.

Por la glera se veían ya cuerpos menudos que afanosos laboraban las viñas y huertos desplegados por doquier. Con dirección hacia Burgos se distinguían en la lejanía acémilas y burros, colmados con la carga presta para su venta en los mercados. Algunos carreteros, los menos, también arrumbados hacia la ciudad, procesionaban con la misma intención. Por entre las ramas de los escuetos arbustos diseminados en torno a la iglesia de Santa María la Blanca, revoloteaban en alegre sintonía gorriones, jilgueros y algún pardillo, mientras, sobre el Arlanzón, lavanderas y palomas torcaces pugnaban en el aire por batir sus alas. Una ligera brisa llevaba los olores de la leña de las cocinas mezclados con los del pan recién horneado en los fogones de la aljama. La mañana era aún fría, pero el sol comenzaba a reconfortar.

—¡Ah!, también tienen tejedores —dijo de repente Marsilio, recuperando la exposición —. De hecho, quienes visten a las Reinas pertenecen a una familia que llegó del reino de Aragón. Los Xama, creo recordar.

18 Juez musulmán que resuelve pleitos de acuerdo con la sharía, la ley religiosa islámica.

—¿Y los judíos? —preguntó el maestro—. Siempre han tenido un gran peso en el comercio de las ciudades. Al menos así pasa en el reino franco.

—Dicen que la judería de Burgos solo es superada en número de almas por la de Toledo. De cada nueve vecinos que hay en la ciudad, uno es judío. Son cerca de setecientos, aunque podrían ser siete mil, que iban a hacer el mismo ruido. Parece que no estuvieran. Son grandes comerciantes y buenos artesanos, pero, si bien poseen tiendas por Burgos y asisten con ellas el comercio con los cristianos, no se prodigan por la ciudad. Bueno, los muslimes tampoco. Digamos que ambas comunidades lo tienen aconsejado por sus propios rabinos e imanes. Aunque ocurre lo mismo entre los cristianos. De hecho, tienen prohibido vivir en las aljamas. Cristianos, mudéjares y judíos comparten la urbe, pero no se mezclan. Ocurre igual en las otras ciudades de los reinos cristianos y mahometanos. Además, los hebreos tienen una especial forma de ser que hace que la percepción de distanciamiento con los demás sea mayor. También es cierto que practican oficios que lindan con lo permitido para el dogma cristiano, cuando no lo transgreden. Eso hace que se les mire con cierto recelo, incluso cierto temor.

—¿Te refieres a la cirugía y la medicina?

—Por ejemplo. Ellos alivian los dolores del cuerpo y eso hace que el Cabildo y el Concejo acepten sus prácticas, e incluso las convocan cuando alguno de sus partícipes así lo precisa. Hasta el Rey dispone de su galeno particular. Y si le rinde al Rey, la nobleza le va a la zaga. Entre los físicos más nombrados aquí en Burgos están Rabí Abrahan Simuel y Rabí Frayn.

—Supongo que también serán cambistas, me hace falta cambiar la moneda franca de que dispongo.

—¡Oh! sí, por supuesto. Los encontrarás en la plaza del Azogue, frente a la catedral.

—Y supongo también, que aquí en Castilla se dedican al pecaminoso oficio del préstamo —señaló Ricard, con sorna.

—Sí, claro, maestro. Prestamistas y cambistas de moneda. Todos judíos y todos en la plaza del Azogue. Los más fiables, por el tiempo que llevan ejerciendo su oficio en la ciudad, son Rabí Yaguen, Rabí Keren y un tal Binyamin Abrabanel.

—Y, ¿solo hay judíos?, quiero decir, ¿no hay cristianos que se dediquen a estos menesteres? He oído que en Venecia ya hay algunos, pero no sé si será cierto, aunque me lo dijo un obispo en Chartres.

—Aquí no, maestro. No digo que en Venecia no los haya. Temprano me parece, pero tendría su lógica. Los venecianos siempre han mostrado una cierta relajación en la observancia doctrinal. ¿Sabes algo sobre la usura?

—Que es pecado.

—Sí, pero... —dijo Marsilio, sin continuar la frase.

—¿A qué te refieres?

—Hace seis años, en el cuarto Concilio de Letrán, al que por cierto acudió el obispo don Mauricio, se discutió la cuestión de la usura, condenada y perseguida por la Iglesia. Lo que antes era pecado de avaricia y latrocinio se discutió en San Juan de Letrán y parece ser que ya no se plantea la condena de la usura *per se*, sino la usura excesiva. Las cruzadas han ido generando unas necesidades financieras que antes no existían.

—Entonces, ¿por qué solo prestan los judíos?

—Franciscus Gracianus, un monje camaldulense del siglo XII, observa en sus decretales que «todo lo que se exige más allá del capital es usura». La usura tiene su fundamento en el hecho de que la obtención de dinero solo mediante dinero, sin una carga de trabajo, es el resultado de vender tiempo, y el tiempo es un bien divino. El razonamiento es el mismo en las tres religiones. No se puede prestar y cobrar por encima del valor de lo prestado. Cristianos y mahometanos son en este aspecto igual de determinantes. Para los musulmanes, el Corán dice: «Todo aquel que preste con algún interés, esperando beneficiarse de los bienes ajenos, no tendrá recompensa de Dios. En cambio, aquellos que den en caridad, anhelando el rostro de Dios, serán quienes tengan multiplicada la recompensa». Sin embargo, para cristianos y judíos, la Biblia, en el Pentateuco, dice: «No obligues a tu hermano a pagar interés, ya se trate de un préstamo de dinero, de víveres, o de cualquier otra cosa que pueda producir interés». El cristiano no puede prestar con interés porque todo el mundo es su hermano, su prójimo. Sin embargo, para el judío solo es hermano aquel que profesa su misma fe. Por ese motivo los judíos pueden prestar dinero a cristianos y muslimes. El Midrash [19]del Torá[20] realiza esa salvedad.

—¿Quién controla su actividad, el Concejo?

—A diferencia de los mudéjares, que, como ya te he dicho, están sujetos solo a los alcaldes ordinarios de Burgos, los judíos median con el Concejo a través de su *nasi*, una especie de representante de la comunidad.

---

19 Exégesis de los textos bíblicos judíos.

20 Texto judío que abarca los libros bíblicos del Pentateuco: Génesis, Éxodo, Levítico, Números y Deuteronomio.

Pero no siempre litigan con el Concejo. En los asuntos que no atañen a los cristianos están eximidos de la jurisdicción civil que rigen las urbes y municipios donde tengan su aljama. Y también de la jurisdicción criminal. Según las Ordenanzas de Castilla, los judíos dependen de forma exclusiva del monarca. Y están cerca de él.

3

Marsilio se sentó en el zócalo del atrio de la ermita, para disfrutar del sol de invierno. En ese momento salió un presbítero de la iglesia por la puerta que daba al atrio y, tras las salutaciones, se ofreció a Ricard para mostrarle la iglesia.

—Cuenta la leyenda —comenzó a explicar el clérigo— que a la hija del conde fundador de la ciudad de Burgos, Diego Rodríguez, se le apareció una imagen de Nuestra Señora en el cerro llamado de las Flores.

Mientras el sacerdote narraba el origen histórico del templo, el maestro pudo apreciar con detalle su edificación exterior. Después de rodear la ermita, el presbítero y el maestro accedieron al templo por la puerta de poniente. Aunque aún no era mediodía, el sol ya había comenzado a irradiar la zona claustral de la iglesia y su luz iluminó las paredes del interior, sacando de la penumbra los frescos que la adornaban. Pintadas alrededor de los arcos se diferenciaban unas figuras en forma de óvalo, alternadas con dibujos geométricos y con figuras humanas enmarcadas en recuadros. Cruces, beatos y alegorías se distribuían por toda la ermita, coloreados con intensas tinturas verdes, amarillas, rojas y azules, engalanando también molduras y capiteles. Sobre el altar, una cruz adornada con alguna pedrería pendía de dos cadenas. Dos candelabros colocados sobre el altar iluminaron el ábside cuando el sacerdote encendió sus cirios, apareciendo un pantocrátor rodeado del Tetramorfos, que dominaba desde la bóveda del ábside central toda la ermita.

En ese momento Ricard recordó Reims, Chartres, París. El mayor valor de sus catedrales era el acceso de la luz al interior, conseguido gracias a los amplios ventanales abiertos en sus muros. La luminosidad de las nuevas iglesias catedrales estaba llamada a sustituir la penumbra del románico. Las densas y gruesas paredes del viejo estilo arquitectónico serían sustituidas por la esbeltez de los pilares y de los arcos del nuevo estilo. Y la pintura que vestía los muros románicos sería reemplazada por un caleidoscopio imposible de imitar con un pincel, resultado de filtrar la luz de Dios a través de las coloridas vidrieras de los ventanales.

Mientras el maestro estaba ensoñando en el interior del templo, el clérigo abrió de par en par la puerta meridional de acceso al atrio. Apenas podía entrar algo de luz, pero el aire fresco de la mañana ventilaría la iglesia eliminando la humedad de la noche. Una bocanada de ese aire devolvió al maestro de obras a la realidad. Ricard se despidió del presbítero y se encaminó hacia el atrio. A través de la puerta abierta, al fondo, se veía a Marsilio, que continuaba calentándose al sol, como un lagarto.

—¿Qué tal, Marsilio? Se diría que no tienes ninguna gana de moverte —le dijo Ricard al acólito cuando atravesó el atrio.

—Sí, pero a su debido tiempo —contestó el cicerone.

—Esta mañana tenías mucha prisa, no me digas que era para venir a tomar el sol.

—Sí, en parte sí.

—Pues menudo negocio. ¡Salir corriendo para tomar el sol! Con todo lo que tengo que hacer.

—¿Sabes que significa negocio, maestro? Negación del ocio. El hombre también está hecho para el ocio.

—Pues me parece que los de Cluny dicen lo contrario. *Ora et labora*, ¿no?

—Sí, pero todo en su justa medida. ¿Acaso no es orar contemplar la obra de Dios?

—Supongo que sí —contestó el maestro.

—Supones bien, maestro. Dios creó este mundo no solo para que viviéramos en él. Cuando conseguimos que nos echase del paraíso nos envió aquí, donde podríamos darnos cuenta de su gran obra y de lo insignificantes que somos.

—Bueno, no me negarás que algunos tratamos de no ser tan insignificantes.

—¿Lo dices por tu catedral? Ven, sígueme —dio Marsilio.

Marsilio volvió a introducir al maestro en la iglesia. Faltaba poco para que tocasen las dos campanadas de la hora tercia. La torre estaba abierta. Marsilio subió ligero los cuarenta y dos escalones de la escalera de caracol que accedía hasta el campanario. Ricard, que iba a la zaga, llegó justo detrás.

—¡Estás ágil, maestro! —señaló Marsilio.

—Qué remedio, Marsilio. Si quiero construir grandes obras, tengo que estar preparado para poder recorrerlas con diligencia.

—Estoy de acuerdo. Mira. Hoy se ve bien todo el horizonte. No hay neblina al fondo. ¿Ves aquello de allá? —Marsilio señaló en dirección al septentrión, un poco desviado hacia poniente—. Aquello sí son catedrales. Mira a ver si la tuya, cuando esté terminada, se ve desde allí.

El maestro observó que, más allá de los bosques del Ubierna y del Urbel, más allá del alfoz, en tierras de Campoo, se erigían aún con las cimas blancas las cumbres de la montaña palentina, orgullosas obras del Creador. Sin duda, su catedral no se vería desde allí. Y a Marsilio tampoco. Como un aliento había bajado ya y esperaba al maestro sentado en su solárium.

—¿Continuamos? —preguntó Ricard a Marsilio cuando llegó hasta él.

—Por supuesto, maestro. Vayamos hacia la fortaleza y luego bajamos por la ladera hacia San Esteban.

Ambos paseantes se dirigieron hacia la fortificación burgalesa.

—¿Quién lo gobierna? —preguntó el maestro señalando con un gesto de la cabeza al castillo.

—La reina Berenguela, la madre del Rey. Detenta la tenencia del castillo y de la ciudad. Es mujer muy poderosa. Algunos dicen que aún lleva ella la corona.

—¿Y es así?

—Yo diría que el Rey reina, pero quizás el gobierno descanse aún sobre su madre. O al menos, es su mejor consejera. Los veintidós años de su alteza don Fernando son suficientes, pero no para todo. A mi modo de ver, su edad le priva de la experiencia y la firmeza necesaria para tratar con la nobleza. Y justo es eso lo que aporta la Reina madre.

4

En la parte más elevada del cerro se ubicaba el castillo burgalés, cuya solidez estructural pudo apreciar Ricard con detenimiento. Destacado en un cerro despejado de árboles y de matorral más alto de una vara, el castillo se erigía sobre una base de roca como una edificación militar sólida, vetusta y estoica. El acceso a la fortaleza se realizaba por un puente levadizo al que se llegaba tras sortear la puerta de rastrillo de la barbacana, un adelantamiento de muralla exento a la fortaleza formado por dos pequeñas torres unidas con un lienzo de muralla sobre el que asomaba un matacán[21]. De ambas torres salía una empalizada de madera que bordeaba todo el foso y el conjunto amurallado.

Dos murallas dotadas de multitud de saeteras componían la defensa pétrea de la fortaleza. La primera, de unas siete varas de altura, rodeada por el foso y rematada de almenas, carecía de torres y cubos y sobre su adarve[22] se veían algunos centinelas. Rodeada por esta, el segundo amurallamiento se elevaba de forma considerable, ofreciendo un aspecto mastodóntico. Cinco cubos y cuatro torres componían su avance de defensa asomándose altivos sobre las cercanías del alfoz. Tres cubos estaban en su lienzo de levante, uno en el del mediodía y el quinto, que compartía muro con la primera muralla, hacia el septentrión. Las cuatro torres, dos al oeste y dos al norte, quedaban separadas del lienzo de la muralla por la distancia de una vara, dando la sensación de torres albarranas, aunque su parte superior se estiraba para formar parte del adarve, que quedaba oculto por las almenas que cimaban la estructura. Una estrecha portezuela abierta entre las dos torres del lado septentrional comunicaba con la puerta de corazas del amurallamiento de la ciudad, tras sortear portón, rastrillo, puente y empalizada.

El castillo carecía de torre del homenaje y en su lugar disponía de edificios que hacían la función de residencia del tenente y del alcaide. En el patio de armas, al que pudieron acceder gracias a que Marsilio tenía buena relación con muchos de los componentes de la guardia, se distribuían el resto de las dependencias: cocinas, comedores, armería, cuartel, talleres de los menestrales y caballerizas. La tenencia del castillo, junto con la de la ciudad, era detentada desde 1217 por la madre del rey Fernando III, doña Berenguela, que a su vez la había recibido de su madre, doña Leonor de Plantagenet.

Después de visitar la fortaleza, el maestro Ricard y Marsilio comenzaron a descender hacia el barrio de San Esteban, collación dependiente de la iglesia del mismo nombre. El barrio albergaba entre sus calles muchos talleres de oficios, además de las casas más importantes de la villa.

Ceñida al cerro, la muralla que rodeaba la ciudad estaba construida con pobre fábrica y absorbida en gran parte por las casas, que se levantaban apoyadas en ambas caras de sus lienzos. El maestro pudo ver cómo se deslizaba tímida y calladamente entre las calles una muralla cargada de

21 Puesto de defensa de un castillo o fortaleza que, a modo de balconada, va adosado al muro.
22 Pasillo que discurre por la parte superior interna de la muralla y recorre todo su perímetro. Se conoce también como camino de ronda o paso de ronda.

retama y zarza, que apenas mostraba unos pocos lienzos, dignos testigos mudos del nacimiento de una ciudad regia.

—¿Qué te ha parecido la fortaleza, maestro?

—Tiene un aspecto imponente. Es estoica y se la ve recia. Pero cuando llegué a Burgos me llamó más la atención que las murallas que rodean la ciudad casi hayan desaparecido. ¿No se tiene previsto levantar una muralla?

—Sí, maestro. El Concejo tiene en mente desde hace años levantar un nuevo amurallamiento, pero no dispone del dinero suficiente. Además, ahora está tu catedral, ¿o preferirías levantar una muralla?

El maestro miró a Marsilio y le contestó sin responder.

Enseguida llegaron a las callejas del barrio más alto de la ciudad y se metieron entre sus gentes, que ya comenzaban a bullir en su trasiego diario. Cruzaron las calles de Lancería y Cabestrería y, bajando por la de Soguería, llegaron hasta la puerta de San Esteban. Realizada en piedra de sillarejo, sus aristas y el arco de herradura estaban rematados en ladrillo, lo que dejaba visible su hechura mudéjar. Dejándola a su izquierda, continuaron por la *Costa Episcopi*.

—Estos barrios por los que nos movemos ahora, San Esteban, San Lorenzo y La Llana, son los que acumulan mayor actividad artesanal —comenzó a decir Marsilio—. Aquí encontrarás herreros, caldereros, algún peletero, pintores, patineros, orceros y zapateros. Por ejemplo, allí mismo, un poco más abajo, tienes dos zapaterías. Las de estos barrios son de las buenas. Fabrican unos borceguíes muy cómodos y lustrosos. Hay otras zapaterías que están repartidas a lo largo de las calles de la ruta jacobea y hacen calzado sobre todo para los peregrinos. Es calzado muy bueno, pero más tosco. Y mira, ese es el taller de tejidos de Sancho Raimundi. Está en la Costanilla del Obispo, que es la calle que estamos bajando ahora. El taller de Sancho tiene muy buenas telas. Te lo digo porque para la ceremonia de la colocación de la primera piedra querrás estar bien presentable. Vendrá mucha gente de alcurnia y querrán conocerte.

—Muchas gracias, Marsilio. Tomo nota de dónde están estos talleres.

—Y en esta calle que sale a la izquierda tienen casa los Almerich y los Bonifaz, que mantienen una importante actividad mercantil a través de los puertos cántabros.

Pasada la calle del Hospital de los Ciegos llegaron a la de San Llorente y entraron en el convento, donde Marsilio mando preparar el caballo del maestro y una acémila para él.

—¿Qué sorpresa me tienes preparada ahora? —pregunto Ricard a su guía.

—Vamos a ver a tu trujamán[23]. Le pediste uno a su ilustrísima, ¿no?

—Así es. Y por lo que veo, creo que no está en la ciudad.

—Es un monje del monasterio de San Pedro de Cardeña, a poco más de dos leguas. Saldremos por la puerta de Suso, frente al monasterio de San Pablo, el que están levantando al otro lado del río. Tiene las obras muy avanzadas. Cuando pasemos el puente podrás verlas, pero sin entretenernos. Aún debemos atravesar el robledal de Cardeña y no quisiera llegar a San Pedro mucho más tarde de sexta.

Ricard montó sobre Frange, Marsilio sobre una acémila negra y ambos partieron hacia la puerta de Suso, a la que llegaron pasando por las calles de Patenería y Salinería y atravesando las plazas de los mercados Menor y Mayor. Una vez pasado el puente de Suso, conocido también por el de los Predicadores, Ricard pudo ver cómo las obras del convento ya estaban atacando la parte final de la portada principal de la iglesia. Dejando el cenobio a su izquierda, pusieron dirección hacia el monasterio de San Pedro de Cardeña.

23 Traductor.

IV
LAS REINAS. SAN PEDRO DE CARDEÑA

Anno Nostrae Salutis 1221
Mediados de marzo

1

El taller de los Xama de Burgos hervía de actividad. Eran muchos los encargos recibidos y el tiempo se preveía ajustado. Aunque no se sabía la fecha exacta del evento, sí se conocía que el acontecimiento era de mucha importancia para el Reino. A la ceremonia acudirían numerosas autoridades y gentes de elevado linaje, y en estas celebraciones, la egregia posición de los asistentes demandaba la externalización de su distinguida alcurnia, lo que conseguían mediante la vestimenta que portaban. En el taller de los Xama ya habían tomado varios encargos de algunas damas de la nobleza, cercanas a la corte. Diferentes prendas, como alcandoras[24] de lino y calzas de lienzo fino, al estilo de las moras; ropas de brocado, de damasco y de raso; varias aljubas[25] y algunos hábitos. Laila llevaba toda la semana desplazándose por la ciudad y el alfoz, yendo a las casas de los nobles para tomar medidas y anotar los encargos. Le acompañaba Faridah, su mejor medidora. Ella se encargaba de confeccionar los patrones para las cortadoras del taller. Hoy tenían la última visita y se trataba de alguien muy especial.

Por las tres ventanas de la amplia estancia se colaba un luminoso día, dejando ver dos enormes paños de seda con decorados al estilo mozárabe, que colgaban de los muros. Bajo cada paño, sobre dos mesillas de patas torneadas, sendos cofres decorados de guadamecí refulgían con la luz que entraba por una de las ventanas. También había en cada mesilla un pequeño libro. Un salterio en una y un libro de poemas en la otra. Varios bancos, dotados de cojines, se repartían por la sala, al igual que algunos faldistorios[26] con las patas talladas en forma de garra de león y asiento de

24 Camisas.
25 jubón. Vestidura morisca usada también por los cristianos, consistente en un cuerpo ceñido en la cintura, abotonado, con mangas y con falda que solía llegar hasta las rodillas.
26 Asiento que en el medioevo utilizaban algunas dignidades eclesiásticas y civiles.

cuero repujado. Diversos baúles con la tapa a dos planos y varios candelabros de pie y de mesa completaban el ajuar de la estancia, calentada por un gran brasero.

Cuando entró en la sala, aprovechando la soledad del momento, se dirigió rápidamente hacia una de las mesillas. Posiblemente no dispondría de mucho tiempo. Casi nunca la dejaban sola y las pocas ocasiones en las que se encontraba sin compañía le gustaba disfrutar de esos momentos de venial transgresión, como a todo el mundo. Cogió el libro entre sus manos, lo abrió por la página que tenía marcada de la última vez y se puso a declamar:

Oh Fortuna,
como la luna
variable de estado,
siempre creces
o decreces;
¡Qué vida tan detestable!
ahora oprime
después alivia
como un juego,
a la pobreza
y al poder
lo derritió como al hielo.

Suerte monstruosa
y vacía,
tu rueda gira,
perverso,
la salud es vana
siempre se difumina,
sombrío
y velado
también a mí me mortificas;
ahora en el juego
llevo mi espalda desnuda
por tu villanía.

La Suerte en la salud
y en la virtud
está contra mí,
me empuja
y me lastra,
siempre esclavizado.
En esta hora,
sin tardanza,
toca las cuerdas vibrantes,
porque la Suerte
derriba al fuerte,
llorad todos conmigo.

Justo cuando terminó su teatralización, Beatriz se dio cuenta de que no estaba sola. Desde la penumbra del dintel de la puerta, doña Berenguela estuvo observando, divertida, cómo su nuera se movía por la estancia llevada por el drama y la interpretación. Cuando la vio, la joven esposa del Rey se paró en seco.

—Hija, que ese libro no salga nunca de aquí —dijo la Reina madre.

Beatriz se tapó la boca con el libro y, levantando los hombros, soltó una pícara risita, maliciosa y divertida.

—Y, sobre todo, que no lo vea el obispo —añadió la esposa del Rey.

—Si lo ve don Mauricio, te descasa y te devuelve con tu tío. Pero, ¿de dónde sacaste ese libro?

—Me lo dio una prima cuando supo que me venía a Castilla. ¡Solo son poemas goliardos! ¿Qué mal pueden hacer?

—No sé. A mí ninguno. Al fin y al cabo, de mi abuela decían que se paseó por delante de las tropas del Rey con un pecho al aire.

—¿Cómo? —doña Beatriz, que se había dirigido hacia la mesa para dejar el libro de poemas, se giró sobre sí misma sin dar crédito a lo que acababa de escuchar.

—No me digas que no lo sabes, querida. Bueno, tampoco te creas todo lo que se cuenta, porque gran parte es una distorsión de la realidad y mayor parte aún es mentira. Una reina no va enseñando las tetas. Ni siquiera las mujeres del pueblo llano lo hacen. Una mujer es mucho más que un par de pechos. Pero lo que sí es cierto es que la reina Leonor de Aquitania fue una señora singular.

—Sí, eso tenía entendido, pero ¿qué tenía de especial?

—Era una mujer de enorme vitalidad y en cierto modo transgresora, lo que no le restaba elegancia y refinamiento. Tenía mucho poder, pero no por estar casada con el rey de Francia, sino porque era dueña y señora de más y mejores tierras que su esposo. Además, Luis VII era un aburrido para el carácter de Leonor. La verdad es que lo suyo pintaba mal desde el principio. Y eso, a pesar de los esfuerzos del abad Suger, que entonces era el consejero real. E incluso del mismo Bernardo de Claraval, que también medió en la relación. Ambos acabaron enfrentados con la reina Leonor. Bueno, llegó a estar enfrentada hasta con su suegra, Adelaida de Saboya. Pero eso no te va a pasar a ti, ¿verdad, querida?

Doña Berenguela regaló una cariñosa sonrisa a su nuera, que ella recibió de buen grado, y continuó su relato.

—Leonor nunca estuvo a gusto en la corte franca. Al pobre Luis solo le dio dos hijas. Y, para más humillación, cuando Leonor se casó con Enrique II de Inglaterra tras la anulación de su matrimonio con el rey de Francia, los dos primeros vástagos fueron varones. El caso es que antes de separarse, no sé si con intención de arreglar las cosas o no, cuando salieron las tropas del rey Luis hacia Damasco para la segunda cruzada, Leonor se fue con ellas a pesar de la oposición de su marido. ¡Pero menuda era mi abuela! Bastaba que la dijeran so, para que ella se desbocara. Además, como era señora de Aquitania, el mayor dominio del reino, tenía el derecho a asistir en calidad de tal a la cruzada. Cuando llegaron a Antioquía, después de pasar numerosas miserias, les recibió Raimundo de Poitiers, el tío de Leonor. Cuentan las malas lenguas que este animó a su sobrina a que se divorciase de su marido. E incluso que tuvo un romance con ella.

—¡Válgame Dios! —exclamó doña Beatriz, que apenas parpadeaba cuando doña Berenguela le relataba hechos del Reino o cuestiones de otras cortes.

—Por eso te digo que no te creas todo lo que oigas. Has de proveerte siempre de buenos consejeros.

—Y lo de pasearse con el pecho al aire, ¿cuándo ocurrió? —preguntó la joven Reina, que veía cómo su suegra se desviaba del relato y se iba a quedar sin saber lo más interesante.

—Precisamente allí, en Antioquía, cuando partió el ejército para sitiar Damasco. Tras un penoso camino, las tropas estaban muy desanimadas e incluso enfrentadas entre sí. Dicen los voceros de la difamación que, para alentar los ánimos de una hueste tan desmotivada, doña Leonor se paseó por delante con un pecho al aire.

—Y, ¿les sirvió?

—¿En el sitio de Damasco? No, hija. Para algunas cosas vale más sacar un santo apóstol montado a caballo o un santo labrador, que un pecho de mujer.

—¿Dónde se ha sacado a un apóstol y a un santo labrador?

—En dos batallas. Una de ellas hace nueve años. La batalla de Úbeda. Al frente de la hueste castellana iba mi padre, el rey Alfonso VIII.

—¿Y vencieron?

—Ya lo creo. La victoria fue total. El ejército almohade quedó desecho.

—Pero lo del santo no era cierto, ¿verdad?

—Tan cierto como lo del pecho de mi abuela.

—¡Ah!, entiendo. Pero si ambos casos, el de tu abuela y el de los santos, eran ficción, ¿por qué contra los almohades sí que funcionó?

—Porque, aunque los santos se invocan para que intercedan en la batalla, esta solo se gana cuando los medios son bien empleados por unas inequívocas voluntades, que se aúnan con un mismo fin.

—Entonces, si se trata de los medios de que se dispone para la lucha, ¿qué sentido tiene invocar a los santos o imaginar leyendas, o...? —Beatriz, ruborizada, terminó la pregunta sin acabar la frase, al caer en la cuenta de que hablaba de la abuela de su suegra.

—¿Enseñar las tetas? —terminó la frase la Reina madre, cuyo desparpajo era semejante a su resolución—. Porque los medios, sin la voluntad de vencer, no son más que bultos, equipajes inertes que esperan que alguien les insufle vida. Y esa voluntad reside en las personas, que se tornan volúmenes exánimes cuando la muerte se presenta como opción, refrenando el necesario arrojo. Las gentes necesitan mantener la esperanza cuando la incertidumbre es el único futuro posible.

—Pero, si no siempre funciona, ¿qué esperanza albergan?

—La de vencer. La esperanza se sustenta en la consecución del fin, pero lo más importante es que mantiene vivo el convencimiento de que lo que se hace está bien, porque persigue el fin deseado. Las gentes luchan por conseguir la meta señalada, pero lo que los lleva a luchar por ello es la posibilidad de obtenerla, aun manteniendo la inseguridad de su consecución. La incertidumbre del resultado se mantiene hasta el final y es la esperanza lo que lleva hacia ese resultado.

—¿Y los santos?

—Interceden por nosotros. Por nuestra alma. Y despejan los temores que surgen de la batalla. Los designios del Altísimo nos son desconocidos, pero podemos solicitar al Señor su magnánima ayuda para obtener nuestros deseos, siempre que sean acordes con los dictámenes de la Iglesia.

—¿Y tu abuela?

—Entre los santos y las gentes, viene bien poner a alguien con el suficiente brío como para tirar del carro. Los pueblos necesitan un símbolo bajo el cual sus gentes se sientan unidas, un fin por el que mantenerse juntos y un guía que los conduzca. Pero ese guía no puede permanecer ajeno a las necesidades de su pueblo ni puede mantenerse lejano a la gente. Cuando mi abuela se presentó en el campo de batalla y arengó a sus huestes, les demostró, sin dejar de ser quien era, que también era mortal, como ellos. Se puso a su lado.

A medida que Beatriz charlaba con su suegra, crecía la admiración que sentía por ella. La figura de Leonor de Aquitania se asemejaba a la de la reina Berenguela. Era una mujer inteligente, decidida y capaz. Tenía la autoridad que imprime el carisma de quien sabe tomar las decisiones adecuadas, aun quedando a la sombra. Y cuando eso sucedía, a nadie en la corte se le escapaba quién estaba detrás del trono en determinados movimientos.

—Y, ¿murió después que el rey Enrique de Inglaterra?

—Quince años después. Cuando el rey Ricardo, su tercer hijo varón, regresó de la tercera cruzada y de su cautiverio, Leonor se retiró a la abadía mixta de Fontevrault, entre Poitiers y Tours. Con ochenta años vino hasta aquí, hasta Castilla.

—¡Ochenta años!

—Sí, ochenta. Tales eran su determinación y su fortaleza.

—¿Y cuál era el motivo para hacer un viaje tan largo con esa edad?

—Principalmente, que Leonor de Aquitania era mucha Leonor. Cuando se abordó el matrimonio del infante Luis, el hijo del rey Felipe II de Francia, la esposa elegida era la infanta de Castilla Urraca, o sea, una de mis hermanas. Mi madre, Leonor de Plantagenet, era una bendita, pero carecía del arrojo necesario para algunas cosas. Así que mi abuela se presentó aquí y, en vez de volver a Francia con la pretendiente escogida en un principio, se fue con mi otra hermana, Blanca. A la que, por cierto, he de enviar un Libro de Horas. Lo están realizando en el monasterio de Cardeña. Aún no conoces su biblioteca, ¿verdad?

—No. Tengo entendido que posee muchos volúmenes y que su *scriptorium* realiza numerosos trabajos.

—Es digna de ser visitada, aunque ya no tiene el esplendor de antes. Otros monasterios han ido creciendo en importancia e influencias y le restan trabajo y preeminencia al cenobio de Cardeña. Pero concertaré con el abad don Pedro una visita.

Doña Berenguela acababa de coger su salterio de la mesilla cuando entró un paje.

—Alteza, la tejedora está aquí —comunicó tras la reverencia.

—Hacedla llegar. Y tú, querida niña, más vale que guardes ese libro en el cofre y pienses más en tu marido, que acabáis de casaros —le dijo doña Berenguela a su nuera, con mucho cariño y algo de complicidad.

—Amo mucho a mi marido el Rey y siempre estaré donde él esté, en cuerpo o en espíritu. Pero estos castellanos, ¡son tan aburridos! —dijo doña Beatriz, guardando el pequeño libro de poemas goliardos en el cofre mientras el paje se retiraba.

2

La sala estaba lo suficientemente caldeada para poder probarse vestidos y tomar medidas para arreglos o nuevas adquisiciones. El sol seguía iluminando el día, que parecía más propio del mes de mayo que de abril. Una paloma torcaz apareció en la ventana. Al instante aleteó y salió por donde había llegado.

—Alteza —saludó Laila haciendo una reverencia.

—¡Laila! —saludo la Reina madre mientras se dirigía al encuentro de la tejedora mudéjar—. Esta mujer siempre está igual de guapa. Me tienes que decir algún día cómo lo haces para estar tan radiante en todo momento. Hola, Faridah, hija mía, ¿qué tal te trata Laila? No creo que tengas motivo de queja, ¿verdad? —Faridah, que ya conocía la ternura de la Reina madre, sonrió con delicadeza y sencillez. A pesar de la familiaridad con que siempre las recibía, el regio señorío de doña Berenguela no dejaba nunca de estar presente allá donde estuviera.

Las dos mujeres mudéjares dejaron los bultos que traían sobre la mesa central de la estancia. Enseguida se dieron cuenta de que al fondo se encontraba doña Beatriz. De pie, ella las miraba con una cortés y sutil sonrisa.

—Laila, querida —doña Berenguela cogió del brazo a su modista y la guio hacia el fondo de la sala—. Esta mujer tan bonita es la reina de Castilla, la esposa de mi hijo Fernando.

Laila hizo una reverencia, al igual que Faridah, que también se acercó siguiendo a la Reina y a su ama.

—Aún no habéis tomado los patrones a mi nuera y creo que ya es hora. No vaya a ser que en unos meses... —la Reina se calló lo que su nuera entendió muy bien. El galeno ya había visitado a la esposa del Rey y había confirmado lo que en principio parecía un embarazo.

—¿Qué nos habéis traído? Cómo ya sabrás, nuestro obispo y nuestro Rey ya han comenzado las obras de la nueva catedral y la ceremonia de la colocación de la primera piedra será todo un acontecimiento, al que acudirán muchos nobles.

—Sí, Alteza.

—Aún no se sabe con certeza cuando será la ceremonia, aunque es muy posible que sea en verano, pero lo que sí que sé con total seguridad es que la mayoría de las mujeres de la nobleza querrán deslumbrar más que sus Reinas y eso no lo vamos a consentir, ¿verdad?

Las dos tejedoras miraron a doña Beatriz y después a doña Berenguela. Esta giró la cara para mirar a su nuera y después miró a sus modistas.

—Como no soltemos tensión, lo mejor será reunirnos otro día.

Las cuatro mujeres rieron con ganas. Tal era el carácter de la Reina madre. Tal era la sangre que corría por sus venas. Sangre de reina. Sangre de señora. Sangre de Leonor de Aquitania.

Las dos tejedoras comenzaron a desembalar los bultos colocando sobre la mesa los tejidos que traían. Laila, fiel modista de la Reina madre y con quien, después de muchos años vistiéndola, tenía una especial complicidad, había pedido a su hermano que le trajera para ella una seda especial en color y hechura. Era un tafetán azul lapislázuli que cuando se movía tendía a adquirir tonos verduzcos. Para la reina doña Beatriz, con la que la madre de Zarádat contaba a pesar de no haber confeccionado todavía nada para ella, Laila había traído una seda roja con inserciones de hilo de oro en la trama, realizada en samito. Además, llevaron sedas de color verde, naranja, carmesí y azul celeste y paños de algodón y de lino crudo para ser tintados como desearan. También dejaron sobre la mesa unos suaves velos de Almería. Cuando terminaron de colocar todas las telas, ambas mudéjares se apartaron para dejar a las dos Reinas disfrutar, admirando y palpando los ricos tejidos. Pasado un rato que a Faridah le pareció eterno, doña Berenguela se giró hacia Laila.

—¿Qué nos aconsejas con estas telas, Laila?

Sin pensárselo, Laila se dirigió hacia el tafetán azul y lo volteó con ambas manos, para que doña Berenguela viera el juego de colores que el propio paño desplegaba con su movimiento.

—Con esta seda se puede confeccionar un brial, ligeramente ajustado al talle, que se vista sobre la saya. Podríamos plegar la falda a lo largo, de tal forma que el azul de la tela se vuelva verdoso a cada movimiento.

La tejedora utilizaba a Faridah a modo de modelo, colocándola la tela según daba explicaciones.

—También podríamos realizar pespuntes en el brial con hilo entorchado y combinarlo con espirales de oropel. Al ser la ceremonia en verano, la prenda iría sin mangas, viéndose la camisa, que para embellecer el conjunto podría ir margomada en las mangas. Sobre el brial podríais llevar un pellote rojo al estilo franco, con la falda hendida y forrado de lino naranja, pero yo mantendría el escote redondo, Alteza. Lo confeccionaría con la banda frontal y la dorsal estrecha, para poder lucir el tafetán, y le dejaría farpas en los bajos. Si lo deseáis, se le pueden insertar tiras de cuero doradas en el ribete del escote y en las farpas de forma alternativa.

—Me gusta mucho ese tafetán —dijo la Reina madre, mientras contemplaba cómo quedaba el conjunto que estaba diseñando Laila sobre Faridah, sujetando con alfileres las telas—. ¿Es posible que lo lleven más damas de la corte?

—Había pensado reservarlo para su Alteza hasta la ceremonia, de forma que fuerais vos quien lo luciera en exclusiva. Además, para realzar aún más la diferencia con cualquier otra dama, os he traído esta tela, con la que se puede confeccionar un ligero manto suntuoso.

Laila sacó el terciopelo azul que le había traído su hermano de Herat. Cuando se lo mostró a las Reinas, estas quedaron maravilladas por el tacto y el brillo. Doña Berenguela se lo llevó al ventanal para poder observar bien el paño. El pelo de la tela jugaba con la luz que entraba por el vano y sus brillos se deslizaban según la Reina la movía entre sus manos.

—¿Qué género es este, Laila?

—Lo llaman terciopelo, Alteza.

—¿Dónde lo habéis obtenido?

—Me lo ha traído mi hermano, Yusuf, desde Herat.

—¿Más allá de Antioquía?

—Bastante, Alteza.

—Bien, eso es bueno. Resérvanos lo que tengas. Como bien has dicho, hemos de marcar alguna notable diferencia, aparte de la que ya existe. El vulgo necesita tener, de vez en cuando, una referencia más cercana y tangible que los santos y una mortal reina bien vestida puede concentrar las atenciones del pueblo, evitando que se disgreguen las voluntades.

—¿Y para mí? ¿Qué pensáis que puede resultar acorde a la ceremonia?

La reina doña Beatriz reclamó su parte de atención, ansiosa por saber qué prendas podría confeccionar la tejedora para ella.

—Quizás una saya enriquecida, a modo de brial, pero más holgada, elaborada con esta seda roja que he mandado traer expresamente para su Alteza. Podéis ver que lleva inserciones de hilo de oro en la trama, realizada en samito.

Laila desplegó, de igual forma que antes, el tafetán rojo frente a la reina Beatriz y, cuando Faridah estuvo libre de las telas que le había sobrepuesto la tejedora, esta comenzó a explicar su diseño a la esposa del Rey.

—Las mangas de la saya las haría con pliegues horizontales y las dejaría encañonadas y rizadas. O, si lo deseáis, puede ir también sin mangas, y puedo confeccionar una camisa margomada, como la de la reina doña Berenguela. Podría ser una forma de señalar vuestra paridad, aunque el resto de las prendas sean diferentes.

Ambas Reinas se miraron y asintieron levemente entre sí, dando a significar que no les parecía mala idea.

—¿Qué es una camisa margomada? —preguntó no obstante doña Beatriz.

—Se llama así cuando se borda según la costumbre morisca, Alteza.

—Quedan muy bonitas, Beatriz —apuntó doña Berenguela— Además, me ha gustado eso de la paridad. Que se note la unidad en la casa real.

—Sobre la saya podríais lucir un pellote confeccionado con este tafetán de color azul —continuó Laila su excelente exposición de los diseños—. Lo realizaría al estilo castellano y lo forraría de verde, dejando ambas bandas del cuerpo estrechas para poder mostrar el contraste de telas y colores. También mantendría el escote redondo y le dejaría farpas en los bajos. Para que no fueran exactamente igual al de doña Berenguela, insertaría tiras de cuero doradas en el ribete del escote y en las aberturas de las mangas. Como sobretodo, se puede confeccionar otro manto liviano, pero igual de solemne, con terciopelo rojo.

Laila terminó su exposición y se quedó esperando una respuesta de doña Beatriz. La Reina miró a la madre de su esposo.

—Es indudable que, para concentrar las atenciones del pueblo, mejor que una mortal reina bien vestida, serán dos —señaló doña Berenguela, significando la aprobación de los diseños de Laila.

De nuevo las cuatro mujeres prorrumpieron en contenidas algazaras. Laila se sentía muy satisfecha con la labor realizada hasta ahora para sus Reinas. Porque, aunque la religión seguía siendo una diferencia más que añadir a su condición de no noble, doña Berenguela era su Reina, y ahora doña Beatriz también.

—Por cierto, Laila, ¿qué tal va la almohada? —preguntó doña Berenguela a la tejedora mientras recogía las telas con Faridah.

—Os he traído el paño sobre el que estoy trabajando para que veáis cómo está quedando, Alteza.

Laila desenvolvió, de un paño de fino algodón, una seda carmesí trabajada en tafetán y la extendió sobre la mesa de la estancia, echándose a un lado. Sobre la tela, de poco más de una vara de largo por media de ancho, cosidos al hilván se distribuían varios adornos realizados mediante la técnica de tapiz, con hilos de seda de diferentes colores e hilos entorchados de oro y de plata. La Reina madre se acercó al paño expuesto y contempló con atención cada detalle del almohadón que, aún sin montar, presentaba una hechura exquisita. A su lado, doña Beatriz miraba extasiada la composición.

—¡Qué preciosidad! ¡Qué delicadeza! ¿Quién posee unas manos que hagan tan exquisito trabajo? —preguntó la esposa del Rey.

—Laila, querida, Laila —respondió doña Berenguela, que, inclinada sobre la tela, continuaba examinando cada puntada de los bordados que daban forma a cada ornato.

El adorno principal lo constituía un círculo, dentro del cual se apreciaban dos mujeres en actitud danzante, ataviadas al estilo morisco, con túnicas largas de mangas acampanadas. Ambas descalzas, la de la izquierda estaba tocada de turbante y llevaba una copa, mientras que la de la derecha, sin tocado y con el pelo largo pero recogido en coleta, portaba un tamboril. Las dos bailarinas estaban enfrentadas entre sí en torno a un árbol de la vida, y alrededor de las mismas se veía una corona que llevaba bordados en hilo de seda azul caracteres árabes en cursiva.

—Lo que tiene bordado la corona que rodea las dos figuras del centro, ¿son letras? —preguntó de nuevo doña Beatriz, que desconocía la cultura peninsular, tanto cristiana como mahometana, pero cuyo interés por conocer respondía a la formación recibida en la corte.

—Así es Alteza. Es la *shahâda*, parte de nuestra profesión de fe.

Doña Beatriz frunció el ceño. Desconocía el significado de la palabra que Laila le acababa de decir, pero le extrañó que la profesión de fe de una infiel estuviera escrita en la almohada de la Reina, de la madre del soberano de castilla.

—«No hay más divinidad que Dios» —dijo la reina doña Berenguela, que, volviéndose hacia su nuera, la señaló—, ¿verdad?

—Así es, sin duda. Pero, entonces, ¿tenemos el mismo Dios?

—Bien podría decirse. Lo que pasa es que ellos lo ven de una forma y nosotros de otra. Al igual que ocurre con los judíos.

—Entonces, si adoramos al mismo Dios, ¿cuál es la verdadera religión?

—Para cada uno la suya.

—¿Y por qué luchamos unos con otros?

—¿Acaso luchamos Laila y yo?

—No, pero nuestros reyes así lo hacen —insistió la reina Beatriz.

—Y también establecen treguas y se alían. Querida, será mejor que nos centremos en la almohada que me está haciendo Laila, porque corremos el riesgo de aburrirla con nuestras disquisiciones y que no vuelva a palacio.

Doña Berenguela quiso cerrar así una conversación que no iba a llevar a una pronta conclusión, ya que, como ella muy bien sabía, las cuestiones religiosas y las del Reino, aunque iban parejas, no siempre llevaban los mismos derroteros. Tenía previsto cómo instruir en esas lides a su nuera, pero era algo que aún no había terminado de definir, y tampoco era oportuna la ocasión.

De nuevo ambas Reinas centraron la atención sobre el trabajo de Laila, en el que se podía apreciar la excelente manufactura de las cuatro estrellas tartésicas, dispuestas simétricamente, que escoltaban el ornato central. Dos anchas franjas, trabajadas también en tapiz, enmarcaban el conjunto ornamental por encima y por debajo. En el centro, una franja de la misma anchura que las otras cuatro juntas, bordada en oro, presentaba una inscripción en hilo de seda azul que podía leerse tanto al derecho como al revés.

—Y estas estrellas, Laila, ¿qué simbolizan? —preguntó doña Beatriz.

—Las llamamos *Rub el hizb*, y son una representación del paraíso, Alteza.

—Y las citas de los laterales, ¿también llevan bordadas letras?

—Sí, Alteza. Son diferentes a las de la corona del centro.

—¿Es otro idioma?

—No, no, Alteza, ambas inscripciones están escritas en árabe, pero las de las cintas están hechas con una grafía diferente. Lo llamamos letra cúfica[27]. Y esa, en concreto, cúfica anudada, ya que cada letra se realiza emulando un cordoncillo que se anuda con la siguiente.

—¿Y qué significa?

—«La bendición perfecta».

—¿En qué sentido se lee?

—En los dos, Alteza. Es la gracia de la inscripción.

—Laila —retomó la palabra la Reina madre—, ¿cómo tienes previsto acabar el revés del almohadón?

—Como convinimos, Alteza, en tafetán de seda granate, un poco más fino que el del anverso y sin adornos.

—Creo recordar que el cierre de la almohada lo dejamos a tu elección, ¿has decidido ya cómo lo vas a resolver?

—Mediante un ribete con cordón amarillo en cada lateral corto, del que colgarán tres pequeñas borlas.

—Es muy bonita esta decoración —dijo doña Beatriz—. Tenéis una forma de decorar diferente a la nuestra, pero es muy fina y elegante. ¿Es muy antiguo este estilo decorativo?

—Así es, Alteza. En verdad proviene de la cultura sasánida y de la copta, de quienes la tomamos nosotros. Eso es, al menos, lo que me trasmitieron mis padres.

—Cuando esté terminada, ¿cuánto medirá? —preguntó doña Berenguela.

—Una vara de largo por poco más de media de ancho.

—Perfecto, Laila. Un trabajo perfecto, como siempre —le dijo la Reina a la tejedora mientras, con un ademán, invitó a las damas de honor a que se acercaran para ver la composición.

3

El sol estaba casi en su cénit cuando Ricard y Marsilio llegaron hasta el alto de «La Cerrada». En ese lugar el bosque se abría en un claro desde

27 Caligrafía árabe con la que se escribieron los primeros ejemplares del Corán. Se originó en Kufa (Irak) a partir del alfabeto sirio antiguo.

el que pudieron contemplar las nevadas cumbres del Torruco y del Mencilla, en la sierra de la Demanda. Cuando lo sobrepasaron y comenzaron a bajar hacia el cenobio benedictino de Cardeña, sonó la campanada de sexta. El camino continuaba sumergido en un denso bosque que impedía ver bien el monasterio, del que apenas asomaba la torre del campanario.

La abadía estaba situada en el arranque de una vaguada por la que discurría un arroyo conocido como Valdevegón, no muy abundante, pero suficiente para las necesidades comunales. En el pequeño valle se asentaba un soto poblado por olmos, álamos y fresnos que compartían luz y agua con unos pocos sauces, cuyas lloronas ramas bajaban hacia las espinosas zarzas, los rosales silvestres y algún espino albar. La arboleda se adornaba con el repiqueteo de los pitos y la trinada conversación de los mirlos, mientras que petirrojos y verdecillos competían en filigranas aéreas con zarceros y escribanos. Retrepando las laderas de la vaguada, algunos verduzcos quejigos destacaban sobre los desojados robles y rebollos que coronaban el llano de San Pedro, donde majuelos y acebos completaban la panoplia vegetal. Corzos, erizos, conejos, tejones, comadrejas, ginetas, zorros y jabalíes se refugiaban en la espesura de un bosque al que acudía de forma esporádica algún oso serrano y, más a menudo de lo deseado, alguna manada de lobos. La tupida masa arbórea se extendía hacia el Nordeste, entre el cenobio y la aldea de Castrillo del Val, de la que distaba menos de media legua. La vaguada en la que se asentaba el monasterio descendía en dirección al septentrión hasta llegar al arroyo de Linares, que desembocaba en el río Arlanzón a la altura de la aldea de Cardeñajimeno, a menos de una legua del cenobio.

Mientras el maestro y su cicerone bajaban por el empinado camino, el bosque se fue despejando hasta mostrar el monasterio. Este se encontraba rodeado por un muro de mampostería y su construcción presentaba la típica configuración monacal en torno al claustro, del que sobresalía la torre campanario de la iglesia. Todos los edificios, sin embargo, tenían ese aspecto de robustez que imprime el románico, estilo al que fue evolucionando el cenobio durante las diferentes reconstrucciones y ampliaciones a que se vio sometido, gracias al crecimiento que experimentó y que le llevó a tener jurisdicción sobre setenta y seis lugares y villas. Al fondo del núcleo monacal se distribuían otras dependencias, pegadas al interior del muro circundante, y fuera de este se podía ver pequeñas tierras de labor dedicadas al cereal.

Los dos visitantes voltearon el campanillo de la entrada al cenobio y franquearon la puerta de la cerca, que se abría en el muro de poniente. Frente a la misma, y separada por un amplio patio, se hallaba la iglesia, que a pesar de sobresalir por encima de los demás edificios exhibía un sencillo aspecto. En el patio de acceso, frente a la portada del templo, tres nogales recibían a los visitantes. A la derecha, una senda sombreada por una retahíla de manzanos, perales, ciruelos e higueras se perdía hacia levante, bordeando el lateral meridional de la iglesia, del que sobresalía un atrio de escasa anchura. Al fondo de la vereda se intuía el cementerio, abrigado por un acotado de setos, y más allá, apoyados contra el muro de levante, se erigían unos tinglados que tenían todo el aspecto de ser los destinados a la guarda de los animales del monasterio. La iglesia se hallaba a la derecha del claustro, pegada a su galería meridional, cuando lo habitual era levantar el claustro en el lateral de la epístola del templo, en la parte septentrional del claustro. Esta excepcionalidad iba a determinar la distribución de las diferentes dependencias del monasterio cardeniense. A la izquierda de la fachada de la iglesia se adivinaba un patio y por la entrada al mismo apareció un monje que se encaminó hacia ellos.

—Que la paz de Dios sea con vosotros, hermanos.

—Que el Señor te bendiga, hermano —respondió Marsilio. Venimos a ver a don Pedro. El obispo Mauricio nos envía.

—Os estábamos esperando. Soy el hermano Pascual, *custos hospitum* del monasterio. El abad está ocupado en estos momentos y me ha encargado de vuestra visita. Eliseo se hará cargo de las cabalgaduras.

Tras el hermano Pascual había salido el hermano Eliseo, un hombre ataviado con hábito marrón, vestimenta diferenciadora de los hermanos conversos. Los legos o conversos eran laicos que trabajaban en los monasterios en su construcción y mantenimiento y en las tareas agrícolas de las tierras y granjas dependientes de los mismos, permitiendo a la comunidad cenobítica dedicarse en pleno a sus labores litúrgicas y espirituales. Los conversos participaban en los oficios de la mañana y de la tarde, aunque entraban en la iglesia por una puerta diferente a la de los monjes y tampoco asistían al capítulo diario. Tenían su propio edificio, separado de las dependencias de la comunidad. En él se ubicaba su dormitorio y, dependiendo de la estructura monástica, su cocina y su refectorio, aunque lo normal fuera que este estuviera cerca de la cocina de los monjes, por economizar medios. En algunos monasterios, para ayudar a los legos se contrataban *mercenarii*, mano de obra de las aldeas del entorno que recibían del cenobio un peculio y, en ocasiones, una manutención, pero que no pernoctaban en las dependencias monásticas.

El hermano Eliseo, que trabajaba para el hermano Pascual en la portería, se llevó los animales a las cuadras y el maestro Ricard y Marsilio siguieron al monje hasta el hospital, atravesando el patio por donde había salido el hermano Pascual. A la derecha se ubicaba el edificio de la portería, frente a ellos el edificio del hospital y a la izquierda el edificio de los conversos. En estos hospitales se daba hospedaje no solo a los peregrinos, sino también a muchos y variados visitantes que acudían al cenobio por diferentes circunstancias.

—Supongo que querréis lavaros —les dijo el hermano Pascual cuando llegaron al hospital—. Os he acondicionado dos celdas para esta noche.

—Pero no teníamos pensado quedarnos a dormir —dijo Marsilio.

—Bueno, el abad es persona muy hospitalaria y la noche se hace enseguida en esta época del año. Seguro que os convencerá para que os quedéis.

El hermano Pascual les guio hasta sus celdas. Eran pequeñas y estaban dotadas de un ventanuco que daba al septentrión, a la vaguada de Valdevegón. El habitáculo tenía un catre con un colchón de paja embutida en tela de cáñamo. Sobre el mismo había una recia manta de lana y, al lado del catre, una banqueta que hacía las veces de mesilla, sobre la que había una escueta vela en un mínimo candelabro para cuando se salía de noche a los oficios.

—Os espero en el corredor —les dijo el monje.

La puerta de entrada al hospital estaba en el centro de su fachada y daba paso a un corredor que tenía, a su izquierda, la escalera de acceso al piso superior, y a la derecha, la entrada al refectorio del hospital y a la planta baja del mismo, quedando más al fondo el portillo que accedía directo al claustro. La planta baja estaba distribuida en celdas separadas por un ligero muro y dotadas de puerta. Esta planta se reservaba para determinadas visitas que por su condición o posición social requerían de un cierto apartamiento del vulgo. La planta superior, en cambio, estaba organizada como una nave corrida y alojaba a los peregrinos, comerciantes y menesterosos que pasaban la noche para continuar su camino al día siguiente. Ambas plantas disponían de letrinas que vertían a la vera del arroyo, cuyas aguas, dotadas de cierta alegría en el arranque del cauce, arrastraban lo expulsado por el cenobio.

Los otros dos laterales del patio de san Benito los componían el edifico de los conversos, que se desdoblaba en dos estructuras perpendiculares entre sí. Una era el dormitorio de estos hermanos, de planta y piso, que estaba adosado al muro occidental de la cerca del cenobio y pegado al hospital, teniendo a su frente el edificio de la portería. La otra estructura era solo de planta baja y en ella se ubicaba la sala de los conversos, que estaba comunicada con su dormitorio y en la que estos realizaban labores propias de su condición a resguardo de las inclemencias del tiempo. Eliseo era la mano derecha del hermano Pascual y por eso, cuando se esperaba una visita, se quedaba en la sala atento a su llegada.

Finalmente, el edificio de la portería componía el cuarto lateral del patio de san Benito, en su parte oriental. Situado en el ala occidental del claustro, disponía de planta baja y piso y estaba pegado a la izquierda del templo, sobresaliendo de su fachada. En su planta baja se ubicaban el refectorio del hospital, al que solo se accedía desde este; el zaguán, que comunicaba el patio de san Benito con el claustro; la portería, el locutorio de los monjes, la enfermería y el locutorio de los conversos. En la planta superior se situaba la actual biblioteca, a la que se accedía desde el *scriptorium*.

El hermano Pascual esperó al maestro y a Marsilio en la puerta de acceso a la clausura, al fondo del corredor del hospital, que había abierto como deferencia a ellos. Cuando aparecieron, pasaron al claustro de los Mártires y, tras cerrar el portillo, los condujo hasta la sala capitular. El claustro del cenobio cardeniense poseía arcos de medio punto que estaban construidos por dovelas de piedra roja y blanca dispuestas alternativamente, lo que al maestro Ricard le recordó el románico cluniacense de Borgoña. De forma cuadrangular, el ajardinado patio presentaba unos frondosos rosales, ahora sin flor. Entre sus ramas y el pozo central jugueteaban unos gorriones, dando vida a una estampa a la que ponía música el gorjeo de una fuente que borboteaba en la panda meridional. En la esquina noroeste, un olivo destacaba como árbol insólito en los parajes burgaleses. Según avanzaban por la panda septentrional, Marsilio, que ya conocía el monasterio, fue explicando al maestro, con voz queda, la situación de las dependencias.

—Tras la pared de la izquierda se ubica el refectorio, al que se accede por la puerta que se ve al final del muro. La escalinata que ves pegada a la puerta es la escalera de día, por la que los hermanos suben al dormitorio, sobre las estancias de la panda de levante. También por esa escalera se accede al *scriptorium* y a la biblioteca, que quedan sobre el refectorio. La puerta que veis enfrente es la de la cocina, que ocupa el esquinazo de la panda norte con la de levante. Clodulfo y Onésimo son los hermanos cocineros.

El hermano Pascual se asomó por la puerta de la cocina y preguntó por los cocineros a uno de los conversos que tenían asignados como ayudantes, a lo que respondieron que se encontraban en los huertos con Berengario y Zacarías.

—Ahora mismo no está ningún hermano cocinero. Supongo que os prepararán un ligero tentempié. Estamos en cuaresma y la única comida es después de vísperas —les dijo el *custos hospitum*, que, de nuevo, inició la marcha hacia la sala del capítulo, ahora por la panda de levante.

—Luego hablaré con el hermano Clodulfo para que puedas ver la cocina y sus dependencias —le dijo Marsilio al maestro, continuando después con la descripción del cenobio—. La despensa está pegada a la cocina y solo se accede desde ella. Esta salita que se abre aquí es la sala *De Profundis*, donde se reza ese salmo antes de entrar al refectorio. Y aquí a la izquierda está el pasaje de los claustros. A través de él se llega al claustro de los novicios. Notarás la corriente de aire que pasa de un patio a otro. Los novicios lo llaman el aliento del diablo porque en invierno, cuando se atraviesa, el viento paraliza el alma como si a uno se le presentase el mismísimo Belcebú. Dentro está la sala del calefactorio. Es una estancia pequeña pero suficiente para que los hermanos puedan templarse durante los fríos días de la meseta, aunque solo se abre de nona a vísperas. Cuando hay enfermos entre la comunidad, el abad permite abrirla más tiempo para que se reconforten. Dentro del pasaje también está la escalera de maitines, que baja directa desde el dormitorio. La utilizan los hermanos y los novicios en las horas de rezo nocturno para acceder a la iglesia, cruzando la sala capitular y la sacristía.

Al llegar a la sala capitular, el hermano Pascual los dejó mientras iba a buscar al abad. La sala del capítulo se situaba al final de la panda de levante, en la unión con la galería meridional, de la que también ocupaba una parte. El acceso a la sala estaba enmarcado por un arco apuntado que descargaba en sendas columnas de fuste liso y con capiteles rematados con cimacios ajedrezados y adornados con hojas, lazos y volutas. A cada lado de la puerta, dos ventanales dobles daban luminosidad a la estancia y permitían la asistencia de los novicios al capítulo, aunque no podían participar en el mismo hasta que adquirieran la condición de monjes. El maestro pudo apreciar que en cada rincón de la sala capitular se habían adosado tres columnas de fuste y capitel cilíndricos, adornadas con motivos vegetales. Sin embargo, la techumbre era de madera y su altura no sobrepasaba la de un piso. Es posible que en su día se pretendiese elevar el techo de la sala abovedándola y que, por cualquier circunstancia, la obra quedase parada. Incluso podría estar ya ejecutada toda la reforma y que la sala estuviera ya abovedada, pero que se hubiera instalado un falso techo de madera por los fríos que en invierno azotaban Cardeña. La sala capitular tenía cuatro accesos. El más notable era el que la comunicaba con el claustro. Después disponía de una puerta en cada lateral. La de la izquierda comunicaba con la escalera de maitines, en el pasaje de los claustros, y la de la derecha con la sacristía. Al fondo, un portillo daba acceso al zaguán de levante, que comunicaba con la puerta del cementerio y con la casa del abad.

El abad, don Rodrigo de Támara, estaba al frente de la comunidad desde 1211 y conocía muy bien a sus monjes. Entre ellos había castellanos, leoneses, navarros, aragoneses, francos, algún germano y un inglés. Aunque era palentino, natural de Támara, también estaba al tanto de las necesidades de la comarca y, a pesar de que el monasterio estaba a dos leguas de Burgos, sabía de los entresijos del Reino. No en vano, en ocasiones el abad del monasterio de Cardeña era nombrado con posterioridad obispo de la diócesis de Burgos. Cuando este llegó, Ricard estaba contemplando la arquitectura del claustro.

—Lo llamamos el claustro de los Mártires. ¿Os ha contado ya la historia Marsilio? —preguntó don Rodrigo al maestro, a modo de salutación—. Supongo que sois Ricard, el maestro de obras.

—Así es, Reverendísimo Padre, Ricard d'Epernay —contestó Ricard, mientras se acercaba para besar el anillo del abad—. Estaba contemplando la alternancia de las dovelas rojas y blancas de los arcos del claustro. Solo lo he visto en el románico borgoñés.

—Lo construyeron canteros francos cuando el monasterio pasó a depender de Cluny y se llevaron a cabo una serie de reformas. Hola Marsilio, ¿te cuida bien nuestro amigo Mauricio? —saludó el abad a Marsilio, mientras le ofrecía el anillo.

—Oh sí, Reverendísimo Padre —contestó el acólito, mientras cumplía con la solicitada reverencia.

—Pero no descuidemos la Regla de San Benito, mis queridos hermanos. Oremos antes de hablar, como dictamina nuestra regla que ha de recibirse a los huéspedes.

En el precepto cincuenta y tres, la Regla de San Benito indica que *a todos los huéspedes que se presenten en el monasterio ha de acogérseles como a Cristo, porque él lo dirá un día: «Era peregrino, y me hospedasteis». A todos se les tributará el mismo honor, «sobre todo a los hermanos en la fe» y a los extranjeros. Una vez que ha sido anunciada la llegada de un huésped, irán a su encuentro el superior y los hermanos con todas las delicadezas de la caridad. Lo primero que harán es orar juntos y así darse mutuamente el abrazo de la paz. Este ósculo de paz no debe darse sino después de haber orado, para evitar los engaños diabólicos.* El abad Rodrigo cumplimentó con lo estipulado en la regla benedictina y después inició un paseo por el claustro mientras conversaba con sus huéspedes.

—Y bien, ¿cómo va la nueva catedral?

El abad pudo conocer de primera mano la idea original que el maestro albergaba para la nueva catedral. Ricard le refirió todos los pormenores que aún le quedaban por concretar, entre los que estaba la necesidad de contar con alguien que conociese varias lenguas, para poder tratar con todo el personal que tenía previsto que acudiese a la fábrica catedralicia, motivo que le había traído hasta el cenobio. Burgos era una ciudad con gentes llegadas de diferentes lugares con distintas lenguas y su idea era que, una vez establecidos los equipos de trabajo, no necesitaría ya a un traductor.

—En el monasterio tenemos un monje que podría ayudaros —dijo el abad al maestro—. Aunque deberíais hablar con él primero. Aquí realiza una labor que no sería bueno que desatendiese. Al menos durante mucho tiempo. Se trata del padre Norberto. Hablad primero con él y luego determinaremos los detalles.

Cuando el abad Rodrigo se despidió de ellos, quedaron de nuevo en manos del hermano Pascual, que los llevó a la sala del *scriptorium*.

4

El *scriptorium* era el *alma mater* del monasterio de Cardeña. Si bien el cenobio poseía dominios, derechos y prebendas que le aseguraban su mantenimiento, el menester que le había dado renombre era el que realizaban sus monjes en el *Scriptorium Caradignense*. Creado a principios del siglo X, de él habían salido obras tan importantes como la Biblia Visigoda de Cardeña, copiada por el monje Gómez en el año 912, o las Morales de San Gregorio, escritas por el famoso papa a requerimiento del obispo de

Sevilla, San Leandro, y copiadas por el mismo monje. Tras el convulso período de mediados de siglo X, el cenobio recuperaría su actividad hasta convertirse en el monasterio más importante de Castilla, y su biblioteca y su *scriptorium* alcanzarían su máximo esplendor, que mantendrían hasta finales del siglo XII. En 1175 verían la luz la Biblia de Burgos y el Beato de Liébana, y una década después, el Beato de Cardeña. Su biblioteca poseía, además, códices de gran importancia en la vida monástica, como la Regla de San Benito, y otros de notable influencia en la cultura y la literatura religiosas de la época. La actividad del *scriptorium* había disminuido en los últimos años, a la par que la importancia e influencia del cenobio. El cabildo burgalés y otros monasterios, especialmente el de San Millán, le disputaban su preeminencia. Sin embargo, aún mantenía un buen número de monjes dedicados a las tareas de la confección de libros, ya que continuaba surtiendo a otros monasterios de los volúmenes litúrgicos de diaria consulta y lectura, como breviarios, pasionarios y leccionarios, haciendo del monasterio cardeniense un importante foco litúrgico.

El hermano Pascual les condujo por la escalera de día hasta la sala del *scriptorium*. Cuando llegaron, mientras el *custos hospitum* preguntaba al novicio encargado del brasero, el maestro observó con detenimiento la sala. Situada en la panda septentrional, sobre el refectorio, el *scriptorium* era una estancia alargada y bien iluminada, pues sus dos paredes laterales disponían de ocho ventanas cada una, dotadas con vidrios sin tintar. La ubicación de la sala permitía una iluminación clara, pero sin la molesta brillantez que hubiera tenido si hubiese estado en la panda de levante. Bajo cada ventana, uno o dos monjes se dedicaban con esmero y pasión a su labor. Distribuidos por las primeras ventanas de la sala, varios copistas sentados en sencillos escabeles[28] anotaban en tablillas de cera lo que un monje les dictaba desde el ambón[29]. Se trataba de un *Vitae Patrum* que tres cenobios y dos prioratos habían encargado al monasterio. Tras ellos, sentados en varios pupitres, *miniatores*[30] y *rubricadores*[31] se afanaban, absortos, en sus pergaminos, rodeados de sus útiles de trabajo. A su lado, bajo las ventanas, algunos anaqueles servían de minúsculas bibliotecas para depositar los libros que utilizaban a diario, y dos mesas estrechas y largas, con estantes bajo el tablero, servían para depositar el material y

28 Pequeño asiento sin respaldo.
29 Atril, púlpito.
30 Monjes que se dedicaban a realizar las ilustraciones o miniaturas del códice.
31 Monjes que se dedicaban a realizar las letras capitulares del códice.

los utensilios necesarios para su labor. Al fondo, apenas se podían ver varias cátedras frente a las que estaban desplegados atriles y tablillas. Tres monjes mayores se dedicaban, con parsimoniosos movimientos, a copiar sobre sus pergaminos los libros que estaban abiertos en los atriles, y que, desde la lejanía del otro extremo de la sala, al maestro le parecieron de una gran belleza. El novicio estaba diciéndole algo a uno de esos monjes.

—Padre Norberto, la visita está ya aquí —le informó el novicio al clérigo con un susurro, para no alterar la paz del *scriptorium*.

Sin mirar al emisario, el monje le dio las gracias y le dijo que enseguida los atendería. Sobre un amplio ambón y sentado en una cátedra, el padre Norberto estaba volcado encima de una vitela, repasando con pigmento de azurita la túnica de San Juan en una imagen de un manuscrito miniado que representaba la crucifixión y el descendimiento. No podía apartar ni un instante la vista de su miniatura. A su lado, un muchacho vestido con hábito miraba con fruición el trabajo del monje. Al rato, el religioso dejó la pluma, cubrió con un velo de lino el atril donde estaba apoyada la vitela y, dejando al discípulo en el pupitre, se dirigió hacia donde estaban Ricard y Marsilio.

—La Divina Providencia nos ha regalado un fantástico día para trabajar en el *scriptorum*. La luz entra a raudales —dijo Norberto con un hilo de voz, a la vez que señalaba la salida.

Una vez fuera, Marsilio hizo las presentaciones de rigor y el maestro explicó sus necesidades. Norberto solicitó un momento para meditar. Lo que le pedía el maestro era volver a tratar directamente con las gentes, algo que durante demasiado tiempo le estuvo ocupando la mente y el alma. Ahora se encontraba muy cómodo. Su alma tenía el sosiego que tanto tiempo había estado solicitando a la Providencia. Llevaba una década en el monasterio y su existencia era placentera. No es que estuviera aislado de las demás almas mortales, la clausura de la regla tenía sus necesidades y sus prebendas, pero con ese trato tenía suficiente. Además, a la hospedería del cenobio acudían peregrinos que se dirigían a Santiago y que retornaban de allí y a veces surgían ocasiones de diálogo. Pero era gente temerosa de Dios y, por lo general, su permanencia en el monasterio no causaba ningún trastorno, ni siquiera porque no cejaran de contar sus experiencias. Pero salir fuera del cenobio otra vez para sumergirse en la vorágine de las almas que deambulaban perdidas y pecadoras, en esa entelequia que llamaban ciudad y que facilitaba la vida displicente y licenciosa, no le atraía en absoluto. Trabajadores a destajo, discusiones subidas de tono, blasfemias, y todo en un barullo de lenguas y costumbres diferentes. La idea le espantaba.

El mundo fuera de los muros del monasterio era duro, cruel y muchas veces alejado de Dios. Además, Burgos se había convertido en una urbe plena de dinamismo. Demasiado para él. La actividad comercial era creciente. El camino jacobeo, un goteo constante de gentes, y más en verano, estación que estaba por llegar. El Concejo y el Cabildo estaban a la gresca todo el día, salvando las formas, pero con el firme propósito de medrar uno sobre el otro. Y la nobleza y los grandes comerciantes tampoco daban su brazo a torcer en sus luchas por un ápice de poder. Una locura. Le daba miedo. La regla benedictina era dura, pero justa, y propiciaba una vida ordenada. Su trabajo al frente del *scriptorium* le abstraía del razonamiento infructuoso y le permitía mantener viva la inquietud intelectual de su joven discípulo, con quien hacía tiempo que realizaba su labor como salvador de almas e instructor de intelectos.

Por otra parte, quizás fuera la Divina Providencia quien le estuviera poniendo a prueba. Ya lo había hablado con el abad cuando este le trasmitió que el obispo Mauricio había requerido sus servicios. El obispo sabía de su trayectoria y conocía sus habilidades intelectuales. Por eso, también ambos, obispo y abad, permitieron que educase al noble niño Álvaro, desplazándose hasta la casa de doña Úrsula, educación que Yago también aprovechó. Y por eso también, Yago estaba ahora en el cenobio, sin ser lego ni novicio. Bueno, también porque su padre trabajaba para los monjes desde siempre. Por otra parte, se le presentaba la oportunidad de comprobar que su alma estaba a salvo de la disputa de la razón. De su razón. Llegado a este punto de su reflexión, el padre Norberto se preguntaba si se atrevería a cambiar su cómodo puesto en la biblioteca y el *scriptorium* por un trabajo en la obra catedralicia, aunque fuera por un breve período de tiempo, con la satisfacción de verse confirmado en la fe.

El sol refulgía en la fuente del claustro mientras el agua que emanaba por su caño acompañaba el musical piar de los pájaros. Bajo el alero se veían los nidos vacíos de las golondrinas, esperando la llegada de sus huéspedes. Siempre volvían. Como los recuerdos. Y como los demonios.

—Me acompañará Yago —dijo Norberto, girando sobre sí mismo, a unos pasos de Ricard y Marsilio.

Estos levantaron las cejas mostrando su sorpresa, pues no llegaban a comprender la solicitud del monje.

Proporciones geométricas y sus cuadriláteros

Figuras

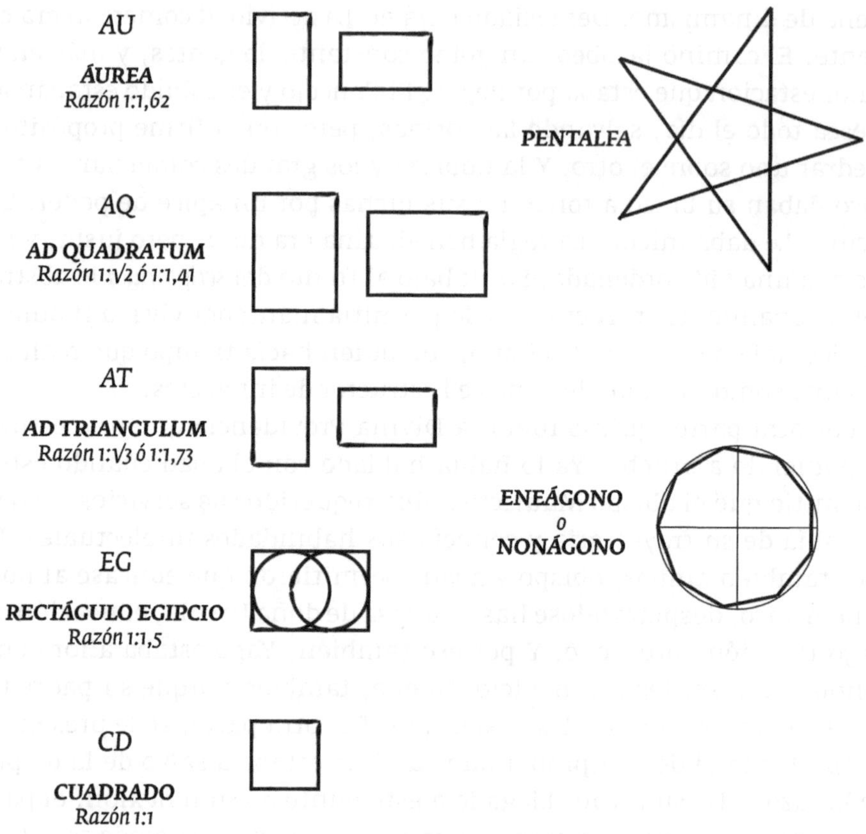

Ejecución geométrica del plano de la catedral

Figuras explicativas del trazado de la catedral siguiendo los planteamientos geométricos de la proporción y evocando la concepción estructural de otras catedrales francesas como Notre-Dame, en la ciudad de Laon, Saint-Étienne, en Sens, Saint-Denis y Notre-Dame, en París, La Asunción de Nuestra Señora, en Chartres, y Saint-Étienne, en Bourges.

V
EL PLANO DE LA CATEDRAL

Anno Nostrae Salutis 1221
Finales de marzo

1

El solar en el que quería levantar el obispo Mauricio su catedral estaba ocupado por la parroquia de Santiago, la catedral románica, el Palacio Mayor de Santa María y un montón de casas que se distribuían por la ladera del cerro. La parroquia de Santiago y la catedral románica estaban una junto a la otra, pero separadas por la calle de Santiago, una calleja estrecha y corta en la que la umbría solo desaparecía con la caída de la tarde. Conocida como *los meaos*, porque todo el que pasaba por ella aprovechaba la pública privacidad que brindaba para aliviar la vejiga, esta callejuela conectaba la plaza de la Llana con la plaza de Santa María, tras un quiebro en su trazado. En más de una ocasión salían los sacristanes de ambas iglesias para convencer a los meones, vara en mano, de que la micción en la calleja producía dolor de riñones.

Las portadas de la catedral y de la parroquia estaban frente a la pequeña plaza de Santa María, quedando sus ábsides orientados hacia la plaza de la Llana. El Palacio Mayor de Santa María, en el que se ubicaban los palacios real y episcopal, encerraba a la catedral románica por su parte sur, girando luego hacia el norte para envolverla por la zona absidial. Ambos palacios se utilizaban en menor medida ya que los reyes se alojaban en el monasterio de las Huelgas y el obispo tenía su residencia en el convento de San Llorente.

Junto el muro norte de la parroquia de Santiago transcurría el camino jacobeo a través de la calle de Corronería. Desde esta calle se llegaba a la plaza de la Llana por la bajada de la Cruz, una cuesta que discurría entre las casas que se arracimaban por la ladera del cerro del castillo hasta apoyarse en las paredes traseras de la catedral, de la parroquia de Santiago y del palacio real.

Cuando el obispo obtuvo la aprobación del Rey para el levantamiento de la nueva sede catedralicia, se derribaron todas estas casas y parte del palacio que el Rey había donado para la nueva fábrica. El área que entonces quedó libre estaba enmarcada en su parte septentrional por la calle de Corronería, en el lado de poniente por las traseras de la catedral y de la parroquia de Santiago, en la zona meridional por el Palacio Mayor de Santa María y en la parte de levante por la plaza de la Llana, en la que quedaban en pie numerosas casas del Cabildo y del Concejo.

Una vez que el maestro de obras llegó a Burgos, durante varios días estuvo estudiando la disposición de los espacios liberados y de los edificios ubicados en la zona de la fábrica. El único sitio donde se podía construir era en la plaza de la Llana, tras la zona absidial de la catedral, liberada ya del cepo del palacio y de todas las casas que se apoyaban en sus muros. Aún quedaban por derribar algunas viviendas que bajaban por la ladera, cuyos moradores ya habían sido trasladados a otras zonas. Con el solar despejado para empezar a construir, lo que ahora tenía por delante el maestro de obras era concretar el lugar físico del altar. Para ello disponía de todos los sistemas proporcionales que la geometría le ofrecía. Solo necesitaba un punto de arranque y una medida.

El maestro Ricard sabía que en muchas construcciones el planteamiento de la fábrica tenía dificultades de tipo orográfico, teniendo que salvar desniveles en su trazado, como pasó en la catedral de Bourges. En otras fábricas existían problemas sobrevenidos por la naturaleza del suelo o por el nivel freático, y en la mayoría el trazado venía dificultado por la imposición de compartir solar con la edificación antigua. Para el planteamiento de la catedral burgense el maestro Ricard dispuso de todos esos inconvenientes. El desnivel entre la calle de Cornería y la plaza del Sarmental era notorio, el suelo de Burgos dificultaba profundizar por la cantidad de agua que albergaba y la nueva catedral no solo debía compartir solar con la antigua, sino que también debía hacerlo con un palacio y con una parroquia de peregrinos.

Sobre un pergamino tenía trazado el esbozo de cómo debería ser la catedral que el obispo Mauricio le había encargado. De planta cruciforme, con cabecera, transepto y pie, el templo disponía de deambulatorio y girola para permitir la visita de los peregrinos del camino jacobeo, así como de pequeñas capillas absidiales. Aparte de este diseño general, existían dos directrices marcadas por el prelado que determinaban la hechura del edificio. Por un lado, el transepto debía ser de una nave, quedando así manifiesta la preeminencia del coro. Por otra parte, este tenía que ser generoso en dimensiones para poder albergar a toda la curia episcopal. Estas pautas eran, en cierto modo, un punto de arranque y una medida. Y con ellas había trazado ese primer esbozo que había mostrado ya a don Mauricio. Pero ahora debía encontrar una referencia y una medida sobre el terreno.

Para Ricard, la esencia del nuevo estilo residía en la luz. La luz divina iluminaba las almas y de igual forma debía invadir el interior de los templos catedralicios. En el nuevo estilo constructivo, las tensiones que volcaban las bóvedas sobre los muros eran descargadas hacia el suelo a través de los contrafuertes adosados en el exterior de la estructura. Esto liberaba a los muros de la responsabilidad del sostenimiento estructural y permitía que en ellos se abrieran grandes vanos mediante los arcos de doble punto y los grandes óculos de tracería calada. En estos vanos se colocaban enormes vidrieras a través de las cuales penetraba la luz del sol, la luz de Dios, ofreciendo un espectáculo de color y formas que solo la Divinidad podía mostrar. Y este milagro de la luz únicamente podía verse una vez dentro del templo. La estructura del edificio quedaba fuera, expulsada del papel principal que fue adoptando en el románico. La piedra perdía relevancia y en el exterior solo mantenía el privilegio docente en las portadas y en las cimas de las fachadas, coronadas por esculturas y filigranas. La piedra cedía parte de su protagonismo para entregárselo a la luz, que de forma generosa se lo devolvía iluminando las figuras e imágenes con que se hermoseaba el interior del templo. Por eso las catedrales debían de ser construidas para ser contempladas desde el interior. Lo más importante era lo que quedaba intramuros. Y de allí obtuvo Ricard su medida.

Sin embargo, el *mestre mason* comenzó los trabajos de medición en el exterior calculando primero el espacio libre de que disponía, gracias a sus conocimientos en agrimensura y auxiliado por un oficial del taller de Huelgas llamado Enrique. Armado con sus herramientas de medición, el maestro Ricard calculó el área existente desde las traseras de la parroquia de Santiago y de la catedral hasta el palacio real. Con las anotaciones realizadas, Ricard se dirigió hacia la parroquia de Santiago para calcular el grosor de su pared meridional.

Separado del templo catedralicio por una estrecha calleja, la parroquia de Santiago era una adusta edificación prerrománica, ceñida desde sus orígenes a la falda del cerro y al flanco norte del palacio. Su interior en esta época del año era frío y oscuro, como el camino jacobeo en muchas de sus etapas. Las pinturas que en ella había apenas podían apreciarse con la escasa luz que entraba por el escueto arco ojival, de factura visigótica, ubicado en el hastial de poniente. Su fábrica era casi tan antigua como el propio camino y carecía del enriquecimiento estilístico que llegó por él, por lo que la construcción habría sido afrontada por maestros canteros provenientes de tierras del norte. Sus gruesos muros ocupaban un espacio que a Ricard se le antojó muy útil. Si la proporción así lo exigía, podría aprovechar el muro meridional para la nueva catedral, y la parroquia compartiría muro con la nueva sede catedralicia. El maestro de obra midió la anchura de la calleja y tras anotarla se dirigió hacia la entrada de la parroquia, donde esperaba el párroco. Una vez dentro, el maestro calculó la anchura del muro meridional y la de la nave del templo. Tras despedirse del clérigo, el maestro y su ayudante se encaminaron hacia la catedral.

La catedral presentaba una fábrica exterior austera, como toda catedral románica. Estaba realizada con sillería, aunque el acabado de los sillares no era tan fino como el de las edificaciones más modernas. Disponía de tres naves, siendo la central algo más ancha y alta que las dos laterales. En la fachada principal se abría un ventanuco por cada nave lateral, tres de igual hechura y tamaño encima del arimez y otro el doble de ancho y alto por encima de estos tres, en el centro del imafronte. La portada que se abría en el arimez era abocinada y disponía de cinco arquivoltas, en cuyas molduras se veían figuras alegóricas parecidas a las de la ermita de Santa María la Blanca. Los muros laterales de la nave central, que sobresalían por encima de las naves adyacentes, carecían de ventanas. El hastial del imafronte abarcaba las tres naves, aunque la techumbre de la nave central era a dos aguas mientras que las laterales estaban techadas a un agua. A la derecha de la fachada central, remetido unos pasos hacia la parte absidial y adosado a la nave lateral meridional, se hallaba el claustro, de mayor anchura que la propia catedral y de planta cuadrangular.

La torre campanario quedaba aneja a la parte absidial del templo y al claustro. De planta cuadrangular, su altura era de cuatro cuerpos, siendo el primero de igual altura que las naves laterales. Por encima de este se elevaban otros tres pisos, dotados de una ventana por cada pared el primero, dos el segundo y tres el último. A este, en el que se alojaban las campanas, se accedía por una escalera de caracol exenta y cerrada que discurría por la esquina suroeste de la torre. La catedral románica, construida en origen con cinco tramos y tres ábsides, fue ampliada en 1180 recreciéndose en forma de cruz. Se alargó su planta hacia levante en dos tramos, a continuación de los cuales se levantaron de nuevo los ábsides. Estos dos tramos se extendieron hacia el norte y hacia el sur, formando un transepto. La torre quedaba absorbida por el brazo sur del transepto y el otro brazo casi cerraba la calleja existente entre la catedral y la iglesia de Santiago. Cinco ventanucos como los del imafronte se abrían en cada nave lateral, uno por tramo, quedando los de la pared meridional medio tapados por el claustro, que carecía de ellos en todo su recorrido. A estos vanos se añadían uno en cada brazo del transepto, de mayor tamaño, como el vano superior de la fachada principal. El ábside central disponía de tres ventanucos, mientras que los dos ábsides laterales solo tenían uno. El techado de cada ábside era semicircular y los tres quedaban por debajo de sus naves correspondientes.

La puerta de poniente del templo catedralicio estaba abierta y una esbelta figura de hábito negro esperaba al maestro. Con los ojos algo metidos en sus cuencas, su mirada era como distraída, aunque era el encargado de todo aquello que tuviera que ver con la fábrica catedralicia. Sus delgadas y largas manos evocaban a las de los escribas de los monasterios, con quienes coincidía en oficio al reflejar en las actas las necesidades y las obras del templo catedralicio.

—Querido maestro, que la paz de Dios esté con vos —saludó el canónigo fabriquero, Johan de Champaña.

—Y también con vos, mi ilustre Johan.

—¿Y el muchacho que os acompaña?

—Enrique, del taller de Huelgas. Un chico muy dispuesto.

—Dios te guarde, muchacho —saludó el canónigo fabriquero a un tímido Enrique—. Pasemos al interior.

Intramuros, la catedral lucía murales pictóricos de mejor elaboración y belleza que los de la parroquia de Santiago, y más iluminados por la profusión de ventanas abiertas en los muros. Aun así, la luminosidad interior del templo nada tenía que ver con la que había visto el maestro Ricard en Chartres y en París y con la que soñaba conseguir aquí, en Burgos. Para mitigar esa carencia de luz, una serie de enormes lámparas circulares, cargadas de cirios, colgaban de los techos de las naves, completadas por candelabros adosados a las paredes. Lámparas y candelabros iluminaban el interior cuando la ocasión demandaba su encendido, pero oscurecían muros y techos con el huno de los cirios. El *mestre mason* se dispuso a medir el grosor de la pared norte de la catedral románica. Ayudado de la escalera que le había traído Enrique, se encaramó hasta el vano de la segunda ventana de la nave. Esta era pequeña y estrecha, pero permitía realizar la medición que necesitaba. Luego repitió la operación en la ventana del quinto tramo. Finalmente, el maestro de obras midió la anchura interna del cuerpo de naves del templo catedralicio. Con todos los datos obtenidos calculó la medida existente entre la pared de la parroquia de Santiago y la aneja al claustro de la catedral románica. Esta sería la anchura que podría dar a las naves de la nueva catedral. La medida intramuros. El maestro dibujó una línea en su cuaderno y anotó la medida tomada. El centro de esa línea lo marcó con la letra omega. El maestro Ricard ya podía empezar a dibujar la planta de su catedral.

Enrique no había perdido detalle de todo cuanto el maestro de obras había hecho. Discreto y silencioso, el joven oficial de cantería de la escuela de Huelgas era estudiante del *Studium Generale*, en Palencia, pero estaba pasando unos días en su Burgos natal. Su maestro en el taller de Huelgas, Gonzalo de Covarrubias, le había enviado a Palencia en cuanto el rey Fernando volvió a abrir la escuela. Reconocida como *Studium Generale* desde 1208, la institución de la escuela palentina se remontaba al siglo XII y en ella había sido estudiante Domingo de Guzmán, fundador de la reciente orden de los predicadores dominicos. Sin embargo, el *Studium* palentino comenzó a declinar tras la muerte del rey Alfonso VIII y su sucesor en el trono, Alfonso IX, cerró el centro y lo trasladó a Salamanca en 1218. Dos años más tarde, el rey Fernando I de Castilla reabriría el *Studium Generale* de Palencia con renovados ímpetus omniscientes, repartidos en dos cursos. En el primero se impartían las materias que componían el *trivium*, gramática, retórica y dialéctica, y en el segundo se abordaban las del *quadrivium*, que comprendía los conocimientos de aritmética, geometría, astronomía y música. Durante ambos cursos se completaban los estudios con temas jurídicos y, tras ello, los estudiantes obtenían el título de licenciados en Teología y Artes.

El maestro de obras se despidió del canónigo fabriquero y se encaminó hacia la plaza de Santa María. Allí agradeció a Enrique su eficaz ayuda y se despidió de él, no sin antes encargarle que trasmitiera su gratitud al maestro Gonzalo de Covarrubias por la ayuda enviada.

—Maestro —llamó Enrique, que ya se había distanciado un poco.

Ricard se giró y esperó a que el joven oficial se acercara, mientras comprobaba que llevaba todas sus herramientas de medición. Es posible que el estudiante tuviera algo suyo y que no recordase habérselo dejado mientras hacía sus cálculos.

—Maestro, disculpad mi osadía, pero, ¿cuándo vais a trazar el plano de la catedral? No vuelvo a Palencia hasta dentro de dos días y me gustaría ver cómo se realiza, cómo se aplica la geometría, que ahora estoy aprendiendo, al planteamiento de la fábrica. El maestro Gonzalo me hablaba siempre de las posibilidades que ofrecía la geometría a la construcción, de la magia de las formas y de las proporciones. Siempre me refería anécdotas y enseñanzas recibidas de su maestro Ricardo, el fundador del taller de Huelgas, y me señalaba la importancia de no perder la oportunidad de aprender en todo momento de buenos maestros. En el *Studium Generale* los doctos nos hablan de Pitágoras, de triángulos, de rectángulos, de proporciones, y todo me suena a magia y encantamiento divino, pero no llego a barruntar cómo una línea se puede convertir en un plano y este en un templo, no ent...

El maestro Ricard alzó la mano para detener la perorata que los nervios de Enrique eran incapaces de parar. Con su pelo rubio pardo, revuelto como la mies cortada, el muchacho se mantenía a una educada y tímida distancia, apretujando con fuerza la crespina entre las manos. Tan grande como Ricard, ahora parecía un mozalbete de doce años. Sus ojos azules aguardaban temerosos y esperanzados a que el maestro Ricard aprobara su atrevida propuesta. «Quien nunca hace nada nunca se equivoca. Atrévete a errar», le decía una y otra vez su maestro, Gonzalo de Covarrubias.

—Mañana, tras despuntar el alba, allí arriba, a la puerta de la sexta casa hacia la derecha de San Nicolás —le dijo Ricard mientras señalaba en dirección a la iglesia.

—Mu..., muchas gracias maestro, estaré sin falta mañana —agradeció Enrique mientras reculaba sin advertir la escalera que había dejado en el suelo y que le hizo rodar llenándose de polvo. Cuando se levantó, el maestro Ricard ya se había deslizado por la calleja de *los meaos*.

—Y recoge la escalera —le oyó decir Enrique al maestro.

El joven Enrique se colocó la crespina en la cabeza, recogió la escalera del suelo y emprendió el camino de vuelta hacia las Huelgas, aún sin terminar de creer que mañana vería cómo un maestro de obras trazaba el plano de una catedral.

2
~

La mañana había amanecido fría y Enrique, que desde antes del alba estaba a la puerta de la casa del maestro, aún no había entrado en calor. El brasero ya se había apagado y el tiro de la alcoba hacía corriente con la ventana, que estaba abierta. A Ricard le gustaba ventilar la estancia cada mañana. Reponía el ánimo y conservaba los humores, le había dicho el monje farmacéutico de la abadía de San Pedro de Moissac, al sur de Cahors, cuando vino para Burgos. El joven oficial estaba de pie en un rincón de la estancia. Había ayudado a Ricard a montar su mesa de trabajo, un tablero que respondía a un diseño que Ricard había visto a un maestro de obras en París.

Con unas medidas de tres pies de largo por dos de ancho, la tabla podía bascularse de tal forma que quedara ligeramente inclinada, permitiendo una mejor posición de trabajo sobre el pergamino, al estilo de los *scriptoria* monásticos. Mientras los monjes disponían de mesas planas, pupitres inclinados y atriles para los diferentes trabajos que abordaban en los *scriptoria*, la mesa que había diseñado el maestro Ricard podía inclinarse con diferentes ángulos para facilitar su labor en el trazado de los planos. Como le ocurriese a él el día que la vio por primera vez, Enrique quedó maravillado por la practicidad de su diseño. Ricard había encargado el mueble a un carpintero de Burgos nada más llegar a la ciudad. El taller atendía reparaciones menores y construía mobiliario para los diferentes oficios que se repartían por la urbe. También le había encargado dos pequeñas mesas auxiliares que dispuso a cada lado del tablero de trabajo.

Sumergido en la quietud de la alcoba, el maestro de obras extendió sobre la amplia mesa que había situado frente a la ventana un extenso pergamino de suave vitela, de color pardo amarillento, algo oscurecido en sus márgenes, pero lo suficientemente claro para poder dibujar en él. Mediante unas cintas de cuero que pasó por debajo del tablero, Ricard tensó el pergamino fijándolo por las cuatro esquinas. Sobre la mesa de la izquierda un candelabro de tres velas iluminaba la piel, completando la escasa luz que entraba por la ventana. El día había salido soleado, pero la época del año no permitía aún que las casas se calentasen con el sol.

Ricard encendió el brasero y dispuso sobre una mesa auxiliar las herramientas de dibujo. Dos pequeñas escuadras, una regla, un compás de doble arco, un compás de proporciones, un compás de puntas recto, un cordel anudado, un *stylus*, unas tizas, dos pequeños frascos de tinta, dos plumas de cálamo de cuervo para trazar líneas y dos de ganso para escritura, dos trapos limpios, uno de lino y otro de algodón, un pedazo de piedra pómez, una brocha de piel de marta y un pequeño cuchillo. También sacó la pluma de cisne con la que realizaba la caligrafía y señalaba sus marcas secretas. Finalmente desplegó en la mesa grande los pequeños pergaminos en los que había anotado las mediciones que había realizado con la ayuda de Enrique, que miraba absorto y en silencio, desde el fondo de la alcoba, todo cuanto el maestro realizaba. Finalmente, el maestro pulió con la piedra pómez toda la vitela muy suavemente y retiró la viruta con la brocha de pelo de marta. Cuando terminó de preparar su pequeño taller, se quedó contemplando el pergamino.

Mentalmente fue llenando de líneas, formas y proporciones la tensada piel, dibujando la idea que tenía en la cabeza. La geometría divina aparecía ante él en una concatenación armónica de formas y figuras que progresaban por toda la vitela animadas por sí mismas, dando vida a la planta catedralicia. Cuando llegó a la cabecera, a punto de abordar la girola, el dibujo se detuvo. Sin entender por qué su creación se paraba de repente, el maestro comenzó a recorrer la vitela hacia los pies del templo, repasando el diseño. Pero a medida que retrocedía, todas las formas se difuminaban y terminaban por desaparecer de su visión. De nuevo intentó esbozar el dibujo. Y de nuevo este se bloqueaba en el mismo lugar. Absorto en su creación, el *mestre mason* intentaba una y otra vez hallar la solución. Sabía que existía un motivo por el que no podía desarrollar su dibujo más allá de la girola. Cada vez más concentrado en esa parte del diseño, comprendió que ese era el problema. Debía salir para volver a entrar. «Si te concentras demasiado en las proporciones de la arquivolta pierdes la armonía geométrica de toda la portada. El conjunto es lo que cuenta», le decía el maestro Jean d'Orbais. El maestro Ricard levantó la vista y dejó que su mirada se fuera por la ventana, que su mente se perdiera más allá de lo que sus ojos alcanzaban a ver. Cuando estuvo limpia de geometría, el maestro cerró los ojos y volvió la cara hacia el pergamino. Al abrirlos comenzó de nuevo su creación.

La anchura de la nave de los pies de la nueva catedral la definía el espacio existente entre la parroquia de Santiago y el arranque del claustro de la catedral románica. El maestro tenía ambas construcciones dibujadas en su cerebro, proyectándolas sobre la vitela. A continuación, el maestro desarrollaba la nave central y las laterales y después las dividía en tramos. Ricard visualizaba seis tramos sobre el pergamino, seis partes que guardaban proporción entre la nave central y las laterales. Después trazaba el crucero, de igual anchura que la nave central, y a continuación desplegaba la nave de la cabecera. Las dos naves laterales de los pies del templo se alargaban bordeando el crucero para conectar con las naves del deambulatorio, en la cabecera. Ambos corredores rodeaban el presbiterio buscándose el uno al otro a través de la girola, por el trasaltar, pero en ese momento todo el diseño se bloqueaba. «¿Por qué?», se preguntaba el maestro de obras. Era como si un corredor no casase con el otro. Algo había en su mente que hacía que el diseño no cuadrase. Había conseguido una medida y un punto de arranque, pero todo se venía abajo cuando... «Cuando el brazo sur del deambulatorio se acerca a la girola, porque el palacio real limita por la parte del ábside el desarrollo de la cabecera», se dijo a sí mismo el maestro de obras. La catedral estaba encerrada en un cepo, metida entre edificios que atenazaban su obra limitando su universo creativo. Entonces el maestro recordó que el ritmo creativo iba al compás que marcaba la proporción. Para poder esbozar su catedral, debía centrarse en la proporción.

Si en el románico la proporción era importante para la construcción de los templos, en el gótico era su esencia. La proporción permitía la elevación de los muros en consonancia con la anchura del edificio, que había de estar en armonioso equilibrio con la longitud. La nueva catedral tenía que ser más grande que la románica, lo que podría solucionarse alargando su longitud hacia la plaza de la Llana. Sin embargo, una parte del palacio real impedía ese desarrollo. Además, alargar el templo implicaría aumentar su anchura, pero esta estaba limitada al espacio existente entre el claustro de la antigua catedral y la parroquia de Santiago y el Cabildo quería mantener ambas construcciones. La primera como claustro de la nueva catedral y la segunda porque era una iglesia muy visitada por los peregrinos jacobeos. Esta limitación de la anchura determinaba la longitud total del templo según los dictámenes de la proporción. Y esto era lo más importante. La proporción. En otras fábricas, las limitaciones impuestas por el Cabildo, la orografía o el mismo rey no afectaban al espacio en el que se debía levantar la edificación, dejando la vía libre hacia la creatividad en busca de la armonía. Pero en Burgos, Ricard solo disponía de terreno despejado en una mitad de la cabecera.

Proporción, armonía, flexibilidad, adaptación, creación, geometría. Las palabras aprendidas en París se agolpaban en la mente del maestro mientras recordaba que, en la ciudad del Sena, había aprendido que las dimensiones de un edificio expresaban su grandiosidad y que esta era función de una medida concreta y de su aplicación proporcional. Por otra parte, las dimensiones quedaban supeditadas al espacio del que se disponía para la edificación y a su financiación, factores que no siempre estaban acordes con la idea del promotor, ni mucho menos con la del constructor. Sin embargo, la proporción expresaba la armonía estructural y su fundamento solo estaba sujeto a la búsqueda de esa armonía, cuyo descubrimiento dependía únicamente de la pericia del maestro de obras. Él era el único dueño de la búsqueda de la armonía a través de la proporción. Y a esta se llegaba con la geometría. Por eso, para los maestros constructores lo más importante era la proporción geométrica. Plantas, alzados, perfiles, fachadas, arcos, bóvedas, ventanales, óculos, arbotantes, figuras, longitudes, anchuras, alturas, toda la construcción quedaba definida y concretada de forma geométrica. Y todo edificio se levantaba buscando la armonía a través de la proporción geométrica. Desde antiguo había sido así y así se lo habían enseñado.

Según la tradición bíblica, la evolución del conocimiento llegó de la mano de Lamec, un descendiente de Caín. Lamec tuvo dos mujeres, Ada, que engendró a Jabal y a Jubal, y Zila, que parió a Tubal y a Naamá. La hermana pequeña, Naamá, creó el arte de tejer, que fue trasmitido por las gentes de generación en generación. Sus hermanos, en cambio, dejaron grabados en dos columnas, una de ladrillo y otra de mármol, los principios de las artes que habían inventado. Tubal los secretos de la metalurgia, Jubal los de la música y Jabal los de la geometría. Pasado el diluvio, las columnas fueron encontradas por Hermes y por Pitágoras, que se encargaron de difundir los conocimientos de los hijos de Lamec. De esta forma, la geometría sagrada llegó hasta los maestros constructores, quienes aprendieron que, para la búsqueda de la armonía, la proporción geométrica podía ser aplicada desde diferentes formas, desde distintas figuras.

Las más elementales, definidas así por Pitágoras, eran el círculo, el cuadrado y el triángulo equilátero, aunque la esencia de la escuela de los pitagóricos fue el pentágono. Sin embargo, la más utilizada era la medida y extrema razón, la proporción áurea o proporción armónica, mediante la que se obtenía el rectángulo áureo. Este cuadrilátero se originaba a partir de un cuadrado, al trazar, desde el centro de un lado del cuadrado y con radio en un vértice del lado opuesto, un arco de circunferencia hacia la prolongación del lado desde el que se parte. Desde el punto donde el arco corta el lado se forma un rectángulo llevando una perpendicular hasta la prolongación del lado opuesto. La razón entre el lado mayor y el lado menor de este rectángulo es el número áureo, el número perfecto, el número de Dios. El rectángulo áureo fue profusamente utilizado por los griegos en sus construcciones y en su arte, llegando hasta el Medioevo.

Pero el rectángulo áureo no fue el único que se empleó en la construcción. En otras ocasiones se utilizaban las proporciones geométricas *ad quadratum* y *ad triangulum*. Con la primera, basada también en el cuadrado, se generaba un rectángulo al dibujar un arco de circunferencia con centro en un vértice de la base y radio equivalente a la diagonal del cuadrado, lanzando dicho arco desde el vértice opuesto hasta el corte con la base proyectada del cuadrado. El rectángulo se obtenía al llevar una perpendicular desde el punto de corte del arco con la proyección de la base hasta la prolongación del lado opuesto. En cambio, en la proporción *ad triangulum* la figura base era el triángulo equilátero y su razón obedecía a la generación de un rectángulo cuyos lados equivalen a la altura del triángulo y la mitad de uno de sus lados.

Y existían otras dos proporciones más que se utilizaban para la búsqueda de la armonía. Una era el rectángulo egipcio, de razón similar al rectángulo áureo. En él se podían inscribir dos circunferencias, cada una con su centro contenido en la otra y tangentes a tres lados del rectángulo y al diámetro de la otra circunferencia. La figura que creaban al cortarse entre sí era la *vesica piscis*, la figura en la que se inscribía al Pantocrátor. Por eso el rectángulo egipcio era conocido también como rectángulo vesicular. La otra relación era la proporción cordobesa, utilizada por los constructores musulmanes de al-Ándalus en la mezquita de Córdoba. Su razón quedaba determinada por la relación existente entre el radio de la circunferencia circunscrita a un octógono regular y el lado de este. Es decir, el rectángulo cordobés quedaba delimitado por dos lados de longitud igual a un lado del octógono y por otros dos cuya largura era la del radio de la circunferencia en él circunscrita.

Círculos, triángulos, rectángulos, pentágonos, octógonos, todas estas figuras geométricas llevaban a la armonía, y para dibujarlas los maestros utilizaban la escuadra, la regla, la cuerda de doce nudos y el compás. Mediante el trazado de arcos de circunferencia generaban las figuras de la geometría sagrada, que estaban cargadas de un simbólico significado. La circunferencia reflejaba la unicidad de Dios; el triángulo equilátero, la

Santísima Trinidad; el cuadrado, la perfecta relación entre Padre e Hijo; el heptágono, los siete dones del Espíritu Santo.

Ricard recordó que la proporción áurea se la reveló Dios a Noé para que construyera el arca que salvaría a las especies del diluvio, según se citaba en *Génesis*, 6,15. Y a Moisés se la reveló para la construcción del arca que debía albergar las Tablas de la Ley, a tenor de lo reflejado en *Éxodo*, 25,10. Las proporciones entre la anchura y la altura de ambas arcas se aproximaban al número áureo, que establecía que la relación entre la longitud total obtenida de la suma de dos segmentos y el segmento mayor era igual a la relación entre este segmento y el menor. Sin embargo, algunos eruditos decían que los hebreos emplearon el rectángulo egipcio para construir el Arca de la Alianza, al igual que el Templo de Salomón.

En cualquier caso, e independientemente de su simbolismo, todos estos sistemas proporcionales servían para determinar la planta, el alzado y el perfil de los edificios, el planteamiento de su diseño. Buscando siempre la armonía divina, se partía de una medida para establecer el valor de las demás, empleando diferentes sistemas proporcionales. Y en la edificación de templos muchas veces esta medida era la anchura de la fachada principal. De esta forma, la altura del edificio tendía a guardar equivalencia con su anchura cuando se empleaba la proporción *ad quadratum*, mientras que si se utilizaba el sistema *ad triangulum* resultaba inferior a la misma, quedando la sección del edificio inscrita en un triángulo equilátero.

El maestro Ricard recordaba todo esto mientras su mirada se hallaba perdida en el pulido pergamino. Entonces levantó la cabeza y miró por la ventana. Después cerró los ojos y respiró profundamente. Él veía en cada sistema proporcional su aplicación y su significado. «Para la búsqueda de la armonía, la proporción geométrica puede ser aplicada desde diferentes formas», volvía a recordar. Y eso es lo que iba a hacer. Si el espacio era limitado y limitante, la solución consistía en aplicar diferentes sistemas proporcionales. El maestro Ricard desplegó de nuevo su capacidad espacial y su imaginación volvió a dibujar la planta catedralicia, jugando con todas las proporciones.

Citada por Platón en el Timeo, la proporción *ad quadratum* había sido empleada con profusión entre los monjes constructores del románico. De esta forma, la vieja catedral, el palacio real y la parroquia de Santiago respondían a esa proporción. Pero después, la razón áurea había vuelto a recobrar un valor casi olvidado. Muchos constructores la estaban empleando y era la proporción de moda entre los estudiantes de París. Para Ricard simbolizaba la relación de Dios con su pueblo, como reflejaba el hecho de ser la utilizada para las arcas sagradas. Por eso la emplearía para definir la planta de la nave de los pies de la catedral, que abarcaba la nave central y las laterales, y en la que se situaba el pueblo durante los oficios. Sin embargo, el planteamiento de la cabecera lo realizaría mediante la proporción *ad quadratum*, cuyo resultado era similar al rectángulo áureo, pero algo más corto. Aunque quizás pudiera utilizar el rectángulo egipcio, más corto que el áureo, pero más largo que el *ad quadratum*. La conexión entre ambas naves a través del crucero la resolvería mediante el cuadrado, ya que el transepto era de una sola nave, por lo que la longitud del crucero se correspondía con su anchura.

Utilizando diferentes proporciones, el maestro buscaba encajar las dimensiones del templo en el espacio disponible y, además, conseguir que las naves laterales del pie, que bordeaban el crucero por ambos lados hasta enlazar con las del deambulatorio, se encontrasen en la girola. A grandes rasgos, Ricard había perfilado mentalmente el esbozo del templo, pero ahora debía reflejar con detalle todo el planteamiento sobre el pergamino.

Enrique, que no se había movido de su rincón de la alcoba desde que terminase de ayudar a montar la mesa de trabajo, se deslizó suave y silenciosamente hasta situarse detrás del maestro, a su derecha. Había contemplado inmóvil cómo el maestro Ricard colocaba y tensaba el pergamino sobre el tablero. Cómo pulía con mimo su superficie y retiraba con suavidad casi maternal los restos de piel. Cómo situaba encima de la mesa auxiliar todas sus herramientas de dibujo. Había percibido cómo se concentraba en su creación y cómo sacudía la cabeza cuando llegó a su escollo. Tuvo incluso la sensación de sentirse solo cuando el maestro de obras miró por la ventana y se ausentó. El momento creativo era esotérico, casi místico, y su principal aliada era la soledad. El diálogo se establecía en una sorda conversación con uno mismo y el lugar de trabajo parecía entrar en un espacio apartado del resto del mundo. Los sonidos de la calle desaparecían, los pájaros dejaban de trinar, los olores ya no se percibían y la luz, la luz se hacía solidaria con la mente en una nebulosa de figuras, frases, trazos, sombras y destellos que trataban de encontrar su posición para dar forma a un armónico diseño.

Delineación de las naves de los pies y del crucero

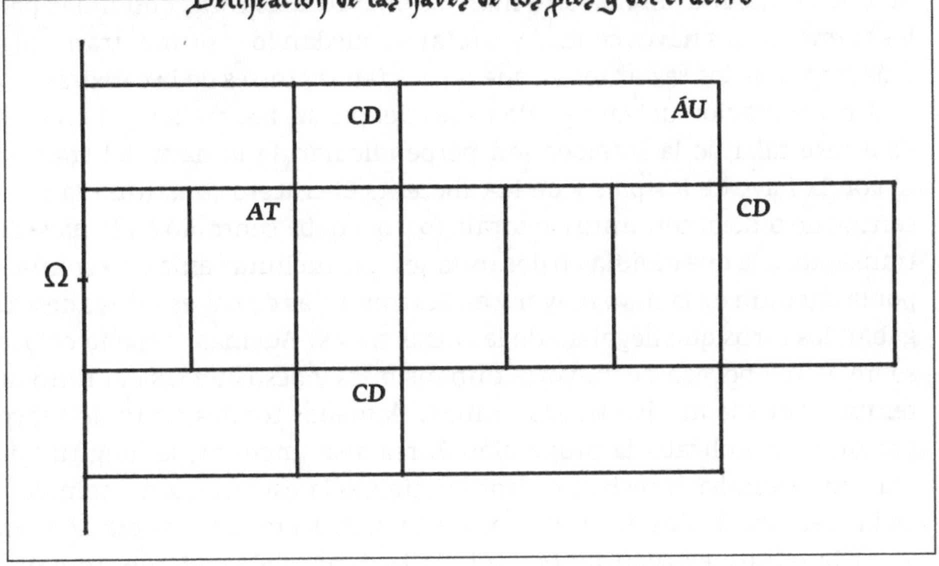

Con un suave movimiento, el maestro cogió la regla y el *stylus* de la mesa auxiliar. En el extremo izquierdo de la vitela trazó una fina raya vertical, en cuyo centro marcó la letra omega. Esta línea abarcaba la anchura la de las tres naves de que iba a constar el pie del templo y a partir de ella, mediante el compás de proporciones y la escuadra y tras cambiar el *stylus* por la tiza, marcó los vértices de un rectángulo áureo. El rectángulo quedaba delimitado en su longitud por la que sería la puerta del Perdón y el crucero. El maestro calculó después el número de tramos en que iba a dividir las tres naves. Para que la proporción fuera armónica, de nuevo volvió a aplicar la proporción áurea para el cálculo de cada tramo. El resultado obtenido le permitía diseñar un cuerpo de seis tramos, en el que la anchura de cada tramo de la nave central estaba en proporción áurea de su longitud y también de la anchura y longitud de los tramos de las naves laterales, cada uno de los cuales resultaban cuadrangulares. Sin embargo, la suma de la anchura de la nave central y las laterales era mayor que la anchura total del cuerpo de naves del pie del templo. Cambiando de procedimiento, empleó el sistema *ad triangulum* para determinar el ancho de la nave central. Este era proporcional a su longitud y a la anchura y longitud de los tramos de las naves laterales, que volvían a resultar cuadrangulares. La nueva proporción elegida para la nave central le permitía mantener una nave de seis tramos ajustada al ancho total del cuerpo de naves de los pies de la catedral. El maestro marcó con la tiza las cotas obtenidas para los tramos de las naves central y laterales, quedando el primer tramo algo más largo que los restantes ya que en él irían las torres de la catedral.

A continuación del cuerpo de naves del pie se desarrollaba el crucero. Este resultaba de la intersección perpendicular de la nave del transepto con la nave de los pies y de la cabecera. El crucero constituía la parte central de todo el conjunto catedralicio y quedaba centrado en la nave del transepto, a la que dividía en dos mitades. Su anchura venía determinada por la anchura de la nave mayor y en las columnas de sus esquinas descargaban los arcos que llegaban de las otras naves. Además, se solía colocar sobre él una bóveda de mayores dimensiones y peso que las del resto del templo. Por ese motivo sus columnas, llamadas torales, eran de mayor grosor. Si se aplicaba la proporción áurea a su anchura, la longitud del crucero resultaba excesiva, comprometiendo la estructura del templo al alejar demasiado dos de las columnas torales. La mejor manera de mantener la solidez estructural era aplicar la figura del cuadrado, tomando como lado la misma anchura que la de la nave central. Con el compás de puntas, la regla y la escuadra el maestro Ricard punteó los cuatro vértices del cuadrado que definía el crucero y los marcó después con la tiza.

Dimensiones de la cabecera y dimensiones totales

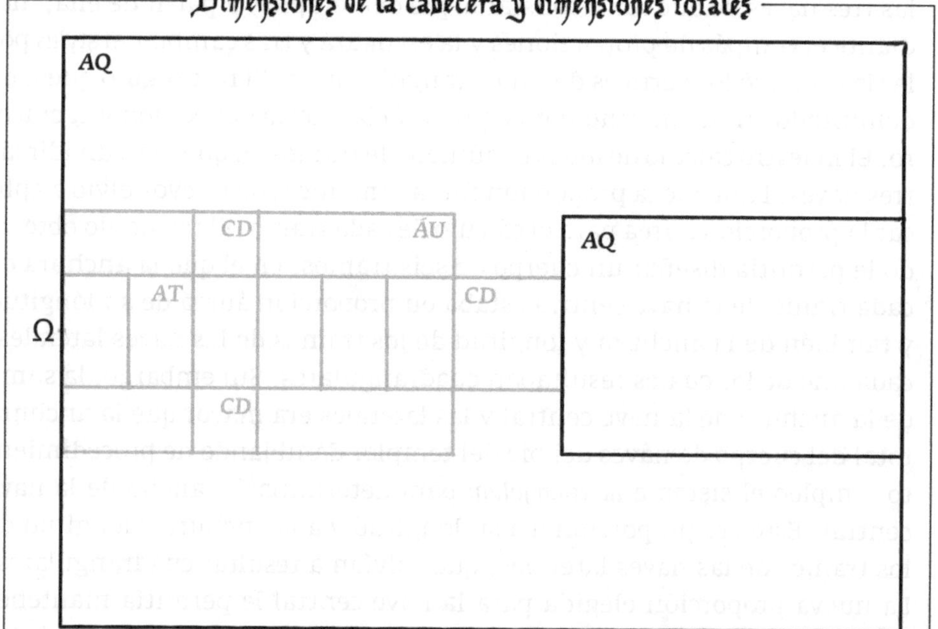

Una vez marcados los puntos donde se levantarían las columnas torales del crucero, el maestro de obras abordó el diseño de la nave de la cabecera. Buscando la armonía constructiva, utilizó el mismo rectángulo áureo que el diseñado para el cuerpo de naves del pie. De esta forma, la anchura de la cabecera quedaba igual que la del pie. Mediante el compás de puntas recto y partir del final del crucero, trasladó la medida de la longitud del rectángulo áureo de la nave de los pies hacia la cabecera, viendo que su longitud iba más allá del edificio del palacio real. La medida era excesiva y debía acortarla sin estrechar la cabecera. El maestro de obras probó entonces con la proporción egipcia, obteniendo el mismo resultado, una cabecera demasiado larga para el espacio disponible. Finalmente, aplicando la proporción *ad quadratum*, consiguió ajustar la longitud total de la cabecera entre el crucero y el palacio real, sin modificar su anchura. Satisfecho con el cálculo, marcó con la tiza los vértices del rectángulo obtenido.

Ahora ya podía calcular la longitud total del templo sumando las longitudes de las naves de la cabecera y del pie a la longitud del crucero. Partiendo de esta longitud total, y aplicando de nuevo la proporción áurea, calculó la anchura total de la catedral, que establecía también la longitud del transepto. Sin embargo, la proporción armónica dejaba un transepto corto, por lo que, de nuevo, recurrió a la proporción *ad quadratum* para resolver las dimensiones totales del templo. Sin ampliar la longitud, mediante este sistema se conseguía una mayor anchura total, alargando la longitud del transepto, que encajaba en el espacio existente entre la calle de Cornería y el palacio real. La anchura del cuerpo de naves del pie y la longitud total del templo guardaban proporción con esta longitud del transepto, según el sistema *ad quadratum*, y la catedral quedaba armónicamente enmarcada por un rectángulo definido por esa proporción.

Tras obtener las proporciones generales del templo, el maestro se puso a la tarea de determinar la ubicación del altar. La cabecera quedaba constituida por la nave central, compartida por el altar y el presbiterio, donde se alojaría el coro; las naves laterales, que correspondían al deambulatorio y enlazaban entre sí en la girola; y los absidiolos o capillas del ábside. A pesar de ser más corta que la parte de los pies, el maestro Ricard también iba a marcar seis tramos en la parte de la cabecera. Sin embargo, la configuración de estos tramos estaba en función de su diseño absidial, que al ser semicircular determinaba que los tramos del altar y la girola fueran de diferente proporcionalidad que los del presbiterio.

Ubicación del altar

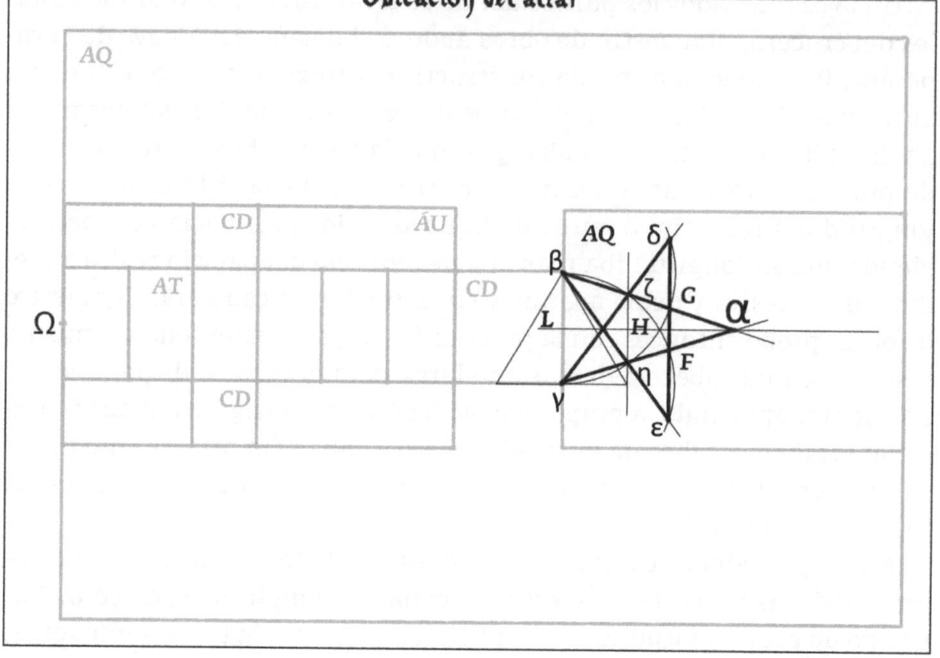

Empleando como base el lado del crucero que conectaba con la cabecera y aplicando la proporción *ad quadratum*, el maestro Ricard proyectó un rectángulo hacia la parte absidial, que correspondería con el espacio para el presbiterio. Desde el centro del lado de este rectángulo opuesto al crucero, trazó dos arcos para definir la girola. El primero con un diámetro equivalente al ancho del presbiterio, que se correspondía con la anchura del crucero. El segundo arco lo realizó con un diámetro equivalente al ancho de la cabecera. Sin embargo, el esbozo dejaba un altar y un tramo absidial demasiado estrechos y todo el conjunto resultaba corto dentro de la longitud de la cabecera, calculada con anterioridad. El maestro necesitaba utilizar otra figura con la que alargar el presbiterio y obtener el centro de los arcos que delimitaban la girola. En este centro colocaría el altar y para el cálculo del mismo iba a salirse de lo convencional. Utilizaría su signo de cantería.

Partiendo otra vez desde el lado más oriental del crucero, y utilizándolo como segmento base, al que marcó con las letras beta (β) y gamma (γ), trazó una perpendicular en su centro, proyectándola hacia el ábside y a la que marcó con la letra ele (L). Después lanzó en la misma dirección dos arcos de circunferencia desde cada extremo del segmento base, con radio igual al mismo y con una longitud algo mayor del cuarto de circunferencia, a los que marcó con las letras efe (F) y ge (G). A continuación, dibujó un triángulo equilátero sobre el lado meridional del crucero, utilizando como altura del mismo el segmento base (β-γ). Pasando por el vértice más oriental de dicho triángulo, trazó una perpendicular al segmento base, a la que señaló con la letra hache (H). La línea H cortaba a los arcos de circunferencia F y G en sendos puntos, que marcó con las letras zeta (ζ) y eta (η).

Desde los extremos β y γ del segmento base dibujó dos líneas, cada una de las cuales pasaba por los puntos zeta (ζ) y eta (η). La línea γ-ζ cortaba al arco G en un punto que marcó con la letra delta (δ). Por su parte, el arco F era cortado por la línea β- η en un punto que señaló como épsilon (ε). Las otras dos líneas que salían de los puntos beta y gamma se encontraban entre sí en su intersección con la línea L. Este punto lo marcó con la letra alfa (α). Estos puntos de corte correspondían a los cinco vértices de la figura que estaba delineando, que tenía la particularidad de poder ser dibujada realizando trazos desde un vértice a su alterno sin levantar el *stylus* del pergamino, finalizando en el mismo vértice desde el que se había comenzado.

El maestro afiló el *stylus* con el pequeño cuchillo, lo limpió con el trapo de lino y, con suavidad y mano firme, inició su trazado. Comenzando por el vértice beta del segmento base, Ricard llevó un primer trazo hasta el vértice alterno, el punto épsilon, que quedaba en la nave de la epístola de la cabecera. Desde este segundo vértice deslizó el *stylus* hasta el siguiente vértice alterno, el punto delta, en la nave del evangelio de la cabecera. Luego llevó el siguiente trazo hasta el punto gamma, y desde aquí lanzó una cuarta línea hasta el quinto vértice, en la parte absidial. Retornando después al punto de origen del trazado, el maestro cerró la figura, una estrella de cinco puntas conocida como pentalfa[32] y que su maestro, Jean d'Orbais, le había otorgado como su signo de maestro cantero. Ricard sabía que para muchos cristianos la estrella de cinco puntas representaba las cinco llagas de Cristo, simbolizaba la divinidad y servía como protección contra el maligno. Para él, como figura geométrica encarnaba la proporción perfecta. De las cinco puntas de la estrella, dos coincidían con las columnas torales orientales del crucero. Opuesta a ellas estaba el vértice que había marcado con la letra alfa, el punto que señalaba la ubicación del altar.

32 Llamado también pentáculo o pentángulo o pentagrama o estrella pitagórica. Estrella de cinco puntas dibujada con cinco trazos sin interrupción que, al cruzarse, forman cinco letras alfa (Diccionario ilustrado de arte arquitectónico. www.glosarioarquitectonico.com).

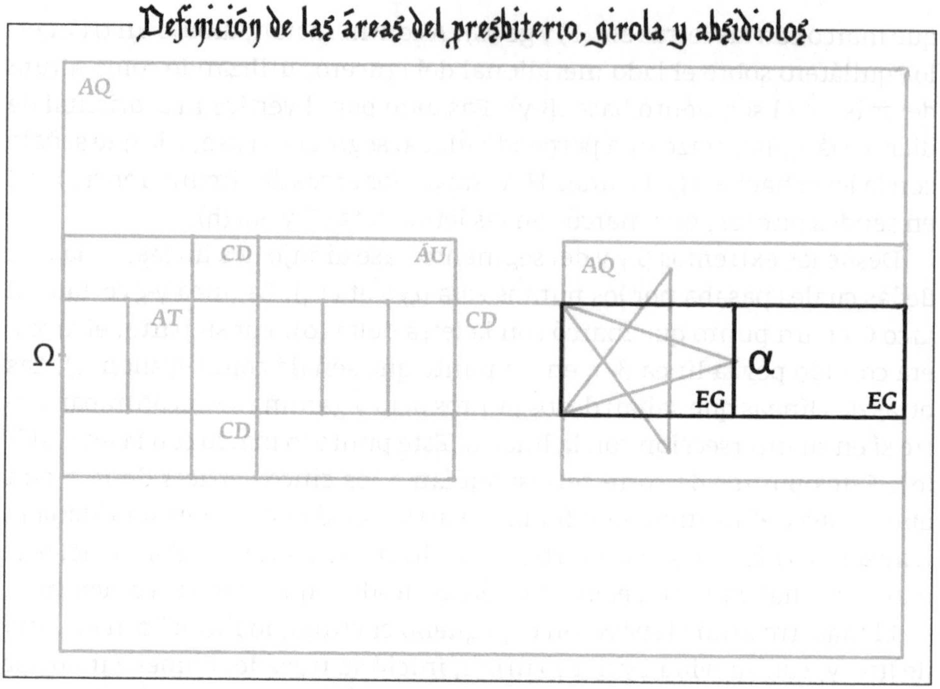

Desde los vértices del pentalfa coincidentes con las columnas torales del crucero, el maestro trazó un rectángulo hacia el ábside mediante la proporción egipcia, quedando entre el crucero, el altar y las naves laterales de la cabecera, que formaban el deambulatorio. El rectángulo dibujado señalaba la ubicación del presbiterio, cuya longitud era mayor que el trazado con anterioridad. La distancia entre este rectángulo y el final de la cabecera era equivalente a la longitud de otro rectángulo como el del presbiterio. Dividiendo en tres tramos iguales cada rectángulo, el maestro obtendría los tramos de la cabecera. Sin embargo, antes de marcarlos el maestro continuó con el diseño del altar y la girola, ya que su forma y dimensiones determinarían las del resto de tramos de la cabecera.

Con centro en el vértice de la punta de la estrella, señalado con la letra alfa, trazó una circunferencia con un diámetro semejante al ancho del presbiterio. El arco definido por la mitad de la circunferencia opuesta al crucero delimitaba la curva interior de la girola. En su interior dibujó un eneágono, una figura de nueve lados cuyo significado hacía referencia a la hora nona, la hora de la muerte de Jesús en la cruz. El eneágono estaba trazado con un vértice orientado hacia el crucero, lo que dejaba el lado opuesto en el centro de la curva interior de la girola. Los dos lados anexos

Esbozo de la girola y de los tramos del altar, girola y absidiolos

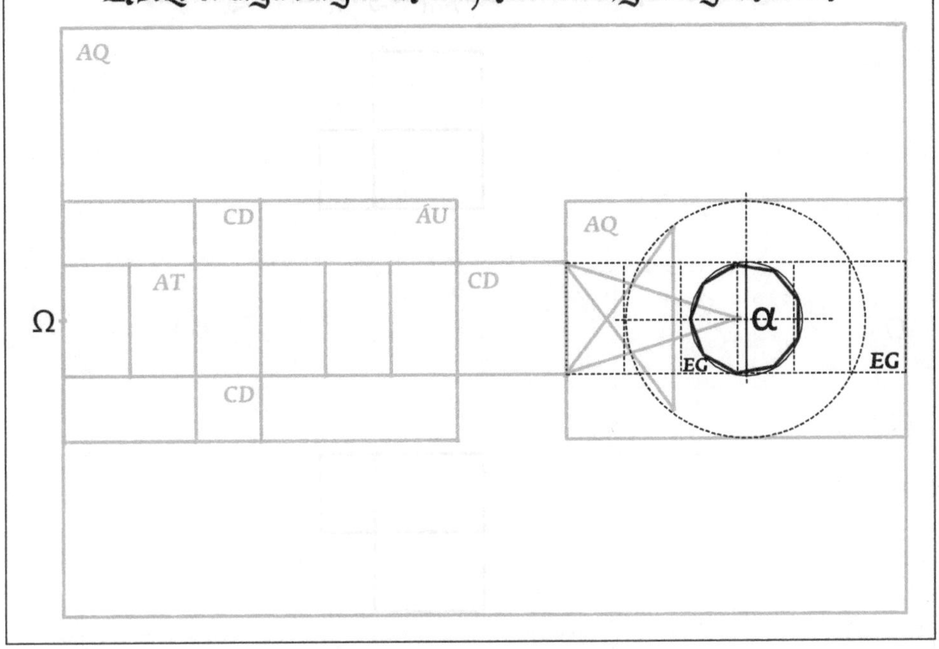

Una vez marcado el arco interior de la girola, el maestro se dispuso a marcar su curva exterior. Utilizando el mismo centro que el de la circunferencia del nonágono, el maestro de obras trazó una circunferencia de diámetro equivalente a la anchura del rectángulo en el que quedaba enmarcada la cabecera. Ambas curvas de la girola definían el tramo central de la parte absidial del templo. El último tramo correspondía a los absidiolos y quedaba definido por la curva externa de la girola y el límite del rectángulo *ad quadratum* que definía toda la cabecera.

Llegado a este punto del trazado de la planta catedralicia, al maestro le quedaba por establecer el diseño de los tramos del transepto. Esta nave quedaba dividida por el crucero en dos brazos o naves. En cada brazo, el tramo más cercano al crucero quedaba definido por el espacio que conectaba las naves laterales de la parte de los pies con el deambulatorio. De esta manera, quedaban por definir los demás tramos en cada brazo del transepto. Si utilizaba el mismo diseño que el empleado para el tramo que unía la cabecera con los pies, el resultado sería de dos tramos y medio por brazo. Para evitar esta asimetría, el maestro utilizó la proporción *ad quadratum*, quedando dos tramos por cada brazo del transepto, además del antedicho.

Esbozo de los tramos del transepto y capillas adyacentes

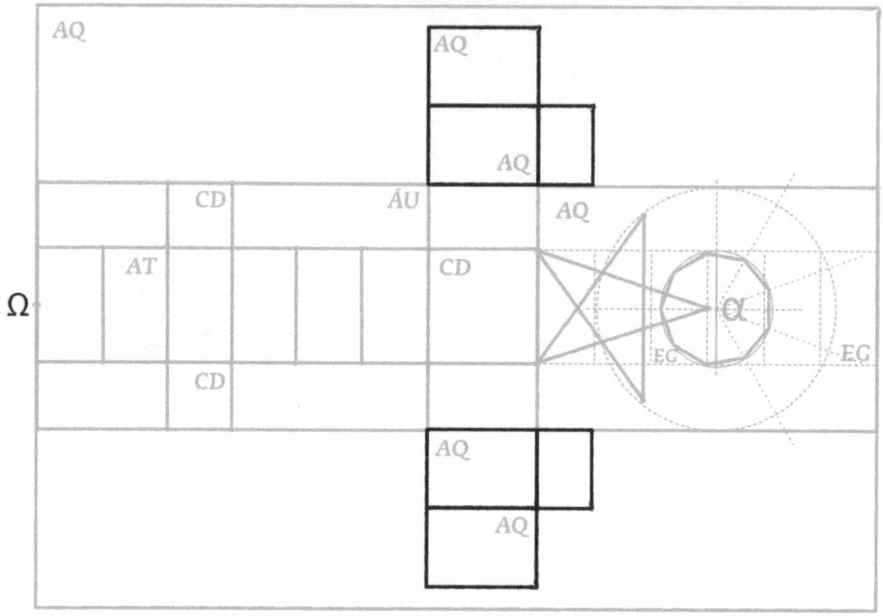

Finalmente, y siguiendo las especificaciones del obispo Mauricio, trazó dos capillas en los brazos del transepto. Este diseño se correspondía más con el estilo románico que con el gótico, pero para el obispo Mauricio suponía un guiño hacia Ricardo de Burgos, maestro de obras del claustro de las Huelgas y con quien guardaba una estrecha amistad. De esta forma le mostraba su reconocimiento y gratitud por los sabios consejos recibidos para el planteamiento de la nueva catedral.

La primera de estas capillas iría situada en el rincón exterior que formaba la unión del brazo septentrional del transepto con la cabecera. El maestro trazó un pequeño rectángulo cuyas dimensiones venían definidas por la proyección del primer tramo del brazo septentrional del transepto y su intersección con la proyección del primer tramo de la cabecera. Este espacio estaba reservado para la capilla de San Nicolás, y aledaño al mismo situaría la escalera de caracol de acceso al triforio, a la que se accedería desde la nave del evangelio de la cabecera. Simétricamente opuesto, en el rincón exterior que formaba el brazo meridional del transepto con la cabecera, dibujó otro rectángulo que albergaría la capilla de Santa María Magdalena, y cuyas dimensiones venían definidas por los primeros tramos del brazo meridional del transepto y la cabecera. Finalmente, en el rincón exterior que formaba el brazo meridional del transepto con el cuerpo de naves de los pies dibujó otro cuadrado que albergaría otra escalera de caracol de acceso al triforio desde el transepto.

Ubicación de columnas

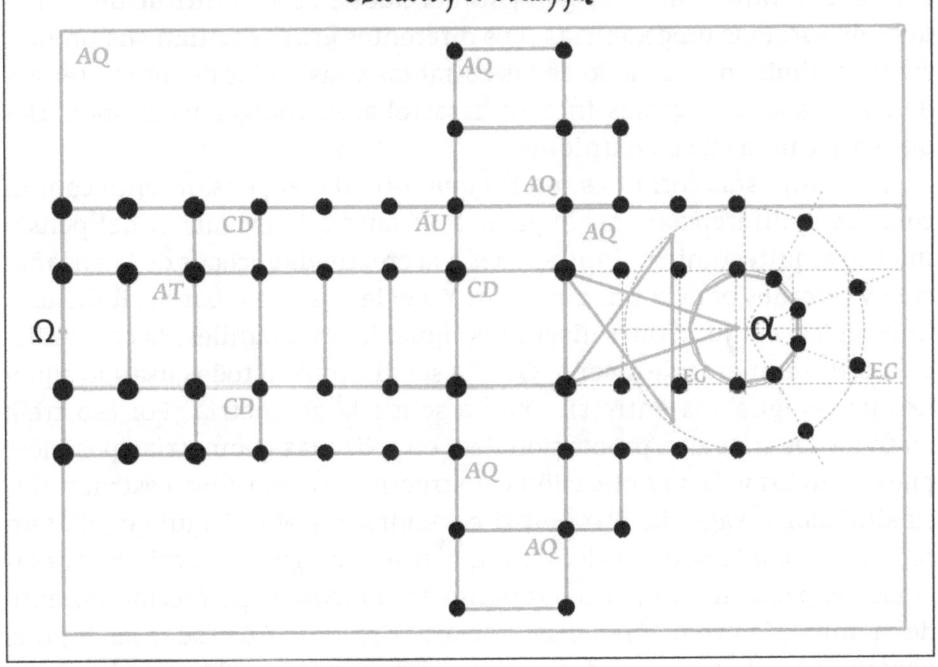

En cada vértice de los diferentes cuadriláteros que había ido dibujando, el maestro fue marcando la ubicación de las columnas del templo. En la cabecera, los vértices del nonágono situados hacia poniente marcaban la ubicación de las columnas interiores de la girola, y su proyección sobre la curva exterior señalaba el asiento de las exteriores, que quedaban entre los absidiolos De igual forma, la proyección de las columnas del presbiterio sobre los laterales del rectángulo de la cabecera marcaban la situación de las columnas exteriores de la misma.

Aplicando diferentes criterios de la proporcionalidad, el maestro Ricard estaba encontrando la armonía en cada enfoque, en cada perspectiva, en cada cálculo que realizaba. Durante sus estudios en la universidad contactó con diversos grupos de estudiantes que se congregaban según su preferencia geométrica. Unos defendían el triángulo equilátero como base de la proporción. Otros abogaban por el cuadrado. Otros lo hacían por el rectángulo egipcio. Otros, por el pentagrama de los pitagóricos. Y la mayoría se identificaban con la proporción áurea. Ricard nunca se adhirió a ninguno de ellos. Para él, todas estas congregaciones no eran sino grupos de estudiantes con una excusa para diferenciarse entre sí y cuya finalidad no era otra que la de sentirse rodeados de seres semejantes, en un lugar extraño al de su origen y sumergidos en una multitud de individuos de variadas procedencias. Los diferentes grupos tenían sus propios signos y símbolos, al modo de las cofradías y las logias de los canteros y de los masones. Algunos incluso desarrollaron códigos y ceremoniales que empleaban en sus reuniones.

A Ricard, estas cofradías, en las que primaba el pensamiento común como seña diferenciadora, le parecían trabas a la evolución del pensamiento arquitectónico, limitaciones a la creatividad, cepos de la ensoñación y cercados para la imaginación. Y a él le gustaba crear posibilidades imposibles, conjunciones disyuntas, igualdades disímiles, la contradicción como esquema de diseño. Quería ser diferente a todos usando aquello que les igualaba entre sí. Quería sentir la geometría. Por eso creía en todos los sistemas proporcionales, en todas las geometrías posibles, pues en todos veía su aplicación constructiva, su equilibrio estructural, su simbología sagrada. Para él, si el cuadrado y el triángulo equilátero representaban la base, lo elemental, el resto de figuras evocaban el desarrollo del pensamiento, el crecimiento de la razón, el perfeccionamiento del hombre, la evolución del ser hacia su Creador. Y de todas las figuras geométricas, de todos los desarrollos proporcionales, obtenía el camino hacia la armonía. La armonía era Dios y Dios era armonía. Y cualquier camino que llevase a Dios era válido.

Ricard pensaba que, al igual que las gentes se adaptaban a las adversidades que les deparaba su propia existencia, el maestro de obras debía adecuar el planteamiento constructivo a su propio desarrollo, a su intrínseca evolución. La fábrica catedralicia poseía vida, era un ser animado, y como tal nacía y se desarrollaba para glorificar a Dios. Por eso su proceso constructivo se veía sometido a la mudanza, a la adaptación, al ajuste continuo. La fábrica iba más allá de la propia existencia de quienes levantaban la obra, sobrepasándoles incluso en su vida terrenal. Esta concepción de su oficio hacía que el maestro Ricard contemplara todas las geometrías, todas las proporciones para la búsqueda de la armonía. Y por eso su maestro Jean d'Orbais le autorizó el uso del pentagrama como signo de maestro de cantería, ya que de alguna forma encerraba toda la geometría.

Planta completa

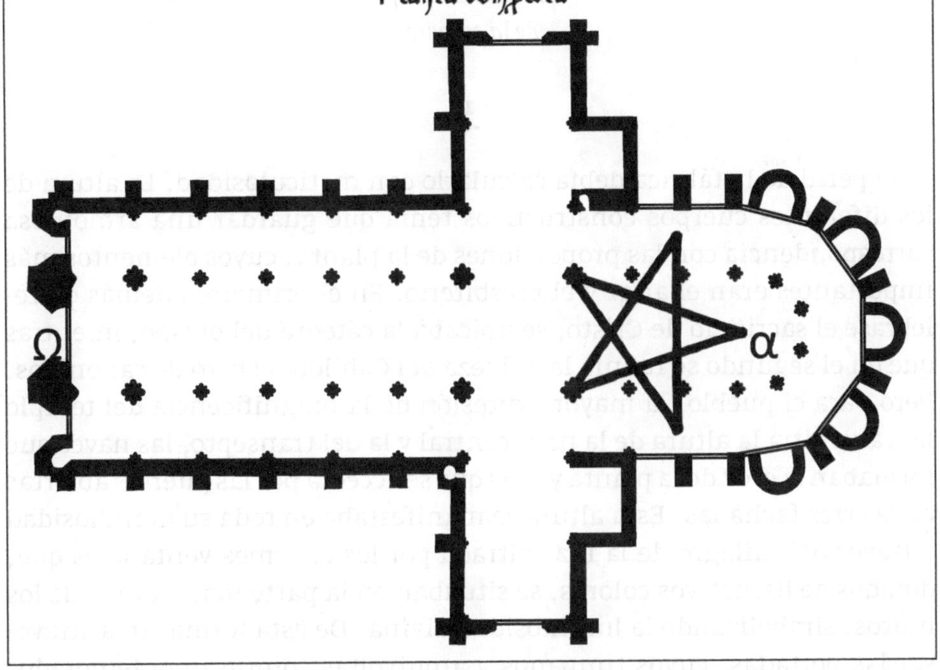

El maestro de obras se apartó de la mesa de trabajo y miró con ojos críticos el diseño de la planta que acababa de delinear. La catedral contaba con tres naves longitudinales que eran atravesadas de forma perpendicular en su parte central por la del transepto, formando el crucero. La nave central, de seis tramos en el pie, se prolongaba hasta el crucero. Más allá de este, un presbiterio de tres tramos albergaba el coro. A continuación, el altar, marcado en el pergamino con la letra alfa, constituía un cuarto tramo en la cabecera del templo. Las naves laterales se articulaban a cada costado de la central, componiendo el deambulatorio a partir del transepto y uniéndose entre ellas por la girola, tras el altar. El transepto, de una sola nave, quedaba separado en dos brazos por el crucero y cada brazo estaba dividido en tres tramos, uno de ellos en cada nave lateral. El *mestre mason* dejó el compás sobre la mesa auxiliar, se frotó los ojos y se quedó inmóvil. Después estiró la espalda y desentumeció el cuello. Llevaba muchas horas trabajando y ni siquiera se había dado cuenta de cuántas velas había cambiado. La mañana había transcurrido con rapidez y aún tenía por delante la traza del alzado y el perfil del templo, las alturas de las bóvedas y de las arquerías, de las fachadas y de las torres, en fin, el diseño la de la esbeltez de su Jerusalén Celeste.

Trazado del perfil de la catedral

1

El perfil de la fábrica debía calcularlo con meticulosidad. La altura de los diferentes cuerpos constructivos tenía que guardar una armoniosa correspondencia con las proporciones de la planta, cuyos elementos más importantes eran el altar y el presbiterio. En el primero, además de celebrase el sacrificio de Cristo, se ubicaba la cátedra del obispo, mientras que en el segundo se reunía la nobleza del Cabildo, el coro de canónigos. Pero para el pueblo, la mayor expresión de la magnificencia del templo la transmitía la altura de la nave central y la del transepto, las naves que formaban la cruz de la planta y a las que se accedía por las puertas abiertas en las tres fachadas. Esta altura se manifestaba en toda su grandiosidad a través del milagro de la luz, filtrada por los enormes ventanales que, dotados de llamativos colores, se situaban en la parte más elevada de los muros, simbolizando la luminosidad divina. De esta forma, tras atravesar las portadas, cuyos tímpanos y arquivoltas, profusamente dotados de figuras y esculturas, les recordaban su fugaz y penosa existencia, las gentes encontraban su regocijo al entrar en contacto con Dios gracias a la armoniosa combinación de piedra y luz. Esto hacía que la elevación de la nave central y la del transepto fuera la proporción más importante del perfil interior del templo, siendo ambas más altas que las laterales.

En las catedrales románicas el diseño de las naves quedaba constituido en dos niveles, pero el nuevo estilo constructivo añadió un tercero. El primero de estos niveles lo constituía la arcada de las naves laterales, que separaba estas de la nave central y estaba formada por una arquería de arcos apuntados que se apoyaban sobre columnas. Por encima se encontraba el triforio, un corredor de poco fondo que transcurría a lo largo de toda la nave central y de la nave del transepto. El triforio era una evolución de la tribuna románica y cumplía las funciones de servir de galería para el mantenimiento del templo, de descarga de pesos de las bóvedas centrales y de ornato de los paramentos que se elevaban desde la arquería. A su vez, la tribuna derivaba del *matroneum*, elemento estructural en los templos paleocristianos y bizantinos desde donde las mujeres seguían el culto separadas de los hombres, tradición heredada del judaísmo. En los templos románicos y góticos que disponían de ella, la tribuna se construía sobre la crujía que definían las naves laterales y la girola, ocupando todo su ancho, y servía para albergar a los peregrinos cuando el aforo de la planta del templo se completaba. Sin embargo, el triforio no ocupaba todo el ancho de la crujía y quedaba como un sencillo corredor.

Sobre el triforio se situaban los ventanales, el cuerpo estructural que marcaba la diferencia entre el nuevo estilo constructivo y los anteriores. Conocido como claristorio, el cuerpo de los ventanales estaba compuesto por los grandes vanos abiertos en los muros entre los pilares. Estos vanos albergaban las enormes vidrieras que tamizarían, en una mágica paleta de colores, la luz celestial. Por eso, si las portadas componían el elemento instructivo de la catedral, recordando la efímera y transitoria vida del hombre, el claristorio constituía en sí mismo el elemento más atractivo del templo, el más evocador de la pureza de Dios y su sobrenaturalidad.

Todos estos elementos constructivos, ordenados por niveles en el perfil de la obra, los había visto en distintas fábricas catedralicias con diferentes resultados en su proyección hacia el interior de la nave. En la catedral de Reims, donde estuvo como aprendiz y maestro y en la que se perfecció nó como maestro de obras, la cabecera estaba terminada cuando salió de viaje para Burgos. Su perfil estaba diseñado con partición triple, disponiendo de arcada, transepto y ventanales. En la de Laon, que se levantó en el camino de peregrinación a Santiago de Compostela y fue de las primeras en construirse en estilo gótico, disponía una partición cuádruple, con arcada, tribuna, triforio y claristorio. Sin embargo, la existencia de tribuna y triforio acortaban la altura de los ventanales del claristorio. La catedral burgalesa sería más baja que la de Laon y por eso, a pesar de encontrarse en el camino jacobeo, el maestro Ricard solo quería ubicar el triforio, ya que el planteamiento de una tribuna para los peregrinos sobre las naves laterales mermaría la altura de los ventanales. Quería dar preeminencia a la entrada de la luz al interior del templo, lo que implicaba crear un triforio ajustado en dimensiones y unos ventanales con suficiente altura para albergar unas generosas vidrieras. Para ello buscaría la armonía entre ambos elementos a través de varios sistemas proporcionales, al igual que había hecho con la planta. Pero antes necesitaba repasar los trazados observados en las demás obras que conocía y ordenar sus ideas para aplicar los mejores planteamientos a su diseño.

Ricard soltó el pergamino en el que había dibujado la planta de la catedral y lo colgó en la pared que estaba frente a la mesa de trabajo. Después sacó otra vitela de su bolsa de trabajo y la extendió sobre el tablero, fijándola como había hecho con la anterior. Pasó la piedra pómez por toda la superficie, aplicó yeso y la cepilló, retirando después todos los restos. El sol comenzaba a mostrarse esquivo y su luz llegaba oblicua a través de la ventana. El maestro encendió otro cirio y, como hiciera antes, dejó que su mirada se perdiera allende la vieja catedral. Sobre el tejado de la basílica, las casas de la vega se repartían más allá de la glera, entre huertos, viñedos y pastos. Los caminos que salían de Burgos se dividían y alejaban para adentrarse después en los bosques de Cardeña y de Pedernales. Algunas carretas, ya de vuelta a sus aldeas, jalonaban silenciosas la estampa, mientras las sombras de los campanarios comenzaban a alargarse hacia levante. El maestro cerró los ojos.

Una paloma torcaz aleteó frente a la ventana para colgarse en la tracería del triforio de la inacabada catedral de Bourges. Sobre el triforio, que aparecía suspendido sobre dos columnas casi infinitas, un ventanal de tres arcos apuntados, coronados por un tragaluz circular, vertía distante la luz, casi con desdén, en el interior catedralicio. Su excepcional altura trocaba la divinidad en lejanía y su apartamiento se acrecentaba con la longitud de la nave, extendida ante la inexistencia de transepto. Dios se volvía inaccesible, inalcanzable, casi ajeno de su creación. La paloma aleteó de nuevo, salió del templo y se posó en un arbotante que, incomodado por su presencia, sacudió su pétrea estructura para espantarla. Asustada, el ave alzó el vuelo y reapareció en el interior de la catedral de la Asunción de Nuestra Señora, en Chartres. Sobrevolando toda su longitud y pasando a escasos palmos del laberinto, finalmente se detuvo bajo la vidriera de los panaderos, en el centro del ábside.

La elegancia de la catedral de Chartres quedaba manifiesta por la luminosidad que aportaba el conjunto de vidrieras con que estaba dotado el templo. La nave central, articulada en tres niveles, aparecía majestuosa ante el milagro de la luz filtrada por los ventanales del claristorio y los del piso inferior que, aun siendo abocinados, emitían suficiente luz, al tener las mismas dimensiones que los del claristorio. Este equilibrio estructural entre el primer y el tercer nivel era posible al haber suprimido la tribuna, dejando un triforio entre ambos niveles de un tercio de su altura y permitiendo unos ventanales superiores de generosas dimensiones. La esbeltez de las columnas y el transepto de tres naves permitían a la luz dar flotabilidad a la estructura, eliminando la pétrea pesadez estructural con que se veía desde el exterior el templo metropolitano. Un toque de campana sonó, haciendo que la paloma alzase de nuevo el vuelo.

El maestro la siguió recorriendo embelesado los colores vítreos a través de sus ojos, llegando hasta el antepecho[33] de la tribuna de la basílica de Nuestra Señora de París, en el cuarto tramo.

La catedral parisina era más cálida que la de Bourges y la de Laon, pero más pesada que la de Chartres. La luz inundaba la nave central entrando por los ventanales de la planta baja, los de la tribuna y los del claristorio. La tribuna se extendía por encima de toda la anchura de las naves laterales, alejando sus ventanales de la nave central. Sobre ella, en cada tramo, un ventanal doble, cuya tracería coronaba un óculo, encerraba sendas vidrieras que vertían la luz celestial. La arcada de la nave central, al ser más baja que las de Laon, Bourges y Chartres, acercaba el claristorio al suelo, logrando que la luz que accedía por sus ventanales transmitiera una mayor proximidad de Dios, una Divinidad casi maternal. Y las catedrales se erigían bajo la advocación de la Virgen María. Ese tipo de luminosidad era la que deseaba conseguir el maestro Ricard para su catedral. La luminosidad de Chartres era inalcanzable en la catedral burgalesa ya que su encerramiento entre edificios hacía imposible la avenida de luz por el nivel de la arcada. Sin embargo, el maestro de obras esperaba encontrar una claridad que invitase el recogimiento, como lo hacía ahora la oscuridad de la catedral románica. Ricard buscaba la contradicción como diseño. La antítesis armónica.

Los ojos del maestro volvieron sobre el pergamino y sus manos retomaron la plasticidad para la delineación. Comenzó calculando la altura de la nave central, para la que había resuelto un diseño con división tripartita, compuesta de arcada, triforio y claristorio. La altura debía ser proporcional a las dimensiones de la planta y definiría la elevación del resto de los elementos constitutivos del templo. Además, tanto esta altura como la del transepto debían ser mayores que las de las naves laterales. Empleando el cuadrado como base, establecería una línea de claves de bóveda para la nave central, cuya elevación sería equivalente a la anchura interna del cuerpo de naves del pie de la catedral. Esta altura sería, además, similar a la del triángulo equilátero cuya base se correspondía a la anchura exterior del pie de la catedral.

El maestro de obras afiló la tiza y trazó una línea maestra horizontal a lo largo de la vitela, en la parte media del primer tercio. Con el compás de puntas recto fue trasladando y marcando sobre esta línea de base los tra-

33 Pretil o baranda en el borde de un balcón, de una ventana o de una galería (Glosario ilustrado de arte arquitectónico. www.glosarioarquitectonico.com)

mos que había diseñado en la planta, correspondientes a la nave del pie, del transepto y de la cabecera. Con ayuda de la escuadra, en un punto cercano al lateral izquierdo del pergamino dibujó una línea perpendicular a la que había trazado a lo largo de la vitela, una línea maestra vertical. Mediante el compás de puntas recto trasladó la anchura del cuerpo de naves del pie, delineada en el pergamino de la planta, sobre la línea maestra vertical trazada para el perfil, apoyando una de las puntas en el punto de corte de dicha línea con la horizontal. La altura que marcó en la línea vertical equivalía al nivel de claves de bóveda de la nave central y a partir de la marca realizada trazó una paralela a la base a lo largo de todo el perfil. En el espacio entre la base y la línea trazada calcularía las dimensiones de la arcada, el triforio y el claristorio.

Durante el diseño de la planta, para el cálculo de las dimensiones de los tramos de la nave central había empleado el sistema proporcional *ad triangulum*. Con el mismo planteamiento esbozó la altura de la arcada a partir de la altura de la nave central. De nuevo marcó en la línea maestra vertical la cota calculada y trazó una paralela a la base a lo largo de todo el perfil. En el espacio entre la altura de la arcada y la altura total de la nave central irían el triforio y el claristorio. Si utilizaba la relación *ad triangulum* para el cálculo de la altura de los ventanales, estos quedarían iguales que los arcos de la arcada, obteniendo la simetría estructural entre ambos extremos de la altura de la nave, similar al diseño de Chartres. Sin embargo, el triforio se vería reducido a unas dimensiones que no permitirían un desarrollo armónico del conjunto.

El maestro Ricard sabía que la armonía estructural radicaba en la simetría, pero que no siempre podía lograrse. Por otro lado, la simetría podía ser sustituida por soluciones arquitectónicas que la rompiesen por completo o por mecanismos que la simulasen, buscando de igual manera esa armonía. En el caso del planteamiento del perfil catedralicio, optar por la rotura de la correspondencia entre arcada y ventanales supondría introducir un cuarto elemento, resultando un diseño cuadripartito parejo al de la catedral de Laon, compuesto de arcada, tribuna, triforio y claristorio. Pero un esquema de cuatro niveles en el templo de Burgos era inviable para el planteamiento del maestro Ricard, debido a la altura total de la nave central. La segunda opción le agradaba más y tenía la solución para llevarla a cabo. Para ello aplicó la proporción del rectángulo egipcio al espacio entre la arcada y la altura total de la nave, resultando una altura para el nivel de ventanales más corta que la obtenida con la relación *ad triangulum*, pero que dejaba un triforio con un diseño más armónico, estando su altura en proporción egipcia con el claristorio.

En el nivel de la arcada, la apertura de vanos para la ubicación de vidrieras, al estilo de la catedral de Reims, era irrealizable en todos los lienzos debido a la ubicación del templo y a los requerimientos constructivos. Por un lado, en la cabecera se abrían cinco capillas semicirculares en la parte absidial y en cada una de ellas podía abrir un ventanal que, no obstante, sería estrecho y no muy alto. En el deambulatorio, de los tres tramos de cada lateral solo podría abrir ventanales en dos de ellos, ya que uno de cada lado estaba anexo a la capilla abierta en cada brazo del transepto, quedando ciego. En la nave de los pies, por la parte de la epístola se desplegaba el claustro de la antigua catedral y el antiguo palacio episcopal, anulando a todos los tramos la posibilidad de colocar ventanales en la parte baja. Y por el lado del evangelio, la parroquia de Santiago de la Fuente hacía lo mismo en cinco tramos, dejando libre solo el que estaba pegado al transepto. Sin embargo, el maestro sabía que esa carencia de ventanales en el nivel de la arcada y la perspectiva desde el suelo del templo con la luz entrante por los ventanales del claristorio harían que, aun siendo menos altos que los arcos de la arcada y estando en posición elevada, no se mostraran tan pequeños como se apreciaba en Laon.

Finalmente, el maestro realizó los punteos y las marcas necesarios a lo largo de las líneas horizontales y verticales trazadas sobre la vitela, combinando las cotas y dimensiones calculadas para la planta con los planteamientos proporcionales obtenidos para el perfil. Después trazó con el *stylus* las líneas de su diseño y observó el resultado con detenimiento.

Ante los ojos del maestro se desplegaba el perfil de la nave central, en el que estaban perfectamente dibujados los tres pisos. Al final, la simetría quedaba rota en cuatro zonas a lo largo de todo el contorno catedralicio. Por una parte, la altura de la arcada, en la base, era sutilmente mayor que la del claristorio, arriba del todo, aunque las dimensiones del triforio, situado entre ambos, disipaban el efecto. Por otro lado, había tres cuerpos que de forma clara marcaban la asimetría. Primero la cabecera de la catedral, no todos de cuyos tramos guardaban semejanza con los del pie debido a la propia forma del ábside, que contrastaba por sí solo con el resto del templo. Después, el tramo más occidental de la nave de los pies, sobre el que se elevarían las torres dos cuerpos por encima de las naves y cuyos pilares y muros serían de mayores dimensiones con respecto al resto, para poder soportar el peso añadido. Además, este tramo se prolongaría hacia la fachada occidental, sobre todo en el exterior, por el diseño abocinado de las portadas. Finalmente, los brazos del transepto marcaban otra asimetría en el perfil ya que aparecían ofreciendo sus respectivas portadas, diferentes también entre sí. Por una parte, la portada sur presentaba un rosetón a nivel del claristorio, y por otra, la portada norte mostraba su portada a nivel del triforio, eliminando la posibilidad de situar en la misma un enorme óculo.

Sin embargo, toda esta asimetría era la que confería a la catedral su belleza, porque para diseñar todos sus elementos arquitectónicos era necesario jugar con toda la geometría para concatenar, ya que solo a través de la acertada combinación geométrica de las formas dispareja s se llegaba a la armonía. En la arquitectura militar, la edificación de los castillos estaba supeditada a la efectividad de sus elementos. El diseño de la fortaleza se acomodaba a su ubicación y la configuración de sus componentes obedecía a la practicidad defensiva. Nada era bello en un castillo. La armonía se sustituía por la eficacia. Dios estaba, pero no se mostraba. En cambio, en los templos catedralicios Dios habitaba y se percibía inundando de luz el interior del templo y de las almas que lo visitaban.

No obstante, mientras las vidrieras eran las protagonistas en los muros de los ábsides y de las naves, las fachadas se sometían a otro esquema arquitectónico. A través de ellas se accedía a la catedral, lo que implicaba la apertura de vanos para las puertas en la parte baja de sus muros y la ejecución de las portadas que debían cumplir con su papel doctrinal. La fachada principal estaba dotada de enormes columnas para soportar el peso de las torres, que albergaban las campanas y se elevaban al menos dos niveles por encima de la nave principal. Por su parte, las fachadas del transepto, aunque podían ser tan anchas como la principal, solían ser más estrechas y su elevación era menor. Su renovada organización estructural imponía un tipo de ventanales diferente, de diseño circular y con profusión de tracería, cuyo origen había que buscarlo en el óculo romano. Este vano circular de enormes dimensiones, que ocupaba el nivel de los ventanales en las portadas catedralicias, estaba profusamente labrado y ofrecía una tracería calada que a veces exponía formas inverosímiles.

Todo este conglomerado de formas y estructuras era necesario verlo *in situ*, y para ello el maestro Ricard visitó durante sus estudios para la obtención del título de maestro de obras numerosas construcciones civiles y religiosas. Era algo necesario para adquirir una visión de conjunto del oficio de maestro constructor y para observar y estudiar las capacidades y posibilidades que los diferentes constructores explotaban en sus fábricas. Eso permitía al futuro *mestre mason* decantarse por una escuela determinada, por un estilo concreto dentro del nuevo estilo constructivo, por una forma de interpretar el arte de la piedra.

El abanico de fábricas era muy amplio y prolífico en la Francia de las primeras décadas del siglo XIII y el único límite lo ponía el tiempo que llevaba ir de una obra a otra. A menudo se encontraban muy distanciadas y eso implicaba seleccionar y organizar muy bien el itinerario de visitas. Además, convenía llevar una buena carta de presentación porque el resultado de la visita variaba en función de quién enseñara la fábrica.

En ocasiones los maestros de obras no se encontraban en las fábricas. Cuando no estaban dirigiendo los trabajos de los maestros de oficios se dedicaban a organizar las nuevas directrices o a corregir las órdenes mal interpretadas. A menudo se les podía ver atendiendo al promotor de la obra, la mayoría de los casos un obispo que en cuanto podía se acercaba a comprobar cómo iba su ansiada obra catedralicia, o un abad deseoso de ver terminado su renovado claustro, o un noble que exigía con premura la finalización de su casa o de su palacio. Y en alguna ocasión, cuando la fábrica era de especial relevancia, el promotor a quien se debía poner al día de los avances en la construcción era el mismo monarca. El resto del tiempo, los maestros de obra, simplemente, no estaban.

Fuera de la fábrica, su labor se desenvolvía entre las visitas a las canteras y las inspecciones a las herrerías o a los talleres de carpintería o a los de los vidrieros. O se ausentaban largas horas en sus estudios rectificando, modificando, calculando y replanteando el diseño original, adaptándolo a las circunstancias constructivas o financieras que surgieran. Por todo eso, al joven Ricard le apasionaba su trabajo. Vivía y se desvivía por indagar, por aprender, por mejorar. Así lo demostró en la fábrica de Reims y por eso contaba con una recomendación de su maestro Jean d'Orbais, que le abrió las puertas de las mejores obras.

Dos de las catedrales que visitó entonces fueron la de Sens y la de Saint-Denis. Siendo las primeras en edificarse bajo las directrices del nuevo estilo arquitectónico, presentaban, no obstante, una fuerte influencia románica. Ambas tenían un planteamiento muy parecido en sus fachadas occidentales, distribuyendo su imafronte en tres cuerpos verticales claramente diferenciados, gracias a los pilares interiores occidentales de las torres. Recrecidas hacia el exterior, estas columnas ascendían desde su base hasta la cima del hastial, encerrando la portada de la nave central y el resto del imafronte. En cuanto a su compartimentación horizontal, ambas fachadas presentaban varios niveles. Por encima de la portada, el segundo nivel de la catedral de Sens estaba dotado de un ventanal con arco apuntado en su parte central, mientras que la de Saint-Denis exhibía un arco de medio punto. En ambos templos, el tercer nivel se abordaba con un óculo de discretas dimensiones, sobre todo en la catedral de Sens, que disponía de un cuarto nivel en el que se localizaba una triple arcada ciega esculpida, a modo de tríptico. Los niveles de los cuerpos laterales de la fachada de la catedral de Sens seguían una distribución similar al central, a excepción del óculo, que se sustituía por dos galerías externas dotadas de arcos, a modo de triforio, y por dos arcadas ciegas en el nivel superior. Sin embargo, en la de Saint-Denis, el segundo nivel de los cuerpos laterales quedaba recortado casi a la mitad, presentando una arcada de tres arcos. El tercer nivel quedaba recrecido al absorber el espacio dejado por el segundo, presentando dos esbeltos y estrechos ventanales.

Todo este planteamiento de las fachadas occidentales de las catedrales de Sens y de Saint-Denis distaba del presentado en la catedral de Nuestra Señora de París, que, aunque estaba sin terminar y los andamiajes tapaban parte de lo edificado, el maestro Ricard pudo ver y estudiar, guiado por el propio maestro de obras. Amigo de Jean d'Orbais, el maestro constructor de la fábrica de París le mostró los dibujos del diseño que tenía planeado para la fachada principal. Encuadrada según la proporción *ad quadratum*, la fachada se disponía en dos niveles horizontales sobre los que se alzaban dos torres laterales, unidas por una esbelta arcada. Los tres cuerpos verticales, cada uno de los cuales se elevaba por encima de su respectiva nave, estaban diferenciados entre sí por los pilares de las torres, pero de forma mucho menos invasiva que en el caso de las catedrales de Sens y de Saint-Denis. Esto configuraba una fachada en la que destacaba la separación horizontal sobre la vertical, permitiendo una distribución de las portadas más continua y alineada, lo que enriquecía su ornato estatuario. Además, entre el primer y el segundo cuerpo se desplegaba una galería con veintiocho estatuas representativas de los veintiocho reyes de Judea anteriores a la venida de Jesucristo, que recorría de lado a lado todo el frente, diferenciando aún más el nivel de las portadas del resto del imafronte.

Por encima de esta galería se elevaban tres niveles diferenciados. El segundo presentaba en su parte central un gran óculo enmarcado por un arco de medio punto y en los laterales sendos ventanales dobles, coronados por un óculo menor ciego y enmarcados por un arco de medio punto. La tercera altura pertenecía ya a las torres y la configuraban dos galerías arcadas, continuadas hacia su encuentro por encima del óculo central mediante una arcada que quedaba entre el arranque de las dos torres. Y en el cuarto y último nivel, en el interior de las torres se desplegaban dos arcos apuntados de infinita longitud que estilizaban la figura catedralicia, aligerando su pétrea estructura. La altura de este último nivel de las torres era semejante al nivel de las portadas, dotando al conjunto de una equilibraba simetría estructural. El diseño de la fachada de Nuestra Señora de París le parecía a Ricard de un equilibrio exquisito, pero para el imafronte de la catedral burgalesa quiso introducir una serie de modificaciones con las que conseguiría mayor esbeltez y mayor distanciamiento del románico, del que el templo parisino todavía mostraba vestigios.

Empleando diferentes proporciones, el maestro Ricard perfiló el alzado de la fachada principal de la catedral burgalesa, esbozando los diferentes niveles en que iba a quedar estructurada. Comenzó encuadrándola mediante la proporción *ad quadratum,* al igual que estaba la de París. De esta forma se aseguraba dos encajes. Por una parte, cuadraba la anchura y la altura en una proporción que a él le parecía perfecta, y por otra utilizaba la misma proporción con la que estaban levantadas las construcciones del entorno, logrando integrar la silueta de la nueva catedral en el conjunto de forma menos intrusiva. Esto permitiría, además, desarrollar los elementos constructivos del interior de la fachada en el nuevo estilo de una forma más armónica, sin que resultaran tan impactantes. Tomando como base las dimensiones del cuerpo de naves del pie, desplegó un rectángulo *ad quadratum* entre la línea maestra vertical y las cotas del perfil del resto del templo, trazados con anterioridad. Su intención era plasmar en la misma vitela el dibujo del alzado de la fachada occidental y el del perfil completo del templo. A continuación, trazó las dos primeras alturas de la fachada. La primera se correspondía con el nivel de la arcada de la nave, la segunda con la del transepto y el triforio.

En el primer nivel, el maestro Ricard tenía pensado situar una triple portada cuyas aperturas se correspondiesen con las naves central y laterales del templo. Cada portada estaría compuesta por un arco apuntado, con tímpano en las laterales y tímpano y dintel en la central, con imágenes iconográficas y abocinado con tres arquivoltas con figuras, apoyadas en jambas columnadas en las que dispondría figuras de mayores dimensiones en edículos a dos alturas, a lo largo de toda la columna. La portada de la nave central la diseñaría con un parteluz en que colocaría una estatua de la Virgen María y las tres puertas las enlazaría mediante arcaturas con imágenes entre ellas, arcaturas que también habría a los lados de las laterales. De esta forma, todo el piso bajo resaltaría su horizontalidad al encadenar imágenes que recorrerían de lado a lado la fachada. El abocinado de las portadas sería parecido al de la catedral de París, cuyas arquivoltas ofrecían menor profundidad a los accesos que en las portadas de Chartres, lo que, para su gusto, dotaba al conjunto de la fachada de mayor equilibrio.

En el templo parisino, por encima de las portadas se desplegaba la galería de los reyes, enmarcándolas en un efecto que al maestro Ricard le parecía que frenaba la fluidez del edificio hacia las alturas. Por este motivo, en su diseño el maestro de Burgos quiso eliminar toda horizontalidad por encima de la portada, diferenciando la primera altura de la segunda por la natural división del grupo de ventanales. Estos se componían de un gran óculo sobre la portada central y de dos largos ventanales sobre cada una de las laterales, coronados por un óculo y enmarcados por un arco apuntado. Los arcos apuntados y la longitud de los ventanales de este segundo nivel transmitían una esbeltez al diseño que continuaba en el tercer piso, ya en cada torre. En este nivel esbozó dos grandes vanos sin vidrieras por cada torre, trazando entre ambas dos arcadas apuntadas, de cuatro arcos y tres óculos tetralobulados sobre ellos cada una. Al estilo de la catedral de Chartres, en la arcada situaría la galería de esculturas que en París quedaba sobre el primer nivel. Por encima dibujó un último piso con vanos y sin vidrieras, similar al anterior, pero de menor altura. Estos dos últimos niveles, que corresponderían al campanario de la catedral, alargaban la estampa catedralicia hacia las alturas, evocando la grandeza de Dios.

2

Cuando el maestro terminó su diseño se apartó del pergamino y observó el dibujo con detenimiento. Satisfecho, dejó el *stylus* y entonces recordó que no estaba solo. El joven estudiante de Palencia lo acompañaba desde primera hora de la mañana. No le había oído moverse ni decir nada en todo el tiempo que llevaba pensando, dibujando, creando su obra catedralicia. La habitación estaba templada y casi con seguridad, pesaba Ricard, su invitado estaría dormido. Con suavidad, dejó el *stylus* sobre la mesa auxiliar y se giró buscando al oficial. Sus ojos se cruzaron. A escasos palmos, inmóvil y en silencio, Enrique estuvo contemplando todo el desarrollo de la planimetría general del templo. Tenía muchas preguntas que formular, numerosas dudas que resolver, inquietudes y consultas que deseaba exponer, pero su timidez y el respeto que profesaba por quien era capaz de plantear y realizar tamaña construcción le obligaban a esperar que se le diera permiso para hablar.

—Y, bien, ¿qué te parece esta callada labor del maestro? Imagino que te habrás aburrido, ¿me equivoco?

Para Enrique, que había contemplado sin parpadear cada línea, cada marca, cada movimiento del maestro, que había disfrutado con enormidad todo el tiempo allí metido, en la sombra de la estancia, en la oscuridad de su desconocimiento, responder que no era decir la verdad, pero también suponía decir al maestro que se equivocaba. ¿Cómo responder sin faltar a la verdad y sin ofender al anfitrión? En eso estaba su mente, buscando rápido la manera de contestar, cuando el maestro, abriendo más los ojos, le inquirió con un movimiento de cabeza.

—Sí, maestro, digo no, no, quiero decir que no me he aburrido.

—Luego me equivoco.

—¡Oh, no, no! No quiero decir que os equivoquéis.

El maestro prorrumpió en una gran carcajada. Necesitaba liberar tensión, pero no la que tenía acumulada su imprevisto alumno, sino la suya. Llevaba muchas horas sin mediar palabra, sin conversar más que con el pergamino y la geometría, la proporción y sus conocimientos, y deseaba hablar con un humano, aunque para ello tuviera que comenzar riendo. Enrique le miraba y, mientras movía el rictus de la boca y los ojos se le alegraban, no sabía si sonreír o continuar circunspecto.

—Vamos, muchacho, ríete, lo estás deseando. Y yo también, por Dios, lo necesito.

El maestro intuía que Enrique tenía mucho que preguntar y sabía que no lo haría si no se relajaba. Además, para poder aprender era necesario que existiera una complicidad natural entre maestro y alumno, una sincera conexión que solo se daba cuando se establecía un enlace afectuoso entre ambos. Y la risa era el mejor sistema para eliminar tensiones entre personas desconocidas. Enrique comenzó a reírse, aunque no sabía de qué. Durante el resto de la tarde, oficial y maestro estuvieron dialogando sobre geometría y aritmética, sobre el *Studium Generale* de París y sobre el de Palencia, sobre el taller de Huelgas y sobre las catedrales de Francia. Enrique solo llevaba un curso en Palencia y lo que había aprendido lo exponía con el mismo entusiasmo con el que atendía al maestro Ricard. Por su parte, el maestro le escuchaba y recordaba sus tiempos de estudiante en París. Y cuando le enseñaba cuestiones para él desconocidas aún, lo hacía con el mismo paternalismo con el que recibió las enseñanzas de su maestro de Reims.

Al maestro Ricard le quedaba todavía mucho trabajo de planimetría y diseño. El cálculo del grosor de los muros y de las dimensiones de los pilares sería lo primero que acometería. Después, el resto del sistema de contrarrestos: contrafuertes, arbotantes, botareles, dinteles y pilastras. Así como el trazado de las crucerías de las bóvedas. A continuación, el diseño de las tracerías de los óculos y ventanales, de los balaustres y de los antepechos, así como con el de los ornamentos y conjuntos esculturales de las arcadas y las portadas. El esbozo de las vidrieras y del pintado de figuras lo afrontaría una vez comenzados los trabajos de cimentación. Pero de momento, ya era suficiente por hoy. De igual forma que disfrutaba dejando volar su imaginación entre figuras y estructuras, saboreaba una buena conversación cuando se presentaba. Y últimamente, no era muy a menudo.

—¡Que nadie entre aquí si no es un geómetra! —gritó hacia la ventana el maestro de obras, que, girando sobre sí mismo, se dirigió a Enrique—. ¿Sabes dónde estaba escrita esa frase?

Enrique, con la expresión de sorpresa todavía en los ojos, no acertaba a responder.

—Te lo diré. En el frontispicio de la entrada a la escuela de Platón, en los jardines de Academos. ¿Has estudiado ya la geometría? No, está claro que aún no —se contestó a sí mismo el maestro—. Llevas poco tiempo en la escuela. De todas formas, has visto lo que se puede hacer aplicando la geometría, ¿cierto?

—Así es, maestro.

—¿Y qué te parece?

—Es como... —Enrique se paró a buscar las palabras exactas para poder describir lo que le había visto hacer al maestro sobre el pergamino.

—Encantamiento, brujería, nigromancia, hechizo, magia, sortilegio, embrujo —el maestro Ricard soltaba esa retahíla cada vez más deprisa, mirando sin pestañear a un cada vez más intimidado Enrique, que parecía estar a punto de echar a correr escaleras abajo, perseguido por el diablo—. Gramática, retórica, dialéctica. Has de aprender a hablar, a enunciar, a transmitir todo aquello que quieres expresar. Son las materias del *trivium* y has de dominarlas antes de acometer la geometría, que reside en el *quadrivium*, junto con la aritmética, la astronomía y la música. El *trivium* te permite expresar con la palabra, pero solo dominando el *quadrivium* podrás expresar con las formas. ¿Y qué son las formas, mi inesperado alumno?

—¿Geometría? —respondió Enrique, algo más relajado.

—¡Nooo! La geometría es una herramienta, un instrumento, como la regla o el compás. La geometría es el utensilio con el que definimos, ajustamos, cortamos y creamos el espacio de nuestras formas —Ricard se acercó hasta la mesa auxiliar y cogió varios utensilios—. La regla, el compás, la tiza, el *stylus*, están, los ves tú y los veo yo. Los ve todo aquel que pueda ver. Pero la geometría existe en ti y existe en mí y por lo tanto no se ve. La geometría es una herramienta que está en tu cabeza y, de igual modo que utilizando el mismo *stylus* tu dibujo es diferente del mío, aplicando la misma geometría tu diseño será diferente al mío. Porque la forma que tú bosquejas sobre el pergamino es la plasmación personal de lo que sientes y percibes, interpretado con la geometría.

—Entonces cada maestro, aun trabajando en el mismo diseño, lo ve de diferente manera —razonó Enrique.

—Exacto.

—Entonces, ¿cómo se puede construir una catedral, una obra tan compleja, cuando hay tantos maestros?

—Porque solo uno es el maestro de obras —respondió el maestro Ricard.

—Pero, sin embargo, se ayuda de otros maestros.

—Sí.

—Lo que quiere decir que, de algún modo, cada uno imprime su forma, por lo que la forma del diseño original se difumina —conjeturó Enrique.

—¿Acaso son iguales dos sillares? —preguntó el maestro Ricard.

—No. Exactamente iguales no.

—Pero, sin embargo, entre todos levantan un muro.

—Si. Pero la forma de un muro es sencilla. Y una catedral tiene muchos muros y muchas formas —razonaba de nuevo Enrique.

—¿Y si cada maestro levanta un muro, aun siguiendo el mismo diseño? —preguntó el maestro Ricard.

—Según la geometría, deberían ser iguales.

—¿Pero? —inquirió el maestro.

—Existirán variaciones en función de la interpretación de cada uno.

—Muy bien. Y aun así, el edificio se levanta. ¿Por qué?

—Porque..., el maestro de obras hace que encajen todos los elementos —se respondió a sí mismo el joven oficial.

La conversación entre maestro y oficial duró lo que restaba de tarde. El maestro de obras advirtió en Enrique una mente preclara, a la vez que una predisposición y avidez de conocimientos que le asegurarían el éxito en las obras que acometiese. Al terminar la jornada, ambos se despidieron y el maestro emplazó a Enrique para el día siguiente a la misma hora. Quería terminar el planteamiento para la cimentación y deseaba que Enrique estuviera presente ya que, dejándole estar, de alguna forma agradecía a su maestro, Jean d'Orbais, la confianza que depositó en él. El maestro Ricard veía en Enrique un prometedor maestro de obras. Quizás para la misma catedral burgalesa. El tiempo lo diría.

VI

LA ORGANIZACIÓN DE LA FÁBRICA

Anno Nostrae Salutis 1221
Primeros de abril

1

En el seno de una población temerosa de Dios, el ocio estaba regulado por unas obligaciones religioso-festivas que prohibían el trabajo. La religiosidad marcaba el calendario laboral anual en las fábricas y el número de días de asueto a lo largo del año oscilaba entre treinta y cuarenta, a los que se sumaban los domingos, dejando el año laboral reducido casi en un tercio. Existían también otros dos reguladores del trabajo en las edificaciones. Por una parte, el ciclo agrícola, que imponía algunas fechas en las que las labores de los peones de las obras quedaban sin atender. Y, por otro lado, las campañas militares, que sustraían trabajadores de las fábricas y además disminuían su capacidad de financiación. De esta manera, las obras se paraban los días de fiesta y numerosas fábricas quedaban detenidas cuando no se podía pagar a las peonadas y a los menestrales.

La mayoría de los puestos laborales supeditados a las obligaciones militares y a las agrícolas correspondían a los trabajos realizados por los peones, que desempeñaban labores sin especialización. Estos trabajadores se reclutaban en el ámbito local y solían ser jornaleros y braceros que compartían la peonía agrícola con la de la construcción. La estacionalidad también determinaba el ritmo de la fábrica. En aquellas zonas donde el invierno era crudo y largo, el intenso frío paralizaba la construcción que se desarrollaba en el exterior. Solo quedaban activas las labores que podían realizarse en los talleres y el mantenimiento de la fábrica, observando el posible deterioro de lo realizado por las inclemencias del tiempo. En estas zonas, durante el invierno se despedía a las peonadas hasta la siguiente temporada.

El horario de trabajo diario variaba en función de cada estación del año. En época invernal se trabajaban dos terceras partes de lo que se hacía en el período estival. Esto dejaba la jornada laboral de invierno en unas ocho horas y la de verano en unas doce. A estas horas se restaba al menos una para realizar las comidas.

La remuneración del trabajo se ajustaba a la semana trabajada, en la que se incluía el sábado como día laboral, en ocasiones solo durante la mañana. En numerosas obras se trabajaba a destajo y el cobro se realizaba en función de lo producido. Este tipo de desempeño laboral estaba limitado a faenas en las que la especialización era mínima. Trabajos mecánicos que demandaban un gran esfuerzo, pero un mínimo de destreza, como cavado de zanjas, fabricación de argamasa, acarreo de mampuesto, transporte y apilado de materiales y retirada de escombros. O también funciones menestrales cuya labor era primaria, como la talla de sillares para los muros o columnas, el desbaste de madera o la colocación de andamiajes. Sin embargo, este sistema de trabajo llevaba implícito el riesgo de la premura, ya que el personal estaba sujeto a una constante presión por terminar cuanto antes. Esto elevaba el peligro de accidentes y el trabajo de mala calidad, factores que determinaban el buen hacer de las siguientes labores, más especializadas. Para evitarlo, todos los trabajos desarrollados por los destajistas estaban supervisados por los oficios respectivos a través de sus oficiales y, en última instancia, de sus maestros.

Los oficios implicados en la construcción se agrupaban en cuadrillas y recorrían toda Europa levantando puentes, ermitas, iglesias, casas y torres señoriales, fortalezas condales y catedrales. En algunas ocasiones, estas cuadrillas agrupaban varios oficios y se mantenían unidas mientras se dedicaban a realizar obras de menor envergadura, pero cuando se realizaban obras mayores, el diferente empleo de los oficios determinaba que unos acabaran su función antes que otros, por lo que las cuadrillas se disgregaban, generalmente en grupos familiares. El oficio más abultado era el de la cantería, y el que más se movía buscando las oportunidades que se ofertaban. Su trabajo estaba por encima del de los albañiles, que se dedicaban al levantamiento de edificios modestos con adobe o mampostería. Los canteros realizaban un trabajo más complejo y especializado y volcaban sus conocimientos en la ejecución de edificios que solo podían sufragar los estamentos superiores. De esta forma, su prestigio social se vería elevado, aunque sin acceder por ello al estamento de las clases privilegiadas. Lo que sí que consiguieron fue la condición de hombres libres al facilitárseles la libertad de movimientos para poder atender la demanda de edificaciones. En una época en la que la mayoría de los trabajadores estaban sujetos a algún tipo de señorío, los canteros fueron considerados como privilegiados dentro de un estamento no privilegiado. Si la expansión de las órdenes monásticas favoreció la propagación de los estilos arquitectónicos, la movilidad de los canteros ayudó a la difusión de las escuelas constructivas de dichos estilos. Esta movilidad también propició que numerosos canteros se desplazaran fuera de sus fronteras, haciéndolo casi siempre con sus familias.

Dentro del oficio de cantero existían diferentes categorías y dedicaciones. Básicamente, los canteros tallaban la piedra para dar forma a los sillares. Sin embargo, la piedra podía formar parte de un muro, de una bóveda, de una dovela, de una columna adosada, de una moldura, de una tracería o de una figura. Esto hacía que el tallado se especializara, pudiendo diferenciarse entre canteros de sillería y canteros tallistas. Los primeros dominaban el arte de dar a la piedra la forma necesaria para el ajuste preciso en el muro y los segundos eran duchos en la talla escultórica, sacando formas y diseños en la cara del paramento de la sillería. Ambos podían trabajar en la cantera, pero lo más usual era que en la extracción de la piedra trabajasen los picapedreros y los canteros de sillería, dejando para el taller o la fábrica la labor de esculpido de los tallistas. Otros menestrales de la piedra eran los albañiles o asentadores, que colocaban y ajustaban los sillares en los muros. Finalmente, algunas canteras de piedra caliza se destinaban solo para la fabricación de cal.

Los canteros se agrupaban en cofradías cuya estructura no era compleja, pero que contaban con sus normas de funcionamiento. Con una organización igual que la del resto de gremios europeos, en el escalón más bajo estaban los aprendices, chavales que comenzaban en el oficio con una edad de entre once a catorce años y que tenían la obligación de obedecer al maestro, acudir al taller o a la fábrica todos los días de trabajo y mantenerse fieles a sus mentores. Por su parte, el maestro estaba obligado a cuidar de ellos y enseñarles el oficio. Entre ambos se firmaba el contrato de aprendizaje, que estipulaba todas estas condiciones. Por encima estaban los oficiales, aprendices que habían completado el mínimo de seis años en la categoría más baja y que continuaban con el maestro en su taller. Los oficiales intervenían activamente en la obra del maestro y cobraban un estipendio por su labor, a la vez que continuaban perfeccionando sus habilidades. En esta categoría permanecían un mínimo de ocho años, y solían acceder a la siguiente entre los veinticinco y los veintiocho. La categoría superior del taller era la de maestro, a la que se llegaba tras pasar un examen y una prueba práctica de las destrezas adquiridas. Al adquirir la condición de maestro, se podía ser dueño de las herramientas, abrir un taller propio, recibir encargos y casarse para formar una familia.

Iniciada la obra, algunos oficios menores que tenían su desarrollo a la sombra de la cantería eran realizados por peones con una especialización mínima. Se trataba de los amasadores, que realizaban las mezclas de argamasa y preparaban el mampuesto, los cavadores y los entibadores, que realizaban las zanjas para los cimientos, y los encofradores, que fabricaban armazones de sustentación del mampuesto y de la sillería.

Si la piedra constituía el principal material de la construcción, había otros oficios sin los cuales no se podía construir. El gremio de los carpinteros encontró en las fábricas catedralicias un desarrollo que hasta la llegada del gótico no habían tenido. Con la madera se componía el entablado de muros, los andamiajes y las cimbras que sujetaban las arquerías y los paramentos. El gremio de los carpinteros, tan importante o más que el de los canteros, siempre estuvo eclipsado por este último. Otro oficio de vital importancia para la construcción fue el de los herreros, ya que surtían y mantenían las herramientas necesarias para el corte, tallado y manejo tanto de la piedra como de la madera. También construían zunchos, ganchos y poleas para las máquinas desarrolladas por el maestro de la obra. En algunas construcciones fabricaban y colocaban abrazaderas, grapas, anillas y otras sujeciones necesarias durante el fraguado. El de los pintores constituyó otro oficio de suma importancia en las fábricas catedralicias. Estos revocaban el interior de los templos románicos y los enriquecían con pinturas murales, inundando de color paredes, frisos, arquivoltas, figuras, columnas y capiteles. Sin embargo, en el nuevo estilo arquitectónico el decorado interior quedaba sustituido por aquel que proporcionaba la luz, que debía entrar por los vanos diseñados entre columnas, eliminando en gran medida las paredes. Esto limitaba el trabajo de los pintores a las portadas y a la imaginería, que, sin embargo, era profusa, demandando la existencia de varios talleres en la ciudad donde se levantara una catedral. Finalmente, tomando el relevo de quienes dotaran de colorido las oscuras estancias del románico, los vidrieros cubrieron el hueco que dejaron los vanos diseñados en las paredes de las nuevas construcciones catedralicias. Si la luz entraba para iluminar el interior del templo, el tamiz que fabricaban estos artistas del vidrio y el plomo enriquecía la luminosidad, inundando de colorido y vida el templo. Todos estos oficios se articulaban en una estructura gremial idéntica a la de los canteros.

En la fábrica, por encima de todos los maestros estaba el maestro de obras, también llamado maestro de fábrica, maestro constructor, *magister* o *mestre mason*. Se trataba de un maestro de cantería que accedía al grado de *magister* tras pasar dos complejas y difíciles pruebas. La primera consistía en aprobar los exámenes de las enseñanzas del *trivium*, es decir, la gramática, la dialéctica y la retórica, y las del *quadrivium*, que eran la aritmética, la geometría, la astronomía y la música. Y la segunda implicaba presentar una obra que el tribunal debía catalogar como maestra. El maestro de obras era un maestro de cantería que se formaba durante al menos cuatro años en la fábrica de alguna gran edificación, como las catedrales, bajo la atenta mirada del maestro de obras de la misma. Cuando accedía a su grado de *magister*, dominaba la escultura y la pintura, diseñaba y fabricaba máquinas, conocía los entresijos de la agrimensura y el arte de los carpinteros, de los herreros y de los vidrieros y era capaz de gestionar el trabajo de más de trescientas personas.

Lo primero que se constituía en la fábrica de una edificación era la casa de la obra. Esta consistía en un gran cobertizo con techumbre, realizado con vigas y tableros de madera. Colocada cerca del solar del edificio que se iba a levantar o cuya restauración o remodelación se iba a emprender, se buscaba el lado sur para ubicarla, aunque no siempre era posible. En ella se llevaba a cabo la organización y planeamiento de la obra, el registro de oficios, la distribución de los equipos de trabajo, el reparto de cometidos, el pago de los jornales, las peonadas y los destajos y la contratación y despido de personal.

2

La casa de la obra de la catedral burgalesa estaba situada en un lateral de la plaza de la Llana conocido como el Corralejo, a unos setenta pasos frente al ábside de la nueva catedral. Las lluvias ya habían comenzado y, aunque no eran abundantes, se esperaba que arreciasen, por lo que, para evitar que se enfangase el interior, se colocó un entarimado elevado de madera que ocupaba una parte del tinglado. La función de la casa durante los primeros días fue la contratación del personal necesario para el inicio de la obra. El tinglado bullía de gente. Hombres, mujeres y chavales acudieron a la llamada que se hizo desde los púlpitos y los altares, como había sugerido el maestro de obras. Todo tipo de menestrales de la construcción se apiñaban en el acceso a la plaza de la Llana, desde la calle de Cornería. El oficio más abultado era el de la cantería, seguido por los carpinteros y los herreros. Los menestrales de otros oficios sabían que al comienzo de la obra sus conocimientos no eran necesarios, pero, aun así, el maestro Ricard ya había realizado un primer contacto con maestros pintores y con maestros vidrieros.

Pegado al hábito de su monje, Yago miraba con los ojos muy abiertos todo cuanto acontecía. Nunca había visto tanta gente en tan poco espacio y hablando tantas lenguas diferentes. Latín, castellano, franco, leonés, gallego, lombardo, navarro, occitano, aragonés. Una pequeña torre de Babel se había organizado en un momento. Aunque Yago hablaba alguna de esas lenguas y el resto se parecían entre sí, como todos hablaban a la vez y en un sitio cerrado apenas pudo entender casi nada. El idioma para comunicarse entre personas de diferentes procedencias seguía siendo el latín, pero cada vez menos gente lo hablaba. Sobre todo, cuanta menos preparación profesional se tenía. Con la inestimable ayuda de Marsilio, el padre Norberto organizaba a los congregados en la plaza de la Llana, mientras el maestro Ricard se ocupaba de los maestros de los oficios en la casa de la obra.

Ricard estaba reunido con los cinco maestros canteros de la fábrica, con los maestros de las canteras de Hontoria y Cubillo, de Atapuerca, de Arcos y de Villariezo, con los dos maestros carpinteros y los dos maestros herreros, con el superior de la Hermandad de la Cabaña de Carreteros y con el canónigo fabriquero. Cuando Ricard terminó de presentarse y de exponer por encima la planificación de la fase de excavado, dio paso a los maestros. Cada uno de ellos se presentó, argumentando sus conocimientos a través de las obras en las que había partcipado.

Dos de los cinco maestros canteros, Giraud l'Occitain y Sabine de Périgord, eran occitanos. Giraud l'Occitain, nacido cerca de Cahors, había trabajado en la catedral de Bourges hasta que en 1213 se paró la obra. El maestro occitano había conocido en la fábrica de Bourges a Sabine de Périgord, hija de un maestro de cantería. Cuando Giraud obtuvo el grado de maestro, Sabine se quedó embarazada de su primer vástago. Aunque ella era entonces oficial de cantería y en teoría no podía casarse hasta conseguir el grado de maestra, prevaleció la categoría de Giraud y pudieron contraer matrimonio. Giraud tuvo que dejar sus estudios de maestro de obras para poder atender a su familia, formada por Sabine y por una preciosa niña a la que pusieron de nombre Nicolle. Al año siguiente

Sabine tendría a su segundo hijo, Antoine. Seis años después de nacer Antoine se detuvo la obra de Bourges y la familia occitana se dedicó a deambular por el reino franco, parando allí donde surgía la oportunidad de trabajo. Con la familia iban tres oficiales que Giraud tenía a su cargo. Belmont, de veintidós años y que había empezado como aprendiz de Giraud en Bourges; Colette, una mujer de dieciocho años que se había quedado huérfana de niña, y Percival, de diecisiete. Ambos comenzaron como aprendices de Giraud en la obra de la casa de un noble, cerca de Limoges. Para Giraud y Sabine, los cinco jóvenes eran su familia y con ella formaron un equipo independiente con el que trabajaban por el reino franco en pequeñas y grandes obras. A mediados de 1219, la familia de Giraud y Sabine llegó a Reims y allí conocieron al maestro Ricard. Fue Ricard quien les hablaría del obispo Mauricio y su catedral. Giraud y Sabine habían llegado a Burgos con sus tres oficiales y sus dos aprendices hacía tres días.

Otro de los maestros canteros era Pietro de Lombardía, un hombre de treinta y ocho años que había trabajado en varias iglesias y abadías por la Lombardía y por el reino franco. Decía que era lombardo porque sus recuerdos más lejanos lo transportaban a esas tierras, pero en realidad no sabía exactamente de dónde procedía. Su mujer, Marcella, turinesa de veintiocho años, se empleaba de cocinera allá donde recalasen. Tenían dos hijos y una hija. El mayor, Doménico, trabajaba como aprendiz con su padre. Tenía ya trece años y le gustaba lo que hacía. Giacomo, con diez años, y Loretta, con ocho, ayudaban a su madre en la cocina. Con ellos viajaba también Odo, un joven germano de diecinueve años originario de Baviera y que Pietro tenía como oficial.

Diego el Trasmerano y Gonzalo de Covarrubias eran los dos maestros canteros españoles de la fábrica. Diego, de treinta y seis años, era nacido en Carasa, al lado de Santoña, en la comarca de la Trasmiera. Su padre partió con toda la familia hacia tierras abulenses para trabajar en el reforzamiento de las murallas de Ávila. Con él aprendió el oficio, pero siendo oficial en el taller de su padre, este falleció, quedando la familia a cargo de la madre y al amparo de la incipiente cofradía. Para aligerar la carga de su familia, Diego salió de Ávila y recaló en el taller de cantería del maestro Ricardo, en el monasterio de las Huelgas. Cuando el rey Alfonso VIII encargó al maestro Ricardo la obra del monasterio de Santa María la Real de Aguilar de Campoo, el joven oficial se fue con él. Con el maestro Ricardo alcanzaría la maestría trabajando en los monasterios de

Aguilar y de San Andrés de Arroyo. En Aguilar conoció a Elena de Miera, una doradora que trabajaba en el taller de Simeón de Bueras, maestro retablista de las Siete Villas, en torno a Santoña. El taller del retablista trabajaba en equipo con carpinteros, entalladores, escultores, pintores y doradores. Estos oficios disponían de sus propios talleres, pero si el maestro retablista tenía mucha categoría absorbía en su taller algunos de ellos. Diego se enteró de que se necesitaban maestros de cantería en Burgos para una nueva catedral de estilo gótico y cuando se lo contó a Elena ella le dijo que, también en Burgos, en la iglesia del monasterio de San Pablo se necesitaban doradores para el retablo. Diego y Elena estaban casados desde hacía casi ocho años, tenían dos chavales de seis y cuatro años y en Aguilar les iba bien, pero Elena, que ya era maestra doradora, quería tener su propio taller. Liberados de su compromiso por sus respectivos maestros, la familia cántabra pudo incorporarse a la fábrica del maestro Ricard en Burgos, adonde habían llegado hacía una semana.

Gonzalo de Covarrubias venía del taller del monasterio de las Huelgas. Aunque había coincidido con Diego en el taller de Huelgas, solo le recordaba vagamente. Gonzalo era entonces un joven aprendiz y Diego un incipiente oficial. En la visita que el maestro Ricard hizo al taller, Gonzalo le expuso los trabajos que se realizaban en el mismo, le mostró la escuela de cantería y le informó sobre las canteras del alfoz y la calidad de la piedra. Cuando Ricard le habló de la nueva catedral, Gonzalo, que conocía el nuevo estilo gótico en el que ya estaban trabajando en el taller de Huelgas, le dijo que contara con él para la fábrica. Tenía ya treinta años y quería perfeccionar sus conocimientos, y trabajar en el nuevo estilo arquitectónico de la mano de un maestro de obras que venía de las catedrales góticas del reino franco era una oportunidad única que no podía desperdiciar.

Los dos maestros carpinteros habían llegado de tierras de la meseta. Juan de Osorno venía de trabajar en una importante ampliación del real xenodoquio de San Antonio, el hospital de peregrinos del camino jacobeo del monasterio de San Antonio Abad, en Castrojeriz. Antes había trabajado en la fábrica de la catedral de Palencia, donde había adquirido la maestría un año antes de la finalización de la obra. Su mujer, Justa, era maestra talladora y realizaba muebles y tallas en madera cuyos acabados policromados eran muy bien acogidos entre la clase pudiente. Justa perdió a una hija en el parto y quedó imposibilitada para volver a concebir. Por eso, cuando Juan sorprendió a un niño huérfano queriendo robar comida en la fábrica del hospital de Castrojeriz, Justa le convenció para adoptarlo. De eso ya habían pasado casi tres años y Manuel trabajaba ahora como aprendiz con su padre adoptivo. Los tres habían llegado a la capital castellana la pasada noche.

El otro maestro carpintero era Suero de Boñar, procedente de la zona de donde se extrajeron los sillares para la catedral leonesa y en cuya obra había trabajado como oficial desde su arranque, en 1205. En esa fecha, los problemas constructivos en la cimentación provocaron la paralización de las obras. Sin embargo, las dificultades en la fábrica dotaron a Suero de algunas pericias que con posterioridad utilizaría en otras edificaciones en las que trabajó. Obtuvo el título de maestro carpintero en 1213, en la obra de la iglesia de Santa María de la Antigua, en Valladolid. A Gadea, su mujer, la conoció en el mercado de esta ciudad. Gadea y su madre, Alodia, eran de origen astur. Ambas trabajaban como costureras en un taller de tejidos en la ciudad del Pisuerga, donde Suero y Gadea se habían casado el año anterior. Suero se enteró de la obra de Burgos por un monje de Cardeña, que pasó por el monasterio en el que estaba trabajando. En cuanto terminó su contrato, Suero, Gadea, que acababa de tener a su hijo Pelayo, y Alodia partieron para Burgos, adonde habían llegado hacía dos días.

Del alfoz de la ciudad del Arlanzón eran los dos maestros herreros. Ambos habían trabajado en numerosas construcciones realizadas en la ciudad, la última de ellas el monasterio de San Pablo, al otro lado del río. Sus talleres los tenían en Burgos y no era la primera vez que trabajaban juntos. Además, sus familias tenían amistad desde hacía tiempo, lo que simplificaba las cosas a la hora de colaborar entre sí en las obras. Las dos mujeres regentaban una fonda en la parte baja del barrio de San Esteban. Berta, la mujer de Alvar de Burgos, llevaba el hospedaje, y María, la mujer de Hernán de Cardeñuela, la cocina. Ambas tenían sendas niñas que ayudaban cada una a su madre, aunque hacía tiempo que estaban pensando contratar a alguien más para el negocio. El volumen de visitantes en la capital castellana aumentaba cada vez más. Su fonda acogía a peregrinos y mercaderes de determinado poder adquisitivo y a personal de cortejos nobiliarios o eclesiásticos que no cabían en las casas nobiliarias o en los conventos y casas del clero secular. Con la construcción de la catedral esperaban que esta afluencia aumentase y se hiciese necesario emplear a alguien para poder atender el negocio.

En cuanto al canónigo fabriquero, Ricard le consideraba una pieza clave en los trabajos. A pesar de que el maestro de obras tenía contacto directo con el obispo Mauricio, Johan de Champagne era el enlace entre la obra y el Cabildo. Cuando había que tratar con el arcediano o con el deán, porque el obispo no estaba, Johan era la mejor opción. Ricard se entendía muy bien con don Mauricio. Ambos eran de mente abierta y su visión de los problemas era más plástica, más maleable, lo que hacía que enseguida encontrasen soluciones. Sin embargo, el arcediano y el deán eran más cerrados en sus razonamientos y les costaba resolver sin la aquiescencia de su ilustrísima.

3

Marsilio y el padre Norberto acabaron de organizar a la multitud según las directrices del maestro de obras. Todos esperaban en la plaza de la Llana al *magister*, y el acólito y el monje de Cardeña fueron a avisarle. Yago, que no se había movido del lado de su maestro, fue con ellos. Cuando llegaron a la casa de la obra, el maestro de obras estaba terminando de perfilar con los maestros de los oficios los tiempos de ejecución de los diferentes plazos en que había dividido esta primera parte de la obra, desde el arranque hasta la colocación de la primera piedra. El obispo Mauricio llevaba tiempo apremiándole para que le dijera una fecha aproximada. Ricard se desesperaba porque veía que el obispo no quería entender que el inicio de la fábrica era lo más laborioso e impreciso. Y Mauricio no conseguía hacer ver a Ricard la necesidad de establecer una fecha aproximada para poder encajarla en la agenda real, que, por otra parte, estaba supeditada a los avatares con la nobleza. La relación inicial entre maestro y obispo era, por decirlo de alguna forma, dinámica.

—Maestro, tenemos ya a la gente distribuida por oficios y por procedencias —le dijo Marsilio a Ricard.

—Bien, enseguida voy.

Marsilio y el padre Norberto volvieron con las gentes que habían dejado en la plaza. Yago, sin embargo, se quedó escuchando al maestro, encaramado en una escalera. Como atraído por un imán, Yago atendía maravillado cómo el maestro organizaba el trabajo. Habían terminado sus exposiciones los maestros y ahora Ricard iba a organizar esta primera fase de la edificación. Sobre la gran mesa de la casa de la obra, el maestro de obras había desplegado un pergamino en el que tenía dibujado el plano de la planta de la cabecera. El *mestre mason* había trazado los ejes longitudinal y transversal. Esto dividía la cabecera en cuatro partes, a cuyo cargo iba a poner a un maestro cantero. Cada maestro formaría su cuadrilla de trabajo, que estaría compuesta por cavadores, entibadores, encofradores, albañiles y peones. Una quinta cuadrilla estaría a cargo de la recepción y almacenaje de los materiales que diariamente llegarían a la fábrica y de la organización de la casa de la obra, en lo tocante a horarios, comidas, pagas y demás cuestiones ajenas al trabajo, pero fundamentales para la vida y funcionamiento. Además, en caso necesario, reforzaría a cualquiera de las otras cuatro cuadrillas. Los maestros carpinteros formarían sus cuadrillas y se repartirían una por cada dos de canteros, y de igual manera harían los herreros. Ricard comenzó a distribuir las cuadrillas con los maestros y sus familias.

—Giraud, vosotros sois siete, ¿verdad? —comenzó a decir el maestro Ricard.

—Así es. Dos maestros, tres oficiales y dos aprendices.

—Bien. Como Sabine y tú habéis trabajado juntos, me interesa que el ábside lo ejecutéis vosotros dos con las cuadrillas que forméis. Creo que con tres oficiales con sus tres aprendices será suficiente para que os auxilien en vuestra labor. Ahora concretamos la cuestión de los demás menestrales. ¿Alguna pregunta?

—De momento no —respondió Giraud, que se giró hacia su mujer, quien negó con la cabeza.

—Bien. Diego, tú te vas a encargar del lado del evangelio del presbiterio, hasta el crucero. Igualmente, con tres oficiales y tres aprendices será suficiente. Y Gonzalo, tú dirigirás los trabajos del lado de la epístola, con el mismo número de oficiales y de aprendices. ¿Alguna pregunta?

Ambos maestros de cantería dijeron que no y el maestro Ricard continuó con la organización.

—Pietro —nombró Ricard mientras buscaba al lombardo con la mirada.

—Aquí —levantó la mano el maestro cantero.

—Bien. Me has dicho que sobre todo has trabajado en obras menores y en alguna abadía, ¿cierto?

—Cierto.

—Pues me vas a formar una cuadrilla para la organización de la casa de la obra y de apoyo a las demás cuadrillas. Trabajarás mano a mano con el canónigo fabriquero, que lo tienes detrás de ti.

Pietro se giró y Johan de Champagne le saludo con un gesto de cabeza.

—Seguimos. Los maestros carpinteros —ambos maestros levantaron la mano para que Ricard los encontrara más rápido—. Vais a formar cada uno vuestra cuadrilla y cuando las tengáis, Juan, trabajarás con los canteros del ábside y tú, Suero, con los del presbiterio. Suero, tendrás que trabajar desde el centro de la cabecera mientras se forman los cimientos. Sobre todo el basamento de la parte sur. ¿Alguna duda?

Ambos maestros negaron con la cabeza y Ricard se dirigió entonces a los herreros.

—Alvar y Hernán. Al igual que los maestros carpinteros, formáis vuestras cuadrillas y tú, Alvar, trabajas con el ábside y Hernán con el presbiterio. Supongo que con dos oficiales y dos aprendices os será suficiente para la carga de trabajo inicial. Además, me habéis dicho que habéis trabajado juntos en más de una ocasión, así que os sabréis ayudar en caso necesario. Sería interesante que en vuestro taller de obra siempre haya alguien para el mantenimiento de las herramientas. ¿Alguna cuestión?

—Perfecto —dijo Alvar, a lo que asintió Hernán.

El maestro de obras repartía la faena con gran resolución y presteza. En el poco tiempo que había charlado por separado con cada maestro, se había hecho una composición de lugar lo suficientemente acertada como para distribuir con rapidez los primeros cometidos de las cuadrillas y sus ubicaciones. Cuando obtuvo su maestría en obras demostró que conocía muy bien el oficio de cantero. Pero ahora le tocaba demostrar que tenía un don para la organización de una obra tan compleja como la construcción de una catedral. Era demasiado joven para haberlo aprendido a través de la experiencia en el trabajo, aunque hubiese tenido maestros especialmente duchos en ese arte. Esa juventud era lo que más llamó la atención a todos los maestros de oficios cuando le conocieron. Algunos eran más viejos que él. De alguna manera, todos estarían a la expectativa de ver cómo o en qué se iba a equivocar. Ricard era consciente de ello y eso afianzaba su seguridad en sí mismo. Su maestro en Reims, Jean d'Orbais, le dijo en una ocasión que «solo cae aquel que está arriba y solo llega arriba aquel que confía en sí mismo, aunque la altura, al final, es un espejismo». «¿Ves el punto en el que se cruzan los nervios diagonales de esta bóveda? Pues si unes con una línea imaginaria todos esos puntos de cruce de las bóvedas de esta nave, te darás cuenta de que no están alineados. Pero la nave no se cae. Hemos llegado hasta arriba porque estábamos seguros de nosotros, pero no es perfecto. Te equivocarás, pero no tiene por qué saberlo todo el mundo», le decía su maestro de Reims.

Ricard había concretado el trabajo en la fábrica con los maestros de los oficios implicados en esta primera fase, pero todavía le quedaba cerrar la cuestión del suministro de materiales desde las canteras. Aparte de los sillares de Hontoria, el *mestre mason* iba a necesitar sillarejo para levantar el muro de contención del desnivel entre la calle Cornería y la plaza de la Llana y para los muros de los cimientos. Además, iba a necesitar también mucho mampuesto y ripio para el rellenado intramuros de la cimentación. Aunque lo que más le preocupaba era la diferencia de cotas en la cabecera, entre la parte de la epístola y la del evangelio. Cuando el maestro Ricard vio por primera vez el solar habilitado para la fábrica, se dio cuenta de la diferencia de nivel materializada por los sótanos de la parte del palacio derribada. Para poder cimentar la cabecera en el lado de la epístola, habrían de realizar un gran trabajo de substrucción[34]. Lo bueno era que, en contra de lo que parecía creer el obispo, no parecía que fuesen a encontrar mucha agua durante los trabajos de excavación. Aunque lo malo era que el recrecido de los muros en esa parte de la obra era mucho mayor que en el resto, y por eso la afluencia del material de cantera era primordial desde el primer momento. No obstante, la ejecución del basamento de nivelación en el lado del evangelio debería posponerse hasta después de la ceremonia.

Los cuatro maestros canteros de las explotaciones eran de la misma zona donde estas estaban ubicadas. Durán el Fuerte era de Humienta, una aldea a casi dos leguas al norte de la cantera de Hontoria. El renombre no era en vano. Medía casi dos varas y media de altura y más de una de anchura en sus hombros. Pesaba lo que dos hombres y sus manos eran como pilas de bautismo. Como te diera un sopapo quedabas bien bautizado. Todo lo que tenía de grande lo tenía de buenazo. Nunca corría. Parecía que el tiempo no contase para él. No discutía con nadie, todo le parecía bien y si algo no estaba bien, trataba de hacer por que así estuviera. Pedro de Agés era el maestro de Atapuerca. Sus padres eran hospederos del camino jacobeo. En Agés tenían una pequeña fonda para los peregrinos que no encontraban sitio en el hospital de San Juan de Ortega o que querían un hospedaje más tranquilo, apartado de la masa peregrina. Pero a Pedro siempre le había gustado trabajar en la cantera. Empezó con su tío Teodoro, el hermano de su madre, que vivía en Atapuerca, y al final se hizo maestro con él.

34 Basamento realizado para nivelar una superficie en terreno accidentado.

Conrado de la Fuente era del mismo Arcos y prácticamente se había criado en la cantera. Era lo contrario que Durán. Pequeño y delgado, era incapaz de parar un momento. En la cantera se movía como una lagartija. Tan pronto estaba en una roca como aparecía en la contraria. Discutía con todos, pero más por hacerles rabiar que porque no tuviesen razón. Se divertía haciéndolo. Y siempre sonreía. Eso es lo que le salvaba. Si no, en la aldea ya le hubieran tirado al río. Sancho de Pedernales era de Villagonzalo, pero vivía en Villariezo, al lado de la cantera. Había trabajado con Conrado y se llevaba muy bien con él. De hecho, colaboraban muchas veces en las obras del alfoz. Era como Pedro de Agés, de complexión normal y de carácter muy castellano. Callado y seco pero noble y leal. Por eso era el mejor amigo de Conrado. Los cuatro canteros ya se conocían, lo que, para Ricard, facilitaba las cosas. La amistad, la confianza y el buen trato eran lados del mismo triángulo y el triángulo era una de las figuras esenciales en la geometría de las catedrales.

El abastecimiento de la piedra de Hontoria iba a ser responsabilidad de la Cabaña de Carreteros. Sus bueyes y carretas serían fundamentales durante toda la construcción de la catedral. Formarían el principal equipo de suministro, aquello de lo que, cuando da por finalizada la fábrica, casi nadie se acuerda. Una labor sin la que sería imposible realizar la obra en un tiempo normal de ejecución. La mejor piedra, la de Hontoria, estaba muy lejos para los mulos castellanos y la fábrica no disponía ni de un río como los de Reims o Nôtre Dame de París, a través del cual realizar el transporte en barcazas, ni de los enormes caballos de tiro que había en Europa. Pero el reino de Castilla tenía bueyes. Ejemplares de la Demanda, como la vaca serrana negra. Animales con gran capacidad de tracción para el arrastre de carretas y cuya delgadez les hacía especialmente útiles para el trabajo en el monte, del que sacaban enormes troncos por entre los angostos pasillos que los árboles forman en las empinadas laderas. Bueyes criados en poblaciones serranas para contar con una raza de montaña capaz de trabajar con fríos extremos y temporadas de poco pasto, típicas características del duro invierno en la zona. Bestias de veintidós quintales de peso y cuyo mantenimiento equivalía al de ocho o diez caballos. Animales cuyo parsimonioso paso seguro era garantía de éxito en la llegada de la mercancía.

Melquíades de Neila era el cofrade mayor de la Junta y Hermandad de la Cabaña de Carreteros, Trajineros y Cabañiles, que así se llamaba la cofradía. Era un serrano corpulento, de temperamento templado, poco hablador y muy observador. Nacido en Neila, cerca de Quintanar, llevaba toda la vida trabajando con los bueyes de la Hermandad. Había venido desde Quintanar, a más de dos jornadas de viaje. Casi todos los pueblos que componían la hermandad estaban a más de dos jornadas de viaje. Casarejos era de los más lejanos, como Covaleda, Navaleno, San Leonardo de Yagüe y Regumiel; Duruelo, Canicosa, Quintanar y Vilviestre estaban a parecidas distancias; siendo Palacios el más cercano. Trajinaban por todo el Reino, sobre todo madera y piedra para la construcción, formando columnas que a veces alcanzaban las treinta carretas. Toda una pléyade de personal viajaba con la mercancía y los carros: conductores, aperadores, carpinteros, mozos de carga, pasteros y peones, que ellos llamaban gañanes. Al frente de la columna iba siempre el mayoral. Realizaban transportes todo el año, excepto en invierno. En la época de los fríos y las nieves, se dejaban los bueyes de raza serrana negra en manos de los pasteros, que se encargaban de buscar los mejores pastos allí donde estuvieran. Melquíades se desplazaba allí donde surgiera la ocasión de transportes mayores, empresas que implicaban muchos tiros de bueyes y muchos serranos. Y esta del obispo era de las grandes.

—Bien —continuó el maestro constructor—, en cuanto a las canteras, Pedro, de la tuya tienes que surtir a la fábrica sillarejo para el muro de contención que vamos a tener que levantar entre la plaza y la calle de arriba. He previsto que cuando los alarifes rebajen el desnivel y enrasen la explanada nos va a quedar una pared de unas quince varas de altura por ciento diez de longitud. Esa será nuestra primera necesidad en piedra. Teniendo la cantera a cuatro leguas, creo que puedes ir y venir en el día. ¿Tienes alguna necesidad de transporte?

—No maestro, disponemos de carretas y mulos.

—Además, me tienes que traer todo el ripio y el mampuesto que te surja para el rellenado intramuros de la cimentación.

—Muy bien —dijo Pedro de Agés.

—Lo más importante ahora va a ser levantar ese muro de contención y construir los cimientos. En cuanto los cavadores comiencen con las zanjas el muro tiene que estar terminado. No quiero que ese muro se mueva de su sitio y la montaña empuja con fuerza. Además, la calle de arriba está siempre muy transitada y debemos evitar cualquier accidente a toda costa. Conrado y Sancho, vais a montar en vuestras canteras dos hornos de cal. Necesitaremos abundante cal para la argamasa. Vosotros estáis a...

—Poco más de dos leguas —intervino Conrado.

—Exacto. ¿Alguna necesidad de transporte?

—Ninguna. Estamos como Pedro.

—En Hontoria, Durán, tus picapedreros de momento trabajarán en la cantera haciendo los sillares para la base de muros y pilares. Luego te doy las medidas de los sillares. El transporte hemos de concretarlo con Melquíades. Lo vemos ahora los tres.

—Antes de que vayáis a formar los equipos, quiero que marquéis la piedra maestra —dijo el maestro de obras, descubriendo un sillar que le había traído Durán de Hontoria.

—Esta pentalfa[35] que está grabada en el sillar es mi marca de cantero —agregó el maestro Ricard—. Quiero que paséis a realizar vuestra marca antes de salir del tinglado de la obra. El canónigo fabriquero tomará nota de cada marca y del maestro cantero a quien corresponde. De igual forma, antes de que comience el tallado de la piedra por parte de vuestros canteros, deberéis traer aquí vuestra piedra maestra para marcarla delante del fabriquero, que dará fe de ello tomando nota de cada marca y tallista. En las canteras, seréis vosotros los que gestionaréis el trabajo y la paga. Así queda todo sujeto.

Cuando terminaron de marcar el sillar maestro, Ricard despidió a los maestros de Arcos, Villariezo y Atapuerca y encargó a los demás maestros canteros que formasen sus cuadrillas con el personal de la plaza. El Mayor de la Hermandad de Carreteros y los dos maestros carpinteros se quedaron con el maestro de obras y con el maestro cantero de Hontoria.

—¿Cuánto peso puede transportar cada carreta de bueyes, Melquíades? —preguntó Ricard al Mayor de la Hermandad de Carreteros.

—Entre dieciocho y veinte quintales.

—Desde la cantera hasta la fábrica, ¿cuánta distancia hay?, ¿unas cinco leguas?

—Cinco leguas y media por cualquiera de los dos caminos, el de Sarracín o el de Modúbar.

—¿Y cuál es más rápido?

—El de Sarracín. Aunque Burgos está más bajo que la cantera, por cualquiera de los dos caminos hay que subir un repecho considerable para llegar. Por el de Modúbar el desnivel se salva en dos golpes, el primero arranca en Revillaruz y el segundo en Modúbar, pero el camino no es carretero, no tiene buen piso. Además, el bosque cierra mucho en algu-

35 Llamado también pentáculo o pentángulo o pentagrama o estrella pitagórica. Estrella de cinco puntas dibujada con cinco trazos sin interrupción que, al cruzarse, forman cinco letras alfa. (Diccionario ilustrado de arte arquitectónico. www.glosarioarquitectonico.com).

nos tramos y dificulta el tránsito. Para las yuntas es mejor el de Sarracín, aunque el desnivel haya que salvarlo de un golpe. Es camino carretero y desde la cantera hasta esa aldea el recorrido es cuesta abajo. Cuando llegan los bueyes a Sarracín ya han hecho tres leguas y solo les queda subir la Varga. No llega a la legua de recorrido, pero el repecho es de fuerte pendiente y reduce bastante la marcha. A partir de aquí, legua y media cuesta abajo.

—¿Y cuánto tiempo tardan tus bueyes en llegar hasta la fábrica? —preguntó Ricard.

—De prima a completas.

—O sea, todo el día.

—Una jornada por viaje, en verano.

—¿Cómo organizas el tránsito?

—En reatas de veinte a treinta carretas. Cada carreta lleva un conductor, dos aperadores, dos mozos de carga y un peón. Además, cada tres carretas van un carpintero y un pastero. Más el mayoral, que dirige el transporte.

—Y desde la sierra, ¿qué tiempo calculas?

—Desde Quintanar hasta Burgos, tres jornadas y media.

—Bien. Juan, Suero —el maestro habló a los dos maestros carpinteros—, concretad ahora con Melquíades vuestras necesidades de madera y los tiempos de acarreo. Mientras tanto, estaré fuera con las cuadrillas.

Ricard había ido tomando nota de todos los datos que le fue dando Melquíades. Debía realizar numerosos cálculos para determinar las necesidades de vida y de funcionamiento en la obra catedralicia. De todo ello debía de informar al obispo Mauricio. De momento, le encargó al canónigo fabriquero la gestión del suministro de la comida en la zona de trabajo, para agilizar los tiempos. Cuando se dirigían hacia la salida del tinglado para encaminarse hacia la plaza de la Llana, el maestro Ricard vio a Yago.

—Hola, muchacho —saludó el maestro de obra cuando pasó a su lado.

Yago sonrió, tímido, aún maravillado por la figura de Ricard.

—¿No te he visto antes? —le preguntó el maestro, tratando de recordar dónde.

—Estoy con el padre Norberto, el traductor.

Ricard vio en los ojos de Yago un brillo de inquietud que rememoró sus comienzos, cuando en Epernay pudo ver de cerca cómo trabajaban los canteros en la construcción.

—Pero, ¿dónde te metes, hijo mío? —preguntó el monje, que llevaba un rato buscando a su protegido.

—Estaba aquí, padre Norberto, con nosotros —respondió Ricard—. Creo que va a querer dedicarse a esto.

—Sí, bueno, y mañana querrá ser campanero. En cuanto le dejen tirar de la cuerda de la campana en el monasterio.

—Ya lo he hecho, padre, con el hermano Teodoro, el campanero.

Todos soltaron una carcajada y salieron del tinglado para dirigirse a la plaza. Los maestros aún estaban configurando sus cuadrillas de trabajo cuando el maestro de obras llegó a la Llana. Ricard tomó entonces la palabra y les explicó a los asistentes las condiciones de trabajo y el sueldo a percibir, así como las obligaciones y los derechos que tenían. Después, los cuatro maestros de la fábrica continuaron organizando sus equipos y citaron a sus componentes para el primer día de trabajo. El maestro Ricard se fue con Johan de Champagne a ver al arcediano para notificarle el estado de la fábrica. En ausencia del obispo, era dicho canónigo quien lo suplía.

Cada maestro cantero seleccionó para su cuadrilla diez cavadores, seis entibadores, cuatro talladores, cuatro albañiles y seis peones. Un total de treinta menestrales, a los que debían de sumar sus tres oficiales y sus tres aprendices. Pietro necesitó menos personal y sobre todo cogió peones y algunos canteros y albañiles. Cuando llegaron los maestros carpinteros organizaron sus cuadrillas, en las que incluyeron cuatro talladores, cuatro montadores y cuatro peones. Los maestros herreros tenían abiertos sus talleres en la ciudad, donde estaban sus menestrales, sus oficiales y sus aprendices. Solo echaron mano de cuatro peones cada uno. En total, más de doscientas personas estaban implicadas en la fábrica catedralicia, número que el maestro de obras tenía previsto aumentar. Las labores a realizar no se iban a ejecutar de forma simultánea, sino que se irían sucediendo a medida que progresase la obra. Por eso, cuando el maestro Ricard volvió del palacio episcopal se reunió de nuevo con los maestros para repartir los cometidos y determinar las fechas de convocatoria de los menestrales, según las necesidades. Luego se fue a ver al alarife que estaba a cargo de los albañiles mudéjares. Estaban trabajando en la demolición de algunas casas de la ladera que caía sobre la plaza y quedaba todavía por retirar toda la escombrera formada.

VII
SAN PEDRO DE CARDEÑA Y LAS REINAS

Anno Nostrae Salutis 1221
Primeros de abril

1

El abad del monasterio de Cardeña estaba esperando la llegada de la visita, mientras paseaba con el padre Norberto por el exterior de la abadía. La mañana, a pesar de la fecha, era bonancible. El frío matinal había dado paso a un cómodo frescor que hacía que las moscas comenzasen a incordiar. Los primeros calores de abril despertaron la eclosión de estas incómodas compañeras, que se hacían más patentes en torno al esquinazo sureste del cenobio, donde se agrupaban los recintos de los animales.

El hermano Abrúnculo entraba y salía del gallinero atendiendo las necesidades de las ocas y de las gallinas. Las primeras campaban a esta hora a sus anchas por el cenobio. Tenían permiso del abad, en virtud de su recato. Las gallinas, empero, tenían mayor tendencia al indecoro, por lo que solo salían del cercado de su gallinero para deambular por las traseras del monasterio. Esto obligaba al hermano Zacarías a estar ojo avizor, ya que en cuanto se despistaba, alguna se metía en el huerto. No era la primera vez que Zacarías y Abrúnculo se enzarzaban en una piadosa discusión en la que la tesis de la preeminencia de las gallinas sobre las berzas, defendida por el segundo en virtud de las propiedades enriquecedoras de los huevos en la sopa de vigilia, era rebatida por el primero argumentando la ventaja de los repollos en el onecido de la olla *poderida*[36] durante la cuaresma. Abrúnculo, siempre muy vehemente, cedía en sus embates en cuanto aparecía el hermano Bonifacio, que defendía la necesidad del entendimiento entre huerto y gallinero, habida cuenta de la excelencia de las berenjenas rebozadas. Eso sí, bien regadas con vino. Por su parte, las ocas no presentaban tanto motivo para la disputa. Su

36 Cocido típico de la gastronomía burgalesa, cuya etimología viene de la palabra poderosa, por la contundencia de sus ingredientes. Su pronunciación dio origen al término olla podrida, que es como suele conocerse.

tenencia obedecía más a las necesidades del *scriptorium* que a las de la cocina, sin menospreciar su valía como fieles guardianes de la abadía. El escándalo que eran capaces de organizar cuando detectaban la intrusión de seres ajenos al monasterio era comparable al que ofrecía el volteo de las campanas en el toque de rebato.

Hoy, la mañana estaba tranquila. Las ocas rondaban ya los claustros y las gallinas estaban controladas por Abrúnculo, mientras Zacarías trajinaba con Tiburcio, uno de los hermanos legos que estaban asignados a los huertos, arreglando el cercado de uno de los que estaban frente a la tenada. Todos los días Emilio sacaba las ovejas y se las llevaba hacia las canteras para que pastasen, y aunque la puerta de la tenada se abría de tal forma que protegía los huertos, a veces la impulsividad del ganado era de difícil sujeción. Esta mañana había fallado la contención y parte del vallado se había visto afectado. Zacarías había aprovechado para arreglar la valla antes de que volviese Emilio, aunque hoy estaría todo el día fuera. Había pasado por la cocina para cargar el zurrón y el hermano Onésimo le había provisto de pan, zanahorias y queso.

Casi todo lo que la comunidad monástica necesitaba para su vida diaria se obtenía en el cenobio. Uno de los principales productos era el vino, sujeto al imperativo litúrgico católico y de diario cumplimiento en todos los monasterios. Sin embargo, no era esta la única razón por la que era tan trascendental la elaboración del vino. También sustituía al agua para el normal consumo, necesidad no menos importante y que afectaba a toda la gente por igual. En los núcleos de población y en las comunidades, las aguas de las que se podía beber eran un foco de infecciones, habida cuenta de que los ríos, arroyos y regatos se empleaban como evacuadores de detritos e inmundicias. Esto generó la elaboración de diferentes bebidas para sustituir al agua y a la leche, sujeta también a la insalubridad.

En las tierras del norte, los monasterios benedictinos no podían producir o adquirir vino más que para uso litúrgico, ya que era un bien muy caro en aquellas latitudes. Por eso, los monjes comenzaron a elaborar cerveza para sustituir al agua de consumo diario, descubriendo que enfermaban con mucha menos frecuencia y que les aportaba un complemento alimenticio en las épocas de ayuno, como la cuaresma. En el sur, sin embargo, las condiciones climáticas favorecían la proliferación de viñedos, por lo que la elaboración de vino era mucho más asequible, convirtiéndolo en la bebida sustitutoria de la insalubre agua. Por este motivo, las abadías y prioratos españoles, franceses e italianos eran productores de vino para consumo propio, poseyendo muchos de ellos bodegas con lagar, como ocurría en el cenobio cardeniense.

Sin embargo, no todos los monasterios disponían de terrenos propicios para la vid, bien por el clima, demasiado duro en algunos casos, bien por el suelo, infértil para la uva en otros. El cenobio cardeniense sufría ambas condiciones y por eso sus viñedos se encontraban en algunas de las granjas que tenía diseminadas en las riberas del Duero y en las del Ebro. Regentadas por hermanos conversos, desde ellas llegaba el vino que envejecía en la bodega del monasterio. A los hermanos bodegueros les gustaba decir que en el monasterio se criaba el vino, pero no se elaboraba. Aunque la mayor parte de la producción criada en el monasterio de Cardeña se quedaba en la abadía para consumo propio, una parte era enviada al monasterio de Santa María de Villabáscones, cuya tenencia detentaba el cenobio cardeniense de forma perpetua, al de San Martín, en San Medel, y al de Santa María de Bujedo, en la zona de Juarros. Otra parte la repartían por las parroquias de algunas aldeas de la zona. Del cuidado del vino se encargaban el hermano Dalmiro, un hombre originario de Autol, una aldea castellana a orillas del río Cidacos, y el hermano Vinicio, de la aldea de Haza. Les auxiliaban en sus quehaceres los conversos Doménico y Paciano, dos hermanos de sangre de la zona de Lerma. La bodega se encontraba bajo el refectorio y se prolongaba por debajo del hospital, pero su disposición no era subterránea.

Las edificaciones del monasterio, al estar en la parte alta de la vaguada, se distribuían por el terreno en cuatro niveles de altura. La iglesia era la construcción más elevada, excepto en su parte exterior absidial. Desde el patio de San Pedro, la senda de los apóstoles subía por el lateral meridional del templo hasta el cementerio, que quedaba por encima del altar. Desde aquí se descendía por la cuesta de las ocas hasta las dependencias de los brutos y las aves, cuyo nivel de suelo quedaba como el de la iglesia, al igual que el viñedo sur. Desde esta altura el terreno volvía a bajar, quedando a este nivel la sala capitular, los dos claustros y las dependencias anejas a ellos. Desde esta parte del recinto se salía hacia los huertos sitos frente a la tenada y el terreno de nuevo descendía hacia el arroyo de Valdevegón, quedando a este nivel la bodega, que no se sumergía en el suelo más allá de la cimentación del edificio y por cuyo lateral se distribuían algunas ventanas.

La situación del cenobio era privilegiada para el uso del agua, al encontrase situado en el arranque del arroyo de Valdevegón, de lo que se beneficiaban los huertos. Los hermanos Bonifacio y Zacarías, ayudados por los legos Hermino y Tiburcio, atendían los huertos que estaban en el interior del recinto, de los que obtenían legumbres y hortalizas. Cuando en determinados momentos la labor era considerable, colaboraban otros legos que se dedicaban a diferentes menesteres. Los huertos rodeaban el claustro de novicios, pegados a los edificios de las pandas meridional y de levante, quedando otros pegados a la tapia del recinto monástico y frente a la tenada de las ovejas churras.

De estas se encargaba Emilio, un *mercenarii* de Carcedo a quien le gustaba pasarse horas fuera del cenobio, llevando el pequeño rebaño hasta los aledaños de Juarros, donde el monasterio tenía uso de pastos. El hermano Abrúnculo cuidaba de las gallinas y de las ocas, ayudado por Fedro, hermano converso que, junto con Mateo, otro lego, estaba asignado a la atención de las cuadras, establos, porquerizas y gallineros. Las cuadras, con un par de acémilas y varios caballos, las llevaba el hermano Orencio, que también gestionaba los establos, donde se guardaban algunas vacas. Las porquerizas eran cuestión directa de los legos, ya que la regla no permitía la ingestión de carne roja y, aunque los conversos estaban sujetos a ella, había cuestiones en las que existía cierta laxitud. Además, su trabajo físico requería de un mayor aporte de carne, motivo por el que tenían esa prebenda. La leche de las vacas y ovejas la utilizaban sobre todo para la confección de quesos, labor que ejercía con esmero el hermano Faustino, que aprovechaba la húmeda umbría de la bodega para la curación de sus cuajos.

La piel de los pergaminos la obtenían de sus propios animales, aunque el curado hacía tiempo que ya no lo hacían en el cenobio. Desde Burgos les traían las pieles convertidas en pergamino, que los hermanos Proserpino y Nazario se encargaban de convertir en folios para los copistas en el *pergaminarius* del *scriptorium*. Otro artículo de vital importancia para los copistas eran las plumas, que obtenían de las alas de las ocas. El cenobio disponía también de taller de alfarería, en el que el hermano David realizaba toda la cacharrería que se necesitaba en el día a día monástico. El taller del hermano alfarero estaba en la panda de levante del claustro de novicios, en la que también se situaban la carpintería y la herrería. Entre la carpintería y el alfar estaba el taller de zapatería y de sastrería y el depósito de herramientas y materiales para los talleres.

Don Rodrigo y el padre Norberto subían por la cuesta de las ocas, hacia la senda de San Pedro, cuando el hermano Teodoro, el campanero, avisó al abad desde lo alto de la torre de que la visita se aproximaba.

La comitiva real llegó al monasterio cerca de la hora sexta. Aunque venían con la escolta y parte de sus sirvientes, su número no era excesivo. Don Rodrigo, acompañado por el padre prior, recibió a las Reinas sin báculo ni mitra, debido a que se trataba de una visita informal, de marcado carácter pedagógico. Ataviadas con brial y pellote, las dos Reinas portaban una ligera capa talar e iban tocadas de venda ceñida a la barbilla, rematada con corona y cubierta con un velo que llegaba hasta los hombros, por respeto al cenobio.

—Altezas —saludó don Rodrigo de Támara a las Reinas.

—Mi querido don Rodrigo —respondió al saludo doña Berenguela, mientras besaba el anillo del abad—. ¿Cómo van las cuestiones del claustro? ¿Os importunan mucho las otras abadías?

—No, mi señora, las comunidades nos apoyamos en la voluntad de Dios.

—No me cabe la menor duda de que eso es así. ¿Tenéis muchos fieles hospedados ahora?

—Teníamos seis que han pasado esta noche alojados en el hospital, pero esta mañana han salido ya para continuar viaje. Tres peregrinos a Santiago, dos monjes de San Millán y un mercader de Valladolid.

—¿Cómo andáis de sal? ¿Se ajustan bien para las necesidades del monasterio los ciento setenta almudes de las salinas de Rosío?

—Nos apañamos, Alteza, un poco justos, pero nos apañamos —respondió don Rodrigo, señalando que la cantidad que necesitaba el cenobio era superior a la que recibía.

—Ya, creo que mi padre no debió quitaros las salinas de Poza —pensó la Reina en voz alta, con toda intención—. Y ¿cómo van las granjas? Me han dicho que...

La comitiva se dirigía hacia la iglesia para realizar la parada obligada ante el Santísimo. La reina Beatriz no dejaba de prestar atención a la retahíla de preguntas que su suegra le estaba formulando al abad del monasterio. Y no porque le interesaran las respuestas. Al fin y al cabo, ella llevaba en el Reino menos de dos años y aún no tenía tomado el pulso a Castilla. Su interés residía en observar la forma en que la madre del Rey encadenaba una pregunta tras otra, sin apenas dejar responder al abad a la anterior. Doña Beatriz percibía que, con el interrogatorio, doña Berenguela no solo demostraba que estaba al tanto de las cuestiones del Reino y de su Iglesia, sino que lanzaba el mensaje de que era la Reina madre y no una dama de alta alcurnia a la que debía esconderse porque unos hombres con hábito tenían más miedo a la mujer que a su propia alma pecadora. No en vano, la puerta de acceso al patio de San Benito se encontraba cerrada y, seguramente, pensó la Reina, la iglesia estaría vacía. «Escondednos, pero no olvidéis quién es la Reina», supuso Beatriz que estaría pensando su suegra.

Entraron a la iglesia por la puerta norte, que se encontraba abierta de par en par. El templo estaba vacío y se mantenía destemplado. La piedra aún conservaba el frío de la mañana y la escasa luz del sol apenas llegaba a caldear la iglesia. El abad dirigió la pequeña oración de acogida que marcaba la regla y, tras ella, la reina Berenguela quiso hacer un responso sobre los restos del héroe castellano. Enterrados a la derecha del altar, don Rodrigo Díaz de Vivar y doña Jimena dormían el sueño eterno al amparo del silencio abacial y del rezo de sus monjes. Doña Beatriz conocía la historia del Cide, llamado *Campidoctor*, y encontrarse ante sus restos le llenó de júbilo. No en vano, su esposo el Rey admiraba mucho al héroe castellano, en quien veía un ejemplo de fidelidad.

Quien no estaba tan jubiloso era el abad, que no dejaba de mirar de soslayo la puerta de los monjes y novicios. Aunque para los rezos de las horas menores, desde prima a nona, no era preceptivo ir a la iglesia, don Rodrigo había buscado una excusa para reunir a la parte de la comunidad que trabajaba en el cenobio y evitar que se cruzaran con las damas de la corte. Por muy reinas que fueran no dejaban de ser mujeres y don Pedro sabía que su presencia podría perturbar alguna mente, ignota de las obligaciones de ciertas damas. La idea de llevar a los monjes al coro a la hora sexta se la había dado el padre Ataúlfo. El chantre había recibido el encargo de la abadesa de las Huelgas, doña Sancha Garciez, de realizar algunas variaciones en las melodías de tres antífonas y cuatro responsorios de Hildegarda de Bingen. El padre Ataúlfo ya tenía las modificaciones diseñadas y la ocasión para ensayarlas se le presentó cuando el abad le informó de la visita. Aunque sabía que era una aberración que los monjes entonasen cantos pensados para voces femeninas, no dudó en plantear al padre abad la excusa perfecta. Todo estaba organizado.

En la puerta de acceso al templo de los monjes y los novicios, ahora entornada, el padre Pedro Ximénez, sacristán del monasterio de reducida estatura, estaba esperando la llegada del padre Armengol al frente de los cantores. El padre Ximénez avisaría con un gesto al abad para que la visita saliera por la sacristía, mientras él cerraba la puerta de poniente. Cuando las Reinas estuvieran en la sacristía, el hermano Teodoro, que ya habría bajado de la torre, cerraría la puerta tras ellas y ocuparía su puesto en el coro como uno más. Una vez que los monjes estuvieran en el coro, Ximénez cerraría la puerta de monjes y novicios y avisaría al abad, que pasaría con la visita a la sala capitular y de ahí, por la panda de levante, hasta el *scriptorium*. Pero con quien no habían contado el abad y el chantre era con el Cid. Así que don Rodrigo no dejaba de mirar hacia la puerta norte del templo. Afortunadamente, y debido a su estado, doña Beatriz apuntó que en la iglesia hacía frío, lo que el abad aprovechó para invitarlas a pasar al calefactorio, que estaría más templado, aunque el brasero no estaba encendido. Desde allí, pasarían por el claustro hasta el *scriptorium* y la biblioteca.

El padre Norberto, que había subido a la tribuna de la iglesia, miraba divertido la escena. La tribuna se situaba sobre el primer tramo del templo, sobre la puerta de poniente, y su tablazón discurría por encima de las naves desde la parte de la epístola, donde estaba la escalera de acceso, hasta la parte del evangelio. En ese extremo un tabique de madera, en el que se disimulaba un portillo, cerraba la tribuna. Norberto observó cómo el reverendísimo señor abad, un hombre corpulento, de aspecto rudo pero con suaves modales y amplia cultura, ocultaba su nerviosismo cada vez con menos éxito. Situado tras las Reinas, miraba de vez en cuando hacia la puerta del claustro buscando al sacristán y, después, interrogaba a Miguel de Cardeñadijo, el padre prior, que con los ojos temerosos le significaba lo inevitable. Unas damas habían puesto patas arriba la sencilla y ordenada vida monástica solo con presentarse en el cenobio, ya que había que ocultar de su visión a las mujeres.

El mundo se había vuelto loco, pensaba Norberto. En los primeros tiempos del cristianismo, la mujer participaba activamente en el rito religioso y los concilios de Nicea y Calcedonia dieron su aquiescencia para que pudiesen verter el vino durante la comunión. Pero, aun así, la mujer era considerada un ser inferior, cuando no peligroso. En la mitología griega, cuando Zeus ordenó a Hefesto que crease una figura femenina y a Hermes que la insuflase de un espíritu mentiroso y seductor para castigar la felonía de Prometeo, surgió la primera mujer mortal, Pandora, a la que el poeta Hesíodo calificó en su Teogonía como ruina de la humanidad. Eva no era muy diferente a Pandora y así lo recordaban multitud de tallas en las portadas y capiteles de numerosos templos. De esta forma, el hombre justificaba su aversión a la mujer en la existencia doctrinal del hecho de su perversidad. Sin embargo, la Iglesia potenció la imagen de la

Virgen María como referente vital para la mujer, apartando la sombra de la perfidia y marcando el camino hacia la santidad. De hecho, ya había mujeres santas en el listado hagiográfico de la Iglesia, como Santa María Egipcíaca, Santa Nona de Naciano, Santa Zoraida y Santa Mónica. Esta dualidad dogmática no dejaba de sorprender a Norberto, para quien la mujer no era sino una creación de Dios a su imagen y semejanza, como así lo decía el Génesis 1.27-28. «Y creó Dios a los hombres a su imagen; a imagen de Dios los creó; varón y hembra los creó. Y los bendijo Dios diciéndoles: creced y multiplicaos, llenad la tierra y sometedla; dominad sobre los peces del mar, las aves del cielo y todos los animales que se mueven por la tierra».

Hacía mucho que Norberto ya se había preguntado por qué son las mujeres en menor medida que los hombres cuando venimos todos de ellas. Y hacía tiempo que había llegado a la conclusión de que la perversidad no radicaba en la naturaleza del ser, sino en su razón. ¿Acaso no es esta la que determina el libre albedrío? Desde que conociera la obra de Pedro Abelardo, Norberto era partícipe del principio racional de la voluntad, que determinaba la capacidad de elegir en función de la libertad de acción. Libre albedrío. Sin razón ni libertad, este no existía. Y ahora, Norberto carecía de él, ya que, aun aplicando el razonamiento a su voluntad, no disponía de libertad para no hacer lo que debía hacer. Ir hasta el *scriptorium* a esperar la real visita. Norberto desapareció por el portillo de la tribuna, accediendo a una minúscula antesala en la que se hallaba la puerta falsa de la biblioteca, la puerta que los bibliotecarios del monasterio llamaban del logos. Desde allí, atravesó la biblioteca hasta el *scriptorium*.

2

—Don Rodrigo, ¿posee muchos volúmenes vuestra biblioteca? —preguntó la esposa del Rey al abad, una vez dentro de la sacristía.

—Sí, Alteza, aún conservamos un potente *scriptorium* que realiza numerosos trabajos para poder atender los requerimientos de otros monasterios, además de los de las escuelas y los de algunos particulares interesados por la doctrina de nuestra Santa Madre Iglesia. Esto nos obliga a mantener un surtido catálogo para los copistas e iluminadores.

—Espero poder sustraeros alguno de los libros, que os devolveré en cuanto haya leído.

—Estoy seguro, señora, que nuestro bibliotecario sabrá aconsejaros con acierto.

—¿Sigue siendo el padre Norberto? —intervino doña Berenguela.

—Así es, mi señora. Norberto de Guildford sigue al frente de la biblioteca y del *scriptorium*.

—¿Le conocéis? —preguntó doña Beatriz.

—Sí, querida, es un notable docto que encontró justo acomodo entre las paredes de este monasterio hace ya unos años. Él nunca lo reconocerá, pero su conocimiento va más allá de lo que demanda su posición. Además, es muy agradable en la conversación. ¿Me equivoco, don Rodrigo?

—En absoluto, Alteza, en absoluto. Puedo dar fe de ello puesto que hablamos todas las semanas de cuestiones varias, en las que siempre termina sorprendiéndome por su erudición. He de reconocer que le tengo por un fiel consejero, a quien acudo en busca de su discernimiento.

—¿Es aquello la biblioteca? —La reina Beatriz señaló hacia el fondo de la sacristía, donde se veía una estantería llena de libros tras el vano de una puerta, en cuyo dintel estaba grabado la frase *Claustrum sine armarium, quasi castrum sine armentario*[37].

—¡Oh!, no, mi señora, eso es el primitivo *armarium*. Ahora lo utilizamos para guardar los libros para el Oficio y la Eucaristía.

Mientras el abad explicaba a las Reinas la historia del monasterio, el hermano Teodoro cerraba la puerta de la sacristía, señal de que los monjes cantores estaban entrando en el templo. En ese momento, el abad pasó a la sala capitular, desde donde continuó hacia el *scriptorium* y la biblioteca, en la panda norte del claustro de los Mártires, sobre el refectorio.

Los tiempos gloriosos del monasterio habían dado paso a una época en la que el cenobio cardeniense disputaba su preeminencia con otras abadías como referente de la producción de libros. Sin embargo, la biblioteca del monasterio de Cardeña aún disponía de numerosos volúmenes elaborados en su propio *scriptorium* o llegados de diferentes procedencias. Algunos mediante el intercambio con otras abadías, que era la forma más habitual. Otros habían sido donados al cenobio por algún monje en el momento de su ingreso a la clausura. Numerosos códices pudieron ser elaborados gracias a las dádivas de ciertos benefactores. Por otra parte, cuando las escuelas catedralicias y los *studia generale* comenzaron a coger fuerza, los cenobios con capacidad de elaboración de códices engordaron sus bibliotecas gracias al intercambio y copia de volúmenes con los ca-

---

37 Un claustro sin biblioteca es como un castillo sin armas.

bildos catedralicios. También había códices que habían llegado de la escuela de traductores de Toledo, otros del reino navarro y algunos más del reino aragonés, mientras que unos pocos lo habían hecho de tierras del norte, más allá de los Pirineos.

La primitiva ubicación de la biblioteca cardeniense había estado junto a la iglesia, detrás de la sacristía. Era lo que se conocía como *armarium*, un hueco practicado en el muro para depositar los libros de la comunidad monástica. Pero, a medida que la importancia del cenobio crecía también lo hacía el tamaño de su comunidad, aumentando la necesidad de libros para la lectura impuesta por la Regla. Los monjes se dedicaron a copiar manuscritos acrecentando las existencias del cenobio, lo que obligó a trasladar la biblioteca sobre la sacristía, a la que se accedía por una precaria escalera desde donde estaba el *armarium*. Los monjes realizaban su labor de escribanía en la soledad de sus celdas, pero eso dificultaba la labor copista de los códices cuando se realizaban varias reproducciones del mismo libro. Esta actividad era cada vez más solicitada debido a la creciente preeminencia y expansión del Reino, que favoreció la fundación de cenobios a los que había que abastecer. La creciente demanda llevó a la comunidad benedictina de Cardeña a establecer un *scriptorium*, una sala común en la que los monjes pudiesen trabajar de forma conjunta al dictado de otro monje, realizando varias copias del mismo manuscrito. Por otro lado, la acumulación de volúmenes copiados y adquiridos llevó a la ampliación de la biblioteca, que hubo de ser trasladada de nuevo.

La sala del *scriptorium* se situó en la panda norte, sobre el refectorio. Para ello se ocuparon varias celdas cuyos tabiques fueron tirados para habilitar una sola estancia. Al estar situado en la panda septentrional, las ventanas del *scriptorium* daban al norte y al sur, por lo que la luz que entraba por ellas era indirecta. Esto permitía, sobre todo a los iluminadores, trabajar sin los molestos reflejos de la luz de levante y de la de poniente. La biblioteca que estaba sobre la sacristía se mantuvo para los libros de uso no litúrgico y la nueva se dispuso en la panda de poniente, a continuación del *scriptorium*, favoreciendo el trabajo del bibliotecario para repartir las tareas. Contaba con ventanas similares a las de la sala de los escribas, lo que permitía su ventilación, manteniendo la sequedad necesaria para proteger los códices almacenados. La biblioteca estaba dividida en varias habitaciones en las que los diferentes libros y pergaminos se agrupaban atendiendo a su origen y a su temática. Los volúmenes estaban ordenados en los armarios y la anaquelería que se distribuían por los cuartos, formando ordenados pasillos en los que uno podía perderse envuelto en la quietud y el sosiego que proporciona el saber.

La biblioteca guardaba lecturas litúrgicas relativas a la celebración del oficio divino en la iglesia. Lecturas de enriquecimiento espiritual, que los monjes realizaban de forma individual en los tiempos marcados por la regla. Lecturas para alimentar el alma, realizadas de forma colectiva en el refectorio, y lecturas espirituales para el comentario y la discusión, llevadas a cabo también de forma colectiva, pero en la sala capitular o en el claustro, presididas por el abad, o por el prior en su ausencia, y que generaban disputas y colaciones.

Existían otras lecturas que estaban reservadas para los hermanos y los padres más confirmados en la fe, para aquellos estudiosos cuyas inquietudes y capacidades iban más allá de lo meramente espiritual, adentrándose en los recovecos de la ciencia y la razón. Estos libros quedaban vetados a los jóvenes, cuya todavía inmadura razón podía socavar una fe aún no afianzada. Tratados de filosofía, de aritmética, de geometría, obras de Platón, de Aristóteles, de Pitágoras, de Euclides, de Cicerón, de Flavio Josefo, de Virgilio, de Terencio, de Tácito, de Ovidio o de Séneca. Temáticas que abarcaban el *trivium* y el *quadrivium* de los *studia generale*, tratados de medicina, de botánica, de animales, de historia, de geografía, de viajes. Cantares de gesta, teatro y obras en la naciente lengua castellana. Había volúmenes de autores judíos y musulmanes, eruditos cuya aportación a la razón y a la ciencia iba más allá de la diferencia doctrinal de sus creencias.

Todos los códices y volúmenes del monasterio se distribuían por las diferentes estancias de la biblioteca, designada cada una de ellas con un nombre que aludía a su contenido. En el dintel de la puerta de la biblioteca estaba escrita una cita del Evangelio de San Lucas, «nada hay oculto que no haya de descubrirse, ni secreto que no haya de saberse y ponerse al descubierto». A través de ella se accedía al primer cuarto, llamado *de Meditatio*. En él se almacenaban numerosos libros litúrgicos de pequeño tamaño, repartidos, por una parte, los de uso personal de los monjes y, por otra, las copias que se iban haciendo para satisfacer las solicitudes de la realeza y la nobleza. A ellos se habían ido sumando, en su demanda, los mercaderes más adinerados. También había en esta sala breviarios, leccionarios, pasionarios, necrológicos, misales, libros de coro, libros de horas, salterios, menologios, martirologios, antifonarios, epistolarios y hagiografías resumidas, componiendo parte del extenso y variopinto muestrario del catálogo del monasterio cardeniense.

La elaboración y copia de este repertorio de uso cotidiano sustraía gran parte de la producción del *scriptorium* y repercutía en el empleo de numerosos copistas e iluminadores, que realizaban la labor con piadoso esmero. Este cuidado se hacía patente en la confección de los libros de horas, pequeños volúmenes elaborados para la realeza, los nobles y algunos ricos mercaderes. Lujosamente iluminados, contenían textos evangélicos distribuidos según las horas del día, y las damas gustaban de lucir entre sus semejantes exhibiendo la exclusividad y exquisitez de su manufactura. No obstante, su producción suponía una importante fuente de ingresos que permitía la reposición del material y ayudaba en los gastos de mantenimiento de la abadía. En esta parte del catálogo destacaba un volumen propio del cristianismo ortodoxo, el Menologio de Basilio II, un catálogo de santos y mártires ordenado por meses cuyo origen se perdía por el siglo X u XI y que era el equivalente al Martirilogio de la Iglesia católica.

En la habitación contigua, *de Carmina Laude*, se guardaban los cantorales, libros de canto de gran tamaño destinados a los atriles de los coros monásticos y de los cabildos catedralicios. La configuración de los coros, con los estalos de la sillería repartidos en dos o tres laterales, obligaba a disponer de varios atriles sobre los que situar los libros, que en algunas ocasiones eran de considerable tamaño para poder ser leídos desde toda la sillería. La confección y copia de estos libros era otro de los cometidos del *scriptorium* y su elaboración era compleja, porque los copistas necesitaban grandes mesas de trabajo por el tamaño de los folios. Además, cuando los pergaminos, ya terminados, eran cosidos para dar forma al libro, los *ligatores* debían trabajar con la ayuda de uno o dos hermanos, debido al peso y dimensiones del volumen. Tanto era así, que en algunos casos el libro era rematado mediante la aplicación de herrajes que protegían los laterales y las esquinas del becerro. Para su confección no era necesaria la intervención de muchos iluminadores, ya que su coste hacía que solo los grandes monasterios y catedrales pudieran permitirse un cantoral iluminado. Aunque quienes sí intervenían eran los *rubricatores*, puesto que su labor consistía en señalar la letra inicial de los cantos, así como realizar el tetragrama. La sala *de Carmina Laude* era poco más grande que la anterior y estaba dotada de grandes y robustos anaqueles, de vara y media de altura, apoyados en el suelo y distribuidos de forma longitudinal, en los que se colocaban los cantorales de tamaño medio. Sobre estos estantes se situaban armarios que contenían otros cantorales de menor tamaño, mientras los más grandes y pesados estaban dispuestos sobre las mesas que había entre las hileras de estanterías. La habitación quedaba iluminada a través de cuatro ventanas, dos de ellas dispuestas hacia el patio de San Benito y las otras dos hacia el claustro.

Pero con lo que más disfrutaban los copistas y, sobre todo, los iluminadores, además de con la elaboración de los libros de horas, era con la confección de Biblias y Evangelios. Sus numerosas ilustraciones permitían un trabajo creativo que distraía al monje de la monótona labor que otros libros menos artísticos requerían. Copistas e iluminadores debían trabajar en consonancia para diseñar con esmero la forma del contenido plasmado en los pergaminos. Este cuidado se hacía patente en las Biblias, de las que el cenobio contaba con varios ejemplares de diferentes manufacturas y épocas. Las más antiguas eran del siglo X, como la Biblia realizada en su *scriptorium* en el año 920, con un prólogo de San Isidoro y el relato del Antiguo y el Nuevo Testamento, a lo largo de más de cuatrocientos folios, escritos a dos columnas en letra visigótica. O una copia de la Biblia del *scriptorium* del Monasterio de Abellar, cerca de León, elaborada en dos volúmenes por los monjes Vimara y Juan.

Otra de las grandes producciones monásticas fueron los códices de los Comentarios al Apocalipsis de San Juan. Su elaboración implicó un gran esfuerzo por parte de los copistas y de los iluminadores del *scriptorium* cardeniense, que se guiaron en su empeño por el comentario al Apocalipsis de San Juan realizado por Beato de Liébana, un monje del monasterio de San Martín de Turieno. Su obra, de doce volúmenes, fue copiada por numerosos *scriptoria* y el de San Pedro de Cardeña era un códice de finales del siglo XII, de más de trescientas sesenta páginas escritas a doble columna en letra carolina-gótica y con ilustraciones de gran colorido. La más importante de ellas representaba el Mapamundi, y su objeto era situar los lugares de predicación de los apóstoles. En el mapa, inspirado por el mapa tripartito del libro XIV de las Etimologías de Isidoro de Sevilla, aparecían señalados lugares como *Spania* y Santiago de Compostela, Roma, Grecia, Judea y Jerusalén, África y Libia, los ríos Indo, Babilonia y Éufrates y más allá, el *Paradisus*.

Estas Biblias y Beatos estaban dispuestos en el cuarto llamado *de Verbum Dei*, contiguo al de los cantorales. Esta tercera sala era la más grande y estaba ocupada por anaqueles, armarios y mesas que configuraban un laberinto en el que se perdía la luz que entraba por sus seis ventanales, abiertos tres en la pared de levante y tres en la de poniente. Un pequeño pupitre, arrinconado bajo la primera ventana que daba al patio de San

Benito, permitía al monje bibliotecario ojear los libros que necesitaba o que le habían solicitado. En la misma estancia se guardaban códices y libros de diferentes autores religiosos, como Agustín de Hipona, del que había copias de *Las Confesiones*, *La Ciudad de Dios*, el *Sermón de la Montaña*, *Regla a los siervos de Dios* y *El trabajo de los monjes*, entre otros. O los veinte volúmenes del códice de las *Etimologías* de San Isidoro de Sevilla, del que también se guardaban copias de sus *Sentencias*, de profusa lectura, ya que su finalidad era la formación del clero. En este tercer cuarto de la biblioteca se almacenaban también las reglas monásticas, antiguas y contemporáneas, hispanas y foráneas, de aplicación en cenobios masculinos y en femeninos.

Todo este corpus regulador y dogmático encontraba un contrapunto interpretativo en el enfoque femenino de la religiosidad y del mundo, reflejado en las obras de varias autoras de las que la biblioteca atesoraba en esta misma sala un pequeño y exquisito muestrario doctrinal, de particular hechura. Habiendo llegado al monasterio de diferentes procedencias y maneras, el *scriptorium* había realizado copias de estas obras para los claustros femeninos de Santa María la Real de Las Huelgas y de San Andrés del Arroyo, como el *Hortus deliciarum*, un compendio ilustrado de las ciencias conocidas entonces, realizado a finales del siglo XII por Herrada de Landsberg, abadesa del monasterio de Hohenburg. O como la obra de la madre abadesa Hildegarda de Bingen, de la que la biblioteca cardeniense guardaba copias de su trilogía, compuesta de la Scivias, el Libro de Méritos y el Libro de las obras divinas, así como de sus dos obras de temática científica, *Physica*, de carácter naturalista, y *Liber copositae medicinae*, un tratado de medicina. Pero Hildegarda fue más allá en su capacidad creativa y elaboró una obra poética musical que plasmó en un auto sacramental, al que llamó *Ordo virtutum*, y en un compendio de antífonas, responsorios, secuencias e himnos al que tituló *Sinfonía*. El monódico canto gregoriano, cuya línea melódica se desenvolvía entre segundas, terceras o quintas y, de forma excepcional, un salto de octava, fue enriquecido con las floridas melodías compuestas por la sibila del Rhin, en las que se lograba alcanzar un intervalo de dos octavas.

Completaba la biblioteca la sala *de humanae cognitionis*, la más pequeña pero que atesoraba una pequeña muestra de parte del saber milenario de la humanidad. Reproducciones de libros como *Los Elementos*, de Euclides, difundido tanto por los bizantinos como por los musulmanes y cuya copia del monasterio era la traducida por Gerardo de Cremona en Toledo. La *Apología de Sócrates*, Fedón, el *Sofista* y el *Timeo*, eran cuatro de las obras de Platón de que disponía el cenobio, y de Aristóteles había copias de la traducción de Boeccio del *Organon*, de la Ética nicomáquea y del *Magna Moralia*. Libros de autores judíos como el filósofo Filón de Alejandría o el geógrafo Binyamin de Tudela, que tras su periplo por el Mediterráneo, Asia central y la península Arábiga dejó escrito su *Libro de viajes*. Copias de algunas obras de pensadores islamitas tales como al-Farabí, ibn Sina y Averroes. O de filósofos como Juan de Escoto, Anselmo de Canterbury y Pedro Abelardo. Esta última sala de la biblioteca se comunicaba con la tribuna de la iglesia a través de una pequeña puerta a la que los bibliotecarios gustaban de llamar puerta del *logos*. Sobre su dintel interior podía leerse *Memento mori*[38], una pequeña inscripción que aludía a la vanidad del saber, recordando lo efímero de la vida.

A todo este docto acervo eclesiástico se sumaba un no menos importante grupo de legajos y códices que daban fe de la historia de los hombres y mujeres que poblaban esos lares. Un cúmulo de libros de carácter institucional, testifical y cronístico, polvoriento testigo de la historia de un Reino, se encontraban repartidos en los tres cuartos de la antigua biblioteca, sobre el artesonado techo de la sacristía. Entre los libros de leyes destacaba una copia de la última compilación legislativa de la monarquía visigoda, el *Liber Iudiciorum*, conocido durante mucho tiempo como el Código de Recesvinto. Constaba de quinientas leyes, cien de ellas redactadas por el rey Recesvinto. Cuando entró en vigor, afectó por igual a visigodos como a hispano-romanos y aún se aplica en Castilla. Pero el monasterio guardaba tres códices con especial celo. La *Historia Roderici*, conocida también como *Gesta Roderici Campidocti*, que era la crónica biográfica de Rodrigo Díaz de Vivar, una copia del *Cantar de Mio Cid* y otra del *Linaje de Rodrigo Díaz el Campeador*, de las Crónicas Navarras.

Por otra parte, el monasterio tenía consideración de persona jurídica y muchos de los documentos que generaba eran de carácter testifical, lo que hacía necesaria la figura de un notario. El monje que asumía ese papel disponía de herramientas de confirmación y validación de dicha documentación, además de la confianza de los intervinientes en la redacción. Anales, recopilaciones legislativas, documentos testamentarios, fes de donaciones y adquisiciones. Destacaban los códices que reseñaban todas aquellas cuestiones referentes al devenir del monasterio. Desde la fecha de su fundación hasta el día presente, donaciones, permutas, fundaciones, cesiones, contratos de compraventa, exenciones y obliga-

38 Recuerda que has de morir.

ciones y cualquier cuestión jurídica, como litigios o entregas *corporis et animae* que afectasen a la abadía o a su comunidad monástica, quedaba reflejada en el códice, conocido como el Becerro de Cardeña. Entre los cartularios de la biblioteca figuraban algunos Becerros de la Colegiata de Santa María de Valpuesta, diócesis que desapareció, uniéndose a la de Burgos a finales del siglo XI. En sus pergaminos había referencias a la vida diaria de las gentes del valle de Valdegovía. Anotaciones toponímicas. Cuestiones agrícolas y ganaderas. Asuntos de usos sociales, de vestimentas y de alimentos. Los copistas cardenienses descubrieron en ellos palabras escritas en romance castellano, como *kaballos*, concejo, fuero, molino, *calçada*, *iermanis* o *piele*, que sustituían a los términos latinos *caballum*, *concilium*, *forum*, *molinum*, *calciata*, *iermanis* o *pelle*. El oriundo castellano de Valpuesta, empleado oralmente, empezaba a ser trasladado a la documentación escrita.

Para el abad, la biblioteca de San Pedro de Cardeña era una Torre de Babel del conocimiento en la que, sabiendo interpretar lo que sus volúmenes enseñaban, se podía alcanzar una gran erudición. Pero las obligaciones del abadiato le impedían estar el tiempo que querría entre sus anaqueles, leyendo, investigando, comparando, aprendiendo. En cierto modo envidiaba al padre Norberto, que desde hacía años estaba al frente de la biblioteca, en la que le gustaba sumergirse más de lo estipulado por la regla. El mismo Norberto decía que, cuando se perdía entre los códices de la biblioteca, solo era para subirse a hombros de gigantes, aunque estaba muy lejos de entender de forma plena muchas cuestiones dogmáticas. Sin embargo, había logrado una gran capacidad de discernimiento, que el abad aprovechaba en cuanto podía. Ya el rito visigótico marcaba una especial ceremonia para la investidura del *armarius*, cuyas funciones de intendente y corrector se sumaban a la de proponer los textos al abad para su elaboración o copia. En el monasterio cardeniense, desde hacía un año, la sanción abacial se había convertido en un mero trámite y el padre Norberto gestionaba con total libertad los trabajos del *scriptorium* y las entradas y salidas de volúmenes de la biblioteca, aunque, sin embargo, nunca dejaría de solicitar la aprobación del abad.

En lo alto de la escalera de día, el *armarius* esperaba a la visita en la puerta del *scriptorium*. Hacía tiempo que el padre Norberto servía libros al Rey a través del capiscol del Cabildo, pero una visita de la casa del Rey era inusual. Sobre todo, cuando la visita la realizaba solo la Reina. Y aún menos inusual cuando eran dos reinas. Pero doña Berenguela era doña Berenguela y si el rey de León y la familia Lara no habían podido con ella, ¿qué puerta podría mantenerse cerrada en un simple monasterio? Norberto había preparado unos libros en los atriles y pupitres del *scriptorium*, entre los que se encontraba el libro de horas que estaban realizando para doña Blanca de Castilla, hermana de doña Berenguela y reina de Francia. Era indudable que la Reina preguntaría por él y muy posible que la reina Beatriz encargase otro para ella.

—Norberto de Guildford, Altezas —presentó el abad a las Reinas.

—Don Pedro Díaz de Villalobos me ha hablado mucho y bien de vos, padre. La selección de libros que hacéis llegar a vuestro Rey es de variada y meditada lectura. Deberíais pasar por palacio para conversar con mi hijo, como lo hacéis con vuestro abad.

—Agradezco los parabienes con que me describe el capiscol catedralicio, señora, pero no creo que mi conversación esté a la altura de la que puede mantener un obispo con nuestro Rey.

—Por supuesto que no, eso no lo dudéis. Las conversaciones que yo quiero para el monarca son de más elevada profundidad. Los obispos son eso, obispos. No dejan de revolotear en torno a la curia en cuanto se presenta la ocasión y a veces son muy pesados. ¿Me equivoco, don Rodrigo?

El abad de Cardeña, cuya categoría eclesiástica era equivalente a la del obispo metropolitano, esperaba algún comentario de este tipo, como también esperaba saber cómo salir airoso del ataque. La duda residía en la intención de la doña Berenguela. ¿Buscaba la Reina que le confirmase que la cátedra catedralicia aprovechaba, para sacar rédito, el apoyo que recibía de la Corona para menoscabar el poder nobiliario? ¿Quería lanzarle el mensaje de que ya había entendido su problema con la sal? ¿O solo pretendía quitárselo de encima para que el padre Norberto pudiese explicar, con la comodidad que otorga el saberse sin el superior directo presente, todo aquello que ella quisiera preguntar? O, quizá la reina madre buscase satisfacer las tres cuestiones.

—Alteza, como bien sabéis, soy ave de campo y los burgos se me hacen extraños, por eso mis inquietudes son aquellas de la comunidad monástica a la que sirvo, dejando que sean sus monjes quienes me guíen a través de sus necesidades.

—Que los reyes y yo deseamos que no les aparten de su piadosa vida. Pero no hagamos esperar al padre Norberto. Seguro que nos tiene preparados algunos de los mejores libros y pergaminos que se manufacturan en el *scriptorium*.

—Así es, Alteza —respondió Norberto.

VIII
LA REINA BEATRIZ Y YAGO

Anno Nostrae Salutis 1221
Primeros de abril

1

MIENTRAS entraban al *scriptorium*, el criado personal de la reina Berenguela, don Pedro Pérez, se apartó para hablar con el abad. Una vez dentro, las dos Reinas y sus criados y damas personales siguieron con atención las explicaciones del padre Norberto. En una primera parte de la sala se encontraban varios escabeles que daban frente a un ambón, sobre el que estaba abierto un *Vitae Patrum*. Los monjes habían dejado su tablilla de cera y su *graphium* de hueso encima de los escabeles, señal de que la labor no había terminado hoy. A continuación, se distribuían en dos hileras varios pupitres ubicados entre las ventanas. Sobre los atriles y los pupitres se veían los trabajos que estaban ejecutando los escribientes y los copistas. En el centro de la sala, entre las filas de pupitres, diferente material y libros estaban dispuestos en dos grandes mesas. Sobre la primera se veían varios útiles de trabajo que los monjes empleaban en su labor *scriptoria* e iluminadora.

—¿Para qué sirve cada uno de estos utensilios? —preguntó la reina Beatriz, que no estaba familiarizada con todo el material.

—Este pequeño cuchillo curvado, que apreciareis que es romo, sirve para tallar la punta de las plumas y corregir los *lapsus calami*[39] mediante el raspado del pergamino. Lo llamamos *scalpium* y, durante la escritura, como el pergamino está doblado para poder formar los cuadernillos, el escriba lo apoya sobre el folio contrario al que se escribe, para evitar que se voltee encima de la mano del escriba o del iluminador.

—¿Qué plumas usáis?

—De oca, mi señora. Para la escritura se utilizan las cinco primeras plumas remeras de las alas, aunque son especialmente aptas las del ala izquierda, sobre todo la primera pluma. Las ocas las eliminan con cada

39 Errores en la escritura.

muda anual —Norberto cogió la pluma y se la colocó en la mano, como lo haría un escriba—. Podéis ver cómo la natural curvatura que posee la pluma hace que se apoye perfectamente sobre la falange del dedo medio de la mano derecha.

—Pero no parece una pluma.

—Así es. Las plumas se secan y se endurecen al fuego, dándoles esa apariencia de *stylus*. Después se realiza con el *scalpium* una hendidura en el *calamus*, para que la tinta se mantenga en la punta. La anchura y dirección dada a esa hendidura determina el grosor y trazado de la caligrafía, lo mismo que el corte a bisel de la punta. Lo que da valor a la pluma de oca, sobre las de cuervo, búho, águila u otras aves, es la curvatura del raquis.

—¿Y esas conchas tan pequeñas?

—Para depositar la tinta. Las usan sobre todo los iluminadores cuando trabajan con pequeños detalles. Los escribas emplean los *calamarium*, esos pequeños cuencos de barro cocido.

—¿Y eso? Parece hueso.

—En efecto, es hueso. De la pata del ciervo. Tiene una acanaladura natural que favorece el plegado del pergamino. Esto, sin embargo, es el diente de un buey y lo utilizan los iluminadores para pulir las láminas de oro. Lo que está a su lado es el *graphium* y se emplea para marcar el pautado de la caligrafía.

—Y eso es la piedra que llaman pómez, ¿no?

—Así es, mi señora. Se utiliza para pulir algunas irregularidades que quedan en el pergamino tras su preparación.

—¿Los preparáis aquí, en el monasterio, o los traéis de fuera?

—Los preparamos aquí, en la sala del fondo. Los hermanos Proserpino y Nazario son los *pergamenarius* y se encargan de cortar, pulir y acondicionar los pergaminos para elaborar los cuadernos.

—Disculpa, Beatriz, pero antes de que lleguemos a los pergaminos, padre Norberto, ¿este es el libro de horas de la reina de Francia?

La reina doña Berenguela estaba parada junto a una de las cátedras del fondo de la sala. En el atril de la mesa, frente a la cátedra, un pergamino que estaba siendo decorado en su mitad superior descansaba sujeto a una tablilla. En él podía verse parte del dibujo ya pintado. Unas figuras arrodilladas en actitud orante estaban rodeadas por un cortejo de mitrados, en cuyo centro había otras figuras coronadas.

—Sí, Alteza. Es uno de los pergaminos. Se trata de una imagen que representa la coronación de los reyes. El padre Quiríaco ha comenzado a pintar el azul del fondo. El suelo también irá en azul y ambas partes llevarán flores de lis doradas. El corpus eclesiástico irá en dorado, azul y rojo.

—¿Cómo conseguís ese azul tan bonito? ¿Con lapislázuli?

—Así es, mi señora, gracias al polvo de lapislázuli.

—Como las sedas de Laila —comentó la reina Beatriz a su suegra, mientras se dirigía hacia la otra hilera de pupitres y señalaba otro códice—. ¿Y este libro? ¿Para quién se está copiando?

Sobre uno de los pupitres, el *armarius* había dejado abierta la última Biblia que se había elaborado en el monasterio, en el último cuarto del siglo XII. A su lado había un pergamino sobre el que estaba siendo copiada la imagen de la *Maiestas Mariae*, en la que el iluminador ya había comenzado a colorear de verde los arcos que encerraban la figura de la Virgen María con el Niño sentado en su regazo. El culto mariano abarcaba cada vez más campos iconográficos y el padre Norberto dejó a la vista el trabajo que estaba realizando el padre Francesco, sabiendo que a las dos Reinas las placería contemplar cómo la figura femenina era también considerada en la imaginería bíblica. Además, esta Biblia era de una especial belleza para el padre Norberto, ya que sus ilustraciones mostraban la influencia de la miniatura inglesa, debido a que en el monasterio de Cardeña hubo un iluminador de tierras sajonas llamado Edmundo, fallecido unos años antes de que llegase Norberto. El texto estaba escrito en letra gótica a dos columnas de cuarenta y dos líneas, y en las ilustraciones, de influencia nórdica, se podían ver ornatos a base de roleos, entrelazados, dibujos de animales y figuras humanas desnudas. Entre sus imágenes destacaban la que representaba el Pecado original y la expulsión del Paraíso, y la Epifanía de los Reyes Magos, en la que aparecían arcos de herradura, propios del arte prerrománico.

—Es la última Biblia elaborada en el *scriptorium* —comenzó a explicar el padre Norberto—. El padre Francesco realiza la labor de iluminado del códice, mientras su hermana, la hermana Giselda, realiza la copia manuscrita en el *scriptorium* de Huelgas. Es una labor algo lenta porque copista e iluminador han de trabajar juntos. El padre Armengol, mi ayudante en la biblioteca y que también es hermano de ellos, es quien realiza la labor de enlace entre iluminador y copista. Así, ambos tienen noticias de su hermana. Los tres llegaron de Germania por el camino jacobeo. La Biblia está siendo copiada para el monasterio de Santa María de Bujedo, en Juarros. El códice lo forman tres volúmenes de unas cuatrocientas páginas cada uno, de los que ya están copiados dos y se está trabajando en el tercero.

—¿Y cuántas pieles se utilizan para realizar un códice? —preguntó la reina Beatriz, quien quería saber más del material que se utilizaba en el *scriptorium*.

—La verdad es que muchas, mi señora. Un códice, nos dice San Isidoro de Sevilla en sus *Etimologías*, está compuesto por varios libros y un libro consta de un solo volumen. Cualquiera de los tres volúmenes de la Biblia que se está copiando para el monasterio de Santa María de Bujedo ha supuesto el empleo de algo más de doscientas pieles.

—Pero, entonces, se necesita muchísimo ganado para la confección de los libros.

—En efecto —respondió el abad—. Por eso se somete a estudio cualquier solicitud de copia o elaboración original que llega al monasterio.

—También estamos trabajando en letra minúscula. Por ese motivo, la copia de la Biblia del monasterio de Bujedo se está realizando en el *scriptorium* de las Huelgas, ya que allí elaboran muy bien la letra minúscula carolina. Asimismo, se ahorra espacio en el pergamino con mayor empleo de abreviaturas —el padre Norberto mostró un *palimpsesto* a doña Beatriz en el que había escritos varias letras y sus abreviaturas—. Esta doble ene de la palabra *Espanna*, por ejemplo, se escribe abreviada poniendo una sola ene con una virgulilla encima, quedando como veis, *España*. Lo mismo ocurre con la palabra *Anno*, que aquí podéis ver escrita en forma abreviada, *Año*. Se lee igual, pero ocupa menos espacio en la transcripción.

—¿Y de qué animales se obtienen las pieles?

—Sobre todo de ovejas y cabras. Y en ocasiones de terneras.

—Y los animales, ¿son del monasterio?

—Sí, mi señora.

—¿Y cuál es el proceso para la elaboración de un volumen? —preguntó de nuevo la reina doña Beatriz al padre Norberto.

—Los pergaminos nos llegan al cenobio desde diferentes tenerías, al tener la cabaña distribuida por varios lugares, aunque principalmente vienen de Burgos. Una vez los ha recibido el monasterio, los hermanos pergamineros los pulen y suavizan con piedra pómez y con una mezcla de cera y yeso muy fino. Después los cortan al tamaño adecuado, según la finalidad del códice a realizar. Si se trata de un cantoral para un monasterio o una catedral, su tamaño será mucho mayor que si se trata de un libro de horas. Con los pergaminos cortados se obtienen bifolios[40], al doblarlos por la mitad. Este que tenemos aquí es un bifolio —Norberto cogió un pergamino ya cortado y doblado que estaba sobre la mesa de trabajo de los pergamineros—. Es la forma que se debe dar al pergamino para poder realizar un cuadernillo. En este podemos apreciar que el doblez está realizado sobre el eje de la espina dorsal del animal. De esta forma nos aseguramos de que el pergamino no presenta curvaturas naturales de la piel. Esto se suele hacer con los libros de calidad. Seguramente este bifolio sea para el libro de horas de la reina doña Blanca. De todas formas, el tamaño del libro determina la composición del cuadernillo, que puede estar hecho con varios bifolios, formando terniones, quaterniones, quiniones o senoines. Los quaterniones son los mejores cuando se usan pergaminos porque el número de folios permite un doblez recio y manejable para el encuadernado. Para los libros de lujo se utilizan vitelas, que son pieles de becerro recién nacido o nacido muerto. Su particularidad reside en que carecen del recio bulbo piloso y con su tratamiento se consigue un pergamino muy liso y fino. También estamos probando a trabajar con papel, un material que fabrican los mahometanos en Córdoba y Xátiva, pero nos han llegado muy pocos pliegos.

Mientras el padre Norberto buscaba muestras de los diferentes pergaminos y materiales a los que se estaba refiriendo para mostrárselos a la reina Beatriz, la reina madre, que prefería observar los códices que se estaban copiando e iluminando, aprovechó para departir con el abad sobre la administración y necesidades del cenobio. Por fin, el padre Norberto encontró varios modelos que mostrar a la reina Beatriz para seguir con la explicación, que había llegado a un punto en el que era difícil determinar quién estaba disfrutando más, si la excelsa alumna o el humilde maestro.

—Alteza, mirad —llamó la atención el padre Norberto a la reina Beatriz, mientras se acercaba a ella con algo en las manos—. Aquí tenemos un pergamino sin cortar ni pulir. Como podéis ver, son difíciles y engorrosos de manejar. Por eso se cortan a la medida deseada y se pulen por sus dos caras, ya que la escritura se realiza por ambas. Una vez que están listos para recibir la tinta, se doblan para formar el bifolio. Los *pergaminarius* deben tener en cuenta el tamaño del cuadernillo que quieren hacer y cuántos bifolios lo forman, para obtener del mismo pergamino el mayor

40 Conjunto de dos pergaminos listos para su empleo por el escriba y cortados al tamaño preciso para la composición del libro. También se pueden emplear para la composición del libro terniones, quaterniones, quiniones o senoines, siendo pliegos de tres, cuatro, cinco y seis pergaminos, respectivamente.

número de ellos. El pergamino posee una cara más blanquecina que la otra, debido a que la más blanquecina corresponde a la parte de la carne y la más oscura a la del pelo. Cuando se abre el libro, una vez realizado, las páginas que se presentan a la vista deben de tener la misma tonalidad, para que no produzca un efecto que afearía el producto. Eso implica que, si el primer bifolio está plegado hacia la cara de la carne, el segundo ha de estarlo hacia la del pelo, el tercero hacia la de la carne y el cuarto hacia la del pelo. El cuadernillo siguiente ha de ser de igual número de bifolios y debe ser plegado de la misma manera. Lo podemos ver en este ternión que tienen preparado aquí.

—¿Y esas líneas tan tenues?

—El pautado, mi señora. Se realiza antes de entregar al escriba el pergamino, cuando la labor del *pergaminarius* se lo permite. Si no, lo realiza el propio amanuense. La elaboración del pautado también tiene su trabajo, ya que es necesario marcar con precisión los márgenes y las guías de la escritura, para que el resultado sea agradable a la lectura. Con estas herramientas —Norberto había sacado de debajo de la mesa de trabajo de los *pergaminarius* un par de punzones, un *stylum* de punta de plomo, una regla y una escuadra— se realizan los pautados. Lo primero que se hace es marcar la justificación, el acotado entre los cuatro lados del folio que delimita el espacio para la escritura. Lo más sencillo es trazar un rectángulo. Después se lleva a cabo un segundo marcaje para señalar el interlineado en el que el escriba realizará la escritura. Este pautado que veis aquí es sencillo, ya que está realizado para escribir en línea continua, a renglón seguido. Sin embargo, este otro es un poco más complicado de realizar, ya que está hecho para escribir a dos columnas, lo que supone calcular los espacios para la justificación y el intercolumnio. Pero no quisiera aburriros con tantas explicaciones, que vuestra Alteza quizá considere mundanas.

—En absoluto me aburren vuestras detalladas explicaciones, padre Norberto.

—Hay dos procedimientos para realizar el pautado —continuó el padre Norberto—, si bien ambos necesitan de un primer paso de marcaje, que es el que deja los pinchazos que sirven de guía para trazar las líneas de la justificación. Con la guía de estas líneas de diminutos agujeros se marcan las líneas de pauta, que se pueden hacer a punta seca o con mina de plomo. La primera deja un sutil surco en el pergamino y la segunda un tenue trazo gris.

El padre Norberto hizo una pausa esperando la siguiente pregunta de la Reina y doña Beatriz miró al *armarius* esperando la continuación del relato.

—Continuad, por favor, padre, continuad. No me dejéis la satisfacción de escucharos tan tenue como el pautado del pergamino.

—Por supuesto, Alteza. Y si me lo permitís, con gusto seguiré escribiendo sobre él para que podáis llevaros el libro terminado.

—Sigamos, entonces —dijo la Reina—. Después del pautado, entiendo que los escribas ya pueden comenzar su verdadera labor.

—Así es, Alteza —continuó el padre Norberto, que había ido colocando sobre la larga mesa de los *pergaminarius* diversos folios sueltos, bifolios y libros con los que iba ilustrando a la reina Beatriz su explicación—. Una vez que está listo el pergamino para la escritura, se organiza el trabajo, porque puede resultar que la transcripción del texto la realice un solo amanuense o lo ejecuten varios. Cuando esto sucede, los escribas emplean la letra usual del monasterio y cada uno trabaja en una cara del folio. De esta forma no se aprecia la diferencia en la caligrafía. En cualquier caso, los escribas deben contar con los *rubricatores* y con los iluminadores para la confección del trabajo. Estos concretan dónde pueden ir sus rúbricas e imágenes y los escribas dejan los espacios necesarios para ellas.

—¿No realizan la misma función?

—En algunos casos sí, sobre todo cuando el *scriptorium* no dispone de muchos monjes. Aquí, en San Pedro de Cardeña, por norma general, los *rubricatores* elaboran las *rubicae*, la letra con lo que se desea resaltar el texto. Las más usadas son la letra capital, al inicio de un párrafo, y la frase que anuncia el contenido de un capítulo, a modo de título o comentario. Por su parte, los iluminadores embellecen el texto mediante las imágenes.

—En el inicio y el final de algunos libros, he observado un mayor ornato.

—Sí, Alteza. El trabajo del libro se inicia con el *incipit* —Norberto había cogido uno de los libros para mostrar a la Reina su explicación—, que señala las primeras palabras del texto y que, en ocasiones, se adorna y colorea con profusión. Cuando esto ocurre, es el *rubricador* quien acomete la labor de iluminar la primera imagen del manuscrito, que suele ser una letra capital enriquecida con adornos o figuras evocadoras al tema del libro. Sin embargo —Norberto buscó en el volumen el último folio escrito—, el *explicit* suele realizarlo el escriba, que, a modo de colofón, señala el lugar, la fecha y el autor del trabajo, aunque, en ocasiones, también se añade una imagen. Cuando la imagen del *incipit* o del *explicit* es compleja, la realiza el iluminador, aunque la imaginería al final del libro no es muy habitual.

—¿Conocéis alguna?

—Por supuesto, Alteza. Una muy curiosa. Se trata de un salterio escrito por un tal Eadwine en la catedral de Canterbury. Parece ser que este escriba que también era ilustrador, y, en el colofón del salterio se autorretrata en una imagen a la que rodea con una conversación entre él y el manuscrito. Más o menos, Eadwine le dice al manuscrito que él es el escriba principal del *scriptorium* y que su fama y alabanza no ha de pasar, y después le pide que proclame quién es. Entonces, el manuscrito responde que el propio texto lo aclama a él, Eadwine, cuya figura representada en la imagen le mantendrá vivo a través de los siglos, de igual forma que la belleza del libro demuestra su genio. La conversación finaliza cuando el propio manuscrito le pide a Dios que reciba el libro y a su donante como un grato regalo.

—Sí que es una forma atrevida de terminar el libro.

—Un auténtico canto a la soberbia. Existen otros casos más afortunados en los que los comentarios de los escribas y copistas son más humildes.

—Y hablando de las imágenes, ¿cómo se obtienen los colores con que se iluminan?

—Habréis podido observar que el principal color es el rojo, aparte del negro para la escritura de la mayor parte del texto.

—Sí, claro. Y supongo que el color negro será fácil de obtener.

—Así es, Alteza. Antiguamente, el *atramentum* se elaboraba mezclando hollín o heces de vino o corteza de espino albar o de ciruelo pruno, incluso tinta de sepia, con agua y con resina de acacia.

El padre Norberto puso sobre la mesa un cuenco con unas bolitas de madera marrones y otro con unas bolas deformes de color tierra y apariencia vidriosa

—A veces —continuó el monje— se sustituía la resina por miel o por clara de huevo. Más tarde se descubrió que la mezcla se podía realizar con agallas de encina o de ciprés. Estas bolitas, Alteza, son las agallas de la encina.

—¿Y eso? —señaló la Reina el otro cuenco—.

—La resina de la acacia, mi señora. Quizás os suene más el nombre de goma arábiga. Su procedencia es africana y hace mucho que se utiliza para la fabricación de tintas.

—Y los colores del resto de las tintas, ¿son difíciles de elaborar?

—No excesivamente, Alteza. El color rojo se elabora con *terra rubrica*, que nos llega de Galicia. También se le conoce como cinabrio o *minium*. A veces se consigue ese tono rojizo con insectos como la cochinilla. El color azul, que habéis visto en la Biblia, se elabora con lapislázuli afgano. Cuando no se dispone de este material, se puede elaborar con azurita o con añil, pero el resultado no es tan vistoso. El verde se hace con polvo de malaquita o con el cardenillo del cobre, aunque también se emplean las bayas de la frángula, que en algunos lugares llaman arraclán. El amarillo se elabora con reseda, cúrcuma longa o azafrán, mientras el color blanco, que es el más difícil de conseguir, se sustituye por el albayalde. Su tono es algo grisáceo, pero cumple su función. Y la tinta marrón se elabora con los frutos del endrino. Todos los pigmentos los fabrica el padre Ibáñez, el boticario. Es de Cardeñadijo y lleva muchos años al frente de la botica y de la enfermería del monasterio.

—También he visto dorados. ¿Cómo lo aplicáis?

—Mediante finísimas láminas que se adhieren con resinas tratadas para no estropear el pergamino. Es un artículo muy costoso que solo se emplea en libros de lujo. En otros monasterios más humildes utilizan la técnica de la purpurina. Mediante una pequeña caracola, adhieren el metal pulverizado sobre goma arábiga o huevo. Por eso se conoce como oro de caracola. A veces se sustituye con amarillo dorado, que se obtiene del oropimente[41], pero también es caro y, además, peligroso de manejar. Y en cuanto al plateado, aunque es menos usado, también se aplica como el oro, en láminas o pulverizado, aunque a veces se sustituye por estaño.

—No pensaba que la elaboración de un libro fuera tan complicada.

—Es un trabajo muy laborioso y fatigante.

—¿Fatigante?

—En el colofón de un manuscrito de la abadía de Corbie, en Germania, el escriba dejó escrito que «aunque la pluma sea sostenida solo por tres dedos, es todo el cuerpo el que trabaja». Y recuerdo otro que venía a decir que, de igual forma que el marinero se alegra de ver cómo la orilla se acerca, él se alegraba de ver el final del libro.

—¿Tan penosa es la labor del escriba?

—No menos penosa que la del campesino o el artesano. El escabel, como el asiento del pupitre, es duro, y la postura del cuerpo es forzada y

41 Mineral compuesto por arsénico y azufre.

largamente sostenida. La tablilla sobre la que descansa el pergamino se apoya, unas veces en las rodillas del monje y otras en una vara, que bien se afirma sobre el suelo o bien entre las patas del escabel. En cualquiera de los dos casos, el monje debe sujetarla con su mano izquierda mientras con la derecha escribe. Además, debe jugar con la luz a lo largo de la jornada, cambiando de posición según trascurren las horas del día. En invierno, el frío de Cardeña no abandona la piedra del monasterio, y el verano quizás sea la mejor época, pero es muy corto. En fin, nada que con el amor de Dios no se pueda soportar.

—Estoy segura de que así es. Y, ¿cuántos folios puede copiar un monje en una jornada?

—El trabajo en el *scriptorium* precisa cada hora de luz del día y si la demanda de copias es grande, se trabaja con velas cuando el sol se ha ocultado. Solo se detiene la labor para orar. Un monje puede realizar tres o cuatro folios diarios. Y un volumen de cuatrocientos folios, con sus rúbricas e ilustraciones, puede llevar unos cuatro meses de trabajo. Si se desea completar un códice como nuestra Biblia, hace falta esperar un año para verlo encuadernado.

—¿Y cómo se hace el encuadernado?

—Cuando el escriba ha completado el texto, realiza el reclamo o custodia, que consiste en escribir, en el margen inferior del vuelto de la última hoja de cada cuadernillo, la primera palabra del siguiente. Esto sirve para mantener el orden de los cuadernillos cuando el códice pasa a los monjes que continúan su elaboración. Hace poco hemos empezado a utilizar la numeración por folios en algunos códices.

—O sea, que lo primero que se termina es la escritura de todo el texto.

—Así es, Alteza. Después se revisa el códice, por si se deben corregir erratas, y se entrega a los iluminadores y los *rubricatores*. Y cuando estos terminan de colorear sus imágenes y ornatos, se entrega al *ligator*, que es el monje que realiza el encuadernado. Este último proceso comienza por recortar los cuadernillos para que queden igualados. Después, en ese pequeño telar, se cosen los cuadernillos mediante cadenetas formadas por hilo, y con tiras de cuero que se fijan a las tablas de las pastas. Estas se recubren con pergamino grueso o con cuero. Si se trata de libros lujosos, se recubren con ricas telas o piel teñida, y si se quiere realzar se doran o se tiñen de púrpura los cantos. Estos libros también suelen llevar cantoneras de metal para proteger sus laterales y esquinas, así como broches de cierre. Y así quedaría finalizado el libro, del que su Alteza tiene numerosos ejemplares tras esa puerta —concluyó Norberto su explicación, mientras guiaba a la Reina hacia la biblioteca.

—Desconocía la ardua y callada labor de los monjes que hacen posible que otros podamos disfrutar de la lectura.

—Mi señora, haciendo honor a la justicia, no solo los monjes intervienen en la confección de libros. Los peleteros curten las pieles que los pastores mantienen vivas y crecen. Los acequieros conservan limpios los regatos que surten de agua las tenerías, mientras los carreteros traen el material de las minas para poder realizar las tinturas. Los campesinos nos proporcionan el grano con que alimentar a las ocas, que nos regalan los cálamos con los que verter nuestro conocimiento. Y el silencio del monasterio provee la calma que el espíritu y la mente necesitan para terminar de confeccionar un libro, cuyo último paso ha de darlo el lector con la labor más ardua. Pensar. Porque solo cuando se medita lo leído, el libro pasa de ser transmisor de letras a ser fuente de conocimiento. Veréis, mi señora, que desde el pastor hasta el lector muchas almas intervienen en la confección de libros.

—¿Los lectores también?

—Manteniendo vivo su interés por saber mantienen vivo el nuestro por hacer que sepan.

Los luminosos ojos de la reina Beatriz miraban con contenido entusiasmo al padre Norberto, quien acababa de hacerla ver cuán importante es el primero como el último, cuando se persigue el mismo fin. Lector de muchos libros era su marido, el Rey, pero sin la labor de los pastores no podría leer, así que, de alguna forma, los últimos eran los primeros y los primeros se convertían en últimos. Y así lo decían las bienaventuranzas.

—Padre Norberto, muchas gracias por vuestras palabras. En la corte de Suabia me educaron en la lectura, pero ahora reconozco el valor de un libro en su totalidad y rogaré a Dios que me ayude a trasmitir a mi hijo Alfonso la pasión por la lectura y la importancia de los libros, como fuente de conocimiento.

—Estoy convencido de que sabrá hacerlo con éxito y de que su hijo Alfonso será un gran lector y hacedor de libros.

Doña Beatriz acababa de darse cuenta de que la emoción del momento, provocada por el disfrute de la explicación del padre Norberto, la había traicionado. Afortunadamente, Elo, su dama de compañía, se había quedado contemplando las imágenes de unos pergaminos. Ligeramente sonrojada, miró al monje solicitando su silencio, sin decir nada.

—Alteza, vuestro secreto está seguro conmigo

En la puerta del *scriptorium* había aparecido el hermano Teodoro.

—Si me lo permitís, señora, creo que he de ausentarme un momento para ocuparme de una cuestión monástica. A través de aquella puerta se accede a la mejor biblioteca del Reino, donde seguro encontraréis acomodo para vuestro intelecto y una animada conversación.

—¿Con quién, padre? —preguntó la Reina.

—Con vos, mi señora, con vos. Y si hayáis a alguien, seguro que su diálogo os será placentero. A las fuentes del saber solo van quienes tienen sed de conocimiento.

Mientras el padre Norberto se encaminaba hacia el hermano campanero, la reina Beatriz se dirigió hacia la biblioteca, ubicada a continuación del *pergaminarius*, al fondo del *scriptorium*.

—Padre Norberto, me envía el padre Ximénez. Dice el padre Ataúlfo que en dos cantos termina el coro. Me pregunta si ha finalizado la visita.

—Dile que no. Que saque a los monjes a cantar al exterior —Norberto se quedó pensativo, sin apartar la mirada a Teodoro—. Sí, eso. Que quiere ver cómo suenan los arreglos fuera de la iglesia porque las hermanas de Huelgas cantan en el patio.

—Pero, ¿eso es cierto?

—¿El qué?

—Que las monjas de Huelgas cantan en el patio.

—¡Y yo qué sé! ¿Por qué no lo iban a hacer?

El hermano Teodoro se quedó un momento absorto y Norberto creyó que iba a transmitirle algún otro encargo.

—Claro, claro. ¿Por qué no lo van a poder hacer?

—Anda, anda —le dijo el *armarius*, mientras le giraba para que saliese del *scriptorium* y se fuese a la iglesia—, vete antes de que terminen. Y dile al padre Ataúlfo que saque a los hermanos por el atrio.

Teodoro bajó ligero las escaleras de día mientras el padre Norberto rogaba a Dios que fuera cierto que las monjas cantaban en el patio. Justo cuando el hermano Teodoro desaparecía de su vista, surgía al principio de la escalera don Pedro, el mayordomo de la reina Berenguela.

—¿Y la reina doña Beatriz? —preguntó don Pedro.

—En la biblioteca.

El mayordomo dudó un instante.

—¿Está acompañada por su dama de confianza?

—En todo momento.

—Bien. La reina doña Berenguela está en la casa del abad y es posible que ambas Reinas coman allí con él. Por nuestra parte, debo hablar con el mayordomo del monasterio para que nos habiliten un espacio para el condumio. ¿Sabe dónde puedo encontrarle?

—Por supuesto don Pedro. El padre Isidoro de Arcos se mueve por todo el monasterio, lo cual es una dificultad para encontrarle y en sí mismo una fortuna —Norberto comenzó a bajar las escaleras acompañado por el criado de la Reina. Don Pedro miraba extrañado al monje. Hombre leal y siempre presto para el servicio de su Reina, no estaba acostumbrado a los circunloquios, por mucho que los hubiese escuchado en los diálogos de palacio.

—Una dificultad porque el monasterio tiene su tamaño y una fortuna porque hay muchas almas a las que poder preguntar —continuó el padre Norberto—. Dese cuenta, don Pedro, que el...

Mayordomo y *armarius* desaparecieron por el claustro de los Mártires.

2

Mientras el padre Norberto se ausentaba del *scriptorium*, la reina Beatriz se dirigió hacia la biblioteca. Sobre el dintel de la puerta, una cita del Evangelio de San Lucas animaba a las almas a adentrase en lo desconocido: «Nada hay oculto que no haya de descubrirse, ni secreto que no haya de saberse y ponerse al descubierto». Debajo, el rotulo *de Meditatio* indicaba la temática de los volúmenes de la primera habitación. Tras leer la cita evangélica, la reina Beatriz traspasó el umbral.

La biblioteca estaba dividida en varias habitaciones en las que los diferentes libros y pergaminos se agrupaban atendiendo a su origen y a su temática. Los armarios y la anaquelería que albergaban los manuscritos se distribuían por los cuartos formando ordenados pasillos en los que uno podía perderse envuelto en la quietud y el sosiego que proporciona el saber. A pesar de que había alguna ventana entreabierta, el olor a pergamino se mezclaba con el de la madera vieja, dotando de un particular encanto a la sala. La Reina estuvo ojeando los anaqueles sin pararse en ningún volumen en concreto. Elo acompañaba a su señora en el laberinto de estanterías, mesas y polvo de la sala.

Unos gorriones revolotearon frente a una ventana abierta por la que llegaba el canto de un mirlo, único sonido lejano que se escuchaba.

Mientras Elo permanecía en un minúsculo pupitre ojeando un salterio, doña Beatriz pasó a la siguiente estancia, intitulada *de Carmina Laude*. Beatriz de Suabia deambulaba por entre los enormes cantorales dispersados en imaginándose a los monjes elaborando unos libros cuyas dimensiones sobrepasaban lo estético para convertirse en ciclópeos ejemplares de canto litúrgico.

Sumergida en la paz de la estancia, la joven Reina iba pensando en todo lo relatado por el *armarius* del monasterio. Cuánta labor se escondía tras los muros del cenobio, para ser disfrutada, a veces, durante escasas horas. Cuánta labor se escondería también, pensaba doña Beatriz, entre las manos de las gentes, como Laila y Faridah, gentes cuya maestría y su saber hacer eran, a veces, poco valorados. Gentes que vivían una existencia de trabajo y sufrimiento para poder llevar el sustento a las mesas de sus humildes casas. ¿Acaso era justo que hubiese tanta diferencia entre el pueblo llano, el clero y los nobles? Pero si el orden social era designio divino, sería justa esa diferencia. No en vano, el pueblo llano reía con más diligencia que la nobleza. Esta siempre estaba seria, expectante, atenta a lo que decía o aparentaba el otro linaje. No reían. No lloraban. Casi ni respiraban. Como si mover un músculo de la cara estuviera sujeto a que lo moviera el otro. Su propia dama, Elo, se mantenía casi siempre circunspecta. Solo su suegra mantenía un porte regio sin miedo a que se resquebrajase la piel de su cara, como les pasaba a las damas de la nobleza. Pero claro, ella era Reina. Y, además, Plantagenet. «Del pastor al lector...», rememoraba Beatriz de Suabia. Del primero al último, siendo el último el primero y el primero el último.

Sin darse cuenta, doña Beatriz había entrado en *de Verbum Dei*, el tercer cuarto de la biblioteca. Un ejército de anaqueles y armarios se desplegaba por la habitación, mitigando la luz que entraba por las ventanas y dejándola más apagada que las otras dos salas que había atravesado. El cambio de luminosidad, al introducirse por entre las estanterías, la sacó de sus pensamientos. Sus ojos se desviaron hacia los lomos de los libros, alineados por temáticas y por autores. En los cantos de las baldas unos cartelitos de madera contenían escrito lo que podría entenderse como los títulos de los códices que sobre ellas descansaban o los autores a quienes pertenecía su obra. *Moralia in Iob*, Códice Calixtino, San Agustín, San Gregorio, San Benito. Una ingente cantidad de nombres de autores y de libros se agolpaban ante los ojos de la joven Reina. A medida que avanzaba, los anaqueles comenzaban a estrechar los pasillos mientras una ligera desazón invadía su ser. De repente, un ruido llamó su atención.

Al fondo de la sala, tras las estanterías, había escuchado algo parecido al sonido de un pergamino cuando se voltea. Permaneció atenta un instante que le pareció eterno. Estaba sola. Elo se había quedado en la primera estancia, con los martirologios, los salterios y los libros de horas. De nuevo escuchó el ruido y notó que el corazón se le aceleraba. Pero recordó que estaba en un monasterio, rodeada por anaqueles de sabiduría y conocimiento. Y siendo así, ¿qué mal podría acontecerle entre las paredes de un sacro lugar? Podría ser una ventana entreabierta jugando con la brisa. O un rollo de pergamino caído en el suelo, corriendo de lado a lado del pasillo, movido por esa misma brisa. Intrigada, avanzó por entre las estanterías. Pasó por delante del *Hortus deliciarum* de Herrada de Landsberg y del *Physica* de Hildegarda de Bingen, enfilando el último pasillo de la estancia. Expulsados de la última sala por la carencia de espacio, Plinio el Viejo, Cicerón, Aristóteles y Platón guardaban silencio y aguantaban la respiración en los últimos anaqueles de *de Verbum Dei*, cómplices del intrigado avance regio. Al fondo del pasillo que formaba la hilera de estanterías con la pared de la habitación, una puerta abierta accedía a la última sala. Sobre su dintel, la Reina pudo leer *de humanae cognitionis*. Beatriz frunció el ceño, como si algo en ese enunciado no le encajase. Había oído hablar del *trivium* y del *quadrivium* y de que esas enseñanzas eran propias de las escuelas catedralicias y de los *studia generale*, pero, ¿en un monasterio? ¿Qué podría haber de interesante sobre el saber humano para unos monjes que se aislaban del mundo? ¡Hasta se escondían de ella, de su Reina! Bueno, no todos. Al menos el más brillante había iluminado su visita. De nuevo escuchó ese sonido.

Procurando no hacer ruido, avanzó con sumo cuidado. En parte deseaba no estar sola y en parte deseaba que no apareciese Elo, ni nadie de la comitiva. Estas cosas no ocurrían en palacio y había que disfrutar de ellas. Estaba preparada para encontrarse una decepcionante hoja de ventana apaciblemente mecida por el viento o, siendo más imaginativa, un feliz rollo de pergamino cuyo mayor secreto fuera que se había caído al suelo. Pero lo importante era el momento. Lo vibrante era cada paso que daba hacia la incertidumbre. ¡Que no me llamen, por Dios! pensaba la Reina. Poco a poco se asomó por el marco de la puerta. Una vestidura parda de cuyas mangas salía una mano menuda estaba de espaldas a ella. Beatriz comenzó a incorporarse para ofrecer una postura más acorde a su regia condición y, cuando avanzó el pie izquierdo, el suelo crujió. El hábito se giró de súbito hacia la Reina y, sorprendidos en su anonimato, ambos se miraron con los ojos abiertos cómo óculos de catedral.

—Hola —dijo la Reina, que, asumiendo la terrible amenaza que se había estado cerniendo sobre su persona y la corona de Castilla, relajó la mirada, recobrando esa brillantez de sus ojos que tanto atraía en su persona.

—Hola —respondió él.

—¿Qué haces?

—Leer.

—¿Sabes leer?

—Sí, señora.

—¿Y qué lees? —preguntó la Reina.

—Un libro de viajes.

—¿Sabes quién soy?

La luz del mediodía entraba por las ventanas de la estrecha sala, iluminando a la joven Reina. Su natural hermosura, rubricada por la elegante dulzura de su voz, quedaba aún más embellecida por la suave seda blanca del tocado que rodeaba su rostro, que, reflejando la luz sobre su tersa piel, dotaba a la dama de una aureola de divinidad.

—¿Madre?

Beatriz se quedó perpleja. Frente a ella, un niño metido en un hábito pardo la miraba con ojos incrédulos. Cualquier respuesta le hubiera servido, por muy imaginativa que hubiese sido. Pero esta sobrepasaba tolo lo esperado y lo inesperado.

—¿Por qué piensas que soy tu madre?

—Mi padre siempre dice que mi madre era la mujer más bonita de la Tierra. Que no había ni dama ni villana ni campesina cuya hermosura pudiese acercarse a la suya. Sus ojos eran claros y su mirada limpia y sincera, como la tuya. Y cuando le pregunto si algún día podré verla, siempre me dice que cuando menos lo espere, aparecerá. ¿Eres tú?

—Si tu padre dice eso de tu madre, sin duda estaba muy enamorado y sin duda es cierto que la belleza de tu madre no tenía parangón. Tu mirada y tu voz también derraman sinceridad y estoy segura que toda madre querría tenerte por hijo. Pero, siento decirte que no soy tu madre.

—Pero eres la mujer más bella que he visto. Más incluso que Úrsula.

—Quizá sea porque no soy dama y tampoco villana o ni siquiera campesina.

—¿Qué eres entonces? —pregunto intrigado el niño.

—Reina.

—¿Y tus damas? Mi padre dice que los reyes nunca están solos.

—¿Elo? Se ha quedado viendo algún libro de horas.

—¿En *de Meditatio*?

—¿Cómo?

—¡*De Meditatio*! Es como se llama la sala donde están los libros de horas. Cada sala tiene un nombre. Así es más fácil guardarlos. La primera, desde el *scriptorium*, claro, es *de Meditatio*, y en ella se guardan los breviarios, los pasionarios, los misales, los libros de horas, los de hagiografías, los salterios, los libros de coro; bueno, los pequeños, porque los grandes se guardan en la siguiente, la que llamamos *de Carmina Laude*. ¿Te has fijado qué grandes son? Yo no puedo con ellos. Y Armengol tiene que llamar a Proserpino para que le ayude cuando tiene que coger alguno. ¿Conoces a Proserpino? Es el que hace los pergaminos. Después de los cantorales, que es como se llaman los libros grandes, ¿sabes?, está la sala de las Biblias y de las reglas. Se llama *de Verbum Dei*. Aunque también hay libros menos divinos, como dice mi monje. Por ejemplo, el Fuero Juzgo. Con ese se gobiernan las leyes del Reino. Pero bueno, como eres reina, tu eso ya lo sabes. Además, hay unos libros escritos por ...

Beatriz escuchaba sin pestañear, casi extasiada, la descripción que le estaba regalando el muchacho. En sus ojillos refulgía una luz que solo había visto en los niños cuando hablan con sus madres. ¿Será así Alfonso cuando tenga su edad? De repente el chiquillo se calló.

—¿Que si sabes cómo se llama este cuarto? —preguntó de nuevo el niño.

—No.

—*De humanae cognitionis*. Mi maestro dice que aquí se guardan libros que escribe la razón humana. ¿Sabes lo que es eso? Pues una cosa que tenemos aquí dentro, en la cabeza, y que sirve para pensar bien. Aunque mi maestro dice que algunos no tienen nada en la cabeza. ¿Tú crees que hay cabezas huecas?

—Más de una.

—Pues yo creo que no. Por lo menos tienen sangre. El otro día, el hermano Doménico, saliendo de la bodega, se dio un golpe muy grande en la cabeza. ¡Y sangraba mucho! ¿Sabes? Es un hermano converso y es muy majo. Bueno, la verdad es que todos son muy majos. Menos Teobaldo, el hermano carpintero. Siempre me hace rabiar. Mi maestro dice que solo me toma el pelo. Pero a mí no me gusta. Menos mal que está cerca Abrúnculo. Es un poco bruto, pero cuida siempre de mí. En cuanto puedo, voy con él a dar de comer a las gallinas y a las ocas. ¿Has visto a las ocas? Están siempre en el claustro. Pero hoy me han dicho que las sacase de allí. Para que no asustasen a la visita. No os han asustado, ¿verdad?

—No. Es que lo has hecho muy bien.

—¿El qué?

—Sacar a las ocas. No había ninguna en el claustro.

—Y decía Teobaldo que no iba a poder hacerlo. ¿Ves cómo me hace rabiar?

—Pero Abrúnculo seguro que te ha defendido y ha confiado en ti.

—Claro. Siempre lo hace. Ya te lo he dicho.

—Pero aún no me has dicho una cosa.

—¿Cuál?

—¿Cómo te llamas?

El niño se quedó mirando a la Reina. Durante un rato, su mente le había hecho disfrutar con una ensoñación imposible de la que no quería despertar. Pero los sueños terminan cuando la mente despierta y la realidad vuelve, por muy cruda o triste que sea. Y su realidad acababa de volver mientras su madre volvía a ausentarse.

—Yago.

—Es un nombre muy bonito. ¿Sabes quién tiene también ese nombre? —preguntó la Reina, que había detectado cómo la vivaz mirada del chiquillo perdía su brillo, cómo Yago ya no estaba hablando con su madre.

—No.

—El apóstol Santiago.

—Pero no es el mismo nombre.

—Bueno, según me han contado, viene de San Yago.

—Y tú, ¿cómo te llamas? —preguntó el chaval.

—Beatriz.

—¿Eres la reina Beatriz?

—Para ti, solo Beatriz.

—¿Y vas a quedarte a comer, Beatriz?

—No lo sé.

—¿Por qué?

—Porque no sé si podremos.

—¡Pero eres la Reina! Tendrías que poder. Tú eres la que más mandas.

—No, mi vida. Es un poco más complicado —la Reina se acuclilló para ponerse a la altura del niño—. También hay otra Reina.

—¿Quién?

—La madre del Rey.

—¿Y manda más que tú?

—Bueno, digamos que, para esta visita, sí. Es la que la ha preparado.

—¡Ah! ¿Y no puedes preparar tú otra visita? Así mandarías tú y podrías quedarte a comer. Y, a lo mejor, a dormir. Así te enseñaría todo el monasterio. ¿Sabes que tenemos ovejas y cabras? El hermano Faustino hace un queso que está riquísimo. Lo cura en la bodega, ¿sabes? Mi maestro dice que el vino del monasterio es el mejor que ha probado, pero que añora la cerveza. ¿Tú sabes lo que es la cerveza? El hermano Dalmiro dice que es una bebida muy amarga. A mí no me gustaría. Bueno, tampoco me gusta mucho el vino. Aunque mi maestro dice que la cerveza está muy rica y es una bebida muy saludable.

—¿Y quién es tu maestro? —preguntó doña Beatriz, atreviéndose a cortar la vertiginosa explicación de Yago.

—El padre Norberto. Bueno, el maestro en el monasterio es el padre Martín, Martín de Támara. Es hermano del abad, ¿sabes? Y es el maestro de novicios, pero yo no le llamo maestro. Yo le llamo Martín. Mi maestro es Norberto. ¿Sabes quién es Norberto?

—Sí. Es quien me ha enseñado el *scriptorium*.

—¿A que sabe mucho? Sabe dónde está cada libro de la biblioteca. Y se ha leído todos. El abad le pregunta muchas cosas. Muchas veces los veo paseando juntos y no dejan de hablar. No le digas que me has visto aquí, ¿eh? —Yago se acercó a la cara de la Reina y bajó la voz—. Me he colado por la puerta del *logos*. ¿Sabes dónde está? Mira, allí. ¿Ves esa puerta? Es muy pequeña, pero si te agachas un poco, puedes pasar. Pero ahora no podemos. Da a la iglesia y los monjes están cantando. Pero no le digas al padre Norberto que me has visto —recordó Yago a la Reina.

—Descuida, no lo haré. Pero dime, ¿sabes leer?

—Sí, ya te lo he dicho. Hace tiempo que me enseñó Úrsula. ¿Conoces a Úrsula? Su tío es el chantre de la catedral. El padre Ataúlfo, que es chantre del monasterio, a veces va a ver al tío de Úrsula y le lleva libros para el Rey. Tú sabes quién es el Rey, ¿verdad?

—Creo que sí —Beatriz no deseaba que el chiquillo callase, ni que nadie apareciera interrumpiendo tan mágico momento—. ¿Y qué libros te gustan a ti?

—Mira. Este. Es un libro de viajes escrito por Abdullah al-Bakri. Era un mahometano de Córdoba. ¿Sabes?, mi maestro dice que Córdoba era una ciudad muy bonita en la época en la que vivió al-Bakri. ¿Sabes dónde está Córdoba? Yo voy a ir un día. Si quieres, puedes venir conmigo. ¿A que tiene unos mapas muy bonitos?

—Y este señor, ¿viajó por todos esos lugares?

—No, qué va. Mi maestro me dijo que escribió el libro con los relatos que le contaban los mercaderes y otros viajeros, como los peregrinos. ¿Sabes que ellos también tienen peregrinos? Pero no van a ver al Apóstol. Los suyos van a un lugar que se llama Meca. No sé dónde se encuentra, pero algún día también iré hacia allí y entonces te diré dónde está. Y mira, este se llama *Tabula Rogeriana*. También está hecho por un sarraceno. Se llama al-Idrisi. Mi maestro lo consiguió hace poco de un monasterio de Sicilia.

—Y para mí, ¿qué libros hay?

—Mira, ven —Yago cogió la mano de la Reina y la condujo hasta los anaqueles del último pasillo de la tercera sala.

—¿Ves ahí que pone *Hortus deliciarum*? Es un libro que habla de muchas cosas y tiene unas imágenes muy bonitas. Lo escribió Herrada de Landsberg, una monja de Suabia. ¿Sabes dónde está Suabia? Mi maestro dice que más lejos que París. Él estudió en París. Y ahí, ¿ves ese que pone *Physica*? Pues es de otra monja. Bueno, abadesa. Como el que manda en el monasterio, pero en mujer. Como tú y el Rey, ¿sabes? Se llamaba Hildegarda. También era de por allí, más lejos de París.

El ruido de unos pasos sacó a los dos de su infantil ilusión. Sin darse cuenta, reina y plebeyo habían interpretado una situación imposible en un mundo irreal. La esposa de un rey había escenificado el papel de madre mientras un niño plebeyo y huérfano representaba el de hijo. Ambos volvieron a mirarse con ojos de sorpresa. Su mirada, llena de pena y ternura, se mantuvo unos instantes y el deseo de no perder esa imagen se apoderó de los dos. Beatriz se agachó y beso al chiquillo, abrazándolo con fuerza. En numerosas ocasiones, cuando vivió en casa de Úrsula, sus mimos y afectos le daban cariño y calor. Pero el abrazo que le dio Beatriz era distinto. Yago experimentó por primera vez el calor de una madre. Al separarse, la fíbula de la capa de la Reina se enganchó en el hábito de Yago y se cayó al suelo, metiéndose bajo las estanterías.

—¿Alteza? La reina Berenguela os reclama.

Era la voz de Pedro Pérez, el criado la de reina Berenguela. Beatriz miró a Yago, que trataba de alcanzar, sin éxito, el broche.

—Déjalo. Tengo otro igual. Guárdalo para recordarme. Si alguna vez necesitas mi ayuda no dudes en mostrarlo, pero hasta entonces llévalo cerca de tu corazón. Será nuestro secreto.

—¿Te veré otra vez?

—Podrás verme siempre que quieras. Y cuando no puedas, cierra los ojos y allí estaré.

—Antes no sabía cómo era mi madre, pero ahora, cuando cierre los ojos, también la veré a ella.

Beatriz volvió a besar a Yago y se alejó por el pasillo de la filosofía. Justo antes de girar para encontrarse con el mayordomo de la Reina, doña Beatriz se detuvo para secarse una lágrima. Cuando volvió a mirar, Yago ya no estaba.

IX
EL SOLAR

Anno Nostrae Salutis 1221
Mediados de abril

1

ENTRE la calle de Cornería y la plaza de la Llana, el maestro Ricard había calculado una diferencia de nivel de unas quince varas y media. A mediados de abril los albañiles mudéjares habían terminado de retirar los escombros de las casas que se arracimaban en torno a la vieja catedral y que se hubieron de derruir para dejar el solar de la fábrica catedralicia expedito. En la zona quedó una pendiente de terreno que era necesario enrasar al nivel de la plaza, lo que generaría un talud que debería ser sujetado con un muro de contención.

Durante el resto del mes, mientras la cantera de Atapuerca surtía el sillarejo necesario para que los canteros y carpinteros de Giraud levantaran el muro, los cavadores estuvieron explanando el espacio necesario para la cimentación de la mitad de la cabecera de la nueva catedral, trabajo que finalizaron a primeros de mayo. En el solar que antes estaba poblado de casas que, caóticamente ordenadas, caían por la pendiente agolpándose contra los muros de la catedral y del palacio real, ahora se desplegaba un baldío urbano, un yermo sobre el que el maestro Ricard erigiría un templo a Dios.

Sobre el pergamino, el trazado de líneas y el manejo de la escuadra y el compás era algo sencillo. Solo había que dominar los secretos de la geometría, estar dotado de una gran capacidad espacial, tener buenos útiles de dibujo y buenos pergaminos sobre los que plasmar el diseño de la construcción. Sin embargo, sobre el terreno no siempre era sencillo trasladar lo ejecutado en el pergamino. Se necesitaba un punto de apoyo, una referencia de posición, un sitio del que partir para poder trasladar la traza de la planta del pergamino al suelo. Armado con sus herramientas de maestro de obras, el compás, la escuadra, la plomada y la soga de trece nudos, el maestro Ricard se dispuso a orientar la cabecera de la nueva catedral. Le ayudó en las mediciones y acotados el maestro Giraud, que se auxilió con Belmont, uno de sus oficiales, y con su hijo Antoine, que ya era aprendiz. Ricard recordó a Enrique, que tan eficientemente le había ayudado en los cálculos para el planteamiento y con quien compartió experiencias y enseñanzas durante dos tardes de trabajo.

El día había salido bonancible. Sin apenas viento, las escasas nubes dejaban llegar la luz del sol, que iluminaba toda el área despejada detrás de la catedral y templaba la mañana burgalesa. El suelo estaba blando, ya que las lluvias caídas durante la semana anterior habían empapado la tierra. Esto facilitaría el trabajo del maestro, que ya había tomado y marcado algunas referencias cuando estuvo trabajando con Enrique. El maestro de obras colocó una estaca en el centro de la curvatura exterior del ábside de la antigua catedral y prolongó el eje longitudinal de la misma hacia la plaza de la Llana, situando otra estaca a unos treinta y cinco pasos en dirección a una referencia que tenía ya dispuesta. Mediante un cordel teñido de rojo unió ambas estacas, materializando sobre el terreno el eje de simetría de la catedral. Los cálculos que el maestro de obras había realizado durante sus trabajos de agrimensura le llevaron a determinar que podía aprovechar parte de la cimentación de la antigua catedral. Los pilares que separaban la nave central de la nueva catedral de la del evangelio quedaban sobre los cimientos de la pared septentrional de la catedral vieja, lo que suponía situar el muro y pilares septentrionales de la nueva catedral sobre la pared de la parroquia de Santiago. Esto eliminaría la calleja de Santiago, de la que solo quedaría el recodo, que se vería cerrado por el brazo norte del transepto de la nueva catedral. Por su parte, la pared septentrional del transepto de la vieja catedral quedaba alineada con la de la parroquia, y el absidiolo norte arrancaba a la altura del centro del lado septentrional del crucero de la nueva catedral. De esta manera, según las mediciones del *mestre mason*, la columna toral septentrional del nuevo crucero quedaba pegada a la curva del absidiolo norte de la catedral románica. Ese fue su punto de arranque para plasmar el dibujo del pergamino sobre el terreno.

Tras realizar una serie de cálculos apoyándose en la posición relativa de las paredes de ambos templos y del eje longitudinal de la catedral, el maestro determinó con exactitud la ubicación de la columna toral del nuevo crucero. A partir de esta fue realizando una serie de triangulaciones hasta llegar al punto donde iría el altar. Cuando determinó su posición exacta, clavó una estaca de hierro que había encargado a Alvar, uno de los dos maestros herreros, en cuyo extremo estaba grabada la letra alfa. A partir de esta referencia pudo materializar sobre el terreno la traza de gran parte de la cabecera, señalando mediante estacas y cordeles con la ayuda del maestro Giraud la ubicación de las zanjas para la cimentación de pilares y muros. Cuando Belmont y Antoine terminaron de encalar las líneas definidas por la cordelería, ambos maestros subieron a la calle de Cornería para poder ver en perspectiva la traza de la cabecera.

El espacio de la fábrica estaba acotado por las dos iglesias, el palacio y un muro de piedra, aún sin terminar, que contenía el talud, por encima del cual transitaba la calle de Cornería, desde la que se bajaba a la Llana por la antigua cuesta, a la que, no obstante, hubieron de modificar su trazado.

—¿Cuándo viene a verlo? he oído que ya está de vuelta —preguntó Giraud a Ricard, mientras ambos subían la cuesta.

—En cuanto le avise. El obispo Mauricio está muy pendiente de su sede y quiere saber enseguida todo cuanto acontece en ella.

—Sería bueno que lo viese cuanto antes. Así podríamos empezar a trabajar con la cimentación del lado de la epístola antes de que comience a llover otra vez. Sabes que en esa parte tendremos mucho trabajo.

—Sí, lo sé. De hecho, podríamos ir ahora al palacio arzobispal, a ver si hay suerte.

—¿Podríamos?

—Sí, claro. Alguien tendrá que relevarme en el control de la fábrica cuando yo esté fuera por cualquier menester, y es bueno que quien subvenciona la obra nos ponga cara. Además, eso le puede venir bien a tu familia para futuras obras.

—Te agradezco la confianza depositada en mí y en mi familia.

—Eres franco y tu familia y tú formáis un equipo consolidado. Os he visto trabajar en Reims, ¿recuerdas?

—Cómo lo iba a olvidar. Acababas de obtener el título de maestro de obras y nosotros llevábamos una semana en la fábrica de tu maestro cuando llegaste de París. ¿Cómo te dijo Jean d'Obais?

—«Ya tienes la titulación necesaria para empezar a aprender» —dijeron ambos maestros al unísono, soltando después una gran carcajada.

Cuando llegaron arriba contemplaron con detenimiento el trazado de las estacas y la cordelería, cotejándolo con el plano del pergamino. Abajo habían quedado el oficial y el aprendiz de Giraud, recogiendo y limpiando la herramienta para llevarla después a la casa de la obra.

—Sería buena idea construir una techumbre sobre la ubicación del altar para protegerlo de la lluvia —dijo el maestro Giraud cuando vio la ubicación del altar—. Desde el inicio de la cimentación hasta la ceremonia de colocación de la primera piedra es posible que pasen algunas semanas.

—Me parece buena idea. ¿Cuánto tiempo estimas que nos llevará cimentar esta parte de la cabecera? Yo he calculado un mes y medio —dijo el maestro Ricard.

—Sí, estoy de acuerdo —dijo Giraud—. ¿Has pensado en la posibilidad de que cuando se inicie el desmontaje de la catedral románica tengas que modificar alguna medida? Ya sabes cómo va esto.

—Sí, claro. Y por eso estás aquí. Sabes cómo arranca la fábrica de una catedral. Estabas en Bourges cuando empezó la obra. Además, sabes que una fábrica de este tipo tiene vida, es cambiante. Trazando el ábside y el presbiterio, es más fácil después acometer pequeñas modificaciones en el trazado. Pero, la parte más delicada es el trazado del ábside. Tu mujer y tú tenéis un buen equipo de trabajo. Lleváis mucho tiempo trabajando juntos y eso es fundamental cuando se busca cohesión en los equipos. Vosotros ya la tenéis y por eso necesito que tu equipo y el de tu mujer trabajéis en la misma zona, en la más delicada. Quiero que me levantéis un precioso ábside, Giraud.

—Descuida, Ricard. Será el ábside más bonito que hayas diseñado nunca —le dijo Giraud, que se había estirado de forma solemne.

—Muchas gracias, Giraud.

—Y también el primero, claro.

De nuevo, ambos prorrumpieron en una gran carcajada.

—¿Vamos a ver si está don Mauricio en el palacio? —dijo Ricard.

—Probemos suerte —respondió Giraud.

2

Después de visitar al obispo en el convento de San Llorente, el prelado quiso ver *in situ* los trabajos realizados. El canónigo fabriquero acompañó al obispo.

—¿Ese es el entramado de cordeles del que me hablabas?

—Así es, ilustrísima.

—Donde van emplazados los cimientos —pensó en voz alta don Mauricio, que no dejaba de inspeccionar el solar de la fábrica.

El obispo Mauricio había llegado el día anterior. Había estado ausente y quería ponerse al día de los avances en la fábrica. Desde la calle de Cornería podía ver la casa de la obra y los talleres de los canteros, de los carpinteros y de los herreros. Todos esos cobertizos estaban situados en el Corralejo, donde antes se levantaban un montón de casas, ahora desaparecidas. Dentro de los cobertizos, los canteros trabajaban desbastando los sillarejos, los carpinteros preparaban las vigas y entramados de madera para el levantamiento de los muros de los cimientos y los herreros mantenían en óptimas condiciones todo el utillaje y herramientas. Un par de carretas tiradas por mulos llegaban en ese momento con sendas cargas de piedra, mientras otra salía de la plaza descargada del maderamen que había traído.

—Esos tinglados, ¿de qué son?

—El grande es la casa de la obra y los otros son los talleres de cantería, de carpintería y de herrería.

—¿Y cuándo está previsto que se inicie el cavado de las zanjas?

—Lo tenía previsto para esta semana, pero algunos de los cavadores están esquilando y otros en la siega del heno. Espero comenzar sin falta la semana que viene.

—Esas carretas, ¿de dónde vienen?

—De Atapuerca, don Mauricio.

—Pero, vas a emplear piedra de Hontoria, ¿no?

—Sí, sí, por supuesto. Esta que traen las carretas es para la cimentación y el muro de contención del talud. Esperamos terminarlo esta semana.

—Y ¿estás trabajando con alguna cantera más? Aparte de esta y de la Hontoria, claro.

—Con otras dos. Las de Arcos y Villariezo, En ambas hemos instalado dos caleras.

—Pero no veo mucha piedra.

—Está metida justo debajo de nosotros. Esos tejados de paja que ve debajo protegen los sillarejos del agua de lluvia. Estos días pasados ha estado lloviendo mucho y la piedra se trabaja mal cuando está empapada. Por eso vamos algo retrasados. El agua nos ha dificultado el desescombro en la obra y el desmonte en la cantera.

—¿Cuánto crees que va a llevar el cavado de las zanjas?

—Unos treinta o cuarenta días. Los cavadores trabajarán a destajo para que puedan acabar cuanto antes. Además, en cuanto terminen comenzará la preparación de la siega y podrán dedicarse a las faenas agrícolas. Aquí, en la fábrica, se reducirá la necesidad de peonadas. Con los canteros, los albañiles, los carpinteros, un par de herreros en obra y los aprendices será suficiente para preparar los muros y los pilares.

—¿Tienes previsto dónde irá el altar?

—Donde está el trípode.

En la explanada, entre la maraña de cordeles y estacas, se veía un pequeño trípode del que pendía una plomada sobre un punto del terreno. Era la referencia visible que había colocado el maestro, sabedor de que el obispo iba a preguntar por la ubicación del altar. Don Mauricio estuvo contemplando el lugar del trípode durante un rato, absorto en sus pensamientos.

—Para la ceremonia de la colocación de la primera piedra tendrás que retirar la casa de la obra y los talleres. Vendrán muchas personalidades y quisiera que acudiese todo el vulgo posible.

—Por supuesto, ilustrísima. Contaba con ello y por eso estamos almacenando el sillarejo y el ripio aquí debajo, pegado a la ladera.

—Y, donde estamos, ¿sería posible colocar algún tipo de vallado para que la gente se pueda distribuir por aquí? Creo que es un buen sitio para seguir la ceremonia.

—Por supuesto, don Mauricio. El maestro Giraud ya está trabajando en ello. Es quien lleva el peso de esta primera fase de la fábrica.

El obispo buscó a Giraud, que se había quedado dos pasos por detrás mientras Ricard explicaba a don Mauricio el planteamiento sobre el terreno.

—Bueno, parece que esta es la fase más aburrida de la obra —le dijo cuándo le encontró—. No se ve mucho movimiento, pero supongo que tiene que ser así mientras no tengamos las zanjas cavadas.

—Así es, su ilustrísima —respondió Giraud.

—Ricard, avísame cuando así sea. Si no estuviera, me pasaré en cuanto llegue.

—Así lo haré, ilustrísima.

—Ahora, maestros, debéis disculpadme. La obligación me reclama.

El obispo y el canónigo fabriquero retornaron al palacio. El maestro Ricard se despidió de Giraud, a quien dejó a cargo de la recogida del material, y se fue a ver a los maestros herreros. Belmont y Antoine habían terminado de guardar todo el material y esperaban a Giraud en la casa de la obra. Cuando este llegó, se despidió de Pietro, el maestro cantero de

Lombardía, y se fue con su oficial y su aprendiz a la casa que había alquilado la familia. La vivienda estaba en el barrio de San Esteban, en la calle Hospital de los ciegos. La habían encontrado junto a la fonda El Burgo, el hospedaje que regentaban en la misma calle Berta y María, las mujeres de los maestros herreros. Era una casa de planta baja y piso en la que cabían los siete. Un poco apretados, pero con espacio suficiente. Habían llegado a un acuerdo con las hospederas para poder realizar las comidas en su local. Toda la familia de Giraud y Sabine trabajaba en la fábrica y nadie podía dedicarse a la labor de preparar el condumio.

Pietro de Lombardía, cuyo equipo estaba a cargo de la casa de la obra, dejó el tinglado preparado para el día siguiente. La casa de la obra estaba siempre custodiada. Y permanecía cerrada de un día para otro. Hoy pasarían la noche dentro Odo, el oficial de Pietro, y Belmont, que volvería después de comer. Pietro y Marcella habían encontrado un alojamiento en la misma plaza de la Llana, cerca de la casa de la obra. Hoy Pietro comería en la fonda de Berta y María, donde Marcella, su mujer, había encontrado trabajo como cocinera. A Odo le llevaría la comida más tarde Domenico, el hijo de ambos.

Diego, el otro maestro de cantería, el de Trasmiera, estaba alojado con su familia en la plazuela del Pozo Seco, por encima de la casa del maestro Ricard. Había encontrado una casa en la que Elena, su mujer, había instalado un pequeño taller de dorado y policromía. La casa no era muy grande pero el lugar era perfecto para que pudiesen jugar Ysidro y Laura, que aún eran pequeños para encargarles cuestiones del hogar o del taller. Por su parte, Gonzalo de Covarrubias vivía en la calle de Caldavares, cerca de la plaza del Sarmental. Todavía no había encontrado a una mujer de su agrado, pero estando al frente del taller de Huelgas no tenía mucho tiempo para fiestas. Y ahora, con el comienzo de la fábrica, tendría menos aún.

Los carpinteros vivían ambos en la zona de los comerciantes, cerca del mercado menor. Juan de Osorno y su mujer, Justa, habían encontrado una casa de planta y piso en la calle Cantarranas la Menor, y el otro, Suero de Boñar, otra en Cantarranas la Mayor. Justa había montado su taller de talla en madera, con el que esperaba atraer a algunos comerciantes interesados en sus productos, mientras que Gadea y Alodia, la mujer y la suegra del de Boñar, confiaban en poder llevar adelante su taller de confección.

Todos los equipos de trabajo estaban ya alojados en la ciudad del Arlanzón. Se habían acomodado bien a la ciudad castellana y esperaban hacer negocio con los talleres que habían montado. La única que no tenía negocio propio era Marcella, pero estaba a gusto con su trabajo y se iba a encargar del tinglado del comedor de la fábrica, una idea que había madurado y que tanto al maestro de obras como al canónigo fabriquero no les pareció descabellada. El maestro Ricard estaba satisfecho con lo conseguido hasta ahora. Había formado unos buenos equipos de trabajo. El sillar maestro de la fábrica estaba ya grabado por todos los maestros canteros y cada uno había completado el suyo con su gente. El trazado de la catedral estaba ya señalado sobre el terreno y ya tenía contratados a los cavadores y entibadores para comenzar las zanjas para la cimentación. Los cuatro equipos estaban preparados para comenzar la obra de la catedral. Y él también.

3

Durante más de dos meses, la actividad en el solar de la fábrica había sido frenética. Los cuatro equipos de cavadores y entibadores habían trabajado a destajo bajo las órdenes de los cuatro maestros canteros, que habían seguido de forma escrupulosa las directrices del maestro de obras. La coordinación en el proceso había sido crucial. En la construcción de las iglesias románicas, las zanjas para la cimentación de los muros y pilares tenían la misma profundidad, puesto que cumplían la misma función de sustentación. De esta forma, la planta del edificio quedaba dibujada sobre el terreno mediante el trazado de los cimientos. Sin embargo, en el estilo gótico la profundidad de las zanjas venía determinada por la función que realizaba la estructura que sobre ellas se iba a levantar. De esta forma, los pilares y los contrafuertes necesitaban de mayor profundidad en las zanjas para su cimentación que la que demandaban los muros, cuya función era más de relleno. Por este motivo, la profundidad excavada para los cimientos de los pilares había sido de diez varas y de seis para los de los muros.

A primeros de julio, los cimientos del lado del evangelio de la cabecera y del muro de levante de la nave norte del transepto ya habían consolidado y la zona estaba despejada. Aunque la cimentación de la parte de la epístola, pegada al palacio, estaba aún sin completar, el maestro ya podía organizar el escenario para la ceremonia de la colocación de la primera piedra.

—Ilustrísima —saludó el canónigo fabriquero al llegar al despacho del obispo.

Don Mauricio, con la mirada perdida en la plaza de la Llana y absorto en sus pensamientos, parecía no haber escuchado a su canónigo.

—El solar está listo para preparar la ceremonia de colocación de la primera piedra —dijo el maestro de obras, sabiendo que eso le sacaría de sus pensamientos.

—Esperaba esa noticia algo más tarde, según tus propios cálculos —dijo el obispo, girándose hacia Ricard.

—Así es, su ilustrísima. Y yo también esperaba terminar más tarde.

—¿Entonces? No quiero decir que me desagrade el adelanto de la fábrica. Más bien al contrario. Pero, solo por curiosidad, ¿a qué crees que es debido que se haya terminado antes?

—A la siega, don Mauricio.

El obispo cerró los ojos recordando en qué momento del año vivía.

—Cierto, cierto. Estaba ahora mismo en el mes anterior. Bueno, en todo caso, maestro, es una grata noticia. Supongo que habrás venido para que te concrete una fecha para la ceremonia, porque, como muy bien has dicho, aunque el solar ya esté listo la ceremonia aún debe prepararse. Tampoco es muy complicada en sí misma. La complicación vendrá con la organización del espacio para todas las grandes personalidades que se van a dar cita, comenzando por los reyes, claro. Vayamos a verlo y concretamos allí los espacios y los acotados para distribuir a los asistentes. Además, me vendrá bien salir a que me dé el aire. Aunque me han dicho que hace calor.

—Bastante, ilustrísima, bastante.

—Y entonces, ¿me decías que los cavadores se dieron maña para terminar antes?

—Así es, don Mauricio. Los cavadores también son braceros en los campos y eran los primeros interesados en terminar. La siega empezará pronto.

—Pero los tiempos de fragua del mampuesto deben respetarse, si no me equivoco.

—No se equivoca su ilustrísima. Y se han respetado. Los cavadores trajeron más gente en cuanto vieron que la siega del cereal se iba a adelantar. Los calores de junio han madurado antes el grano. En cuanto terminaron las zanjas, se inició el cimentado con los tiempos previstos. Aunque, como ya le expliqué, los cimientos de la parte sur de la cabecera no se podrán acometer hasta después de la ceremonia.

—Lo sé, Ricard, lo sé. Yo soy el culpable de ese retraso ya que yo mismo insistí en que la ceremonia no podía pasar de este verano. Y ya ha transcurrido la mitad —dijo don Mauricio, exculpando al maestro—. ¿Y las necesidades de material y de personal, Johan?

—Todo correcto, don Mauricio. Hemos preparado un sistema para poder realizar las comidas en la plaza de la Llana. Así se rentabilizan los tiempos y se puede jugar con dos turnos de comidas.

—¿Y qué sistema es?

—Preparar un tinglado como cocina y comedor.

—¿Eso se ha hecho alguna vez?

—No que sepamos, al menos cuando las fábricas se realizan dentro de las ciudades.

—Los experimentos, como la alquimia, bien sabéis que dan más trabajo que beneficios. Pero bueno, vosotros sabréis.

—Hemos concertado una hora al final de la jornada para la utilización de los baños de la Llana.

—¿Os han puesto alguna pega?

—No, mientras paguemos.

—Bueno, ni que fueran a perder muchos clientes porque les cojamos los baños a última hora. ¡Esto es Burgos, no Babilonia!

—Como bien sabe su ilustrísima, en una obra de esta envergadura todos quieren medrar.

—Bien, bien. Y tus equipos de cantería, ¿ya los tendrás prestos?

—No solo eso. Están deseosos de comenzar. Prevén una buena temporada en la fábrica y quieren aprovechar el buen tiempo. Alguien les ha ido con el cuento de que en Burgos hace frío.

—¡Bah, sosadas! Como mucho, hace fresco —dijo don Mauricio.

—Eso mismo les he dicho yo.

Obispo, canónigo y maestro salieron del palacio episcopal y se dirigieron hacia el solar de la fábrica, donde esperaba el resto de los maestros.

X

20 DE JULIO. LA PRIMERA PIEDRA

Anno Nostrae Salutis 1221
20 de julio, Santa Margarita

1

El maestro Ricard se había levantado al despuntar el sol. La mañana era fresca, pero muy agradable, y el trino de los pájaros anunciaba el nuevo día, que la noche anterior había presagiado caluroso. En el aire flotaba el olor de la ciudad, una dispar mezcolanza procedente de las casas que difundía el siempre dominante viento burgalés del noreste, hoy aquietado en forma de brisa. El cielo se le presentaba al maestro con un azul claro y límpido, cuya intensidad aumentaba según elevaba la mirada, alejándola de la línea del horizonte. En lontananza, en los campos hacía tiempo amarilleados, se veían cuadrillas de braceros que tras haber pasado la noche al raso retomaban la labor.

Aunque hoy el trabajo en las eras sería breve. Y en los talleres también. No así en las fondas ni en las casas señoriales, cuyas servidumbres deberían atender a más gente que de costumbre. Muchas eran las almas que se habían acercado hasta la ciudad del Arlanzón, que había adecentado y engalanado sus principales calles para la solemnidad. Las esguevas se habían drenado y la glera se había aliviado, llevándose las aguas del serrano río toda la inmundicia de la vega. Los animales que había en algunas de las casas de la collación de San Juan se mantenían en sus establos, cuadras y gallineros, mientras las rúas más transitadas de la ciudad lucían conjuntos florales y aromáticas hierbas. En los barrios gremiales, los talleres mostraban orgullosos las banderas y estandartes de sus oficios y, por su parte, en numerosas casas de renombre se veían pendones con soberbios escudos de linaje y se acicalaban sus estancias, mientras sus moradores paseaban sus orgullos por la ciudad en un pavoneo indeseado del nuevo orden urbano. Las sastras y costureras trabajaban a destajo, lo que, por otra parte, les había venido muy bien a Gadea y Alodia en su recién estrenado taller.

Desde días antes de la esperada fecha, los baños públicos de la Llana y el mismo río Arlanzón habían sido un espectáculo de cuerpos desnudos. Anatomías dispares en impúdica procesión, con la oprobiosa maldad de ser naturales, se acercaban a tomar las aguas con el aditamento del jabón galo o del de Almona. Aunque este solo lo cataban las servidoras de algunas casas muy pudientes, que se llevaban algunos pedacitos del jabón fabricado en las almonas de Sevilla, y que solo sus señores podían comprar. De esta cuna eran los que se acercaban a los talleres de la judería en busca de la joya más lujosa o del adorno más vistoso. El comercio de telas, joyas, especias, aromas y jabón se había intensificado y hasta la calleja de *los meaos*, ahora cerrada al vulgo, había sido limpiada hasta recuperar su buen nombre de calle de Santiago. Estaba previsto que sirviera de zona de paso a la comitiva del Concejo cuando terminara la ceremonia en el interior de la catedral románica.

Algunos juglares habían llegado a la austera ciudad meseteña para ganarse unas monedas dando ritmo y colorido verbal a los sonidos callejeros. Rememorando épicas gestas de héroes castellanos como el Buen Conde, Fernán González, o como el Buen Vasallo, Rodrigo Díaz, el de Vivar, pasaban de una calle a otra y de una taberna a otras dos, recogiendo sus monedas para volver a empeñarlas en humedecer sus sufridos gaznates. Los chiquillos, acicateados por la locuacidad juglaresca y embebidos del ambiente festivo, luchaban entre sí con palos de retama que la imaginación transformaba en inermes espadas de madera, representando las aventuras de héroes desconocidos que sentían como propios y les mantenían orgullosos de su misma cuna. Mientras, los trovadores, gentes cultas de buena alcurnia, finos hacedores de sutiles versos y rimadas composiciones, entretenían a sus pares con melodiosas composiciones poéticas de trufados amoríos, que galanteaban los oídos de las damas, y con heroicas gestas caballerescas de exaltación del valor y del honor, que enardecían los corazones de los caballeros de su estirpe.

La capital burgalesa vivía unos días de regocijo y dilapidación solo comparables a los del casamiento de los reyes. Todo en la ciudad castellana había quedado alterado. Pero había algo que no podía sufrir mudanza alguna, porque hoy la vida del Reino giraba en torno suyo. Ricard se encaminó hacia el solar de la fábrica para comprobarlo.

Algunos madrugadores, más de lo habitual, pasaban ya por la calle de Cornería. Gentes que querían ver cómo habían quedado las obras del arranque de la nueva catedral. El *mestre mason* se acercó a comprobar la baranda que habían levantado los carpinteros sobre el talud para evitar que la gente se precipitase. La altura del desplome impresionaba. Se tenía una buena vista desde la empalizada y el Concejo había previsto la afluencia de mucha gente en esa zona concreta. Por eso, el cercado se había retranqueado hacia el centro de la calle, alejándolo del borde, y la estacada se había profundizado bien en el suelo. Hoy, más que nunca, nadie quería que un accidente empañase una fecha tan señalada.

Desde la calle de Cornería se podían apreciar parte de los cimientos de los pilares y de los muros que marcaban a trazos la planta de la mitad de la cabecera. Por donde habían previsto que discurriese la comitiva real y en los acotados para el clero y la nobleza, varios tablados cubrían la cimentación. Algunos peones de la milicia concejil habían estado custodiando el escenario de la ceremonia durante toda la noche y ahora los reservados estaban señalados por la presencia de un infante, de un muchacho o de un novicio. En la explanada se podía ver una oquedad a cuyo pie se encontraba, escoltado por cuatro monaguillos, un sillar perfectamente pulido y una gran cruz de madera clavada en el suelo. Ricard, que había seguido el consejo de Marsilio, había mandado confeccionar un atuendo acorde a su posición y a la ceremonia. Con semblante satisfecho, pero mirada crítica, bajó a pie de obra.

El maestro Ricard comprobó que todo estaba presto para la ceremonia. Los dos canteros que se iban a encargar de sellar y colocar en su alojamiento la primera piedra ya estaban junto a la cruz. Esta primera piedra consistía en un sillar ceremonial en el que se había practicado un hueco para alojar la carta real fundacional y algunos objetos que tenían preparados el obispo Mauricio y el Concejo. Después se taparía el sillar con una loseta de piedra encajada en el hueco y se alojaría en el fondo del agujero realizado *ex profeso*, en la ubicación del altar mayor. Sobre la oquedad practicada para alojar el sillar, un caballete del que pendía una soga esperaba su efímero momento de gloria. El Concejo de Burgos había destacado peones de su milicia, armados con lanza, formando un cinturón que cerraba el espacio de la cabecera, desde el talud de Cornería hasta el palacio real, por detrás de los cimientos ya consolidados. En la plaza del Sarmental las fuerzas de la milicia concejil habían formado un pasillo desde la puerta de Santa María hasta el palacio real, por el que accederían la mayoría de las autoridades hasta el interior del templo catedralicio. Por el resto de la plaza, ahora vacía, se distribuían largas mesas y numerosos tinglados para la posterior celebración.

La vieja catedral había sido engalanada por dentro con tapices y reposteros desplegados en las paredes y ricas telas enfajadas sobre los pilares y las columnas. Profusamente iluminado con el encendido de todos sus cirios, velas y lámparas, el templo lucía su mobiliario a la par que resplandecían los útiles litúrgicos repartidos por los altares y las alfombras corrían los suelos. Como en la boda del rey Fernando y Beatriz de Suabia, la catedral románica no podía albergar a todo el que hubiera querido asistir a la ceremonia. Por ese motivo, a primera hora se habían celebrado en las parroquias de Burgos misas a las que asistió el resto de la población, ya que el obispo Mauricio había ordenado que se ofrecieran la confesión y la comunión anual, obligación acordada en el IV Concilio de Letrán. Antes del mediodía, empezaba la ceremonia en la vetusta catedral.

Una vez terminadas las celebraciones parroquiales, y mientras la realeza, los magnates, el Cabildo y el resto de la comitiva de gentes de pro asistía a la ceremonia en la catedral románica, los burgaleses se fueron reuniendo en torno al conjunto catedralicio. Las gentes, rasuradas las barbas y recortados y peinados los cabellos, estrenaban vestimenta, aunque solo fuera un simple sayo y unas finas calzas de lana. Los pardos ropajes del pueblo llano eran lucidos con cintas de colores y diademas de flores y los pequeños comerciantes hacían un órdago y se ponían sus mejores galas, mientras nutridas comitivas llegadas de otros lares exhibían sus pomposas vestimentas. Hubo gente que se concentró alrededor de las plazas de Santa María y del Sarmental para poder ver la llegada de los reyes y de los nobles. Otros muchos, más interesados en la ceremonia de los canteros, se fueron agolpando en la plaza de la Llana, por detrás de la milicia. Artesanos pudientes y poderosos mercaderes, como Ramón Bonifaz y sus primos Arnalt y Guiralt Almerich, se fueron situando a lo largo de la empalizada de la calle de Cornería.

Abajo, en la fábrica, el maestro Ricard esperaba a unos pasos del sillar de fundación. A su lado, dos oficiales de cantería se mostraban nerviosos. A su derecha, con sayo pardo sin mangas y calzas anchas rojizas, Enrique de Burgos. A su izquierda, vestido con calzas verduzcas y sayo desmangado en azul, Belmont. Ricard había determinado que fueran dos oficiales de cantería quienes sellasen la piedra ceremonial y quiso hacer un guiño a su tierra, empleando a Belmont, y otro a la tierra donde se levantaría la catedral, empleando a Enrique. En ellos veía la continuación de la fábrica y la trasmisión del arte más allá de los pueblos y las fronteras. Detrás de ellos esperaban cuatro albañiles que bajarían el sillar y lo taparían. Junto a la casa de la obra, aunque estaba cerrada, se había quedado Pietro de Lombardía, por si hiciera falta alguna herramienta. El resto de los maestros, Giraud y su mujer, Sabine, Diego el de Trasmiera, Gonzalo de Covarrubias, Juan de Osorno, Suero de Boñar y los maestros herreros Alvar y Hernán, estaban situados en la calle de Cornería, junto a la empalizada. Detrás de ellos ya se había colocado Melquíades, el Mayor de la Hermandad de Carreteros, con Durán, Pedro, Conrado y Sancho, los maestros de las canteras. Todo estaba presto.

2

Al tiempo que tañían las campanas de la catedral vieja, la guardia del Rey se presentó en la plaza de la Llana, señal inequívoca de que la ceremonia en el interior había finalizado. A pesar de ser muchas las almas congregadas fuera, el vocerío no era elevado, ya que el motivo del evento y las personalidades asistentes imponían la contención del volumen de la voz. Además, la presencia a caballo de la guardia del Rey ayudaba a mitigar los entusiasmos de la muchedumbre. Por la calle de Santiago fueron apareciendo las comitivas del Concejo, representado por el merino de Burgos, los jueces o alcaldes y el escribano, y la del clero secular, sacerdotes de las parroquias más antiguas de Burgos, ataviados con sotana y alba. A la zaga iban los pocos caballeros villanos que habían podido asistir a la ceremonia religiosa. Vestían calzas negras con botas estivales y capa parda castellana que, por ser ceremonia, era de medio vuelo con esclavina y adornada con broche bruñido. La capa y su espada al cinto les distinguían como pudientes entre el pueblo llano.

En el lado opuesto, por una puerta del palacio real surgieron los representantes de la baja y media nobleza. Las mujeres vestían saya blanca y, sobre esta, brial talar hecho de lino o de lana fina. Con bordados de seda, la mayoría de los briales eran de color verde o azul pastel y solo unas pocas damas lo llevaban de azul índigo. Sobre la cabeza lucían la toca, un sencillo paño de lino blanco que caía sobre los hombros y que algunas llevaban sujeto a la frente mediante una ligera guirnalda. El brial, al ser talar, apenas dejaba ver el calzado, que alternaba entre los botines sin lazada y los zapatos bajos de guadamecí con viras de cuero. Los varones llevaban botas tibiales sobre calzas verdes, negras o naranjadas, hechas de fina lana o de lino, algunas con liga frontal y, otras, lateral. Y bajo la saya, decorada con bordados y algunas sin mangas, llevaban una camisa corta entallada de lino y color crudo.

Dejando algo de distancia, a continuación salieron los canónigos del cabildo catedralicio, con sotana, roquete y muceta de seda. Encabezaban la comitiva Johan de Champagne y Pedro Díaz de Villalobos, a los que seguían el resto escoltando al obispo Mauricio. El prelado, tocado de mitra y portando báculo, llevaba una dalmática de seda blanca y, sobre esta, una casulla, también blanca, con cruz trífida bordada con entorchado de oro y plata. Le seguían los superiores del clero regular que representaban a los monasterios más importantes del reino castellano. A la cabeza, con capa pluvial en color crudo sobre su hábito regular, báculo y mitra, don Rodrigo de Támara, abad de San Pedro de Cardeña, y doña Sancha Garciez, abadesa de Santa María la Real de Las Huelgas, que también era mitrada, aunque portaba el báculo hacia dentro y sustituía la mitra por una corona dorada. Detrás iban, entre otros, doña Mencía López de Haro, abadesa de San Andrés de Arroyo, don Pedro Rodríguez, abad de San Pedro de Arlanza, don Munio, abad de San Salvador de Oña, don Pedro, abad de Rioseco, y don Esteban, prior de Rocamador, de la villa de Hornillos.

Una vez situados los precedentes en sus puestos, apareció la curia regia, encabezaba por don Juan de Soria, el Canciller de Castilla, portando el sello real. Le seguía el alférez del Rey, don Lope Díaz de Haro, con el estandarte real, el único pendón que había salido del palacio. Justo detrás del de Haro, el Merino Mayor de Castilla, don Fernando Ladrón, llevaba la espada real sujeta por el filo, exhibiendo la empuñadura como exteriorización de la preeminencia de la soberanía regia. Portando el escudo del Rey, el mayordomo real, don Gonzalo Ruiz Girón, cerraba este primer grupo de magnates. Tras ellos, la reina doña Berenguela, tocada de corona, vestía un pellote rojo sobre brial de tafetán azul, bajo el que se veían las mangas de una camisa margomada saliendo del manto azul aterciopelado. Iba a su lado su consejero, el arzobispo de Toledo, don Jiménez de Rada, sin mitra ni báculo al ir en calidad de componente de la curia regia. Tras el prelado, la reina Beatriz de Suabia, embarazada ya de cinco meses de su primogénito. Igual que la reina Berenguela, doña Beatriz vestía saya a modo de brial, también con mangas bordadas, pero en tafetán rojo. Encima lucía un pellote de tafetán azul bajo un ligero manto de terciopelo rojo. Detrás de la reina Beatriz, sentado en trono en volandas, el rey don Fernando, con corona, cetro y capa roja, iba escoltado por los magnates de los grandes linajes castellanos: Rodrigo Ruiz de Girón, Alfonso y Suero Téllez de Meneses, García Fernández de Villamayor, Álvar Pérez de Castro, Rodrigo Rodríguez, Gil Manrique de Manzanedo, Guillermo Pérez de Guzmán, y cerrando el paso del trono, el veterano Juan González.

3

A duras penas pudo encontrar un hueco para pasar entre las piernas de la agrupada muchedumbre. Cuando al fin lo consiguió, se coló por un hueco de la empalizada y se acomodó en lo alto del talud. Frente a él, el espectáculo colorista que daban las figuras que se encontraban en torno a un agujero hecho en el suelo, en la que decían se iba a colocar la primera piedra. Nunca había visto la primera piedra. Y eso que había cogido muchas. Le gustaba tirar piedras y sobre todo hacer que saltaran en el agua. Aunque para eso no servía la primera piedra que se cogiera del suelo. No valía cualquiera. Tenía que ser lo más plana posible, no muy grande, pero tampoco pequeña. Además, había que saber lanzarla. Debía de salir plana de la mano, para que tocara el agua de esta guisa. La técnica era sencilla: en el momento de lanzarla, el cuerpo se colocaba casi al bies, el brazo describiendo un arco descendente desde arriba hacia atrás y luego hacia delante, la piedra cogida entre los dedos pulgar e índice y el corte del impulso de la mano, muy importante, debía ser como un latigazo. Casi como si quemara la piedra. ¡Qué bonito era verlas saltar, apenas tocando el agua! En la orilla del río había muchas. Tantas como... no sabía, muchas. Pero, entonces, ¿cómo se sabía cuál era la primera piedra? Llevaba días dándole vueltas al asunto. Su padre no hacía más que reírse cuando se lo preguntaba. «Ya lo verás cuando llegue el momento, Yago, ya lo verás», le decía. El viernes había ido a casa de su padre. En el monasterio iban a estar muy liados con los hospedajes de los hermanos de otros cenobios, que habían sido invitados a la ceremonia, y le dijeron a Martín que se ocupara de su hijo hasta que pasase el día de autos. Su padre era quien le había explicado lo de la ceremonia de la primera piedra. Y el momento de descubrirlo había llegado.

Estaba muy bien situado, para no perder ni un detalle, cuando de repente una niña de larga y delicada cabellera se sentó a su derecha mirándole con unos intensos y cristalinos ojos verdes.

—¿Has visto qué colores tan luminosos tienen las ropas de las damas? —preguntó la niña.

Yago la miró y sus ojos se fueron directamente a los de ella, pues su atrayente luminosidad no la había visto ni siquiera en las límpidas aguas del canal molinar en que trabajaba su padre. Por un momento se quedó absorto, hipnotizado por una mirada que, mientras le atravesaba, sosegó su inquieta existencia. Solo la Reina tenía una mirada así. Pero eso era su secreto.

—Las que más brillan son de seda —añadió la niña, apartando la mirada para devolvérsela al centro de atención de ese día en la ciudad.

Yago volvió a sí mismo.

—No lo sabía —es lo único que acertó a decir—. Y tú, ¿cómo lo sabes? ¿Acaso eres tejedora?

—Yo no. Ha sido mi madre quien ha realizado los ropajes de seda de las Reinas. ¿A qué son bonitos? —preguntó ella mientras volvía a mirarle—. Me llamo Zarádat, pero todos me llaman Zoraida.

—Yo me llamo Yehudah —respondió otro niño, asomando la cabeza por el lateral izquierdo de Yago quien, en ese momento volvió a quedar impresionado, pero esta vez por el espolón que asomaba del centro de la cara de quien acababa de sentarse a su lado. Ni siquiera los cuernos de los bueyes de la hermandad de la cabaña de carreteros destacaban tanto como la nariz de Yehudah.

—Y tú, ¿cómo te llamas? —acuciaron Zoraida y Yehudah.

Dando un respingo al ver que la nariz le hablaba y tras mirar de nuevo a su derecha, respondió esbozando una gran sonrisa.

—Me llamo Yago.

—¡Pssss! —oyeron sisear los mozalbetes por detrás.

Abajo parecía que alguien iba a tomar la palabra. La verdad es que daba igual lo que se dijera. Apenas se distinguían las palabras pronunciadas por los celebrantes. Pero había que estar en silencio. Las cosas se veían mejor. Detrás del obispo, Marsilio sujetaba con inusitado porte la cruz episcopal. A la derecha del prelado, delante del abad de Cardeña y de la abadesa de San Andrés del Arroyo, un monaguillo sujetaba una bandeja sobre la que había un Evangelio. A su izquierda, un infante portaba otra bandeja con un pergamino enrollado del que colgaba el sello plúmbeo del Rey, un jinete portando escudo y espada desenvainada, sobre caballo rampante, por una cara y, por la otra, un castillo almenado.

4

El obispo Mauricio comenzó la ceremonia bendiciendo con agua bendita con sal la cruz de madera levantada en el lugar donde se iba a colocar la primera piedra. A continuación roció con el hisopo el sillar de fundación y después marcó con un cuchillo ceremonial una cruz en cada lateral del sillar. Tras el marcaje de la piedra, el prelado pronunció una oración.

—Bendice, Señor, este sillar y concede, por la invocación de tu Santo Nombre, que los que tengan una mente pura presten ayuda a la construcción de esta iglesia y puedan obtener la sanación de sus almas. Por Cristo Nuestro Señor, Amén.

El prelado hizo entonces una señal al infante y este se acercó hasta el canciller real. Don Juan de Soria cogió el pergamino y, tras hacer una sutil reverencia al monarca, que él contestó con un gesto de asentimiento, lo desplegó y leyó.

«Sepan cuantos esta Carta rodada e plomada de mandamiento vieren e oyeren, como yo, don Fernando, por la gracia de Dios, rey de Castilla y de Toledo, por hacer bien e merced al reino de Castilla e a la ciudad de Burgos e al cabildo catedralicio e al suyo obispo don Mauricio, mando e defiendo firmemente que se inicien las obras de la Santa Iglesia Catedral de Santa María en este lugar, e que su fábrica no sea interrumpida sino por fuerza mayor del Todopoderoso e que sea sustituida cuando procediese la vetula catedral. E mando e defiendo firmemente que ninguno no sea osado de ir contra esta mi carta ni de quebrantarla ni de menguarla en ninguna cosa. Et mando et defiendo firmemente otrosí a todos los concejos, alcaldes, jueces, e justicias de todo el Reino que amparen e defiendan esta merced que hago e no consientan a ninguno que les pase contra ella. E porque esto no venga en duda, damos esta nuestra carta sellada con nuestro sello colgado e mando la dejar por la eternidad en esta la primera piedra de esta Santa Iglesia Catedral de Santa María.

E confirman esta Carta plomada de mandamiento
Don Lope Díaz de Haro, alférez real
Don Gonzalo Ruiz Girón, mayordomo real
Don Juan de Soria, canciller real
Rodrigo Ruiz de Girón
Don García Fernández de Villamayor
Don Juan González

Don Álvar Pérez de Castro
Don Alfonso Téllez de Meneses
Don Suero Téllez de Meneses
Don Rodrigo Rodríguez
Gil Manrique de Manzanedo
Guillermo Pérez de Guzmán
Fecha la carta en Burgos XX días de julio era de mil e doscientos e veinte e un anno».

Don Juan de Soria miró al Rey y este repitió su gesto de asentimiento, tras lo que el Canciller enrolló y depositó de nuevo la carta sobre la bandeja. El obispo hizo una señal al monaguillo y este se acercó hasta el deán. El Evangelio de la bandeja era el de San Mateo y estaba abierto por el versículo 16, 17-18. El deán cogió el Evangelio y leyó:

«Y yo, a mi vez te digo que tú eres piedra y sobre esta piedra edificaré mi iglesia».

El deán volvió a dejar el Evangelio sobre la bandeja y, a continuación, el obispo Mauricio bendijo la Carta de fundación, el Evangelio de San Mateo y a los dos oficiales de cantería que iban a sellar la piedra, quienes, agachados junto a ella, se disponían para la labor. Sobre la piedra se veía una bandeja de plata en la que había una paleta. La alegoría no era baladí. La paleta era la herramienta de la construcción por excelencia, el principal utensilio de trabajo del albañil. Y el primer albañil había sido Dios, Creador del Mundo. La bandeja representaba, pues, la solemnidad del reconocimiento a una profesión tan humilde como necesaria. Cuando los canteros terminaron la argamasa se pusieron en pie. Después, el canónigo fabriquero depositó el Evangelio dentro del sillar ceremonial y el Canciller hizo lo mismo con el pergamino que contenía el Privilegio rodado de Fundación. Se acercaron entonces el tesorero real, el tesorero del Cabildo y el mayordomo del Concejo, portando cada uno una bolsa con monedas que depositaron sobre la bandeja del monaguillo. El obispo Mauricio roció con agua bendita las tres bolsas y los tres tesoreros las depositaron dentro del sillar, en presencia del canciller real, el deán del Cabildo y el escribano del Concejo, que daban fe del acto. Finalmente, el prelado asperjó la paleta y Enrique la introdujo en el sillar.

Enrique y Belmont se dispusieron a cerrar el sillar de fundación mientras el obispo Mauricio recitaba la Letanía de los Santos, una Antífona y el Salmo 126 y rociaba con el hisopo los cimientos de la cabecera. Cuando el prelado y los canteros terminaron, el maestro Ricard se acercó para cumplir la tradición de los maestros de obra de colocar la primera piedra y realizó su marca de cantería. Después, los cuatro albañiles la bajaron al hueco practicado y toda la gente estalló en una gran ovación. Al tiempo que los albañiles tapaban el sillar, se cantó el *Veni Creator Spiritus* y el obispo proclamó una indulgencia.

Mientras las comitivas se introducían en el antiguo palacio real, la gente comenzó a disgregarse para ir a la plaza del Sarmental.

—Alfa —pronunció en voz baja el maestro para sí, mirando el espacio, ya cubierto, en el que había quedado la primera piedra de la catedral del Reino de Castilla.

Enrique, que le había escuchado, le miró y, tras un momento, entendió por qué el maestro había dicho eso. El maestro cruzó la mirada con Enrique.

—Espero que tú pongas omega.

5

El maestro Ricard dejó que terminasen de recoger el torno que se había utilizado para bajar el sillar de fundación y se dirigió hacia la casa de la obra. Mientras, la multitud se dispersaba hacia las plazas de la Llana y del Sarmental.

Con la misma velocidad que había aparecido, Yehudah desapareció de la vista de Yago.

—¡Eh! Espera. ¿Adónde vas? —le gritó Yago.

—A la plaza. Hay bailes y juegos. Y están los juglares y los titiriteros.

—Y músicos y danzas —agregó Zoraida, que acababa de incorporarse a los dos niños.

Ambos la miraron. Después se miraron entre ellos y se encogieron de hombros, significando su aprobación, tras lo que echaron a correr cuesta abajo sorteando gentes de todo tipo y condición. En la plaza de la Llana el pueblo comenzaba a distribuirse por los bancos y las mesas corridas. En uno de sus laterales, unas sencillas cocinas atendidas por el personal de dos fondas comenzaban a llenar espléndidas bandejas de pitanzas y jarras repletas de vino. De vez en cuando Yehudah miraba hacia atrás para cerciorarse de que Yago le seguía y este buscaba a Zoraida para asegurarse de su presencia. Cuando llegaron a la plaza del Sarmental, esta bullía de espíritus festivos y sonora algarabía. Las voces se mezclaban como arrítmico coro con la música de los laúdes y los atabales, mientras cantidades ingentes de comida y bebida discurrían por las mesas. Todo el acicalamiento y el recato observado durante la ceremonia se había tornado espontánea manifestación y grandilocuente gesticulación, mofa del estamento que había pagado el ágape, aunque al final fuese la población pechera quien lo sufragase.

Varios cuadrados concéntricos de mesas tiradas y bancos corridos rodeaban las cocinas, que tenían acceso a la glera por un estrecho pasillo para el necesario desalojo de las aguas menores. Mujeres y mozas de las fondas y tabernas, que habían sido contratadas por el Concejo, cargaban grandes bandejas con alubias de Ibeas, morcilla de Burgos, chanfaina de Palencia, chuletas y patas de carnero asadas a las brasas de los sarmientos, cabrito al ajo arriero, perdices escabechadas en tinajas de barro. De las cocinas, que no paraban de trajinar, salían platos con truchas braseadas aderezadas con agraz, arenques de Santoña o, con su majestad, el cangrejo de río. Unos cuantos mozos ayudaban llevando hogazas de pan negro y, sobre las mesas, dispuestas ya en fuentes, se veían empanadillas de pollo con queso, galletas de centeno, cohombros con berros, manzanas, peras, ciruelas y cerezas, requesón de Sedano, queso duro picante del páramo de Masa y queso fresco burgalés. Numerosas jarras y frascas llenas hasta el borde de vino, hidromiel, sidra y perada[42] eran repartidas por las mesas a diestra y siniestra mientras, sobre los tableros, escudillas, platos, cuencos y vasos esperaban ser llenados.

Gentes de todas las collaciones se habían reunido en torno a las tablas distribuyéndose por parroquias, de las que no faltaban sus clérigos. Los recién creados dominicos y franciscanos atendían las necesidades de los pobres y de los niños huérfanos, que esperaban su turno junto a los perros sin dueño, cerca de la glera. Por entre las mesas, algunos peregrinos de pobre estampa y más pobre condición alternaban sus jaculatorias con un trago de vino y un bocado que llevarse a la boca, compitiendo con los juglares, con el gollete seco de tanto declamar, por la tenencia de una frasca y una pata de cabrito. La fiesta acababa de empezar y parecía que llevase ya toda la mañana. La gente sabía que no se iba a prolongar más tiempo que el del día de hoy. Las labores del campo acuciaban y las de la fábrica también. Recientemente habían sido las celebraciones de San Pedro y San Pablo y el Concejo aún no se había recuperado del dispendio.

42 Bebida similar a la sidra hecha con peras.

Al otro lado de la plaza, hacia la de Santa María, los caballeros villanos trataban de distanciarse del vulgo, pero sin acercarse a la nobleza, siendo, al fin, una estirpe social en ciernes que, sin embargo, tendría su peso en la historia castellana. Situados entre la baja y media nobleza, que se había dispuesto en la plaza de Santa María, y el vulgo del Sarmental, las familias de los pudientes disfrutaban de su próspera condición económica, única innoble virtud que les acercaba al estamento nobiliario. Más allá, alejados de la algazara de la celebración, los vecinos de las aljamas continuaban su vida, aunque no todos fueran ajenos al motivo de la fiesta. Tejedores como los mudéjares Xama, fiadores como los judíos Abrabanel y Keren, alarifes, carpinteros y otros artesanos celebraban en sus casas el levantamiento de la nueva catedral, del que se beneficiarían de forma indirecta. Toda la gente de Burgos, sabedora de la importancia que para la urbe suponía una fábrica de esas dimensiones, celebraba al unísono el inicio de la obra.

Ricard se encontraba rodeado por todo su equipo de trabajo en el interior de la casa de la obra. Entre todos habían engalanado el tinglado con cintas de colores, banderolas, guirnaldas floreadas y ramos de olorosas hierbas bajo la dirección de Marcella, la mujer de Pietro. Una larga mesa lucía surtida de numerosas viandas y colmadas jarras de vino y de hidromiel. La ceremonia de los canteros había salido perfecta, pero esta de las panzas y las chanzas Ricard se la iba a perder. Justo cuando iba a hablar, una voz solicitó su atención.

—Maestro, el Rey desea veros. Os aguarda en palacio —dijo el paje que había estado sujetando la bandeja de la carta de fundación y que esperaba para guiarle hasta el monarca.

—Señores, señoras —saludó Ricard—. Comienza hoy una labor apasionante cuyo resultado final tardaremos en ver y algunos incluso quizás no veamos. Por eso debemos buscar la meta en cada día, en cada jornada, en cada traza que planifiquemos y en cada sillar que coloquemos. En cada cimbra y andamio que haya que montar. En cada zuncho, en cada grapa. En cada carretada. En cada día de trabajo y en cada noche de descanso. En lo que tengamos programado y en lo que se nos solicite. No se trata de estar en la obra. Ni siquiera de trabajar en la misma. Debemos ser la fábrica. La tarea va ser larga, el trabajo exigente y la dedicación plena. Los estíos de esta tierra son calurosos y su sol pica con inagotable insistencia, pero no son largos. Por eso debemos ser diligentes sin caer en la negligencia. Debemos avanzar ligeros y a la vez seguros. Después vendrá el invierno, que es duro incluso para trabajar en los talleres tallando y puliendo los ornatos y figuras. Y es largo. Así que deberemos también planificar todo lo que podamos la labor a realizar en los meses de recogida, para llegar a la primavera con material suficiente para recuperar parte del tiempo en el que la fábrica esté parada. Y os digo esto porque —el maestro relajó el tono de voz para quitarle dureza a su discurso— a la vista de lo expuesto en las generosas tablas que vuestras mujeres han preparado, es mejor hablaros ahora, cuando la gula y las alegrías del vino aún no han hecho efecto. Arrimaos todos a esa mesa como la familia que somos y disfrutad de la fiesta de nuestra catedral. Yo volveré en cuanto me dejen.

—Pero no tardéis, maestro, que no os aseguro la pitanza con esta caterva —soltó Giraud, desde el fondo del techado.

Mientras Ricard se alejaba con el paje, Enrique le miraba con el eco de sus palabras aún rondándole en la cabeza. «Espero que tú pongas omega».

6

La curia regia estaba en una gran sala del palacio cuyas angostas ventanas daban sobre el claustro viejo de la catedral. Sentados en varias mesas, los nobles degustaban las viandas y conversaban animados. En el ambiente se mezclaban los aromas del venado y del jabalí asado con el de las codornices estofadas y el ganso en salsa de manzana. Sobre las manteladas mesas se podían ver panes blancos, hechos con harina refinada en las tahonas de palacio, fuentes llenas de pasteles de carne de cerdo con huevo y canela, pollos asados a la pimienta negra y cangrejo de río en salsa de jengibre y comino. En las jarras y copas corría el vino y el hipocrás y más tarde sacarían leche de almendras de Briviesca edulcorada con remolacha. Los modales y maneras de los comensales evidenciaban su egregio origen y sus vestimentas el poderío económico. Al fondo de la sala, una mesa trasversal al resto presidía el ágape. Sentados a ella, Ricard pudo distinguir al monarca y su esposa, a la reina madre, al arzobispo de Toledo y al obispo Mauricio. En un lateral del enorme salón, Frida de Augsburgo, amiga de la reina doña Beatriz, con quien vino de Suabia como dama de compañía, ejercía de *trobairizt* de la cámara regia declamando sutiles versos, acompañada por Aimeric de Peguilhan, famoso trovador occitano, y por Viarce de Campoo, que extraía bellos acordes de su axabeba mientras Enric, su amante franco, giraba el bordón de la zanfoña. El maestro fue llevado por el paje hasta el mayordomo real, quien le guio hasta el Rey.

—¡Maestro Ricard! Celebro conocerte —dijo don Fernando de la forma más campechana que supo—. Deberás disculpar la tardanza por la fecha de la ceremonia. Estoy convencido de que una catedral, siendo la casa de Dios, es una obra de gran magnitud y dedicación, pero levantar un reino también consume muchos esfuerzos.

El mayordomo real, don Gonzalo Ruiz Girón, miraba con atención a Ricard, lo mismo que don Lope de Haro y que don Juan de Soria. Los tres acompañaban al monarca, que se había puesto de pie para atender al maestro.

—Alteza —saludó el maestro constructor, haciendo una reverencia—. Si me lo permitís, señor, la catedral también forma parte de vuestro reino.

—De dos reinos, querido maestro, de dos reinos. Del mío y del de Dios. Así que tienes por delante una gran labor. No siempre es fácil complacer a Dios y al Rey.

Ricard no sabía muy bien cómo encajar esa frase. El Rey era joven, por lo que el mensaje podría llevar la carga de una soberbia aún sin domeñar. Pero Ricard sabía también que el Rey era una persona culta y leía con frecuencia, y además conocedora de las capacidades de las gentes de su reino. No en vano, parte de su crianza había transcurrido en Burgos. Fue el propio Fernando quien le liberó de su desasosiego.

—No me hagas caso, maestro. Don Mauricio me ha informado de tus capacidades y me ha dicho que has conseguido formar un gran equipo de trabajo. Pero, dime, ¿es cierto que ya tienes todo presto para comenzar mañana mismo a levantar la catedral?

—Así es, Alteza. Debemos aprovechar los meses de verano antes de que el invierno pare la fábrica y nos meta en los talleres.

—Supongo que será pronto para hablar de vidrieras, pero, ¿cuándo vas a atacar esa cuestión?

—En buena lid, mi señor, ya he comenzado. He hablado ya con Ludovic de Poitiers, el maestro vidriero que está colocando las vidrieras de la iglesia del monasterio de las Huelgas.

—¿Y qué te ha dicho? ¿Le queda mucha tarea en el monasterio?

—Sí, Alteza. Me dijo que aún le quedaba bastante trabajo.

—¿Y no te dijo nada de la abadesa? —preguntó el monarca, acercándose cómplice al maestro.

—Por lo visto, su ilustrísima la abadesa es una persona de gran cultura que define muy bien cuáles son sus preferencias —dijo, prudente, el maestro de obras.

—Ya lo creo, maestro, ya lo creo. Te contaré un secreto, mi querido Ricard. Tres años después de que el capítulo general de la Orden Cisterciense ordenara retirar todos los vidrios de colores de sus templos, estaba como abadesa en el monasterio de Huelgas doña Misol. Por aquel entonces aún no se habían colocado vidrieras y los vanos estaban cerrados con alabastrina, pero la abadesa, cuyo monasterio no tenía que retirar nada pues carecía de vidrieras coloreadas, quiso entonces ponerlas, aunque Dios la llamó de este mundo antes de conseguirlo. A doña Misol, que procedía del monasterio de Tulebras, en el reino navarro, la sucedió la abadesa doña María Gutiérrez, también de Tulebras, mostrando el mismo interés por las vidrieras. No consiguió doña María encontrar un maestro vidriero que satisficiese su deseo y, cuando falleció, la sucedió la actual abadesa, doña Sancha Garcíez, que habrás visto que ha asistido a la ceremonia y que, por cierto, también procede de Tulebras.

»Pues bien, cuando me armé caballero, la abadesa ya había conseguido a su maestro vidriero, un franco procedente del Taller del Buen Samaritano. El taller atendía los requerimientos de la fábrica de la catedral de Bourges, donde, según parece, el maestro estaba trabajando. Pero la obra catedralicia se paró, y creo que aún sigue detenida, y el maestro vidriero pudo venir hasta nuestro reino. El caso es que, desde la fundación del monasterio, las abadesas de Huelgas han demostrado siempre una especial querencia por saber bien cuáles son sus preferencias —dijo el monarca, repitiendo el acertado circunloquio del maestro y provocando las sonrisas del grupo en el que estaba—. Lo que no tengo tan claro es si esa insistente inclinación por querer llevar la contraria les viene por ser abadesas de tan prestigioso monasterio o por proceder de tierra navarra.

—Sin duda, Alteza, ambas pueden ser origen de nuestra decidida manera de gobernar —intervino doña Sancha, que se había acercado, como otras personas, al grupo del Rey—. Pero, en cualquier caso, nunca hemos contravenido el mandato de la Orden. Os recuerdo, Alteza, que este ha sido desde el primer momento el de retirar las vidrieras de colores, cuando nosotras lo que hemos pretendido siempre ha sido colocarlas —sentenció cínica la abadesa, provocando esa incómoda situación en la que los presentes quieren aflojar la risa, pero esperan que sea el Rey quien comience.

–No seré yo quien juzgue las cuestiones de la Orden Cisterciense. No quiero pleitos ni con abadesas, ni con navarros —contestó el Rey, provocando de nuevo las risas de los asistentes—. Pero repartámonos y demos gusto a todos con nuestra conversación. No debemos concentrar toda la atención en la figura del monarca. Hoy el protagonismo lo tiene nuestro maestro de obras y nuestra futura catedral, la catedral del Reino.

Don Fernando volvió su mirada sobre el maestro de obras, mientras la gente que se había adherido a su grupo se disgregaba formando otros.

—Cuando vayas a comenzar el diseño de las vidrieras, házmelo saber. Tengo entendido que las de las catedrales francas son de una espectacular luminosidad y la reina Beatriz y yo estamos muy interesados en que la de Burgos sea referente para el resto de España.

—Así lo haré, Alteza.

—Supongo que tus demandas serán atendidas con diligencia por el prelado, lo que me libera de la preocupación de nuestra catedral, que no de mi interés. Te ruego que no te vayas aún, hay gente por aquí que desea saber de ti. A mí me tendrás que disculpar, debo atender mi albañilería.

—Alteza —se despidió el maestro mientras el Rey recibía a otro grupo.

7

Durante buena parte de la jornada, el maestro estuvo atendiendo los requerimientos de numerosos personajes de la corte, comenzando por las dos Reinas, quienes mostraron gran interés por el diseño de la catedral y el conocimiento de las catedrales del reino franco. Los nobles buscaron en Ricard un constructor que les diseñase sus casas señoriales, a lo que el maestro les refería a constructores de su equipo al tiempo que les solicitaba que tuvieran paciencia, pues aún estaba por ver el ritmo de la fábrica.

Cuando el maestro de obras pudo abandonar el palacio, en las calles los ánimos aún seguían arriba a pesar del peso de la gula. La plaza del Sarmental se había despejado para que los caballeros mostrasen sus habilidades ante la curia regia y el vulgo. Primero se exhibieron con los juegos de cañas.

Cuando terminó el juego de las cañas, se soltaron tres toros pagados por el monarca, traídos desde Sepúlveda para ser corridos. Los caballeros largaron los estribos, ya que la suerte de lancear se ejecutaba sobre la monta a la brida, conocida como a la estradiota. De esa guisa, los lanceros persiguieron y alancearon a las bestias astadas mientras las gentes les lanzaban piedras y palos. Después los carniceros destazaron los inertes cuerpos, que servirían de cena como final de fiesta.

Tras el espectáculo de los toros, los nobles alardearon de sus capacidades mediante los pasos honrosos, en los que jóvenes caballeros se enfrentaban en justa ante el arbitrio de veteranos caballeros. Cuando terminaron las justas, los criados montaron con rapidez el juego de los tablados, construyendo unos castillos de tablas que todos los caballeros participantes, organizados en dos cuadrillas, trataron de derribar con el lanzamiento de lanzas desde sus monturas. Este último juego ponía fin a la exhibición enardecida y colorista de los caballeros, tras lo que la plaza fue de nuevo limpiada y montada para la continuación del festejo.

Había llegado el momento de los juegos y las danzas populares. En la plaza del Sarmental, alegres acordes movían los cuerpos y aligeraban los espíritus, ya de por sí elevados por el fruto de Baco. Al ritmo de atabales y panderos, las piernas realizaban intrincados movimientos a la par que las risas y los cantos se mezclaban con los sonidos de las flautas y las fídulas. En el porticado de la plaza de la Llana, en cuyo suelo había grabados tableros para el juego, numerosos niños se divertían jugando al alberque, mientras que, en el lugar donde se habían extendido las tablas para la pitanza, ahora recogidas, otros chavales corrían y se perseguían jugando a la chueca. Al fondo, aprovechando la pared del convento de San Llorente, un pequeño grupo de mozos jugaba a la pelota, haciendo las delicias de los ancianos. Los mayores, por su parte, habían extendido burdos tapetes de lana sobre algunas mesas, en los que caían los naipes y se volteaban los dados.

En torno a la casa de la obra, Giraud y Sabine bailaban con Nicolle, Antoine, Belmont y Colette el estampié, una danza occitana que un grupo de músicos francos estaba interpretando. Cuando terminaron, Pietro se acercó a los de su familia y les dijo algo, a lo que asintieron. Sentados en el suelo, los niños de la fábrica miraban intrigados. Entre ellos, Ricard vio a tres que no le sonaban. Cuando se acercó, Ricard distinguió a Yago. Pietro estaba explicando que la danza que iban a bailar se llamaba la tarantela y era originaria de Tarento, a sur de la Lombardía. Según el maestro cantero, ahora metido a juglar, el baile eliminaba el veneno de una araña llamada tarántula, para lo que era necesario mover continuamente las piernas mientras se giraba sin parar. De repente, flautas y albogues comenzaron una alegre melodía. Invitando a los asistentes a dar palmas para acompañar la música, Pietro, Marcella, Doménico y Loretta comenzaron a bailar. En seguida, una valiente Sabine animó a Giácomo para que saliera con ella y la enseñara a bailar. A medida que avanzaba la melodía, el tempo subía y el baile alcanzaba un trepidante movimiento en el que, si el veneno no mataba al bailante, podía llegar a hacerlo la danza.

—Hola, muchacho, ¿dónde has dejado a tu monje? —preguntó el maestro Ricard.

—Hola, maestro —respondió Yago, que se puso en pie de un salto—. Está en el monasterio. Ha llegado mucha gente al hospital y tenían mucho que hacer.

—¿Y cómo por aquí? ¿No te gusta jugar por ahí con tus amigos?

—Sí. Ya hemos estado jugando. Pero quería enseñarles la obra.

—Te gusta la fábrica, ¿verdad?

—Sí.

—Y, ¿te gustaría aprender a construir catedrales?

—Sí. Pero...

—¿Pero?

—Es que también me gusta estar en el monasterio. Allí me lo paso muy bien con los padres y los hermanos.

—¿Y con quién has venido?

—Con mi padre. Pero él ya se ha vuelto. No le gusta la gente. Bueno, no es que no le guste, es que no le gusta cuando hay mucha gente.

—Ya —respondió Ricard, que también prefería el sosiego a la algarabía—. Y tus amigos, ¿quiénes son?

—Yo soy Yehudah, hijo de Abrabanel, el cambista.

—Y yo Zarádat, hija de Amín, el tejedor.

Las trompetas sonaron en la plaza de Santa María. Era la señal de que los reyes abandonaban el festejo y de que se iniciaba el desfile en el que el tesorero real realizaba el reparto de dinero entre la multitud, una acción mediante la cual se secularizaba la distribución de ofrendas entre los pobres. Cuando hubo terminado, el gentío continuó el festejo. Mientras los músicos seguían animando en las plazas a la gente, que participaba animosa en las danzas, algunas cantinas y tabernas habían abierto sus puertas, donde trepadores, chocarreros y adivinadores siguieron con sus entretenimientos. En la plaza del Mercado Menor, donde había más espacio, algunos jugaban a los bolos, otros al tejuelo y otros al herrón. El festejo terminó con la salida de los toros corridos durante la tarde, pero esta vez debidamente braseados y regados con vino, lo que se acompañó con dulcerías y platos especiados. Poco a poco, la luz crepuscular de poniente iba tornasolando el cielo castellano de un día que pasaría a los anales de la historia.

1221-1233

«En Espanna avié de nacer un príncep cristiano que serié señor de tod'el mundo, e valdrié más por él tod'el linaje de los omnes, bien cuemo esclareció toda la tierra por la claridat d'aquella nuve en quanto ella duró»

Estoria de Espanna
o Primera Crónica General

XI
MARTÍN

Anno Nostrae Salutis 1221.
Noviembre

1

—¡Se aproxima un jinete! —voceó un soldado desde el adarve.

—¿Un jinete? ¿Viene al galope? —preguntó otro desde el patio, junto a la puerta de entrada al alcázar.

—Sí. Parece un mensajero.

El frío toledano arreciaba sobre la piedra del palacio mientras en una de sus alcobas una joven madre acababa de dar a luz a un niño. Tres grandes braseros mantenían caldeada la estancia, decorada con numerosas alfombras y tapices, más por aislarla del frío que por mantener su regia condición. Ante la atenta mirada de la abuela de la criatura, la matrona lavaba al recién nacido y el médico judío atendía a la parturienta. Doña Elo, una de las damas de compañía de la joven madre, enviaba a buscar al mayordomo.

—Señora —se presentó el mayordomo de la reina Beatriz.

—La Reina acaba de parir al heredero de Castilla —informó doña Berenguela al mayordomo—. Mandad aviso a mi hijo.

—Enseguida, Alteza. He de informaros que acaba de llegar un mensajero del rey al-Mustánsir —respondió el mayordomo.

—¿De dónde viene?

—De Marrakech.

—Llevadlo ante mí en el salón del trono.

—Enseguida, Alteza.

—No enviéis aviso al Rey todavía.

—Cómo ordenéis, mi señora.

El rey Fernando se dirigía hacia tierras del señorío de Molina para aplastar la última rebelión dentro de su reino. La casa de los Lara aún mantenía su hostilidad y se resistía a perder su poder, por lo que el actual señor de Molina, don Gonzalo Pérez de Lara, acababa de ceder su señorío al arzobispo de Toledo, don Rodrigo Jiménez de Rada, quien se lo devolvió en un acto de vasallaje. De esta forma, el conde de Lara protegía sus dominios del control de la corona de Castilla. Además, aguijoneado por su tío, el señor de Molina había comenzado a atacar las tierras castellanas limítrofes con las suyas, provocando las iras del Rey, que ordenó sitiar la fortaleza de Zafra, en la que se había hecho fuerte el señor de Molina.

La esposa del Rey se había puesto de parto en la ciudad del Tajo, cuando iban de camino a Molina. La joven Reina era primeriza y la presencia de su suegra la sosegaba. El infante había llegado a este mundo un martes 23 de noviembre de 1221, día de San Llorente, pero las albricias por el nacimiento se habían visto nubladas por la cuestión de Molina. Berenguela albergaba la esperanza de que el mensajero del rey moro trajera buenas nuevas. El reino no estaba para ser sometido a mayores presiones que las que ejercían algunos de sus magnates. Berenguela cogió al niño y lo elevó por encima de ella. Lo miró sin decir nada y luego lo dejó junto a su madre, aún fatigada por el parto. Después, salió de la alcoba para dirigirse al salón del trono.

—Alteza.

La Reina estaba de pie, delante del trono vacío de su hijo. No quiso sentarse en la silla del Rey, pero su digna presencia justo delante de la regia silla escenificaba su incuestionable autoridad en el Reino. El mensajero hincó una rodilla en tierra a la vez que bajaba la cabeza, en un gesto de respeto y sumisión.

—Hablad.

—Me envía Abu Yaqub al-Mustánsir Yúsuf ibn an-Násir, califa almohade, que Alá bendiga y proteja, para entregaros esta carta.

El mensajero extendió una mano que sujetaba un pliego de papel y uno de los nobles presentes cogió el documento y se lo pasó a don García Fernández de Villamayor, el mayordomo de la Reina. La carta, fechada el día 24 de octubre, iba dirigida a la misma reina doña Berenguela. La Reina desplegó el papel y lo leyó.

—Dadle de comer y proveedle de aseo y descanso —dijo la Reina, sin exteriorizar un gesto de satisfacción.

Cuando el mensajero se retiraba, fue anunciado el arzobispo de Toledo. La Reina aún retenía en sus manos la carta de Marrakech.

—¿Nuevas buenas? —preguntó Jiménez de Rada, a modo de salutación.

—¿Os referís a las vuestras, ilustrísima? —respondió la Reina madre, que no había recuperado aún la confianza en el trato que había mantenido hasta ahora con su antiguo consejero. La monarca quería creer que la maniobra del de Lara con el arzobispo de Toledo había sido fruto de algún tipo de engaño ideado por el conde, al que había sucumbido el arzobispo por inmodestia. El arzobispo de Toledo era su consejero cuando ella andaba con su hijo Fernando escondiendo un cadáver y engañando a un rey. Y ahora, ¿se dejaba engañar él? Aunque por otra parte, si la participación en el acto de vasallaje hubiese respondido al deseo del arzobispo de poseer más dominios, ¿por qué se los había devuelto? A la reina Berenguela se le escapaba la causa de tamaña ingratitud. A no ser que fuese el resultado de un acto de pura vanidad. Y para eso tenía remedio.

—Espero que sí, Alteza —respondió a su pregunta el arzobispo de Toledo, simulando no haber percibido la insinuación real.

—Aún me debéis una explicación, don Rodrigo. No por autoridad, sino por entendimiento. No llego a colegir vuestra actuación.

El prelado miró de soslayo a Fernández de Villamayor, que todavía estaba presente en el salón del trono. La Reina mantenía su posición, dando gracias a la Divina Providencia de que el arzobispo apareciera antes de que ella se retirase del salón del trono. La escenificación era una parte muy importante en las cuestiones palaciegas. El mayordomo, que percibió la mirada del arzobispo, miró a la monarca, quién le despidió con un sutil gesto de asentimiento.

—Don García, decid al mayordomo de la reina Beatriz que envíe aviso, como hemos convenido antes —le dijo doña Berenguela a su mayordomo mientras se dirigía hacia la puerta—. ¿Y bien? —preguntó cuando hubo salido el mayordomo.

—En esta carta revoco el acto de vasallaje del conde Gonzalo Pérez de Lara, señor de Molina, y reconozco el señorío del rey Fernando sobre todas las tierras de Castilla.

—¿Y a cambio?

Doña Berenguela era diestra en el arte de la diplomacia y utilizaba con maestría las contenciones de los gestos y el vocabulario preciso, pero también sabía que en ocasiones los circunloquios eran enjuagues que lejos de aclarar el mensaje complicaban el diálogo llevando a equívocas interpretaciones. Una pregunta directa y clara en el momento oportuno ofrecía información sincera, aun quedando sin contestar verbalmente.

—La sede episcopal de Toledo es primada y metropolitana desde que su santidad el papa Urbano II promulgase la bula *Cunctis Sanctorum*, y de eso han pasado ciento treinta años de luchas contra los sarracenos. Ahora, la frontera castellana se asoma a la vega del Guadalquivir y, si no me equivoco, el mensajero que acaba de salir ha traído noticias que esperabais, ¿de Marrakech, quizás?

—Sois sagaz, don Rodrigo. Pero aún no me habéis explicado por qué. ¿No podíais haber recurrido a mí para solicitar lo que acabáis de pedir, antes de dejaros engañar por ese felón linaje? ¿O ha sido la vanidad la que os ha puesto en esta situación?

Jiménez de Rada miraba a la Reina, pero guardaba para sí sus pensamientos. Desde que fuera consejero de su padre, el rey Alfonso VIII, había sido un personaje clave en el reino de Castilla. Y ahora la Reina le hablaba de vanidad. Estaba claro que la maniobra había dado resultado. El conde de Lara había tragado el anzuelo y había dado por bueno el hecho de que prestando vasallaje al arzobispo de Toledo se pondría en situación de ventaja para solicitar prebendas perdidas y mantener sus territorios. Pero si los magnates eran duchos en la diplomacia y las armas, lo obispos lo eran en la diplomacia y las almas. Y las lides de palacio se ganan conociendo y conquistando las almas.

Para Jiménez de Rada, la vanidad era virtud cuando se sabía utilizar. El arzobispo era consciente de que su movimiento no iba resultar si no iba acompañado con otro de mayor empuje. Y este ya se había producido, tal y como esperaba. El señor de Molina acababa de repetir el mismo error que cometiera Rodrigo Díaz de Cameros, asolando las tierras del Reino alrededor de sus dominios. Por eso el arzobispo ofrecía ahora la rescisión del vasallaje del de Molina y el reconocimiento del rey Fernando como señor de Castilla. Así aprovechaba la vanidad real. Y la vanidad posee, como acto también vanidoso, la gracia y la generosidad. Y eso era lo que él había venido a buscar. La magnanimidad del Rey. Y, de paso, una catedral. Solo hacía falta un poco de humildad. Entonar el *mea culpa*.

—Mi señora, la vanidad es pecado que lleva su propia penitencia, como todos. Pero es la penitencia del pecado de la altivez la que más pesa, no por su carga, sino por el tiempo que ha de llevarse. Permitidme seguir a vuestro servicio y enmendar el error. El tiempo demostrará que en la rectificación también está la virtud.

«Y, ya puestos, levantamos una catedral», pensaba la Reina, que, estando entre obispos y magnates, sabía tanto de diplomacia y de almas como de diplomacia y de armas. Por eso bregaba bien en las lides de los palacios reales y de los episcopales.

—Me complace oíros hablar así. Sois hombre de Dios y no seré yo quien os diga cómo debéis llevar las cuestiones del alma, y mucho menos las de la vuestra. Pero tendréis que esperar a que hable con mi hijo, el Rey. Como sabéis, se ha dirigido a tierras del señor de Molina. Sin embargo, voy a dirigirme allí también. He de comunicarle algo que quiero que sepa por mi propia boca. El heredero ha nacido.

—Albricias, mi señora.

—Además, como bien habéis observado, han llegado buenas noticias desde el otro lado del estrecho. Las treguas se han renovado. Pero os solicito un discreto silencio hasta que hable con el Rey.

—Descuidad, Alteza.

El primogénito del monarca se llamó Alfonso en recuerdo y homenaje a su abuelo Alfonso IX, rey de León, y a su bisabuelo Alfonso VIII, rey de Castilla. Su lactancia y primeros cuidados fueron encomendados a doña Urraca Pérez y su marido, don García Álvarez. El infante fue bautizado por el arzobispo de Toledo, Rodrigo Jiménez de Rada, en la sede episcopal toledana, momento que aprovechó doña Berenguela para intervenir en favor de la construcción de una nueva catedral. El rey Fernando, que ya se había reconciliado con su arzobispo, le prometió una sede en cuanto solucionase la cuestión de Molina, que había tenido que desatender personalmente ante el nacimiento de su hijo. No obstante, el monarca no revocó el sitio de Zafra.

El castillo roquedo, construido sobre un altivo y alargado farallón, presentaba una hechura inexpugnable y desde su ubicación se dominaba un amplio territorio. El acceso a la fortaleza únicamente se podía hacer a través de un sistema que solo sus moradores conocían. Como fuera que el sitio se prolongaba más de lo deseado, la reina doña Berenguela intervino en la lid y ejerciendo su eficaz diplomacia consiguió que el señor de Molina abandonase su rebeldía y se plegase al vasallaje de su señor natural, ofreciéndole, además, el perdón del Rey.

Con la situación nobiliaria atemperada, el rey Fernando cumplió su promesa y en 1222 estableció con el prelado de Toledo la construcción de una nueva catedral. La reina Berenguela obtenía así otra victoria diplomática, y el arzobispo de Toledo, una catedral. Sin embargo, la colocación de la primera piedra, al igual que sucediera con la catedral burgense, tardaría en llegar.

Dos años más tarde, el asunto nobiliario quedaba resuelto, al menos de momento, aunque don Gonzalo Núñez de Lara, hermano de Fernando y Álvaro Núñez de Lara y último instigador de las conjuras de Cameros y de Molina, tuvo que pagar su tributo. En 1224, después de que retornase al vasallaje del rey de Castilla, este le enviaría a Baeza para ponerse a las órdenes de su rey, Abd Allah ibn Muhammad al-Bayyasi, aliado del rey Fernando. Con él marchó su mayordomo, Martín Pérez, padre de Álvaro.

En cuanto a las treguas entre Castilla y los almohades, la carta enviada por el califa al-Mustánsir Yúsuf a la reina doña Berenguela prorrogaba las mismas durante tres años más, y recordaba al rey de Castilla la obligación de castigar a cualquier súbdito castellano que tramare o provocare daño alguno a los musulmanes. Era la tercera vez que se renovaban unas treguas desde la batalla de las Navas de Tolosa, en 1212.

Anno Nostrae Salutis 1224

Junio

2

—Es imposible.

—Inténtalo otra vez.

—Ya lo hago.

—Se me acaba de escapar.

—¿Tú no los pierdes?

—Claro, pero cojo otro.

Las postreras luces del sol dibujaban sobre el azul del horizonte una amalgamada franja de rojizos, amarillos y anaranjados, por la que unas tímidas nubes discurrían sin apenas protagonismo. El aire estaba quieto, como si la tarde no quisiese hacer ruido para que la noche pudiese descansar. Algunos pajarillos revoloteaban por entre los matojos mientras golondrinas y vencejos competían por alados insectos, en una continua y enloquecida filigrana aérea. Daba gusto verlos. Iban y venían de todas direcciones, realizando inverosímiles quiebros en el etéreo medio. Era imposible seguir mucho tiempo el vuelo de uno solo. Cuando se comenzaba a seguir a uno, de repente surgían otros dos que, cortándole la estela, lo sustituían haciendo que desapareciese.

—Se me ha escapado otra vez —dijo Yehudah.

—Coge otro —alentó Yago.

—¿Cómo lo haces? —preguntaba Zoraida.

—Es fácil. Intenta seguir a uno, pero sin fijarte en él. Trata de seguir lo que le rodea. No te concentres en el pájaro. Abarca con la mirada el aire que le rodea. Como si con él volase ese aire.

—Mirad —dijo Yehudah, señalando hacia el puente de Yuso—. Ya se van.

El estandarte real, en campo de gules sobre el que flameaba al aire un castillo en oro, destacaba por su tamaño sobre el resto. La comitiva regia partía en dirección al monasterio de las Huelgas, cuya torre se recortaba sobre el rojizo horizonte. Ese 2 de junio de 1224, día de Pentecostés, había trascurrido con gran alborozo. Era el colofón de cuatro días de festejos en los que lo laico y lo religioso habían ido casi de la mano.

—Me tengo que ir —dijo Yehudah.

—Y yo —añadió Zoraida.

—¿Ya? —preguntó Yago, a quien la jornada se le había pasado en un suspiro.

—Mañana tengo que estar con mi padre.

—¿Qué tienes que hacer?

—Cosas de la contabilidad. Ya estoy aprendiendo el oficio.

—Y tú, ¿también has empezado en el taller de tu padre?

—Bueno, ¡shalom! —se despidió Yehudah, que bajó hacia la judería como una exhalación.

—Sí, claro. En realidad, llevo ya varios años. Pero eso ya lo sabes. ¿Por qué me lo has preguntado?

Desde que se conocieron, el día de Santa Margarita, siempre que había una celebración en la ciudad Yehudah, Yago y Zoraida se veían después de la ceremonia religiosa. Se lo pasaban bien, riendo y jugando, y ya hacía un año que quedaban por detrás del barrio de las carnicerías viejas, en la falda del cerro. Yago y Yehudah ya no eran unos niños y Zoraida tenía edad de comenzar un oficio, así que ya no jugaban por toda la urbe. Además, su pertenencia a una religión diferente condicionaba su tránsito por la ciudad. Hasta ese momento se habían movido por Burgos con la permisividad de la población adulta, pero ahora solo quedaban para sentarse en la ladera del cerro y contarse lo que habían hecho desde la última vez que se habían visto.

Aún conservaban ese afecto infantil que les había permitido mantenerse unidos a pesar de las diferencias culturales y religiosas. Pero entre Zoraida y Yago comenzaba a surgir un sentimiento extraño. Cuando

Yehudah relataba todo lo que había estado haciendo, Zoraida y Yago le escuchaban con curiosidad y, sobre todo, con mucha atención, ya que su dialéctica era tan vertiginosa y detallada como escaso su ornato retórico. Lo suyo era lo conciso, lo concreto, pero sin dejar nada para la imaginación. Si algo no podía contabilizarlo, es que no había sucedido o era superfluo. Menudo y encorvado ligeramente, era sagaz y rápido de mente. Sin embargo, Zoraida era gráfica en su descriptiva, teatral en su expresividad, musical en su dicción. Para Yehudah, cuando ella narraba sus historias, escucharla era como mezclar almudes con celemines, fanegas con palmos o quintales con varas. Todo un derroche de verborrea.

Pero Yago siempre disfrutaba escuchando a la mudéjar. Su vida discurría entre la parquedad castellana de su padre y la locuacidad erudita de su maestro Norberto. Entre ambos mentores estaba aprendiendo a discernir lo que era importante de lo que era insustancial, a separar el adorno de lo primordial. Y, últimamente, cuando ella terminaba de hablar, Yago se daba cuenta de que no se había enterado de nada. Solo la había mirado. Y quizá eso fuera lo primordial. Los ojos de Zoraida, grandes y almendrados, exhalaban vivacidad con cada gesto de sus manos y expresaban aquello que sus labios se quedaban sin decir. A Yehudah le llamaba la atención cuántas veces pasaba un vencejo en una dirección y cuántas en otra, mientras que para Zoraida el atractivo estaba en ver cómo lo hacía, la belleza con que surcaba el aire, como un velo de fino algodón mecido por la brisa de la tarde. Porque, además, siempre encontraba un símil, un parecido con el oficio de su familia. Yago, entre ambos, entendía la mente pragmática y calculadora de Yehudah y la imaginación creadora de Zoraida. Los dos le recordaban a Norberto, con su escolástica, siempre sujeta a la razón, y su docencia, adornada en todo momento de analogías. Y también al maestro de obras, siempre realizando cálculos y previsiones de materiales o dibujando formas y figuras que extraer de la piedra.

Y eso era lo que más había cambiado en Zoraida. Esos tres años que llevaban viéndose de cuando en cuando habían sacado de la niña mudéjar unas formas tan atractivas como misteriosas. Habían ido torneando una figura sin terminar, que se resistía a salir por completo a la vista. Era como cuando un tallista comenzaba a perfilar una imagen aún escondida en el pétreo elemento. Desde hacía medio año, Zoraida llevaba un vestido sin ceñir que disimulaba su silueta y un pañuelo que le cubría la cabeza y le envolvía la cara, como a las damas de la nobleza. Cuando estaban los tres juntos escondidos entre los matorrales de la ladera del cerro, Zoraida se quitaba el pañuelo y dejaba suelta su castaña cabellera. Y cuando se tumbaba de lado o cambiaba de postura, su vestido se ceñía recortando el contorno de sus caderas y el perfil del busto.

Para Zoraida, Yago representaba seguridad. Era el más alto de los tres y sus brazos empezaban a tornearse, al tiempo que sus manos abandonaban la niñez y mostraban una incipiente firmeza. Yehudah era inteligente y vivaz en el razonamiento, pero parecía que viviese en un mundo paralelo. Todo lo reducía a números. En cambio, la inteligencia de Yago era creativa y al mismo tiempo práctica.

Todos esos cambios físicos afectaban a Yago y a Zoraida de forma casi imperceptible, pero con la suficiente intensidad como para comenzar a extrañarse entre ellos. Sin embargo, ambos comenzaban a sentir una rara atracción en su extrañamiento.

—No sé. Por hablar contigo.

—A mí también me gusta hablar contigo. ¿Cuándo es el siguiente festejo?

—No sé. Creo que en agosto.

—¿Nos vemos antes? —preguntó Zoraida

—No sé. Vale. ¿Cuándo?

—¿Quieres dejar de decir no sé? —protestó la mudejar—. El primer sábado después de luna llena.

—¿Y el domingo?

Zoraida se había puesto de pie y se estaba colocando el pañuelo. El canto de los pájaros se había ido mitigando y el aroma de la leña y de las cocinas llegaba hacia la ladera desde los barrios más cercanos. Aún no se oía al autillo ni el cárabo había comenzado su nocturna plática, pero era hora de irse.

—El sábado —comenzó a decir Zoraida, poniéndose en jarras —es fiesta judía —y arqueando las cejas, dejó que sus expresivos ojos dijeran el resto. Después, se dio la vuelta y comenzó a bajar la ladera.

Yago no apartó la mirada de Zoraida hasta que desapareció detrás de la primera casa. De nuevo, se tumbó en el suelo. Tirado, sobre la ladera del cerro del castillo, masticaba lo que le había dicho la mudéjar. «...Es fiesta judía». «¿Y? ¿Se habrá cambiado de religión?», pensaba Yago, que empezaba a padecer el primer síntoma del enamoramiento: la estupidez. «Bueno, ya se lo preguntaré». Yago se puso en pie y se encaminó hacia Gamonal, a la casa de su padre. Quedaba mucho para la siguiente luna.

Las calles estaban ensombrecidas por la caída de la tarde. Yago bajó por entre Pomería y Caldavares hacia el lateral de la iglesia de San Nicolás, pasando por delante de la plazuela del Pozo Seco. Podía haber ido callejeando por el barrio de San Esteban hasta la vía de los Peregrinos y salir directo hacia la puerta de San Juan, pero quería volverla a ver. Salió a la calle de Cornería y se dirigió hacia la empalizada. Ya no tenía que buscar un agujero entre el entramado para poder asomarse. Tenía suficiente altura para por ver la obra por encima de la valla.

En el solar, oscurecido por la alargada sombra de la catedral románica, se veían silenciosos los muros de la nueva sede catedralicia. Rodeados por andamios, aguardaban que llegara el día siguiente para bullir de actividad. Yago se imaginaba a los albañiles subidos por encima de los andamios, colocando los sillares, tirando sus plomadas, ajustando con las escuadras. Veía a los peones cargados con cuezos de argamasa, subiendo y bajando por las escaleras, al tiempo que las artesas, llenas de mortero, ascendían con las pequeñas grúas colocadas sobre los andamios. Braceros con tableros al hombro, parejas de peones cargando sillares de tamaño medio, los bueyes viejos moviendo una carreta a medio cargar, la fila de mulas de Villariezo atascada en la calle de Burguete, gente entrando y saliendo de los tinglados cargados de materiales y herramientas. Los oficiales, cada uno con su sector asignado, no paraban de ir y venir dando órdenes y comprobando lo que cada uno hacía. Yago se imaginaba a los maestros organizando y dirigiendo toda la actividad, mientras el eco de los martillos y cinceles llenaba toda la plaza de la Llana.

—¿Te gustaría aprender el oficio de cantero?

Yago se giró. A su lado, un hombre alto y de fuerte complexión miraba hacia la obra. De nuevo se encontraban, pero esta vez no le había preguntado por su monje. Esta vez le había hablado de aprender un oficio. Yehudah y Zoraida estaban aprendiendo sendos oficios mientras que él deambulaba entre el monasterio de Cardeña y la casa de su padre. Cuando se cansaba de la vida monacal se escapaba a ver a Martín, a quien ahora ayudaba más que antes, aunque la conversación no había mejorado mucho. Yago prefería escuchar al padre Norberto, con quien, además, hablaba con mayor facilidad. Sin embargo ninguna de las dos vidas le atraían. El trabajo de su padre era para gente solitaria y la vida en el cenobio, también. Y a Yago no le gustaba estar solo.

—¿Qué tengo que hacer?

—¿Con quién vives?

—A veces estoy en casa de mi padre y a veces en el monasterio de Cardeña.

—¿Y eso por qué? ¿En qué trabaja tu padre?

—Es acequiero. Trabaja para el monasterio. Limpia los canales y cuida de los molinos.

—¿Y por qué dices que también vives en el monasterio?

—Mi padre me llevó allí porque él no podía ocuparse de mí. Vive solo y como trabaja para los monjes, pensó que ellos me cuidarían.

—Y el monasterio, ¿no te gusta?

—Sí, sí. Me gusta estar en Cardeña. Me llevo muy bien con todos los monjes. Me dejan que les ayude en lo que sea. Y lo que más me gusta es la biblioteca. Tiene unos libros muy bonitos, llenos de imágenes y con mapas de lugares desconocidos. El padre Norberto me explica muchas cosas.

—Pero ahora no estás ni con tu padre ni en el monasterio.

—He venido a ver a mis amigos.

—¿Tienen tu edad?

—Sí.

—¿Y están aprendiendo algún oficio o también viven en el monasterio?

—Aprenden el oficio de sus padres.

—Dile a tu padre que venga a verme. A no ser que quieras ser monje, claro.

El maestro Ricard se alejaba calle arriba hacia su casa. Caminaba despacio, tranquilo. Al final de la calle, el sol de la tarde, apoyado en el suelo, rodeaba su figura y proyectaba una larga sombra que llegaba hasta los pies de Yago. En el aire no se oían los martillos. Las voces de los trabajadores estaban silenciadas. De la casa de la obra salía una filigrana de humo. Estaba cerrada, pero siempre había alguien dentro. Las golondrinas continuaban su frenética danza y un autillo había comenzado su parco canto. Yago pensaba en su padre, metido hasta los muslos en las acequias, callado y con los ojos tristes, esperando que algún día..., esperando.

3

Yago salió de Burgos por la puerta de San Juan hacia la aldea de Gamonal. La vega del Arlanzón estaba frondosa y oscurecía más la ya apagada tarde. El mes de mayo había sido lluvioso y cálido y había colmado los huertos. A lo lejos, los bosques escondían toda su vida entre un ingente verdor mientras las espigas, todavía verdes, tapizaban los campos de pan llevar entre bosques y huertos. El camino de Santiago se deslizaba recto y silencioso hacia el este. Los pajarillos apenas se escuchaban. Era tarde.

Yago se había entretenido mucho contemplando la obra. Aceleró el paso. La conversación con el maestro resonaba en su cabeza. Aprender el oficio de cantero. La idea le gustaba. Siempre que podía se acercaba a ver las obras de la catedral. Y siempre iba al mismo sitio. Al lugar desde donde pudo ver la ceremonia de la primera piedra. En cierto modo, era como si la catedral fuese un poco suya. Cuando estaba allí, se le olvidaba hasta comer.

Sin embargo, también disfrutaba en el monasterio. Cuando no estaba con el hermano Orencio cepillando los caballos y los mulos, era el hermano Clodulfo el que le enseñaba cómo poner unas truchas con zanahorias al horno o, si no, el hermano David le mostraba cómo amasar bien la arcilla para hacer cuencos y vasijas. En el *scriptorium*, era el padre Calminio quien más disfrutaba enseñándole. A veces, incluso le dejaba pintar en algún *palimsesto*.

Pero donde más horas pasaba era en la biblioteca. Mientras el padre Norberto revisaba el catálogo o apuntaba las necesidades librescas del cenobio o preparaba los libros para los monjes del *scriptorium*, Yago leía envuelto en la quietud de los anaqueles, en la mudez de los libros que, llenos de sabiduría y conocimiento, esperaban callados la conversación con el lector. A veces, el silencio se volvía tan denso que podía oírse. Era un silencio atronador. Un silencio que presionaba los oídos y se metía dentro de uno, llenándolo de sí mismo. Entonces, Yago recordaba a sus amigos. Recordaba las carreras por las calles persiguiéndose. Los peces entre sus piernas cuando se metían al río. Recordaba cómo contaban los saltos de las piedras sobre el agua cuando las lanzaban planas, y cómo imaginaban figuras en las nubes cuando estaban tirados en la ladera del cerro. Cuando el silencio le gritaba de esa manera, añoraba la felicidad de verse rodeado de personas como él.

El padre Norberto le dejaba moverse con libertad entre los armarios y las estanterías. De esa forma pudo rescatar un día el broche de la reina Beatriz. Sin darse cuenta, Yago se llevó la mano al esternón. Ahí estaba. Era el objeto que más valoraba en el mundo. Hasta ese día en la biblioteca, las pocas veces que su padre le hablaba de su madre él dibujaba un rostro difuso en su mente. Era una cara imprecisa, mezcla de la de Úrsula con la de sus sirvientas, con las que también pasaba tiempo. Pero ahora, cuando quería pensar en su madre, tocaba el broche y la imagen era nítida, clara, precisa. Porque ese broche tenía una cara, un rostro que recordar. La Reina le había dicho que se lo quedara. Y Yago lo llevaba consigo en todo momento. Tuvo que oscurecerlo con tinta del *scriptorium* para que no pareciera una joya. Ahora no era más que un trozo de hierro que apenas llamaba la atención. Su padre le preguntó de dónde lo había sacado y él le dijo que se lo había encontrado en el monasterio. Martín no había vuelto a preguntar por el colgante, pero un día le dijo que su madre no llevaba ni colgantes ni diademas ni adornos de ningún tipo. Para él, ella era el adorno más bonito y no necesitaba ningún acicalamiento. Con su padre la vida era sencilla. Solo trabajar, comer y dormir. Demasiado sencilla. Yago necesitaba algo más. Y empezaba a ser consciente de ello.

La casa de Martín estaba algo apartada de la aldea de Gamonal. Había sido una casilla de aperos que tenía el monasterio y que el cenobio le cedió cuando, tras la muerte de Marta, un día se quedó dormido y se prendió fuego la casa que tenía en la aldea de Gamonal. Desde entonces, el padre de Yago vivía en la casilla, como se la conocía en la zona. La vivienda, pequeña y algo descuidada, estaba en el cruce del camino que iba de Gamonal a Villayuda con el camino llamado de Enmedio. Yago iba ensimismado en sus pensamientos cuando la casilla apareció al final de la senda. Era ya casi de noche y en la casa no se veía luz. «Igual padre no ha llegado», pensó Yago. Cuando se fue acercando, Yago percibió algo extraño. El humo envolvía la casa. Era un humo quieto. Espeso. Sin llama. Yago corrió.

—¡Padre!

El muchacho abrió la puerta de la casilla y una nube de humo salió expelida. Tapándose la boca y la nariz, a duras penas pudo entrar. No se veía nada. Se acercó al ventanuco que había en el otro extremo de la casa y lo abrió. Casi no entraba aire, pero poco a poco comenzó a ventilarse la estancia. Yago tuvo que salir, medio aturdido, en un par de ocasiones. Cuando entró la tercera vez, la nube de humo se concentraba en la parte superior, en la techumbre. El hogar, de repente, se encendió. La repentina luminosidad descubrió el cuerpo sin vida de Martín. Echado sobre el precario colchón de paja, aún conservaba la postura. Martín se había quedado dormido.

Yago miró a su padre con la cara iluminada por las llamas del sayo. En su rostro, una mueca sonriente le decía a Yago que ya no estaba triste. Martín y Marta estaban juntos de nuevo.

4

Al día siguiente de Pentecostés, en la fábrica se reunió un tribunal.

—¿Estás listo?

—Sí, maestro.

—Cuando quieras.

Belmont comenzó la talla con la maceta de campana grande. Era una maceta de cantero de dos libras de peso, cuya cabeza de hierro tenía forma troncocónica, lo que permitía variar el ángulo de ataque en el golpe sobre los punteros y los cinceles. Ante él tenía un bloque de piedra medio desbastado, de media vara de altura, colocado sobre una recia mesa de cantero. Con golpes precisos, el oficial de cantería fue depurando la piedra, sacando lascas y fragmentos que se amontonaban en el suelo. De vez en cuando, Giacomo, el hijo de Prieto, los barría apartándolos de los pies del oficial, que, sin pausa, iba girando en torno al sillar en acompasada letanía de golpes de maceta. El cambio de punteros y de cinceles modificaba la melodía, al son que la interpretación de Belmont marcaba.

En la casa de la obra se había dispuesto el tribunal, presidido por Gonzalo de Covarrubias, en calidad de cofrade mayor al tratarse de la Cofradía de Canteros de Burgos. A su derecha estaba sentado el maestro Ricardo de Burgos, quien realizara el claustro del monasterio de las Huelgas y abriera su escuela de cantería en él. Había sido el maestro de Gonzalo y este le había solicitado que se desplazase hasta Burgos desde Aguilar, en donde estaba terminando algunas obras, para presidir el tribunal como cofrade de honor. A la izquierda de Gonzalo se sentaban Juan de Pedernales, el maestro que ahora estaba al frente de la escuela de Huelgas, y Diego el Trasmerano. Y a la derecha de Ricardo de Burgos se habían situado Pietro de Lombardía y Durán de Humienta. En un lateral de la casa, a la izquierda de la mesa del tribunal, se había dispuesto otra mesa en la que estaban sentados el maestro de obras, Ricard d'Epernay, y los maestros de cantería Giraud l'Occitain y Sabine de Périgord. Estaban como meros espectadores, ya que eran parte interesada en el examen de Belmont.

El oficial utilizaba con soltura y decisión el mazo de madera con el que golpeaba la gradina, cuyas marcas en forma de líneas paralelas le permitían ver con mayor claridad el plano que estaba tallando. Después, cuando quería realizar perfiles curvos, la reemplazaba por la gubia. De vez en cuando, con el compás de puntas recto tomaba sus medidas que después comprobaba con el compás de proporciones. Un cubo con agua y un manojo de esparto le servían para limpiar de restos de polvo y piedra el medio sillar en bruto en el que estaba trabajando. Poco a poco, Belmont fue sacando a la luz, mediante la punta de trazar y los mazos de madera, las formas de la figura. Segun avanzaba en la talla, mediante la escofina, la lima plana y la lima redonda fue precisando los pliegues del velo que descendía desde la cabeza hasta el hombro, que se fundían con la parte del paramento del sillar. Del mismo plano surgía un torneado hombro izquierdo que terminaba uniéndose con el cuello, y que el oficial fue definiendo con las limas y punteros.

Belmont fue perfeccionando el rostro de la mujer, enmarcado por un tocado en forma de diadema con las limas de media caña y de cola de ratón, al tiempo que con el cepillo pulía las superficies. Bajo unos perfilados labios, un mentón elevado otorgaba dignidad a la dama, cuya perfecta nariz quedaba definida por el descenso de los arcos oculares. Aquí, lo más difícil era llenar de vida unos ojos pétreos. Hacer que la fina mirada siguiera al observador. La pintura de polícroma era sustituida por la capacidad del tallista. Belmont sabía que esto no era como realizar un perfecto sillar. Para esto no había plantillas. Ni reglas de trazado ni escantilladas. Ni falsas escuadras ni plomadas. Solo la mano del tallador era capaz de dar la profundidad justa y el preciso tamaño al iris del ojo. Únicamente sus manos serían capaces de hacerle pasar de oficial a maestro.

De espaldas a la mesa del tribunal, Belmont terminó de tallar su figura. Con un esparto seco retiró el polvo de la talla, que terminó de limpiar con un pincel plano. Cuando acabó, Belmont cubrió su obra maestra y se situó a un lado.

—He terminado.

—Bien —contestó Gonzalo de Covarrubias, tras lo que se puso en pie y se encaminó hacia Belmont, situándose al otro lado de la talla. Después se dirigió al tribunal.

—¿Alguien de los componentes de este tribunal de maestría ha visto o percibido en el oficial Belmont alguna duda o recelo en el empleo de las herramientas de cantería y talla? —preguntó el cofrade mayor.

—No —respondieron todos los componentes del tribunal.

—¿Alguien de los componentes de este tribunal de maestría ha visto o percibido que el oficial Belmont haya recibido alguna ayuda o consejo durante el desarrollo de la prueba?

—No —volvieron a responder los examinadores.

¿Alguien de los componentes de este tribunal de maestría ha visto o percibido alguna mala praxis en el oficial Belmont?

—No —volvieron a responder los componentes del tribunal.

—¿Es conforme, entonces, a los usos y costumbres de esta Cofradía el proceder del oficial Belmont durante esta prueba de maestría?

—Sí, es conforme —respondió cada uno de los componentes del tribunal.

—Oficial Belmont, retire el paño.

Belmont descubrió con suavidad la talla que acababa de realizar. El rostro de Sabine de Pérgord miraba a la mesa del tribunal, y sus ojos, los ojos de la talla, atendían a todas las miradas. Los maestros se acercaron a contemplar con detenimiento y mirada examinante la figura del oficial. Desde un lado de la casa de la obra, Belmont esperaba el veredicto. Frente a él, una orgullosa Sabine de Périgord, con los ojos llenos de vida, le miraba con orgullo. Tras un exhaustivo análisis de la obra del oficial, los maestros del tribunal se reunieron para deliberar. Pasados unos momentos, que a Belmont le parecieron eternos, todos los maestros de cantería tomaron de nuevo asiento. Gonzalo de Covarrubias hizo una señal para que Belmont se situase junto a su obra y tomó la palabra.

—Por el poder que me otorga el cargo de cofrade mayor de la Cofradía de Canteros de Burgos, habiendo terminado las fases preceptivas del examen para la obtención del título de maestro cantero, y habiéndolo acordado por unanimidad todos los maestros canteros cofrades componentes de este tribunal, se le concede al oficial Belmont el título de maestro en cantería, debiendo asumir con humildad y responsabilidad todos los deberes que de este título emanan y debiendo ser reconocido y respetado como tal. Nuestra más cordial enhorabuena.

Todos los presentes prorrumpieron en vítores y aplausos. Sabine, que no esperaba otro veredicto, corrió hacia Belmont, al que consideraba como un hijo, y lo besó y abrazó. No había en la tierra mujer más orgullosa, ni maestra de cantería con su rostro tallado en piedra.

5

—¿Qué vas a hacer? —preguntó Giraud.

—¿A qué te refieres? —dijo Belmont.

En la casa que habían alquilado, la familia de Giraud se preparaba para pasar otra noche más en la ciudad castellana. Habían pasado tres años y parecía que hubiesen llegado ayer mismo. La obra iba bien encaminada, El maestro Ricard le había dicho a Giraud que estaba contento con los equipos de trabajo. Esperaba que con Belmont como maestro cantero, la fábrica pudiera ir más rápido. Pero Giraud no se hacía ilusiones. Prefería ser más prudente. Ricard le había propuesto poner a Belmont a supervisar los trabajos de labra y colocación de sillares, pero Giraud prefería mantenerle a su lado un año más. Ya era maestro, pero debía aprender a ser maestro. Antes de dar un sí a la propuesta de Ricard, Giraud prefirió hablar con Belmont.

—A quedarte en la fábrica de Burgos.

—No tenía pensado marchar. Al menos todavía.

—Me alegra oír eso —dijo Giraud.

—¿Qué te decía el maestro antes, en la casa?

—Que si te gustaría supervisar las labores de los sillares. La talla y la colocación.

—No sé. Tú, ¿qué opinas?

—Que ahora ya puedes empezar a decidir como maestro, pero también a equivocarte como tal. Hasta ahora te he tratado como a un oficial y me gustaría tratarte como a un maestro. Al menos durante un año. Tus aciertos como maestro serán tuyos y tus errores serán míos. Mientras, podrás ahorrar el dinero que cobres de más, para cuando decidas empezar por tu cuenta.

—Y madre, ¿qué dice?

—Que lo que hagas estará bien decidido, pero que si te quedas será mejor.

—Pues en ese caso, ya está decidido.

—Entonces díselo cuando llegue. La vas a hacer muy feliz.

—Pero, ¿dónde andan todos?

—No lo sé. Deben de haber ido a la fonda. Marcella necesitaba que la echasen una mano con las cosas de la comida. Llegarán enseguida. Mañana es día de trabajo y quiero ver cómo van fraguando los pilares.

Cuando llegaron Sabine y el resto de la familia, llamaron a Giraud y a Belmont. La entrada de la casa daba a un patio. Allí esperaban Sabine, Nicolle, Antoine, Colette y Percival. Cuando llegaron Giraud y Belmont, Sabine tomó la palabra.

—Aún no sé lo que vas hacer, Belmont, pero hagas lo que hagas, hemos pensado que esto te vendrá muy bien.

Antoine, el benjamín, se adelantó hacia Belmont con las manos tras la espalda. Cuando las mostró, llevaba una caja cuadrada de madera no muy grande, y de poca altura, que le tendió al reciente maestro. Sobre la tapa de la caja, una inscripción:

Belmont Magister in anno Domini 1224

Belmont abrió la caja y en su interior había un delicado compás de doble arco, finamente pulido y graduado. El joven sacó el compás y, tras observarlo detenidamente, miró a Sabine.

—Me quedaré al menos un año en Burgos, madre.

Esa noche, Sabine casi no pudo dormir. Y Giraud tampoco. La maestra estaba muy contenta con cómo estaban yendo las cosas en la capital castellana y no dejaba de hablar. Había trabajo para unos cuantos años. Los inviernos eran más duros que los occitanos y había años que parecían más largos, pero siempre se reservaba trabajo para los meses de invierno en los talleres. Durante esos meses se adelantaba mucha labor, preparando sillares para los pilares y los muros, o tallando los que formarían parte de las arquerías, o de los pedestales, de las basas y de los capiteles de las columnas. Nicolle y Antoine, los hijos naturales de la pareja, aprendían con rapidez el oficio y estaban bien integrados en la ciudad. Por su parte, Colette y Percival llevaban el mismo camino que Belmont, aunque aún les quedaban algunos años. Como Belmont, no eran hijos naturales, pero ellos consideraban a los tres como tales.

Los demás equipos de trabajo parecían disfrutar del mismo parecer. Cuando algunos sábados se juntaba con Marcella, Elena, Justa y Gadea en la fonda de Berta y María, todas tenían el mismo parecer. Les daba la impresión de formar una gran familia en la que todos sus componentes estaban bien avenidos. Claro que había roces, sobre todo entre los muchachos. Estaban ya en edad del pavoneo y había que estar ojo avizor para que la tontería no fuera más allá y pudiera ocurrir algún accidente. Pero el ambiente fraternal al final limaba todas las asperezas y, habiendo trabajo, la vida era cuestión de saber vivirla. A todos les parecía que el maestro Ricard dirigía bien la fábrica. Y eso que se hacía difícil de ver.

Siempre estaba de aquí para allá pendiente de la llegada de los materiales a su debido tiempo. Solo había una cosa que les intrigaba. Pero siempre que salía el tema, Sabine lo eludía. Era como si lo supiera, pero no quisiera decir nada. Y en verdad era así. Y ellas detectaban que así era, pero respetaban su decisión de no decir nada. Sin embargo, estas cosas no se podían mantener por mucho tiempo en secreto, una vez que la cuestión se planteaba. Pero, de momento, seguiría guardando la confidencia.

XII
EL APRENDIZ

Anno Nostrae Salutis 1221
Junio

1

En la fábrica, al igual que ocurría en las batallas, el planeamiento inicial hubo de cambiarse en cuanto se acometieron las labores después de la ceremonia de la colocación de la primera piedra. El maestro Ricard tenía previsto construir la cabecera al unísono con el brazo norte del transepto, para cuyo levantamiento no había que desmontar ninguna otra edificación, como sí ocurría con el brazo sur. Sin embargo, la arquitectura del palacio y la orografía del solar donde se levantaba desplazaron los esfuerzos del maestro, que hubo de empeñarlos en los trabajos de basamento de la mitad sur de la cabecera. A este cambio en el desarrollo del proyecto se unió el desmontaje de la parte del palacio real que impedía la cimentación del brazo sur del transepto, cuya construcción deseaba el obispo Mauricio tanto como la de la cabecera. «Cuando la cabecera esté terminada, el cabildo catedralicio habrá de entrar en el templo por esa portada para ocupar su lugar en el coro», le decía vehemente don Mauricio al maestro cuando defendía su idea. «Pero entonces, ilustrísima, habrá que desmontar los ábsides, la torre y la capilla de la epístola de la catedral románica», le respondía el maestro. «No. La catedral de Nuestra Señora no se puede tocar hasta que tengamos una sede consagrada», se cerraba el obispo en su argumentación, más espiritual que racional, para mantener su anterior cátedra hasta poder disponer de la nueva. «Tenga en cuenta su ilustrísima que los pilares torales del crucero de la nueva catedral no se pueden levantar mientras esté la antigua en pie, y sin esos pilares no puede haber cabecera. Son el apoyo final de todo el presbiterio», le respondía el maestro con un aplastante argumento de experto maestro.

Durante los primeros meses, parecía que el promotor y el director técnico no se iban a poner nunca de acuerdo. El obispo quería trasladar la sede episcopal directamente de una catedral a otra y para ello debía poder consagrar una capilla en la nueva. Pero, además, don Mauricio tenía previsto poder colocar en los estalos del coro de la nueva catedral a toda la curia catedralicia, y para ello necesitaba un presbiterio. Por su parte, las pretensiones del maestro Ricard eran mucho más sencillas, pues solo deseaba construir una catedral sin que nadie le dijera cómo. Al fin y al cabo, él no iba a enseñar a un obispo a cantar misa. Al final, el maestro encontró una solución para que ambos llegaran a un acuerdo. Si el obispo quería mantener la antigua sede catedralicia, era tan fácil como volver a recuperar el espacio original de la catedral románica, antes de su ampliación por don Marino. «¡Volver a tener una catedral pequeña! Precisamente el proyecto de la nueva nace por la necesidad de disponer de una mayor amplitud en la sede episcopal», protestaba impetuoso don Mauricio, para quien la catedral románica era en sí ya demasiado reducida. «O seguir manteniendo vuestra cátedra donde deseáis hasta tener lo que necesitáis de la nueva. Como quiera verse, ilustrísima», le razonaba de forma inteligente el maestro, que iba conociendo al prelado burgalés.

Trasladando el altar de la catedral románica a su posición original, anterior a la ampliación, se mantenía la sede en su lugar y a la vez se podía retraer en un tramo todo el espacio que ocupaba la vieja edificación sobre el planteamiento de la nueva catedral. Esto permitiría desmontar sus ábsides para poder levantar los pilares torales del crucero de la nueva sede, lo que supondría que, sin perder su actual sede episcopal, el obispo dispondría de una cabecera completa a la que trasladar a su curia. Aunque al principio le pareció una idea descabellada, finalmente el obispo celebró haber llegado a una solución tan sencilla y a la vez tan beneficiosa para ambas partes. Si durante el tiempo de construcción de la nueva cabecera había de celebrase alguna ceremonia de empaque, los asistentes deberían apretarse como antiguamente, o distribuirse por el claustro de la catedral.

Tras el acuerdo adoptado con el obispo, el maestro de obras redistribuyó los trabajos en la fábrica. Las labores de substrucción de la cabecera se vieron ampliadas por las del brazo sur del transepto, de tal forma que el equipo que había destinado al brazo norte del transepto fue derivado a la zona sur. Durante los dos últimos años los trabajos habían sido intensos, pero poco a poco los resultados se iban viendo en la fábrica. En la parte más exterior de la obra podían verse los seis pilares exteriores de la girola, con sus respectivos contrafuertes, que dejaban entre ellos las cinco capillas absidiales, apenas levantadas. A cada lado, y a continuación de los pilares de la girola, tres columnas más, con sus pertinentes contrafuertes, delimitaban el perímetro del presbiterio. Por su parte, el brazo norte de la nave del transepto también iba adquiriendo cuerpo, con el muro de levante cogiendo altura, aunque muy tímidamente al tener que posponerse los trabajos en esa parte de la fábrica. Sobre el terreno habían quedado las estacas y los cordeles que delimitaban la cimentación del muro norte y del muro de poniente del brazo norte del transepto, cuyos trabajos no se recuperarían en bastante tiempo. Por el lado sur, la nave del transepto solo había comenzado a ser cimentada en sus muros de levante, sur y parte del de poniente.

En el interior de la obra, las columnas del tramo del altar ya mostraban parte de sus fustes, mientras las cuatro centrales del presbiterio apenas se recrecían por encima de sus basas. Numerosos andamios, algunos con una grúa montada encima, se distribuían por toda la fábrica, apoyados en los mechinales[43] del muro y descargando su peso en el suelo. Una infinidad de menestrales se movía por toda la obra trasladando sillares, mampuesto, argamasa, cal, lechada, tablones, vigas, clavos, herramientas y utillajes, dando vida poco a poco a la piedra de Hontoria, cuya blancura quedaba tamizada, durante la jornada, por una tenue nube de polvo. Mientras, en el exterior de la fábrica, el trajín de carretas tiradas por bueyes y mulos era continuo. El maestro Pietro y el canónigo fabriquero organizaban la entrega del material y la salida de los tiros vacíos, así como la distribución de los menestrales por zonas de trabajo. Aparte de la casa de la obra, el tinglado de los herreros y el de los carpinteros estaban a pleno rendimiento, reparando y afilando herramientas y construyendo las partes de los andamios. Apenas se escuchaban voces en la fábrica y el único sonido diario que envolvía el solar de la obra era el repiqueteo de los canteros que tallaban los sillares.

El maestro Ricard estaba junto a la casa de la obra contemplando los trabajos de los menestrales, que ya se distribuían por toda la fábrica. Al mismo tiempo que miraba las estructuras ya construidas, su mente dibujaba en el aire el proyecto que había esbozado sobre los papiros, mientras recordaba algunas cuestiones de la maestría. En el estilo románico, el grosor de los muros era lo que soportaba los empujes de las bóvedas de cañón y las techumbres. Estos muros carecían de grandes ventanales

43 Orificios cuadrados que se dejan en los muros de un edificio cuando se construye, para introducir en ellos los travesaños que sirven de sustentación al andamiaje

y no podían ser muy elevados, debiendo estar apuntalados en algunas zonas de la edificación por contrafuertes adosados a la pared exterior.

En el estilo gótico, una de las principales características era la entrada de la luz en el interior de las edificaciones, pero, para que eso fuera posible, debían rasgarse los pesados muros románicos, dando lugar a aperturas en las que pudieran incluirse grandes ventanales. Por otra parte, el empleo del arco apuntado, otra de las señas de identidad del nuevo estilo, facilitó la apertura de esos vanos elevando la altura de los muros, ya que permitía una mejor distribución de la carga de las bóvedas y techados. La mayor altura de los muros también supuso el crecimiento de los andamiajes.

Sin embargo, la apertura de un gran vano en el muro de la edificación limitaba su capacidad de resistencia a los empujes verticales de las bóvedas hacia el suelo, y, además, el incremento en la elevación de los muros hacía que ese empuje vertical de bóvedas y techumbre se desplazara de la base de los propios muros y de sus contrafuertes. Los *mestre mason* se dieron cuenta de que lo debían hacer era proyectar los empujes verticales hacia el exterior, aumentando la base de los contrafuertes y separándolos del muro, para conectarlos después con los puntos de origen de dichos empujes. De esta forma, idearon los arbotantes, estructuras en forma de arco que conectaban los puntos de origen de los empujes con los contrafuertes, ya separados del muro, a través de los cuales proyectaban en el suelo la carga estructural del edificio.

Así, desde el exterior, el resultado de algunas catedrales era grotesco, ya que parecían enormes insectos pétreos, de cuya estructura salían los arbotantes y los contrafuertes a modo de patas de araña. Por eso, al igual que pasara con las románicas, la verdadera belleza de las nuevas catedrales residía en su interior, aunque, si las románicas estaban dotadas de murales en los que la pintura apenas podía apreciarse con la escasa luz interior, en las catedrales góticas la arquitectura se plegaba a los preceptos de la luz, debiendo mudar su composición y forma estructural externa, aun a riesgo de parecer grotescas.

Ahora, en la catedral de Burgos, los contrafuertes apenas comenzaban a tomar forma y aún faltaba bastante para lanzar los arcos de los arbotantes. El maestro Ricard había planteado un doble arbotante por contrafuerte que, arrancado en puntos separados del mismo contrafuerte y llegando al muro entre vanos, el inferior apoyase en el arranque de las bóvedas, hacia la mitad de la altura del vano, y el superior en el arranque de la cubierta, por encima del ventanal.

—Buenos días, maestro —saludó el lombardo, sacando a Ricard de sus pensamientos—. Está desapacible hoy el día.

—Pietro, buenos días —saludó el maestro al lombardo—. Sí, está desapacible. Y parece que se va a quedar así. Aunque en esta tierra nunca se sabe.

—En tierras de montaña, como la Lombardía, ocurre parecido. El sol pega muy duro, pero en cuanto se esconde, ...

—Ya, pero por aquí no se ven muchas montañas.

—¿Te fijaste cuando viniste para Burgos que para llegar había que subir?

—Pues no. La verdad. Iba metido entre bosques y acompañado de dos viajeros. No es que hablaran mucho, pero no me fijé en ese detalle. ¿Por qué lo dices?

—Porque no todas las montañas terminan en punta.

—O sea, que estamos subidos en una especie de montaña.

—Eso creo yo.

—Bueno. Igual tienes razón. En eso, viniendo de los Alpes, tú sabrás más. En mi tierra, el monte más alto no lo es mucho más de lo que le rodea —dijo el maestro Ricard, entrando en la casa de la obra.

—Maestro —llamó por detrás de Ricard Johan de Champagne.

—Buenos días, fabriquero. ¿Qué tal su ilustrísima?

—Bien, espero.

—¿Esperáis? ¿Ha pasado algo?

—No, no. Bueno, aún no. Que yo sepa.

—¿Qué sabéis que no me estáis diciendo?

—Nada de que ocuparnos, aunque quizá sí preocuparnos —dijo el fabriquero.

—¿Por qué?

—El obispo ha salido hoy hacia Muñó. La curia regia está allí reunida y don Mauricio se ha ido intranquilo. No me ha querido decir qué le ronda en la cabeza, pero algo le preocupa.

—Lo que quiere decir que, o prevé falta de recursos o falta de mano de obra — dijo el maestro de obras.

—Exacto. De todas formas, creo que no será bueno adelantarnos a los acontecimientos.

—Bueno, Johan, creo que ya lo hemos hecho. Aunque supongo que os referís a no decir nada a los trabajadores de la fábrica.

—Sí.

—Gracias por avisarme. No sabemos cuándo llegará don Mauricio, claro.

—Estas cosas de palacio se sabe cuándo empiezan, pero no cuándo terminan. Pero, en cuanto llegue os lo haré saber —dijo el canónigo.

—Prepararé algo que contarle, por si no me quiere decir nada —dijo el maestro—. A lo mejor no ocurre nada y todo se queda en meras suposiciones. Aunque suponiendo muchas cosas, se cometen muchos errores.

—De todas formas, parece que los trabajos van como tenéis previsto —dijo el canónigo fabriquero dirigiendo la mirada hacia la fábrica catedralicia.

—Tenemos material y financiación, que es lo más difícil de mantener en una construcción de estas dimensiones —respondió el maestro, mientras contemplaba con el canónigo fabriquero la obra.

—Y buenos equipos de trabajo —apuntó Johan.

—Sin duda alguna. Lo que ocurre es que lo primero atrae a lo segundo. Rara vez ocurre al revés.

—¿A qué os referís?

—Si el prelado de una diócesis necesita una cátedra, antes debe conseguir dinero con qué financiarla. Aunque se presente mucha gente para trabajar en una cantera o en una fábrica, si no se paga el trabajo realizado y los materiales la obra se para —contestó el maestro al canónigo.

—De momento no ha habido problema.

—Pero esta mañana hemos abierto un ventanuco a la incertidumbre.

—Confiemos en la Divina Providencia.

—Y en su ilustrísima, Johan, y en su ilustrísima.

—Bueno. Siempre están las bulas papales.

—Que suelen llamar a la contribución monetaria, pero no a trabajar gratis.

—En cualquier caso, contribuyen al mismo fin —señaló el canónigo, en tono defensivo.

—Como mi trabajo. Del que, si me disculpáis, debo ocuparme —dijo el maestro mirando hacia su izquierda—. Comienzan a llegar los albañiles y los carpinteros. Y creo que mis maestros me esperan en la casa de la obra. ¿Venís?

—Sí, sí. Quiero hablar con Pietro para organizar la campaña de este verano. Si luego nos la tiran por tierra, que no sea por nosotros, ¿verdad?

—En efecto. Cada uno a lo suyo. Y a nosotros nos toca picar.

—Pues vayamos, maestro.

Cuando llegaron a la casa de la obra, los maestros estaban esperando. Ricard repartió el trabajo y lego fueron todos a ver cómo había fraguado esa noche el material.

—¿Cómo lo ves, Belmont? —preguntó Ricard, antes de que ningún otro hablara. Quería ver cómo reaccionaba el neófito maestro ante la atención de los expertos. No había mayor error que el miedo a equivocarse.

—Yo no lo veo mal. Mientras se prepara el mortero y el mampuesto de esta mañana, el sol habrá templado algo el ambiente y se podrá seguir trabajando.

—¿Gonzalo?

—Opino como Belmont.

El maestro miró al resto de maestros canteros y todos asintieron.

—Bien. Pues vamos a ello. Queda mucho por hacer.

A la par que se disolvía la reunión en lo alto de uno de los andamios, Ricard echó una mirada de aprobación a Belmont. Una vez en el suelo, Ricard habló con Giraud.

—¿Qué habéis pensado, Belmont y tú?

—Se encargará de lo que dijisteis, pero yo daré el visto bueno. Y continuará bajo mis enseñanzas. Creo que debe aprender a ser maestro y esta puede ser muy buena escuela, pero quiero ir sin prisa.

—Me parece correcto —dijo Ricard—. En cualquier construcción se deben respetar los tiempos de consolidación.

—¿Qué hablabais antes con el fabriquero? Si puede saberse —preguntó Giraud.

Ricard miró a Giraud con afecto. No en vano, tenía en el maestro franco a su más fiel consejero y amigo. Sin embargo, el maestro de obras era consciente de que, en ocasiones, es necesario administrar la información para mantener la moral. Las valoraciones negativas confirmadas producen una reacción que lleva a tomar determinaciones para seguir avanzando en una dirección concreta, pero cuando las estimaciones no pueden demostrarse generan incertidumbre y minan la moral, porque se desconoce el camino a seguir.

—Del señor obispo.

—¿Qué le pasa?

—Lo que a todos. Que le gustaría ir más rápido.

—Y qué pretende, ¿meter más gente? No cabemos.

—Eso mismo pienso yo, Giraud.

—Bueno, me voy a hacer algo —dijo Giraud, dándose por satisfecho con la respuesta de Ricard.

—Maestro —saludó el de Osorno, según el maestro franco se alejaba.

—Juan, dime.

—Vamos a montar el andamio del ábside. Antes de que te vayas, me gustaría que vieras la ubicación.

—Descuida. Me pasaré antes de irme.

—Y la grúa la podemos montar cuando quieras. Ya está terminada.

—Perfecto. Creo que mañana. Hasta mañana no vamos a empezar a usarla y hoy debo salir para Hontoria.

—Maestro —ahora era Diego el Trasmerano.

—Dime, Diego.

—Me faltan dos amasadores. Dicen que ayer terminaron en el lupanar y hoy no estaban con el resto.

—Bien. Habla con Pietro. Que te consiga otros dos. Si estos aparecen, cosa que dudo, les preguntas qué les ha pasado. Que esté delante Pietro. Si no os convence lo que os cuentan, los largáis. Si no saben cumplir, no nos valen.

Antes de partir para Hontoria, el maestro Ricard quiso comprobar que la fábrica recobraba su ritmo de trabajo tras los días de fiesta. El primer movimiento en la obra lo hacían los arrieros de la Cabaña de Carreteros. A la hora prima habían partido de vuelta para Hontoria con los bueyes de la carretada del día anterior, y, de allí ya habría salido el siguiente cargamento de piedra para la fábrica. Solían cruzarse más o menos a mitad de camino, a la altura de Sarracín. Cuando llegaba la carga de Hontoria a la obra, los cabañiles desenganchaban las carretas y las galeras y se llevaban la recua de bueyes a los pastos de la zona de los Vadillos. Por la mañana, a la hora prima, salían de vuelta los cabañiles solo con las bestias.

Las carretas y las galeras se descargaban en la obra, en la que Melquíades, el cofrade mayor de la Cabaña, había dejado dos parejas de bueyes viejos con dos carreteros para moverlas. Las carretas se empleaban para el transporte de la mayoría de los sillares, cuya medida había establecido el maestro de obras entre dos tamaños. Cuando se necesitaba alguna pieza de mayor tamaño, se usaba la galera. Ambos carruajes llevaban una sola lanza en la que iban enyugados los bueyes, y la diferencia entre un carro y otro estaba en el mayor tamaño de la galera. Además, la galera llevaba dos ejes y cuatro ruedas, en vez de uno solo con dos ruedas, como la carreta, lo que la hacía menos manejable.

Ricard pasó por el sector de la obra asignado a cada maestro cantero. Empezó por la casa de la obra, en la que Pietro estaba controlando la descarga de las carretas, de las que ya habían bajado los sillares de tres de ellas. El maestro cantero distribuía los bloques según las necesidades y los peones los cargaban en arrastradores, carretillas o transportadores, dependiendo del tamaño, para llevarlos a la zona de desbaste final y de talla, en el tinglado de los canteros. La piedra salía de la cantera recuadrada con dos o tres pulgadas por encima de la medida utilizada en la obra, como bloques en bruto, que los canteros de la fábrica tallaban hasta su medida final, según las necesidades. En el tinglado de los canteros, los tallistas ya inundaban el ambiente con su martilleante soniquete. Algunos retiraban de los bloques la piedra sobrante con los martillos de desbaste y otros golpeaban con mazos y mandarrias, cinceles y punteros, para buscar la hechura deseada.

Con un movimiento de muñeca, los canteros iban girando tras varios golpes la maceta de campana, para que la cabeza, hecha de hierro dulce, no perdiera su balanceo. Una maceta desequilibrada implicaba mayor fatiga en las manos y las articulaciones del cantero. Los tallistas marcaban con tres signos los sillares terminados. La cara del paramento, la que quedaba a la vista, se marcaba con un asterisco. En la del lecho, sobre la que apoyaba el sillar al ser colocado en su sitio, se grababa un pequeño círculo. Y dos líneas cortas paralelas, cruzadas con otras dos similares, señalaban la cara del sobrelecho. De esta forma se facilitaba la labor de los albañiles, que eran quienes colocaban los sillares en cada hilada.

Mientras unos peones transportaban hasta los albañiles los sillares terminados, otros recogían todo el material desbastado y se lo llevaban a los amasadores. Estos ya estaban preparando la argamasa y el mortero para los albañiles, a quienes se lo llevaban los peones en cuezos y en artesas. Ricard se encaramó a uno de los andamios para comprobar el acabado de los muros. Los albañiles habían colocado la argamasa justa entre los sillares, dejándola bien alisada con los llagueros y dando después una capa de lechada. Para la argamasa utilizaban arena, cal y agua, mientras que los amasadores de mortero empleaban arcilla, en vez de cal, y arenas de mayor grueso. Con la arena más fina y la cal más blanca se hacía una lechada que los albañiles utilizaban para las juntas.

A media mañana llegarían las carretadas de cal de Arcos y de Villariezo y de arcilla de Villatoro. En cuanto a la arena, esta venía de Rubena y de Villalval. Ricard fue muy explícito con los maestros canteros. Debían controlar de forma escrupulosa la calidad de la arena. Ricard no quería cometer el mismo error que cometieron los constructores de las catedrales de Chalon-sur-Marne, Troyes y Laon, las tres muy cerca de Reims, y las tres con un mortero de baja calidad. La arena buena también se pagaba, y de momento había dinero.

Ricard se acercó a ver el andamiaje de Juan de Osorno. Llevaba la plomada y el nivel de bola para comprobar la horizontalidad de las plataformas. Los andamios se levantaban con unos largueros verticales que, separados una vara del muro y paralelos a él, se sujetaban con unos travesaños más cortos que se apoyaban en la pared introduciendo un extremo en un orificio hecho al efecto, llamado mechinal. Largueros y travesaños se fijaban entre sí y sobre este entramado se colocaban los tableros para que los albañiles pudiesen trabajar. Hasta ahora se habían ido levantando los sillares y el resto de materiales mediante una cabria y un torno, pero la mayor altura a la que debían subirlos a partir de ahora implicaba alargar las vigas de la cabria, lo que restaba resistencia a la estructura.

El andamio que estaba montando Juan iba a ser ubicado en la curva del deambulatorio, para poder servir para los trabajos de ambos laterales de la girola, y debía soportar el peso de una grúa de rueda. Juan explicó al maestro Ricard la forma y dimensiones del andamiaje y después le mostró los largueros y las vigas que iba a emplear. Con Juan estaba Álvar, el maestro herrero. Este le mostró los herrajes con los que se iban a unir travesaños y vigas, las poleas y los enganches para subir el material y las tijeras, tenazas y castañuelas para izar los sillares. Ricard les dijo que dejasen todo montado y que hasta mañana no se comenzase a utilizar. Quería estar él presente cuando se colocase la grúa de rueda en la plataforma superior. Después, se fue a ver a Giraud.

—Giraud, me voy para Hontoria. Trataré de estar de vuelta mañana a quinta hora. Ya le he dicho a Juan y a Álvar que dejen montado el andamio de la girola, pero sin uso. Mañana, cuando esté yo, subimos la grúa.

—De acuerdo, maestro.

—Hola, maestro —saludó Belmont, que se había acercado para preguntar algo a su padre.

—Hola, Belmont —saludó el maestro de obras—. ¿Quieres ver la cantera de la catedral?

Belmont, a quien se le iluminó la cara, puesto que nunca había estado en la cantera de una catedral, miró a su padre.

—A mí no me mires. Ya eres maestro.

—Voy —dijo con tono decidido.

—Bien, dile a Pietro que te deje una de las mulas y agua para el viaje. Salimos enseguida.

—Gracias, maestro —acertó a decir Belmont, para quien lo que tenía que preguntar a su padre había pasado a un segundo plano.

2

Durante todo el trayecto hasta la cantera, Ricard y Belmont estuvieron hablando del oficio. Ricard recordaba, sin poder evitarlo, a Enrique. El burgalés llevaba cuatro cursos en el *studium generale* de Palencia. Aún le quedaba mucha materia por ver, pero Ricard estaba seguro de que el joven llegaría lejos. Siempre que iba a Burgos pasaba por la fábrica y las prácticas las realizaba en la casa de la obra. Gonzalo le había pedido ese favor al maestro de obras, y ya habían ampliado el taller para incluir a más oficiales durante el invierno. De esta forma, Burgos contaba con el taller de cantería de las Huelgas y con el de la catedral, que ahora lo formaban el antiguo taller de la catedral románica y la extensión del de la fábrica gótica. Belmont también conocía a Enrique. Sin embargo, ambos eran diferentes. Belmont era decidido, atrevido. Siempre estaba atento a la autoridad de los mayores, pero a la mínima insinuación de que podía hacer algo, se tiraba de cabeza. Cualquier día tendría un disgusto, le decía su madre, pero eso sería cualquier día. Lo que sabía lo sabía por puro don. Y por romper muchas herramientas y estropear muchas piedras, que a Giraud le habían costado lo suyo. Y la osadía le venía de la propia vida que había llevado con Giraud y Sabine. Seis años deambulando en busca de obras, de trabajos en talleres de cantería, de alguna reparación o arreglo que realizar, daban mucha experiencia de vida.

Enrique, empero, era más retraído. Vivía acomodado en la jerarquía desde que era aprendiz en el taller de Huelgas. Una tía suya, llamada Hermegilda, se había casado con un mercader que había hecho fortuna con la exportación a través de los puertos cántabros. Cuando murió, ella vendió el negocio a los Bonifaz y se volvió para Burgos, ingresando en el monasterio de las Huelgas. Su cuñada fallecería un año después, dejando a Enrique desamparado, con once años. Sin embargo, Hermegilda, cuyas generosas donaciones habían captado la atención de la abadesa, consiguió a través de ella, doña Sancha Garcíez, que Enrique entrase en el taller de cantería de Huelgas, quedando alojado en el hospicio del Hospital del Rey. El mecenazgo de la tía Hermegilda haría que, años más tarde, Enrique pudiera desplazarse a Palencia para iniciarse en el *trivium*, aunque el joven nunca dejaría de estar en contacto con Burgos, a través de sus talleres de cantería. El don de Enrique era su intelecto. Belmont realizaba las cosas por el método puro de prueba y error. Enrique buscaba antes una lógica, un razonamiento apoyado en todo aquello que había aprendido.

Cuando llegaron a la cantera de Hontoria, el trabajo estaba en pleno apogeo.

—¡Ricard! —saludo afectuoso Durán de Humienta.

—Hola, Durán. ¿Cómo va todo por aquí?

—Tú mismo lo ves. Hay trabajo a dolor, que dicen mis canteros. Y por la fábrica, ¡supongo que ya habréis comenzado con fuerza! Ha pasado Pentecostés.

—Tú lo has dicho. Y a eso vengo, a darte más trabajo.

—Vamos, pues. Por cierto, ¿y este hombre?

—Ah, sí, disculpadme ambos. Durán, este es Belmont, el hijo de Giraud y de Sabine. ¿Los recuerdas?

—¡Como no! ¡Los maestros canteros francos!

—Es el nuevo maestro cantero de la fábrica.

—¡Vaya! Mi enhorabuena. Y has venido para ver una cantera de verdad, ¿no?

—Así es —dijo Belmont.

—Pues te voy a dejar en manos de Pedro, que lleva toda la vida en las canteras y las conoce mejor que su casa.

—¿Hay más de una cantera?

—Sí, claro. De hecho, Pedro es de Cubillo, donde hay varias. Es la aldea con la que compartimos las canteras. Mira, si antes le nombro. Ahí viene.

El maestro Ricard se fue con Durán a la casa de la cantera. Ricard le iba a trasladar la previsión de sillares para la campaña de ese año. Aunque iba a ser similar a la del año pasado, Ricard previó que hubiese algunas modificaciones. En la fábrica se comenzaba a atacar zonas donde la sillería llevaba más carga ornamental y eso obligaría a buscar el tipo de piedra más adecuado. Mientras, Pedro se llevó a Belmont a las galerías de extracción.

—¿Toda esa gente? —preguntó Belmont una vez que Pedro y él se pusieron en marcha, atravesando una de las zonas de extracción a cielo abierto.

Frente a la cantera en la que estaban se veían numerosas personas desbrozando y limpiando de vegetación la ladera de la montaña.

—Son los nuevos picapedreros. Durán ha localizado este invierno otra buena veta de piedra y están preparando la zona. Cuando hayan retirado todos los árboles, matorrales y maleza, quitarán con pico y pala la tierra que cubre la roca para poder empezar a trabajar.

—¿Y cómo se extraen los sillares?

—Primero se capea la veta para seleccionar el tipo de piedra que puede dar y fijar las franjas de trabajo. La veta no es uniforme. Como dice Durán, hay que hablar con ella para que te diga lo que tiene.

—¿Y cómo se habla con ella?

—Con eso —Pedro señaló a Belmont un enorme y pesado martillo, uno de cuyos extremos de la cabeza terminaba en forma de pico—. Es un martillo piquero.

—¿Cómo se marcan las zonas de trabajo? —preguntó Belmont.

—Sí, mira. ¿Ves aquellas líneas rojas en la roca?

—Sí.

—Pues ese es el marcaje. Se realiza con almazarrón, que es un tinte rojo que se saca de las zonas arcillosas. En otros sitios lo llaman almagre. Cuando se va a cortar la piedra se hace un marcaje sobre el almazarrón con el pico, para que quede grabado. Mira, esos dos de ahí abajo están realizando las cuñeras con los punteros. Si te fijas, verás que con la maceta golpean el puntero y van haciendo un orificio de una forma determinada. Ese orifico es la cuñera. Lo terminan con la acodadera, haciéndolo más profundo que el largo de la cuña. Cuando tengan hechas las cuñeras necesarias meterán las cuñas y las golpearán con los mazos para tronzar el bloque y sacarlo del peñasco.

—¿Y sale siempre limpio? Lo digo porque en la fábrica, a veces algún sillar parte por donde se tenía previsto.

—Sí, bueno. Eso es por la propia roca. Cuando el tronce no sale limpio se tienen que utilizar las punterolas. Son unas cuñas más grandes con las que se separa el bloque que se ha quedado cogido en algún punto. A veces se utilizan cuñas de madera.

—¿De madera?

—Sí, sí, de madera. Se introducen bien en la piedra y luego se mojan. La madera se hincha y abre una grieta. Y en este clima, cuando empieza el frío, el agua se congela y parte la roca. Lo malo es que hay veces que el agua se mete por alguna fisura que no se ve y abre el bloque por donde no debe.

—Y una vez liberado el bloque, ¿cómo lo trabajan?

—Pues con esos punteros. En realidad, no son punteros. Son uñetas y con ellas se rebaja la piedra sobrante hasta dejarla a la medida que se necesite.

—¿Y ese es el sillar que nos llega a nosotros?

—Exacto. Ese es el bloque en bruto, que es como lo llamamos en la cantera.

—Que es un poco más grande que la medida que se necesita en la fábrica.

—Claro. Allí vosotros tenéis que darle la forma que necesitéis y seleccionar qué cara os interesa más para recibir el mortero y qué cara se presenta a la vista. Pero antes hay que subirlo a la carreta. Me imagino que ya las has visto. Las que salen mañana para vuestra fábrica ya están cargadas. Son unas cuantas.

—¿A qué hora salen?, ¿a prima, como en Burgos?

—Sí. De aquí salen con el sol. Les lleva todo el día llegar. Ya te habrás dado cuenta de la cuesta al venir.

—Sí. Tienen que ser duros esos bueyes. Y eso que no lo parecen. Lo digo por el tamaño.

—Son fuertes y duros, como los serranos. Yo los he visto trabajar en la sierra y bueyes y serranos se meten por sitios estrechos y empinados para sacar enormes troncos. Es gente recia.

Belmont seguía con mucho interés las explicaciones de Pedro. El trabajo en la cantera no parecía que fuese tan complicado, aunque tampoco se lo había planteado nunca. Solo conocía las fábricas. Había sido buena idea venir.

—Ya llegamos.

Pedro y Belmont descrestaron la colina que habían estado subiendo y se metieron por la entrada de lo que a Belmont le pareció una cueva. Un resplandor proveniente del interior a duras penas iluminaba el suelo. Belmont seguía a Pedro medio encorvado, fijándose por donde pisaba para no caerse, ya que su guía le tapaba la luz que tenía delante. De repente, Pedro se retiró a un lado y el resplandor iluminó a Belmont sorprendiéndole mirando al suelo. Cuando alzó la vista le parecía que estaba en el cielo. Una enorme sala, de blanca y luminosa piedra, se abría ante sus ojos. En el interior, numerosas lámparas de aceite y enormes velas irradiaban una luz que la nívea piedra reflejaba desde las paredes, suelo y techo, multiplicando la luminosidad.

—De aquí va a salir vuestra catedral.

3

—Maestro, tienes visita —saludó Pietro a Ricard.

El maestro Ricard y Belmont acababan de llegar de las canteras de Hontoria y de Cubillo. Era la hora sexta. Habían salido pronto, con la carretada de la cantera, pero se habían adelantado al seguro y tedioso paso de los bueyes. Llegaban cansados porque habían dormido poco. Durán era un gran hablador y Pedro no le iba a la zaga, y entre los dos y el aguardiente habían contado todas las historias canteras habidas y por haber. Era uno de los peajes del trabajo en equipo, aunque, a la larga, resultaba una inversión. A pesar del sueño, Ricard llegaba satisfecho. Las canteras funcionaban a pleno rendimiento y Durán le había enseñado una capa de la cantera de Cubillo de la que se podía extraer piedra de calidad para la imaginería. En cuanto a Belmont, había aprendido a dormir sobre una mula en movimiento y había experimentado el agradable despertar con una buena resaca. Pero al menos el día de ayer fue grande. Enorme, diría él. Porque enorme era el caballo del maestro de obras, enorme era el maestro cantero de Hontoria, y enorme era la cantera que le enseñó Pedro el de Cubillo dentro de la montaña.

—¿Qué tal la jornada de ayer? Se te ve satisfecho.

—Fue buena, Pietro. Tenemos piedra. Mucha y buena. Durán maneja muy bien las canteras y a su gente. Solo tenemos que seguir su ritmo para que no se nos acumule el material. Por aquí, ¿qué tal?

—Todo en orden.

—¿Aparecieron esos dos enamorados? —preguntó Ricard, refiriéndose a los dos crápulas del día anterior.

—En cuanto te fuiste. Diego los tiene llevando y trayendo sillares al hombro.

—¿Qué me decías de una visita?

—En la casa.

Cuando Ricard y Pietro entraron en la casa de la obra, el padre Norberto estaba con Yago a su lado. Ricard se extrañó de que Yago estuviera acompañado por el monje. Algo pasaba.

—Padre —saludo Ricard.

—A la paz de Dios, maestro.

—Alabado sea. ¿Qué se os ofrece?

—Ayer enterramos a Martín, el padre de Yago. El muchacho me contó que le ofreciste aprender el oficio en la fábrica.

—Siento mucho lo de tu padre, chaval —dijo el maestro mirando a Yago—. Así es, padre —retomó el maestro la conversación con el monje de Cardeña—. Le dije que, si le atraía lo que hacíamos en la obra, que viniese a verme con su..., bueno. Estáis aquí, así que supongo que Yago quiere ser aprendiz.

—En efecto, así me lo dijo ayer.

—¿Y el monasterio?

—Yago no está hecho para los silencios monásticos —Norberto y Ricard salieron de la casa de la obra mientras Yago se quedaba dentro, contemplando las herramientas y el material—. Ni para las clausuras. Me da que es espíritu de viajes. Al menos de momento. Es un chico inteligente, instruido y despierto, pero le falta vida. Necesita estar rodeado de gente. Necesita hablar y que le hablen. Simplemente, necesita de todo menos un monasterio. Y la obra de la catedral le gusta. Siempre que viene a Burgos se acerca a verla.

—Lo sé. Le he visto más de una vez, durante estos tres años, encaramado todo el día allí arriba.

—Y bien, ¿qué me decís? —preguntó el padre Norberto.

—Que será bien recibido en la fábrica. No sé quién se hará cargo de él, pero esta misma mañana lo decidiremos los maestros.

—Alabado sea el Santísimo. Muchas gracias, maestro. El abad estaba preocupado. Martín trabajaba para el cenobio y el abad se consideraba responsable del muchacho, pero sus ausencias del monasterio dificultaban que el abad decidiese que fuera acogido en la regla. Como sabéis, exige disciplina.

—Y la fábrica, padre, y la fábrica.

—Pero aquí es donde pasaba muchas de sus ausencias.

—Entonces, es posible que acertemos ambos al dejarle en la fábrica.

—Eso espero, maestro. Aunque le echaré de menos.

—Estoy seguro que irá a visitaros a menudo.

—Dios os oiga.

Tras despedirse del maestro de obras y de Yago, el padre Norberto retornó al cenobio cardenense. El monje emprendió el camino de vuelta hacia la disciplina y el silencio monástico con el ánimo apesadumbrado. Se alejaba de su discípulo, con quien había compartido tres años de enseñanzas. Tres años en los que intentó inculcar a Yago la semilla de la fe a través de la razón. Sin embargo, Norberto se alejaba de Burgos con la esperanza de seguir instruyendo y adiestrando a su educando. Así lo habían determinado ambos antes de despedirse. Yago seguiría yendo al monasterio los domingos para continuar su educación. Para sumergirse entre los anaqueles de la biblioteca y dialogar con su maestro, su primer maestro.

Pero ahora Yago pasaba a formar parte de otro tipo de aprendizaje y de otra forma de dependencia. De hecho, la norma exigía que el aprendiz de un oficio estuviera a cargo de un maestro capaz de mantenerlo y, aunque en la fábrica de Burgos había varios, la cuestión no era tan fácil. Giraud y Sabine ya mantenían a cuatro oficiales y Belmont, aunque ya era maestro, estaba aún muy verde para hacerse cargo de un aprendiz. Por su parte, Diego tenía dos niñas y su mujer se pasaba el día en el taller de dorado. Tenía mucho trabajo y habría que contar con su opinión. Gonzalo de Covarrubias vivía solo, como Ricard, y Pietro también tenía que consultar con su familia, aunque, a pesar de ello, decidió hacerse cargo de Yago hasta que hubiese un acuerdo.

Yago salió de la casa de la obra. El maestro lombardo le había encargado su primer trabajo. Traer un caldero con herramientas que habían dejado fuera los peones para llevar a los herreros. Cuando Yago iba a levantar el caldero, miró hacia arriba. Zoraida le miraba desde la empalizada. Yago no se movió. Quería detener ese momento. Faltaba mucho para la luna, pero ya se habían vuelto ver. De repente, Zoraida miró hacia atrás, volvió a mirar a Yago y, tras sonreír, saludó furtiva con la mano y se fue.

Durante el resto del día, Yago estuvo trabajando en lo que le decía el maestro Pietro. Todo eran pequeños trabajos, sin ninguna complicación. Labores con las que el maestro lombardo buscaba que el muchacho comenzase a conocer las herramientas, los útiles y la terminología del oficio, primer paso en todo aprendiz. Yago iba y venía con diligencia. Pietro le tuvo que decir un par de veces que por la obra no se corría.

4

Al terminar la jornada, en la casa de la obra se habían dado cita todos los maestros canteros. Era tarde y todo el mundo quería volver a casa, pero la cuestión debía resolverse antes de finalizar el día.

—Ricard, en mi casa ya somos siete. No cabe un alma más —dijo Giraud.

—Seis somos en la mía —apuntó Pietro.

—Nosotros somos cuatro —señaló Diego, el de Trasmiera—. Pero Elena tiene el taller en la casa y no disponemos de sitio.

—En mi casa apenas cabemos mi mujer y los dos niños —dijo Gonzalo de Covarrubias, quien se había casado a finales de 1221 y ya tenía dos criaturas.

El maestro Ricard había aceptado coger a Yago como aprendiz y buscaba la forma de que estuviera atendido. Era responsabilidad del maestro enseñar al aprendiz y también mantenerlo, para lo que, por norma, debía acogerlo en su casa. Eso no hubiera supuesto un problema hace un año, pero ahora era distinto. Ricard no paraba de ir de un lado a otro. Visitaba las canteras, las caleras y los bosques. Atendía las visitas del prelado, del tesorero del cabildo catedralicio, de algunos magnates que, muy de vez en cuando, se acercaban para ver las obras. Además, también colaboraba con las escuelas de cantería de la catedral y de las Huelgas. Pero el problema era otro. Quizá debiera haberlo pensado antes de aceptar, pero el caso es que había dicho que sí. Y debía asumir su compromiso.

—Está bien. Se quedará en mi casa —decidió el maestro Ricard, que se quedó con la mirada perdida.

El silencio se quedó flotando en el ambiente. Era como si la decisión de Ricard fuera forzada. Como si se hubiese visto obligado a acoger a Yago bajo su techo. Como si se hubiese visto solo porque sus maestros canteros le hubieran dado la espalda.

—Entiéndelo, Ricard —intervino Giraud, el más cercano al *mestre mason*—. Los espacios en las casas son apretados y las bocas que alimentar muchas.

—Pero, no, no, por Dios —recuperó su presencia Ricard—. Claro que lo entiendo. En Reims yo mismo estuve alojado en la casa de mi maestro. Y él vivía solo, como yo ahora.

—Entonces, ¿cuál es el problema? —preguntó Pietro.

Ricard se había vuelto a ausentar, buscando qué responder. O, mejor dicho, cómo responder.

—Lo dices tú o lo digo yo —saltó Sabine, enérgica como siempre.

Giraud se quedó perplejo. ¡Su mujer tenía una confidencia con el jefe de la obra! ¡Y no se había enterado nadie! Pero confesar en público era un suicidio. ¿Qué pasaría después? ¿Qué sería de la fábrica? El maestro cantero no se atrevía ni a mirarla.

—Dilo tú. Yo no lo quería decir todavía, pero seguro que te salen mejor a ti las palabras.

—El maestro se nos casa —soltó Sabine, llana y directa—. Con una franca —agregó la maestra cantera.

Giraud miró de repente a Sabine. Ahora sí que no tenía nada claro.

—¿Y quién es la afortunada? —preguntó Gonzalo, el último que se había casado.

—Doña Leonor de Almerich —dijo Ricard, que ya había asumido que debía de hacerse público.

—Pero bueno, ¿ese era todo el problema? —dijo Pietro, para quien los problemas eran una oportunidad de estar entretenido.

—¿Qué problema? —dijo Álvar, que acababa de entrar en la casa de la obra con una información para el maestro de obras.

Después de mirar al recién llegado, todos dirigieron sus miradas al maestro Ricard.

—Que me caso —dijo el *mestre mason*.

—Pero eso no es un problema, maestro —dijo jovial el maestro herrero—. Los problemas vienen después.

Todos soltaron una carcajada. Había que liberar tensión. Pero Álvar detectó en la cara del maestro de obras un gesto de resignación.

—¿Qué pasa? Te persigue su familia y tú no quieres casarte.

—Qué va, Álvar, qué va. Lo que pasa es que a Ricard le ha venido el casamiento con un niño —señaló Gonzalo.

—¿Una viuda?

—No, un aprendiz —dijo Diego—. Que no sabemos dónde ponerlo. Al menos, de momento.

—Álvar frunció el ceño, tratando de entender la situación.

—Si me permites, maestro —intervino Giraud, que ya había resuelto sus propias dudas—. Uno de los monjes de San Pedro de Cardeña ha traído esta mañana a un muchacho que perdió a su padre hace un par de días. Parece que al chico le tira esto de la cantería y el religioso ha solicitado a nuestro maestro de obras que le acoja como aprendiz. Como todos sabemos, la responsabilidad de su manutención, crianza y aprendizaje recae en el maestro que le acoge —Giraud miró a Ricard.

—¿Y? —inquirió Álvar.

—Que me caso la semana que viene.

—¡Acabáramos! —dijo Álvar, que se encaminó hacia el maestro de obras para decirle lo que había ido a decirle—. Hasta que se celebren los esponsales y durante el mes siguiente, le acogemos en nuestra fonda. Luego te lo devuelvo. Y ahora, resolvamos cosas más serias.

Álvar se quedó hablando con el maestro Ricard mientras los demás se reunían en un corrillo. Cuando Álvar terminó de resolver su duda, Giraud tomó de nuevo la palabra.

—Hemos pensado que, durante este mes, en la fábrica el muchacho podría depender de Pietro. Después ya decidirás cómo organizas su aprendizaje. ¿Te parece bien?

—Me parece correcto. Muchas gracias, amigos.

5

—¿Y tú por qué sabías lo que se traía entre manos Ricard? —preguntó Giraud a su mujer mientras iban hacia su casa.

—Porque tú solo ves en él a un maestro de obras. Con quien te llevas muy bien, también es verdad.

—Con eso no me dices nada. Además, ¿qué voy a ver en Ricard?

—Nada. Para eso ya estamos las mujeres.

—¿Para qué?

—Pues para fijarnos en aquello en lo que tú no te has dado cuenta, pero yo sí.

—¿Pues cómo le miras tú?

—Como lo que es. ¡Eh! ¿Te estás poniendo celoso?

—No.

—¡Ya!

—Bueno, dime.

—¿No te has dado cuenta de que ha estado pasando por delante de nuestra casa durante todo este invierno y durante el otoño pasado?

—Sí. ¿Y qué? Iría a la taberna.

—¿Tú le ves a Ricard con pinta de perder el tiempo en la taberna?

—¿Qué pinta hay que tener?

—Por Dios, Giraud, ¡qué tú tampoco eres de tabernas!

—Bueno, bueno. Y qué. Todavía no me has dicho por qué lo sabías ya.

—Pues porque un día los vi. A los dos. A él y a Leonor. Y él sabe que los vi. Y dejamos que fuera nuestro secreto.

—¡A cambio de? —preguntó Giraud, que tampoco era un inocente.

—De que si Belmont se quedaba en la fábrica le enseñara el oficio de maestro.

—¡Pero eso se lo puedo enseñar yo!

—Y yo.

—¿Entonces?

—¿No te gusta lo mejor para tus hijos?

—Por supuesto.

—¿Y no está más preparado Ricard que tú y que yo?

—También.

—Pues, hala, vamos a cenar algo, que ya es tarde.

6

Los esponsales de Ricard d'Epernay y Leonor de Almerich se celebraron ese mismo año. Mediante esta ceremonia se concretaba el acuerdo matrimonial entre las familias. De forma habitual, el acuerdo del casamiento lo establecían los padres de los contrayentes, cuando no lo hacían en realidad las madres. Sin embargo, Ricard d'Epernay había llegado solo a Burgos. Carecía de parientes en todo el Reino, e incluso en España. Sus padres vivían en Épernay, dedicados al negocio del vino, y cuando su hijo se fue a Castilla asumieron el hecho de que ya no le volverían a ver. Realizar un viaje tan largo para establecer un casamiento entre diferentes parentescos era algo que solo hacían las casas y linajes reales, cuyos intereses estaban en mantener grandes dominios y consolidadas alianzas.

Por su parte, Leonor de Almerich vivía con sus hermanos, Giralt y Arnalt. Al igual que Ricard, los tres habían recalado en la ciudad castellana sin sus progenitores, por lo que el núcleo familiar giraba en torno a Giralt, el mayor de los tres hermanos. Con posterioridad se sumó al grupo Ramón Bonifaz, pero estando Giarlt y Arnalt, la parentela de Ramón con respecto a Leonor no le permitía decidir sobre el futuro enlace.

En la unión entre Leonor de Almerich y Ricard d'Epernay no se buscó una finalidad más allá de la natural formalización de un enlace matrimonial. Había consentimiento mutuo y la posición de ambos parentescos era desahogada. El maestro Ricard era un maestro constructor bien remunerado y Leonor de Almerich pertenecía a una familia de comerciantes de elevada posición económica y social. En este aspecto, el enlace beneficiaba más a Ricard, al consolidar su ya preeminente estatus social, devenido de su condición de *mestre mason*, mediante la inclusión en el parentesco de una poderosa familia de mercaderes. Pero su enlace no buscaba el medro de ninguna de ambas familias.

No obstante, se siguió la tradición y se celebraron primero los esponsales. En un acto público llevado a cabo en la casa de la familia de la novia, se presentó el novio a la pretendiente. Después, Ricard formalizó el pago de la transmisión de la autoridad paterna, recaída en este caso sobre Giralt, mediante la entrega de las arras a la novia. Después se pronunciaron los votos de *verba de futuro subsequente copula*, compromiso por el que se formalizaba un enlace irregular creado con la promesa de casarse más adelante, seguido de un acto de consumación.

Tras esta primera ceremonia, la tradición marcaba un tiempo durante el cual se confirmaba el compromiso adquirido, examinando el valor material de lo pactado, los impedimentos familiares, o las posibles cuestiones de engaño o deshonra. Dos semanas después de los esponsales se celebraron las nupcias de Leonor y Ricard.

Se dio mucha publicidad al evento, congregándose, sobre todo, amistades de ambos contrayentes. La ceremonia se realizó también en la casa de la novia, y a ella asistieron personajes de renombre en el ámbito castellano. Comerciantes de Burgos, de Medina, de Aguilar, e incluso de la zona del Cantábrico, provenientes de los puertos de Castilla. Algunos componentes del Concejo de Burgos y del cabildo catedralicio. Los maestros de la fábrica y los de las canteras. También estuvo en las nupcias Melquíades, de la Cabaña de Carreteros.

La ceremonia de los esponsales se celebró en el patio de la casa de los Almerich. Por parte de la novia estuvieron presentes los hermanos Almerich y su primo Bonifaz, y por parte de Ricard, Giraud, Sabine y Yago, que fue el encargado de llevar los anillos. También estuvieron Johan de Champagne como diácono y un alcaide del Concejo de Burgos. Leonor iba vestida con un elegante vestido rojo y azul confeccionado en el taller de Sancho Raimundi. Ricard, más frugal, llevaba lo mismo que había vestido para la ceremonia de la primera piedra, aunque Sabine se había encargado de que se lo llevase a Raimundi para que se lo arreglase un poco.

Siguiendo el rito, Giralt, el hermano mayor, puso la mano de su hermana sobre la de Ricard, simbolizando la transmisión de la *manus*, la autoridad que hasta entonces tenía sobre Leonor. Más tarde se colocó sobre los hombros de ambos contrayentes un *pallium*, velo que significaba el yugo de la unión matrimonial. Después los esposos pronunciaron los votos de *verba de presenti*, la fórmula que certificaba el matrimonio celebrado por las partes con su consentimiento conjunto, sin la interposición de ninguna persona.

Ramón Bonifaz hizo una seña a Yago. Vestido como nunca lo había estado, también gracias a Sabine, el joven aprendiz se acercó a ambos contrayentes. En las manos llevaba una bandejita de plata sobre la que había dos anillos. Leonor le puso a Ricard el anillo en el dedo corazón de la mano derecha, al estilo de los antiguos romanos. Después, Ricard le puso a Leonor el anillo en el dedo corazón de la mano derecha y un sello en el pulgar derecho, significando la autoridad que poseía para administrar sus propios bienes. El beso en la boca que se dieron, tras la imposición de los anillos, simbolizó la unión física de ambos contrayentes.

Tras la ceremonia oficial todos se dirigieron a la iglesia de San Llorente, collación en la que estaba la casa de los Almerich, para la misa de acción de gracias. Lo habitual era realizar un pequeño rito en el atrio de la iglesia, consistente en una sencilla bendición. Esto era mucho más barato que una misa. Pero los Almerich y los contrayentes podían asumir el gasto eclesiástico. Este consistió en una misa seca, con la recitación de las oraciones marcadas para la liturgia, pero sin el ofertorio ni la consagración ni la comunión. El banquete se celebró en los almacenes de los Almerich, que habían sido acondicionados y engalanados para acoger a todos los invitados.

XIII

LA ANCIANA

Anno Nostrae Salutis 1225
Abril

1

—Ya podemos comenzar a montar el nuevo taller —dijo Amín a su mujer al entrar en casa.

—¡Por fin! ¿Te lo ha dicho hoy Abrabanel?

—Sí. Al venir a casa.

—De todas formas, ¡cuánto ha tardado!

—Ya sabes que estas cosas van muy despacio —dijo Amín.

—Ya, ya. Pero desde que comenzamos a tratar con el vecino han pasado casi cuatro años. Y uno desde que muriese, el pobre hombre. Que Alá tenga misericordia con él.

—Pues sí, así es. Pero recuerda que cuando falleció no había dejado dicho nada sobre su casa y, como nosotros queríamos comprarla, Abrabanel tuvo que localizar primero a sus parientes. Y acuérdate que estaban en Toledo. Ha necesitado la renuncia para traérsela al ulema de la aljama.

—No me lo recuerdes. Solo de pensar en él se me revuelven las entrañas. Me caía mucho mejor el de Zaragoza. Con él las mujeres nos entendíamos mejor.

—Bueno, tampoco le ves todos los días.

—Pero es un metomentodo.

—Sí. Y el notario de la aljama, y su portavoz, y el intermediario con la corte. Al menos, el imán siempre ha estado con nosotros —dijo Amín.

—Sí, claro. Menos mal. ¡Pero si es más simple que un alfiler! En Zaragoza —Laila bajó la voz hasta hacerla un susurro— nuestro imán tenía más empaque, era mucho más erudito en el islam.

—Sí, no te lo discuto, pero ahora estamos entre sunníes -contestó Amín bajando también la voz—. Y que el imán haya estado de nuestra parte quizás ha facilitado las cosas.

—Ya, ya. Verás qué pronto nos pide algo a cambio —dijo recelosa Laila.

—¿Y qué nos va a pedir?

—¿Pero no te has fijado en cómo mira a tu hija? —le dijo Laila, poniéndose en jarras.

A Amín se le cambió la cara. Eso de que su hija fuera un posible objeto de intercambio no le gustaba nada. Los matrimonios de conveniencia eran algo muy usual en la sociedad. Mudéjares, judíos y cristianos buscaban medrar a través de los casamientos, pero que el dueño del telar más exclusivo de Burgos casara a su hija con un imán más simple que un cesto de mimbre, eso no era medrar.

—¿A qué te refieres? Zoraida es aún una niña, ¿no?

—Sí. De momento. Va con retraso. Tiene ya catorce años y estará a punto de dejar de serlo. Hace tiempo que lleva pañuelo para taparse la cabeza. No quiero que ese sujeto se ponga como no debe.

—Igual por eso cree que ya no es una niña y se está haciendo una idea equivocada.

—Que se la haga ahora o dentro de unos meses, es lo mismo. El caso es que cualquier día te abordará y te dará un disgusto. Y entonces veremos por qué se ha mostrado tan solícito. Mira, Amín, en todo esto el único que me inspira confianza es el judío. Desde que me lo recomendase la Reina, el negocio ha ido mejor. No sé qué hubiera pasado si el dinero que sacamos hace cuatro años se lo hubiésemos dejado al *hundi*. Creo que Abrabanel es más serio y fiable. Pero en lo que concierne al imán y al ulema, no me gustan. No me preguntes por qué, pero no me gustan.

—Bueno. El *hawala* nos ha venido muy bien para realizar los pagos a los de Valencia y Almería. Tu hermano hace tiempo que no viene y este sistema funciona.

—Pero sale más caro. Y, además, la gente se entera de cosas. Es menos discreto. A eso me refiero. Los pequeños pagos, quizás sea bueno seguir haciéndolos así, pero cuando se trate de cantidades grandes, es posible que sea mejor que nos lo lleve Abrabanel. Además, su hijo ya está aprendiendo el oficio. Es una pena que sea judío. Tiene la edad de la niña.

—¡Pero es judío!

—¡Eso acabo de decir! De todas formas, ¿acaso un musulmán no puede coger a una cristiana para su casa?

—Es distinto –dijo Amín.

—¿En qué? Las tres son religiones del Libro.

—¿Acaso los judíos protegieron a Cristo? Porque, aunque para nosotros sea uno de los profetas y para los cristianos su Dios, al menos no le condenamos.

—Bueno. Bien. Pero vete pensando qué decirle si un día te pregunta.

—Cuando llegue ese día, ya veremos.

—No, Amín, no. Tienes que verlo ahora. Ese día puede ser hoy mismo. O mañana.

—Pues le diré..., no sé.

—Dile que ya está comprometida —dijo Laila, pensativa—. Sí. Eso. Con alguien de Zaragoza. Alguien que ha buscado mi familia.

—Pero eso puede suponer que Zoraida tenga que irse a Zaragoza.

—O no. Puede venir su prometido.

— ¿Y cómo lo traemos? ¿Nos lo inventamos?

—Por esos caminos pasan muchas cosas y alguien puede tardar mucho en llegar a Burgos. O morir en el trayecto. Entre tanto, el imán se habrá encariñado de otra. Es cuestión de meter tiempo por medio.

—No sé.

—¿Se te ocurre algo mejor? —preguntó Laila.

—La verdad es que no.

—Tenemos que cuidar a esta niña, Amín. Sabes que no puedo tener más hijos. Nunca te he podido dar un varón y mi corazón se entristece cuando lo recuerda. Pero es todo lo que tenemos.

Amín rodeó a su mujer con sus brazos.

—Jamás te he reprochado que no me dieras un varón. Si Alá nos ha dado una hija, es que su voluntad era esa. Y, además, ¿no llevas tú las cosas del taller como lo podría hacer cualquiera de tus hermanos?

—Sí. Para eso me enseñaron.

—Pues lo mismo estamos haciendo nosotros con la niña. Y será una gran tejedora.

—Pero necesitará un marido.

—¿Conoces algún pretendiente por aquí?

—No. Aún no —dijo Laila.

2

El mes de abril de 1225 había sido algo lluvioso, pero menos de lo esperado. Eso no favorecía al campo, pero facilitaba el tránsito de mercancías y de peregrinos hacia Burgos, lo que beneficiaba la actividad cambista de Abrabanel. Aunque el mes de mayo había empezado frío, el sol alegraba las mañanas burgalesas con su límpida luminosidad. En la aljama, algunas mujeres mudéjares subían de la glera, donde habían estado lavando la ropa, y sus niños jugueteaban por las intrincadas callejas. Mientras, los judíos se preparaban para pasar el *shabat*.

—Shalom, Zarádat.

—¡Yehudah! ¿Dónde te metes? Hace mucho que no te veo.

—He estado casi todo el año fuera, con mi padre. ¿Adónde vas?

—A casa de Jeziel. Voy a recoger el cordero. ¿Me acompañas?

—Bueno.

—¿Y dónde has estado?

—En Toledo. En casa de mis tíos.

—¿Eso está muy lejos?

—Un poco.

—¿Y qué has hecho allí? —preguntó Zoraida.

—Aprender cosas.

—¿Qué cosas?

—De números. Para saber contar.

—¿Pero no sabías contar?

—Sí, pero estoy aprendiendo cosas más complicadas. ¿Sabías que la mayoría de los grandes mercaderes y comerciantes dejan la contabilidad de sus negocios en manos judías?

—No. Eso será porque se os da bien.

—Supongo. Mi tío también lleva las cuentas de algunos nobles.

—Cuando tenga mi taller, tú llevarás mis cuentas, ¿vale?

—Vale.

Zoraida y Yehudah no se veían desde hacía más de medio año. La última vez que coincidieron por la aljama, Yehudah aún no sabía que se iba a ir a Toledo para aprender contabilidad con su tío Jared, el hijo de Moshé Abrabanel.

— ¿Qué sabes de Yago? -preguntó Yehudah.

—Hace tiempo que no le veo. ¿Y tú?

—Creo que está como aprendiz en la fábrica de la nueva catedral. Eso me han dicho algunos alarifes. Pero también hace mucho que no le veo. Podíamos quedar un día.

—Vale —dijo Zoraida—. Si le ves, díselo. Pero tendrá que ser un domingo.

—Supongo que será mejor un domingo. Por la tarde.

— ¿Dónde siempre?

—Donde siempre. Cuando sepa cuándo, te lo haré saber.

—Vale.
—Shalom, Zarádat. Saluda a tus padres.
—Shalam, Yehudah. Que pases un buen *shabat*. Saluda a tus padres.

3

A través del ramaje de las retamas, apenas se apreciaba el lento movimiento de las nubes por el celeste techo. La tarde estaba quieta, luminosa. Algo pesada, quizás. El silencio del cerro quedaba roto por las pertinaces chicharras. A pesar de su fatigante canto, habían conseguido convertirse en las mejores amistades de Yago y Zoraida en la ladera del cerro. Distribuidas alrededor de su escondite, cuando alguien se aproximaba avisaban a la pareja de enamorados con un sonoro silencio. De momento, esa tarde todas cantaban. Como todas las tardes. Un pajarillo se posó en una rama frente a Zoraida. Al momento, la hembra se posó a su lado. Tras un agitar de alas, la hembra alzó el vuelo de forma florida, arrastrando al macho para que continuase su cortejo, y los dos desaparecieron.

—Esta mañana he visto a Yehudah —dijo Zoraida sin dejar de mirar el cielo.

— ¿Qué te ha dicho? —preguntó Yago, girándose para mirar a Zoraida.

—Que podíamos vernos un día.

—Sí, es verdad. Hace mucho que no nos vemos los tres juntos como hacíamos antes.

—Le he dicho que podíamos quedar un domingo por la tarde. Ya sé que tú vas al monasterio los domingos, pero, por un día... Seguro que al padre Norberto no le importa.

—Bueno. Yo también creo que por un día no le importará.

—Le he dicho que te busque y que, cuando sepáis el día, me lo diga. Sabe que estás en la fábrica.

—Y él, ¿por dónde anda? —preguntó Yago.

—Me ha dicho que ha estado fuera, en Toledo.

—Por eso no le veía desde hace mucho.

—Eso me ha dicho él también —dijo Zoraida.

—¿Y ha estado mucho tiempo allí?

—Sí. Ha estado con su tío. Aprendiendo a contar. Pero no como nosotros. A contar de verdad.

—¿Y cómo se cuenta de verdad?

—No sé. Pero me ha dicho que allí, en Toledo, los suyos llevan las cuentas de los grandes comerciantes. Yo le he dicho que cuando tenga mi taller, él llevará mis cuentas. Y tú trabajarás conmigo —dijo Zoraida, girándose para mirar a Yago—. Como mi madre y mi padre. Porque el taller es casi todo de mi madre, ¿sabes?

—Sí. Ya me lo contaste.

—Pero lo van a ampliar.

—¿Y eso?

—Mi padre ya tiene la casa de ibn-Dawud.

—¿De quién?

—Del señor que vivía a nuestro lado. Puerta con puerta.

—¡Ah! Sí. Ya me acuerdo. Me dijiste que había muerto, ¿no?

—Sí. Por eso han tardado tanto en conseguir la casa. Los oí hablar ayer a mis padres. El padre de Yehudah se ha encargado de todo. Debe de ser muy bueno. Eso dice la Reina.

—¿La Reina?

—Doña Berenguela. ¿Sabes que mi madre la viste?

—Sí, ya me lo dijiste.

—Pues mira lo que me dio el otro día —Zoraida se incorporó y sacó de entre sus ropajes un pequeño alfiler de plata, rematado con una filigrana dorada.

—¡Hala! Qué bonito —exclamó Yago, incorporándose también— ¿Pero fuiste con tu madre?

—Sí. Era la primera vez que iba. Mi madre siempre iba con Faridah, pero lleva unos días fuera. Por el funeral de un tío suyo.

—¿Y estaba la reina Beatriz?

—Sí. Es muy guapa.

—La mujer más bonita. Bueno, tú también eres muy bonita.

—¿La conoces? —preguntó Zoraida, que no escuchó el comentario de Yago.

—¿Quién no conoce a la Reina? —contestó Yago, evitando contar lo que era un secreto.

—Ya bueno, pero no es lo mismo verla de lejos que estar con ella.

—Tú, que la llevas telas y ropas. Pero yo, ¿qué le voy a llevar?, ¿una figura tallada?

—Pues podrías tallar una figura de ella y yo se la llevaba.

—¿De qué tamaño? —preguntó Yago a Zoraida al tiempo que la miraba con cara displicente.

—Como yo —dijo la mudéjar poniéndose de pie y adoptando una pose señorial.

Tumbado en el suelo, Yago miraba a Zoraida con ojos enamorados. Con su vestido largo, de color azul y ribeteado de blanco en los bordes, Zoraida parecía una dama. Su larga cabellera castaña le caía por detrás del hombro derecho, dejando el esbelto cuello desnudo. Su figura apenas se adivinaba, pero ni sus caderas ni su busto eran ya los de una niña.

—¡Creo que me voy a desmayar! —dijo de repente Zoraida, aflojando las piernas.

Yago se puso de pie de un salto a tiempo para cogerla rodeándola con sus brazos, mientras Zoraida dejaba caer hacía atrás la cabeza. Yago la miró. Zoraida tenía los ojos cerrados y los brazos caídos. Su larga melena casi rozaba el suelo y su pecho, con el cuerpo arqueado, detonaba todo su volumen. Yago no sabía qué hacer. Miró a un lado y a otro. Miró al suelo para depositar el cuerpo de su amiga con toda suavidad. Cuando comenzó a bajarla, Zoraida prorrumpió en una gran carcajada al tiempo que se incorporaba. Sin soltarla, Yago la miró, aún con la cara de susto. Zoraida puso sus manos sobre sus hombros y puso una cara como la de él.

—Te has asustado.

—Sí, tonta —contestó Yago soltando los brazos y sentándose en el suelo, indignado consigo mismo por haberse dejado engañar así.

—Pero bueno, será posible el cantero este —dijo Zoraida poniéndose en jarras y girándose, para dar la espalda a Yago.

De un manotazo, Yago le barrió las piernas y Zoraida cayó sentada a su lado. Yago la tumbó y se puso encima de ella.

—A mí no me des esos sustos, tejedora —dijo el aprendiz de cantería, mientras aparentaba un enfado imposible de mantener.

Los ojazos de la mudéjar miraban al cristiano, divertidos y felices. Con nadie estaba más a gusto y era más dichosa. Tenía algunas amistades, pero los sábados eran para Yago. Para Yago y para ella. Poco a poco, la mirada de los dos se fue enterneciendo y ambos desaparecieron del mundo. Un mundo al que no deseaban volver. Yago acarició la melena de Zoraida y ella sus alborotados cabellos. No había sonidos. No había olores. Solo ellos mirándose. Descubriendo un sentimiento nuevo. Una sensación extraña que, sin embargo, les llenaba de deleite aislándolos del resto del universo, como si una fina gasa los envolviera. De repente, Zoraida hizo una mueca y ambos volvieron a la vida.

—¿Qué te pasa?

—No sé. Quita de encima. Me duele el vientre.

Yago se echó a un lado. Miró a Zoraida y supo que esta vez no era una broma. Ella se incorporó y, sentada, se puso las manos en el bajo vientre y se echó hacia adelante.

—¿Qué te pasa? —volvió a preguntar Yago.

Sin decir nada, Zoraida se remangó el vestido hasta las ingles. La sangre empezaba a fluir. Yago abrió los ojos, asustado.

—¿Ha sido cuando te he tirado? Déjame ver, seguro que te has clavado un palo.

Zoraida le paró la mano y le miró con un gesto de dolor y de ternura.

—No, Yago. Tú no has hecho nada.

—¿Entonces? —inquirió perplejo su amigo, aún más confuso.

—Son cosas de mujeres. Me tengo que ir a casa.

Ayudada por Yago, Zoraida se puso en pie, acarició a su amigo y le besó muy suave en los labios.

—Nos vemos el sábado que viene —se despidió con la voz más dulce que nunca había oído de ella.

Yago la siguió con la mirada, como hacía siempre, hasta que Zoraida desapareció por las callejas de la parte alta. Habían pasado de estar en el momento más maravilloso de su vida a despedirse con ella sangrando. Pero, aun así, ella se había ido tranquila. Y antes de irse le había tranquilizado dándole un beso que no olvidaría jamás. Invadido por una sensación agridulce y turbado por algo que se escapaba a su razonamiento, Yago comenzó a bajar de la ladera del cerro.

—No te preocupes, muchacho. No le ocurre nada —escuchó cuando pasaba al lado de una tapia.

Yago se paró. Intentó mirar por encima del muro. Se subió a un pequeño tocón y se asomó al interior de un huerto. Era una de las casas más viejas de la parte alta de la aljama. En el huerto se veían unas cebollas y unas berzas y, al fondo, dos gallinas medio desplumadas.

—Pero a partir de ahora, tendréis que tener mucho cuidado —dijo una anciana, saliendo de la casa al huerto—. Esa niña ha dejado de serlo. Y tú también, chico.

—Pero, ¿por qué sangraba? No me ha dejado mirar. Igual tenía algo...

—No, no, no, no. No trates de entender todo lo que Dios ha puesto en este mundo.

—¿Entonces?

—Entonces nada, joven, entonces nada. ¿Qué te ha dicho cuándo te ha besado?

—Que nos veíamos el sábado que viene.

—Esa portezuela estará abierta cuando vengáis.

En el muro del exiguo huerto había una diminuta puerta tapada por la maleza. Cuando Yago volvió a mirar al interior del huerto, la anciana había desaparecido.

4

Toda esa semana de junio Yago estuvo con el cuerpo en la fábrica y la cabeza en la ladera del cerro. Cada dos por tres miraba a la empalizada esperando ver a Zoraida saludando furtiva con la mano. Para no pensar en ello estuvo trabajando como nunca. Estaba siempre pendiente de todas las explicaciones que daban los maestros. Siempre dispuesto a cualquier labor. Voluntario para lo que fuera. Yago llegaba rendido a casa. El maestro Ricard estaba preocupado. Pero también estaba contento. Le gustaba ver que un aprendiz pusiera tanto interés. Y tratándose de Yago, más aún. No solo porque viviera con él y su familia, sino porque siempre había visto en el muchacho algo especial. Leonor, su mujer, estaba encantada. Le quería como a un hijo. Además, compartían una afición que Leonor se encargaba de mantener en su casa. La lectura. Ricard le comentó a Leonor cómo estaba trabajando Yago esa semana y ella solo le dijo que cuidase de que el muchacho no tuviera un accidente.

Algunos días, cuando Yago terminaba la labor en la fábrica, le daban ganas de acercarse a la aljama. Pero Zoraida le había dicho que no se preocupara. Yago recordaba entonces a la anciana, tan intrigante como lo que le había sucedido a su amiga. La mujer le había dicho lo mismo, que no le pasaba nada. Yago se preguntaba cuánto tiempo llevaría la anciana espiándoles. Y por qué se había ofrecido a que entrasen en su casa. Demasiadas inquietudes. Pero todas las tribulaciones desaparecían cada noche. Justo antes de dormirse, Yago recordaba la quietud del momento cuando estaba sobre ella, la mirada que se regalaron el uno al otro y, sobre todo, el calor de sus labios al rozar los suyos. Yago se dormía esperando que llegara el día siguiente y, cuando amanecía, trabajaba duro para agotar el día y volver a esperar a que llegase el siguiente. Y el siguiente. Y el siguiente.

Por fin llegó otro sábado. Ese día tan especial que se había ido convirtiendo en el testigo principal de su enamoramiento, aunque no en el único. Yago sabía que había llegado pronto. Pero llevaba toda la semana esperando ese día. Miraba hacia la esquina de la calleja que subía hacia la ladera. Nada. Después miraba hacia la casa de la anciana. Nada se movía. Los pajarillos jugaban entre las ramas, volando uno tras otro. «Quién fuera uno de vosotros», pensó Yago. De nuevo volvió a mirar a la calleja y de nuevo nadie aparecía. Y en la casa del huerto nada se movía.

A media tarde, una figura apareció en la calleja. Yago se incorporó y se sentó. La figura volvió a desaparecer. Yago, inmóvil, miraba escondido entre las retamas. Desde la calleja era imposible que le vieran. Si la persona que había aparecido era Zoraida, volvería y subiría hasta donde él estaba. Yago esperó.

Al final apareció la mudéjar. Llevaba una túnica verde oscuro con un pañuelo negro que le tapaba toda la cabeza. Caminaba rápido. De vez en cuando miraba hacia atrás. Enseguida llegó hasta Yago y se sentó nada más llegar.

—He tenido que librarme de mis amigas.

—Como otras veces —dijo Yago, queriendo significar que era lo que siempre tenía que hacer.

—Pero ahora es diferente Yago.

—¿Por qué?

—Porque ya no puedo ir sola.

—¿Tienes miedo? Yo te protejo.

—No, no es eso. ¿Recuerdas lo que me pasó el otro sábado?

—¡Sí! ¿Qué tal estás? ¿Se curó la herida?

—Sí, sí. Bueno, eso te lo explico en otro momento. Antes de ese día yo podía jugar y hacer cosas de niña. Y podía salir de casa sola a jugar o a por agua o a ver a una amiga. Pero ahora ya no puedo. Me tiene que acompañar alguien.

—Yo te acompaño.

—No, tonto, tú no puedes.

—Pero, entonces, ¿con quién sales de casa?

—Con mi madre o con mi padre. Si tuviera un hermano mayor, saldría con él.

—¿Y cómo te ves con tus amigas?

—Nos llevan nuestras madres.

—Pues que venga tu madre.

Zoraida miró a Yago y le dijo todo.

—Que no venga —corrigió el chaval.

—¿Qué tal en la fábrica? —preguntó la mudéjar, soltando su preciosa melena tras quitarse el pañuelo de la cabeza.

—Bien. Bueno —empezó a decir Yago—. Mal.

—¿Por qué?

—Pues porque no sabía qué tal estabas. No sabía lo que te había pasado ni por qué sangraste.

—Pero ya me ves ahora. Estoy bien. Ya te lo dije antes de irme.

—Ya. Además, nos han estado vigilando.

—¿Quién? —preguntó Zoraida inquieta, tras dar un respingo.

—¿Ves aquella casa? ¿De la que solo se ve un ventanuco desde aquí?

—Sí.

—Cuando te fuiste, comencé a bajar hacia la catedral y cuando pasé por la tapia de la casa, una señora me habló.

—¿Cómo que te habló? ¿Y qué te dijo? —preguntó Zoraida, aún más inquieta.

—Que no me preocupara, que no te pasaba nada.

—Pero, ¿viste a la señora?

—Sí. Me asomé a la tapia que da a un huerto y la anciana salió. Me dijo que cuando estuviésemos aquí, abriría la portezuela del muro para que pudiésemos entrar.

Zoraida se estiró todo lo que pudo sin levantarse. Apenas llegaba a ver el muro del huerto de la casa. Luego miró a Yago.

—¿Tú que quieres hacer? —le preguntó.

—¿Vamos? A mí me pareció que nos quiere contar algo.

—¿Y si conoce a mi madre?

—Creo que conoce a todas las madres de la aljama.

—Pues vamos —dijo decidida Zoraida, poniéndose el pañuelo.

La casa se encontraba situada al lado de una vieja casa en ruinas. Bajando por la ladera, a la derecha de la ruinosa casa estaba la iglesia de San Román. Yago apartó la maleza que tapaba la pequeña puerta y la empujó con cuidado. La puerta crujió. Yago se asomó al interior. El huerto estaba algo más recogido, aunque las gallinas seguían igual de desplumadas. A su lado, Zoraida le preguntó con la mirada. Yago entró en el huerto. Después, Zoraida atravesó el umbral y cerró la portezuela. Estuvieron esperando un rato, en silencio. Ambos se miraron interrogándose entre sí, pero sin obtener respuesta. Lo bueno que tenía estar en el huerto era que nadie los veía. Bueno, excepto la anciana. Y eso era lo intrigante. ¿Para qué les había ofrecido pasar a su huerto?

—Pss —llamó la anciana, asomándose a una puerta e indicándoles con la mano que la siguiesen.

Zoraida y Yago volvieron a mirarse y siguieron a la mujer. Yago iba delante y Zoraida, en un gesto inconsciente, agarró la mano del cantero. A pesar de la intriga del momento, ambos notaron el calor de sus manos. La tersura de la piel de las delicadas manos de la mudéjar contrastaba con la aspereza de las del cristiano. Las dos manos se apretaron con suavidad y firmeza, alterando sus apasionados corazones, que latían con ímpetu más por el hecho de estar de nuevo juntos que por seguir a su siniestra anfitriona. La puerta daba acceso a un corto corredor. A la derecha, una acogedora salita les invitaba con tímida cortesía. Yago y Zoraida se acercaron a la habitación. Enfrente de ellos, un banco bajo corrido, vestido con bellos almohadones, ocupaba toda la pared, en la que una fina alfombra lucía discreta sus bellos dibujos. A su izquierda, la luz de la tarde pasaba sutil por una ventana que estaba velada con un ligero paño blanco. Entre los claroscuros se atisbaban varios instrumentos musicales que, agrupados en el rincón, descasaban sobre el banco. Vestida con una alfombra rociada de cojines de cuero teñido, la estancia estaba aromatizada con el humo de pétalos de jazmín, repartidos en varios cuencos. A su derecha, en el rincón más alejado de la ventana, dos lámparas de aceite colgadas en la pared iluminaban la estancia, mientras en el otro rincón, sobre el banco, un extraño instrumento de cuerda, con un mástil muy largo, guardaba paciente sus melodiosos diálogos. Delante del pequeño banco, una bandeja de cobre repujado descansaba sobre una mesita baja, ofreciendo a los bisoños invitados un cuenco con dátiles e higos secos. A su lado, una humeante jarra de cobre, en la que reposaba una aromática infusión de anís y menta, exhibía enseñoreada sus bellos repujados.

—Pasad y sentaos, mis queridos —dijo la anciana a sus espaldas.

Zoraida y Yago, sin apenas atreverse a mirar hacia atrás, entraron en la acogedora salita y se sentaron. La anciana entró detrás y se sentó frente a ellos. Luego llenó los vasos de sus invitados con la tisana de melisa y menta y les ofreció el cuenco con las frutas. Cuando lo dejó de nuevo sobre la bandeja, miró a la pareja. Sus ojos verdes ya habían perdido parte del brillo de su juventud. Unos ojos llenos de luz, cuyas tonalidades color miel dentro de un iris azul lapislázuli tornaban su color en un verde esmeralda, quedando orlados con una fina cinta negra que bordeaba toda su circunferencia. Ahora, esos ojos se habían vuelto descoloridos, casi mortecinos, pero albergaban una apasionante historia escondida en su interior.

—Hace muchos años conocí a una princesa con unos ojos como los tuyos, Zoraida.

La mudéjar se sorprendió de que la anciana, a la que nunca había visto, supiese su nombre.

—Y un apuesto esclavo cristiano se enamoró de su mirada tan perdidamente que nunca más pudo mirar a otra mujer, Yago.

Yago se sorprendió aún más que Zoraida de que la mujer supiera cómo se llamaba, pues ella vivía en la parte alta de la ciudad, junto a la aljama, donde él no había estado nunca. La anciana sorbió un poco de su vaso y comenzó a narrar la historia de una princesa llamada Salma y un esclavo de nombre Hassan. Un oculto y emocionante relato sobre un tesoro en el que la pasión y la codicia se entremezclaban como el trigo y la cizaña.

—La princesa era una de las muchas hijas de un visir de al-Muqtafi, el califa de Bagdad. El *siqlabí* estaba en la guardia personal del visir y era el mejor soldado que tenía. Hacía años que lo había comprado en un mercado de Alepo, cuando aún era niño. Con los soldados del visir había aprendido a pelear y había luchado contra otros mercenarios de los cruzados. Cuando el visir se retiró a Damasco, se quedó solo con su guardia personal y vendió a casi todos sus esclavos, pero se quedó con dos. Uno era un eunuco llamado Salím, que guardaba de su harén. El otro era el *siqlabí* cristiano. El visir le había puesto de nombre Hassan cuando lo compró. Ahora era un apuesto joven, alto y fuerte, de cabellos oscuros y ojos claros.

»Las mujeres del harén solo salían para ir a la mezquita de palacio y, a veces, al mercado. Pero no podían salir solas de la casa del visir. Siempre las acompañaba el eunuco. No era muy grande, pero era sagaz y siempre estaba atento a las necesidades de la casa. Conocía bien a su amo y la ciudad en la que vivían. La ciudad de Damasco era una gran urbe y a sus mercados llegaban caravanas de los lugares más dispares. Había mercaderes persas, comerciantes de Bagdad, vendedores de Egipto, caravanas del *hajj*[44], camelleros de la ruta de la seda. Todo se podía encontrar en la Ciudad del Jazmín. Pero también llegaban criminales. Ladrones y asesinos dispuestos a robar a los mercaderes y a los compradores que volvían a

44 (También *hach,hagg, hay, hall*): peregrinación que realizan los fieles musulmanes a la ciudad santa de La Meca, en Arabia Saudita.

sus casas tras pasar por el zoco. Algunos de esos ladrones se dedicaban a raptar a las mujeres y a las niñas de las gentes más ricas. Después se las llevaban al desierto y las escondían hasta que les pagaban el rescate. Pero a veces, ese rescate nunca llegaba. Entonces, los ladrones las llevaban muy lejos para venderlas en los mercados de esclavos de El Cairo, o de Roha, en Etiopía, o incluso de Tunis, en Ifriqiya. Pero algunas de ellas morían porque no resistían el viaje o porque se quitaban la vida antes de ser vendidas como esclavas sexuales. Para que nunca les ocurriese nada a sus mujeres y a sus hijas, el visir ordenó que con Salím siempre fuera Hassan.

»Del harén no salían siempre las mismas mujeres y era Salím quien determinaba la que lo hacía y la que se quedaba. Por eso, ellas se portaban bien con él. Antes de salir, el eunuco preparaba la pequeña comitiva de mujeres y las sacaba al patio del jardín. Allí, entre decenas de rosas de Damasco, el visir despedía a las flores de su vergel. Mientras, Hassan esperaba en el patio trasero, el patio del esclavo, como llamaban las mujeres del harén. Este patio estaba comunicado con el jardín por un pasaje cubierto que discurría entre el harén y las dependencias de la servidumbre. Cuando el pequeño séquito del jardín echaba a andar, Hassan se incorporaba al grupo, manteniendo una prudente distancia.

La anciana alternaba su mirada de Zoraida a Yago, que no perdían detalle de todo cuanto la mujer decía.

»Cuando el sol era muy fuerte, Hassan se refugiaba entrando en el pasaje. En el centro del mismo, una fuente manaba un agua cristalina y fresca, como las nieves del monte Hermon. Frente a ella, un ajimez, de cuya celosía colgaban macetas adornadas con bellas flores, cerraba el hueco de una puerta, dejando salir únicamente las notas musicales de los *ud* y los *tar*, como estos que veis aquí —les dijo la anciana, señalando unos instrumentos musicales que había en la salita—, que las mujeres del harén tocaban por las tardes. Al otro lado de la celosía, las sombras de las mujeres deambulaban inquietas cuando se preparaban para salir. Entonces sus voces resonaban alborotadas, como pajarillos atolondrados cuando se les tira unos piñones. Las sombras iban y venían por las estancias del serrallo buscando qué ponerse para estar bellas. En ocasiones, cuando al visir no le gustaba cómo iba vestida alguna, ese día esa flor, como las llamaba él, no salía. Finos tejidos de seda traída de Samarcanda, sutiles velos de algodón del Nilo, delicados tules de lino del Éufrates volaban de habitación en habitación y de mano en mano. Cuando Hassan se refugiaba en el pasaje de los patios, le llegaban las fragancias de la flor del azahar, del naranjo y del jazmín, que fluían escapándose entre los huecos de la celosía.

»Un día, cuando Hassan estaba esperando en el pasaje, una sombra oscureció el ajimez. Hassan miró hacía la sombra y sus ojos se encontraron con unos ojos verdes azulados, con matices perlados de ocre y una vibrante luminosidad, como la del reflejo del sol en el agua. Durante unos instantes, Hassan no pudo mirar a otro sitio. Cautivado por la mirada de la sombra, se encontraba atrapado en el pasaje, sujeto a la celosía de la que emergía una mirada que le tenía preso, fijo al suelo. Si Samín le hubiese llamado, Hassan no habría podido oírle. Sus oídos y su boca estaban sellados por una límpida mirada que le llegaba hasta el alma. Sin decir nada, ella se apartó poco a poco, hasta que su sombra se difuminó. Ese día, en el mercado, Hassan intentó buscar esos ojos en el grupo de mujeres que escoltaba. Pero su posición detrás de ellas le impidió localizar a la desconocida mujer. Hassan se movía por los puestos de los mercaderes y se metía entre los huecos de las mercancías. Los vendedores, aunque molestos, no le increpaban porque su atuendo mostraba su condición de guardia del visir. Hassan miraba a un lado y a otro buscando la posible amenaza que hiciera peligrar el preciado tesoro del visir. Pero lo que deseaba encontrar eran unos azulados ojos enmarcados en finas telas. Unos ojos de *henna* y enigma.

»Durante las siguientes semanas, la mujer le regalaba una misteriosa mirada que a Hassan le cautivaba y al mismo tiempo le relajaba. A medida que iban pasando los encuentros, Hassan pensaba cada vez menos en su libertad. Su condición de esclavo y soldado limitaba su existencia a ciertos cometidos y siempre había albergado la posibilidad de verse libre. Pero, desde que la mujer comenzó a mirarle, había cambiado su amo. Su dueño ya no era el visir. Hassan ahora era esclavo de una hurí damascena.

»Pero el amor de Hassan era incompleto. Hassan necesitaba saber quién era ella. La veía en forma de sombra. Sus ojos le traspasaban el alma. Podía incluso olerla. Pero necesitaba oír su voz. Necesitaba hablarla. Sin embargo, el harén era una pieza intocable en la casa del visir. No podía transgredirse la norma que regía en las casas de los muslimes sobre las mujeres de su harén. No se podía hablar con ellas, ni siquiera se las podía mirar. Por eso las celosías tapaban todas las ventanas del harén y los velos difuminaban las figuras que en él se guardaban. Los eunucos eran los más fieles siervos de los señores y de los príncipes y vigilaban celosos su tesoro más preciado. Un día, Hassan se armó de valor y habló con la mujer.

—*¿Quién sois, que vuestra mirada subyuga silenciosa mi alma? ¿Acaso vuestros ojos no tienen voz? ¿No deseáis hablarme?* —le preguntó a la sombra, suplicante.

»Pero la sombra no le hablaba. Permanecía quieta. Solo le miraba. Y después, se desvanecía. Una vez a la semana, la sombra y Hassan se encontraban. Una vez a la semana, ambas almas se anhelaban. Estaban tan cerca que apenas había distancia entre ellos. Pero ella era princesa y él esclavo. Su condición los separaba como la luna lo está del sol. Y el amor que los mantenía vivos durante toda la semana, esperando el día en que se verían de nuevo, corría el riesgo de empezar a marchitarse.

—*Mi nombre es Salma* —le dijo un día la sombra, antes de desvanecerse tras el ajimez.

»Durante toda esa semana, Hassan ardía en deseos de poder hablar con Salma de nuevo. Pero el día en que siempre se veían, ella no apareció. Esa semana Hassan la vivió desesperado. Su angustiado corazón no encontraba sosiego. A pesar de ser esclavo y de que la prisión en la que estaba ahora era más insoportable, había dejado de pensar en su libertad. La velada presencia de Salma era a la vez cárcel y refugio. La semana siguiente, la virgen tampoco apareció. Hassan se revolvía sobre su propio ser. En dos ocasiones, cuando transitaba entre los patios, estuvo a punto de traspasar la celosía en busca de su amada. La siguiente semana, ella se hizo sombra en la ventana y sus ojos volvieron a cautivar al cristiano. De nuevo la paz volvía al corazón de Hassan.

—*¿Dónde os habéis guardado, que mi corazón se ha dolido tanto?* —preguntó Hassan.

—*Mi corazón estaba con vos, pero mi ser no podía estarlo* —respondió ella.

»Hassan percibió que su perfume había cambiado. Ya no olía al suave olor de antes. Su fragancia era ahora igual de sutil y delicada, pero con más cuerpo. Incluso su voz, aguda y débil, era ahora diferente. Una voz suave, melodiosa y amorosa. Como el susurro de un arroyo entre las ramas de los sauces.

—*¿Quién sois, que vuestra voz se halla prisionera?* —preguntó el esclavo.

—*Soy la perla del harén de mi señor. Hija de Amardad, la esclava persa del visir, la más querida, la más amada entre las amadas* —dijo Salma antes de volver a desvanecerse.

»La semana siguiente, el visir se ausentó de Damasco. Hassan se quedó con el eunuco a cargo de la custodia del harén. Tal era la confianza del visir en Hassan que le tenía en igual aprecio que a Salím. Esa semana, el ajimez volvió a juntar a los amantes.

—*Mi anhelo por verte hace los días largos y eternas las noches. ¡Qué cruel existencia la del que no puede amar!* —dijo Salma, descorazonada, cuando al fin se vieron.

—*Infinita es la espera con que mi corazón ansía el momento de oírte. ¿Acaso no pueden dos almas amantes unirse? ¿Qué pecado hemos cometido, que tan grave es?* —clamó Hassan.

—*¡Tan lejos te hayas, teniéndote a mi lado, que cuando no estás muero por verte! ¡Prisionera estoy de mi amor por ti, Hassan, que aun cuando te veo no vivo, por saber que voy a dejar de verte!* —dijo ella, acercándose a la celosía.

»Hassan se acercó y apoyó su mano en el entramado de madera. Salma sacó la suya de entre los velos de la ventana y la puso sobre la de Hassan. Solo las yemas de dos dedos se tocaban. El tenue calor del otro llegó a sus palpitantes corazones templando el ritmo de sus latidos. De repente, Salma se hizo sombra de nuevo, al tiempo que decía

—*Huye conmigo, Hassan. Esta semana o nunca.*

»Durante toda esa semana, Hassan estuvo pensando en la voz de Salma. Huir, ¿adónde? ¿Cómo? ¿Y por qué esa semana? Hassan estuvo indagando. El visir había salido de Damasco en una misión para el califa y volvería al final de la semana. Cuando lo hiciera, el visir entregaría a su hija a un anciano muftí. Esto le reportaría una importante influencia en el control de las caravanas que llegaban hasta Damasco. Hassan debía darse prisa. Tenía que preparar la huida con su amada. Cualquier destino era bueno con tal de que fuese lejano, pero todos los caminos eran peligrosos. Además, cuando huyesen, el visir utilizaría toda su influencia para buscarlos por las rutas camelleras y los caravasares[45]. Tendrían que viajar solos. Pero eso era más peligroso. Dos personas solas por las rutas y los caminos llamaban mucho la atención y los bandidos acechaban por doquier. La forma más segura de viajar era dentro de una caravana. Hassan no encontraba la forma de huir. Ninguna idea le parecía buena. Solo tenía una posibilidad.

Hacía tiempo que Zoraida y Yago se habían terminado la infusión y los frutos que la mujer había puesto en la bandeja. En las dos lámparas, las llamas flameaban con los últimos restos de aceite. Afuera, el sol estaba a punto de caer tras el horizonte. La tarde, que había sido apacible, se estaba volviendo algo ventosa y el aire ululaba entre las rendijas de la ventana.

45 Hospedaje destinado a las caravanas en las rutas de oriente.

—Niña —dijo la mujer a Zoraida—, es hora de ir a casa.

—Pero, ¿y la historia? —preguntó la mudéjar, mirando a Yago para solicitar su apoyo.

—La historia no se va a ir a ningún sitio. El próximo día os cuento lo que sigue. Pero debéis tener cuidado hasta entonces.

—¿Como Hassan y Salma? —dijo Yago, al tiempo que se levantaba.

—Como el esclavo y la princesa —dijo Zoraida, mirando a su cristiano.

«Exacto, como el cristiano y la mudéjar», pensó la anciana.

5

El siguiente sábado tardó en llegar. Laila tenía unos compromisos con unos mercaderes fuera de Burgos y se llevó a Zoraida con ella. Los habían acompañado dos trabajadores judíos, dos hombres que realizaban diversos trabajos en las aljamas y a los que Amín recurría cuando Laila viajaba por el alfoz y él estaba fuera. Durante dos semanas, la mudéjar estuvo ausente de su cita de los sábados. De los cuatro sábados del mes, solían verse solo dos. A veces tres. Y rara vez los cuatro. Sobre todo, en invierno. Entonces, para Zoraida era más difícil salir de casa. Sobre todo, sola.

Yago estaba donde siempre. Era el mes de julio y el olor de la retama invadía toda la ladera del cerro. Apenas se veían las casas de Burgos desde su escondite. Solo la casa de la anciana quedaba cerca. Yago estaba convencido de que la mujer estaría esperándolos. La historia se había quedado sin terminar y seguro que deseaba acabar de contarla. Cuando llegó Zoraida permanecieron un rato a solas, disfrutando de su secreta compañía. Ese momento era para ambos el mejor regalo del cielo. Se les olvidaba que el tiempo transcurría como siempre. Demasiado deprisa cuando estaban juntos y demasiado despacio cuando se añoraban. La anciana llamó desde un ventanuco abierto en la planta superior. Llevaban mucho tiempo allí y ella reclamaba su momento de atención.

La mujer sirvió en los vasos de sus invitados una fragante tisana de valeriana y regaliz. Después ofreció la bandeja con frutas y retomó el relato en el punto en que lo había dejado.

—Después del paseo por el zoco, la plaza y sus calles aledañas recobraban el sosiego que los mercaderes y los compradores habían convertido horas antes en bullicio y algarabía. Las casas y lo locales retornaban a su vida normal y las teterías[46], lugares de encuentro entre amigos y de charla y discusión entre negociantes, se llenaban de gente. En esos locales se refugiaba el alboroto matutino de la calle y era fácil convertirse en anónimo, diluyendo la condición social en la masa humana. Hassan estaba en la *Posada del egipcio*, en la plaza del zoco. Su mirada se mantenía perdida en el metálico vaso repujado, del que salía el vaho de una ardiente infusión. En el fondo reposaban los diminutos granitos de *sukkar*, que irían endulzando con más intensidad cada sorbo que diera.

—*¿Qué os aflige?* —le dijo una voz.

»Hassan se giró y a su lado vio a un comerciante. La mirada de la imprevista compañía era de curiosidad interesada, como buen mercader que era.

—*¿Debe afligirme algo?* —respondió, desconfiado, Hassan al intruso.

—*No, no, en absoluto, amigo mío, en absoluto. Lo que pasa es que nunca he visto a nadie mirar con tanta atención a su vaso de karkadé*[47]*. A no ser que algo le atribulase. Pero nada quiere este humilde mercader con la enemistad, que no es buena consejera para los negocios.*

»El comerciante miraba a Hassan con una forzada sonrisa, tan bien disimulada, que cualquiera diría que hacía años que se conocían. Sin embargo, el insólito acompañante estaba forzando la pregunta que sabía que Hassan iba a hacer.

—Y, *¿de qué negocios tratáis?* —preguntó al final el esclavo.

—*Cualquiera que sea realizable y beneficioso. ¿Tenéis alguno que proponer?*

»Hassan miraba al mercader a los ojos. No sabía si era judío o árabe. Cristiano no le parecía. Pero había visto ya tantos tipos de gente en los zocos de las ciudades que podría ser de cualquier condición. Hassan dudaba. Si se fiaba, podía perderlo todo. Y si no lo hacía, también.

—*¿Cómo sacaríais una mercancía de Damasco sin que se sepa?* —preguntó al fin Hassan.

—*Depende de la mercancía, amigo mío.*

—*¿A qué os referís?*

—*Al tipo de género. Cuánto abulta. Cuál es su peso. Adónde queréis que llegue. ¿Está vivo?* —preguntó el mercader acercándose a la cara de Hassan, abriendo sus codiciosos ojos.

—*Demasiadas cosas queréis saber* —le dijo Hassan al mercader, apartándose de él.

46 Lugar público para tomar té (licencia del autor).
47 Bebida egipcia hecha con hojas de hibisco y azúcar.

—Yo no. Lo querrá saber la aduana.

—¿Y si no deseo pasarlo por la aduana?

—Entonces la cuestión se complica.

—¿Por qué?

—Sale más caro —dijo el comerciante, encogiendo los hombros.

»En ese momento Hassan se acababa de dar cuenta de que no tenía dinero. Era un *siqlabí* y todo lo que necesitaba lo encontraba en la casa de su amo. En la tetería le fiaban porque le conocían. Un día había ido con el eunuco y este le dijo al tetero que siempre que fuera Hassan, le fiase. Y esta era otra cuestión en la que acababa de caer. Debía echar al mercader de malas maneras. Corría el riesgo de que el tetero le dijera algo a Salím. Pero tampoco quería perder la oportunidad de salir de Damasco.

—Necesito sacar algo importante de la ciudad, pero no tengo dinero —le dijo Hassan al mercader, bajando la voz y mirando de soslayo en derredor.

»El mercader se echó hacia atrás. Sin dinero, poco se podía hacer en el mundo del comercio. Sin embargo, si de verdad era tan importante lo que necesitaba sacar de la ciudad del califato, quizás podría encontrar una manera de hacerlo. En estas meditaciones estaba el mercader cuando Hassan le dijo que debían verse en otro lugar.

—Entiendo. Quizás yo pueda ayudarte. Soy mercader y sé cómo meter y sacar mercancías de la ciudad. Pero, ahora será mejor que me echéis de vuestro lado de forma creíble. Cuando salgáis, dirigíos a casa de Tomer. ¿Sabéis quién es?

—Sí.

—Bien. Pero no vayáis directo. Dad un rodeo.

—¡Aparta de aquí, mezquino! ¡No ves que soy de la guardia del califa? ¡Desaparece de mi vista si no quieres que te atraviese! —dijo convincente Hassan, al tiempo que echaba mano a la espada y se ponía de pie, empujando al mercader.

La anciana teatralizaba cada escena con aspavientos y ademanes que mantenían la atención de sus jóvenes espectadores. Cuando el relato lo requería, la mujer bajaba la voz, temerosa de que alguien la oyese, como si se encontrara en la tetería o en el pasaje de los patios. En algunos momentos su voz se volvía grave, en otros, esquiva, y en otros, dulce. La mujer mantenía la intriga del relato en todo momento. Parecía que ya lo hubiera contado muchas veces. Casi, como si lo hubiese vivido.

»Hassan llegó a la casa de Tomer, como le había dicho el mercader, pero entró por el patio trasero —continuó la anciana el relato—. La mujer de Tomer se dio un susto de muerte cuando se encontró a un soldado en el umbral de la puerta del patio.

—*Tomer* —llamó la mujer sin levantar la voz, pero aterida por la incertidumbre.

»El judío abrió la ventana que daba al patio y él y el mercader pudieron ver al visitante.

—*Este es el hombre del que te hablaba* —le dijo el comerciante al judío.

—*Pasad, soldado, pasad* —invitó el judío a Hassan—. *Judith, trae otro vaso para nuestro invitado, por favor* —solicitó después a su mujer. Cuando se hubieron sentado, comenzaron las presentaciones.

—*Mi nombre es...*

—*No le sueltes todo el nombre, Badruddin* —interrumpió el judío al mercader—. *Seguro que él también tiene un precioso y largo nombre árabe, puesto por su amo, claro, pero no nos aburrirá diciéndonos algo que no vamos a repetir cada vez que tengamos que nombrarle. Además, se ve a las claras que es cristiano y ellos no vienen con toda la familia cada vez que se presentan. Me llamo Tomer, Tomer de Alepo, pero eso creo que ya lo sabéis. Y este buen hombre se hace llamar Badruddin al-Bassam. Es un mercader sirio de al-Kawm, cerca de la ruta que pasa por Palmira. Me ha dicho que quizás podamos ayudaros.*

—*Eso depende* —le dijo Hassan al judío.

—*En los negocios* —comenzó a decir Tomer con voz queda y tono persuasivo— *todo depende de algo. Por eso se deben tratar con tranquilidad y reserva. Y ahora, amigo mío, os pregunto, ¿queréis que tratemos vuestro negocio?*

»Hassan miró al judío. Sus ojos eran diferentes a los del comerciante. La mirada de aquel era alegre, despreocupada, un tanto avariciosa, pero en cierto modo confiable. Sin embargo, la del judío era fría y calculadora, sibilina, aunque segura. A su lado, Badruddin miraba al esclavo expectativo, deseoso de escuchar su respuesta.

—*Mi nombre es Hassan* —dijo al fin el cristiano.

—*¡Es un buen comienzo!* —dijo el mercader, levantando los brazos, lo que la anciana escenificó efusiva.

Yago y Zoraida esbozaron una sonrisa, más por la interpretación de la mujer que por lo que quería decir el comerciante del relato. La anciana, divertida, se levantó para ir a por algo más de infusión.

Cuando volvió, sus invitados se habían cogido las manos entrecruzando los dedos. Ajenos a la mujer, se miraban explorando cada partícula de sus ojos, de sus frentes, de sus labios. Iluminados por la luz indirecta de las lámparas, desde el umbral de la puerta la estampa no podía ser más tierna. Entre ellos no había celosía, pero existir, existía, pensó la anciana, que interrumpió el embelesamiento de sus invitados.

—*¿Qué hacen un judío y un muslim tratando tan cordialmente?* — preguntó Hassan a sus negociantes antes de hablar de sus intenciones.

Zoraida y Yago soltaron sus manos y se ruborizaron.

—Queridos niños, en esta casa no debéis esconder lo que sentís. Hace mucho que el amor salió de ella, pero siempre es bien recibido entre sus paredes —dijo la mujer, continuando después su relato.

—*¿Y por qué se quiere unir un cristiano?* —preguntó, a su vez, Tomer.

»Hassan se quedó un momento sin respuesta, pero, al final, encontró qué decir.

—*¿Porque tienen un interés común?*

—*Sin duda, Hassan, sin duda* —le respondió Tomer—. *Cuando el interés no es compartido o una parte obtiene más beneficio que la otra, surge la disputa, el conflicto.*

—*La guerra* —dijo Hassan.

—*Exacto, la guerra.*

—*¿Y cómo se mide el beneficio, para ser repartido en igual proporción?* —preguntó el cristiano.

—*Si son monedas, la operación es sencilla* —dijo Badruddin.

—*¿Y si no lo son?* —insistió Hassan.

—*Entonces se acude al interés y al riesgo. Cada parte tiene su interés de que el negocio se lleve a buen término. La cuestión es el riesgo que se quiere asumir* — respondió Tomer.

»Hassan y Salma tenían todo el interés —comenzó a explicar la anciana— y el riesgo que asumían al huir era el mismo que el que corrían al quedarse, así que, por su parte, el negocio se podía discutir. Pero Hassan desconocía el interés de Tomer y de Badruddin.

—*¿Cuál es vuestro asunto?* —preguntó el cristiano.

-*Necesitamos transportar algo.*

—*¿Y el vuestro?* —preguntó el judío.

—*El mismo. Necesito trasladar algo.*

—*¿Vais vos también?*

—*Es posible.*

—*Me ha dicho Badruddin que quizás necesitéis sortear las aduanas.*

—*Así es.*

—*Eso me place* -dijo Tomer, pensativo—. *Es posible que yo también lo necesite. Vuestra mercancía, ¿es grande?*

—*No más que vos* -dijo Hassan.

—*¿Puede que sea como mi mujer?* —preguntó el judío, mientras su mirada demandaba otra información.

—Sí.

—Bien. En ese caso, quizás sea más sencillo.

»A la mirada de Hassan se asomó un brillo esperanzado, que no escapó al judío. Sin embargo, quiso saber a qué se exponía.

—¿Qué debo llevar? —preguntó Hassan.

—Joyas.

—¿Cuántas? ¿Un cofre, un baúl? —volvió a preguntar Hassan.

—Dos anillos —le contestó el judío.

—¿Solo eso?

—Solo eso.

—¿Dónde está el riesgo? —preguntó Hassan.

—Si os ve la persona equivocada, os cortarán la cabeza.

Zoraida se llevó las manos a la boca.

—¿Y por qué no esconderlos? —preguntó Yago.

—Lo mismo preguntó Hassan —respondió la anciana.

—¿Y qué le dijo el judío? —preguntó Zoraida.

—Que también los buscaba quien había de protegerle.

—¿De protegerle a él o a los anillos? -insinuó Yago.

—No os separéis de ellos y también os protegerán a vos —le dijo el judío a Hassan.

—Pero entonces, ¿por qué eran tan valiosos los anillos? —preguntó Yago.

—Porque validaban una fortuna. Si llegaban a tierras venecianas, los anillos confirmaban la pertenencia de un tesoro a un judío llamado Tzadik Koppel, que lo había sacado de Bagdad.

—¿Lo había robado?

—No exactamente —comenzó a decir la anciana—. En realidad, se lo habían robado a sus antepasados. Los Koppel eran mizrajíes, judíos orientales, sirios de Damasco que habían amasado una fortuna con los comerciantes árabes de especias. Con el dinero acumulado fueron adquiriendo joyas y utensilios ricamente ornamentados, además de ampliar el negocio, llevando a uno de los Koppel hasta Europa, a la ciudad de Colmar, en la Alsacia. Pero, durante la segunda cruzada, los musulmanes sitiaron Ash-Sham, Damasco, y los cristianos debieron abandonar la ciudad. Parte de la fortuna de la familia judía se la llevaron los cruzados, terminando en Venecia, y la otra parte se la llevó un visir del gobernador de Siria, Nur ad-Din, a Bagdad. A los pocos años, la familia Koppel se había disuelto por las juderías de la costa siria, pero uno de ellos, Tzadik Koppel, consiguió entrar como contable en la casa del visir. Poco a poco se hizo con la confianza del ministro y, durante un largo viaje de este, el contable envió a su familia con la fortuna de sus antepasados al puerto bizantino de Alejandreta, desde el que partieron a Venecia y de allí a Colmar. En aquel entonces el comercio de Bizancio estaba en manos de pisanos y genoveses, pero sobre todo eran los venecianos, a quienes se había favorecido con la exención de impuestos y el libre comercio, los que controlaban el mercado. Tzadik Koppel sabía que desde Alejandreta sería más fácil huir hacia Europa. Días más tarde, y antes del retorno del visir, él también huyó de Bagdad. Pero, tras un largo periplo que le llevó por Mosul y Raqqa, llegó hasta Alepo, donde murió, llevándose consigo el secreto de su historia.

La anciana bebió un sorbo de su tisana y continuó la explicación de la fortuna de los Koppel.

»Cuando la familia del contable llegó a la aduana de Venecia, su fortuna quedó confinada mientras sus descendientes buscaban la forma de demostrar que les pertenecía. Un primo de Tzadik, llamado Benesh de Colmar, residente en la judería veneciana, se presentó en la aduana y dio fe de que la fortuna del contable era legítima, indicando que faltaban dos piezas que él conocía. Eran los anillos de casamiento de sus abuelos. Tzadik explicó a su primo, en varias cartas, su intención de reunir el tesoro de la familia, incluyendo la parte robada por los cruzados. Al mismo tiempo, una poderosa familia del Rialto veneciano, que había participado en la cruzada, reclamaba como suya la fortuna de Koppel. Ambas partes se enzarzaron en una batalla legal para hacerse con la parte del contable. Finalmente, la aduana determinó que quien aportase los dos anillos como prueba se quedaría el legado del contable, sin importar la relación con los Koppel. Cientos de monedas, anillos de rubíes, zafiros, granates y turquesas, collares, pulseras y broches perlados, botones bañados en oro, diademas, cinturones esmaltados y utensilios religiosos. Todo se quedó en una atarazana del puerto veneciano.

»Al puerto de Venecia —continuó relatando la anciana, ante los quietos ojos de sus jóvenes oyentes— arribaban barcos cargados de especias de Oriente, que los mercaderes de Damasco hacían llegar a los puertos de Tiro, Sayda o Trípoli, a través de sus caravanas. De Venecia salían seda andalusí y siciliana, algodón tunecino, metales hispanos como el cobre y el mercurio, y otros muchos productos a los que acompañaron la historia del tesoro de Colmar y los anillos de Tzadik Koppel, que cruzó el Mediterráneo y llegó hasta Damasco. Por toda Siria se buscaron los anillos, pero nadie daba con ellos. La noticia llegó hasta Bagdad y el heredero del visir también quiso recuperar la fortuna de los Koppel, enviando una delegación a Venecia para reclamar su fortuna. Sin embargo, al igual que les ocurriera a las otras partes, le dijeron que debía aportar los anillos de Tzadik Koppel.

—¿Y quién protegería a Hassan? -preguntó Yago de nuevo.

—Los hijos de Tzadik, que habían llegado a Venecia antes que su padre, hablaron con su tío Benesh para enviar a alguien en la búsqueda de los anillos. Benesh contactó con un antiguo conocido suyo, un mercader persa de Qazvin, cerca de Teherán y de Hecatompilos, dos ciudades por donde pasa la ruta de seda. La ciudad de Qazvin estaba próxima a la fortaleza de Alamut, donde Hassan-i Sabbah, el Viejo de la Montaña, había formado una importante y misteriosa comunidad a finales del siglo XI, la secta de los nizaríes. El mercader consiguió que dos integrantes de la antigua secta viajasen hasta Damasco y se pusieran en contacto con los hijos de Tzadik. La secta necesitaba dinero, ya que, desde la muerte de su fundador, la cofradía había ido perdiendo fuerza e influencia. Los hijos de Tzadik aportaron a la secta una considerable suma por la localización de los anillos y dijeron que añadirían otra cantidad igual por la protección de sus portadores hasta Venecia, donde sería abonada. La condición impuesta por los hijos de Koppel era que los portadores de los anillos debían ser un hombre y una mujer. De esta forma les había dicho su tío Benesh que debía hacerse. Desde entonces, mucha gente buscaba en las rutas caravaneras y en los puertos del mediterráneo a un matrimonio con los anillos de Tzadik Koppel. Entre ellos los nizaríes, que no cejan en su empeño a pesar del tiempo transcurrido.

—¿Y cómo eran los anillos? —preguntó Zoraida.

—Eran dos anillos ceremoniales para la boda judía, dos aros de oro y esmalte que se usaban solo el día de la ceremonia. Ambos anillos tenían un adorno que simbolizaba el templo de Salomón y la casa familiar. Una figura hexagonal, en la que cada lateral estaba formado por cinco arcos de oro. Cada una de las columnillas de los arcos tenía en su centro una pequeña esfera dorada y toda la arcada estaba rematada en su parte superior por un cordoncillo, también dorado. En la parte en la que el aro se unía a la pieza hexagonal, una flor de diez pétalos aparecía centrada en la arcada. Sobre cada uno de los lados se situaba una pieza de oro triangular, que se unía a las demás formando una pirámide, coronada por una bolita de oro. En uno de los anillos, tres de esas piezas triangulares estaban esmaltadas en rojo, y en el otro, en azul. Estas piezas esmaltadas se alternaban con las otras tres sin esmaltar de la pirámide. En cada una de ellas había una letra, formando entre todas las palabras *mazel tov*, que significa buena suerte, la felicitación de bodas judía. Cada anillo podía abrirse accionando sobre ambas flores a la vez. Al presionar sus pétalos superiores, la pirámide hexagonal basculaba dejando a la vista un hueco en el que el rabino introducía un diminuto rollo de la Torá.

—¿Y por qué debían llevarlos un hombre y una mujer? -preguntó Yago.

—Para evitar que alguien se hiciera con la fortuna a través de la falsificación de los anillos. Al tratarse de anillos de ceremonia utilizados por los judíos orientales, eran conocidos entre los mizrajíes de Siria. Pero lo que nadie sabía era el acuerdo al que habían llegado Benesh y Tzadik Koppel, de que debían ser un hombre y una mujer quienes portasen los anillos. De esta forma, si alguien se presentaba solo con los anillos, no recibiría nada. Pero dejad que siga mi relato. Disfruto más contándolo que respondiendo a vuestras preguntas.

La anciana mujer sorbió un poco de su infusión, se recolocó entre los cojines y continuó el relato.

—*¿Y por qué no los sacáis vosotros? No sois esclavos y vos mismo me dijisteis que sabías cómo hacerlo* —dijo Hassan, mirando a Badruddin.

»El mercader miró a Hassan y después desvió su mirada hacia Tomer, que asintió con la cabeza.

—Tomer y yo vivíamos en Alepo y desde allí llevábamos nuestros negocios con los genoveses de Bizancio. Yo me encargaba de las caravanas y Tomer de las finanzas. Tomer también ejercía entonces la medicina y un día apareció en su casa un viajero enfermo. El viajero quería llegar hasta Alejandreta, pero Tomer le dijo que tenía mucha fiebre y debía descansar. Una noche, viéndose morir, el viajero le contó a Tomer una historia y le dio dos anillos de casamiento. El viajero se llamaba Tzadik Koppel y le encargó a Tomer hacer llegar los anillos a Venecia a cambio de una gran suma de dinero, que recibiría una vez estuvieran allí. Pero debía enviarlos a través de un hombre y de una mujer. Así es como había convenido hacerlo con un familiar suyo si moría. Pero el hijo del visir de Bagdad se enteró de que Tzadik había llegado hasta Alepo. Y supo también que había estado en casa de Tomer —continuó el mercader, dirigiendo la mirada al judío, quien retiraba la fina manta que cubría sus piernas—. *Desde entonces me encargo de él y de su mujer. El visir le torturó hasta dejarle inútil las piernas y, a su mujer..., bueno, perdió la posibilidad de concebir un hijo. En cuanto a mí, cuando se enteró de que ambos nos habíamos ido de Alepo hacia Damasco, se dio cuenta de que trabajábamos juntos y me prohibió vivir dentro de la ciudad. Por eso resido en las afueras de Damasco. El visir no me permite entrar*

más que para acceder a los mercados y las caravanas y así poder atender mis negocios, de los que él obtiene su beneficio. Ese visir es el padre de Salma.

»Al oír eso, Hassan se quedó mudo. El padre de su amada era un hombre cruel y codicioso que acabaría con cualquiera que se opusiese a sus deseos. Hassan se dio cuenta del peligro que asumían Salma y él al embarcarse en tan arriesgada aventura.

—*Y los anillos, ¿nunca supo dónde estaban?* —preguntó Hassan, después de un eterno momento de silencio.

—*Tomer me los dio a mí para que los escondiera. Por eso no pudo decir dónde estaban. Ni siquiera él lo sabía.*

— *Lo que no entiendo es qué ganáis vosotros.*

—*Tzadik me pagó por adelantado en dos partes* —comenzó a exponer Tomer—. *Una por guardar los anillos hasta encontrar la manera de hacerlos llegar hasta Venecia y la otra para entregársela a quien los hiciera llegar. Tzadik también había convenido con su primo Benesh que quienes llevasen los anillos hasta la ciudad europea recibirían una parte más media, igual que la que ya tenían por llevarlos. Nosotros ya hemos cobrado nuestra parte y ahora solo nos queda cumplir un compromiso. Tzadik me hizo jurar que haría llegar los anillos a Venecia. Pero, ahora dinos, querido amigo, ¿qué necesitáis sacar de Damasco?* —preguntó Tomer, eludiendo tener que dar más explicaciones.

—*Una mujer.*

—*Pero, ¿no hay mujeres en el mundo?* —preguntó inquieto Badruddin, haciendo mofa de la necesidad del cristiano.

—*Ninguna como ella* —dijo Hassan, mirando al árabe con cierta seriedad.

—*Yo también tengo ninguna como ella. De hecho, tengo tres, y ninguna es como las otras. Lo cual es una ventaja, ¿sabes? Hasna es generosa y entregada. Con ella las horas pasan sin saber que la noche llega al alba. Lo que ocurre es que a veces, las horas solo pasan. Khadija, en cambio, es misteriosa, recogida, reservada. Llegar hasta ella es como ir de Raqqa a Damasco. Tienes que atravesar el badiyat ash-Sham y, después de horas de travesía combatiendo a los beduinos, llegas al oasis de Khunayfis con irrefrenables deseos de refrescarte en sus límpidas aguas. Lo malo es que la fatiga acorta la estancia. La mejor, Zubaida. Es voluptuosa, apasionada, casi salvaje. Pero en seguida, de todo se cansa y se echa a dormir.*

—*A mí no me hacen falta tres mujeres* —dijo Hassan al árabe.

—*Bueno, claro, sois cristiano. Y vuestro Dios, algo aburrido, quizás. Pero no te culpo. En ocasiones me gustaría ser cristiano y tener solo una. Es más sencillo. Aunque Tomer solo tiene una y a veces le resulta complicado. En mi caso, cuando se juntan las tres, lo mejor que se puede hacer es organizar una caravana y salir huyendo. Aunque solo sea para traer arena del desierto. Lo que pasa es que no duraría mucho tiempo siendo cristiano.*

Volvería enseguida a mi religión. La única verdadera. Y la más generosa, ¿verdad, Tomer? —miró el árabe al judío con ojos lascivos.

—*En cuanto a las mujeres, para ti sí, Badruddin* —dijo el judío.

—*¿Acaso existe algo más bello? Aun no me explico esa costumbre árabe de esconder a las mujeres entre telas y más telas.*

—*¿Quisieras que se fijaran en las tuyas?* —le dijo Tomer.

—*¡Ah!* No. *Claro. Es mejor así. ¡Qué sabio era el Profeta! Las bendiciones sean con él.*

»Después de que Badruddin al-Bassam hablase de las bondades de sus mujeres y de su religión, Tomer retomó el negocio que les había llevado a juntarse.

—*Y esa mujer tan especial, ¿de quién se trata?*

—*Es una mujer como otra cualquiera.*

—*Habrás reparado en que los anillos de los que te he hablado no son como otros cualquiera, ¿no? Si no, hace tiempo que habrían salido de Damasco.*

—*Cierto* —contestó Hassan.

—*Si tu mujer fuera una mujer cualquiera, podría salir de Damasco como lo hace cualquiera de las mujeres* –dijo Tomer, alargando las pausas entre las palabras.

—*¿Por qué es tan importante saber de quién se trata?*

—*Porque eso indica el riesgo* —le dijo Tomer.

—*¿Acaso no tenéis interés en sacar los anillos?*

—*¿Acaso no tenéis interés en sacar a la mujer?*

»La discusión había vuelto al punto de partida —dijo la anciana—. Era evidente que, si el judío le había dicho a Hassan cual era el verdadero valor de lo que debía trasportar, ahora, el cristiano debía revelar la identidad de su mercancía.

—*Se trata de Salma, la hija pequeña del visir* —dijo Hassan.

»Ambos negociantes se echaron hacia atrás.

—*Esto lo complica todo* —dijo el mercader.

A través del patio trasero llegó el sonido de las campanas de San Esteban. La tarde había sido calurosa y preludiaba una apacible noche.

—¡Niños! ¡Qué tarde se ha hecho! —dijo la anciana, que controlaba las horas del día por las campanadas de la iglesia de San Esteban.

En las caras de Zoraida y de Yago se dibujó un gesto de pena. La historia que les contaba la anciana desde hacía semanas los tenía intrigados, aunque lo que más les gustaba era la tranquilidad con la que podían estar juntos. Pero ahora debían retornar al mundo en el que vivían, a la realidad de sus vidas. A esperar de nuevo otro sábado.

XIV

SALMA

Anno Nostrae Salutis 1225
Agosto

1

El año anterior, la roturación de nuevas tierras por la zona de los pedernales había ampliado los campos de pan llevar y la siega demandaba ahora más peonadas. Estos campos dependían de la abadesa del monasterio de las Huelgas, que había solicitado al Cabildo un par de cuadrillas. Por este motivo, en la fábrica había habido mucho trabajo y se habían aprovechado las tardes de los últimos cuatro sábados. Al quinto, un caluroso sábado de agosto, fue Zoraida quien tuvo que tener paciencia.

La mudéjar esperaba a Yago en su lugar de encuentro. Sentada entre las retamas, disfrutaba del aroma que expelían sus flores, mientras, con los ojos cerrados, escuchaba el gorjeo de los pájaros. Al rato, unas pisadas se acercaron hacia el refugio. Zoraida se levantó poco a poco para mirar. Una de sus amigas estaba allí, al otro lado de las retamas. Zoraida estaba segura de que la había seguido, pero había perdido su rastro en cuanto entró en el callejón. Zoraida estaba inmóvil. Sabía que su amiga no podía verla y solo esperaba que Yago no apareciese por la calleja. Su amiga miraba hacia arriba y hacia abajo. A un lado y a otro. A su derecha, la ladera se desplegaba por detrás de algunas casas y de la iglesia de San Román, topándose después con la calle de las Armas, para continuar por encima de la aljama. A su izquierda, la falda del cerro se expandía por la zona cristiana hasta la puerta de San Esteban.

La amiga de Zoraida se dirigió hacia la parte cristiana. Oculta por los arbustos a las casas de la calle Lancería, la mudéjar se movía despacio, confiando en que ningún cristiano la viese. De vez en cuando se paraba para oír. Zoraida sabía que su amiga no podía estar mucho tiempo allí ya que estaba sola y eso no estaba bien visto a su edad. Y eso mismo le preocupaba mucho. Cuando su amiga diese por terminada la búsqueda, es muy posible que volviese a su casa. Y también era posible que entonces contase que su amiga, la hija del tejedor, le había dado esquinazo. Como otras veces. Aunque luego dijese que siempre les decía que le apetecía estar sola. Zoraida miraba a un lado y a otro, controlando los movimientos de su amiga y la calleja por la que se subía a su escondite. La amiga de Zoraida comenzó a volver hacia la calleja. Cuando iba por las traseras de la calle Calderería, alguien salió del huerto de una casa. La amiga de Zoraida se quedó petrificada. Durante un rato, el vecino estuvo trasteando con la puerta del huerto. Cuando se metió de nuevo en la casa, Yago apareció por la calleja. Zoraida sintió que se le paraba el corazón. Subía como siempre, «medio atontado», pensó Zoraida. «Seguro que está pensando en su catedral», se dijo la mudéjar, que se estaba poniendo nerviosa. De repente, como si hubiese leído la mente de su amada, el cantero se paró y se giró para asegurarse de que nadie le seguía. «Pero será lelo. ¡Que es por delante por dónde está mi amiga!», le dieron ganas de gritar a la mudéjar. Yago retomó su andadura como si no existiese nadie en el mundo. Solo su catedral y él.

Zoraida buscó a su amiga, pero ya no estaba. Moviéndose muy despacio dentro de su escondite, fue buscando los huecos entre el ramaje para otear la ladera. Su amiga apareció por detrás de un zarzal, a escasos pasos. Zoraida se quedó inmóvil. Poco a poco dirigió la mirada hacia el suelo hasta que encontró lo que buscaba: una piedra, no muy grande. Se agachó para cogerla y rascó el suelo para sacar otra. Cuando se levantó, su amiga estaba a punto de enfilar la calleja. Zoraida lanzó una de las piedras hacía el lado contrario. Su amiga escuchó el ruido de la piedra al caer por entre el ramaje y se paró enfrente del callejón. Yago estaba muy cerca de ella. La tenía justo enfrente. A la vista. Pero subía mirando hacia el suelo. «¿Se puede ser más tonto?», pensó Zoraida, que se había puesto frenética. La mudéjar lanzó la otra piedra con una sola intención.

Yago encogió los hombros escondiendo el cuello y un gesto de dolor se dibujó en su cara, al tiempo que se llevaba una mano a la cabeza y levantaba la mirada. Zoraida se llevó ambas manos a la boca. No sabía si reírse o mostrar pena. No quería hacerle daño, pero, en realidad, deseaba darle a Yago en la cabeza. Pensaba que era la única forma con la que conseguiría llamarle la atención. Y lo hizo. Cuando Zoraida volvió a mirar hacia la calleja, Yago ya había desparecido. Al rato, su amiga también desaparecía por el pasaje.

Pasado un rato eterno, por fin Yago subió hasta donde estaba Zoraida. Cuando llegó, la tejedora le contó quién era la chica que él había visto en la calleja.

—Será mejor que a partir de ahora nos veamos en la casa de la anciana —dijo Yago.

—¿Crees que nos dejará?

—Sí. ¿Por qué no iba a dejarnos?

—¿De verdad que no te duele? —preguntó Zoraida mientras inspeccionaba el chichón.

—De verdad. ¡Ay!

— ¡Pero no decías que no te dolía?

—Pero no enredes, mujer, porque entonces sí que me duele.

— ¡Bueno! ¡Pues haber estado a lo que tenías que estar!

—Pero bueno, ¿se puede saber qué te pasa? Seguro que has tirado a dar.

Zoraida miró a Yago y no pudo reprimir su risa.

—Serás...

Ambos rodaron por el suelo en un amoroso juego. El cabello de Zoraida estaba perlado de los pétalos amarillos de la flor de la retama, adornando su natural belleza. Ella le retiró unas ramitas de su alborotada cabellera. De repente, unas voces sonaron en el callejón. Yago se puso en pie de un salto.

—Vámonos —dijo el cantero, y cogiendo a Zoraida de la mano la levantó y juntos salieron a toda prisa hacia la casa de la anciana.

Al tiempo que entraban por la puerta del huerto, unos tenues sonidos musicales llegaban desde el interior de la casa. Cuando accedieron a la salita, la mujer persa estaba interpretando una suave melodía con un extraño instrumento de cuerda. Zoraida conocía el *ud* árabe, al que los cristianos llamaban laúd, pero el instrumento que estaba escuchando era muy diferente. Su cuerpo estaba formado por una caja de madera de morera con forma de doble cuenco, uno a continuación de otro, cerrada con una fina y tensa piel de cordero. A esta caja de resonancia se adhería un largo y estrecho mástil sobre el que estaban dispuestas cinco cuerdas que, recorriéndolo en toda su longitud, iban desde el clavijero hasta la base de la caja, apoyándose en su recorrido en un puente que sobresalía de la piel de cordero, en el centro del cuenco inferior. Con una púa de hueso, la mujer rasgaba las cuerdas del instrumento con dulzura y su plañido llenaba la estancia de metálicas notas, que flotaban en el aromatizado ambiente de los pétalos de jazmín humeantes.

—Deberéis esperar a veros una temporada. A partir de ahora os reuniréis aquí dentro —dijo la mujer a Zoraida y a Yago.

—Pero, ¿lo habéis visto todo? —preguntó Yago.

—¿Acaso esperabais que nunca iba a ocurrir esto?

—Pero siempre venimos con cuidado y cuando la gente está en sus casas —dijo Zoraida.

—Pero Burgos es muy pequeño, niña mía. No es como la gran Córdoba o como Zaragoza. Allí, las gentes se distribuyen por barrios y poco sabe un barrio del de al lado.

—Como aquí —dijo Yago, extrañado.

—Si hijo, como aquí. Pero es que hay barrios en Córdoba que son como la mitad de Burgos o más grandes —dijo la mujer, mientras seguía sacando notas de su extraño laúd.

— ¿Qué instrumento es? —preguntó Zoraida cuando terminó la melodía.

—Es un *tar* persa. ¿Te gusta?

—Sí. Es muy bonito. Nunca lo había visto. Conozco el *ud*, pero el sonido de este instrumento es distinto. Más..., no sé cómo decir.

—¿Femenino?

—Sí. Como más dulce, pero a la vez más enérgico, más animoso que el *ud*.

—¿Como con más fuerza?

—Sí, pero con una fuerza que no intimida, que no se impone. La melodía surge e impregna el aire de sí misma, pero sin abrumar los oídos que la escuchan. ¿Qué estabais tocando? ¿Tiene nombre?

—Una *nuba* llamada 'Garîbat al-Huseyn'.

—¿Una *nuba*? ¿Qué es? —preguntó Yago.

—Un tipo de composición musical creada por un antiguo músico persa de la corte bagdadí. Se llamaba Ziryab, y su canto era tan virtuoso que se convirtió en el cantante favorito del califa de Bagdad, Harum al-Rasid. Pero su propio maestro, arrebatado por la envidia, le obligó a salir del reino, amenazándole con cortarle los dedos. Ziryab abandonó Bagdad y llegó hasta Córdoba, donde fundó su propia escuela y creó el *ud* que tú conoces, Zoraida.

—¿Y la canción que estabas tocando tiene letra?

—Sí, claro. Como te he dicho se llama 'Garîbat al-Huseyn' y su composición se debe a la esclava de un sultán. La esclava se llamaba al-Gariba, que significa la extranjera. Ella estaba muy lejos de su país y el sultán estaba enamorado de su esclava. Cantaré un poco y luego seguimos con el relato del otro día.

La anciana de la casa retomó la melódica composición, al tiempo que su voz comenzó a recitar unos enamorados versos.

Me reprocharon tu amor este y aquel,
tu belleza maravillosa, sol y luna.
Amado mío, no me busques por mi situación,
mi estado te satisface en la intimidad y ante la gente.
Mientras yo ocultaba el amor,
mientras yo ocultaba el amor,
hoy se ha revelado lo que oculté.
Siento que mi corazoncito se abrasó
y he perdido la razón.
Grito ardiendo de pasión:
¡Amado mío! me consumo.
No tengo elección en el amor,
ni sosiego en mi censor.
Mira cómo he palidecido,
y no es lo que digo
como verlo con tus propios ojos.

Después de interpretar una de las canciones de la *nuba*, la anciana sonrió a sus invitados, se levantó y, tras dejar el *tar* en su rincón, se fue a por la bandeja de la fruta y la infusión. Como hacía antes de iniciar su relato, la mujer sirvió la infusión y ofreció la bandeja con la fruta seca.

—¿Por dónde íbamos? —preguntó, antes de continuar con la narración.

—Hassan les había dicho el nombre de su amada —dijo rápida Zoraida.

—¡Ah! Sí, ya recuerdo —dijo la mujer, poniéndose cómoda, tras lo que continuó su narración.

»Badruddin se había dedicado, hasta ahora, a poner en contacto a Hassan con Tomer, escuchando atento lo que ambos proponían y haciendo gracias para que la reunión fuese más agradable. Pero ahora le tocaba ponerse serio. Él conocía muy bien las rutas caravaneras, sus atajos, los caminos nocturnos y los peligros del bandidaje. Sabía cómo zafarse de los agentes aduaneros, a quién podía sobornar, y con qué. Estaba al tanto de lo que se movía en los puertos del Mediterráneo. En los musulmanes y en los cristianos. Incluso se llevaba bien con Nasr ibn Qawan y con Abu d-Durr Yaqut, dos mercaderes del litoral franco del Mediterráneo oriental. Ambos tenían prestigio entre los musulmanes y los cristianos. Pero una cosa era sacar de Ash-Sham a un esclavo con su amante y otra muy distinta enfrentarse a la ira y al poder del visir.

—*Esto va a llevar tiempo prepararlo* —meditó en voz alta Badruddin.

—*¡Hay que hacerlo antes de que finalice esta semana!* —dijo inquieto Hassan.

—*¿Por qué tanta prisa?* —preguntó el mercader, algo molesto.

—*Porque el visir vuelve de un largo viaje y, cuando llegue, entregará a Salma a un anciano muftí de la aljama del califa.*

—*Pero no da tiempo a preparar una caravana en una semana.*

—*¿Y no hay ninguna que vaya a salir, que ya esté preparada?* —preguntó Tomer.

»El mercader miró al judío con incredulidad. Él también pensaba que Hassan y Salma podían huir así del visir.

—*Pero, Tomer, ¿no te das cuenta de que el visir tiene el suficiente poder como para detener cualquier caravana que salga de Damasco?* —protestó Badruddin—. *Si él quiere, ninguna mercancía llega a su destino sin ser fiscalizada. El visir tiene recursos muy superiores a nuestros míseros sobornos. Ningún empleado de aduanas hará caso omiso de las directrices del visir.*

—*Una hija del visir* -dijo Tomer reflexivo, tras las palabras de su amigo—. *¿No podías haber elegido otra?*

—*Ella me eligió a mí.*

—*¿Y no le puedes decir que no? No, claro que no* —se contestó a sí mismo Badruddin—. *Eres joven, cristiano y esclavo. Te puedes enamorar de quien quieras. Nada tienes, nada pierdes. Excepto la cabeza. El problema es que yo necesito la mía, ¿sabes?*

—*Has dicho, que el visir detendrá cualquier caravana que salga de Damasco* —meditó en voz alta el judío.

—*Sí, así es. Eso he dicho.*

—*¿Para qué?*

—*¡Está claro, Tomer! Para registrar toda la...*

»El judío miró al mercader de reojo.

—*¡Ay, viejo judío, eres más astuto que el fénec[48] del desierto!*

»El mercader se levantó para acercarse a la ventana. Una vez allí, se dio la vuelta y se tiró un sonoro pedo.

—*Disculpadme. Hoy he comido en casa de Ranjit. Esos indios lo llenan todo de especias y mis tripas no están acostumbradas.*

Yago y Zoraida escuchaban divertidos las conversaciones de los personajes del relato, sobre todo las de Badruddin.

—*Pero, ¿y si el visir también ha pensado lo mismo?* —preguntó Badruddin.

—*Ya. Yo también he caído en la cuenta de ello* —dijo el judío.

48 Pequeño zorro que habita en el desierto del Sahara y en la península del Sinaí.

—*¿En qué estáis pensando?* —dijo Hassan—. *¿Quizás pueda ayudaros?*

—*Tomer cree que podríais salir de la ciudad en una caravana que vaya de vacío a su lugar de origen* —dijo Badruddin—. *Pero es casi seguro que esa posibilidad también la haya previsto el visir. ¿Y si van separados?* —preguntó optimista el árabe, a quien se le acababa de ocurrir la idea.

—*¡No!* —espetó Hassan, poniéndose en pie.

—*Tranquilos* —dijo Tomer—. *Sentaos los dos. Guardemos las ocurrencias brillantes y las decisiones tajantes para otro momento. Los nizaríes saben que deben buscar a un hombre y a una mujer. Vigilan, desde hace años, los mercados y los caravasares. Si van separados, y muestran el anillo, los nizaríes pueden interpretar que lo han robado. Entonces, acabarían con ellos y se terminaría su compromiso. Se quedarían los anillos y los hijos de Koppel sin su fortuna. Por otra parte, el visir tiene oídos en todas partes y estoy empezando a pensar que quizás busque también a una pareja. Si van separados, eso puede despistarle. La cuestión es cómo unir ambos ardides.*

—*Ya está* —dijo Badruddin—. *Hassan y Salma van en la misma caravana como hermanos, pero ella es una mujer leprosa y él la lleva de vuelta a la casa de su padre.*

»Tomer miró al árabe y durante un momento guardó silencio.

— *¿No te parece buena idea?* —preguntó Badruddin al judío.

—*Creo que sí. Y eso es lo que me preocupa.*

»Durante la siguiente hora, los tres hombres estuvieron preparando los detalles de su plan. La argucia era buena. Para el judío, ambos anillos se mantenían juntos, lo que aseguraba su protección. Para Badruddin, la inspección de caravanas de vacío era menos probable, sobre todo cuando llevaban algún enfermo infeccioso. Y, para Hassan, lo único que deseaban él y Salma era huir juntos.

»Sin embargo, el plan iba a costar mucho dinero. Empezando por el funcionario que dirigía el *bimaristan* de Nur ad-Din, el hospital de Damasco. Había que hacer creíble la existencia de una enferma de lepra. Pero esta tenía que haber llegado a Damasco el día anterior, para evitar la alarma en la ciudad. Desde que Saladino muriera por lepra, las enfermedades infecciosas se trataban con algo más de humanidad. Pero, aunque la leprosería del hospital estaba fuera de la ciudad, siempre era motivo de alerta la llegada de algún enfermo. Badruddin mantenía buenas relaciones con el jefe del hospital. De esta forma agilizaba las necesidades de atención sanitaria de los caravaneros y mantenía fluido el tráfico de sus mercancías. Además de lo del hospital, Badruddin debería localizar alguna caravana en la hubiera llegado el supuesto cargamento infeccioso, persuadiendo de forma conveniente al jefe de la camellería. Si alguien preguntaba por la enferma, el jefe siempre podía decir que el resto de la caravana no sabía nada, para no crear una alarma innecesaria. Finalmente, el árabe también debía encontrar una caravana que saliera de la ciudad, en la que incluir el preciado género. El problema era el tiempo. Hasta que el árabe no tuviera esa caravana de salida, no era bueno dar ningún otro paso.

»Durante todo el día siguiente, Hassan estuvo muy nervioso. Era viernes y aunque las mujeres del harén salían los viernes a la mezquita, al no estar el visir, el rezo se hizo en la casa. Hassan debía encontrar la forma de tranquilizarse. El *siqlabí* le dijo al eunuco que iba a salir a montar. Se encaminó hacia las cuadras del visir, ensilló un caballo y salió al galope. El esclavo abandonó la ciudad por la puerta de Bab Tuma y se dirigió hacia el Este, por la llanura del Ghuta, hasta el poblado de Beit Nayim. Allí, un viejo muslime alabó su montura. Hassan le dijo que era del visir de Damasco.

—Cuídate de él, cristiano. Su compasión es falsa como los lagos del desierto y su ira tan implacable como las tormentas de arena.

—¿Lo conocéis?

—Quien no conoce al visir Farid al-Dimashqi, corre el riesgo de conocerle, y quien le conoce, deseará no haberlo hecho.

—¿Por qué lo conocéis?

—Porque Alá así lo quiso.

—¿Y a quién deseaba complacer Alá, para que tuvieras que conocer al visir?

—Eso, solo Alá lo sabe.

»El viejo condujo a Hassam hasta su casa. Allí, tras ofrecerle un vaso de *laban*[49], le contó la historia del caravasar de Itriyah. Se trataba de una posada que estaba en las rutas de las caravanas que venían de Alepo, de Homs y de Resafa. Un día, al-Dimashqi llegó con sus soldados al caravasar. Entonces era un joven arráez, tan apuesto como cruel. Venía de Resafa y en el camino se habían encontrado con una partida de beduinos. Cuando quisieron intervenir la mercancía de los *bedus*, estos se enfrentaron a al-Dimashqi. Las fuerzas del de Damasco eran muy inferiores a las de los *bedus* y, cuando los soldados se retiraron, los beduinos se mofaron sonoramente. Al-Dimashqi no podía culpar a sus hombres, ya que él mismo había dado la orden de retirarse, e hizo el resto del viaje muy enojado. A medida que transcurría el trayecto, su enojo fue creciendo, incapaz de culpar a nadie de su cobardía y de su indignidad ante sus hombres.

49 Bebida fría a base de suero de leche. Se bebe sola o aderezada con pasta de dátiles, agua de rosas, agua de azahar o especias como el azafrán y el cardamomo.

»El viejo le contó que cuando Farid al-Dimashqi llegó al caravasar de Itriyah ya era noche cerrada. Los sirvientes de las cuadras se encargaron de sus caballos. El entró en la posada con la mirada de un demonio. Cenó y bebió lo que le satisfizo. Y, cuando parecía que su cólera amainaba, preguntó por las mujeres de la casa. Sus hombres se quedaron atónitos. Entonces él echó a todos al desierto y se quedó solo con el dueño del caravasar. Él le persuadió de dejar a las mujeres tranquilas, pues así lo dice el Corán. El arráez miró al posadero, esbozó una siniestra sonrisa y salió de la casa, abandonando con sus hombres el caravasar.

»Días más tarde, un extraño viajero que decía venir de Homs llegó a la posada de Itriyah. El mozo de cuadras atendió su montura y él solicitó alojamiento para pasar la noche. A media noche, un sonido alertó al posadero. Cuando bajó al patio, allí estaba el viajero. Tenía a la mujer del posadero de rodillas, cogida del pelo. A sus pies, suplicante, la hija solicitaba piedad. El viajero había violado ya a la mujer, amenazando a las dos de muerte si gritaban. El posadero pidió clemencia, rogó por la vida de sus mujeres, imploró, tendido en el suelo, piedad. Al momento caía a su lado el cuerpo degollado de la mujer. Cuando el posadero, roto de dolor, se arrodilló para abrazar a su esposa, el viajero le cogió del pelo y lo levantó.

—¡Jamás desoigas la voz de un arráez del califa!

»En ese momento, el posadero supo quién era. El arráez que los había visitado hacía unos meses cruzó la cara del posadero con su espada y le dejó postrado en el suelo, dándolo por muerto. Después, cogió a la hija y huyó del caravasar.

—Solo un semental cabalga así —le dijo el viejo a Hassan—. *Y solo lo hace cuando debe desfogarse y no puede. Si la mujer te ama, cógela y huye. Tan rápido como puedas, pero sin prisas. No mires atrás. No te fíes de nadie. Y jamás pidas clemencia.*

»El sol iluminó la cara del viejo al entrar por la ventana. Los añejos pliegues de su rostro enmascaraban una antigua cicatriz que le cruzaba toda la mejilla y se perdía por encima de la ceja, llevándose en su trazado el ojo izquierdo.

—Evita el sultanato de Rum y el principado de Armenia. Sal por Acre, por Tiro o por Antioquía, en el reino de Jerusalén. Cruza el Mediterráneo hasta al-Ándalus. Allí quizás podréis vivir en paz.

—Debo pagar por mi huida.

—Haz lo que debas, pero guárdate y guarda tu tesoro de toda persona en quien no confíes.

—Debo confiar en alguien para poder huir.

—En ese caso, guárdate de ti.

»Hassan montó en el corcel de las cuadras del visir y salió al galope de vuelta hacia Damasco. Al día siguiente era *shabat* y el judío no recibía visitas. Hassan estuvo todo el sábado meditando sobre lo que le había contado el posadero. El domingo se reunió con sus inusitados amigos en la casa del judío. Había buenas noticias.

—Tenemos caravana para que os vayáis –dijo Badruddin cuando Judith salió de la salita, después de haber llevado una jarra con *jallab*[50] y una bandeja con los piñones y la torta de almendras.

—¿Para cuándo? —preguntó ansioso Hassan, recordando en el mismo momento los consejos del caravasero, «...pero sin prisas».

—Para dentro de dos días.

—¡Pero eso es muy tarde!

—No mucho más pronto sería hoy o mañana. Pero no hay ninguna caravana que vaya a salir. Estamos en época de tormentas y los camelleros prefieren formar caravanas grandes, aunque sean de vacío.

—Tranquilo, Hassan —intervino Tomer—. *Esto nos permite preparar la huida. ¿Hacia dónde parte la caravana?*

—Las caravanas, Tomer. Tenemos varias, que además luego se separan.

—¿Qué direcciones toman?

—Dos van hacia Alepo. En el camino se separan en Homs y una se dirige hacia Tudmur. Otra va hacia Ammán. Y una cuarta hacia Acre. Pero esta última la componen dos. Una va de vacío y la otra lleva cargamento.

La tarde había ido cayendo poco a poco y el sol ya no entraba por la ventana de la salita. Tímidas, las lámparas de aceite apenas iluminaban la estancia. La anciana miró a sus visitantes, que comprendieron que el relato había terminado por hoy. Se habían acostumbrado a que la mujer dejara el relato por terminar. Eso les mantenía la curiosidad y les avivaba la memoria. Perezosos, Yago y Zoraida se despidieron de la anciana.

2

Los granulosos frutos adornaban de negro y rojo las zarzas que había por la ladera del cerro. Ramas, hojas y zarzamoras se alborotaban en una

50 Bebida refrescante típica de los países del Medio Oriente, hecha de melaza o jarabe de dátiles al que se agrega agua o agua de rosas. Se consume particularmente en Siria y Jordania.

abundancia entrelazada, protegida por sus puntiagudas espinas, siempre dispuestas a cobrarse el precio de su fruto. La recogida de las zarzamoras en el mes de septiembre comenzaba siendo un juego infantil que, en las urbes, con el paso del tiempo iba cayendo en el olvido. Los zarzales se retiraban para construir nuevas casas y los habitantes compraban lo que necesitaban en los mercados. Solo los vendedores recolectaban estos tardíos frutos de verano.

El escondite estaba protegido, en su parte sur, por una hermosa zarza, tan exuberante como sombría. Las zarzamoras que de sus ramas pendían competían en tamaño, hermosura y dulzor. Casi siempre, las de más arriba eran las más jugosas. Para alcanzarlas, un truco era hacerse con un palo con forma de cayado. Con este palo, se enganchaba la rama que se deseaba asaltar y, después de bajarla hacia sí, se cogían las zarzamoras. Lo malo era que, en el arrastre, otras ramas de la zarza se aliaban con la rama asaltada y al soltarla realizaban su ataque, siempre por sorpresa, escondidas por la maraña. Al final, como siempre, las espinas cobraban su tributo.

Zoraida estaba recogiendo las zarzamoras más suculentas en un jarro de barro para llevárselas a la anciana. Había llegado antes que Yago. Como les había dicho la mujer de la casa, habían esperado un mes para volver a verse. Aun así, la mudéjar había tomado sus precauciones. Y Yago también. «¡También, como siempre!», pensó Zoraida cuando vio aparecer por la calleja al cristiano. «Mírale. Como si solo existiese él en el mundo. Bueno, él y su catedral». Zoraida cogió el jarro, lo tapó con un pañito de lino, atándolo con un cordoncillo de algodón, y bajó hacia la casa de la anciana. «Seguro que tengo que subir a por él».

La anciana saboreaba las moras con fruición, mientras se divertía con la desesperanza de la niña por el atolondramiento de su amado. Al final, como había previsto, Zoraida se dispuso a ir en su busca.

—Quieta niña. No vaya a ser que te vean —dijo la mujer, levantándose para ir a por el cristiano—. Me llevo el jarro y traigo más zarzamoras.

La anciana subió pesadamente hasta el refugio de sus niños, como le gustaba pensar en ellos. Al acercarse la mujer, Yago se incorporó y, cuando al fin la vio, recordó que habían acordado verse dentro de la casa.

—Tranquilo, niño. Vamos a coger unas moras, que estas me las he comido con tu mudéjar.

—¿Está en la casa?

—¿Dónde va a estar, si no? Debes poner un poco de atención cuando vengas aquí —le dijo la anciana cuando empezaron a coger los frutos—. Zoraida se pone muy nerviosa cuando te ve subir como si no hubiera nadie en el mundo. Y hace bien en preocuparse.

La anciana cogió del brazo a Yago y le giró para mirarle a los ojos.

—Aún sois muy jóvenes. La vida da muchos tumbos y ocurren muchas cosas que no podemos prever. Pero si conseguís que lo vuestro continúe, habéis de saber que siempre irá contra lo establecido.

—Entonces, ¿siempre habremos de vivir así? ¿Con ese miedo que inquieta a Zoraida?

—No. Existe una solución, pero aún no podéis adoptarla. Así que debes ir con mucho cuidado. Debes proteger lo que hay entre vosotros para protegerla a ella. Porque, ella es lo que más amas, ¿verdad?

—Con todo mi ser.

—¿Más que a tu catedral?

—Son cosas diferentes.

—No existe catedral más bella que la mujer.

—Pero la catedral es la casa de Dios.

—Y la mujer, ¿acaso no ha sido creada por Dios?

—Sí, pero...

—Y tú, ¿no naciste de una mujer?

—Sí.

—Pues recuerda bien esto, Yago. Para adorar a Dios solo hace falta querer hacerlo, pero para traer una vida a este ingrato mundo hace falta una hembra. Una catedral de la vida. Cuando pienses en la catedral de piedra, recuerda a tu amada. Recuerda que tu catedral está en ti y tú en ella.

Mientras la anciana estaba fuera con Yago, Zoraida curioseó por la salita. Unos cuencos descansaban en la repisa de la ventana. Desde ella se podía ver una calleja que giraba bordeando la casa, al lado de una casa en ruinas. La ventana estaba cubierta por una seda naranja, adornada con tiras de lino azul. Las lámparas de aceite, oscurecidas por algún tipo de betún, dejaban ver su dorada hechura en su interior. En la pared que quedaba a sus espaldas, cuando se sentaban a escuchar las historias de la anciana, colgaba un *kilim*, un fino tapiz de lana. Zoraida se acercó para examinarlo. Su hechura, de gran calidad, era diferente a lo que había visto en las casas de algunos ricos. La pieza no estaba anudada, sino entretejida, en una urdimbre de algodón, quedando como resultado una tela plana, sin pelo. Decorada con motivos geométricos, se notaba que los tintes utilizados eran también de calidad.

Zoraida examinó el *sumak* que se desplegaba en el suelo. Se trataba de una alfombra de lana y seda, también de tejido plano. Su urdimbre era de lana y su textura más gruesa, aunque, a diferencia del *kilim* de la pared, el *sumak* no era reversible. De hecho, Zoraida pudo apreciar, en el revés, los hilos sueltos del tejido de la alfombra. Sobre el *sumak* estaban repartidos los cojines, de piel de cordero teñida, mientras los almohadones del banco eran de seda y terciopelo. La alfombra tenía unos motivos que Zoraida nunca había visto y sus colores, como en los del *kilim*, aún permanecían vivos.

En un rincón de la sala, junto a la ventana, digno y callado, se veía un hermoso arcón. Estaba repujado con motivos geométricos y decorado con un fino guadamecí. Sobre su tapa, la anciana había colocado una estrecha tela de lino, con brocado de plata, en cuyo centro un pequeño cofre llamaba a la indiscreción.

La quejumbrosa puerta del huerto no había avisado aún de la llegada de Yago con la mujer persa y Zoraida se arriesgó. La mudéjar abrió el cofre y una ligera chapa de hojalata pulida basculó sobre la tapa. Zoraida pudo ver su reflejo en el pequeño espejo, que devolvía, agradecido, la bella imagen de la mudéjar. Un paño de terciopelo azul forraba su interior y dentro se veía un tosco lienzo de cáñamo, huésped equivocado de tan elegante cofre. Mientras Zoraida lo apartaba suavemente, como si no deseara descubrir lo que escondía, la puerta del huerto sonó chillona. La duda asaltó a la joven. La gratificante sensación del descubrimiento de lo oculto se enfrentaba a la bochornosa conmoción de ser descubierta en su transgresión. La infantil curiosidad pudo más que la serena formalidad y una bolsita de fino cuero apareció ante sus ojos. Zoraida la abrió con un dedo, lo justo para poder ver una porción de lo que guardaba. Los pasos de la anciana se oían en el corredor que venía del huerto. Al colocar el lienzo de cáñamo sobre la bolsita, la mudéjar apretó suavemente el tejido y sus dedos apreciaron la forma que confirmaba lo poco que había visto. Zoraida cerró el cofre y juntó las manos en su regazo.

—Qué cofre más bonito —dijo la mudéjar, al tiempo que la anciana entraba en la salita—. ¿Qué guardáis en su interior?

La anciana respondió la indiscreta pregunta de Zoraida con la discreta respuesta de sus ojos y una condescendiente sonrisa. Zoraida se había delatado. Avergonzada, bajó la mirada y se dirigió al banco.

—¡Mira, Zoraida, cuántas hemos cogido! —dijo Yago entrando en la casa de la anciana, feliz por volver a ver a su mudéjar.

Yago dejó el jarro en la bandeja y dio un furtivo beso a Zoraida. La mudéjar miró tímida a la anciana, que, a su vez la miraba a ella entre grave y divertida. Yago miró a la anciana, de nuevo a la mudéjar, otra vez a la anciana y, cogiendo un higo, se encogió de hombros y se sentó en el banco. Como siempre, antes de comenzar la mujer sirvió la tisana y ofreció la bandeja con la fruta seca. Después, continuó su relato.

—La noche de la huida, Hassan había atrancado la puerta de los sirvientes, donde dormía el eunuco, y la del harén. Después, había quebrado la celosía que durante tanto tiempo había unido a los dos amantes y Salma salió por ella. Por un momento se miraron, dudando de que por fin pudieran estar juntos. Enseguida recobraron la realidad y se dirigieron a los establos, donde había dos caballos ensillados. Hassan los llevó a la puerta de atrás y los dejó fuera de la casa, como le había dicho el mercader que hiciera. Cuando oyó que los caballos salían al galope, Hassan y Salma abandonaban la casa del visir, saltando por encima de la tapia. Badruddin les estaba esperando con un carro lleno de paja, en el que desaparecieron por las calles de Damasco.

»Al día siguiente, la ciudad de Damasco se despertó con la noticia de la huida. Salím, el eunuco, corría de aquí para allá buscando al esclavo y a la hija del visir. La mitad de la guardia del ministro había salido tras las huellas de los caballos del visir. Con la otra mitad, Salím registró todos los caravasares, fondas y posadas. Después interrogó a los agentes de la aduana. Al no encontrar lo que buscaba, envió a varias patrullas tras las caravanas que ya habían partido a sus lugares de destino. A medida que avanzaba la mañana, la irritación del eunuco se fue convirtiendo en cólera y los mercaderes comenzaron a temer por sus vidas. No había noticias de las caravanas ni de los guardias que habían ido tras las huellas de los caballos. El día avanzaba y se acercaba la hora en que el visir llegaría a la ciudad y el eunuco perdería la cabeza.

Zoraida había olvidado el incidente del cofre y miraba a la anciana con los ojos inamovibles. Sin darse cuenta, había cogido la mano del cristiano y la estrujaba con fuerza. Yago la miraba de reojo, mientras la anciana continuaba el relato.

»El eunuco concentró a todos los caravaneros y mercaderes en la plaza del zoco. Nadie sabía nada. Salím preguntó por Badruddin, pero le dijeron que había salido de Damasco la mañana anterior. El eunuco se presentó entonces en casa de Tomer. Tras registrar la casa del judío se dio por satisfecho, pero su nerviosismo comenzó a ser más peligroso. De camino a la plaza del zoco, golpeó a un pobre vendedor de almizcle hasta matarlo. La cólera de Salím se estaba transformando en miedo. Nadie sabía nada y el visir al-Dimashqi iba a preguntar solo una vez y solo a una persona.

—¿Pero Badruddin no había recogido a Salma y a Hassan? —preguntó Yago.

—Exacto.

—¿Entonces?

—Entonces, espera —respondió la anciana, siguiendo el relato.

»El visir se dirigió a la plaza del zoco en cuanto entró en Damasco, advertido por la guardia de la puerta de la ciudad. Tan alborotada estaba la urbe que todo el mundo sabía que su hija había huido con su esclavo de confianza. Nada más llegar a la plaza, se bajó de su montura y, espada en mano, se dirigió a Salím.

—¿Dónde está mi hija?

—No lo sé aún, mi señor —dijo suplicante el eunuco, mientras se arrodillaba postrándose ante el visir, que de un tajo le cercenó la cabeza.

Zoraida, que estaba empezando a considerar que todo eso era cierto, dio un respingo por el escalofrío que le acababa de recorrer el cuerpo.

»Durante todo el día estuvieron interrogando otra vez a todos los caravaneros sin obtener ninguna información sobre la hija de al-Dimashqi ni sobre el esclavo. Antes de caer la tarde, llegaron las patrullas que habían buscado en las caravanas. Tampoco encontraron nada. Después del ocaso volvieron los guardias que habían ido tras los caballos del visir, pero ni siquiera pudieron encontrar las monturas. Sus huellas se perdían en dirección al desierto, a más de veinte leguas de Damasco.

»El visir no entendía nada. Podría ser que el esclavo esperase a que alguna caravana llegara a su altura para incorporarse a la misma. Eso supondría que, efectivamente, ambos habían huido juntos. Pero cabía la posibilidad de que la hubiese secuestrado, por lo que lo lógico sería llevarla en las caravanas que se dedican a recoger esclavos, que suelen ir de vacío. El visir mandó registrar todas las caravanas que habían salido sin carga de la ciudad. El tiempo apremiaba. Aunque el muftí a quien iba entregar a su hija ya se había enterado. Un emisario le dijo que le esperaba en su casa, junto al antiguo palacio califal.

—Me han dicho que vuestra hija se ha escapado con uno de vuestros esclavos —dijo directo el muftí ibn Abdulaziz, a modo de saludo.

—*Mi hija ha desaparecido* —contestó al-Dimashqi.

—*Hay muchas formas de desaparecer, Farid.*

—*Y una de ellas es el secuestro* —dijo el visir, queriendo con ello salvaguardar el honor de su hija. Farid sabía muy bien que nadie quiere una mujer mancillada, aunque solo sean habladurías.

—*Pues encontradla antes de que sea demasiado tarde.*

—*Tengo a toda mi gente buscándola.*

—*Solo os recuerdo que mi dote ha sido muy generosa y deberéis devolvérmela si ella no aparece o yo rehuso al casamiento.*

— *¡Pero no podéis hacer eso!*

— *¡No pretendáis enseñarme leyes!* —espetó el muftí.

—*No pretendía hacerlo. Disculpad, ibn Abdulaziz.*

—*Tenéis mucho más que perder que la devolución de mi dote, si no encontráis a tiempo a vuestra hija.*

—*La tendréis antes de dos días.*

—*La tendré mañana, o no la tendré. Hay más vírgenes en Damasco y padres que miran mejor por ellas.*

»En ese momento, al-Dimashqi hubiera matado allí mismo al muftí. Pero ni siquiera un visir podía enfrentarse a un muftí del califa, y menos si era su suegro. Durante todo el día siguiente la guardia del visir revolvió todo Damasco y envió soldados a las rutas y caminos. Él mismo se encargó de buscar a su hija. Pero no obtuvo ningún resultado.

»Cuando el viejo muftí rechazó a su hija, Farid dejó de buscarla. A partir de ahora solo buscaría al esclavo, a Hassan. Durante semanas, el visir estuvo desatendiendo sus obligaciones, obcecado en la búsqueda del *siqlabí*. Un día, la afrenta sufrida por Farid al-Dimashqi le iba a costar el último de sus disgustos. El califa le cesaba por incapacidad.

»El antiguo visir abandonó su casa y su vida para dedicarse a buscar al esclavo. No tenía otra intención en la vida. Acudió incluso a los nizaríes. Pero su empeño no obtuvo ningún fruto. Arruinado, un año después se abandonó en el desierto, donde aseguran que murió comido por su propia ira.

La anciana apuró su vaso de infusión y miró a Zoraida. Sabía que ella quería preguntar algo, pero no la iba a obligar insinuándoselo.

—¿Y Hassan y Salma? —preguntó Yago.

—Buena pregunta —respondió la mujer, que, sin dejar de mirar a la tejedora, continuó su relato.

—Badruddin siempre decía que no hay mejor verdad que la que se quiere creer, ni mejor mentira que la no hay que contar. El mercader había salido de la ciudad la mañana del día anterior, en dirección a su casa. Pero Badruddin viajaba mucho y muchas veces no dormía en su casa de las afueras de Damasco. Y ese día tampoco lo hizo. Badruddin volvió a Damasco disfrazado de tullido y se metió en uno de sus almacenes. Allí esperó a que se hiciera de noche. Dos días antes había convencido a dos *bedus* de lo fácil que era llevarse unos caballos. «Todas las noches, los mozos de cuadras se dan una cabalgada con ellos, pero los sacan a la calle y los dejan descuidados mientras ellos se preparan», les dijo a los dos moradores del desierto. Aquella noche, después de que los *bedus* de llevaran los caballos y Hassan y Salma saltaran sobre el carro, el mercader volvió a su almacén y esperó a que llegara el alba.

»Con las primeras luces, acercó el carro de paja hacia la puerta norte, y en cuanto se empezó a formar el revuelo en las calles aprovechó para salir. Badruddín llevó el carro hasta el monasterio de Nuestra Señora de Saydnaya, que tenía la protección califal, donde esperaba su mujer. Ella había llevado dos monturas para la vuelta. El mercader dejó allí su mercancía. Incienso, velas y pergaminos. Allí pasaría la noche en la hospedería y volvería a su casa al día siguiente.

—¿Pero la mercancía del carro no eran Hassan y Salma? —preguntó, extrañado, Yago.

—Sí. Y, además, incienso, velas y pergaminos.

—¿Para qué?

—Recuerda lo que decía Badruddin: «No hay mejor verdad que la que se quiere creer, ni mejor mentira que la no hay que contar».

Yago se quedó pensativo. Miró a Zoraida, que tampoco encontraba la aplicación del pensamiento del mercader en toda la historia. Después miró a la anciana, y se rindió.

—No entiendo.

—Es fácil. El mercader fue el único que estuvo en contacto con Salma y Hassan. Cuando, en casa de Tomer, dice que las caravanas salían en dos días, a partir de ese momento Badruddin desaparece de la escena. Él sabía que no podía fiarse de las caravanas. En el desierto la vida vale mucho y por eso es tan importante la hospitalidad debida. Pero, en ocasiones, cada uno cuida de la suya antes de proteger la de otros ajenos al clan o a la tribu. Por otra parte, de Tomer sí podía fiarse, pero el judío era su amigo y no quería comprometerlo. Por eso propuso la idea de la enferma de lepra y su hermano. Badruddin estaba seguro de que la historia de la hermana leprosa llegaría a oídos del visir, alejándole, de esa forma, de la casa de Tomer. En cuanto a los caballos, no eran más que un engaño para alejar a los guardias y ganar tiempo. Se los llevaron dos ladrones sin tener que pagar por la información y sin saber a quién se los robaban. Los soldados de la puerta de la ciudad habían visto salir a Badruddin un día antes y nadie le había visto volver. Y su mujer sabía que iba a llevar al monasterio una carga de incienso, velas y pergaminos, qué es lo que llevó. A cada uno le dio la información que necesitaba darle. De esta forma no comprometía a nadie. Nadie podía mentir y nadie podía delatarle.

—Y en el monasterio, ¿sabían lo que llevaba el mercader, aparte del incienso y lo demás?

—No.

—¿Entonces?

—Los cristianos tienen un nombre para eso. Lo llaman caridad. La anciana les explicó a los monjes que iba a ser entregada por dinero, solo por dinero, por las riquezas que iba a obtener su padre del viejo muftí. En cuanto a Hassan, él mismo era cristiano.

—¿Y cómo salieron de allí? —preguntó Zoraida.

—¿Y por qué crees que salieron de allí? —preguntó la anciana.

—Porque no se van a quedar a vivir en un monasterio —dijo Yago.

—Existen los monasterios mixtos. Y también aquellos en los que viven familias —dijo la anciana.

—¿Y los nizaríes? —preguntó al fin Yago.

—Nunca encontraron a los portadores de los anillos.

—¿Cómo fue posible?

—Badruddin conocía muy bien a la secta de los nizaríes. Eran como los *sicarii* de los zelotes judíos, de los que Tomer le había hablado. Sus enemigos los llamaban los *hashshashin*[51], los fumadores de hachís. Badruddin contaba que, en la fortaleza de Alamut, a los iniciados, su líder, el Viejo de la Montaña, les hacía consumir hierbas alucinógenas que les ponían en trance. Cuando por fin se quedaban dormidos, los llevaban a un lugar ajardinado de la fortaleza, donde el agua discurría fresca y clara entre una exuberante y florida vegetación, bajo el trinar de agradables pájaros exóticos. Allí, los neófitos despertaban rodeados de bellas mujeres, como si de las huríes se tratasen, que les hacían pasar unos placenteros

51 Consumidor de hachís. Termino despectivo dado a los nizaríes seguidores de Hassan-i Sabbah, conocido como el Viejo de la Montaña o el Señor de las dagas. A finales del siglo XI, la secta de los nizaríes se hizo con la fortaleza de Alamut, el Nido de Águilas, en una zona escarpada de los montes Elburz, al norte de Irán. Desde allí conquistaron otros castillos formando un inexpugnable refugio. Los componentes de la secta se dedicaban al espionaje, la extorsión y el asesinato por encargo, trabajando para y contra cristianos, musulmanes y judíos. Del término *hashshashin* proviene la palabra asesino.

momentos. Después volvían a drogarlos y de nuevo se los llevaban ante el líder. Este les prometía que, si seguían sus preceptos y mandatos, obtendrían aquello que acababan de ver.

—Pero las drogas son *haram*[52] —señaló Zoraida, que ya conocía algunas de las limitaciones de su religión.

—Entre los sunníes, querida, pero no entre los chiíes. Los nizaríes son chiíes y, entre estos, algunas sustancias son *halal*[53]. Y el hachís es una de ellas. De todas formas, lo que para algunos es *haram* para otros es *halal*. Y para el Viejo de la Montaña, poco importaba la consideración que se tuviera del hachís.

—¿Y qué conseguía el Viejo de la Montaña drogándolos? —preguntó Yago.

—Sus mentes. Su voluntad. No hay nada más poderoso que la mente. Y nada se obtiene sin la voluntad. Sin el deseo de obtenerlo. El Viejo de la Montaña conseguía así el deseo de otros para alcanzar sus objetivos.

—¿Qué objetivos?

—Los que le solicitaran. Se habían convertido en sicarios, en asesinos. Pero no lo hacían de forma oculta. El Viejo de la Montaña quería que sus ejecuciones fueran consideradas como algo ejemplar y por eso siempre las llevaban a cabo en lugares públicos, atestados de gente. Siempre empleaban cuchillos, no muy grandes, parecidos a la *sica* que usaban los *sicarii*. Nunca usaban venenos.

—¿Por qué no usar un veneno? El padre Ibáñez, el boticario de Cardeña, dice que hay plantas que pueden matarte.

—Y otras que son su antídoto. Pero no existe antídoto contra una cuchillada certera.

—Pero, si Tomer los había contratado, ¿por qué iba a temerlos Badruddin? —preguntó Zoraida.

—No los contrató Tomer, Zoraida. Fue Benesh, el primo de Tzadik Koppel. Él contactó con ellos a través del mercader persa de Qazvin. Lo que Benesh no sabía era que, años atrás, el mercader persa había progresado en sus negocios gracias a la intervención de los nizaríes. El mercader le debía mucho dinero a la secta, que se lo cobraba en cada cargamento que llegaba a sus almacenes. En cuanto el mercader vio la necesidad de Benesh, no lo dudó ni un momento. Con la fortuna de los Koppel, pagaría su deuda.

52 Prácticas prohibidas por la doctrina musulmana.
53 Prácticas permitidas por la doctrina musulmana.

—Pero, ¿por qué desconfió Badruddin?

—Porque conocía al mercader de Qazvin. Los nizaríes que había contratado el persa amenazaron a los clientes de Badruddin, que terminó perdiendo su puesto de *tajdir* en Alepo.

—¿Qué es un *tajdir*? —preguntó Yago.

—Es el gran mercader. El mercader estacionario de una gran urbe comercial. Es quien maneja la mejor información de las rutas y mercados y el que dispone de mayor volumen de negocio y capital. Entre los de su categoría todos se conocen y de esta forma se establecen vínculos de confianza que facilitan el comercio. El *tajdir* envía a los comerciantes viajeros, el siguiente escalón en la jerarquía comercial, a países lejanos para ver la mercancía y llevar a cabo las transacciones. Los viajeros sirven al *tajdir* y dependen de él. El más bajo en la jerarquía es el mercader itinerante. Su actividad no depende tanto de los otros dos, ya que se encarga del mercado más cercano. Solo se mueve entre los centros de producción locales y los mercados.

—Pero, si entre los *tajdir* había vínculos de confianza, ¿cómo pudo perder el puesto Badruddin?

—Porque la única amistad que tiene el dinero es más dinero. El negocio de Badruddin era el más próspero, ya que exportaba a los puertos de Europa a través de los mercaderes venecianos de Alejandreta, aprovechándose de la exención de impuestos de Bizancio. Pero el mercader de Qazvin socavó su negocio. Él fue quien denuncio a Tomer al visir. Eliminando a quien llevaba sus finanzas, le quitaba de en medio de forma indirecta. Así nadie le pudo acusar de ir contra el *tajdir*. Ni siquiera el visir supo en ese momento que Tomer trabajaba para Badruddin. Luego, Benesh conocería al mercader de Qazvin a través del comercio que estableció con él. Y Badruddin jamás le olvidaría.

—Entonces, ¿Tomer nunca les dio los anillos? —preguntó Yago.

La anciana miró a Zoraida y después al cofre, al fondo de la salita. Tras asentir ligeramente con la cabeza, la tejedora se levantó.

—Benesh y Tomer estaban enfrentados por el mismo motivo que lo estaban los dos mercaderes -continuó la anciana—. Ambos judíos llevaban sus finanzas y si los mercaderes perdían, ellos también lo hacían. Las pérdidas de Badruddin y de Tomer fueron muy grandes. Y recordad que tanto el islam como la religión de los judíos contemplan la ley del talmud, o del talión, como dicen los cristianos. Ojo por ojo, diente por diente. Y, a veces, una deuda se cobra generaciones más tarde. Si los anillos llegaban a Venecia, Tomer cumplía su palabra, pero enriquecía a su enemigo. Si no llegaban, su enemigo jamás llegaría a conseguir el tesoro de los Koppel, pero Tomer incumpliría su juramento. Cuando Hassan apareció, Tomer vio la posibilidad de cumplir con Tzadik, pero sin enriquecer a Benesh. Recordad que la aduana estipuló que quien presentase los dos anillos se quedaría la fortuna del contable, aunque no tuviera relación con los Koppel.

Cuando Zoraida le dio el pequeño cofre, la anciana sacó la bolsita de cuero y la vació en la mano extendida de la mudéjar. Dos anillos ceremoniales judíos brillaron apagadamente ante los incrédulos ojos del cristiano.

—¿Qué fue de Hassan, Salma? —preguntó por fin, Zoraida, atreviéndose a desvelar el nombre de la anciana.

—Cuidó de mí el resto de sus días, como si del primero de ellos se tratase —respondió la anciana, mientras Yago miraba a ambas intentando comprender algo.

—¿Tú..., tú eres Salma? —preguntó, incrédulo.

—Sí, Yago. Yo soy Salma.

XV
EL ESTUDIANTE DE PARÍS

Anno Nostrae Salutis 1225
Agosto

1

Por unos instantes, el silencio se hizo presente en la salita de la casa. Un silencio etéreo, dulce. Una confidente mudez que llenó de esperanza el solitario corazón de Salma. Una esperanza truncada hacía muchos años y que ahora albergaba de nuevo, al mirar a ambas criaturas, como los hijos que pudieron ser. La esperanza de no morir sola.

—¿Cómo llegasteis hasta aquí? —preguntó Yago, pateando el momento.

—Cuando yo contaba con seis años, los *frany*[54], que así llamaban los mahometanos a los cristianos francos, llegaron a Damasco para hacerse con la ciudad. Pero el asedio finalmente no prosperó. Después de un duro sitio de casi seis años, las tropas de Nur ad-Din entraron sin resistencia en la ciudad. Yo tenía apenas doce años y recuerdo que cuando mi padre regresó a casa, traía consigo a Hassan. Nur ad-Din quería recuperar Jerusalén, pero un terremoto asoló toda la Tierra en 1157. Alepo, Harram, Trípoli, Beirut, Tiro, Homs, Maarat, todas las ciudades se vieron afectadas. Fue tan destructivo que contaban que un maestro de la aldea de Hama que había salido de clase un momento, cuando volvió se encontró toda la madrasa[55] destruida y a todos sus alumnos muertos, y que entonces se sentó en las ruinas, abatido, sin saber cómo dar la noticia a los padres. Cuando le vio un vecino, le dijo que tampoco había sobrevivido nadie que pudiera reclamar a su hijo. No había lugar para la lucha entre humanos. Ahora la lucha estaba en levantarse tras el designio del cielo.

»Un año más tarde, la situación en Damasco era mejor. La ciudad se había ido recuperando gracias al acuerdo entre cristianos y musulmanes de respetar el comercio entre el interior y las ciudades costeras. Fue

54 Término con el que los mahometanos llamaban a todos los cruzados originarios del reino franco. Posteriormente se empleó el término para referirse a cualquier cristiano, con independencia de su origen.
55 Colegio de derecho islámico fundados por Saladino para promover la ortodoxia sunní frente a la heterodoxia chií.

entonces cuando Hassan nos liberó de nuestra angustia y Badruddin y Tomer nos brindaron la posibilidad de un futuro mejor. Como ya sabéis, Badruddin nos llevó al monasterio de Saydnaya para ocultarnos un tiempo. Pero con mi padre y los nizaríes buscándonos, la situación fuera del monasterio era muy insegura. Nadie sabía dónde estaba mi padre y como los nizaríes no entrarían en un monasterio cristiano, ese era el lugar más seguro.

—¿Por qué no iban a entrar los nizaríes en un monasterio? —preguntó Yago.

—Para ellos es suelo sacro, aunque sea cristiano. No pueden cometer el sacrilegio de matar a alguien dentro. Recordad que debían hacerlo en un lugar público, pero no en un suelo sagrado. Por eso, cuando años más tarde asesinaron a Conrad de Monferrat, lo hicieron días antes de su consagración como rey del Reino Cruzado de Jerusalén.

—Por entonces —continuó Salma—, el príncipe Reinaldo de Antioquía, el «brins Arnat» que llamaban los cronistas, se enfrentó con el emperador de Bizancio, Manuel. La derrota del príncipe Reinaldo supuso que el imperio cristiano volviera los asuntos de Siria y frenara la idea expansiva de Nur ad-Din de recuperar Jerusalén. Eso nos permitió abandonar el monasterio, no sin pena. Allí estuvimos viviendo casi tres años gracias a la mediación de Badruddin y de Tomer, y a que la congregación nos permitió hacerlo. Aunque para ello debíamos casarnos. Yo tuve que renunciar a mi religión y cuando me bauticé, como era día veinticuatro de enero, en el monasterio me pusieron el nombre de María de la Paz. Aunque yo prefiero solo Paz o Salma.

—Entonces, ¿eres cristiana? —preguntó Zoraida.

—En nuestra huida, uno de los lugares donde estuvimos fue Egipto. Allí nos refugiamos en casa de un judío sefardí llamado Rabí Moisés ben Maimón. Era un hombre muy culto de ideas muy elevadas. Cuando le relatamos nuestro periplo, vio que yo mantenía aún la angustia de mi apostasía. Recuerdo que me dijo entonces dos cosas. En algunos mercados había visto una especie de lagarto, al que llamaban camaleón, que comía insectos sacando una lengua muy larga, en la que se quedaban pegados. Ese lagarto cambiaba de color para mimetizarse con su entorno.

—¿Que cambiaba de color? —preguntó Zoraida, sorprendida.

—Así es. Maimón me dijo que lo había visto con sus propios ojos. Cambiaba de color arena a color verduzco si le ponías sobre una hoja de palmera. Y luego podía retomar su color original.

—Pero, ¿para qué? —preguntó Yago.

—Para desaparecer de la visión de sus presas y de sus enemigos. Cambiar de color le permitía sobrevivir, pero nunca dejaba de ser el mismo lagarto. Solo se adaptaba al entorno. «Un alma buena no deja de serlo por cambiar de credo», me dijo Rabí Moisés.

Salma apuró su bebida.

—¿Y la otra cosa? —preguntó Zoraida, que ya había aprendido que Salma controlaba el tiempo con la duración de la tisana, además de con las campanadas.

—Me miró fijamente un momento, en silencio. Sus ojos transmitían el sosiego de quien habla con sabiduría, de quien piensa más allá que los demás. Luego, sin dejar de mirarme, me dijo: «No sufras por no saber a quién debes adorar. Siempre que ames al otro, lo estarás adorando».

—¿Al otro? —preguntó Yago.

—Al prójimo, dicen los cristianos. Maimón se consideraba librepensador en cuestiones religiosas. Nos contó que había abandonado su Córdoba natal por la intolerancia religiosa de los almohades. No entendía por qué no se podían respetar las ideas religiosas de los otros. Por eso se puso a indagar, buscando qué habían hecho los unos que molestase tanto a los otros. Y solo encontró una cosa. La interpretación que los religiosos daban a las escrituras estaba sujeta a los intereses del poder. Judíos, cristianos y muslimes defendían sus posturas con la única intención de no perder autoridad sobre el pueblo que gobernaban. Por eso Maimón rechazaba la fe ciega y abogaba por el razonamiento lógico de la lectura de las escrituras.

—Pero el sentido de las escrituras puede variar dependiendo de la copia. El padre Norberto me explicó un día que en las reproducciones de manuscritos en ocasiones se comenten errores de transcripción que pueden llevar a una diferente interpretación.

—Cierto, Yago. Por eso ben Maimón era un defensor de los caraitas y del trabajo de los masoretas.

—¿Quiénes eran esos? —preguntó Zoraida.

—Los caraitas eran los integrantes de un movimiento que se oponía a la autoridad de los rabinos y su interpretación de la ley trasmitida oralmente. El líder de los lectores, que es lo que significa caraita, decía a sus seguidores que examinasen a fondo la Torá y no confiasen en su opinión. Y para que la Torá, la ley de Moisés, no sufriera variaciones en su transcripción, de esta se encargaban los masoretas. La lengua hebrea se escribía solo con consonantes y el lector añadía la pronunciación vocálica en la lectura. Con el tiempo, la correcta pronunciación comenzó a perderse y por ese motivo surgieron los escribas masoretas. Masohrah significa tradición y la principal familia de masoretas fue la de los Ben Aser, de Tiberíades.

—¿Y qué textos copiaban los masoretas para mantener la tradición?

—Nadie lo sabe con certeza. Aunque, según nos contó Maimón, los Ben Aser tenían acceso a los textos de los esenios y solo ellos sabían dónde estaban guardados. Ese conocimiento se trasmitía de padres a hijos junto con un pequeño cofre. Algunos creen que en ese cofre está indicado el lugar donde están los textos.

—¿Quiénes eran los esenios? —preguntó Yago.

—Una secta judía, como también lo fueron los fariseos, los saduceos o los zelotes. Hay quien dice que Jesús de Nazaret vivió entre ellos. Para los masoretas, los textos esenios son los más antiguos y los más fidedignos. Por ese motivo judíos, cristianos y muslimes buscan el cofre de los Ben Aser.

—¿Para qué?

—El judaísmo rabínico se impuso sobre el de los caraitas, pero la lectura de los textos esenios daría la razón a unos y se la quitaría a otros. De igual forma, para los cristianos es interesante saber si los textos hablan de Cristo y en qué forma. Y para los muslimes, el conocimiento del contenido de los textos podría suponer la expulsión definitiva de los cristianos del reino de Jerusalén, si se demostrase que Jesús solo fue un profeta, como dicen ellos.

—¿Y quién tiene el cofre?

—Entre los judíos de Siria se dice que Tzadik Koppel se hizo con el cofre comprándoselo a uno de los descendientes de los Ben Aser. Pero cuando Moshé Abrabanel, el hermano de Binyamin, el abuelo de vuestro amigo Yehudah, se presentó en Venecia para recoger la fortuna de los Koppel, el cofre no estaba entre los artículos que había en la aduana.

—¿Cómo terminasteis en Burgos? —preguntó, otra vez, Yago.

—En casa de Maimón estaba Binyamin de Tudela, un rabino de Sefarad. Iba de camino a Siria y nos dijo que aquí, en España, la exigencia religiosa era menos rígida que en el oriente musulmán. Nos dijo que buscásemos en Toledo a un tal Moshé Abrabanel. Creo que es el tío abuelo de vuestro amigo Yehudah.

Las campanas de San Esteban voltearon otra tarde más.

—Niños, a casa. ¡Vamos! Yago, sal por detrás. Y tú, Zoraida, saldrás por delante. Pero cuando yo te diga.

Yago y Zoraida pusieron cara de desencanto. Entonces, Salma despertó de nuevo su curiosidad.

—¿Sabéis quién es Scheherezade?

Los chicos miraron extrañados a Salma.

—Tenemos mil y una tardes para conocerla.

Yago y Zoraida esbozaron una gran sonrisa al tiempo que sus ojos volvían a brillar. Yago salió por detrás, como le dijo Salma. Ella se llevó a Zoraida hacia la cocina, donde estaba la puerta delantera, que daba a la calle Pomería.

—Los anillos de boda son como las creencias y la sexualidad, tesoros que deben guardarse en el íntimo cofre de la dignidad —le dijo Salma a Zoraida. Después, la besó y la acompañó a la calle.

Al día siguiente, en su escondite, los tres amigos volvían a reunirse.

—Shalom.

—¡Yehudah, cuánto tiempo! —saludó Yago, abrazando a su amigo.

—Veo que te llegó el mensaje.

—¡Oh! Sí, me lo dio el peón en cuanto se lo entregaste. Veo que ya utilizáis el papel.

—Sí, hace tiempo. Me lo traje de Toledo. Mi tío lo adquiere allí a través de un comerciante mudéjar. A propósito, ¿dónde está Zoraida?

—Subirá ahora.

—Hola. Shalam, Yehudah —saludó Zoraida.

—Si antes la nombramos.

—¿Qué? —preguntó la mudéjar, mirando a los dos chicos.

—Nada —dijeron ambos.

—¿Os habéis dado cuenta de que, para vosotros, los hombres, la mitad de vuestra vida transcurre sin que pase nada? —dijo la tejedora, poniéndose en jarras.

Los tres se pusieron a hablar, como hacían siempre que se veían, contándose lo que habían hecho y lo que habían dejado de hacer. Las buenas nuevas en las casas de sus padres, o los acontecimientos que ocurrían en Burgos, y de los que ellos, en su aún no del todo adulta vida, se enteraban.

— ¿Te vuelves a Toledo? —preguntó Yago.

—Sí. Esta semana. El martes me voy con mi padre.

— ¿Y cuándo volveremos a verte? —preguntó Zoraida.

—No sé. Supongo que en verano. Pero como ahora, al final del verano.

—¿Te gusta el oficio?

—¡Sí! Mucho. Mi tío explica muy bien las cosas y vive su oficio con pasión. Tiene muchos clientes y mucha gente pasa por su casa.

—¿Son todos judíos?

—No, no. También pasan mercaderes cristianos y musulmanes. Y gentes de la nobleza. Mi tío conoce gente de otros lugares, fuera de Sefarad.

— ¿Cómo tu otro tío, el que vive en vuestra casa?

—No, no. Mi tío llegó aquí con sus padres tras la expulsión de los judíos de territorio franco. Me refiero a comerciantes de Venecia.

Yago y Zoraida se miraron, pero no dijeron nada.

—¿Queréis unas moras? —dijo la mudéjar—. Están riquísimas.

Anno Nostrae Salutis 1226
Marzo

2

Los últimos cambios en las gobernanzas de al-Ándalus habían supuesto la pérdida de Sevilla para Muhammad al-Bayyasi, que pasó a gobernar Córdoba. El nuevo gobernador de Córdoba se sublevó contra el califa y, tras perder la antigua ciudad califal, se refugió en Baeza y solicitó ayuda al rey de Castilla. En septiembre de 1225, tras haber saqueado y destruido Quesada, Fernando I de Castilla se encontraba con su hueste en Toledo, cuando la petición de al-Bayyasi llegó hasta él. El rey castellano envió hacia Baeza a los magnates Lope de Haro, Gonzalo Ruiz Girón y Alfonso Téllez con quinientos caballeros de su hueste, entre los que estaba Ramón Bonifaz. Mientras, el Rey dirigía su ejército hacia Jaén, que resistió el asedio con aplomo. En noviembre de ese año, las huestes castellanas regresaron al reino, quedando al cuidado de los límites del Reino los fronteros, entre los que estaban los almogávares castellanos.

Sin embargo, al-Bayyasi, quien durante la primera mitad de 1225 intentó someter sin éxito algunas plazas en torno a Baeza, solicitó finalmente el vasallaje al rey de Castilla, hecho que se produciría en junio de ese año, en el lugar de las Navas de Tolosa. Tras el pacto de vasallaje, y con el baezano como aliado, el rey castellano y su nuevo vasallo partieron hacia Jaén para poner sitio a la ciudad. Tras varios días de devastación por los alrededores de la urbe y viendo que los jienenses no cedían al asedio, el rey castellano y el baezano levantaron el sitio. Comenzado el otoño, la hueste real inició el retorno a Castilla, pero antes de salir de al-Ándalus el rey castellano hizo cumplir a al-Bayyasi lo pactado y el baezano entregó los alcázares de Andújar y de Martos, que quedaron a cargo de don Álvar Pérez de Castro.

Con la hueste real regresaron a Castilla don Ramón Bonifaz y don Gonzalo Núñez de Lara. Entre los mesnaderos del de Lara que volvieron a Castilla se encontraba su sobrino Juan Pérez, el hijo de Pedro Meléndez, el hermano de doña Jimena Meléndez, quien fuera la primera esposa de Gonzalo Núñez de Lara. Jimena y su hermano pertenecían al linaje gallego de los Meléndez, de menor poderío que el de Lara, pero con ciertos dominios que al linaje castellano interesaban. Como el matrimonio del conde carecía de descendencia, don Gonzalo y su esposa acogieron en su casa a su sobrino, Juan Pérez. Sin embargo, cuando Jimena murió, los Lara volcaron sus intereses en tierras de Castilla, dejando de lado los de tierras gallegas. No obstante, Juan Pérez continuó al servicio de la casa de Lara.

Quien no regresó a casa fue el mayordomo de don Gonzalo Núñez de Lara, el padre de don Álvaro.

A comienzos de 1226, el sobrino de don Gonzalo recaló en Burgos.

—Señora, un noble os reclama a la puerta —avisó una sirvienta a doña Úrsula.

—Doña Úrsula, mi nombre es Juan Pérez y me envía don Gonzalo Núñez de Lara. Vengo a por el joven Álvaro.

Juan Pérez explicó a doña Úrsula que el joven Álvaro había perdido a su padre en la campaña contra los moros y que don Gonzalo Núñez de Lara, de vuelta en Castilla, le había encargado recoger al muchacho para que entrase al servicio de la casa de Lara.

Cuando el joven Álvaro se marchó, doña Úrsula se quedó sola. Su marido, Sebastián, también había fallecido ese año. Solo le quedaba su tío, Pedro Díaz de Villalobos, el chantre del cabildo catedralicio.

Anno Nostrae Salutis 1227
Junio

3

Enrique recibió la noticia a primeros de junio de 1227. Sin pensarlo un momento, corrió a decírselo al maestro de obras.

—¡Maestro! ¡Maestro! —llamó Enrique, entrando al zaguán de la casa.

—¿Qué pasa, Enrique? —preguntó Yago, saliendo de su alcoba.

—¡Me voy a París!

—¡Cuándo?

—Enseguida. El curso comienza antes de un mes. ¿Dónde está el maestro Ricard?

—Ha ido donde los Almerich. Come allí con la familia. Si te das prisa, todavía los alcanzas antes de que lleguen. Yo voy ahora.

—Gracias. Adiós.

Enrique salió como entró, con la emoción por delante. Sabía dónde vivían los Almerich. Tenían varias casas por el barrio de San Llorente que alquilaban a viajeros y peregrinos muy pudientes. Desde que el maestro Ricard se casara con la hermana de los Almerich, iban casi todos los sábados a comer donde sus cuñados.

—Maestro —llamó Enrique más tranquilo, pero con la misma ilusión.

—¡Enrique! ¿Cómo por aquí?

—¡Me voy a estudiar a la universidad de París!

—Ya. Por eso te he preguntado qué hacías por aquí.

—¿Lo sabíais ya, maestro?

—¡Claro! Hace años que lo sé. Desde que estuvimos diseñando la planta de la catedral de Burgos.

—No le tomes el pelo al muchacho, Ricard —dijo Leonor a su esposo.

—Pues habrá que celebrarlo —señaló Giraud, con quien estaban hablando Ricard y su mujer, frente a la casa del maestro cantero. — Nosotros no lo sabíamos y es una gran noticia.

—Hola. ¡Cuánta gente reunida! —Sabine acaba de salir de su casa para ir al mercado mayor con Giraud.

—Se nos va a París. Va a hacerse maestro de obras, como Ricard —dijo Giraud.

—¡Enhorabuena! Y ¿cuándo te vas? Habrá que celebrarlo antes.

—Eso estaba diciendo. Podríamos juntarnos todos mañana para comer.

—Pues, hala, vete preparándolo.

—¿Qué sabéis de Belmont? —preguntó Ricard.

—No mucho más que tú. Desde que se fue a Toledo no ha vuelto. Esperamos que esté bien. Allí tendrá mucho trabajo. He oído que el arzobispo quiere hacer una catedral muy grande.

—Ya. Pero la nuestra va a ser más bonita. La va terminar Enrique —dijo el maestro Ricard.

—Bueno, hala, que tienes mucho que preparar para mañana —acució Sabine a Giraud—. Vosotros vais a comer a casa de tus cuñados, supongo.

—En efecto, a eso vamos.

—Pues nosotros vamos al mercado. Enrique, si quieres comer con nosotros, serás bienvenido, como siempre.

—Déjame que me lo lleve, Sabine. Quiero que vaya conociendo mundo y los Almerich saben un rato de lo que hay fuera de Castilla. Al fin y al cabo, mañana vamos a estar todos juntos. Bueno, si Giraud consigue organizar algo, que parece que no quiere moverse.

Entre risas y gestos de amistad el grupo se disgregó. El maestro Ricard y su familia se encaminaron a casa de los Almerich, llevándose a Enrique. La casa donde vivían los hermanos de su mujer estaba por la parte alta de San Llorente, en una paralela a la calle Hospital de los ciegos que daba a la Costanilla del Obispo. Era una casa de piedra, de tres pisos y con un gran patio interior. Al lado de la vivienda tenían las caballerizas y al final de la calle los almacenes donde guardaban las mercancías. Los almacenes estaban muy bien situados porque hacían esquina con la calle que unía las puertas de San Esteban y de San Gil, y por ambas les llegaban los productos de los puertos castellanos del Cantábrico. El maestro Ricard se había encargado de la obra de remodelación de la casa y Ramón Bonifaz, el primo de Giralt y Arnalt, andaba detrás de él para que le reformase la suya. El problema era que con Ramón era difícil coincidir. Ese día, cuando estaban a punto de empezar a comer, apareció por la puerta.

—¡Hombre! El marino castellano —saludó Arnalt Almerich.

—Buenos días a todos —saludó Ramón.

—Llegas justo a tiempo, primo. Acabamos de empezar —saludó Leonor.

—Hola, guapísima. Estás espléndida. Hola Ricard, ¿cómo va esa catedral? ¿Seguimos teniendo contento al obispo?

—Eso tratamos. Es el que paga.

—Cierto. Y que no deje de hacerlo. Hola Giralt, ¿qué tal?

—Bien. Y tú, ¿cómo va todo por allí?

—Más lento de lo que yo quisiera. Hola —Ramón Bonifaz saludó a Enrique.

—Sí, disculpad —dijo apresurado Ricard—. Ramón, este hombre es Enrique, un maestro cantero de Burgos que comenzó su aprendizaje en la escuela de cantería del monasterio de las Huelgas y se va a París a hacerse maestro de obras.

—Vaya. Pues que sea enhorabuena. ¿Y cuándo partes? —preguntó Ramón Bonifaz.

—Enseguida. Quisiera hacerlo dentro de un par de días. El viaje es largo y queremos tomarnos el tiempo necesario, sin que sea muy ajustado.

—Mejor, mejor. No hagas como yo, que tengo que ir corriendo para poder hacer todo lo que quiero —dijo Ramón.

—¿Pues qué te retiene tanto en los puertos? —preguntó Giralt.

—Las gentes. A veces cuesta hacerles ver la importancia de la unión —dijo Ramón mientras se lavaba las manos en una palangana—. Como son tierras en las que la gente se reparte por valles, están acostumbrados a trabajar juntos los de cada valle. Entre puerto y puerto grande, hay un grupo de aldeas con su propio puerto y trabajan de forma autónoma con el grande. Pero cuando les hablo de los grandes puertos de Europa, le cuesta verlo. Y ese es el problema. Que no se ven. Pero bueno. Nada que no solucione un montón de barcos cargados de mercancías arribando a puerto.

—¿Y qué tal va la flota?

—Lenta, pero mejor. Los madereros del Cantábrico ven en el asunto de los astilleros lo que los castellanos del interior ven en las catedrales. Un buen negocio. Allí no se están construyendo enormes templos y no sale rentable traer la madera hasta la meseta para lo que se construye aquí. Así que lo mejor es invertir en una buena flota mercante. En ellos tengo un aliado.

—Y los vascos, ¿se suman?

—Pasa igual. Son reacios. Pero en la última reunión que tuve con ellos se lo dije muy claro. Carga más un carro que una carreta y una galera que un carro. «Si queréis sacar mucho hierro, tenéis que hacer barcos grandes», les dije. Y así les he dejado. Por cierto, ¿dónde están mis sobrinos?

—Arriba, durmiendo. Luego los ves —dijo Leonor.

—¿Y qué es lo que estás tratando de hacerles ver? —preguntó Ricard.

—Los puertos francos del Atlántico se están asociando en cofradías y los germanos de Lubeck, Hamburgo, Luneburgo, Wismar, Rostock y Stralsund han formado un hansa. Con estas agrupaciones, las ciudades portuarias defienden mejor sus intereses ante reyes y señores, y refuerzan y protegen sus actividades comerciales con otros puertos y con el interior. Nosotros, en Castilla, tenemos los puertos de Santander, Castro Urdiales, Laredo y San Vicente de la Barquera, por donde llegan paños y tejidos y desde los que salen lana y hierro. Me gustaría unir en una hermandad todos estos puertos. Y también estoy intentando hacer lo mismo con los puertos vascos de Guetaria, Bermeo y San Sebastián. Si juntamos todos, conseguimos más fuerza ante el empuje de los puertos europeos. Aunque, como es lógico, todo esto implica tener una gran flota.

—¿Pues dónde está el problema? Yo lo veo claro —dijo Ricard.

—Pues deja la catedral y hazte un barco, porque hay veces que me resulta casi imposible hacérselo ver.

—Deja. Prefiero la tierra firme. La mar es para quien la sabe andar.

—No sé si algún día podré conseguir lo que busco. ¿Por qué en Europa lo tienen tan claro y aquí cuesta tanto? No sé qué tiene esta tierra.

—Como dice Pietro, el maestro lombardo, montañas. Eso es lo que tiene —dijo Ricard.

—Ya. Y Francia y Germania también. Y creo que más altas.

—Pero todas en el mismo sitio. Aquí, en España, se las han repartido y las han puesto ellos. Por eso cada uno hace lo quiere y no cuenta con el de al lado.

—Y entonces, tú, ¿cómo lo haces en la fábrica?

—Fácil. Los que dirigen son francos. No tienen montañas —dijo Ricard, provocando las risas de la familia.

—Pues será eso. Por cierto, ¿cómo va lo de mi casa?

—Bien. Avísame cuando estés un tiempo aquí y hablamos.

—Tienes razón. Pero mira, justo vengo para estar una temporada aquí, así que lo podemos ver estos días.

—Hecho.

—Enrique, antes me ha parecido entender que vas acompañado —preguntó Leonor para cambiar de tema de conversación, ya que Enrique y Yago comenzaban a aburrirse.

—Así es. Voy con un maestro cantero de León y con otro de Palencia.

—Mejor —señaló Arnalt—. No es viaje para hacer solo.

—Bueno, siguiendo el camino jacobeo —dijo Ramón.

—Sin duda, la vía de los peregrinos es una buena ruta. Tenéis muchas fondas y posadas y suele haber gente en esta época del año. Pero, aun así, sigue siendo un viaje peligroso. Deberéis ir con mucho cuidado —argumentó Giralt.

—Buscad los hospedajes de los monasterios. Son austeros, pero más seguros —puntualizó Ricard.

—¿Y te han contado algo de París? —volvió a preguntar Leonor, que veía cómo, otra vez, los mayores concentraban la conversación, dejando de lado al invitado.

—Que es una ciudad muy grande. Mucho más que Burgos y que Palencia. Dicen que hay muchos estudiantes en el *studium*. De todas partes de Europa. Y que se están realizando muchas obras. Sobre todo, se habla de la catedral. Dicen que es grandiosa.

—Bueno, la que está levantando Ricard también va a ser muy bonita.

—Grandiosa, querida. Ha dicho grandiosa —puntualizó Ricard.

—Bueno, la tuya va ser grandiosamente bonita —bromeó Giralt.

—¿Es más grande la de París, Ricard? —preguntó, curioso, Arnalt.

—Un poco más larga. Tenían más sitio.

—Pero aquí, ¿no se tiraron casas en la plaza de la Llana?

—Sí. Se derribaron las que estaban entre Cornería y la Llana.

—Pero entonces, ¿no se podía hacer más larga nuestra catedral?

—Sí, sí. Lo que pasa es que no habría guardado unas proporciones armónicas.

—¿A qué te refieres? —preguntó Ramón, que, como sus primos, era neófito en cuestiones de la construcción.

—Pues al hecho de que, para la construcción de un edificio, es necesario seguir unas pautas de diseño, unos patrones que se fundamentan en la geometría.

—Y esos patrones, ¿determinan cómo han de ser todas las catedrales? —preguntó de nuevo Arnalt

—Sí y no. Es decir, los patrones sientan unas bases sobre las que los maestros constructores realizamos el planteamiento, siguiendo también los deseos de quien encarga la fábrica.

—Pero el que encarga una catedral, no sabrá mucho de geometría.

—No, por eso una de las obligaciones del maestro es asesorar a quien solicita la obra.

—¿Y el obispo no te ha dicho que la de París es más grande? Porque creo que conoce la catedral parisina —insinuó Giralt.

—Sí, claro. Estudió en París y ha pasado varias veces por su catedral. Y también sabe que aquí, en Burgos, teníamos un problema de espacio que afectaba a la anchura de las naves.

—Pero no a la longitud.

—Sí, aunque de forma indirecta.

—¿Por qué? —preguntó Arnalt.

—Por la proporción geométrica. La anchura determina la longitud y la altura del edificio. Una catedral larga y estrecha rompería con la armonía de la forma.

—Entonces, al final, la geometría impone el diseño —apuntó Ramón.

—Sí, pero de una forma muy general. Todas las catedrales tienen unas características comunes y al mismo tiempo son muy diferentes.

—¿Y eso por qué?

—Para poder resolver los problemas que suscitan el emplazamiento del edificio y los requerimientos del promotor de la obra.

—Lo que significa que la geometría la utilizas según te conviene —apuntó Ramón.

—En realidad se utilizan las proporciones geométricas. La anchura del transepto puede ser proporcional a la de la nave principal. O bien buscar la armonía con la longitud de la cabecera. O con la de todo el templo.

—Bueno, pero no deja de ser geometría.

—Así es. Pero los caminos por los que se llega a la armonía que se busca con la geometría pueden ser diversos. Y estos caminos los marcan las diferentes proporciones que existen. Sin embargo, la finalidad última es la misma. La utilidad de la geometría se fundamenta en la búsqueda de la armonía. Se puede conseguir en su conjunto y en cada parte de su conjunto. Y se puede llegar a ella aplicando una proporción o aplicando otra. Incluso la combinación de proporciones garantiza una forma más enriquecida, más armoniosa. Y cuanto más diferentes son las proporciones combinadas entre sí, mayor y más bella es la armonía de la forma.

—Y entonces, ¿qué es la armonía? —preguntó, Arnalt.

—La perfección.

—¿Los maestros jugáis a ser Dios?

—No. Buscamos la perfección alejándonos de la imperfección.

—O sea, que una catedral, por muy bien construida que esté, siempre va a tener imperfecciones —apuntó Arnalt.

—Cuando sigues las normas de la religiosidad, no juegas a ser Dios, pero le buscas a pesar de que sabes que nunca vas a ser perfecto. Solo tratas de alejarte de tu propia imperfección.

—De lo que se deduce que la armonía es Dios.

—Visto así, sí —dijo el maestro.

4

Cuando Enrique llegó a París, un mes más tarde, descubrió una ciudad que le pareció enorme. Bullía de gente por todas partes. Burgos era una ciudad grande. La más grande que conocía. El Camino de Santiago y el comercio habían hecho de la ciudad castellana un importante núcleo de población. Además, era la capital del Reino. Sin embargo, París era diferente. Tenía algo distinto. En ese momento, Enrique no sabía lo que era. Pero lo descubriría con el tiempo.

El *Studium Generale* de la ciudad del Sena distaba mucho del de Palencia. Enrique y sus compañeros de viaje llegaron con antelación suficiente a la apertura del curso. Numerosos estudiantes de otros cursos deambulaban entrando y saliendo de sus instalaciones. Algunos pululaban por los barrios anejos yendo y viniendo de sus lugares de alojamiento, de los parques, de las tabernas. El número de alumnos era muy superior al que había en Palencia, como el tamaño de las instalaciones. Perdidos en la novedad del lugar, Enrique preguntó a alguien al azar.

—Hola, perdona, ¿sabrías decirme dónde tenemos que ir los que empezamos?

—Sí, claro. ¿De dónde venís?

—De Castilla. Me llamo Enrique. Vengo de Burgos.

—Y yo Isidoro. Vengo de León.

—Yo vengo de Palencia. Me llamo Miguel.

—Yo me llamo Pierre, Pierre de Montreuil.

El franco los llevó hasta su aula.

—Aquí es. En este pasillo hay dos aulas. Enrique, la tuya es la de la derecha y la vuestra la de la izquierda. Bueno, que tengáis buen día de inicio de curso.

—Gracias. Nos veremos por aquí.

—Seguro que sí. Impresiona cuando llegas la primera vez, pero al final, esto no es tan grande.

Las aulas del *studium* eran enormes salas en cuyo interior se distribuían dos grupos de bancos, separados por un pasillo central. El pasillo iba desde la entrada hasta el púlpito del docto. Enrique tomó asiento en el aula que le señalaron en la entrada. El banco era un tablero corrido de madera, sin respaldo, que tenía frente a él otro tablero corrido, un poco más elevado, a modo de mesa. Enrique pudo contar hasta doce grupos de banco y mesa por cada lado del aula. Unos ventanales filtraban la luz de la mañana, que se adentraba en la estancia, aunque de forma tímida. En los lugares más oscuros del aula, esa timidez era vencida por unos candelabros de pie dotados de numerosas velas.

—Hola —le dijo alguien sentándose a su derecha—. Me llamo Jean, Jean de Celles.

—Hola. Yo soy Enrique de Burgos.

—Somos los primeros.

—Eso parece. O nos hemos equivocado y no vendrá nadie más.

—Burgos, eso es Castilla, ¿verdad? —preguntó Jean.

—Sí. ¿Lo conoces?

—No, yo no. Pero en el camino he venido con algunos peregrinos que volvían de Santiago y me han dicho que han pasado por Burgos. ¿Están levantando una catedral allí?

—Sí. Desde hace seis años —dijo Enrique.

—¿Y qué tal van las obras?

—Bien. Hay material, hay menestrales y hay dinero, que es lo más importante.

—¿Estudiaste allí?

—Al principio. Estuve en el taller de un monasterio que hay al lado de la ciudad. Luego fui a Palencia.

— ¿Allí también están construyendo una catedral?

—No, no. La cantería la hacía en la fábrica de Burgos.

—O sea, que has trabajado en la catedral de Burgos.

—Para sacar las titulaciones. ¿Y tú?

—Yo empecé como aprendiz en Chartres. Luego pasé a Reims, donde saqué la maestría. ¿Quién es el maestro de Burgos?

—Ricard d'Epernay

—Le conozco —dijo Jean.

—¿De qué?

—De Reims. Era maestro cuando yo llegué, pero apenas coincidimos.

La sala se había ido llenando de alumnos y de voces que, poco a poco, fueron subiendo de volumen hasta convertirse en algo más parecido a un mercado que a un aula. Había alumnos de todo tipo, sobre todo pertenecientes al clero secular. También había laicos como Enrique, que se fueron agrupando en torno a él. Al final, el aula quedó con los seglares reunidos en los primeros bancos del lateral derecho y los del clero en el resto. De repente, las conversaciones comenzaron a silenciarse al mismo tiempo que avanzaba por el aula el decano del *studium* y varios profesores. El curso daba comienzo.

XVI
CONFIDENCIAS

Anno Nostrae Salutis 1227
Julio

1

En pleno mes de julio, el sol castellano se mostraba inclemente con los trabajadores de la fábrica. Mientras su luz refulgía en la piedra blanca de la catedral burgalesa, el calor caía como una losa haciendo pesado y lento el movimiento de los menestrales por la obra. Habían pasado seis años desde que se pusiera la primera piedra de la nueva catedral y el maestro de obras estaba satisfecho con el ritmo de trabajo. Las canteras habían mantenido cada año el suministro de piedra y cal, no sin antes reunirse sus maestros con el maestro de obras para revisar y concretar los pagos correspondientes. De igual forma, la cabaña de carreteros siguió trasladando los sillares desde las canteras de Hontoria y Cubillo, así como la madera que requerían los maestros carpinteros, trasladada desde la sierra de la Demanda.

Los martillos de los herreros no dejaron de forjar sobre los yunques las herramientas necesarias para cada campaña, ni de afilar y reparar las que se mantenían en uso, además de fabricar los zunchos, grapas y ganchos necesarios para la fijación y anclaje de los elementos arquitectónicos. Por su parte, los talleres de carpintería, artífices anónimos del entramado catedralicio, habían estado ensamblando andamiajes y cimbras cada año, permitiendo que la catedral fuera creciendo en altura, y llevaban todo el verano preparando las techumbres para las bóvedas que quedaban por cubrir. Todo parecía ir como estaba previsto, a pesar de los cambios al inicio de la obra. Tras los trabajos de substrucción y cimentación del transepto sur, su basamento estaba al mismo nivel que el de la cabecera y el transepto norte. Esto le había permitido al maestro de obras retomar los trabajos en el transepto norte, aunque el acuerdo al que había llegado con el obispo supuso que las labores se volcaran sobre todo en la cabecera y en el transepto sur.

En la cabecera, parte de la girola de la nueva catedral sobresalía justo por encima del palacio real, impuesto convidado de piedra ubicado a su izquierda. Los tres tramos centrales de la girola ya estaban cerrados con sus cúpulas y dos de ellos con la techumbre instalada, lo que provocaba que desde la plaza de la Llana la vieja basílica se mantuviera oculta. Aún quedaban por cerrar tres absidiolos y tres tramos de la girola con sus correspondientes bóvedas. Las bóvedas se construían a partir de las crucerías, la intersección de los nervios o arcos de ojiva que, arrancando en las columnas y pilares, cruzaban el espacio del tramo de la nave que cubrían para encontrase en la clave de bóveda, el punto central superior de dicho tramo.

Para construir los elementos estructurales que sobresalían de un muro o de un pilar, como los arcos, las bóvedas o los arbotantes, se empleaban las cimbras, unas molduras de madera que tenían el mismo diseño que la estructura que se deseaba erigir y que, situadas debajo, servían para sostener el peso durante su construcción, retirándose una vez que la sillería estaba consolidada. Cuando la crucería de la bóveda estaba finalizada, los espacios entre los nervios se rellenaban con hiladas de sillería que se tiraban sobre las cimbras de bóveda, colocadas entre los nervios de la crucería, formándose los paños o plementos que la cerraban. Una vez cerrada la cúpula mediante la plementería, se colocaba un techado sobre la misma para protegerla de las inclemencias del tiempo. Juan de Osorno y Suero de Boñar estaban finalizando en sus talleres las armaduras para las techumbres y el maestro de obras esperaba techar las capillas absidiales y la girola este verano.

En la parte recta del deambulatorio los trabajos de crucería de los tramos contiguos a la girola, dos en el lado del evangelio y uno en el lado de la epístola, estaban casi terminados. Una maraña de andamios se desplegaba bajo las cimbras que sujetaban las dovelas de los arcos, mientras, desplegadas por el suelo, se encontraban sin ensamblar las cimbras de bóveda que los maestros carpinteros habrían de colocar para el cierre de las cúpulas. Después se instalarían las armaduras para las techumbres, cuyo montaje estaba preparado en el suelo del templo, a la espera del final de los trabajos de abovedado. Cuando las cúpulas de estos tramos estuvieran cerradas y techadas, el maestro esperaba tener despejado el espacio ocupado por el ábside central de la catedral románica.

Discreta y silenciosa, la vieja catedral se adentraba más allá del crucero del nuevo templo, invadiendo el terreno necesario para levantar los pilares que permitirían terminar la cabecera. Dentro de la basílica románica, tal y como propuso el maestro Ricard al obispo Mauricio, el altar ya había recuperado su anterior posición y se había levantado un muro detrás del mismo para separar la nave de la zona absidial, evitando que los trabajos de desmontaje afectaran al interior del templo. El maestro Ricard salió de la obra y mandó llamar a Yago. Después subió la cuesta que, arrancando de la plaza de la Llana, llegaba hasta la calle de Cornería. Una vez allí, la perspectiva de la fábrica variaba un poco. Al fondo se veía la vieja catedral, que se resistía a ceder su puesto a una joven esbelta, de moderno estilo y lozana hechura. Asentada sobre los cimientos de la historia de Castilla, su románico diseño le confería una sólida presencia que contrastaba con la ligereza de los elementos que iban formando el nuevo templo catedralicio. Entre estos elementos, ocho contrafuertes sobresalían por encima de la línea de bóvedas de la girola, pegados al exterior del deambulatorio y recreciéndose sobre él para buscar el claristorio de la nave principal de la cabecera. Cuatro lo hacían por la parte absidial y los otros cuatro, dos por cada lado, por la parte presbiteral. Cuando llegasen a la altura de los ventanales de la nave central de la cabecera, conectarían mediante arbotantes con los pilares del altar y del presbiterio, ayudando a soportar la carga que las cúpulas de la nave verterían sobre sus columnas. Solo los dos últimos contrafuertes de la cabecera, los más cercanos a cada nave del transepto, aún no habían sobrepasado la línea de bóvedas.

En el transepto sur, después de los trabajos de substrucción y cimentación, sus muros comenzaban a tomar forma tímidamente, aunque solo destacaba el muro de levante de la capilla del transepto, del que arrancaba el último contrafuerte de la cabecera. El resto de paredes apenas levantaban una vara de altura, pero el obispo Mauricio estaba satisfecho, ya que veía cumplirse su pretensión de que la portada sur se construyera al mismo tiempo que la cabecera. En el transepto norte, en cambio, se habían recrecido la pared de levante y el muro norte con diferentes finalidades. En el primer tramo de la pared de levante se abría una incipiente capilla cuadrangular que el chantre del Cabildo había sufragado. Siendo la primera capilla donada al nuevo templo catedralicio, el maestro se vio metido entre dos voluntades, la del obispo, que quería su portada sur junto con la cabecera, y la del chantre, que, aunque solo quería una capilla, la había pagado de su bolsa.

Para salir del paso, de nuevo el maestro Ricard dio muestras de un gran intelecto al complacer a ambos clérigos. Al obispo Mauricio le explicó la necesidad de levantar el muro norte del transepto hasta la calle de Cornería, para que hiciera de muro de contención de la ladera, debiendo recrecer el muro de levante para que apoyase al muro norte. Además, en el segundo tramo de este muro, junto a la capilla del chantre, se abría un vano que funcionaba como puerta de acceso a la fábrica, lo que permitiría un mejor control del personal que entraba y salía de la obra. Este razonamiento convenció al obispo, que no dejó por ello de recordar al maestro la portada sur. Por otro lado, como el último contrafuerte del lado del evangelio de la cabecera arrancaba desde el muro de levante de la capilla, el chantre quedó satisfecho al ver cómo esta tomaba forma entre ambas paredes, a la que se sumaba el muro sur del oratorio, en cuyo interior se desarrollaban los primeros escalones de una escalera de caracol que daría acceso al triforio desde el deambulatorio.

El maestro Ricard contemplaba desde lo alto de la calle de Cornería el desmontaje de la parte absidial de la vieja fábrica. Se encargaba de esta labor el equipo del maestro Diego de Trasmiera, que hacía dos días había dejado los trabajos en el transepto norte. En esa parte de la obra, el andamiaje subía desde el suelo de la fábrica hasta la calle de Cornería, por encima de la cual sobresalía en un pequeño voladizo.

—¡Yago! —se oyó vocear a un peón.

—¡Dime!

—¡Te llama el maestro Ricard! ¡Que vayas cuando acabes lo que estés haciendo!

—¡Vale!

—Anda, marcha —le dijo el maestro trasmerano, con quien estaba el muchacho.

Yago fue al encuentro del maestro Ricard, que estaba en el arranque de la bajada de la calle de Cornería hacia la Llana. Cuando iba a salir por la puerta de la obra, varios peones entraban cargados con sillares y, para no tener que esperar, Yago trepó por el andamiaje del muro norte del transepto que subía hasta la calle de Cornería. Según subía por el andamio, el joven aprendiz buscaba al maestro Ricard y, una vez arriba, anduvo por el tablado hasta el voladizo. Cuando comenzó a bajar, volvió a mirar hacia el lugar donde estaba el maestro. Por su lado pasaban dos mujeres que subían la calle al tiempo que una carreta de la fábrica arrancaba a andar desde la parte alta de la calle hacia el maestro. Yago fue descendiendo tranquilo, asegurándose de cada paso que daba por el andamio. Cuando alcanzó la calle, la carreta se acercaba por su espalda. Las dos mujeres que subían frente a Yago se separaron para dejar pasar la carreta entre ambas, justo cuando el chico llegaba a la altura de una de ellas.

Yago y Zoraida se miraron. Sus ojos lo expresaban todo y aun así todo quedaba por decir. Cada instante de ese momento fue absorbido por sus miradas, deseando retener cada soplo, anhelando absorber cada hálito, pretendiendo convertir en infinito una efímera brevedad. El sonido de la carreta hacía mucho que había desaparecido, al igual que el tintineo de los martillos de los canteros y las voces de las gentes en la calle. Una calle sin ruidos ni olores, sin luz ni oscuridad, sin frío ni calor. Nada. Solo ella. Solo él. Los ojos de ambos brillaron como el lucero del alba, como el halo de la luna, queriendo expandirse más allá de sus cuerpos para llegar hasta el otro y envolverlo con gozo. El brazo de Zoraida avanzó sutil hacia Yago. Yago acercó el suyo hacia ella. Sus enamoradas manos se encontraron apenas lo justo para entrelazar sus dedos. Zoraida sintió apasionada el tacto de su amado y Yago acarició con ardor contenido el pálpito de su amada. Sin dejar de mirarse, se cruzaron. El fugaz instante ya había recorrido la mitad de su existencia. La otra mitad la sintieron, aun unidos, por los entrelazados dedos. Sus ojos comenzaron a perder el brillo de la pasión, el fulgor del momento. Un lloro sin lágrimas invadía poco a poco sus atormentados corazones, mientras los brazos solicitaban, impertinentes, volver a sus cuerpos. Los dedos comenzaron a deslizar. Cada poro, cada pliegue de su piel luchaba por mantenerse junto al otro. No cabía más emoción en ese fugaz instante, no cabía más pasión en tan corto espacio de tiempo. No cabía más tristeza en dos corazones tan jóvenes, que solo encontraban consuelo en la espera. Una espera larga y espesa. Una espera cuya desesperanza solo atenuaba el trabajo diario. Una espera que los visitaba cada noche, fiel recordatorio de su alma amada. Yago y Zoraida sintieron cómo sus manos se separaban, dando comienzo a una nueva espera.

Al otro lado de la calle, cuando la carreta terminaba de pasar, la fiel servidora de Laila se había girado buscando a Zoraida. Faridah no tenía claro qué había visto. Su mente trataba de dar forma a una escena, sin saber qué forma debía tener. Tampoco podía preguntar a la hija de su ama sobre no sabía qué, pero sabía que había un qué. Mientras tanto, en el arranque de la rampa hacia la plaza de la Llana, el maestro Ricard, cuyo romance con Leonor hacía poco que había comenzado, sabía que algo acababa de ocurrir delante de él, pero, al igual que Faridah, no podía determinar de qué se trataba. Yago se dirigía hacia él contento, como siempre que estaba en la fábrica, pero hacía un instante su cara reflejaba una luminosidad que ahora había desaparecido. El secreto de Zoraida y Yago estaba a salvo, pero quizás ya no fuese tan secreto.

Anno Nostrae Salutis 1227
Agosto

2

—¡Zoraida! —llamó Laila a su hija.

—Voy, mamá.

Laila estaba con Faridah en el almacén preparando un hatillo para llevárselo a Myriam, la mujer de Issac Abrabanel, el cambista.

—Toma niña, esto se lo llevas a Myriam, la de Abrabanel. Sabes dónde vive, ¿no?

—Pues claro, mamá, al final de la rúa de Iacobus.

—Pues anda ligera, que hoy es *shabat* y enseguida se irán a la sinagoga.

Zoraida se puso la *shayla*[56] y se encaminó hacia la puerta.

—Espera, Zarádat, que voy contigo -dijo Faridah.

—No hace falta, mujer, va por la zona judía.

—Solo era por dar un paseo.

—Como quieras.

Amín había terminado de ajustar el telar en el que trabajaba Zoraida y se reunió con Laila en el almacén, en cuanto oyó salir de casa a su hija con Faridah. Amín quería decirle algo a su mujer y no encontraba nunca el momento.

—Tus hermanos ya disponen del telar para terciopelo.

—¿Cómo lo sabes?

—Me lo ha dicho Anás. Llegó ayer tarde. Pasó por casa de los Xama antes de salir de Zaragoza, por si había algún recado. Siempre lo hace cuando pasa por allí.

—Sí, ya lo sé. ¿Has ajustado el telar de lazos?

—Acabo de terminar. Me gustaría ir a Zaragoza para ver ese telar de terciopelo.

—Bueno. Es un viaje largo, pero no tenemos mucho trabajo ahora. ¿Cuándo quieres salir?

—Enseguida. Esta semana, si no surge nada extraño.

56 Pañuelo para cubrir la cabeza dejando descubierta la cara.

—¿Vas a ir solo? Ya sabes que no me gusta. Es muy peligroso.

—No. Iré con Anás. Sale hacia Alfaro mañana y quería aprovechar para hacer parte del viaje con él.

—¡Pero si acaba de llegar! Ese hombre no para de viajar.

—Ya. Atiende a demasiada gente. Siempre está dispuesto a emprender un nuevo negocio —dijo Amín.

—Yo creo que lo que le pasa es que no sabe decir que no —dijo Laila.

—Puede que sea eso.

—En fin. ¿Cuánto tiempo estarás fuera?

—Supongo que en veinte días habré vuelto.

—Bueno, ya nos apañaremos —dijo Laila.

—Seguro que sí. Hace tiempo que Zoraida se desenvuelve bien con el telar y conoce muy bien los paños y los hilos. Ya son dos manos expertas si surge algún encargo.

—Bueno, expertas, por perfeccionarse, que últimamente estaba más en las nubes que en lo que tenía que estar. Por cierto, Faridah me ha dicho algo que tenemos que hablar.

—Venía para hablar de ello —dijo Amín.

Laila miró con extrañeza a Amín. No le cuadraba que Faridah le hubiese contado lo que había visto el otro día, cuando volvían del almacén de los Almerich. Laila dejó hablar primero a Amín.

—¿Sabes qué edad tiene Faridah? —preguntó Amín.

—Sí. Ocho años más que tu hija —contestó Laila.

—¿Te has dado cuenta de que nadie la corteja?

—Ya. Se iba a haber casado con ese imán de Segovia, pero el hombre murió.

—Y Faridah pudo quedarse en el taller —dijo Amín.

—Por bendición de Alá —dijo Laila—. Lo malo es que su compromiso asustó al único pretendiente que tenía aquí. Te recuerdo que se fue a Toledo. Aunque creo que nunca dejó de quererla. Pero, ¿por qué sacas ese tema ahora?

—Quiero tomarla como esposa.

Laila se quedó helada. In albis. Durante unos instantes no supo qué decir. Su vida hasta ahora había sido tranquila. Dedicada al taller y a su marido, de quien aún estaba enamorada. Pero, entonces, ¿por qué él ahora quería una segunda esposa? ¿Acaso ella había dejado de serle grata? Faridah era una mujer doce años más joven, pero, aun así, ella era mucho más hermosa. «¿Entonces?» se preguntaba, sin hallar respuesta. Laila miró a su marido con los ojos sorpresivos y la mirada confusa.

—El Corán así lo permite, Laila.

—¡No me vengas con eso, Amín! Eso ya lo sé. El Corán también te permite tener solo una esposa.

—He hablado con el ulema y con el imán antes de tomar esta decisión. No quería equivocarme.

—¿Y yo? ¿Dónde estaba cuando tenías dudas? Porque, que yo sepa, ni el ulema ni el imán viven en esta casa.

—Son cuestiones diferentes, mujer.

—Sí, muy diferentes. Y por eso me tenías que haber preguntado antes.

—¿Para qué? ¿Y si me hubieses dicho que no? —preguntó Amín.

— ¿Acaso no lo hubieras respetado? —respondió Laila.

—¿Y no merezco yo el mismo respeto por mi decisión?

Durante unos instantes, el silencio se adueñó de la discusión. El almacén era buen sitio para tratar ciertos temas. Estaba apartado del taller y eso garantizaba algo de privacidad. De hecho, las cuestiones con los mercaderes las trataba Amín en el almacén.

—¿Es una decisión firme? —preguntó Laila, algo más sosegada.

—Creo que sí.

—¿Lo sabe ella?

—Sí.

—¿Y qué te ha dicho? —preguntó Laila.

—Que no quiere hacerte daño.

—Pues sin quererlo lo está consiguiendo.

—Aún me tiene que decir que acepta.

—¿Por qué?

—Porque así me lo ha indicado el ulema —dijo Amín.

—¡No! —dijo Laila, girándose para mirar a su marido—. ¿Por qué? Amín, ¿por qué?

—Porque ahora nos va muy bien y puedo mantenerla. El Corán así lo dice. Hasta cuatro mujeres pueden tenerse si se pueden mantener.

—Si se es equitativo —corrigió Laila, aunque a ella eso ahora le daba igual.

—Y lo seré, Laila.

—¿Quizá buscas el varón que nunca te di? —preguntó ella sin haber oído a su marido.

Amín no respondió.

—Este negocio es parte de la herencia de mi familia —dijo Laila, dando la callada de su marido por respuesta afirmativa— y Zoraida puede recibirlo de igual forma que lo hice yo.

—Pero nosotros ya estábamos casados cuando lo recibiste.

—¿Y eso quiere decir que ya es tuyo?

—¡En parte sí! —dijo Amín.

—¡Y temes que venga alguien y se lleve lo que tú has conseguido con tu esfuerzo y tu trabajo!

—¡Exacto!

Laila miró a su esposo y él cayó en la cuenta. Era exactamente lo que él había hecho.

—Estoy pensando que, quizás, quien se tenga que ir a Zaragoza sea yo —dijo Laila.

—Pero, no ves que es por nuestro bien —dijo Amín, acercándose a Laila para rodearla con los brazos.

Laila dejó los ovillos que tenía entre manos y se apartó con suavidad de su marido. No tenía el ánimo para melosidades. Miraba a Amín y no le reconocía. ¿Qué le había hecho cambiar? Antes no era tan…, no sabía que pensar. Casi ya no sabía cómo era antes. Pero la gente cambia. Y había que adaptarse. Como cuando tuvieron que adaptarse al venir a Burgos. Estaban solos y supieron abrirse camino en una ciudad cristiana. Metidos en una aljama entre judíos y mudéjares, como ellos. Pero Burgos era una ciudad abierta. Habían aprendido a convivir en una urbe a la que llegaban gentes de muchos lugares, con diferentes costumbres, con distintas lenguas e incluso con dispares formas de entender la religiosidad. La propia reina Berenguela, que era una mujer religiosa, se mostraba sin reparos como una señora exenta de las ataduras sociales de su época. Cierto que ella era la Reina madre, pero, de alguna forma, Laila había visto comportamientos parecidos entre las castellanas. Quizás su temperamento era demasiado fuerte como para encerrarlo entre cuatro paredes. Y eso, a Laila le gustaba. Y Zoraida había absorbido parte de ese carácter castellano.

—Bueno, ¿vas tú o voy yo? —dijo la tejedora poniéndose en jarras, pues ya tenía algo de castellana.

—¿Adónde?

—¡A la fuente a por agua! ¿Adónde va ser? ¡A Zaragoza!

—¡Y para qué vas a ir tú!

—¡Para lo mismo que has ido tú a casa del ulema! Porque la visita a la casa del imán te la podías haber ahorrado, ¡la verdad! Tienen la cabeza más despejada los peces del rio. Además, si voy a Zaragoza veo el telar ese.

—No sé.

—Pues vete pensándotelo.

—¿Adónde vas ahora? —preguntó Amín a su mujer, que se disponía a salir del almacén.

—¡A la fuente a por agua!

3

La salida de Anás se adelantó y al día siguiente, ocho de agosto, el mercader y Amín salieron temprano hacia Alfaro. Era domingo y los cristianos se dedicaban al culto y a descansar. Los judíos comenzaban la semana ese día y para los mudéjares era ya el segundo día de la semana. Así se entendían los días dedicados al culto en las tres religiones del Libro, las tres religiones reveladas. Los primeros en establecer un día dedicado a Dios fueron los judíos. Ellos eligieron el *shabat* y durante ese día no se podía hacer ni siquiera la comida, que preparaban el día anterior. Después llegaron los cristianos, que adoptaron como día de culto el domingo, siendo además el día de descanso, aunque no se entendía de forma tan radical como lo hacían los judíos. Había cuestiones de la vida diaria que debían hacerse todos los días, como la comida. Finalmente, los muslimes adoptaron el viernes como su día para la oración mayor en las mezquitas. Era un día de culto que quedaba al lado de los otros dos, aunque el nivel de exigencia que demandaba estaba entre la inflexión hebrea y la cierta permisividad cristiana.

En el taller de los Xama había mucha tarea, como siempre. Zoraida ya podía trabajar otra vez en el telar de lazos. Su madre le había enseñado a manejarlo hacía un par de años y la mudéjar realizaba muy buenas tramas. Laila había encargado a Zoraida la confección de un paño de samito al estilo copto para una dama del barrio de San Esteban. La muchacha movía el peine y la lanzadera con habilidad, pero para este paño debía prestar mayor atención. La decoración a punto de tapiz obligaba a poner más cuidado en la confección de la tela, ya que la decoración se hacía a la vez.

—¿Cómo vas, cariño?

—Bien, mamá. Pensaba que iba a ser más complicado, pero creo que estoy cogiendo la maña.

—¿Te apetece comer en la vega?

—¡Vale! Como hacen los cristianos en esta época. En cuanto hace bueno, se bajan al río a comer. Aunque yo no me metería al agua. ¿Te has fijado cómo se pone a veces con las tenerías?

—Bueno, tampoco hace falta que nos metamos al agua. Si acaso refrescamos los pies. Pero prefiero buscar una buena sombra. Había pensado comer bajo la olma.

—¿Dónde las huertas de Yered?

—No, donde la olma.

—Ya, ya. Pero la que está pasadas las huertas de Yered.

—Sí, hija, donde las huertas de Yered —dijo al fin Laila, que sabía lo que quería insinuar su hija.

—Mamá, es que sigues siendo la mujer más bonita de la aljama —dijo Zoraida con cariño.

—Ya —se dio la vuelta Laila—. Cuando termines preparamos la comida y nos vamos.

Zoraida se quedó un poco extrañada. Su madre había ido muy ilusionada a decirle lo de comer fuera y se acababa de marchar casi sin decir adiós. «Bueno, tendrá el día raro. Seguro que cuando nos vayamos a comer se le pasa», pensó.

Las huertas de Yered estaban en la glera, en el arrabal de San Pedro, a la derecha del camino que iba al monasterio de las Huelgas. Yered era un judío que bebía los vientos por Laila. Para ir a la huerta siempre pasaba por delante del taller, lo que le obligaba a dar un buen rodeo. Algunos mudéjares le miraban con recelo, pero entre los suyos ya no le decían nada. Se lo habían explicado miles de veces. «Está casada y es musulmana». «A mí me da igual», respondía siempre, a lo que el rabino le decía que «a su marido, no». Para la mayoría no dejaba de ser algo, en cierto modo, divertido. Al fin y al cabo, Yered era un hombre que tenía el cerebro justo para pasar el día. Y era un buen hombre.

Sus huertas las componían unos pequeños bancales que daban verduras y hortalizas, que el judío vendía en el mercado de la aljama. Bordeando los huertos por su izquierda había unos frutales, y en la parte derecha, unas cuantas vides. La olma estaba pasados los huertos, a unos trescientos pasos. Era una árbol grueso, alto y frondoso, que en las calurosas tardes de verano regalaba una fresca sombra, siempre agradecida por quienes bajo ella se refugiaban. A veces eran cristianos y a veces mudéjares. En alguna ocasión, incluso coincidían. La sombra era grande y a su amparo podían situarse un par de familias. Luego era divertido contemplar cómo, de vez en cuando, se levantaban para ir girando según lo hacía la sombra.

—Qué bien se está aquí, ¿verdad, hija?

—Ya lo creo. Y eso que hoy se ve más gente que otros días.

—Serán cristianos. Nosotros nos hemos podido escapar porque no tenemos mucha carga de trabajo. ¡Pero algún mudéjar nos ha mirado revirado! —dijo Laila

—La envidia, madre, la envidia. Ya sabes que a algunos les fluye como la sangre.

—Como la mala sangre, hija.

—Pues eso. Que les corroe.

—Y digo yo, ¿no tendrán nada qué hacer?

—Esperar el maná —dijo Zoraida.

—Pues ya pueden sentarse, que en este mundo el que no la hinca no saca fruto.

—Ya, pero algunos siempre se apañan para vivir del fruto del vecino.

—Querrás decir que siempre engañan al vecino —dijo Laila.

—¿Pero hemos venido hasta aquí para hablar del vecino? —dijo Zoraida mirando a su madre, con una lozana mirada.

Madre e hija rieron con ganas. Era la primera vez que hablaban juntas de sus cosas, desde que Laila habló con ella cuando dejó de ser niña. Laila estaba muy a gusto con su hija, pero no podía olvidar el disgusto que le había dado su padre. Pero ahora quería resolver otra cuestión y quizás lo mejor fuera abordarla directamente.

—¿Quién es el cristiano, cariño?

—¿Qué cristiano? —preguntó Zoraida, ruborizada y temerosa al mismo tiempo.

Laila miró a su hija y su mirada le dijo a Zoraida que sabía más de lo que decía.

—¡Oh, madre! —puso las manos Zoraida sobre las de su madre—. No digas nada, por favor.

—No tengo intención de decir nada. Al menos de momento. Pero debes decirme qué tipo de relación tienes con ese chico. ¿Quién es? ¿Qué hacéis juntos?

—Es mi lucero del alba, madre. El aliento de mi ser. El sol que ilumina mis días. El agua con la que me lavo la cara. Es —Zoraida soltó a su madre y dejó que sus manos expresaran lo que sus labios no podían— mi vida entera. Cuando estamos juntos, el tiempo pasa como una gasa de lino, que etérea, casi sin percibirse, acaricia cálida la piel que lo siente. Y cuando no está, solo la esperanza de volver a verle alimenta mi apenado corazón. Sin él, estoy perdida. No me encuentro. No me ubico —Zoraida miró a su madre—. No sé qué es esto, madre, que duele la ausencia tanto como desea el encuentro. No sé qué es, que estando no estoy cuando él no está y cuando está, todo se hace él. No sé qué es, madre, pero no quiero dejar de sentirlo, pues cuando deje de hacerlo, pensaré que he muerto.

Laila miraba a Zoraida y se veía a ella misma. Sabía muy bien lo que sentía su hija. Ella también estuvo enamorada de un muchacho cuya presencia le quitaba su ser y su ausencia no se lo devolvía. No era el más apuesto de los muchachos del arrabal, pero era su príncipe, su emir.

—Y él, ¿siente lo mismo?

—Cuando me mira, madre, sus ojos son como dos fuentes de agua límpida en las que se refleja el cielo. Su mirada es toda ternura y llega hasta lo más profundo de mi ser. Podemos estar horas mirándonos sin hablar y, a la vez, decirnos todo. Cuando hace frío, su mirada me templa, y si el calor sofoca, sus ojos me refrescan.

—Pero, ¿dónde os conocisteis? —preguntó Laila, casi por preguntar algo.

—Fue por casualidad. Hace años. Cuando pusieron la primera piedra de la catedral.

—Pero de eso hace, ¿seis años?

—Sí, madre.

—¿Y cómo no me he enterado?

—Bueno, quisimos anunciarlo en la mezquita, pero nos lo pensamos un poco mejor.

—¡Niña! No me tomes por tonta.

—Perdona, madre —se apesadumbró Zoraida.

Laila se acercó a su hija y la rodeó con sus brazos. Con la mano derecha le apartó un mechón de pelo y la besó en la mejilla. Después la miró con afecto de madre, pero con porte grave.

—Te das cuenta de lo que estás haciendo.

—¿Sentir?

—Pero hija. ¿Tanto le amas?

—¡Adoro a Yago! Le amo con todo mi ser.

—¡Pero es cristiano! —dijo Laila, con mucho dolor.

—¿Y qué? ¿Tiene acaso algo de malo?

—Según el imán, para el Profeta, la paz sea con él, es infiel.

—El imán no conoce a Yago, mamá. Y el Profeta tampoco.

Laila le dio una bofetada a Zoraida. Zoraida se quedó perpleja y Laila se llevó ambas manos a la boca. Después se tapó la cara y se puso a llorar desconsolada.

—Perdóname, hija, pero es que si te oye decir eso el imán, o cualquiera de los nuestros...

—¿Por qué es tan importante lo que diga el imán? ¿O lo que digan los demás? —dijo Zoraida con un hilo de voz.

—Porque es la voluntad de Alá que vivamos bajo sus consignas.

—¿Y qué consignas son esas, que me impiden amar con todo mi ser?

—Las que nos enseñó el Profeta, la paz sea con él —dijo Laila, enjugándose las lágrimas.

—Pero, madre ¿acaso no ha habido entre los muslimes mujeres cristianas?

—Sí. Pero al revés no está permitido —dijo Laila, que empezaba a verse acorralada por sus propias respuestas.

—¿No dice el Corán que hombres y mujeres somos iguales? ¿Por qué entonces no puede una muslime estar con un cristiano?

—No sé, hija, no sé —dijo Laila sollozando, apremiada también por su pena.

—Si conocieras a Yago, madre —Zoraida levantó con sus manos la cara de su madre—. Es tan suave como el terciopelo. Tan dulce como el trinar del jilguero. Tan seguro de sí mismo que a veces da miedo. Aunque también sabe ser medio bobo. El otro día me dio un susto...

Zoraida se calló cuando se dio cuenta de que casi desvela su secreto mejor guardado.

—¿Un susto? —inquirió su madre.

—Un susto. ¡Pues eso, un susto, madre! Ya sabes. Los chicos, a veces hacen el tonto.

Madre e hija se miraron. Una mueca sonriente acudió a la cara de la madre mientras su hija la miraba con ternura. Laila pensaba hacer reconsiderar a su hija su relación con un cristiano y se había quedado sin argumentos. Pero, ¿acaso existen cuando se está tan profundamente enamorada? Por su parte, Zoraida hacía tiempo que tenía pensado decirle a su madre, si alguna vez preguntaba, que no había nadie en toda la aljama de Burgos que le atrajese. Pero, ¿acaso se puede escapar a la necesidad de decirle a quien te quiere cuánto amor llevas dentro? En un inconsciente gesto de espontánea complicidad, ambas apretaron los labios. Ahora tenían un secreto que guardar.

Laila inspiró profundamente e hizo una mueca de resignación.

—Y a ti, mamá, ¿qué te pasa?

—¿Por qué lo dices?

—Porque hemos venido hasta aquí y casi no has hablado durante todo el camino.

Laila sentía la necesidad de contárselo a alguien, pero tampoco quería preocupar a su hija. Además, ella era aún muy joven para entender algunas cuestiones de la vida.

—Tu padre, que se ha marchado a Zaragoza. Quiere ver un telar nuevo que han adquirido los tíos —contestó, recogiendo las cosas que habían llevado, sin mirar a Zoraida.

Pasado un momento de silencio, Laila miró a su hija, y se echó a llorar.

—Tu padre quiere tener otra esposa —dijo finalmente Laila, cuando recuperó el aliento.

En efecto, Zoraida era todavía muy joven para entender ciertas cosas. Por un momento no supo qué decirle a su madre. Zoraida pensó que debía de haber algo que pudiera decir. Su madre acababa de ser comprensiva y compasiva con una cuestión muy delicada, que hacía años les inquietaba a ella y a Yago. Y ahora se enfrentaba a otro gran problema que la vida le planteaba: cómo consolar a su madre.

—El Corán así lo permite, hija —se adelantó Laila.

—¿Y tú?

Laila inspiró de nuevo con fuerza y retomó su compostura.

—Yo solo quiero lo mejor para tu padre.

—¿Y es lo mejor para ti?

—Deberá serlo.

—¿Y si no lo es?

—Entonces será la voluntad de Alá —contestó Laila, que ya no sabía qué responder.

—¿Conoces a la mujer?

—Sí, la conozco.

—Y yo, ¿la conozco?

—También la conoces.

Laila miró a Zoraida con ojos graves. Al darse cuenta de que ella no tenía ninguna culpa, si es que existía alguna, relajó la gravedad de su mirada.

—Faridah. Se trata de Faridah.

Zoraida arqueó los ojos y trato de asimilar lo que acababa de escuchar. Ayer mismo había salido con ella para ir a casa de Abrabanel y no le había dicho nada. Sin saber por qué, en ese momento Zoraida supo quién le había dicho a su madre lo de ella y Yago.

—¡Pero si es cómo vuestra hija! ¿Cuánto lleva en el taller?

—Casi diez años.

—¿Y no ha tenido a nadie que la pretenda?

—Sí, un carpintero de la aljama.

—¿Y dónde está?

—En Toledo. Faridah iba a casarse con un viejo imán de la aljama de Segovia—comenzó a explicar Laila para acortar el interrogatorio—, pero el hombre murió en cuanto tu padre y ella llegaron a la ciudad.

—Sería de la impresión, porque Faridah no es ninguna belleza, que digamos. ¿Y por qué fue papá con ella?

—Porque Faridah se había quedado sin padre y la madre estaba enferma. El imán de nuestra aljama había llegado a un acuerdo con la madre de Faridah y con el imán de Segovia. Si Faridah se casaba con él, parte de la dote entregada por el imán de Segovia pasaba al imán de aquí, a través del *hawala*.

—Y al morir, ¿cómo quedó todo?

—Cuando Faridah volvió a la aljama, todos daban por hecho que se había casado y en el mismo momento había enviudado. Eso hizo que cualquier posible pretendiente la repudiase. A las viudas no las quiere nadie.

— ¿Y el carpintero?

—Se marchó en cuanto Faridah salió de Burgos hacia Segovia.

— ¿Has hablado con Faridah?

—Aún no.

— ¿Y vas a hablar con ella?

—Supongo que tendré que hacerlo. Pero no sé de qué hablar.

—Quizás yo conozca a alguien que pueda ayudarnos.

A Laila le intrigó la propuesta de Zoraida. Cómo una niña de dieciséis años podía conocer a alguien que pudiese ayudar en esta situación, se le hacía difícil de entender. Aunque, por otra parte, le había gustado ese «ayudarnos». Laila sentía que, además de su hija, Zoraida podía ser su mejor aliada.

—¿A qué te refieres, cariño?

—Mamá, has de prometerme que respetarás siempre a esa persona y que jamás impedirás que yo pueda ir a verla.

Laila miró extrañada a su hija. Ahora se encontraba completamente perdida. Solo se le ocurría una forma de no equivocarse, si accedía al requerimiento de su hija.

—Esa persona, ¿también la conoce Yago?

—Sí.

Laila respondió entonces a su hija con un suave cerrar de ojos y un ligero asentimiento y Zoraida se abrazó a su madre sintiendo una cercanía con ella como nunca había experimentado. Laila pensó que, si Yago conocía a esa persona, tal y como su hija estaba enamorada del cristiano, debía de ser alguien fiable.

—Por cierto —dijo Laila a su hija, separándola de sí—. No me has dicho nada de tu chico.

—¿Cómo qué no?

—Sí, bueno. Me has dicho cuánto le quieres y cuanto te quiere él a ti, pero no sé nada más. ¿En qué trabaja? ¿Cómo es de aspecto? Qué Alá nos ayude, hija mía. Y si no lo hace él, que lo haga el Dios de los cristianos. Al menos tú saldrás bien parada —dijo Laila, moviéndose entre la alegría y la angustia—. Así que no te separes nunca de ese niño.

Ambas mujeres volvieron a abrazarse. Zoraida derramó una lágrima de alegría y Laila una de miedo. Durante el resto del día, Zoraida le contó a su madre los seis años que llevaba viéndose con Yago. La pasión y la felicidad que su hija ponía en el relato hicieron que Laila abandonase su pena y que afianzase la idea de que lo mejor que podía hacer, para ser feliz, era hacer feliz a su hija. A pesar de todos y de todo. Incluso de ella misma.

4

El día había transcurrido tranquilo. Era viernes trece de agosto y mañana era casi como un festivo. La Virgen de agosto caía ese año en domingo, pero el festejo arrancaría a la hora sexta del sábado, con juegos y danzas en la plaza del mercado menor. En casa del maestro habían terminado de cenar y Leonor iba a dormir a los niños. Tenían ya dos criaturas, de uno y dos años, además de Yago, que vivía con ellos. Al maestro le iba muy bien. La fábrica continuaba con su ritmo de trabajo a pesar de las campañas castellanas por tierras de frontera. El obispo Mauricio velaba por que no faltasen los fondos para su catedral. Lo que significaba que tampoco faltaban los sueldos para los trabajadores. Los negocios de los Almerich también iban muy bien. Los dos hermanos estaban en tratos con el cabildo catedralicio. Querían ampliar el almacén y había echado el ojo a dos pequeñas casas que tenía el capítulo metropolitano en la parte alta de San Llorente. Para ello aprovecharon el buen trato que mantenía el maestro Ricard con los canónigos de la curia catedralicia. Además, a él le interesaba el negocio. Si los Almerich conseguían ampliar sus almacenes, Ricard obtenía una casa en la zona de San Llorente.

—Vamos a dar un paseo, Yago, parece que hace buena noche.

—Sí, maestro.

Ricard y Yago salieron de la vivienda. En la calle de Cornería, varios burgaleses caminaban hacia sus casas y algunos peregrinos, llegados tardíos a la urbe, deambulaban buscando un hospedaje. El sol se escondía ya en el horizonte y su resplandor aún tornasolaba los campos, regalando a la capital castellana una pátina de dorado atardecer. De los aleros de algunas casas, tardías golondrinas se lanzaban a describir aéreos circunloquios a la par que unos tempraneros murciélagos abandonaban sus oscuras moradas para competir en filigranas. Un vientecillo del noreste se llevaba los efluvios de las casas despejando de olores la tarde burgalesa, que, en breve, entraría en el silencio de la noche.

—¿Qué tal en la fábrica?

—Muy bien, maestro.

—¿Es lo que esperabas? Quiero decir, ¿te sigue gustando como cuando nos veías desde la empalizada?

—Bueno, no esperaba encontrarme nada en concreto, porque desconocía el trabajo desde dentro. Pero sí deseaba que me gustase. Y cada día me gusta más.

—Llevas ya más de tres años en la fábrica y también en nuestra casa. ¿Te sientes bien entre nosotros?

—Mucho, maestro. No pertenezco a la familia, pero me tratáis con respeto y afecto. No tengo motivos para quejarme de nada. Todo lo contrario.

—¿Y tienes pensado seguir aprendiendo el oficio?

—¡Oh! Sí, sí. Claro que sí. Me gustaría llegar hasta donde ha llegado el maestro Enrique.

—Para eso hay que estudiar mucho. Y aún es pronto para decidir lo que pueda pasar dentro de catorce años.

—¡Catorce años! —se sorprendió Yago.

—Bueno, en realidad son menos de once. Como he dicho antes, llevas más de tres. Pero no te preocupes, el tiempo pasa enseguida. Yo llevo en Burgos ya seis años y medio. Cuando menos te lo esperes, estarás como Doménico y Giácomo. Ya son oficiales, y cuando tú llegaste a la fábrica eran aún aprendices. Y fíjate en Laura, la hija de Elena, la maestra doradora, acaba de empezar en el taller de su madre. Un poco joven, pero bueno, si no su madre no la podía atender.

Aprendiz y maestro cogieron la calle que subía por la derecha de San Nicolás hacia el Pozo Seco. Iban caminando sin prisa. Era uno de esos pocos días en los que se tenía tiempo para holgar.

—¿Sigues yendo al monasterio?

—Todos los domingos. Y casi todos los festivos. Aunque estos días me cuesta más. El camino de ida y vuelta es casi de una jornada y cuando el día anterior se ha estado trabajando en la fábrica, se hace largo.

—¿Qué tal el padre Norberto?

—Muy bien.

—¿Sigue al frente de la biblioteca?

—Sí, sí, continúa con el cargo de *armarius*.

—Y tú, ¿sigues leyendo cuando vas?

—Sí, claro. El padre Norberto y yo charlamos y me sigue dejando entrar en la biblioteca. También le ayudo cuando tiene que preparar trabajos para los monjes del *scriptorium* o un pedido de préstamo de libros para algún cenobio.

—Y el abad, ¿qué tal está?

—Muy bien. Bueno, un poco más achacoso. Tiene ya sesenta y dos años, me dijo el domingo pasado el padre Norberto. Pero, como dice él, sigue dirigiendo la comunidad con mano sabia.

—Envíales mis saludos la próxima vez que los veas.

—Por supuesto. Ellos también me preguntan por la fábrica y por vos.

La calle del Pozo Seco salía a la de Calderería. Hacia la derecha, esta calle continuaba en la de Cabestrería, después de pasar la iglesia de San Esteban, y hacia el otro lado enlazaba con la de Pomería, que llegaba hasta la iglesia de San Román, en el arranque de la calle de las armas. El maestro decidió encaminarse por la izquierda, en dirección a la aljama.

—Esta zona de Burgos no la he andado tanto como la de San Llorente y la de San Esteban —comentó el maestro al azar.

—Podemos bajar luego hacia Santa Águeda, si lo deseáis.

—¿Hacia la iglesia de Ruy Díaz? —dijo Ricard, queriendo significar que, a pesar de ser de fuera, conocía un poco la historia de la capital castellana.

—Exacto, maestro.

—Donde hizo juramentar al Rey.

—Eso dice el Cantar. Hace falta mucho valor para hacer eso a un rey, ¿no?

—Supongo que sí. Yo no lo haría. Aprecio mucho mi cabeza.

—Pero al Cid no le cortaron la cabeza —dijo Yago.

—Ya, ya. Le desterraron.

—A tierra de moros, dicen los juglares.

—Dejando aquí a su amada —dijo el maestro Ricard.

—En San Pedro de Cardeña.

Recordando las gestas del héroe castellano que cantaban los juglares en las fiestas burgalesas, Ricard y Yago fueron llegando al barrio de las carnicerías viejas. Al lado de la iglesia de San Román arrancaba la subida al cerro del castillo por la calle de las armas, tras franquear una puerta de la vieja cerca. La iglesia era una de las más antiguas de la ciudad castellana y marcaba el límite entre la zona cristiana y las aljamas. La primera de ellas, viniendo de la zona cristiana, era la aljama mudéjar. El maestro se paró a contemplar la portada sur de la iglesia.

—Esas arquivoltas, aun careciendo de ornatos, son bellas en sí mismas. ¿Te has fijado qué sencilla es la decoración de los fustes? Y, sin embargo, son dignos elementos de una arquitectura estoica, sobria. Y es en su sobriedad donde reside su belleza. De todas formas, ahora no sería lógico construir un templo en este estilo, ¿no crees?

—Supongo que no, maestro.

—Hay que adaptarse a los tiempos. Si no, se termina apartado. Se debe pertenecer al mundo en el que se vive y vivir en el mundo al que se pertenece. Este estilo cumplió su función y ahora está obsoleto.

—Pero, aun así, reconocéis su belleza.

—No deja de ser geometría.

Ricard se giró para mirar a Yago.

—¿Vamos volviendo?

—¿Por Santa Águeda? —propuso Yago.

—Sigamos al Cid.

Aprendiz y maestro iniciaron la bajada por la calle que separaba las aljamas de la parte cristiana, en el barrio de San Román.

—¿Y decías que el Cid dejó a su amada en San Pedro de Cardeña?

—Sí, sí, maestro. Allí la llevó, pues le habían quitado todas sus propiedades. Después él siguió hacia el destierro y doña Jimena le despidió desde una de las ventanas de la torre.

—Y tú, ¿tienes amada? —preguntó el maestro parándose justo antes de girar hacia la calle de Tenebregosa.

A Yago se le hizo un nudo en el estómago. A su edad era habitual estar interesado en alguna mujer. Aunque su trabajo le absorbía todo el tiempo del día. Pero Yago se desvivía por una hembra que no pertenecía a su mundo. Al menos, a su mundo cristiano.

—Bueno. La verdad es que no tengo mucho tiempo de estar pendiente de los deseos de las mujeres.

—¿Y de los tuyos?

—Ya lo estoy. La fábrica y el monasterio es lo que me ocupa el tiempo —contestó esquivo Yago, evitando la mirada del maestro.

—¿Y la mudéjar? —inquirió directo el maestro.

Mientras un escalofrío le recorrió todo el cuerpo de arriba abajo, Yago casi vomitó. Zoraida y él no tenían nada que esconder y, sin embargo, no tenían nada que mostrar. No lo podían exponer. Su amor era oculto, clandestino, secreto. Y eso lo hacía más fuerte, más intenso, pero a la vez más frágil. Debían protegerlo como el ave protege el huevo del que saldrá su cría. Lo que había entre ellos, lo que preservaban con tanto celo, les daba la vida. Su existencia giraba en torno a su relación. Una relación furtiva. Una relación cuyo futuro ni se habían planteado. Tal era el vértigo que les producía. Y ahora, el maestro les acababa de asomar al abismo.

—¿Qué mudéjar? —acertó a contestar, temeroso de la siguiente pregunta.

—La carreta os tapó de la mujer que la acompañaba, pero no de mí, Yago.

El maestro pronunció su nombre con un tono con el que nunca le había llamado. Para él, solo era un aprendiz. Estaba en su casa porque el maestro debía cumplir con su obligación. Además, así lo había decidido con todos los maestros. Sin embargo, ahora le acababa de llamar como a alguien más cercano. Como lo hacía Norberto, cuando en vez de perder la paciencia miraba al cielo y, tras una jaculatoria, le decía «Yago, vuelve a leer». O como su padre, que lejos de engordar su pena y su frustración cuando Yago hacía algo mal, tragaba saliva y le llamaba de la misma manera. Yago se giró y miró a Ricard.

—Hijo —comenzó a decir el maestro—, el amor tiene unas formas muy crueles de complicar la vida a las gentes.

—¿Y qué podemos hacer cuando se mete así en nuestra existencia? —preguntó Yago, que ya había asumido que su secreto ya no lo era.

—A veces sale como ha entrado.

—¿Y si no lo hace?

—A tu edad, es más fácil que eso suceda.

—¿Y si no deseamos que eso ocurra?

—¿Y cuánto tiempo puede sobrevivir así?

—¡Lo que sobrevivamos Zoraida y yo!

—¿Y los demás?

—¡Qué les pasa a los demás? —preguntó Yago, casi suplicante.

—Antes te he dicho que se ha de vivir en el mundo al que se pertenece. Y esa chica y tú sois de mundos distintos.

—¿Por qué? —preguntó el joven aprendiz, aun sabiendo la respuesta.

—Porque seguís distinta religión.

Yago se quedó cabizbajo. No sabía qué decir. Se giró de nuevo y comenzó a caminar. Triste, pensativo. Se metió por una calleja hacia la rúa de Suso y continuó en dirección a la iglesia de Santa Gadea. El maestro iba a su lado. Callados los dos. Yago se paró frente a la puerta del templo juramentero.

—Maestro, después de tomar juramento a su Rey ante Dios en este templo, el Cid partió para unirse con los moros, con quienes batalló a favor de su Rey y de su Dios. Ambos, moros y cristianos, lucharon juntos. Siendo de diferentes religiones, ¿acaso no siguen el mismo Dios?

—Eso dicen.

—Y, sin embargo, son dos formas diferentes de llegar a él.

—Sí.

—Como las proporciones geométricas. ¿Acaso no buscan por igual la armonía?

—Sí —contestó el maestro, que comenzaba a interesarse cada vez más por el razonamiento de Yago.

—¿Una armonía definida por la geometría? ¿Una geometría para un todo, pero que admite diferentes formas de ser utilizada?

—Sí.

—¿Y no conviven todas dentro de un mismo mundo geométrico?

—Sí.

—Y si la armonía es la perfección y Dios es la perfección, ¿no podría asemejarse la geometría a la religión, a cualquier religión, y cada una de las religiones buscar a Dios, como lo hacen las proporciones para llegar a la armonía?

El maestro buscó una respuesta para esta última cuestión. Yago le había argumentado empleando el mismo razonamiento que había utilizado él en casa de los Almerich, hacía unos meses. Era indudable que el padre Norberto había enseñado al joven a razonar. Y era indudable que Yago atendía a los comentarios y explicaciones que él daba sobre la construcción.

—Recuerdo que dijisteis —continuó Yago— que cuanto más diferentes son las proporciones empleadas para un mismo encaje, más bella es la armonía conseguida. Zoraida y yo somos dos proporciones muy diferentes que buscamos nuestro mutuo encaje, nuestra bella armonía. ¿Es eso tan malo? ¿Tan peligroso para los demás?

Convencido, al menos de momento, por el razonamiento de su aprendiz, el maestro decidió contribuir al mantenimiento de su secreto.

—¿Lo sabe alguien más?

—No, creo que no.

—Y si continuáis juntos, ¿os habéis planteado cómo vais a vivir?

—No. Aún no.

—Habla con el padre Norberto. Quizás pueda orientarte de alguna forma. Yo voy a informarme de lo que dice el Fuero Juzgo, si es que dice algo.

Ricard cogió a Yago por los hombros mientras le miraba comprensivo.

—Ten muchísimo cuidado, hijo.

XVII
LAILA

Anno Nostrae Salutis 1227
Agosto

1
~

El sábado en la fábrica fue un día de tránsito. Era la víspera del día de la Virgen de Agosto y a la hora sexta tenía que estar todo listo para el inicio de la fiesta. Se ordenaron los materiales y se hizo un repaso de las necesidades para la semana siguiente. La bóveda del tercer tramo del presbiterio, en la parte de la epístola, ya estaba cerrada, al igual que las dos contiguas de la girola. Las armaduras para la techumbre de estas bóvedas también estaban finalizadas y repartidas por la plaza, y el andamiaje para la bóveda de la capilla estaba colocado. El maestro Ricard se reunió con sus maestros en la casa de la obra para marcar nuevas directrices.

—Como nos quedan un par de meses de trabajo antes de que llegue el mal tiempo —comenzó exponiendo el *mestre mason*—, vamos a reorganizar la obra. Gonzalo, tu equipo se va trasladar al brazo norte del transepto y va a comenzar a levantar los contrafuertes y los lienzos de sus tramos por la parte de poniente.

—De acuerdo —dijo el de Covarrubias.

—Sabine, te encargas de los contrafuertes de la cabecera y del presbiterio. Continúa primero por los que están en la parte del evangelio. Así dejamos sitio a Juan para colocar las armaduras y los techados. Habla con los plomeros. Recuerda que en la parte superior de los arbotantes va la acanaladura para el agua.

—Muy bien —asintió la maestra cantera.

—Juan, como acabo de decir, colocamos las armaduras y en cuanto estén, techamos.

—Por supuesto.

—Suero, el lunes instalamos la grúa para la bóveda de la capilla —el de Boñar asintió callado— y en cuanto esté, te metes con ella, Diego.

—Muy bien —dijo el de Trasmiera.

—Giraud, a ver si consigues cerrar las tres bóvedas que faltan de la girola, aunque creo que vamos un poco justos.

—Sobre todo por las armaduras, maestro —dijo Suero—. Tenemos terminada una, pero aún falta comenzar la otra y preparar las techumbres.

—Y aún falta colocar la cimbra de bóveda para la capilla. Recuerda que tuvimos una carretada que llegó más tarde por las inundaciones en la sierra, aquellas que hicieron tanto destrozo y tras las que tuvieron que reparar algunos puentes —señaló Juan de Osorno.

—Sí, es verdad. Bueno, haremos lo que se pueda. Al fin y al cabo, mientras esté la catedral románica en pie, no vamos a poder cerrar toda la cabecera.

Por la tarde, Yago subió hacia la casa de Salma. Iba un poco más despreocupado que otras veces. Las danzas habían comenzado y mucha gente estaría participando de ellas. Durante todo el camino estuvo dándole vueltas a cómo plantear la cuestión. Mañana quería ir al monasterio, como todos los domingos, y hablar con el padre Norberto de Zoraida. El maestro se lo había insinuado y no le faltaba razón. Precisamente, si había algún religioso que abogase por la razón, además de la fe, ese era el padre Norberto. Pero Yago no quería equivocarse al exponer la situación en la que se encontraba. El padre Norberto había sido su principal mentor. Él le había enseñado a utilizar la psique, como llamaba a la razón, pero sin perder de vista la fe. El padre decía que había un razonamiento para la lógica y otro para la ilógica. «¿Qué es la fe?», recordaba Yago que le preguntó al monje un día. «El razonamiento de lo irracional desde la sinrazón», le había dicho el padre Norberto. Todo lo que sabía de la vida se lo debía a él. Bueno, a él y un poco a su padre. Aunque había sido muy poco. El monje siempre le decía que recordase a su padre con afecto. «Es lo único que esperan los padres», le decía el monje. Aunque también estaba doña Úrsula. Pero con ella le ocurría como con su padre. Ambos habían pasado por su vida de forma imborrable, pero demasiado breve. El padre Norberto era el único que seguía desde el principio.

También estaba el maestro Ricard. Lo que estaba aprendiendo en la fábrica se lo debía al maestro de obras. Yago estaba con todos los maestros y de todos aprendía, pero sabía que eso era posible gracias al liderazgo del maestro de obras. Desde el principio había cohesionado un equipo de trabajo que, ahora que la catedral comenzaba a tomar verdadera consistencia, estaba más unido. Además, la conversación del día anterior le había marcado. No esperaba la comprensión que mostró el maestro Ricard con él. Al fin y al cabo, solo era un aprendiz. Aunque era su aprendiz.

Sin embargo, a pesar de que todas esas personas habían sido y continuaban siendo muy importantes en su vida, solo de una persona estaba enamorado. Y nada ni nadie iba a hacer que la perdiera.

Yago entró por el huerto, como hacía siempre, y la puerta emitió su acostumbrado chirrido.

—Hola, Salma —dijo Yago en voz alta nada más entrar en la casa.

Nadie respondió. Yago entró en la salita y saludo a Zoraida, que estaba sentada de espaldas al lado de donde se ponía Salma.

—Hola, cariño.

Cuando fue a besarla dio un salto hacia atrás. Una bella mujer madura le miraba muy seria.

—¿Tú eres Yago? —inquirió directa la mujer.

—Sí..., sí, señora.

—¿Y qué pensabas hacer cuando has acercado tu cara a la mía?

—Bes..., ¡nada! Pensaba que era otra persona. ¿No está Sal...?

—¿Zoraida? —preguntó la mujer.

Yago la miraba con los ojos bloqueados. Ella tenía la cabeza descubierta y una melena, casi negra, recogida en una coleta. Vestía ropas musulmanas, su porte, aunque permanecía sentada, era regio y con los ojos bien abiertos le miraba escrutando cada gesto, casi sin parpadear. Yago no sabía si sentarse, quedarse de pie o salir corriendo.

—Sí —respondió el cantero, adoptando por fin una postura valiente—, pensaba que era Zoraida.

—Desde cuándo te ves aquí con ella.

—Desde el tiempo suficiente.

—Suficiente, ¿para qué? —inquirió altiva la mujer, levantando la barbilla.

—Para saber que no podré amar jamás a nadie como la amo a ella —dijo decidido el cristiano, sorprendiéndose a sí mismo por su sincera firmeza.

La mujer, que mantuvo la postura un momento, parpadeó despacio al tiempo que se le humedecían los ojos y aflojaba los hombros.

—Con eso es suficiente. Me llamo Laila. Soy la madre de Zoraida.

Salma salió al corredor con la bandeja de las frutas secas, seguida de Zoraida. Yago aún permanecía de pie. Aunque vio a Zoraida, siguió donde y como estaba.

—Hola, Yago —saludó Salma—. Veo que ya conoces a Laila.

—Hola, Yago —saludo Zoraida, que llevaba en las manos una bandeja con pastelitos.

Yago seguía mirando a Laila y Laila no dejaba de mirarle.

—¿Vais a estar así toda la tarde? —preguntó Salma, que era una magnifica anfitriona.

—Gracias, niña —dijo Laila a su hija, regalándole una enorme sonrisa.

Las tres se pusieron a hablar como si Yago no existiera. De pie, miraba a las mujeres y no entendía nada. Hoy no había historia de Salma. Hoy las mil y una noches se habían convertido en una sola tarde. Tampoco hoy se contarían cosas entre ellos. Hoy podía ir a darse un paseo, que parecía que nadie le iba echar de menos. Yago estaba en esas peripecias mentales cuando Zoraida le sentó a su lado, tirando de su sayo con fuerza.

—¿Un poco de infusión, hijo? —dijo Laila, con la jarrilla en la mano.

Yago no recordaba haber estado nunca tan confuso. La mudéjar miraba a su madre y estaba feliz. Laila disfrutaba de una animada conversación desde que Amín le dijera lo de tomar como segunda esposa a Faridah. Zoraida había ido a ver a Salma después de que ella y su madre compartieran confidencias bajo la olma. La hija de la tejedora expuso a la mujer de los cuentos persas el problema de su madre y Salma le dijo que fueran el sábado siguiente a comer. «Pero el sábado viene Yago», le había dicho Zoraida. «Ya. Por eso quiero que sea el sábado. Tú confía en mí y no le digas nada a Yago», le había respondido Salma. Zoraida y su madre fueron a casa de Salma el sábado siguiente por la mañana. Por la tarde lo haría Yago, pero ese día sintió que él apenas existía para Zoraida.

La conversación entre Laila y Salma pasaba del farsi al árabe, a veces al castellano y, las menos, al latín. Yago recordó a Norberto. «Si al menos estuviera él, podríamos hablar también algo de griego», pensó el cantero.

—Dejemos a estos chicos, que tendrán cosas que contarse —dijo Salma a Laila, levantándose para salir al huerto.

—¡Qué bonito tienes el jardín! —dijo Laila cuando lo vio.

El jardín de Salma ya no era ese huerto medio abandonado en el que una anciana cultivaba cuatro verduras para su consumo. Yago había arreglado el pozo, levantando de nuevo el brocal y recolocando los horcones y la polea. También había construido un pequeño cenador adosado al muro de levante, cerrando el techo y los laterales con unas celosías de madera que le habían hecho en el taller de Suero de Boñar. Sobre el cenador, Zoraida y él habían colocado una parra que, en los calurosos días de verano, entregaba generosa una fresca y agradable sombra. Algunas tardes salían allí a escuchar las historias de Paz, como llamaba Yago a veces a Salma. Frente al cenador, adosado al muro de poniente, Zoraida y Salma habían dispuesto un pequeño jardín, que Yago había aterrazado con mampuesto y tierra. La brisa que bajaba del castillo arrancaba la perfumada mixtura de las flores que Salma cultivaba en su pequeño vergel, en el que blancos jazmines moriscos se alternaban con rosas de Siria y geranios violetas, mientras los claveles rojos y amarillos destacaban entre las orquídeas blancas. Al final, el huerto lo habían dispuesto en el muro norte, donde la puerta mantenía su ritual quejido, que avisaba se su apertura.

—Tu hija y el cristiano. Entre los dos me lo han dejado así. Y Yago me ha estado haciendo unos arreglos en los muros y en el tejado de la casa.

—Pero, ¿cuánto tiempo llevan viniendo a verte? ¡Esta niña no me lo ha contado todo!

Mientras Laila y Salma estaban en el jardín, Zoraida explicaba a Yago todo lo que había sucedido en su casa. La conversación sobre ellos con su madre; la voluntad de su padre de tomar a Faridah como esposa; la tristeza de su madre durante esa semana y cómo hoy la veía feliz.

—Parece que le has gustado —dijo Zoraida.

—¿Y mi cristiandad?

—Creo que de eso se ha encargado Salma.

Por su parte, Yago le contó a Zoraida su conversación con el maestro y cómo se sintió cuando vio su compresión y su temor.

—Pues si te dijo que hablaras con el padre Norberto, deberías hacerlo —dijo la mudéjar.

—Pienso ir mañana, pero tengo miedo de no saber explicarme.

—Hazlo como lo hiciste con el maestro.

—Pero el maestro sabe lo que es enamorarse.

—Y el padre Norberto conoce la historia que me contaste, la de Abelardo y Eloísa.

Yago miró a la mudéjar y aún se enamoró más de ella. Zoraida guardaba en su memoria todo cuanto él le contaba y sabía sacarlo en el momento oportuno. Como su madre, también se había descubierto la cabeza, pero su pelo lo llevaba suelto, volcado sobre un hombro. Él, con el pelo revuelto y la cara imberbe, mantenía ese aspecto casi infantil de cuando se conocieron. Ambos se miraban con esa pasión sostenida con la que debían luchar cada vez que se encontraban.

—Zoraida, hija, debemos irnos —dijo Laila, entrando en la salita.

—A vuestra madre le ha encantado el jardín —dijo Salma, entrando tras ella.

—Yago, no sé cómo va a terminar todo esto —comenzó diciendo Laila— pero espero que no tengáis que huir como Salma y Hassan. Yo, por mi parte, aceptaré la voluntad de Alá, a pesar de que no sea la mía. Aunque ahora mismo no sé qué es lo que quiero.

Zoraida rodeó a su madre con un brazo y la besó con cariño.

—¿Qué te ha parecido mi madre? —dijo la mudéjar, para alejar las penas.

—Bueno. Si ella va a venir los sábados, tú te puedes quedar en casa si quieres.

—¡Pero bueno! ¡Será posible! —exclamó Zoraida, dando un manotazo en el hombro a Yago.

Laila los miraba con ternura, pero no podía evitar pensar en que aún debía resolver otro problema. La conversación con Salma le había dado otras perspectivas, pero, aun así, el conflicto seguía sin resolverse. Debía esperar el retorno de Amín.

2

Laila salió del almacén y se dio una vuelta por los telares y el taller. Era la tercera semana de agosto y el negocio comenzaba a recibir los primeros pedidos para afrontar el otoño. De momento el almacén estaba surtido, pero pronto habría que encargar a los mercaderes con los que trabajaban los pedidos para otoño e invierno. En la mesa de corte estaba Faridah dirigiendo y supervisando a las chicas que tenían aprendiendo. En los telares, dos mujeres no paraban de confeccionar los paños encargados mientras charlaban animadamente. En una de las estancias de la que fuera la casa de ibn-Dawud, Zoraida trabajaba en el telar de lazos.

—Hazme un favor, hija, dile a Faridah que venga al almacén.

—Sí, mamá —respondió Zoraida con una mirada de ánimo.

—Y no te preocupes, que te diré de qué hemos hablado. Eres mi única confidente.

—Ya no, mamá.

Laila sabía que Zoraida tenía razón. Ahora tenía también a Salma. Pero de alguna forma quería sentir a su hija más cerca de lo que ya la sentía.

— ¿Laila? —preguntó Faridah al entrar.

—Hola, Faridah. ¿Puedes cerrar, por favor?

Aunque intentaba parecer relajada y cercana, Laila estaba seria.

—¿Has pensado algo?

—Sí. Bueno, no sé.

—Aclárate, mujer.

—Quiero a tu marido —empezó a decir Faridah, y cada una de las palabras se clavaron en el corazón de Laila—, pero también os quiero mucho a vosotras, a ti y a tu hija.

Faridah se calló esperando las palabras de Laila, que la miraba sin furia ni resentimiento, pero tampoco como lo hacía antes. Laila esperó a que Faridah continuase.

—Siempre me habéis tratado muy bien y os debo mucho. Con vosotros he aprendido a trabajar las telas y los paños como nadie lo hace. Contigo, Laila, he conocido a gente muy importante. He podido ver a las Reinas e incluso reírme con ellas. Pero ya tengo veinticuatro años y nadie en esta aljama quiere a una muslime viuda.

—Pero no eres viuda.

—Poco importa la verdad ante lo que la gente piensa.

—Mi marido sabe que no llegaste a casarte.

—Algunos dicen que eso es lo que él dice para que yo pueda casarme. Yo no tengo tu belleza, Laila. Alá no ha querido agraciarme con los dones que tú tienes. Pero soy una mujer joven y aún puedo darle a Amín un hijo.

—No pronuncies su nombre, por favor —dijo Laila de forma instintiva, arrepintiéndose de haberlo dicho.

—¡Pero yo le quiero, Laila!

—¡Y yo mucho antes que tú!

Un breve silencio entró en el almacén.

—¿No podrías instalarte en la aljama de Castrojeriz o en la de León? Allí la Reina conoce a ricohomes y podría hacerte una carta de recomendación. Seguro que empezarías mucho mejor que como lo hicimos nosotros aquí —dijo Laila, casi suplicante.

Faridah se dio cuenta de que su posición no era tan mala como pensaba.

—No quiero irme a ningún sitio, Laila. Aquí estoy bien. Te repito que quiero a tu marido.

—Pero eso no lo puedes decidir tú —dijo Laila a una Faridah envalentonada.

—No, ya lo sé. Ha de ser mi tutor.

—Pero cuando murieron tus padres, pasó a serlo Amín. ¡No puede casarse contigo!

— ¡Sí, sí que puede! Él nunca cohabitó con mi madre.

Laila se dio cuenta de que Faridah había sido asesorada en la sharía.

—De todas formas, él no puede decidir sobre tu matrimonio con él mismo.

—Y no lo va hacer.

—¿Quién, entonces?

—El imán.

Laila se quedó confusa. «El imán —pensó—, si es más simple que un alfiler». Laila recordó en ese instante la conversación en que había dicho eso mismo. Fue con su marido, hablando de Zoraida. Y recordó que le dijo también que pronto les pediría algo. Y acababa de hacerlo, pero no a ella. Un escalofrió recorrió todo su cuerpo como un latigazo.

—Sabes que el tutor es responsable de la protección de los derechos legales, religiosos y matrimoniales de la novia —le dijo a Faridah, tras recomponerse.

—Sí. ¿Y qué me quieres decir con eso?

—Nada. Supongo que, si ya lo sabes, no hay nada que añadir.

De nuevo el silencio entró en el almacén, pero esta vez estuvo más tiempo.

—Te diré lo que al final se decida, Laila.

—Sí, por favor. Gracias.

—¿Vuelvo al taller?

—Sí, sí.

Cuando Faridah cerró la puerta, Laila lloró como nunca lo había hecho.

3

En el primer sábado de septiembre, Amín retornó a Burgos de su viaje a Zaragoza.

—¿Qué te ha parecido el telar? —preguntó Laila a su marido, después de ponerse al día de su familia.

—Creo que lo podremos emplear aquí. En primavera, si puedo, encargaré uno y lo instalo en verano. Así, para el otoño ya podremos confeccionar nuestros propios paños de terciopelo. Tengo que preguntar a Abrabanel cómo van nuestras fianzas.

—Hoy ya no podrá ser. Es sábado. ¿Has comentado algo de lo de Faridah con mis hermanos?

— ¿Para qué?

—No, para nada.

—Esta es mi casa, Laila, y las cosas de mi casa las soluciono yo.

—Bueno, solo era una pregunta.

—Y tú, ¿has pensado ya algo? ¿Vas a aceptar de buen grado que Faridah forme parte de la familia?

—Ya lo hacía, Amín. Como nuestra hija.

—No es lo mismo. Ya te lo dije.

— ¿Y quién va a decidir por Faridah? Aunque tú seas su tutor, en este caso no puedes hacerlo.

—El imán. Acabo de estar con él.

— ¿Esa cabeza hueca? ¿Qué te ha pedido? ¿La casa de Faridah?

—La mano de tu hija.

Laila casi se descompone. Las piernas la flojearon hasta el punto de llevarla hasta el suelo. Con una mano aún en la mesa del almacén y sentada sobre sus piernas, Laila miraba a su marido y no podía creer lo que le había oído decir. Quería gritar y no podía. Quería levantarse, y no podía tampoco. Ni siquiera podía hablar. Zoraida, su hija, quien le había revelado su más recóndito secreto, el motivo de su propia existencia, ahora iba a ser entregada a un personaje infecto, cuyo mayor mérito era abrir los ojos cada mañana.

—No, Amín, no —dijo con voz temblorosa—, nuestra Zoraida no. La matarás.

—Será lo que Alá quiera, Laila.

—No metas a Alá en esto. Es lo que tú quieres y lo que ese malnacido te ha pedido —dijo Laila, que poco a poco se llenaba de coraje.

—¡No hables así, Laila! No blasfemes de esa forma o...

—¿Qué? ¿Me pegarás? —dijo Laila ya de pie—. ¡Serías capaz de pegar a la mujer que te ha regalado un futuro y una posición respetable?

—¡Haré lo que el Corán y la sharía me digan que puedo y que debo hacer! —dijo Amín, dando un inconsciente paso atrás ante el avance de su esposa.

—¡Pues léelo muy atento, Amín! ¡Porque si haces eso, me divorciaré de ti y conmigo se irá todo cuanto hay aquí! Recuerda que me lo dieron a mí mis hermanos como mi ajuar.

—Y tú has de saber que el divorcio lo concede solo el marido.

Un gélido silencio se interpuso entre los dos.

—Ningún matrimonio se puede celebrar, ni siquiera acordar, sin el consentimiento del hombre y de la mujer —dijo Laila, suplicante, intentando otra salida.

—Pero la mujer delega su decisión en un varón, que decide por ella lo que es bueno y justo a los ojos de Alá. Y yo soy el tutor de Zoraida.

Laila veía a Zoraida como a Salma. Huyendo con su cristiano por las tierras de Castilla en busca de... Su desesperado razonamiento se paró de golpe.

—¿Para cuándo tienes previsto tu casamiento? —preguntó Laila, recuperando esa altivez que tanto amedrentaba a los hombres, incluido a su marido.

—Para el verano. Los dos casamientos.

—¿Ya has concertado el de Zoraida?

—No, aún no. Quería que lo supieras antes. Lo concretaré cuando vuelva. Salgo mañana otra vez de viaje.

—¿Adónde vas?

—A Segovia. Quiero ver unas partidas de lana y de pieles para el taller.

Durante toda la comida, Laila se mostró como siempre con su marido, pero Zoraida sabía que algo ocurría. Y Faridah también.

Por la tarde, madre e hija salieron a dar un paseo por la aljama. Cuando Laila comprobó que nadie las seguía, se dirigieron a casa de Salma.

—¿Qué pasa, madre? —preguntó Zoraida —. Aún no me has dicho nada.

—Nada hija. Tenemos que hablar con Yago.

—Sí, ya, le vamos a ver ahora, ¿pero no puedes adelantarme algo?

—En cuanto lleguemos a casa de Salma.

4

—¡Ah, no! ¡No! ¡No, no, no, no, no!

Zoraida se movía por el fondo de la salita con una mano en el vientre y la otra en la cara, alternándolas de forma compulsiva. Los nervios atenazaban sus entrañas, a punto del vómito, como si un demonio la devorara por dentro. Zoraida se apartaba de su madre, que la seguía con las manos extendidas, buscando abrazarla. La mudéjar se retiraba hacia atrás, bordeando la mesita, para luego avanzar en el sentido opuesto. Perdida y desesperada, intentaba huir del mundo y de su cruel realidad, personificada ahora en su madre. Llevó sus manos a la cabeza, que arrancaron el pañuelo, echándolo hacia atrás. Su preciosa melena se alborotó dramatizando un gesto de horror, que sus ojos reflejaban con profundo dolor. No quería reconocer lo que su madre le acababa de decir. Todavía no. No estaba segura aún. Mirando sin ver, movía la cabeza de un lado para otro, buscando lo que más necesitaba.

—¿Qué pasa? —preguntó Yago cuando entró en la salita.

Ninguna de las mujeres había oído la puerta del huerto. Zoraida se abalanzó sobre él.

—¡Yago! ¡Yago! ¡No lo permitas, por favor, amor mío, no lo permitas!

Zoraida se abrazaba a Yago con tanta fuerza que el cantero apenas podía moverse. Yago intentó soltar los brazos a su amada con ternura, al tiempo que miraba a Laila, que muy dulcemente se ponía detrás de Zoraida, recogiéndola mientras sus piernas comenzaban a flaquear.

Con ambos brazos sobre su vientre, Salma miraba la escena y su memoria retrocedió unas décadas. Aunque ya había pasado mucho tiempo, la congoja de su huida se hizo presente. No se lo podía creer. Esa niña, tan dulce y generosa, entregada a un hombre mucho mayor que ella por..., no quería ni pensarlo.

—¿Alguien me va a decir qué pasa? —preguntó el cantero con autoridad.

Laila soltó una mano de su hija y, mirando a Yago con gran pena, acarició temblorosa la cara del cristiano.

—Tenéis que casaros —dijo Salma, antes de que Laila pudiese articular palabra.

Yago frunció el ceño y miró a ambas mujeres. Laila también miró a Salma, algo confundida. Zoraida, que sollozaba inconsolable en el regazo de Yago, no oyó siquiera a la anciana.

Cuando la situación se hubo calmado un poco, Laila explicó a Yago lo que había ocurrido esa mañana en su casa.

—Debemos movernos con rapidez. No hay mucho tiempo —dijo Salma.

—Amín me ha dicho esta mañana que los casamientos no se celebrarán hasta verano.

—Pero si tu marido sale para Segovia mañana, en menos de un mes está de vuelta. Y una vez que concrete el casamiento de Zoraida, esta niña no podrá salir de casa.

—¿Y hasta entonces? —preguntó Yago, al tiempo que Zoraida, sentada en el suelo a su lado, se abrazaba fuerte a su cintura.

—Tienes que ir a hablar con el padre Norberto —le dijo Salma.

—¿Y qué le digo?

—Que prepare un bautizo. Mientras tanto, Laila, deberéis simular las dos que os resignáis a la autoridad paterna.

—Pero, ¿dónde vamos a ir? Ni siquiera soy oficial —pensó Yago en voz alta.

—No te preocupes por eso. Ya me encargo yo —dijo Salma.

—No tenéis que iros a ningún sitio, hijo —dijo Laila—. Estás en Castilla y eres cristiano.

—Pero, ¿en qué va a trabajar Zoraida? Yo no puedo mantener a los dos. Ni siquiera tengo casa.

—¿En todos estos años todavía no os habéis dado cuenta de en qué zona de la ciudad está mi casa? —preguntó Salma.

Durante toda la tarde, Zoraida no se apartó de su cristiano. Era tanta la angustia, que solo abrazada a él se sentía segura. Ni siquiera su madre le proporcionaba la paz que necesitaba. Solo quería estar con Yago. Solo existía Yago. Él la besaba con tanto cariño que sus labios apenas la rozaban, temerosos de hacerle daño. El pelo perfumado de su amada había perdido el balsámico efecto que a Yago le producía. Zoraida olía a miedo.

—Tranquila, Laila, Zoraida te adora —comenzó a decirle Salma a la tejedora, cuando salieron al jardín y Laila no paraba de lamentarse porque su hija no le dejara abrazarla—. He visto cómo te mira y tiene en ti a su mejor consejera. Eres su madre y Yago no va a poder resolver muchas preguntas que una niña como Zoraida aún tiene que formular.

—¿Qué podemos hacer, Salma?

—Mañana iré a hablar con el maestro. Necesito que me resuelva una duda.

—¿Y qué puedo hacer yo, Salma?

—Me han dicho que vistes a una reina.

5

La mañana siguiente Yago llegó al monasterio en la mitad de tiempo. Había cogido uno de los caballos de la fábrica, como hacía otras veces, y le había llevado al galope casi todo el camino. Yago encontró al padre Norberto en la biblioteca. Sin embargo, la quietud que emanaba de los anaqueles no tranquilizó del todo al cantero.

—¡Pero, hijo mío! ¿Tanto quieres a esa mujer? —le preguntó el monje, aún remangado, cuando Yago le contó, de forma resumida, sus seis años de relación con la mudéjar.

—Padre, sin ella no soy, no existo.

—Existes, aunque no quieras, porque existes para Dios.

— ¿Y qué misión me tiene encomendada? ¿Ser infeliz?

—¡Pero lo que deseas va contra lo establecido!

—¿Acaso Abelardo y Eloísa no se amaban, yendo contra lo establecido?

—Y acabaron separados —le recordó el monje *armarius*.

—Porque su pasión era compartida con otra mayor y debieron elegir.

—¿Y no eliges tú a Dios?

—¿Y no puedo llegar a Él a través de mi amor por Zoraida?

—La vida terrenal es de suyo tormentosa. Solo con el tormento se alcanza la gloria de Dios —dijo el padre Norberto, viéndose acorralado por la carencia de un sentimiento que la vida le había negado.

—Pero vos aquí no vivís atormentado y vuestra existencia busca la gloria eterna.

—Hay muchas formas de buscarla.

—¿Y perder lo que más quiero en esta vida, pudiendo evitarlo, es una de ellas?

Norberto se giró y miró a Yago.

—¿Y cómo puedes evitarlo?

—Si Zoraida se bautiza.

—Eso es emplear la religiosidad para el interés propio, no para alabar al Creador.

—A no ser que le enseñéis a ella cuál es la verdadera fe, padre.

De nuevo el cantero volvía a poner contra la pared al religioso. La relación existente en los monasterios entre el maestro y el discípulo era de una trascendencia que sobrepasaba la educación académica. El maestro era el que mostraba los conocimientos y a la vez era el padre espiritual. Un alumno no pertenecía a una escuela monástica más que lo que pertenecía a su maestro. Por eso, el mayor disgusto que un discípulo podía dar a su maestro era dejarle por otro maestro. Norberto sentía cómo esa relación maestro-discípulo se presentaba ahora con aplomo. Su alumno estaba tan enamorado como lo habían estado Abelardo y Eloísa. Y ahora, el padre Norberto sentía cómo la sabiduría de todos los libros que le rodeaban no podía luchar contra un sentimiento que era tan poderoso que a veces ni el tiempo conseguía extinguir.

—¿Y por qué he de ser yo? El monasterio está apartado de Burgos y la ciudad tiene sus propios templos. ¿A qué parroquia pertenece ella? —preguntó el monje, respondiéndose de inmediato—. A ninguna, claro. Pero tú sí. San Nicolás o incluso la Catedral de Santa María.

—Pero, yo deseo que vos me hagáis esa gracia —dijo Yago, con un tono de voz suave e implorante—. Sois quien me ha enseñado todo lo que sé sobre fe y sobre razón, sobre lo divino y sobre lo humano. ¿Quién mejor que mi maestro para mostrar el mismo camino a quien deseo que me acompañe el resto de mi vida?

Mientras los vetustos códices contemplaban la escena, la quietud de la biblioteca se hizo presente durante unos instantes. Monje y cantero se miraban sin decirse nada. Todo estaba expuesto. Solo quedaba por hacer lo que tantas y tantas veces le había enseñado el maestro a su discípulo. Pensar. Meditar lo escuchado. Contrastar con lo leído y lo conocido. Dejar actuar al tiempo y la templanza. Y, finalmente, confiar en la Divina Providencia.

—Vamos al oficio, Yago.

6

Mientras tanto, en Burgos...

—Ramón.

—Hola, Ricard. Pronto llegas. ¿Y la familia?

—Vendrá a comer. Ya sabes, esto de cambiar el sábado por el domingo a Leonor le trastoca un poco. Me he adelantado porque quería consultarte una cuestión. ¿Tienes un momento para hablar?

—Sí, claro. Iba a ir al almacén, pero puede esperar. Denoto gravedad en tu cara. ¿Es algo serio?

—No sé. Creo que... No sé.

—Entremos en casa.

—¿Si una mudéjar se bautiza, queda acogida al fuero de la ciudad? —preguntó Ricard sin preámbulos, una vez dentro de casa de los Almerich.

—¿A qué viene eso?

—Luego te lo explico. Contéstame a esa pregunta, por favor.

—La aljama no tiene cadí porque los mudéjares están sujetos a los alcaides ordinarios de Burgos, si es eso a lo que te refieres.

—Entonces, un mudéjar puede apostatar de su religión sin que su comunidad pueda hacer nada al respecto.

—En principio, sí.

—¿En principio?

—Una de las finalidades de respetar los usos y costumbres de las aljamas es evitar los altercados con su población.

—Explícate, por favor.

—Las cuestiones que afectan a la actividad gremial y mercantil se rigen por el Concejo, pero las que afectan a la vida espiritual de sus comunidades, han de controlarlas sus jurisconsultos en materia religiosa. Por eso, aunque carece de muftí y de cadí, la aljama mudéjar tiene un ulema.

—Ya. Sin embargo, una vez celebrado el bautizo, la persona bautizada se considera cristiana, ¿no?

—Supongo. Es obvio.

—Luego también es obvio que deja de estar sujeta a la regulación religiosa de la comunidad de la que ha salido, ¿no?

—En efecto. Pero no olvides la calma social. No conviene revolver un avispero.

—No creo que la aljama se pueda considerar un avispero. Las treguas con los moros terminaron hace años y el Reino ha vuelto al Guadalquivir. La aljama de Burgos está cada vez más lejos de los suyos.

—¿Me vas a decir de qué se trata?

—De mi aprendiz.

Ramón Bonifaz frunció el ceño.

—Ha venido a verme Salma, la mujer de la parte alta. Yago está enamorado de una mudéjar por la que no vive —explicó Ricard.

—Pero, ¿no hay mujeres cristianas en Burgos?

—Ramón, amigo mío, el corazón atiende a razones que la razón no entiende.

7

El jueves de esa semana había amanecido soleado. Mañana sería festivo y deberían ir a la mezquita. A Laila se le revolvían las entrañas solo de pensarlo. Allí vería a ese mugriento gordo infecto y la idea de que sus rechonchas y acortadas manos tocasen a su hija le producía un escalofrío que convulsionaba todo su ser. Sin tener cita previa, Laila se armó de valor y bajó hacia la glera por el portillo de los judíos.

—¡Laila! Si no teníamos ninguna prueba pendiente. ¿A qué tanta insistencia? —saludó doña Berenguela a la tejedora, advirtiendo la seriedad del asunto nada más ver su cara—. ¿Qué ocurre, Laila?

—Siempre me habéis atendido bien, Alteza. Siempre me habéis tratado con respeto, e incluso con afecto. Nunca os he pedido nada y nada debo solicitaros que no me hayáis dado. Pero si no vengo a veros no encontraré sosiego. Solo una duda me asalta.

—Explícate, mujer.

—Mi niña, Alteza —comenzó Laila, derramando una lágrima.

—Ven y siéntate conmigo, que creo que esto ha de hablarse sentadas las dos.

—Zoraida, Alteza, ya la conocéis.

—Sí. Es una mujer que está siguiendo tus pasos y algún día te adelantará. Pero eso será algún día.

—Mi marido la quiere casar con el imán de la aljama.

—Bueno. Eso es algo muy usual entre vosotros. Aunque entre los cristianos he de reconocer que también ocurre. Al fin y al cabo, el matrimonio no solo busca la felicidad de los esposos. Hay cuestiones que están por encima. ¿Cuál es el problema, para que acudas a mí? Porque tiene que haber uno, si no, no habrías venido. En algo te conozco.

—Mi marido quiere tomar a Faridah como segunda esposa, pero la decisión de ella la toma su tutor, que es el imán de la aljama.

—Ya entiendo. Aunque lo que no entiendo es esa costumbre vuestra de meter a otra mujer en la casa. Entre nosotros, cuando los hombres se sienten desbocados tienen la sutileza de buscarse una amante. Pero no la meten en casa. Perdóname, Laila —dijo la Reina, viendo la tristeza de la tejedora—, a veces hablo sin pensar. Será la sangre que corre por mis venas. ¿Qué busca tu marido?

—Un varón.

—¡Por favor! Otra vez esa maldita obsesión de los hombres por mearlo todo, como si fueran perros. ¿Es que Zoraida no es lo suficientemente válida, como lo eres tú?

La Reina estaba indignada, pero conocía muy bien el mundo en el que vivía. No podía cambiar el pensamiento de una sociedad en la que convivían diferentes comunidades que, sin embargo, compartían la misma visión por la figura de la mujer.

—Pero, Laila, en eso, ¿qué puedo hacer yo?

—Zoraida está enamorada de un cristiano. Cuando me lo explicó, Alteza, teníais que haberla visto. Ponía todo su corazón, toda su alma, todo su ser en cada palabra, en cada gesto. La descripción que me hizo del cristiano, lo que siente por él, me quedó tan claro que albergué la esperanza de que su relación fuera posible. Pero lo que era una idea de lo que mi hija sentía, ayer lo vi con mis propios ojos. Ayer vi cómo una mujer se descomponía como la tela ajada por el sol. Ayer vi a mi hija morir en vida y vivir muerta el resto de sus días. Vos, mi señora, tenéis designios más grandes como para atender la súplica de una humilde tejedora. Pero esta tejedora solo tiene como única grandeza la felicidad de su hija. Por eso vengo a preguntaros.

La reina Berenguela miraba a Laila y no podía dejar de pensar en su papel como Reina y como madre. Hacía tiempo que podía estar retirada de forma permanente en el monasterio de la Huelgas, pero, además de su amor por Dios, tenía otros dos a los que no se podía sustraer. Castilla y su hijo Fernando. Berenguela entendía muy bien a Laila.

—Dime, Laila. ¿Qué duda te asalta?

—Si mi hija se convierte a vuestra confesión, ¿queda sujeta a la jurisdicción cristiana?

—Por supuesto. Además, yo soy la tenente de la ciudad y de su fortaleza. Pero las cuestiones de la religión no deben tomarse a la ligera —le dijo Berenguela a Laila, aun a sabiendas del uso que daban sus propios nobles al hecho religioso, entrando y saliendo de la Iglesia cada vez que eran excomulgados y vueltos a perdonar.

—En eso también he pensado, Alteza. Zoraida va a hablar con un religioso.

—¿Le conozco?

—El padre Norberto, del monasterio de Cardeña.

—Eso me deja más tranquila. Le conozco desde hace años. Además del alma, también emplea la cabeza.

—Y tú, ¿dónde quedas en todo esto?

—Aceptaré la voluntad de Alá.

—Pero si tu hija se convierte, saldrá de la casa de tu esposo.

—Lo sé.

—¿Y tenéis previsto de qué va a vivir?

—De lo que hace ahora. Hemos encontrado un lugar donde puede poner un telar.

—¿Dónde?
—En casa de una anciana. No creo que la conozcáis.
—¿De quién se trata?
—Se llama Salma.
—María de la Paz. Vive en la zona cristiana. Al lado de San Román. He oído su historia. Como te he dicho, Laila, soy la tenente de la ciudad.
Laila, ya más sosegada, se levantó con su Reina.
—Algún día te haré llamar para que me hagas una garnacha para este otoño —le dijo la Reina a su tejedora—. Cuidaos mucho, Laila. Tú y tu hija. Espero que todo se haya solucionado cuando vuelvas para confeccionar mi garnacha.

8

El padre Norberto había pedido una dispensa al abad para dormir en el convento de San Pablo durante dos semanas. En ese tiempo, el monje se dedicó a escrutar la mente de Zoraida, buscando cualquier atisbo de malignidad, de mala intención, de sacrilegio. Él sabía que el demonio utilizaba los más rebuscados medios para socavar la fe y debilitar a la Iglesia. Sin embargo, durante los largos paseos que dio con la mudéjar, lo que encontró fue un amor más allá de toda prueba. Un amor puro, casi infantil, que Zoraida fue volcando en la verdadera fe.
—Padre, yo antes era feliz en mi fe —le dijo al monje al final de la segunda semana— y ahora siento que vuelvo a serlo en una fe distinta. ¿Qué ha cambiado verdaderamente?
—Nada, hija. Son los hijos de Dios los que complican las cuestiones de la fe pretendiendo ir más allá de su propia comprensión.
—Entonces, ¿Yago puede cambiar algún día?
—Espero que solo lo haga para el bien de Dios y el vuestro.
Aunque la casa de Salma quedaba junto a la iglesia de San Román, se decidió realizar la ceremonia en la iglesia de San Esteban, por encontrarse más alejada de la aljama. El día elegido fue el domingo diecinueve de septiembre. La iglesia tenía la pila bautismal al fondo de la nave del presbiterio. Al lado se había colocado un candelabro de pie, con siete cirios. Según la tradición, se debía designar una madrina y dos padrinos para el bautizo de un hijo, y un padrino y dos madrinas para el de una hija. Al lado de la pila bautismal esperaban Ricard d'Epernay, Leonor de Alme-

rich y Sabine de Périgord. Al fondo de la iglesia, Laila y Salma asistían anónimas a la ceremonia. No había nadie más, excepto Yago.

Zoraida entró por la puerta acompañada de su catequista. Iba vestida con una saya encordada de color blanco, que su madre había hecho para la esposa del maestro Ricard. El pelo lo llevaba recogido en dos trenzas, que se ceñían a su cabeza como una corona, dejando despejado un hermoso cuello.

El párroco salió de la sacristía y se acercó a la pila. El día del mes no disponía de ninguna santa para que Zoraida adoptase su nombre, pero el padre Norberto había convencido al párroco de la existencia de Santa Zoraida, una mujer musulmana convertida al cristianismo y martirizada en Valencia en el siglo XII. De esta forma, Zoraida mantuvo su nombre como cristiana.

Tras la sencilla ceremonia, todos se fueron a comer a casa de los Almerich.

—¿Has decidido dónde vas a vivir, hija? —preguntó Laila apenada, pues sabía que esa noche Zoraida ya no iba a volver a casa.

—Es mejor que por ahora no lo sepas —dijo Salma—. Eso os protegerá a las dos.

9

Diez días más tarde, Amín regresó de Segovia.

—¿Dónde está Zoraida? —preguntó el marido de Laila.

—Se ha ido, Amín.

—¡Eso me ha dicho Faridah! ¡Y también que desde hace diez días no la ve! Y que no te ha visto llorar —dijo Amín, acercándose con los ojos llenos de ira.

—¿Acaso tengo que llorar cuando ella me vea? —se enfrentó Laila.

—¿Dónde está, Laila?

—¡No lo sé, Amín!

—¡Tu deber cuando no estoy es cuidar de la casa!

—¡Yo no he echado a mi hija de mi casa!

—¿Y lo he hecho yo? —gritó el mudéjar.

—¡Tú has arruinado la felicidad de esta casa!

—¡No me grites! —levantó la mano Amín.

—¿O qué?

Amín le dio un manotazo a Laila en toda la cara que le abrió el labio y la catapultó contra las estanterías del almacén. Laila se agarró como pudo mientras los anaqueles se vencían, volteando su contenido. Cajas de alfileres, tijeras de corte, bobinas de hilo, pequeños rollos de tela, quedaron desperdigados por el suelo mientras Laila yacía entre todo el material. Amín la miraba con el puño cerrado de ira, esperando que se levantara. Poco a poco, el suelo empezó a teñirse de rojo.

Amín se agachó y giró a su mujer, recogiéndola con sus brazos. En el pecho de Laila, una tijera había entrado hasta la empuñadura, partiendo su corazón.

Aunque el juicio dependía del Concejo, el proceso contra Amín nunca llegó a celebrase. El tejedor apareció ahorcado en un árbol de la glera, una semana después. La pena le había sumido en una profundísima depresión. En menos de un mes había perdido todo cuanto más amaba. Tenía todo y no lo supo ver. Pero ya nada le quedaba.

Yago luchaba cada día por que Zoraida saliera de su tristeza. Salma no la dejaba sola en ningún momento. Algunas mujeres de la fábrica, en cuanto podían, subían a casa de Salma para abrigar el corazón de Zoraida. Era lo que se hacía en las guildas, en los gremios y en las cofradías, cuidar de su gente. Ricard le dio a Yago trabajos menos peligrosos, pero tuvo que volver a emplearle en todo cuanto él se ofrecía. Eso le mantenía ocupado y seguro. Yago acudió al padre Norberto, que de nuevo tuvo que pedir dispensa al abad. La buena relación con su *armarius* y el respeto que tenía por su capacidad de disquisición le convencieron de que su presencia en Burgos podría contribuir a salvar una vida, como en su día contribuyó a ganar un alma.

Poco a poco, Zoraida fue saliendo de su pena. Un día, recibió una visita.

—¡Tío Yusuf!

—¡Hola, sobrina! He venido en cuanto me lo ha contado Anás.

—¿Quién te ha dicho dónde vivo?

—Abrabanel —dijo Salma—. Es el único que lo sabe. Aunque no creo que tarde mucho en saberse en todo Burgos. Sube demasiada gente a esta casa.

—Pero, ¿qué problema hay? —dijo Yusuf—. Esta niña tiene que rehacer su vida. Y es una de las cosas que quiero hacer. Anás me ha hablado de una segunda esposa...

—Hola, Yago —saludó Salma al cantero, que acababa de llegar.

—Tío, él es Yago. Yago, él es mi tio Yusuf, uno de los hermanos de mi madre. Ya te hablé de él hace tiempo.

Yago y Yusuf se saludaron y el tío de Zoraida continuó con su exposición.

—¿Mi cuñado se casó de nuevo?

—Ni siquiera se formalizó el casamiento —dijo Salma.

—Entonces, arreglado —dijo Yusuf, mirando la salita.

—¿Qué buscas, tío?

—Sitio —dijo Salma.

XVIII
LAS CEREMONIAS

Anno Nostrae Salutis 1230
Junio

1

CUANDO el tío de Zoraida llegó a Burgos para hacerse cargo de la herencia de su hermana y su cuñado, comprobó con Abrabanel el dinero del que disponían los Xama de Burgos. Ese dinero pertenecía a Zoraida pero, al ser cristiana, perdió el derecho a la herencia. Como Amín tampoco se casó con Faridah, la herencia la recogió Yusuf, que debía repartirla entre sus hermanos. Pero nunca lo hizo. Sabía que sus hermanos estarían de acuerdo con él. Yusuf compró la casa en ruinas que tenía Salma al lado de la suya. Después habló con el maestro Ricard y contrató los servicios de uno de sus maestros para reconstruir la casa y montar el taller. La vieja ruina se replanteó y quedó adherida a la casa de Salma. La calleja que había entre ambas quedó absorbida por la nueva casa y pasó a ser el almacén. Ambas edificaciones quedaban comunicadas entre sí y sobre el amacén se instaló la alcoba de Zoraida.

Mientras duró todo el proceso, Yusuf se quedó en Burgos gestionando el *tiraz* de su hermana. Sin embargo, según la ley, Zoraida ya no podía ir a trabajar a la aljama. Era cristiana y el Concejo no lo permitía. Durante unos meses, Zoraida estuvo viviendo en casa de Salma y allí realizaba algunos trabajos que su tío le encargaba. Cuando terminaron las obras, Yusuf le regaló a su sobrina la casa y el taller nuevos y trasladó los telares de los Xama al taller de su sobrina. Pero, aunque los mudéjares podían trabajar con algunas cofradías de la zona cristiana, las trabajadoras que tenían los Xama en su taller no pudieron ir al nuevo telar. El imán de la aljama se encargó de impedirlo. Su mujer, Faridah, que había trabajado en el telar, odiaba a la hija de los Xama.

El taller de Zoraida se surtió de nuevas trabajadoras, a las que Yusuf tuvo que enseñar el oficio. Eso permitió a Zoraida tener a su tío durante unos meses en Burgos. Su amigo Anás siguió yendo y viniendo de Zaragoza. Se encargaba de seguir suministrando al taller y, de paso, informaba a la familia de Yusuf de su situación. Tras más de un año en la capital castellana, Yusuf volvió a Zaragoza, dejando el taller de los Xama en buenas manos. Aunque el nuevo *tiraz* no era tan grande como el que tenían Laila y Amín, los telares quedaban bien repartidos. El telar de lazos quedaba al lado de la casa de Salma, en una habitación que se formó al absorber la calleja. Pero de todo esto ya habían pasado dos años y medio.

A comienzos de junio, en la fábrica, el repiqueteo de los martillos y los cinceles seguía siendo la melodía diaria desde hacía casi nueve años. La cabecera de la catedral estaba terminada hasta donde la catedral vieja permitía. Pero el obispo Mauricio deseaba consagrar ese mismo verano lo que ya estaba hecho, antes de comenzar la demolición de la catedral románica. No quería trasladar el oficio a ninguna otra iglesia de Burgos, por lo que Ricard preveía que los siguientes años iban a ser muy intensos.

Yago dejó de escuchar los cinceles y los martillos.

—¿Estás listo?

—Sí, maestro.

—Cuando quieras.

El tribunal estaba presidido por Gonzalo de Covarrubias, que continuaba al frente de la Cofradía de Canteros de Burgos como cofrade mayor. A su derecha estaba sentado el maestro Juan de Pedernales, que seguía al frente de la escuela de Huelgas, y, a su izquierda, Gonzalo de Juarros, un maestro carpintero de la cofradía de Burgos.

A la izquierda del tribunal, Ricard d'Epernay y Giraud l'Occitain permanecían atentos a su discípulo. Aunque la responsabilidad sobre Yago había recaído siempre en Ricard, Giraud tomaba el relevo cuando el maestro de obras debía ausentarse. El resto de maestros estaban en la fábrica. Hoy era día de trabajo y el examen de un aprendiz para su acceso a la oficialía no era motivo suficiente para detener la obra.

Frente al tribunal, una amplia mesa exhibía casi todas las herramientas y utensilios que se empleaban en la construcción. Yago comenzó a nombrar los objetos uno por uno.

—Maceta de campana grande, porrillo, mandarria y maceta curva. Bujarda. Mazo de madera cuadrado y mazo de madera redondo. Martillo de desbaste. Escoda. Picola. Zapapico.

Yago pasó al siguiente grupo de herramientas.

—Puntero largo, puntero corto y puntero fino. Cincel plano grande, cincel plano pequeño, cincel curvo, cincel de media caña o gubia y cincel de uña o gradina. Punta de trazar y cuña.

Yago iba nombrando con seguridad cada una de las herramientas que había expuestas. Nadie se movía en la casa de la obra, expectantes ante la resolución del aprendiz.

—Escofina, lima plana, lima fina de media caña y lima de cola de ratón. Sierra sencilla y sierra de dos manos. Cepillo. Trépano móvil, berbiquí o taladro.

—Vara de medir, cuerda de trece nudos o de doce espacios, regla de trazado, regla escantillada, saltarregla y medidor. Escuadra metálica, escuadra de tacón, falsa escuadra y nivel de escuadra. Nivel de bola. Plomada. Baivel recto, baivel convexo y baivel cóncavo. Fija o espaldón.

—¿Cómo se desbasta el bloque en bruto? —interrumpió Juan de Pedernales.

—Sobre las mesas de desbaste, se comienza por el fajeado en la cara del lecho o asiento, sacando las aristas con el cincel pequeño y la regla.

—¿Con qué se golpea el cincel para el desbaste?

—Con la maceta de hierro.

—Bien. Continúa.

—Tras acabar con el desbaste de la cara del asiento, se señala con la marca de posición. A continuación, se sigue el desbaste por las caras del sobrelecho y laterales, marcándolas con sus respectivos signos de labra. Se termina el desbaste por la cara del paramento.

—¿Cómo se coloca el sillar en el muro?

—Se puede poner a hueso, esto es, con una ligera capa de lechada en el asiento y en las caras verticales, o con una capa de mortero de una pulgada de grosor, para su nivelación.

—¿Cómo se nivela el sillar?

—La nivelación se busca con la ayuda de las cuñas y del nivel, y se aploma con ayuda de la plomada.

—Continúa nombrando el material.

—Compás de puntas recto, compás de proporciones, compás de doble arco, compás para punteado y compás de interiores.

—Esas tres plantillas, ¿para qué son? —preguntó Juan de Pedernales.

—Son plantillas para un dintel, para una moldura y para una tracería de lóbulos.

Tras esta última respuesta, el examen continuó en el exterior, donde Yago comenzó nombrando las herramientas mostradas.

—Estos son tres útiles para subir sillares: tijera, tenaza y castañuela. Esto de aquí, un cuezo o artesa. Esto, una paleta...

Cuando terminó de nombrar los materiales del exterior, Yago hubo de levantar un pequeño muro de mampuesto y otro doble de sillería con relleno de mortero. Después fue preguntado por las diversas grúas y mecanismos que se empleaban en la fábrica, así como por los sistemas de andamiaje y las cimbras. Al finalizar el examen, los componentes del tribunal volvieron a la casa de la obra y Yago esperó fuera. Instintivamente, el cantero miró el lugar donde se sentó aquel día de Santa Margarita. Zoraida estaba allí y le lanzó un beso.

Yago llegó a casa de Salma a la hora de comer. Había pedido permiso al maestro para comer con Zoraida ese día, pero debía darse prisa para volver.

—¡Hola! —dijo al entrar.

—Hola, niño —saludó Salma—. ¿Cómo ha ido?

—¡Ya soy oficial, Paz!

—Enhorabuena —le dijo la persa, cogiendo la cara de Yago entre sus manos—. Verás qué contenta se pone tu mudéjar. ¡Anda, vete! Lleva toda la mañana de la ceca a la meca. Está más nerviosa que tú.

—¿Dónde está?

—En el taller.

El olor a comida inundaba la cocina y se propagaba más allá de la salita. Aunque Salma era cristiana, nunca había renegado del todo de su antigua religión, porque, como ella decía, la religión es cosa de cada uno. Eso, y la gente que conocía, le permitía moverse tanto por las aljamas como por la zona cristiana. Y en todas partes era muy respetada. Tampoco había olvidado las recetas de cocina que había aprendido a lo largo de su estancia en la casa de su padre, el visir, ni durante su periplo de huida. Hoy había preparado un cordero con salsa de miel y romero, perlado de piñones, que iba a acompañar con unas hojas de col con dátiles, aderezadas con una salsa de leche de cabra y tomillo. Eso, y mucho pan. Yago comía mucho pan. La comida ya estaba preparada y Salma fue a buscar a los chicos.

El ruido de los telares acudía al cantero según se acercaba al *tiraz*. Zoraida estaba, por fin, centrada en su trabajo. Yago estuvo un rato contemplándola. Tenía la melena recogida en una preciosa trenza, en la se alternaban una cinta de color rojo y otra azul, que aparecían y se escondían jugando con el cabello. Seguro que la idea había sido de Salma. Yago siguió la trenza hasta las caderas de Zoraida, unas caderas anchas, poderosas. Su esbelto cuerpo era bien proporcionado, aunque sentada en el taburete las nalgas recrecían la forma del vestido, reforzando el poderío de sus caderas.

—Hola, mudéjar —saludó Yago, apoyándose en el vano de la puerta del telar de lazos.

—Hola, cristiano —respondió Zoraida, dándose la vuelta insinuante.

—Esta mañana he tenido una aparición. He visto a una mujer en el mismo sitio en el que estábamos cuando pusieron la primera piedra de la catedral. Una mujer rodeada por un halo de misterio.

—¿Y qué te ha dicho?

—Nada. Solo me ha enviado un beso.

—¿Y qué has hecho con ese beso?

—Envolver un regalo.

—¿Para quién? —preguntó Zoraida, levantándose sensual del taburete.

—Para ella.

—¿Puedo verlo?

—Ya lo estás haciendo.

—¡Niños! esas manos, que luego van al pan —dijo Salma, llegando por detrás—. Tenéis que casaros enseguida o vamos a tener un disgusto.

—¡Salma! —protestó Zoraida—. ¡Voy a terminar poniendo una puerta!

—Ya, para dejarla abierta todo el día. Si sabré yo el miedo que tienes.

—¿De qué tienes miedo, tonta? —preguntó Yago.

—De nada —respondió Zoraida, mirando a Salma con ojos de regañarla.

—Vamos a comer, que este chaval tiene que volver al tajo —dijo Salma.

—¿Bueno, ya eres oficial o no? —preguntó Zoraida mientras seguían a la mujer persa hasta la cocina.

—No. Ya te dije que era muy difícil.

— ¡Yagoooo! —llamó Salma al cantero—. No le hagas rabiar que luego tengo yo el rezo toda la tarde.

—Pues claro que lo soy, cariño. Gracias a tu beso.

—¡Corre, ahora! —asaltó Zoraida a Yago, cuando Salma había entrado en la cocina.

Salma asomó la cabeza furtivamente por la puerta y pudo ver cómo dos enamorados se comían a besos. «Tengo que casarlos ya», pensó.

Cuando Yago se despidió de Zoraida para volver a la fábrica, y ante su insistencia, la mudéjar le contó lo que la inquietaba.

—El otro día me crucé con Faridah.

—¿Dónde?

—Fui a casa de Abrabanel. Me la crucé en la aljama.

—¿Y qué te dijo?

—Me miró con ojos rencorosos y me dijo que la ley del talión me perseguiría siempre. Luego me llamó falsa cristiana y siguió su camino.

—Creo que no debes hacerle caso.

—No sé. Desde que se casó con el imán, me odia.

—Te odia desde antes. Otra cosa es que el imán la convenciera para que se casara con él. De todas formas, no puede hacerte nada. En la aljama saben que están sujetos a los alcaides del Concejo. Además, ahora eres cristiana. A no ser que cambies de color, como el lagarto de Salma.

Zoraida le dio una patada en el culo al cristiano al tiempo que este se iba. Después, salió corriendo tras él.

—¡Casémonos! —le dijo, poniéndose frente a él y agarrándole del sayo.

—Pero...

—¡Por favor! Tengo ya diecinueve años. Las noches se me hacen eternas sabiendo que estás tan cerca y a la vez tan lejos. Entre nosotros no hay ninguna celosía, ningún ajimez nos separa, ¡pero estamos aún tan alejados!

—¿Tanto lo deseas?

—Como la noche desea al día, con el que solo puede verse dos breves instantes.

—Pero no soy más que un sencillo oficial.

—Otros nada son y familia tienen. Además, tenemos el taller. Y tu esposa vestiría a las Reinas —dijo la mudéjar poniéndose digna como una noble.

—No sé.

—¿El qué? ¿Acaso no me quieres?

—Sí, sí. Claro que sí. Lo que no sé es si tendré pesadillas durmiendo contigo.

Zoraida le sacudió en la cabeza y luego buscó algo que lanzarle.

—¡Se lo diré! ¡Pero lo mismo es él el que se quiere casar contigo! —gritó Yago dos calles más abajo.

«Será bobo» pensó Zoraida. «Hoy está contento mi cantero».

2

Esa jornada de primeros de junio había salido despejada y fresca. Las nubes del día anterior se habían retirado durante la noche y un fino relente había amanecido sobre los tejados de la ciudad. El maestro Ricard, que ya se había hecho a la capital castellana, sabía que el sol comenzaría a calentar la piedra y a templar las calles en cuanto cogiera altura, aunque sin hacer muchas concesiones a los frioleros. El maestro se echó el capote por encima y salió de su casa. Había quedado con sus maestros en el tinglado de la obra para inspeccionar la fábrica, pero antes quiso adelantarse para ver la fábrica desde la perspectiva de la calle de Cornería. Ricard recorrió la rúa, por la que se encontró con algunas almas que ya se dirigían a sus labores. Algunos peregrinos retomaban el camino jacobeo, no sin antes pasar por la iglesia de Santiago. En poco tiempo, Ricard se encontraba en la parte superior del muro norte del transepto, en la calle de Cornería. Al final, la orografía del solar se volvió fiel aliada del maestro, pudiendo ofrecerle una visión de conjunto de la fábrica de la que carecían sus homólogos en otras fábricas.

Desde donde un día habría de estar la portada norte del transepto se veía el encuentro entre la vieja catedral y la nueva. Un encuentro en el que la antigua basílica se resistía a perder su título de sede episcopal, manteniendo su esencia a pesar de haber perdido ya sus tres ábsides. Apenas separadas entre sí, la sede románica aparecía pequeña y empequeñecida ante las dimensiones de la nueva catedral, cuya cabecera, con la nave principal totalmente abierta a la altura de los pilares del crucero, parecía querer engullir al viejo templo. Como un monstruo sobrenatural, la cabecera de la nueva iglesia se sostenía sobre sus pétreas patas, arqueadas sobre sí mismas, confiriendo al templo un aspecto arácnido que a algunos burgaleses les pareció temible. Casi no había distancia entre las dos catedrales. Dos pasos escasos separaban el final del viejo templo, ahora amputado, del inicio del nuevo, aún sin terminar. Dos pasos de siglo y medio de distancia.

La nueva catedral solo había requerido de la vieja los tres ábsides para poder levantar los pilares torales del lado este del crucero. Solo una pequeña parte de su historia para poder llevar a cabo el relevo de la sede episcopal. Con estos pilares, la nueva catedral pudo terminar su cabecera y así estar dispuesta para acoger la sede del obispo y el coro de los canónigos. El silencio reinaba en el entorno catedralicio y la quietud campaba por ambas edificaciones. Solo los tímidos y discretos gorriones tenían permiso para ir de un templo a otro, jugando con sus aéreos movimientos entre ménsulas y tracerías, cubiertas y plementos, como etéreos maestros de la Divinidad. Ricard dejó a sus minúsculos colegas que realizaran las comprobaciones que el Señor les había encargado y se dirigió a la casa de la obra, donde los maestros ya le estaban esperando.

—Buenos días nos dé Dios —saludó el maestro de obras al llegar a la casa de la obra.

—Alabado sea —contestaron los maestros.

—Parece que la mañana ha salido fría —dijo Pietro de Lombardía.

—Fresca, Pietro —dijeron al unísono Sabine y Diego de Trasmiera, provocando las risas de los congregados.

El grupo de maestros se dirigió al interior de la obra, a la que entraron por la puerta del brazo norte del transepto. Por fin se habían concluido los trabajos en la cabecera y ya no se podía avanzar más mientras no se continuase con el desmontaje de la antigua catedral. El altar mayor, el presbiterio, la girola, el deambulatorio y las cinco capillas absidiales estaban ya abovedados y techados. Solo quedaban por ser instaladas las vidrieras de los ventanales de la nave de la cabecera, pero no se iban a colocar hasta que encontrase un maestro vidriero que estuviera a la altura profesional. Y también personal. Ludovic de Poitiers, el maestro vidriero que estaba trabajando en la iglesia de las Huelgas, y con quien el maestro Ricard ya había hablado para acometer las vidrieras, le había dejado hacía unos meses por un trabajo en la catedral de Bourges. Ricard necesitaba un buen vidriero y todavía había tiempo de encontrarlo.

Acompañado por sus maestros y por el canónigo fabriquero, el maestro de obras entró por la puerta de la obra al transepto. Desde abajo pudo examinar el muro norte del transepto, que serviría de basamento a su fachada cuando se retomasen los trabajos en esa nave. Un andamiaje ascendía pegado al muro hasta la calle de Cornería, donde antes había estado contemplando ambas catedrales. Después se dirigió hacia la capilla cuadrada del brazo norte del transepto, la del chantre, que ya se conocía como la de San Nicolás, santo a la que iba a estar consagrada. Aún sin terminar, ya se preveía que su hechura sería de propio austera, fría, casi eremítica.

El maestro de obras, seguido por su comitiva, se encaminó luego por el deambulatorio. Los tres tramos rectos de la parte del evangelio, ya cubiertos con cúpula y techumbre, se presentaban esbeltos y límpidos a los ojos del maestro. Antesala de la girola, el deambulatorio llamaba a la oración e invitaba al recogimiento, a pesar de la abierta conexión con la nave del presbiterio. El primer tramo del deambulatorio carecía de ventanal, ya que el muro era compartido con la capilla de San Nicolás y además albergaba la escalera de caracol que accedía a la galería del triforio. El segundo y el tercer tramo disponían de sendos ventanales que, rasgando el muro desde el zócalo, se elevaban buscando el arco formero exterior del tramo en el que se ubicaban. Eran unos ventanales de similar hechura a los del claristorio, aunque más estrechos, compuestos por dos lancetas[57] que se alargaban en toda su longitud hasta el óculo cuadrilobulado que quedaba justo debajo del arco ojival de remate del ventanal.

Caminando por el térreo suelo el maestro examinó el abovedado de cada tramo de la girola, en la que los absidiolos se abrían como reducidos refugios de religiosidad. La abierta arquería del trasaltar y del presbiterio permitía a la piedra de las canteras de Durán repartir la luz, introduciéndola en estas pequeñas capillas absidiales. El maestro se introdujo en cada uno de los oratorios, que estaban trazados de forma semicircular en cada tramo del ábside, para examinar su factura. En todos ellos, un estrecho y esbelto ventanal dejaba pasar la luz, algo ensombrecida en los dos más cercanos a la mole del palacio.

Tras recorrer toda la girola e inspeccionar el deambulatorio en el lado de la epístola, de igual concepción y fábrica que el lado del evangelio, pasaron a la nave del transepto sur. Los muros de levante estaban recrecidos casi hasta el arranque del triforio, y en su primer tramo se abría una capilla cuadrangular semejante a la de San Nicolás. En la pared sur, la portada del obispo Mauricio, como ya se conocía en la obra, estaba abierta en el muro mediante una cimbra, en espera del estudio y replanteo escultórico. Una rampa de tierra descendía entre los dos palacios hasta la plaza del Sarmental. De vuelta hacia el interior del inacabado templo, la nave central de la cabecera se elevaba por encima del deambulatorio y las columnas del altar y del presbiterio se elevaban con decidida autoridad a buscar las bóvedas, en las que las columnillas adosadas de los pilares se repartían dibujando los nervios de crucería y los arcos de los ventanales, carentes aún de cobertura vítrea. La luz que por ellos entraba se estrellaba en la nívea piedra de Hontoria, que devolvía la luminosidad hacia todos los rincones de la inacabada nave,

57 Ventanas muy altas y estrechas rematadas con un arco agudo y afilado, que se asemeja a la punta de una lanza. En ocasiones forman un ventanal por sí mismas y otras veces el ventanal se divide en varias.

donde las cúpulas hacían la doble función de proteger a los fieles de las inclemencias del tiempo y de propagar la luz que les llegaba, rebotándola en todas direcciones.

—Es una pena que todavía no esté vidriada la cabecera —comentó el canónigo mirando el claristorio.

—El obispo manda, Johan —dijo el maestro Ricard.

—Y el tiempo, maestro —señaló el canónigo.

—El tiempo es nuestro, Johan. La cuestión es cómo lo medimos y qué queremos que pase mientras transcurre. La cabecera está sin vidriar porque hace falta un maestro vidriero que aún no tengo. Solo era cuestión de tiempo, pero el obispo quería consagrar toda la cabecera cuanto antes, aunque estuviera sin vidriar.

—Pero esperar al vidriero retardaría la consagración.

—Supongo que mucho más de lo que el obispo hubiera deseado. Pero habríamos seguido con la construcción y se podría haber consagrado un templo más grande.

—Pero no podemos tirar la vieja catedral aún. Es la sede del obispo.

—Que está aquí desde el principio de los tiempos, ¿no? —dijo irónico el maestro.

—Pero Ricard, la sede ya no se puede trasladar a cualquier iglesia.

—El Cabildo cabe de sobra en el nuevo monasterio.

—¿En el de San Pablo? Dejemos a los dominicos tranquilos, maestro.

—Por mí, encantado. Pero entonces lo único que puedo ofrecer a don Mauricio es esto.

—Aunque esté sin vidrieras, por mí está bien. Cabemos todos los canónigos. Quizás un poco frío en invierno. Quiero decir fresco —corrigió rápido el canónigo fabriquero, antes de que lo hicieran los demás.

—Pietro, ¿cómo va la cuestión del reparto de espacios? —preguntó Ricard mientras salían a la plaza de la Llana.

—No es fácil, pero va bien. El mayor problema lo vamos a tener en el trasvase de los materiales de una plaza a otra.

—¿A qué te refieres?

—Lo que pretendemos es acumular en la plaza de la Llana el material que salga de la demolición de la vieja catedral, ¿no?

—En efecto.

—Sin embargo, no todo el material va a servir como sillar de paramento, lo que significa que Hontoria y Cubillo seguirán surtiendo su piedra.

—Por supuesto.

—Todo ese material de las canteras habrá que disponerlo en la plaza del Sarmental, donde ya están los talleres de Juan y de Suero, y de Álvar y Hernán. Ya he hablado con ellos y no es necesario mover sus talleres. Pero lo que sí que va a hacer falta es organizar bien el tránsito en la calleja entre ambas plazas —explicó Pietro.

—Bien. Ya idearemos algo —dijo el maestro constructor.

—Había pensado en Nicolle y en Antoine para que se encargasen de eso. Son ya oficiales veteranos y pueden gestionar muy bien esa labor. Además, llevan trabajando juntos toda su vida y lo que más se necesita para la fluidez del tránsito en la calle es una buena compenetración. Creo que son la mejor baza.

—Me parece muy correcto. Habla con Giraud y con Sabine. Lo que decidáis, estará bien. ¿Crees que cabrá todo lo que salga en la parte de la plaza de la Llana de que disponemos?

—Si se va reutilizando según va saliendo, sí. Pero para ello los talladores y los albañiles van a tener que andar muy ligeros. Preveo mucho trabajo estos primeros años.

—Querrás decir mucha presión.

—También.

Los maestros estuvieron revisando la parte exterior del ábside. El maestro de obras inspeccionó con detenimiento cada uno de los diez contrafuertes de la cabecera, buscando algún atisbo de grieta. De cada contrafuerte salían dos arbotantes, uno por encima de otro, como había diseñado el maestro Ricard, y la unión entre ambos elementos arquitectónicos la había resuelto Sabine con gran maestría. Los arbotantes superiores tenían practicada una acanaladura en su parte superior, para la recogida del agua de lluvia que vertería la cubierta de la nave central, una vez colocada. Cada acanaladura llegaba hasta el desagüe, rematado en una gárgola. Sabine había hecho forrar con plomo todas las acanaladuras, siguiendo las instrucciones del maestro Ricard. De esa labor se encargaron los plomeros, que realizaban cualquier trabajo de fontanería que protegiera los edificios de las filtraciones de agua. Ellos fundían y moldeaban el plomo para dar forma a cada pieza, que luego tenían que soldar en la fábrica. El maestro Ricard se puso en contacto con los mudéjares que se encargaban de la extinción de incendios en la ciudad de Burgos, para que estuvieran alertados cuando comenzasen los trabajos de soldadura. Uno de los cometidos principales del maestro constructor era velar por la seguridad y era ya costumbre terminar una gran fábrica sin graves incidentes. Además, Sabine se encargó de que hubiera varios peones provistos con calderos de agua alrededor de los plomeros.

—Bueno. Buen trabajo. Aunque aún nos queda mucho por hacer para terminar toda la cabecera -dijo Ricard, que había subido con todos sus maestros hasta la calle de Cornería—. Johan, habrá que decirle al obispo que, si no continuamos desmontando la catedral románica, esto se queda así.

—Eso, maestro, si quieres se lo dices tú —dijo el canónigo, que ya tenía un trato muy cordial con el maestro Ricard—. Yo solo le voy a decir que puede venir a ver la obra.

—Para eso, ya voy yo —dijo el maestro Ricard, provocando las risas de los presentes.

El obispo Mauricio visitó la fábrica esa misma mañana. Era evidente que el prelado no iba a trasladar la sede a ninguna iglesia de Burgos, como ya había advertido el canónigo fabriquero, así que se acordó una fecha para la consagración de la cabecera, fecha que no tardaría en llegar. Pero antes prepararía la Concordia Mauriciana, en la que distribuiría a los treinta canónigos del cabildo catedralicio en el nuevo coro.

3

La ceremonia de consagración de la nueva sede episcopal contó con la presencia de la reina doña Berenguela y de la reina Beatriz. Con la catedral románica como digno testigo de su propio relevo, ambas Reinas estuvieron acompañadas por una reducida comitiva, debido al también reducido espacio. Solo sus mayordomos, alguna de sus damas de compañía y algún noble asistieron como representación de la Corona. El rey Fernando había preparado su ejército esa primavera con la idea de atacar Jaén. Sobre la festividad de San Juan, la ciudad se encontraba sitiada por el monarca, que no regresaría a Castilla hasta abril del año siguiente.

Las Reinas iban vestidas con finas sayas y largos pellotes confeccionados en el taller de Zoraida. La reina Beatriz llevaba un pellote azul realizado en samito que la misma Zoraida había tejido en su telar. De alguna forma, recogía el testigo de su madre al vestir ahora a su Reina. El tejido llevaba entorchados de oro y motivos geométricos. En cambio, el pellote de la reina Berenguela era de tafetán en color hierba pastel. Zoraida lo había diseñado con farpas, como le gustaba a la Reina, y lo había forrado con un fino algodón en color púrpura.

Durante el año que permaneció en el taller de su sobrina, el tío de Zoraida se ocupó sobre todo de instruir y adiestrar a la joven en el oficio. Además, siguió atendiendo las necesidades de las casas pudientes de la ciudad, aunque, como era de esperar, no todas se mantuvieron leales al taller de los Xama. Sin embargo, gracias a la labor de Yusuf y, sobre todo, a la visita que hiciera Laila a la Reina madre justo antes de su muerte, el taller de los Xama continuó siendo el *tiraz* y vistiendo a las dos Reinas. Aunque ahora era conocido como el taller de Zoraida.

Por la tarde, cuando terminó la ceremonia y las Reinas se retiraron, el maestro Ricard recibió una visita en su casa.

—¿Salma? —saludó extrañado Ricard cuando abrió la puerta.

—Hola, maestro. Espero no molestar

—Tú nunca molestas —dijo Leonor desde el interior de la casa.

—¿Qué se te ofrece? —preguntó el maestro.

—¿Cómo verías que Yago y Zoraida se casasen? —preguntó directa la persa, una vez que se sentaron en el patio de la casa.

—Pero si están hechos el uno para el otro —se apresuró a decir Leonor.

El maestro guardó un momento de silencio.

—Pienso lo mismo que mi esposa, pero también creo que Yago puede llegar a ser un buen maestro y no es propio casarse antes. La cofradía no lo ve bien.

—No lo verá bien cuando el sustento sale solo de un par de manos —dijo Salma—. Además, Ricard, ¿pretendes que esperen ocho años?

—Ya. Es una locura. Es mucho tiempo. Y lo que dices del sustento, te refieres al telar, ¿verdad?

—Que es un *tiraz* —dijo Salma—. Viste a las Reinas y a los nobles. Y esos pagan bien. Tú lo sabes.

—Sí, lo sé. Aunque a mí no me paga un noble —dijo Ricard.

—Cierto. Te paga el obispo, que en la ciudad tiene más poder. Y, además, tu catedral tiene la protección real. La catedral también la promueve el Rey.

—Ya. No sé. Por un lado, está la cofradía —pensó Ricard en voz alta—, y por otro, ¿a qué tanta prisa?

—¿No te lo ha dicho Yago? —preguntó Salma.

—Sí, sí. Me ha dicho que Zoraida tiene ya diecinueve años y que quiere casarse.

—Si se casaran —intervino Leonor— Zoraida afianzaría su posición entre la comunidad cristiana. Recuerda que es una conversa y todavía hay gente que no la ve bien. No se fían de su conversión.

—¿Por qué?

—Porque la gente es así —respondió Leonor.

—Y porque, precisamente, el taller va muy bien —dijo Salma—. La gente es envidiosa y recurre a cualquier excusa para justificar su incapacidad de tener lo que otros poseen.

—Ya. Y tú, ¿qué piensas? Zoraida te quiere como si fueras su madre —dijo Ricard.

—Y Yago a ti, como si fueras su padre —dijo Leonor.

—Pues eso, ¿qué hacemos con nuestros niños? —preguntó Salma.

—Ocho años es demasiado tiempo para esa mujer —dijo Leonor—. ¿Se pondría en...?

—Veintisiete. Ya empieza a ir tarde para el matrimonio. Tiene oficio, así que no se puede posponer mucho más —dijo Salma.

—¿Para la primavera que viene? —propuso Ricard.

—¿Y para este otoño? —dijo Salma.

—¿Tan pronto? —preguntó Ricard.

—Se pare mejor en verano.

—Eso es verdad —dijo Leonor.

—¿Está preñada? —dijo asustado Ricard.

—No, pero lo estará en cuanto se junten. ¿No te has fijado qué caderas tiene?

—Salma —comenzó a decir Ricard, mientras la acompañaba a la puerta de la casa y ante la apabullante argumentación de ambas mujeres—, no puedo subirle el sueldo a Yago. Los demás oficiales no lo verían bien.

—Por eso no te preocupes. Cada uno de nosotros aportará lo que pueda. Por cierto, yo tampoco se lo puedo explicar a la cofradía —le dijo Salma al maestro, compadeciéndose de la labor que le quedaba.

—Y esta buena mujer, ¿cuántos años tiene? —preguntó Leonor, mientras Salma se alejaba por la calle.

—Todos, Leonor, todos.

Anno Nostrae Salutis 1230
Septiembre

4

Los esponsales de una boda concretaban un acuerdo matrimonial entre dos familias. Sin embargo, tanto Yago como Zoraida eran huérfanos. No obstante, ambos tenían un tutor que cuidaba de sus intereses. Yago, como oficial del maestro Ricard, tenía a este como su responsable. Y su mujer, Leonor, estaba encantada de tenerle en la familia. La familia del maestro era la familia de Yago. Por parte de Zoraida, Yusuf estaba muy lejos, y además era mudéjar. Por eso, y por el tiempo que llevaba viendo crecer a la niña, Salma se había erigido en su tutora, a lo que nadie se había opuesto en el Concejo. Como le dijera Laila a la Reina, ella era la tenente de la ciudad y sabía que hilos debía tejer. De esta manera, Salma era la actual familia de Zoraida. Además, la persa era una mujer muy respetada.

Salma entraba y salía de las aljamas con total libertad. Cuando llegó a Burgos, lo hizo sola. Hassan había muerto en sus brazos en Toledo. Viuda, y ya mayor, se quedó no solo sin el amor de sus ojos, sino que también perdió su sustento diario. El negocio de Hassan, como pergaminero, no daba grandes sumas, pero el judío Abrabanel se encargaba de cuidar de sus ahorros. Como les dijo Binyamin de Tudela, en Toledo encontrarían a Moshé Abrabanel, y en esa ciudad se habían instalado al llegar a España. Cuando Hassan murió, Abrabanel le preguntó a Salma que de qué iba a vivir. La persa le contó la historia del tesoro de Colmar, la fortuna de los Koppel. Abrabanel sabía algo de la historia, pero desconocía lo de los nizaríes. A quien sí conocía era a Benesh. Sabía de su infinita codicia y de la limitada confianza que había que dispensarle. De hecho, también le había costado mucho dinero tratar con él. El negocio de las especias era muy rentable y cuando Abrabanel quiso meterse, el judío de Venecia le engañó. Cuando Salma le contó lo de Koppel a Moshé, este, al igual que hiciera Benesh con el mercader de Qazvin, quiso cobrarle su felonía.

Abrabanel le preguntó a Salma qué necesitaba para poder vivir una vida digna y ella le dijo que, aunque el gremio de pergamineros la cuidaría, quería irse de Toledo. Le sumía en una gran pena salir a las calles de la ciudad donde había vivido con Hassan. Salma buscaba algún sitio tranquilo donde pudiera vivir en paz. Solo quería una casa y un sustento diario el resto de su vida. Moshé le planteó vivir en Burgos. Allí residía su hermano Binyamin y él podía conseguirle una buena casa. Además, le propuso un pago mensual para sus necesidades, que su hermano le daría periódicamente. Salma solo tenía que proporcionarle los anillos.

Salma accedió, pero con una condición: debía recuperar los anillos. Moshé Abrabanel se presentó en Venecia, pero únicamente pudo recuperar la mitad del tesoro de Colmar. La otra mitad estaba custodiada en el palacio del dux de la ciudad de los canales, Domenico Michiel, como depósito para los gastos de la cruzada veneciana en la que participaba. A su retorno a Venecia, y sin haber empleado la fortuna retenida de los Koppel, el dux la devolvió a su original lugar de custodia, donde esperaba su retirada con las mismas condiciones: la presentación de los anillos. Por su parte, Moshé Abrabanel cumplió su parte del trato y devolvió los anillos a Salma a través de su hermano Binyamin. Hacía unos días los anillos los había recogido Aarón, el hermano de Yehudah.

Salma y Leonor formalizaron los esponsales de Zoraida y de Yago el segundo domingo de septiembre. Aunque la situación económica del novio era mejorable, algo en lo que trabajaba todos los días, Zoraida iba asentando cada día su taller, como lo hicieran sus padres cuando llegaron a Burgos. Además, los dos tenían el respaldo de los ahorros de Salma, que Aarón tenía a buen recaudo, además de nuevas instrucciones.

Tras la entrega de las arras a la novia, por la que Yago recibía la autoridad de Salma sobre Zoraida, se pronunciaron los votos de *verba de futuro subsequente copula*, y se formalizaba el enlace. Salma y Leonor determinaron que la confirmación del compromiso y del valor de lo pactado, así como las cuestiones de engaño o deshonra, quedaban fuera de lugar, fijando la boda para dos semanas más tarde.

La noticia de las nupcias tuvo la propagación necesaria, aunque en menor medida que las de la boda de Ricard y Leonor. La ceremonia se celebró en el patio de la casa de Zoraida. Las trabajadoras del taller se habían encargado de engalanar el patio, que estaba cubierto por pliegos de lino blanco, colocados sobre tendales, y adornado con cintas de seda de vivos colores. Salma se había ocupado de las flores, ayudada por Leonor y por las hijas de Eloísa, una amiga de Zoraida. La anciana había confeccionado varias tiras floreadas formando arcos, que pendían bajo los linos de la cubierta, y había tapizado el suelo con las flores de las retamas y unos pétalos de sus rosas de Siria.

Zoraida iba vestida con un elegante vestido azul de seda color lapislázuli confeccionado en su propio taller por sus costureras y tejedoras. El vestido lucía unos preciosos entorchados de oro a lo largo de todo el talle que remarcaban la esbelta y contorneada figura de la novia. Laura había recogido la melena de Zoraida en una redecilla, de la que salían dos trenzas adornadas con una cinta roja que, cruzándose por detrás de la nuca, se encaramaban hasta arriba formando una corona, que Salma había perlado de margaritas. Yago iba vestido con unas calzas rojas de fino algodón y un elegante sayo de lino color crudo que Leonor se había encargado de que realizasen en el taller de Raimundi. Y, por una vez, iba peinado.

Un alcaide del Concejo de Burgos presidió la ceremonia. Al lado del alcaide, y atento a todo cuanto sucedía, el padre Norberto disfrutaba de la felicidad de sus discípulos. Él siempre le había dicho a Yago que no hay obligación más inexcusable para el ser humano que hacer feliz al prójimo. Y ahora estaba disfrutando de la visión de dos almas muy felices.

El alcaide dio inicio a la ceremonia y Salma puso la mano de Zoraida sobre la de Yago, simbolizando la transmisión de la autoridad que, como tutora, tenía sobre ella. Después, sobre los hombros de Zoraida y de Yago, Sabine colocó el *pallium*. Entonces, Yago y Zoraida se giraron un poco para verse las caras. Sus ojos brillaban con la luminosidad que solo emite la más pura de las felicidades. Una felicidad naciente de un amor sincero y entregado. Zoraida había vuelto a marcarse el contorno de sus almendrados ojos. Sabía que a Yago le gustaba esa costumbre mudéjar. Yago miraba a su mudéjar como si no existiera nada en el mundo más que ella y Zoraida miraba a su cristiano dichosa de ver cumplido su anhelado sueño. Una bocanada de aire les llevó el aroma de las retamas y de los nueve años de encuentros en la discreción de su entramado. Nueve años en los que ambos se habían visto crecer y habían hecho crecer el amor que se tenían. Nueve años de imágenes que se agolpaban frenéticas en sus memorias. Laila, Marta, Amín, Martín, Yusuf, Beatriz, Úrsula. Pero ahora el tiempo se había detenido, bloqueado por la hipnotizadora mirada de los novios. A punto de quedar roto el encanto por la impaciencia del alcaide, los novios pronunciaron los votos de *verba de presenti*, su consentimiento mutuo y sincero de entregarse el uno al otro.

En ese momento, con precisión numérica, Yehudah acercó los anillos en una pequeña bandeja plateada. Tocado con una kipá, su amigo iba ataviado con su sayo, bajo el que llevaba un *talit katan*, el manto de oración judío, con sus cuatro tzitziot, unos flecos especiales torcidos y anudados que evocaban los mandamientos de Dios. Aunque eso solo lo sabían los tres amigos. Los anillos, un poco más anchos que lo normal y con un brillo muy luminoso, llevaban en su interior unas letras hebreas que recordaron a Yago y a Zoraida dónde estaban escritas: *Mazel tov*.

Zoraida le puso a Yago el anillo en el dedo corazón de la mano derecha y, después, Yago le puso a Zoraida el anillo en el dedo corazón de la mano derecha. Luego, como hiciera su maestro, le colocó a su amada un sello en el pulgar derecho, significando la autoridad que poseía para administrar sus propios bienes. Después se miraron y se besaron con dulzura en la boca, confirmando así su unión.

Tras la ceremonia del alcaide, se dirigieron a la iglesia de San Román, al lado del taller, en la que se celebró una misa seca sufragada por Salma y Ricard. La breve ceremonia religiosa la celebró el padre Norberto, con la dispensa del abad y del Cabildo. Para finalizar el día de bodas, se celebró un banquete en el patio del taller.

Repartidas por la mesa había viandas de recetas cristianas, mudéjares y judías. Había vino e hidromiel. Y sobre todo había risas. Muchas risas y carcajadas. El tiempo acompañaba. El veranillo de San Miguel hacía gala de su buena fama y se disfrutaba en Burgos de una agradable temperatura. Quedaba una semana para el día de San Miguel, aunque para Zoraida esa fecha era muy triste. Se iban a cumplir tres años de la muerte de su madre.

Ricard y Salma habían contratado a unos músicos ambulantes que se presentaron después del convite. Durante el resto de la tarde animaron a los presentes, jóvenes y no tan jóvenes, llenando el patio de alegría y disfrute. Salma, sentada en una cómoda silla que Yago había encargado a Suero de Boñar, miraba con regocijo todo cuanto la rodeaba. Por fin había casado a esos niños que durante tantos años había visto crecer. Primero desde el ventanuco de su alcoba y después, cuando las retamas hicieron secreto su amor, en la salita de su casa. Tardes contando los cuentos persas de las mil y una noches. Tardes de risas y confidencias. Tardes de drama y tragedia. Tardes en las que Salma había presenciado otra inquietante huida a través del escueto espacio de su salita. Y, por fin, tardes de felicidad. La vida volvía a sonreír para ella.

A medida que fue cayendo el sol se fueron despidiendo los invitados. Al final del día, Zoraida acompañó a Salma a su alcoba y Yago cerró las puertas de ambas casas.

La alcoba de Zoraida y Yago estaba sobre el taller de lazos. A ella se accedía por el pasillo que comunicaba la salita con el resto del taller. Zoraida estaba ya en la habitación cuando llegó Yago. La estancia olía a ropa limpia. Se notaba la mano de Salma, pues también flotaba en el aire el aroma de sus rosas de Siria, repartidas sobre la colcha. Todavía había luz en el exterior y el ventanuco de la alcoba, aun sin cubrir, permitía su acceso, reflejando en las encaladas paredes. Yago miraba a Zoraida. Esbelta y torneada, el recogido de su melena dejaba desnudo un sensual cuello. Zoraida se estiró un poco, presentando su busto para reclamar a su amante. Yago se recreció y se acercó a ella. El pecho del cantero se le antojaba a la tejedora grande y fuerte. Zoraida soltó las tiras que sujetaban su vestido y lo dejó caer al suelo. Yago se sacó el sayo y se quitó las calzas. El sol entraba tímido por la ventana, regalando la luminosidad justa para resaltar la belleza de ambos cuerpos desnudos. Los amantes se acercaron. Las manos de Yago buscaron las caderas de Zoraida y los brazos de Zoraida recorrieron los de Yago. Apenas a unos dedos de distancia, sus ojos se escrutaron sin buscar nada mientras sus bocas recorrían el rostro del otro. Como la presa que explora donde atacar, poco a poco sus labios comenzaron a encontrarse. Casi furtivos al principio, empezaron a besarse con fruición al tiempo que sus cuerpos mostraban su pasión. Una vez que cayeron tendidos sobre el jergón, el sol se retiró sumiendo la alcoba en una discreta oscuridad y dejando a los amantes solos en su anhelada intimidad. Por fin estaban juntos.

Al despuntar el día, un gorrión trinó en el poyete del ventanuco. Yago se lo había dejado abierto y el pajarillo se encargó de despertar al joven marido. A su lado, Zoraida aún dormía. La noche no había refrescado mucho y la mudéjar estaba medio destapada. Unos contorneados hombros enmarcaban su cuello, ahora tapado por su cabellera, que, alborotada, cubría la mitad de su espalda. Yago deslizó, sutil, un dedo a lo largo de la espalda de su esposa.

—Uhmmm.

—Buenos días, tejedora.

—Buenos días, cantero.

—¿Qué tal ha dormido mi esposa?

—Bien —dijo Zoraida al tiempo que se giraba y se desperezaba—. Y mi esposo, ¿sabes si ha dormido bien?

—Creo que no.

—¿Por qué?

—Me ha dicho que porque ha sido muy breve —dijo Yago, abalanzándose sobre su amada.

—Quieto, amor. Nos va a oír Salma.

—Aún es temprano. Ni siquiera nos acompaña el sol.

Cuando los rayos del sol entraban por el ventanuco, las mujeres comenzaron a llegar al taller. Salma se había encargado de abrir la puerta mientras los amantes retozaban embelesados.

—¿Me vas a decir algún día de dónde has sacado esto? —preguntó Zoraida a Yago mostrando el colgante que siempre llevaba el cantero.

—Pero, ¿dónde estaba?

—Te lo quitaste ayer con el sayo. Estaba aquí en el suelo.

Yago, a medio vestir, le contó a Zoraida su encuentro con la reina Beatriz en la biblioteca del monasterio.

—Y por qué no se lo llevas a Aarón Abrabanel y que lo haga limpiar. Mira cómo ha dejado los anillos. Además, así podrás lucirlo —dijo Zoraida.

—Tengo otra idea. Lúcelo tú. Me lo dio una reina y yo se lo doy ahora a otra.

—¡Niños! ¿Hoy no se trabaja? —se oyó decir a Salma desde la escalera de la alcoba.

—¡La fábrica! —exclamó Yago.

—¡El taller! —le siguió Zoraida.

Tras levantarse del lecho de un salto, Yago y Zoraida se vistieron apresuradamente.

—¡Espera, espera, espera! —le dijo la tejedora al cantero cuando Yago enfilaba las escaleras para bajar de la alcoba, y cogiéndole la cara le regalo un profundo beso—. Te espero en casa, amor.

5

En 1229, el esfuerzo reconquistador de los reinos cristianos mantenía diferentes fronteras, mientras que en casi todo al-Ándalus había sido reconocido el caudillo murciano ibn Hud. El veintinueve de septiembre de 1230 el rey de Castilla levantó el asedio de Jaén y se dirigió con su hueste hacia Toledo. Seis días después llegó la noticia de la muerte del rey de León a la ciudad del Tajo. Doña Berenguela salió al encuentro de su hijo y lo halló en Orgaz, desde donde partieron hacia León. La intención del rey Alfonso IX era que el Reino lo heredaran sus hijas doña Sancha y doña Dulce, habidas de su matrimonio con Teresa de Borgoña. Sin embargo, Fernando no iba a renunciar a su derecho como heredero, derecho reconocido por su propio padre y jurado ante las cortes, que no había sido nunca revocado. Aunque para algunos magnates leoneses existía otra salida, que consistía en nombrar al infante Alfonso de Molina, hermano del rey Fernando, heredero al trono leonés. El infante estaba en sintonía con su hermano y con su madre doña Berenguela, por lo que esa opción nunca prosperaría.

Sería doña Berenguela quien lograse la corona de León para su hijo Fernando tras el acuerdo de Benavente, por el que las infantas recibían una considerable compensación. Así, tras haber sido reconocido por el poderoso Concejo de Toro, Fernando entraba en León con el respaldo de gran parte del Reino. Sin embargo, el merino mayor del reino leonés, García Rodríguez Carnota, se hizo fuerte en las Torres de León, el palacio del Rey, mientras Diego Froilaz, uno de los magnates, se instaló en la torre y la iglesia de San Isidoro. Al final, el reconocimiento del rey castellano como rey de León, el siete de noviembre, terminó con el desacato, quedando unificados ambos reinos en la misma Corona, la del rey Fernando III de Castilla y de León.

XIX
EL MAESTRO VIDRIERO

Anno Nostrae Salutis 1231
Junio

1

A principios de junio de 1231, Yago pasó el peor día de su vida. Esperaba sentado en la salita de la casa de Salma, acompañado por la mujer persa. Ya muy envejecida, aún mantenía esa templanza con la que Yago había aprendido a dar el justo valor a las cuestiones de la vida. Y esta tenía todo el valor. En la alcoba de encima del taller, Zoraida estaba siendo atendida por dos parteras. La estancia estaba bien caldeada, quizá demasiado. En un brasero se había puesto una olla con agua, para lavar a la madre y a la criatura tras el parto. El jergón vestía ropa de cama limpia y las parteras disponían de abundantes paños y trapos, puestos sobre el arcón. También estaban con la futura madre Leonor, la esposa de Ricard, Sabine, la maestra cantera, Marcella, la mujer de Pietro, y Eloísa, una de las costureras de Zoraida. Todas eran madres y su presencia era muy importante para mantener la confianza y la esperanza de la primeriza.

Yago recordaba que su madre había muerto cuando él llegó a este mundo. Ahora comprendía por qué su padre, a veces, le miraba vacío. Por su culpa, el amor de su vida se había ido muy pronto. Y lo había hecho para siempre, dejándole una criatura a la que no conocía y a la que no sabía cómo tratar. Ese chico era el responsable de que se encontrara sumido en una profunda tristeza. Una desazón tan grande que solo se podía esconderse de ella estando ocupado, trabajando en las acequias y los molinos. Yago comprendió que, en cierto modo, su padre lo apartaba de su lado para no sentirse más apenado. Aunque también sabía que le quería. El mismo recuerdo de Marta hacía que su padre no dejase nunca de quererle. Por eso Martín vivía siempre en una constante lucha consigo mismo.

Un alarido como nunca había escuchado le arrancó de sus pensamientos. Yago se levantó de un salto. Salma apenas pudo decirle nada. Cuando estaba a punto de subir, Pietro y Ricard le retuvieron.

—¡Zoraida! —gritó Yago, intentando zafarse de los dos maestros.

—Tranquilo, Yago, no pasa nada —le dijo Ricard—. Esto es así.

—Pero, ¿por qué ha gritado de esa forma tan espantosa? —preguntó angustiado Yago.

—«Parirás con dolor», dicen las escrituras —dijo Salma poniéndose delante de Yago. Ella sabía que su presencia hacía de bálsamo para Yago, pero era ya muy vieja para andar corriendo detrás de él—. Ven y siéntate conmigo. Las parteras saben hacer su labor. Además, el hermano de Yehudah ya ha avisado al galeno, por si hiciera falta.

—Vamos, Zoraida, empuja —decía una de las parteras—, ¡empuja!

Zoraida, cogida de una mano por Sabine y de la otra por Eloísa, empujaba con fuerza, pero aún no aparecía la cabeza de la criatura. La otra partera preparó un ungüento y, cuando lo tuvo listo, lo frotó por el vientre de la preñada.

—Empuja, niña, empuja —le dijo la partera—. Empuja.

Zoraida se esforzó de nuevo. Empapada en sudor, la tejedora respiraba fuerte y muy seguido, mirando fija a la partera. Las contracciones luchaban por expulsar del cuerpo esa vida que durante casi nueve meses había estado en su interior. Pero el dolor era tan brutal que el propio cuerpo intentaba evitar la salida del bebé. Zoraida soplaba con fuerza. Miraba a Sabine.

—Empuja, Zoraida, ¡empuja!

Después, cerraba los ojos con fuerza, se doblaba sobre sí misma lo que su cuerpo le dejaba y apretaba con todas sus fuerzas.

—¡Jiaaaaah!

De nuevo Yago saltó del banco y de nuevo fue retenido por los maestros. Yago escuchaba a las parteras azuzar a su mudéjar. Oía a las madres cómo animaban a su tejedora. Sabía que estaba en buenas manos. Entre gente que la quería. Pero no podía evitar la desazón.

Zoraida abrió los ojos de forma exagerada, entre espantada y dolida, entre confusa e interrogante. Entonces miró a Eloísa.

—Respira, niña, respira. Eso, muy bien.

—Otra vez —dijo una partera—, ¡vamos!

Zoraida apretó de nuevo. Empujó con todas sus fuerzas. Hacía tiempo que quería tener un hijo de Yago. Hacía tiempo que quería darle un hijo a su esposo. Pero ahora esa criatura le estaba doliendo como nada lo había hecho jamás. Necesitaba parar ese dolor tan inhumano. Necesitaba detener ese infernal suplicio. Debía sacar a su bebé de sus entrañas.

—¡Jiaaaaah! —gritó otra vez Zoraida.

Yago hizo el amago de levantarse, pero entendió que eso era así, como le había dicho Ricard. El sol estaba a punto de ponerse, dando por finalizado ese día. La casa se había llenado durante horas de voces y gritos, de esfuerzos y dolor, de zozobras y esperanzas. De repente, un silencio quedo inundó toda la casa. Un silencio muy diferente al mutismo de la biblioteca del monasterio. Un silencio sepulcral. Un silencio turbador.

Yago regresó de sus oraciones alarmado por un nuevo grito. El grito del silencio. Se levantó para escuchar mejor. Nada. Miró a Salma. Prieto asomó por la puerta que accedía a la escalera de la alcoba. Yago se movió, confuso. Su mirada interrogaba al maestro. Salma se puso de pie y agarró a Yago.

Zoraida había estado luchando con todo su ser contra sí misma. Su cuerpo, joven y fuerte, batalló hasta la extenuación, hasta el agotamiento. Su deseo de tener un bebé se encontró con la necesidad de parar un dolor tan desgarrador como cruel. Un dolor feroz, que solo acabaría cuando la criatura saliera de sus entrañas. Un dolor brutal e injusto, porque el amor que profería por ese arrapiezo que llevaba dentro no podía ser tan doloroso. Y sin embargo lo era. Lo había sido.

Un llanto bajó desde la alcoba. Un llanto agudo, casi estridente. Un llanto de vida.

—Yago, sube a ver a tu hijo —le dijo Leonor, que había bajado de la habitación—. Zoraida te llama.

Zoraida parió una hermosa criatura. La gestación no había cumplido el noveno mes, pero el niño nació bien de salud. Era un varón. La partera, después de haber limpiado la mucosidad de la boca y de la garganta del niño para provocar su llanto, le lavó, primero en agua tibia y después en leche. Después envolvió al bebé en paños de algodón y se lo pasó a Leonor. La mujer de Ricard observó a la criatura junto a Marcella. Zoraida, demacrada y bañada en sudor, miraba a su bebé y dudaba de si podía cogerlo. Estaba tan cansada y dolorida que temía que se le cayese de las manos. Leonor pasó a Marcella el bebé y bajó a avisar a Yago. Marcella cogió a la criatura y la puso en el pecho de la tejedora. Un cúmulo de sensaciones acudió a Zoraida. Una vida nueva descansaba apoyada en su pecho. Sus ojos oscuros, casi negros, la miraban quietos, interrogantes. Los dos eran entre sí unos desconocidos. Pero él sabía que ella era su madre. Y ella, por fin, miraba esa vida que había llevado en sus entrañas.

—¿Y Yago? —preguntó casi en un susurro, sin dejar de mirar a su hijo.

—Sube ahora, cariño, sube ahora —le dijo Sabine.

2

Treinta y tres años antes de que el conde Diego Rodríguez fundase Burgos, unos cuantos cristianos vivían como ermitaños, refugiados en cuevas en las cercanías de Córdoba. Habían huido de la ciudad escapando de la vejación de los nuevos moradores. Un día, un monje del monasterio dúplice de Tábanos, a siete millas al norte de Córdoba, bajó hasta la ciudad. Era un joven sacerdote de familia ilustre cordobesa, buena educación y conocedor del árabe. Había servido como administrador de las rentas de Abderramán, pero, hastiado del comportamiento persecutorio e intolerante de los musulmanes, había huido al monasterio. Sin embargo, los hostigamientos no cesaban ni en la ciudad ni en el campo. Así que el sacerdote se fue a ver al cadí para detener la situación. Según cuenta Muhammad ben al-Hárit Alioxaní en la historia de los jueces de Córdoba, el cadí Said-ben Soleiman el Gafaquí se ofendió por la actitud engañosa del monje y Abderramán II mandó aplicar a su antiguo servidor la ley con rigor. Para que los cristianos no pudieran venerar el cadáver del monje, fue mantenido en la horca dos días, después fue quemado y sus cenizas fueron esparcidas por el río Guadalquivir. Dos días más tarde corría la misma suerte un tal Sancho y dos días después otros seis religiosos de la zona resultaron martirizados. Fue un 7 de junio de 851 y el primer mártir se llamaba Isaac.

La tradición marcaba bautizar al recién nacido cuanto antes y, si se podía, era mejor hacerlo el mismo día del parto. Nadie quería que un bebé muriera sin haber sido bautizado. El sacramento era tan importante que las parteras estaban autorizadas a bautizar si preveían la muerte de la criatura. Pero Zoraida había dado a luz casi al terminar la tarde del sábado y el chaval parecía estar sano. Al día siguiente, por la mañana, en cuanto el párroco estuvo preparado, Yago cogió a su hijo y se encaminó hacia la iglesia de San Román, con la partera y los padrinos.

Los padrinos debían ser ajenos a la familia y se cuidaba de escoger personas que no fueran a casarse con el bautizado. Eran los responsables de la educación en la fe y las oraciones y su relación con el ahijado se consideraba como un vínculo de sangre, motivo por el cual no podían casarse con él. La madrina fue Gadea, la mujer de Suero de Boñar. Los padrinos fueron Gonzalo de Covarrubias y Juan de Osorno. Como era domingo, acompañaban al joven padre los maestros de la fábrica y sus mujeres, sus hijos y las costureras y tejedoras del taller de Zoraida. Eloísa se quedó con la madre, ya que, según marcaba la tradición, esta debía permanecer en casa durante unas semanas, hasta su total recuperación.

El sacerdote esperaba a la puerta del templo a la comitiva bautismal.

—Yago, ¿eres tú el padre de esta criatura? —preguntó el sacerdote.

—Así es, soy su padre.

—¿Es niño o niña?

—Es niño.

—¿Ha sido ya bautizado?

—No, no ha sido bautizado.

—Siendo así, recibimos a esta nueva alma en nuestra comunidad cristiana —comenzó a decir el sacerdote, al tiempo que bendecía al bebé y le ponía sal en la boca, representando así el exorcismo de los demonios y la recepción de la sabiduría de la fe.

—Y vosotros —continuó el sacerdote—, ¿sois los padrinos y la madrina del hijo de Yago?

—Así es, lo somos —respondieron, al unísono Gadea, Gonzalo y Juan.

—¿Tenéis relación de parentesco con el bautizando?

—No, no la tenemos.

—¿Y sabéis qué oraciones debéis enseñar a vuestro ahijado?

—Así es. El Padre Nuestro, el Ave María y el Credo.

—Viendo que cumplís los requisitos que se solicitan para el rito del bautismo, os invito a pasar para celebrar la ceremonia.

Una vez en la pila bautismal, el sacerdote ungió al niño y lo sumergió en la pila, procediendo a decir el nombre por el que sería reconocido entre los suyos.

—Yo te bautizo en el nombre del Padre y del Hijo y del Espíritu Santo con el nombre de Isaac.

Después, Gonzalo levantó a Isaac y lo envolvió en el crysom, un vestido de bautizo hecho con un fino lino blanco, adornado con semillas, realizado por las costureras del taller de Zoraida. Para acabar la ceremonia, se dirigieron al altar, donde los padrinos realizaron la profesión de fe para el recién bautizado.

3

—Ya han terminado —dijo Eloísa.

—Se les oye. Vienen contentos —dijo Zoraida, incorporada en la cama.

—¿Qué tal estás?

—Bien. Todavía algo cansada, pero bien.

—Esto de que se llene la casa de gente, estando como estás —se quejó Eloísa—. Mira que no me gusta. Podrían haber hecho el banquete en otro sitio. Hoy hace muy bueno.

—Es la tradición, mujer. Además, Yago ya lo había previsto y ha preparado la parte de atrás del taller. Donde secamos los paños. El patio es grande.

—Ya, ya. Pero veremos cuántos quieren subir a verte. Y luego está Salma, que tiene ya muchos años y tanta algarabía le tiene que fatigar.

—Bueno, no te preocupes. Seguro que no suben tantos. Hay muchas madres y ellas ya saben lo que esto. Y en cuanto a Salma, un poco de algarabía le da mucha vida.

Yago subió a la alcoba. Zoraida, con mucho mejor aspecto que la tarde anterior, estaba sentada en el jergón con la espalda apoyada en la pared. Eloísa la había aseado y peinado para estar presentable el día del bautizo de su hijo.

—Hola, cariño, qué guapa estás —saludó el cantero.

—Zalamero —contestó la tejedora.

—Vete aprendiendo chaval, que esto es así —le dijo Yago a su hijo.

— ¿Todavía se llama chaval? —preguntó mordaz Zoraida.

—Bueno, yo os dejo un rato y me bajo a pastorear al rebaño —dijo Eloísa.

—Se llama Isaac —dijo Yago, cuando salió Eloísa—. Ayer fue 7 de junio, San Isaac.

—Me gusta. El padre de Yehudah también se llamaba así.

4

Cuando Isaac apenas contaba veinte días de vida, en la ciudad del Sena Enrique de Burgos obtenía el grado de Maestro de Obras junto con Jean de Chelles. Su amigo, Pierre de Montreuil, lo había adquirido el pasado año y ahora era el maestro arquitecto de Luis IX.

—Enhorabuena, Enrique, enhorabuena, Jean —saludó Pierre—. Habrá que ir a celebrarlo.

—Por supuesto —dijo Jean—. Y así celebramos que me voy a trabajar a Nuestra Señora de París

—Pero qué callado te lo tenías —dijo Enrique—. Y tú, ¿dónde estás ahora?

—Ni lo imaginas —dijo Pierre—. En Saint-Denis.

— ¿En Saint-Denis? —preguntó extrañado Jean—. ¿Y qué se te ha perdido allí?

—A mí nada, pero al Rey sí.

—Cómo que al Rey sí. Explícate.

—El Rey quiere un coro para la abadía y alguien le ha hablado de mí.

—Pues qué suerte tienes —dijo Enrique.

—Y tú.

— ¿Yo? ¿Por qué?

—Porque te vienes conmigo.

— ¿Cómo que voy contigo?

—Pues eso, que alguien ha hablado de ti.

— ¿Y quién va a hacerlo? Tu familia sí que conoce gente en París, pero yo he venido solo.

—Tú sabrás. ¡Vamos a mojar esas maestrías!

Durante el resto del día, Enrique estuvo dándole vueltas a lo que le había dicho Pierre. Y solo cabía una posibilidad. La reina de Francia. Blanca de Castilla era esposa del rey Luis de Francia y hermana de doña Berenguela, que conocía a la abadesa de Huelgas, donde estaba su mecenas. Su tía Hermegilda. «Imposible», pensó. Aunque tampoco encontraba otra explicación.

En efecto, cuando llegó a Saint-Denis el maestro de obras le dijo que iba recomendado desde la corte. Así que Enrique se despidió de su sueño de volver a Burgos. Al menos, por una temporada.

5

Mientras, en Castilla, el Reino mantenía una prolongada estabilidad interna, lo que permitió acometer una obra muchas veces pospuesta: el pozo de la fortaleza. Sin embargo, el pozo que se deseaba ejecutar tenía que profundizar mucho para llegar al nivel de las aguas subterráneas, y ante la dificultad de la obra se consultó con el maestro Ricard.

El maestro dedicó el mes de julio a realizar catas y mediciones por todo el cerro. Se llevó a Yago para que le ayudase. «Aunque solo llevas un año de oficial, esto no vas a tener muchas oportunidades de verlo», le había dicho para justificárselo. Y, aunque era cierto, también había otro motivo, pero no se lo dijo. Los acompañaba un aprendiz trasportando el material que debían utilizar, mientras Yago se dedicaba a tomar las anotaciones que le indicaba el maestro.

A través de la situación de las fuentes de agua que existían en la ciudad y en los alrededores del cerro, el maestro Ricard determinó que el nivel de las aguas subterráneas podía estar a unas ochenta varas de profundidad. Pero cavar esa profundidad suponía una ardua y peligrosa labor, a pesar de que el terreno era bastante estable, por lo que el maestro ideó un sistema de excavado y acceso a los diferentes niveles de profundidad, que garantizaban la seguridad ante el derrumbe.

El maestro Ricard diseñó un pozo central con llegada hasta el nivel de las aguas, al que irían pegados, por su perímetro exterior, unos cilindros de acceso que descenderían paralelos al hueco central. Estos cilindros o husillos serían de menor profundidad, de tal forma que el primero descendería un sexto de la profundidad del pozo central. El siguiente ahondaría un hueco similar, pero su ubicación, pegado al pozo central, estaría desplazada con respecto al primero, sin quedar en su vertical. El siguiente husillo profundizaría la misma altura y también estaría desplazado respecto del anterior, sobre el perímetro del pozo central. Así, de forma sucesiva, diseñó los otros tres cilindros. El acceso entre el final de un husillo y el comienzo del siguiente se realizaría a través de galerías anulares, concéntricas con el pozo central. Los husillos tendrían en su interior una escalera de caracol y, en su construcción, compartirían la estructura del pozo central, quedando toda la fábrica como un solo cuerpo. La utilidad de los husillos radicaba en servir de ayuda a la ejecución de la obra, minimizando el riesgo. Una vez finalizada, cumplirían el cometido de mantenimiento de toda la estructura. Además, en las paredes del pozo central el maestro situó numerosos ventanucos de ventilación e iluminación para los husillos. Las medidas calculadas por el maestro para el pozo central eran de dos varas de diámetro con un espesor en las paredes de poco más de palmo y medio, mientras que para los husillos calculó una altura de unas doce varas, con un diámetro de vara y media y un grosor de palmo y medio.

El diseño ideado por el maestro constituía todo un alarde de ingeniería y su planteamiento era para un pozo realizado con sillería. Ricard era consciente de que el encamisado de las paredes era imprescindible para garantizar su durabilidad. Si no se cubrían las paredes con sillería, en poco tiempo el fondo del pozo se llenaría de tierra, lo que obligaría a bajar asiduamente para limpiarlo. Pero, descender tanta profundidad por unos husillos entibados y dotados de escaleras de madera era peligroso. Además, ese entramado de madera, con el tiempo y la humedad, se volvería muy inestable. Por todo ello, el encamisado de las paredes con sillería era ineludible. Sin embargo, este debía realizarse desde abajo hacia arriba.

Para la construcción del diseño del entramado de madera, el maestro de obras contó con los maestros carpinteros y con los alarifes mudéjares. Como en la fábrica de la catedral, la seguridad era una cuestión primordial. Ningún maestro de obras quería sufrir en su fábrica un accidente, y por eso debían contar con la experiencia de buenos maestros. Durante todo el planteamiento estuvo presente Yago, que pudo aprender lo difícil y laborioso que era organizar una empresa que implicara a tanta gente. La fase final del proyecto se abordó en la casa de la obra de la catedral y, el día antes del inicio de la obra, se concretaron los cometidos y se resolvieron las dudas.

—Es muy peligroso, Yago —dijo el maestro cuando se despidieron todos los menestrales asistentes.

—Y los andamios de la fábrica también, maestro.

—No es lo mismo.

—¿Por qué?

—Porque los derrumbes son imprevisibles.

—Pero si tú mismo lo has diseñado para que no ocurran accidentes.

—Ya, ya lo sé. Pero no quiero que trabajes en el pozo —dijo Ricard.

—¿Y quién va trabajar en él?

—Nadie de la fábrica.

—¿Entonces? —se extrañó Yago, cayendo en la cuenta de forma inmediata—. ¿Los mudéjares?

El maestro guardó silencio.

—¡Ah! Ellos se pueden arriesgar. Total, si se muere un mudéjar —dijo, cínico, Yago.

Ricard dirigió una severísima mirada a Yago.

—Te recuerdo que mi mujer ha sido mudéjar —dijo Yago, sin amedrentarse por la mirada del maestro.

—Y ahora es cristiana. Pero no tiene nada que ver —dijo Ricard.

—Y entonces, ¿por qué lo hacen ellos?

—¡Porque ya se les vetan demasiadas obras por ser musulmanes, Yago!

Yago se quedó sin saber qué decir.

—Además, Zoraida acaba de parir a vuestro primer hijo y no quiero cargar sobre mis espaldas la orfandad de un recién nacido —añadió el maestro.

Yago entendió en ese momento por qué estuvo acompañando al maestro durante todo el verano, ayudándole a realizar las mediciones y las catas para el pozo del castillo y después el trazado de la planimetría. De esa forma le apartaba de los peligros de la fábrica.

—Lo siento, maestro —dijo Yago, mucho más templado.

—¿No ves que te quiero como a un hijo? —le dijo Ricard.

—Lo sé. Y yo como a un padre, maestro —le contestó Yago, fundiéndose ambos en un fuerte abrazo.

—¡Anda, marcha!

Yago se dirigió a la puerta de la casa de la obra.

—Y no le digas a Zoraida lo del pozo. No quiero que se preocupe por el descerebrado de su esposo.

Yago se alborotó el pelo de la cabeza y desapareció por la puerta.

Cuando se iniciaron los trabajos en el patio de la fortaleza, el maestro y Yago estaban presentes. En el terreno en el que se iba a realizar la excavación se había montado un tinglado que incluía una gran viga, que quedaba sobre el pozo. De la viga pendía una roldana que estaba enfilada con una grúa de rueda, mediante la cual se sacarían los escombros y se bajarían los sillares. Los mudéjares comenzaron el trabajo realizando primero un breve rezo. Yago los observaba y no podía evitar recordar a Laila. Después, comenzaron a cavar.

Durante varias semanas el maestro alternó su trabajo en la fábrica con la inspección de los trabajos en el pozo del castillo. La mayoría de las veces se llevaba a Yago con él, pero en otras ocasiones le acompañaba otro maestro o algún oficial. La construcción del pozo seguía lo planeado por el maestro y las obras continuaron hasta la llegada de las primeras nieves. Aunque el tinglado proveía de cubierta a los cavadores, el barro y el frío impedían las labores. Por eso, la obra se retomaría en primavera.

Anno Nostrae Salutis 1232

Mayo

6

—Yago. ¡Yago! —llamó Zoraida.

—Ummm.

—Yago, despierta.

—Sí, que, ¿qué pasa?

—He roto aguas.

—Vale, ahora te traigo agua —dijo el cantero, todavía dormido.

—¡Que he roto aguas! —gritó la tejedora para despertar a su esposo.

—Sí, sí, vale, tranquila —decía Yago, mientras se daba un golpe con el arcón e intentaba hacer no sabía qué.

—Yago. Yago —llamó con voz tranquila Zoraida—. Enciende primero el brasero, después vete a por la partera y luego avisa a las demás mujeres. Pero no te entretengas, que este bebé creo que viene muy rápido.

—Bien. Sí, voy.

El parto duró mucho menos que el de Isaac, aunque Yago mantuvo la misma tensión y la noche se le hizo muy larga. La idea de perder a Zoraida le angustiaba de igual forma que le había angustiado la primera vez que dio a luz. En esta ocasión fue Leonor quien le tranquilizaba, pues hacía unos meses acababa de parir a su hija y la tenía ahora con ella. Mientras, Eloísa y Marcella atendían a la madre con las parteras. No hacía falta la presencia de ningún hombre, pero Pietro volvió a subir a casa de Zoraida para acompañar al joven oficial. El maestro Ricard estaba de viaje en Quintanar de la Sierra.

Al día siguiente se celebró el bautizo en la parroquia de San Román. Como era día de trabajo, el festejo de Yago y Zoraida se preparó para el domingo, tres días después.

—Hola cariño —saludó Yago cuando volvió a casa tras la ceremonia—. Qué bonita eres, mi vida, ¿verdad, Irene?

— ¡Mi niña! —exclamó Zoraida, extendiendo emocionada los brazos.

—Aquí tienes a nuestra niña —dijo Yago, poniendo a su hija en los brazos de su madre.

—¡Irene! —repitió Zoraida.

—Significa Paz —dijo Salma, que había subido hasta la alcoba.

—Pero Salma, ¿cómo subes, mujer? Yago iba a llevarte enseguida a la niña para que la vieras —dijo Zoraida, con la voz aún apagada.

—Dais mucha guerra y me he tenido que levantar —dijo bromeando mientras se sentaba en el jergón, al lado de Zoraida.

Salma miraba a la madre. Parecía que fue ayer cuando los vio por primera vez, entre las retamas y en su salita. Tan joviales, tan inocentes, tan niños. «Y ahora» pensó «esta mujer tiene ya dos criaturas, un taller y un esposo».

— ¡Ea! vete con tu abuela —dijo Zoraida, pasándole la niña a Salma.

7

Esa tarde, Zoraida se encontraba mucho mejor y bajó a la salita. Desde hacía unos meses la habían habilitado para que Salma durmiese en ella. Ya le costaba mucho subir las escaleras de su alcoba y Yago se encargó de convertir la salita en la habitación de Salma. Pero, aun así, la seguían llamando la salita.

—¡Qué bonita es Jimena, Leonor! —dijo Zoraida a la mujer de Ricard, que se había quedado con ella esa tarde.

—Así será de bonita Irene, Zoraida.

—Por cierto, ¿dónde están los niños? —preguntó Zoraida.

—Con Salma, en el jardín. ¿Y tú qué tal estás?

—Mejor que cuando Isaac. Creo que esta niña y yo nos vamos a llevar muy bien.

—¡Venga, anda, y con Isaac no!

—Con tal que no saque la cabeza de chorlito de su padre.

Cuando ambas mujeres salieron al jardín, Salma estaba sentada en el cenador. Colgado de la celosía del techo por unas cintas de recio lino, se balanceaba muy suave el canasto en el que estaba Irene. Debajo, en la cuna, trasteaba Isaac.

—Salma se ha quedado dormida —dijo Leonor, bajando la voz.

—Ya, últimamente se duerme a cualquier hora y en cualquier lugar.

—No me extraña. Tiene que tener muchos años.

—Pero nunca los ha aparentado —dijo Zoraida.

—Cojamos a los niños y dejemos que siga durmiendo. Hoy hace buena tarde.

Durante toda la tarde, Zoraida y Leonor estuvieron charlando. De vez en cuando, Zoraida se acercaba al taller para ver a sus trabajadoras, pero estas la echaban en cuanto aparecía. Sobre todo, Eloísa.

—Hola —saludó Yago entrando en casa—. ¿Qué tal están mis chicas?

—¡Qué pronto has llegado! —se extrañó Zoraida.

—Es que tu marido me ha echado antes —respondió mirando a Leonor—. Pero solo hoy. Mañana, como un día normal.

—Pues entonces, me voy para casa, que el día ha sido muy largo.

—Que descanses, Leonor. Y muchas gracias por todo. No sé qué haría sin vosotras.

—No hay de qué. Para eso estamos. Y para el festejo del domingo, claro.

—Descuida, que lo pasaremos bien. Si el frío no lo impide, saldremos al patio, como la otra vez —dijo Yago.

—Ahora que hablas de salir al patio, ¿has visto entrar a Salma, Leonor? —preguntó Zoraida.

—No. ¿Y tú?

—Tampoco. ¡Qué raro!

Cuando salieron los tres al jardín, Salma seguía en la misma postura en que la habían dejado. Su faz era plácida y el gesto amable.

—¿Duerme aún? —preguntó Zoraida a Yago, que se había acercado a la mujer.

—Y dormirá siempre, cariño. Salma se ha ido —miró apenado Yago a su esposa.

—Dejándonos otra Paz —dijo Zoraida con Irene en sus brazos y los ojos llorosos.

Anno Nostrae Salutis 1232

Primavera

8

En la primavera de 1232 las campañas contra los sarracenos habían bajado de intensidad y el Rey se encontraba por tierras de Asturias. Mientras tanto, el obispo Mauricio garantizaba la continuidad de los fondos y los trabajos en la fábrica catedralicia continuaron como estaba previsto. Gran parte de la labor se enfocó en el desmontaje de la catedral románica y durante las dos últimas campañas se habían desmantelado la sacristía y las dos capillas cuadrangulares, resultado de su ampliación. Además, también se eliminó el tramo de la nave contiguo a ellas, transportando todo el material utilizable hasta la zona prevista por el maestro Pietro, en las proximidades de la casa de la obra. Mientras dos de los equipos se dedicaban al desmontaje de la vieja catedral y la reubicación del material, otro se dedicó a la cimentación y levantado de los pilares torales del crucero, a medida que se liberaba el espacio ocupado por la antigua basílica. Por otra parte, en la nave del transepto sur se fue avanzado con el recrecido de los muros, que ya llegaban hasta la altura del triforio, mientras en el transepto norte se había cimentado el muro de poniente de sus dos tramos, que se elevaba ya una vara de altura.

También se había terminado la capilla de San Nicolás, quedando abovedada y techada. El maestro Ricard calculaba que este año tendría terminados los pilares del crucero y el siguiente podría cerrarlo con su bóveda y comenzar los trabajos con las vidrieras de la nave. Pero antes tenía que perfilar sus diseños con el maestro vidriero, Guillaume de Sens. Afortunadamente, el maestro Guillaume llegó en el momento oportuno, después de que Ludovic de Poitiers, el vidriero que estaba trabajando en la iglesia de las Huelgas, lo dejase por un trabajo en la catedral de Bourges, cuya obra se había reiniciado.

Originario de Sens, al sureste de París, Guillaume era un maestro franco que había recalado en Burgos gracias al camino de Santiago. A través de la ruta jacobea, las noticias de la fábrica de la catedral burgalesa eran llevadas por los peregrinos que retornaban a sus lugares de origen. Los mejores artesanos del vidrio se encontraban en tierras francas y Guillaume de Sens era uno de los maestros vidrieros que estaba trabajando en la catedral de Bourges, junto con Ludovic de Poitiers, cuando le llegó la noticia de que el maestro de obras de la catedral de Burgos estaba buscando un buen maestro vidriero. Ludovic le habló del maestro Ricard y le dijo que era una buena oportunidad para establecerse allí. Cuando se lo ofreció la catedral todavía estaba en ciernes, pero ahora era el momento para iniciar las labores de vidriado. Guillaume de Sens no se lo pensó mucho. Su labor en la catedral franca estaba llegando a su fin y Ludovic le dijo que ya no deseaba moverse de allí. Cuando terminó el remate de las vidrieras que su taller había fabricado, Guillaume de Sens se dirigió a tierras de Castilla. El maestro Ludovic le había dicho que en que en el reino peninsular no había tradición vidriera y la idea de acometer un proyecto nuevo siendo el primer taller de vidrios de la ciudad le atraía demasiado como para renunciar a ella.

Cuando el de Sens llegó a Burgos se puso en contacto con el maestro Ricard. Guillaume trajo consigo a la capital castellana numerosos bocetos y dibujos de las vidrieras que había colocado en la catedral de la urbe franca. Aunque el diseño que tenía pensado era diferente, a Ricard le gustó lo que le mostró. Sin embargo, el maestro de obras desconocía de primera mano la maestría del vidriero, y, como no podía desplazarse hasta Bourges para ver la calidad de sus trabajos, ya que el viaje de ida y vuelta hasta la ciudad franca le llevaría casi dos meses, le hizo un encargo con el que verificar su pericia. El maestro vidriero le presentó una pequeña vidriera tetralobulada, acorde a los vanos que el maestro de obras había diseñado para la catedral burgalesa, cuyas tracerías ya podían verse. El maestro Ricard quedó satisfecho por el trabajo de Guillaume y, entre ambos, comenzaron a rediseñar las vidrieras de la cabecera para mostrárselas a continuación al obispo Mauricio. Después de matizar algunas cuestiones doctrinales, el prelado dio su visto bueno al diseño de las vidrieras para poder iniciar su fabricación, a la espera de poder enseñar los bocetos algún día al monarca, que por entonces continuaba ocupado con los problemas de la frontera del reino.

Pero los trabajos en el taller del vidriero tardarían un tiempo en iniciarse. Cuando Guillaume salió hacia tierras castellanas ninguno de sus aprendices y oficiales quiso dejar el país franco. La catedral de Amiens resurgía con fuerza y pronto reclamaría la atención de numerosos menestrales del vidrio. De esta forma, el maestro Guillaume llegó a Burgos sin artesanos del oficio. Además, tuvo que montar el taller partiendo de cero, ya que, tras la colocación de las vidrieras del monasterio de la Huelgas, en la capital castellana ya no había taller de vidrios. Ese mismo motivo llevó al maestro Ricard a solicitar a Ramón Bonifaz que le ayudase para solucionar las necesidades vidrieras de la fábrica de Burgos. El comerciante burgalés, sabedor del prometedor futuro que tendrían las vidrieras ante los requerimientos de las clases más pudientes, se encargó de encontrar el mercado que surtiera el material necesario para el taller de vidrios de la catedral. Alejado del comercio del Mediterráneo, en el que las ciudades de Altare y Venecia surtían al mercado del vidrio, Bonifaz entabló contacto con los centros de producción normandos y centroeuropeos, desde donde comenzó a importar el material para la fábrica de Burgos. Sin embargo, las catedrales francas ejercían una gran demanda para cubrir sus necesidades y el volumen de mercancía que llegaba hasta la capital castellana comenzó siendo muy pequeño.

Ramón Bonifaz también ayudó al maestro Ricard a encontrar una buena ubicación para el taller de Guillaume, lo que no fue fácil, ya que el taller de vidriero necesitaba disponer de una gran mesa, al trabajar con los dibujos realizados a escala natural; de un amplio almacén para guardar el delicado material de trabajo; y de un gran espacio para colocar el gran horno en el que se fundían las piezas de vidrio y la leña necesaria para alimentarlo. Finalmente encontraron una casa en la plaza del Sarmental, muy cerca de la catedral y de los talleres de los herreros. La casa pertenecía al cabildo catedralicio y Ricard no tuvo mucho problema en conseguir del obispo Mauricio el permiso para ocuparla, aunque le costó más convencerle de que los componentes del taller también debían vivir allí.

Cuando el taller del maestro Guillaume se puso en marcha, lo hizo con seis chavales del barrio donde se ubicaba. De hecho, eran conocidos como los hermanos del barrio, porque siempre andaban por allí. Los aprendices eran todos hermanos y vivían en Burgos, aunque eran originarios de Villafranca Montes de Oca. Huérfanos de padre y madre, sobrevivían como podían dedicados a cualquier peonada. En cuanto vio a los chavales, lo primero que hizo el maestro vidriero fue contratarlos para montar el taller y, a partir de ahí, lo demás llegó solo. Los seis chavales se llevaban muy bien entre ellos y cada uno tenía una cualidad que Guillaume supo encontrar y potenciar.

Mientras avanzaban las obras de la catedral lo suficiente para poder acometer los primeros trabajos con las vidrieras, la abadesa de las Huelgas encargó al maestro Guillaume arreglar algunos ventanales de la iglesia del monasterio. Aunque solo llevaban unos años instalados, las extremas temperaturas diurnas y nocturnas de la capital castellana habían provocado el desajuste de sus vidrios y la abadesa no perdió la oportunidad de arreglarlos en cuanto supo de la llegada del vidriero. El maestro aprovechó la ocasión para iniciar en el oficio a sus jóvenes aprendices, al tiempo que les enseñaba cómo se restauraban las vidrieras ya colocadas. La iglesia lucía varios ventanales con las figuras de los apóstoles, entre las que destacaban las de San Pedro, San Pablo y San Juan. Habían sido realizadas a finales del siglo pasado por algún maestro franco que Alfonso VIII consiguiera traer del país vecino, ya que era un arte que en Castilla aún no existía.

Guillaume reconoció la mano de un experto en su hechura al examinar de cerca los vidrios que las componían, sobre todo aquellos que poseían tonalidades rojas. Para los menestrales del vidrio, como él, una de las piezas más difíciles de fabricar eran los calibres[58] rojos de cobre. Estos pedazos de vidrio se conseguían colocando sobre un vidrio traslúcido o, en ocasiones, verdoso, sucesivas capas de vidrio rojo. Lo que ocurría era que el vidrio rojo, para su elaboración, debía fabricarse con un grosor que lo hacía inservible para las vidrieras, por su fragilidad. Por eso debía adherirse a otro traslúcido y más grueso de tal manera que, al ser horneados, quedaban perfectamente soldados, obteniendo lo que llamaban un

58 Forma, tamaño y superficie de cada una de las piezas de vidrio que forman la vidriera.

vidrio plaqué. Esto no solo complicaba su elaboración, sino que también elevaba su precio, aunque el convento más potente de Castilla podía sufragar el gasto.

Durante los primeros años, el taller de Guillaume también colocó vidrios en algunas mansiones señoriales y en algunas ventanas del palacio episcopal. Pero la mayor labor del maestro vidriero fue enseñar el oficio a sus nuevos aprendices. Cuando se hizo con ellos ya no eran unos niños y los pocos ingresos que obtenía hacían difícil el mantenimiento del taller y de los chavales, que, para compensar las carencias, seguían con algunas de las peonadas que realizaban antes. Con el tiempo fueron aprendiendo el oficio y Guillaume fue orientando a cada uno en lo que mejor se le daba. De esta forma, Enrique se dedicaba al dibujo de los cartones y al pintado de los vidrios, junto con su hermano Santiago. Miguel y Salvador eran diestros en el manejo del plomo y el horneado de los vidrios, mientras Vicente, desenvuelto y abierto al dialogo, ayudaba al maestro en la gestión del taller y hacía de intérprete cuando se movía por Burgos, ya que el castellano de Guillaume era un poco limitado. Por último, Narciso, más diestro con los números, era el que llevaba la cuestión económica y de las necesidades del almacén. Dos años después de la llegada del maestro de Sens, el taller pudo comenzar la fabricación de las vidrieras.

Al mismo tiempo, el maestro Ricard retomó las obras del pozo del castillo. Quería terminarlo ese mismo año ya que la fábrica catedralicia comenzaba a demandar su atención con mayor insistencia. La profundidad final del pozo fue de setenta y cuatro varas y bajaba hasta un nivel donde las aguas estaban libres de la contaminación que llevaban los ríos que discurrían en torno a Burgos. De esas mismas aguas se surtía el pozo de la casa de Salma, donde vivían Yago y Zoraida con sus hijos.

—¿Cómo vamos? —preguntó el maestro Ricard a Fayeq, el maestro alarife, un día de agosto.

—Bien, maestro. Ya se ha completado el encamisado del penúltimo husillo.

—Me gustaría terminar todo antes de San Miguel —comentó el maestro de obras mientras contemplaba el único entramado de madera que quedaba, el del husillo más cercano a la superficie.

—Ahora mis albañiles trabajan rápido. El mes sagrado del Ramadán ha terminado y disponemos de más tiempo para trabajar.

—Querrás decir de más fuerzas. El Ramadán no os quita tiempo —señaló sagaz el maestro de obras.

—Cierto, maestro. Nuestro sagrado mes exige un sacrificio que a veces es difícil compaginar con el esfuerzo físico exigente. Pero, como os he dicho, ya ha terminado. Tendréis vuestro pozo antes de San Miguel.

A mediados de septiembre, tal y como había prometido Fayeq, el pozo quedaba finalizado. Antes de comunicárselo al tenente del castillo, el maestro Ricard quiso comprobar los trabajos realizados. Con el maestro alarife como guía, Ricard y Yago descendieron por la escalera de caracol del primer husillo, que bajaba girando hacia la derecha con un total de no menos de treinta y tres escalones. Después continuaron por la galería que, adosada al pozo, comunicaba este primer husillo con el siguiente, por el que se descendía a través de otra escalera de caracol, también con giro hacia la derecha. A medida que descendían, la escasa luz que llegaba desde la superficie apenas tenía fuerza para entrar por los diminutos ventanucos del pozo central, diseñados por el maestro para aireación y utilizados como mechinales para el maderamen durante la obra.

Iluminados con las lámparas que llevaban el maestro alarife y Yago, el maestro Ricard, situado entre ambos, pudo inspeccionar la hechura de la obra mudéjar. En su realización no había ninguna huella que caracterizase la forma de construir de los albañiles musulmanes, pero la calidad de su trabajo no envidiaba a la de los cristianos. Sin prisa, pero sin pausa, recorrieron el tercer husillo, cuya escalera descendía a través de más de treinta y tres escalones hacia la derecha. Después atravesaron la galería que comunicaba con el cuarto husillo, en el que la humedad comenzaba a hacerse patente, recordando a los visitantes la cercanía del agua y la lejanía de la superficie. La escalera de este husillo bajaba como las anteriores, hacia la derecha. Sin embargo, tras recorrer la galería que le unía con el quinto husillo, Yago pudo comprobar el ingenio de su maestro. La escalera de caracol de este penúltimo husillo descendía en sentido inverso, hacia la izquierda. De esta forma, se evitaba el mareo que producía descender tantos escalones hacia el mismo sentido. Cuando comenzaron a recorrer el pasillo que unía este quinto husillo con el husillo final, el maestro Fayeq le indicó al maestro de obras que, en la parte final de la galería, había cinco escalones antes de acceder al sexto husillo. Este bajaba también hacia la izquierda, como el anterior. Habían descendido doscientos setenta y ocho escalones.

El acceso al pozo central, desde el último husillo, se realizaba por un pequeño vano, de algo más de palmo y medio de ancho por una vara y un palmo de alto. Más adelante, el tenente de la fortaleza mandaría poner una puerta en esta apertura. Visto desde el interior, los sillares que formaban las paredes del pozo central y las de los husillos estaban colocados con gran maestría. A pesar de ser sillares cuyo lateral de paramento no estaba tallado como los de la catedral, la piedra del cerro permitió un tallado digno. El maestro de obras pudo apreciar cómo, en las partes en las que husillos y pozo central se tocaban, el maestro alarife había resuelto muy bien su planteamiento inicial. Con un mismo sillar se daba forma a ambas paredes y al escalón correspondiente de la escalera de caracol del husillo.

Las aguas discurrían mansas y el maestro alarife aseguró al maestro Ricard que eran cristalinas como el mismo aire y frías como el hielo. Desde el fondo del pozo, su embocadura, a lo lejos, se antojaba como la luna llena en una oscura noche. Cuando comenzaron a subir, Yago y Ricard notaron la carencia de aire a tal profundidad. Por eso el maestro mudéjar comenzó la ascensión sin prisa y en silencio. Una vez arriba del todo, Ricard felicitó al maestro Fayeq por la obra realizada. Ya podía mostrársela al tenente del castillo.

XX
EL CORRAL DE ALCAIDES

Anno Nostrae Salutis 1233
Junio

1
~

A finales de julio de 1233, el trabajo más delicado dentro de la fábrica era el desmontaje de la torre de la vieja catedral, cuyo desmantelamiento ocupó mucho tiempo y medios, ya que el maestro pretendía reutilizar toda la sillería posible para la cimentación de los muros y pilares de la nave principal de la catedral. Como había ocurrido desde el comienzo de la fábrica, todos los equipos trabajaban al mismo tiempo en diferentes cometidos. Mientras el equipo de Diego de Trasmiera se ocupaba de la antigua sede episcopal, el equipo de Gonzalo de Covarrubias llevaba a cabo el cimentado del muro norte de la nave principal de la catedral, y la nave del transepto había retomado su actividad de manos de los dos maestros francos. En el transepto norte, bajo la dirección de Sabine, ya podía verse la crucería del tramo más cercano a su fachada, cuya portada ya estaba construida en cimbra y se acometía el levantamiento del segundo cuerpo del hastial. Por su parte, el maestro Giraud había elevado las dos paredes laterales del transepto sur hasta la altura del claristorio, cuyas arquerías en cimbra estaban preparadas para ser colocadas en cuanto ordenara el maestro Ricard, que tenía que redefinir los vanos de los ventanales con el maestro Giraud y el maestro vidriero.

La fachada sur estaba levantada y su portada se mantenía como hacía tres años, acumulando algo de retraso. En ella se abriría la Puerta Sacramental, o puerta del Sarmental, como ya la llamaban en la obra. Por voluntad expresa del maestro Ricard había sido diseñada por el anciano maestro Ricardo, que, cuando terminó su labor en Aguilar de Campoo, vendió su propiedad de Solarzal y retornó a Burgos. En la capital castellana, el maestro Ricard le transfirió el planteamiento y dirección del acceso sur de la catedral, para cuyo diseño el antiguo maestro del taller de Huelgas contó con el maestro tallista Nicolás de Amiens, que esbozaría la serie escultórica de las arquivoltas. En los extremos de los muros del transepto sur se habían erigido ya los contrafuertes hasta la altura del claristorio y se había levantado un andamiaje que recorría todo el hueco de la fachada, aunque los trabajos en la portada aún estaban en ciernes. Sobre el andamiaje se había colocado una grúa de rueda orientada hacia el interior para poder levantar los sillares y el material necesario. El maestro Giraud había encargado a Yago la supervisión de los trabajos de limpieza y seguridad de la plataforma. En el exterior de la catedral, bajo el andamiaje, el maestro Ricardo de Huelgas se encontraba discutiendo con Nicolás de Amiens el replanteo de la fachada del Sarmental.

El maestro Ricard se había encaramado en un andamio instalado en el muro de poniente del brazo meridional del transepto, a la misma altura que la plataforma en la que estaba instalada la grúa. Estaba con el maestro occitano, Giraud, y junto a este se encontraba el maestro vidriero, Guillaume de Sens. Ricard estaba discutiendo con ambos sobre el replanteo de los vanos para las vidrieras. Pegados a sus maestros estaban los oficiales del vidriero y del cantero, Enrique y Yago. Abajo, a pie de obra, el movimiento era incesante. Peones y albañiles deambulaban por la nave de la catedral románica, moviendo y transportando sillares y sillarejos desgajados de la vieja construcción para llevarlos a la zona de tallado, al lado de la casa de la obra. Los carpinteros del equipo del maestro Giraud habían comenzado a llevar las fracciones de las cimbras hacia la zona del crucero, para ensamblarlas cuando diera la orden el maestro Ricard. Dos aprendices mojaban el suelo de la fábrica antes de que el trasiego de los trabajadores levantase una nube de polvo que hiciera imposible ver y respirar, mientras varios peones distribuidos por el andamiaje de los muros cepillaban los sillares para retirar la argamasa que pudieran tener pegada.

—¡Maestro, maestro Ricard! —llamó una voz desde el suelo.

El maestro asomó la cabeza por entre las vigas del andamiaje. Como no acostumbraba a dar voces, esperó a que le indicaran de alguna manera cuál era el motivo de ese griterío. Enseguida un aprendiz se apresuró a subir hasta donde estaban los maestros.

—Maestro —dijo el chaval cuando llegó a la altura de Ricard—. Maestro —volvió a repetir antes de tener que parar para tomar aire.

—Respira, muchacho, respira y recupérate.

—Tiene una visita —acertó a decir de una sola vez, antes de que tuviera que parar de nuevo—. Está en el crucero.

El maestro miró con severidad al muchacho y este retrocedió la cabeza, como queriendo eximirse de algo que no le competía. Ricard, que se dio cuenta de la reacción del mensajero, le puso una mano en el hombro y le dio las gracias. El chaval descendió por el andamiaje al tiempo que Ricard se asomaba de nuevo, esta vez mirando hacia el crucero. En el centro del mismo pudo distinguir la figura de una mujer vestida con ropajes propios de la clase nobiliaria. A su lado había un joven vestido de forma similar, aunque su parche en el ojo derecho le daba un aspecto un tanto siniestro. Ambos miraban a su alrededor sin saber muy bien qué tenían que ver. Al fondo, en el brazo norte del transepto, una sotana acababa de entrar por la puerta de la obra y se movía de forma apresurada hacia la pareja de visitantes.

—¡Doña Úrsula, por favor! ¡Estar aquí es muy peligroso! —indicó el canónigo fabriquero a la vez que se aproximaba a la dama abriendo ambas manos y moldeando la voz, en un claro signo de contención por tratarse de quien era—. ¡Si su tío la viese!

—Pero no se va a enterar —dijo el joven acompañante con tono displicente y sin apartar la mirada de las alturas, donde parecía que estuviese buscando algo.

El comentario no gustó en absoluto al canónigo y mucho menos a doña Úrsula, que acababa de enterrar a su tío hacía una semana escasa.

—Lo sé, Johan, lo sé —dijo la mujer sin querer apreciar el malogrado comentario, buscando con ello restar tensión al momento.

—Entonces, ¿a qué presentarse en la fábrica?

—Álvaro ha insistido mucho en traerme y, como hace tanto que no le veo... En fin, estoy segura que pronto deberá volver a sus obligaciones y nos dejará de nuevo.

Johan de Champagne miró al joven, que seguía abstraído en los movimientos de los trabajadores que hormigueaban por la vieja catedral. De repente se giró y cruzó su mirada con la del canónigo fabriquero. Johan, templado por la edad y por lo ya vivido, no se inmutó, pero ya conocía ese tipo de mirada. Era falsa, demoníaca, peligrosa. Ciertamente, una mirada diabólica. Cuando el joven Álvaro retiró la vista de Johan, se fijó en la parte meridional del transepto y vio algo que parecía lo que estaba buscando.

—Allí, ¿qué están haciendo? —preguntó el hijodalgo, mientras se dirigía hacia la puerta del Sarmental.

—¿Os referís afuera? —dijo el canónigo fabriquero.

—Sí, claro.

—Están replanteando los paramentos de la portada.

El maestro Ricard, que acababa de descender del andamiaje al suelo, se aproximaba hacia ellos con expresión grave. Antes de llegar a su altura cruzó la mirada con el fabriquero y este señaló con los ojos al joven, significando al maestro que tuviese precaución.

—Señora —saludó el maestro inclinando ligeramente la cabeza—, mi nombre es Ricard d'Epernay y soy el maestro de obras de la fábrica catedralicia. Me encuentro en la obligación de recomendarle que abandone el lugar de trabajo por su propia seguridad. Es un lugar peligroso por la actividad que se desarrolla en él.

—Pero si es para glorificar a Dios, ¿qué puede ocurrirnos? —observó el joven Álvaro mirando a quien fuera su criandera, como si el maestro no importara.

—Señor, tengo claro que vuestra apariencia es la de aquel que pertenece a la nobleza, pero desconozco su linaje y su nombre.

—¡Lara! Soy don Álvaro Martínez y sirvo a la casa de Lara —espetó el hijodalgo desairado, echando a andar de nuevo hacia el hueco de la fachada sur del transepto—, y ahora queremos ver cómo se trabaja en la catedral del obispo Mauricio.

Cuando el maestro Ricard iba a reiterar su recomendación, la mano del canónigo fabriquero se colocó sobre su brazo y con la mirada le indicó que era mejor transigir un momento que enfrentarse a alguien ligado a los Lara, aunque ese linaje ya no fuera tan grande. Con el gesto más serio aún que cuando descendió del andamio, el maestro de obras siguió a la pequeña comitiva. Por debajo del andamio salió primero el joven Álvaro, seguido de doña Úrsula y después de Johan de Champagne, cerrando el peregrinaje el maestro Ricard. Los maestros Giraud y Guillaume de Sens continuaban con sus oficiales donde los había dejado Ricard. Armados con sus compases y escuadras y con su soga anudada, los maestros habían estado recalculando y volviendo a marcar las cotas de los vanos para los ventanales. Yago y Enrique, como buenos oficiales que eran, no perdían de vista ni un movimiento de sus preceptores. Absortos los cuatro en la tarea que les había dejado encargada el maestro Ricard, fueron ajenos a lo que acontecía a pie de obra. Solo cuando terminaron, el maestro Giraud se giró para buscar a su colega Ricard. Cuando le encontró, este se encaminaba hacia el Sarmental. Ricard le hizo una seña para que esperaran donde estaban. El maestro Giraud informó de la espera a su colega vidriero y a los dos oficiales.

El maestro Ricardo de Huelgas había ido arqueando las cejas y abriendo los ojos según iban saliendo al exterior los impropios personajes, y cuando asomó el maestro Ricard, ya no pudo salir de su asombro. El maestro de obras cruzó su mirada con la de él y le hizo ver que era mejor que no preguntara.

Lo que pudieron ver los imprevistos visitantes no fue lo que esperaban. En el lugar de la fachada se abría un enorme hueco sobre cuyo diseño estaba trabajando el maestro Ricardo. Un andamiaje era el único ornamento que acicalaba la fachada, en espera de las tallas que el maestro estaba proyectando.

—¿Quién dirige esta maravilla de... hueco? —preguntó don Álvaro, regalando el calificativo con indolencia, en un acto de artificiosa magnanimidad y cinismo.

—Yo —dijo el maestro Ricardo—. ¿Y vos sois...?

—Don Álvaro Martínez, de la casa de Lara —espetó el noble venido a menos, a quien empezaba a molestar ese ostracismo social al que parecía querían condenarle.

—¿Qué tenéis pensado realizar, don Ricardo? —intervino doña Úrsula, de nuevo para aflojar la tensión—. Ese Pantocrátor es precioso y, a la vez, diferente —dijo la dama, viendo el dibujo que el maestro sostenía en su mano.

—Doña Úrsula —saludó con afecto Ricardo de Huelgas.

—Parece que os conocéis, querida. ¿De qué, si puede saberse? —preguntó petulante Álvaro.

—Es el maestro de obras Ricardo de Huelgas. Realizó la iglesia del Monasterio de Santa María la Real de las Huelgas y en reconocimiento a su labor el rey Alfonso VIII le encargó la obra del monasterio de Santa María la Real de Aguilar de Campoo. Y también realizó obras en el monasterio de San Andrés de Arroyo, muy cerca de Aguilar.

Doña Úrsula le soltó de corrido y con cierto énfasis quién era el maestro Ricardo de Huelgas, queriendo hacer ver a Álvaro que el linaje no es lo único que enseñorea. Pero don Álvaro, que quizá fuera un ducho hombre de armas, hábil repartidor de mandobles a diestro y siniestro y capaz hacedor de quiebros y roturas, no se manejaba con las armas del discurso y todas estas sutilezas del diálogo escapaban a su comprensión. Su inteligencia enfermiza la reservaba para otras maquinaciones. Álvaro miró con vaguedad a doña Úrsula y con un disimulado movimiento de cabeza levantó la barbilla. Tras vagar por las figuras de las arquivoltas le preguntó al maestro qué aportaba a su existencia pasársela sacando a golpes de una piedra una figura que muy pocos entendían y a la que casi nadie prestaba atención. El maestro Ricardo de Huelgas dio por sentado que el joven impertinente estaba hablando de sí mismo y que desconocía que el escultor no era él.

—El tallista, don Álvaro, se pasa la vida estrellando su martillo contra el cincel en busca de una perfección que le rehúye una y otra vez. Entonces aprende a tallar su vista y pasados los años consigue sacar de la piedra su mejor obra maestra, dándose cuenta en ese momento de que el martillo y el cincel no han sido sus principales herramientas.

—¿Y con qué se talla entonces una obra maestra?

—Con humildad, don Álvaro, con mucha humildad.

—Ya —señaló el joven , un tanto molesto por el comentario del anciano maestro, cuya indirecta, esta vez sí, había entendido.

La ubicación de la portada sur de la catedral estaba muy por encima del nivel de la plaza del Sarmental y el acceso desde la misma era todavía impracticable. Las escaleras que debían construirse estaban proyectadas, pero aún faltaba mucho para ejecutar su construcción y era posible que aún hubiera un replanteo de su trazado. Solo había un camino de retorno y era por donde habían llegado. Don Álvaro se encaminó de nuevo hacia el interior del templo, esta vez dejando pasar primero a doña Úrsula.

Yago había aprovechado el rato de espera para acercarse a la plataforma sobre la que estaba la grúa de rueda, encima de la fachada del Sarmental. Quería supervisar que la estructura se encontraba bien anclada. La plataforma asomaba al interior y al exterior de la catedral y estaba circundada por una barandilla de madera. En el borde que daba al interior había una caja de herramientas pesadas y Yago se acercó para retirarla más al interior. En la plataforma, tras la grúa de rueda y asomado al lateral del exterior, un peón, al que no había visto Yago, estaba pendiente del grupo visitante. En el momento que la primera persona del grupo atravesaba el vano de la puerta hacia el interior, Yago notó un fuerte empujón y la caja de herramientas se precipitó contra el suelo de la obra. Al joven oficial solo le dio tiempo a agarrase, casi instintivamente, a la estaca vertical de la barandilla que, venciéndose, le dejó colgado a varias varas del suelo. El estruendo de la caja fue sordo y después se oyeron los sonidos metálicos de las herramientas al rodar por el suelo. Sobre el solado terroso de la catedral yacía el cuerpo de doña Úrsula. La caja había golpeado con extrema violencia su cabeza matándola en el acto. Los maestros y el canónigo fabriquero, ajenos aún a la tragedia, oyeron el estruendo del cajón al golpear contra el suelo. Álvaro se dirigió rápido hacia el interior de la catedral buscando con la mirada algo en la plataforma. Lo que encontró era mucho mejor que lo que esperaba.

—¡Eh, tú! No te muevas de ahí —gritó el joven Álvaro, que, buscando un sitio por el que subir hasta la plataforma, vio como Enrique, Giraud y Guillaume de Sens se apresuraban a ayudar a Yago, que pendía de una débil soga.

—¡Dios mío! ¿Pero qué ha pasado? —preguntó un alarmado e incrédulo Ricard, que nunca había tenido un accidente tan dramático en ninguna de las obras en las que había participado.

—¡Santo Dios! —acertó a decir el fabriquero, cuando vio el cuerpo inerte de la sobrina del chantre y un gran charco de sangre que la tierra ya no podía empapar.

—¡Cogedlo! —gritó Álvaro a quienes estaban ayudando a subir a Yago a la plataforma—. ¡Ha matado a mi madre! —señaló sollozante, adoptando una pose dramática.

Cuando consiguieron subir a Yago a la plataforma, este se incorporó de un salto y se lanzó hacia el otro extremo de la misma. Detrás de él salieron Guillaume y Enrique, temerosos de que pretendiese huir.

—¿Le habéis visto? —preguntaba ansioso el joven oficial, mientras miraba detrás de la grúa.

—¿A quién?

—¿Al que me ha empujado?

Yago se asomó a la baranda de la plataforma. Abajo, alguien bajaba corriendo hacia la plaza del Sarmental y estaba a punto de girar en el esquinazo del palacio.

—¡Detened a ese hombre! —clamó Yago desesperado.

Algún transeúnte dirigió la mirada al lugar de donde venían las voces y después hacia donde estaba señalando Yago, pero nadie salió detrás del supuesto agresor. Yago se dio la vuelta para precipitarse andamio abajo tras el huido y cuando bordeó la grúa en la plataforma se encontró de frente con Álvaro, que detenía su carrera enfrentándole la punta de la espada.

—¿Dónde crees que vas, asesino?

—¡Se escapa, Álvaro, por el amor de Dios!

—¿Quién se escapa? —dijo el hijodalgo.

Yago apartó la espada y se abalanzó sobre Álvaro para apartarlo de su camino, pero se vio retenido por los dos vidrieros, que le sujetaron con fuerza.

—¡Yago! —voceó el maestro Ricard desde abajo.

El maestro Giraud miró extrañado a Ricard, que se disponía a subir al tablado. Álvaro miró a Yago lleno de odio y resentimiento y le amenazó con ensartarle con la espada si volvía a intentar zafarse, al tiempo que conminaba a los vidrieros a que no lo soltasen. Giraud se dirigió hacia el extremo exterior de la plataforma. Lo que buscaba encontrar, allí estaba.

—¿Qué está pasando aquí? —preguntó enérgico el maestro Ricard, a quien nunca nadie había visto así.

—¡Este malnacido ha matado a mi madre! ¿Acaso no os habéis dado cuenta?

—De lo que me estoy dando cuenta es de que alguien está acusando de forma gratuita a uno de mis trabajadores, sin tener conocimiento de los peligros que conlleva meterse en una obra y habiendo transgredido el permiso que se ha de solicitar para visitarla.

—Visita que, sin embargo, habéis permitido —señaló cínico Álvaro, sin bajar la espada.

—¡Envainad el arma!

—¿Quién lo ordena? ¿Vos? Os recuerdo que sois plebeyo y yo noble.

—Estáis en mi fábrica y aquí solo Dios, el Rey y el obispo están por encima de mi autoridad. Y vos no lleváis ni corona ni mitra —se enfrentó Ricard al hijodalgo, interponiéndose entre él y Yago.

Álvaro miró a Ricard con desdén, ya que la mirada del maestro era demasiado dura para un hombre cuya soberbia escondía su cobardía.

—Ricard, ven a ver esto —llamó Giraud, desde detrás de la grúa.

—Yago, ven conmigo —le dijo Ricard, en cuya mirada vio autoridad, pero también justicia.

—Mira, esta cuerda está aquí trabada. No sirve para sujetar ni para izar nada.

Ricard se agachó y vio que la cuerda estaba enganchada por sus fibras en la cabeza de un clavo del maderamen.

—No toquemos nada. Llama al fabriquero, que suba.

Cuando Johan subió a la plataforma, el maestro Ricard les mostró a él y a Álvaro la cuerda que colgaba hasta el suelo.

—No sirve para nada poner una cuerda así —señaló el canónigo.

—O sí —dijo Giraud.

—Para qué.

—Para huir.

—Pues está claro —dijo Álvaro—. Ese mal nacido pretendía huir por aquí.

—Eso tendrás que demostrarlo, monigote, y como vuelvas a llamar mal nacido a Yago va a ocurrir otro accidente en mi fábrica —le dijo Ricard al hijodalgo en un arrebato de osadía, provocando que Álvaro se apartara del maestro de obras sin apartar la mirada, aunque con más miedo que señorío.

—Es posible que hubiese alguien escondido aquí —dijo el fabriquero, señalando al pie de la grúa. La madera de una de las traviesas de la grúa estaba astillada por el efecto de una herramienta cortante—. Esto solo lo hace quien está ansioso y temeroso de Dios.

—Eso también deberéis demostrarlo —señaló Álvaro, queriendo devolver el golpe del maestro.

—Y lo haremos. Giraud, nadie sube ni baja de aquí hasta que yo vuelva —ordenó el maestro de obras.

—¿Adónde vais? —preguntó retador Álvaro.

—A traer un alcaide.

El maestro Ricard explicó a Martín Ibáñez, alcaide de la collación de la Llana, lo que había ocurrido, ante la presencia del canónigo fabriquero, el maestro Giraud, el maestro vidriero y su oficial, Yago y Álvaro.

—Bien —dijo el alcaide—. Jueces tiene Castilla y esto no se puede dirimir ahora. Según el Fuero Juzgo, este hombre quedará en su casa hasta que el Concejo decida. Como está bajo vuestra tutela, como oficial vuestro que es, vos seréis responsable de su custodia —indicó al maestro Ricard, señalando a Yago como inculpado.

—Quedará en casa, descuidad.

—En cuanto a vos, don Álvaro, como parte afectada, no deberéis acercaros a la casa del encausado bajo ningún concepto, ni transitar las calles aledañas.

—No tengo intención de transitar por esas callejuelas de mala muerte.

—Esas callejuelas albergan a quienes mantienen vuestra condición de prebendado, que no por veniros de cuna debiera adornar vuestra alma —respondió el alcaide mirando serio al joven hijodalgo.

—¿Cuándo y dónde se celebrará la sesión para el juicio? —preguntó el canónigo fabriquero.

—El Concejo les avisará de la fecha y lugar de la asamblea, que se celebrará en viernes, como viene siendo habitual. Y vos deberéis encargaros del sepelio de la víctima —señaló el alcaide a don Álvaro.

—No os preocupéis por ello, alcaide. Doña Úrsula era sobrina del chantre y el cabildo catedralicio velará por su digno funeral —indicó Johan de Champagne.

—Quedo tranquilo, entonces. Señores, hasta la celebración de la asamblea, cúmplase lo ordenado. Espero que el Concejo pueda reunirse el viernes que viene. Queden con Dios.

2

En sus inicios, los concejos municipales celebraban las sesiones y los juicios en casas de ricohomes o en iglesias. Con el tiempo, los municipios tendrían su casa del Concejo, en la que se reuniría el Cabildo para dirimir las cuestiones que afectaban al municipio. En la ciudad de Burgos, el Concejo aún no tenía un lugar permanente para sus sesiones y eran varias las iglesias en las que se podía reunir. Como la fábrica estaba en la collación de Santa María, lo normal hubiese sido celebrar la sesión en la iglesia catedral, pero el incidente implicaba de alguna forma al cabildo catedralicio, por lo que se optó por no reunirse en la sede metropolitana. Por el mismo motivo, y aunque solo fuera algo simbólico, la iglesia de San Llorente tampoco cumplía el requisito de neutralidad. Al final, la sesión del Concejo que iba a juzgar lo sucedido en la fábrica catedralicia se reunió en la iglesia de Santa Águeda, siete días después.

La iglesia de Santa Águeda presentaba un aspecto frío y sobrio, fiel a su construcción visigótica. Techadas con madera, sus tres naves apenas estaban iluminadas y hubieron de colocarse varios candelabros con numerosas velas. Al fondo de la nave central un austero altar de piedra quedaba centrado en el ábside, de cuya bóveda de cañón pendía una cruz. El símbolo alfa salía del brazo derecho de la cruz y del izquierdo el de omega. Ricard no pudo evitar acordarse del planteamiento de su catedral. Empezó poniendo la letra alfa y terminó dibujando la letra omega. En la cruz que veía ahora, entre ambas letras quedaba Cristo crucificado, y entre el arranque y el fin de su plano catedralicio estaba ahora Yago, acusado de homicidio. Cruel analogía que la Divina Providencia había llevado hasta la iglesia juramentera[59] en la que, siglo y medio antes, un hijodalgo se enfrentaba a su Rey, siendo después desterrado.

El juicio se celebró una mañana de viernes, tras haber sido anunciado públicamente, como dictaban los cánones. Presidió la asamblea don Gutier Abate, el merino de Burgos y su alfoz, dándose cita los cuatro alcaides oficiales del municipio de Burgos. Estos eran alcaides llamados de mero imperio, jueces que tenían la facultad de entender de los pleitos por delitos castigados con penas de muerte, mutilación, destierro o inclusión a servidumbre. También estaba el canónigo alcaide del cabildo catedralicio, en representación del obispo, y un alcaide de la aldea de Gamonal. Asistían los maestros Ricard, Giraud y Ricardo de Burgos, el canónigo fabriquero y el maestro vidriero, Guillaume de Sens, y su oficial, Enrique. En calidad de oyentes, los representantes de las cofradías de canteros que había en Burgos, así como los de las cofradías de varios oficios. También estuvieron presentes los maestros de la fábrica y algunos de sus oficiales.

Aunque muchos de los asistentes no pudieron entrar, la iglesia estaba abarrotada. Los que habían podido entrar dentro, en su mayoría de Burgos y su alfoz, se agolpaban tras el cerco que limitaba el área del tribunal. Casi delante del todo, Leonor acompañaba a Zoraida. Los niños de ambas se habían quedado al cuidado de Sabine de Périgord y de Eloísa. Zoraida esperaba confusa y angustiada. No terminaba de creerse que eso les estuviera ocurriendo a ellos. Pero la Divina Providencia tenía incomprensibles formas de poner a prueba la fe, le había enseñado el padre Norberto. Así que Zoraida rezó. Era lo único que ella podía hacer. Cerca de la tejedora, un desconocido, envuelto en una capa parda, permanecía atento a cuanto sucedía, mientras al fondo, en la penumbra, el padre Norberto esperaba inquieto y a la vez esperanzado.

Delante del altar se había colocado un pequeño entarimado sobre el que se habían dispuesto cinco sillas. Sentados de espaldas al altar, el merino tenía a su lado al alcaide de San Gil y al de San Llorente, y, al otro lado, al de la Llana y al de Santa Águeda.

Tras la oración pertinente, el merino de Burgos abrió la sesión.

—En presencia de los cuatro alcaides oficiales de Burgos, representantes de las collaciones más importantes de la urbe, que, a su vez, representan a los restantes barrios de la ciudad, se abre el juicio por homicidio contra el oficial de cantería Yago de Gamonal. Todos los aquí reunidos

59 Iglesia en la que, según el rito visigótico, el rey debía juramentar a requerimiento de alguno de sus próceres.

tengan presente que, al ser Burgos una ciudad de realengo, sus alcaides oficiales se consideran como agentes de la autoridad regia. Son estos jueces don García, de la collación de San Gil, don Ramón Bonifaz, de la de San Llorente, don Martín Ibáñez, de la de la Llana, y don Pedro Sarracín, de la de Santa Águeda. No está presente el alcaide de los hijosdalgo, como había requerido el hijodalgo don Álvaro Martínez, ya que la causa que se juzga no es contra su persona. Ha de entenderse, pues, que la sentencia dictada por los alcaides oficiales antes citados será de obligado acatamiento por todos los estamentos. Señores alcaides, como oidores y jueces del hecho acaecido, ¿entendéis y confirmáis los términos de lo expuesto por el Rey, representado en mi persona?

—Entiendo y confirmo —respondió cada uno de los alcaides.

—Don Roberto Medina, en calidad de alcaide de la aldea de Gamonal, lugar de nacimiento del acusado, debéis saber que el hecho que se juzga, aun afectando a un aldeano de vuestro Concejo, está bajo el albedrío del *Liber Iudiciorun* y de las *fazañas* de Burgos y su alfoz, contemplados ambos por los concejos de Burgos y de Gamonal, en parejo sentido. Es por ello que no es menester el nombramiento de alcaides avenidores y que lo aquí decidido habrá de ser asumido por sendas municipalidades. En consecuencia, vuestra presencia en la sesión es necesaria solo para dar fe ante el Concejo de Gamonal de que lo acordado se ciñe a justicia. Don Roberto Medina, ¿entendéis y confirmáis los términos de lo expuesto por el Rey, representado en mi persona?

—Entiendo y confirmo —respondió el alcaide de Gamonal.

—Don Álvaro —continuó don Gutier Abate—, según indica el *Líber Iudiciorum*, el proceso de reclamación del delito de homicidio debe ser iniciado por algún familiar de la víctima, elevando una querella al Concejo municipal en cuyos límites el suceso ocurra. Doña Úrsula era una mujer viuda y carecía de hijos y de cualquier otra familia. No obstante, se acepta la querella que vuestra persona ha interpuesto ante este tribunal por el hecho de haber sido criado por doña Úrsula, entendiendo que vos os presentáis como agraviado por el suceso. Sin embargo, habida cuenta de las características del hecho, las partes afectadas por el mismo son varias y vuestra condición de haber sido criado por doña Úrsula no os intitula como familiar, lo que supone que no gozáis de posición preeminente sobre las demás partes, en caso de resolución favorable en cualquier sentido. ¿Entendéis y confirmáis los términos de lo expuesto por el Rey, representado en mi persona?

—Entiendo y confirmo —respondió don Álvaro.

—De igual forma, las partes afectadas pueden verse inculpadas como responsables del hecho, compartiendo la culpa con el acusado, que podría llegar a quedar exento de cargos. Don Ricard d'Epernay, como parte afectada en calidad de maestro de obras y responsable de la fábrica, ¿entendéis y confirmáis los términos de lo expuesto por el Rey, representado en mi persona?

—Entiendo y confirmo —respondió el maestro Ricard.

—Don Martín Simón, alcaide del cabildo catedralicio, como representante de este, que es parte afectada en calidad de promotora de la obra y principal beneficiaria de la fábrica, ¿entendéis y confirmáis los términos de lo expuesto por el Rey, representado en mi persona?

—Entiendo y confirmo —respondió don Martín Simón.

—Que Dios guíe las almas de los aquí presentes para que sus testimonios, entendimientos y deliberaciones sean gratos a la Justicia Divina. Que dé inicio la sesión.

La asamblea comenzó con el interrogatorio de Yago por parte del alcaide de la collación de San Gil.

—¿Cómo ocurrieron los hechos? —preguntó directo don García.

Yago estaba de pie frente al tribunal. Vestido con sus calzas y su sayo, ceñido con el fino cinturón de cuero, guardaba empero un porte digno. Su altura y envergadura, sumadas a su fibrosa anatomía, contribuían a una imagen de seguridad en sí mismo que, cuando comenzó a hablar, su dicción certificó.

—Yo me encontraba con el maestro de obras Ricard d'Epernay, subido a un andamio en el lateral de levante del brazo sur del transepto. Estábamos con el maestro cantero Giraud, el maestro vidriero Guillaume y el oficial vidriero Enrique. Un peón vino a avisar al maestro Ricard. Al rato, el maestro Giraud nos informó de que el maestro de obras estaba atendiendo una visita en la fábrica. Enrique y yo nos quedamos sobre el andamiaje y seguimos atentos a la conversación de los maestros. Cuando terminaron las explicaciones, me fijé que, en el borde interior de la plataforma de la grúa, sobre el hueco de la portada del transepto, había un cajón de herramientas. Me dirigí hacia la plataforma para alejar el cajón del borde. Cuando estaba a punto de cogerlo del asa, alguien me empujó y, conmigo, la caja. Yo me pude agarrar a un poste de la plataforma y me quedé colgando, mientras oía el estruendo que produjo la caída del cajón contra el suelo. Al momento, los maestros Giraud y Guillaume y el oficial

Enrique acudieron en mi ayuda y me subieron a la plataforma. En ese instante me di cuenta de lo que había pasado.

—¿Os distéis cuenta de quién yacía en el suelo?

—No. Solo me di cuenta de que alguien había tirado el cajón intentando que yo cayese con él.

—¿Qué hicisteis a continuación?

—Rápidamente me dirigí hacia el lateral exterior de la plataforma. El que me había empujado no podía haber escapado por otro sitio, ya que los maestros Giraud y Guillaume le hubieran visto. Vi que alguien bajaba a toda prisa por la rampa de la obra hacia la plaza del Sarmental, girando y desapareciendo de la vista. Solo me dio tiempo a gritar que alguien lo detuviese. Pero nadie lo hizo. Cuando me dispuse a bajar para salir a buscar a mi agresor, don Álvaro se interpuso amenazándome con su espada.

—¿Qué hicisteis entonces?

—Intenté zafarme, pero Guillaume y Enrique me asieron con fuerza.

—Pero, si según decís había alguien más, ¿por qué no pudisteis bajar por donde suponéis que él lo hizo?

—Porque a la plataforma solo se puede acceder desde dentro de la obra.

—Entonces, ¿por dónde se supone que huyó el agresor?

—Por el exterior de la plataforma.

—¿Cómo, si vos mismo habéis dicho que solo se puede acceder desde dentro de la obra?

—Con la cuerda que encontró enganchada el maestro Giraud.

—Pero esa cuerda, ¿estaba firmemente sujeta o solo estaba enganchada?

—Solo estaba enganchada, pero su longitud era más del doble que la de la altura de la plataforma.

—¿Y?

—La cuerda estaba pasada por el poste de la baranda de la plataforma de la grúa, para poder ser retirada desde abajo.

El alcaide guardó silencio. Ese era un detalle que se les había escapado a todos y dejaba abierta la posibilidad de que, en efecto, hubiese alguien más arriba.

—Pero, entonces, ¿cómo es que nadie vio salir huyendo a nadie? Es decir, abajo estaban varias personas.

—Supongo que, con el estruendo, todos entrarían en el interior de la obra para ver qué había ocurrido.

Yago argumentaba con peso sus respuestas. A pesar de su juventud, tenía retórica suficiente para responder con cierto convencimiento. La visita, el día anterior, del padre Norberto le había dado el temple necesario para pasar este trance. Aun así, Yago tenía mucho miedo, pero por él. El alcaide corroboró lo dicho con los testimonios del maestro Giraud y del maestro vidriero y su oficial.

Después intervino Martín Ibáñez, el alcaide de la collación de la Llana, que fue quien acudió a la llamada del maestro Ricard.

—Don Álvaro, ¿vio usted al inculpado lanzar la caja de herramientas contra la víctima, doña Úrsula?

—Sí.

—¿Estáis seguro?

—Bueno, doña Úrsula iba justo delante de mí cuando la caja le cayó encima. Aún caía polvo cuando miré hacia arriba y vi a ese hombre colgando de la plataforma —respondió el hijodalgo señalando a Yago.

—Lo que no indica que lo hiciera él.

—Arriba no había nadie. Solo estaba él.

—Sin embargo, el oficial, Yago de Gamonal, señala que vio a alguien huir por la plaza. ¿Visteis vos que alguna persona abandonara el lugar precipitadamente?

—No. Yo solo vi al inculpado.

—¿Trató de huir?

—Sí. De hecho, cuando yo llegué a lo alto de la plataforma tuve que sacar mi espada para evitar que lo hiciera.

—¿Qué os mostró el maestro de obras en la plataforma?

—No entiendo.

—¿No os mostró una cuerda que descendía hasta el suelo?

—Sí, así es.

—Gracias, don Álvaro.

Don Martín Ibáñez, el alcaide de la collación de la Llana, continuó el interrogatorio preguntando primero al maestro vidriero y a su oficial, que retuvieron a Yago en la plataforma, y después al maestro Giruad, quien encontró la cuerda y las marcas en la madera. Cuando hubo terminado el alcaide Martín, el alcaide de la collación de Santa Águeda, don Pedro Sarracín, fue a tomar la palabra, pero se vio interrumpido por el movimiento de los burgaleses que llenaban la iglesia. Alguien se adelantaba entre los asistentes para ponerse frente al tribunal.

—Y vos, ¿quién sois? —preguntó el merino.

—Mi nombre es Nicolás de Amiens. Soy maestro tallista en la fábrica de la catedral.

—Supongo que tendréis algo que decir a este tribunal.

—Así es.

—Acercaos entonces.

—¿Y bien? —preguntó Gutier Abate cuando el maestro llegó al lugar de testificación.

—Yo sí que vi salir corriendo a una persona.

—Explicaos —solicitó intrigado el merino.

—Volvía de la orilla del río, donde había ido a aliviar las tripas, y, cuando salía de detrás del tinglado de los herreros, vi que alguien giraba hacia su derecha en la bajada de la puerta del Sarmental, al llegar a la plaza.

—¿Pudisteis ver de quién se trataba?

—No. Me pareció un peón que posiblemente tuviera el mismo problema de alivio que había tenido yo, así que no le di importancia. Solo me extrañó que no se dirigiera directo hacia la vega del río. Creo que debía decirlo.

—Sin duda. Habéis hecho lo correcto. ¿Tenéis algo más que añadir?

—No.

—Bien. Gracias. Retiraos.

—Una pregunta, si me permitís, don Gutier —solicitó Ramón Bonifaz.

—Adelante, don Ramón.

—Habéis dicho que os llamó la atención que no se dirigiera en dirección a la orilla del Arlanzón. ¿Os fijasteis hacia dónde fue?

—Como he dicho, giró a la derecha, según se baja de la fábrica. En la dirección de las aguas de la esgueva.

—¿Pero visteis si luego se perdió por el barrio de Santa Águeda o giró de nuevo para ir hacia la orilla del río?

—No lo sé seguro. Dejé de prestarle atención. Aunque, ahora que lo pienso, no parecía que fuese a girar hacia el río. Más bien todo lo contario.

—Eso es todo.

A continuación, tomó la palabra el alcaide don Pedro Sarracín.

—Maestro Ricard, ¿no es cierto que para poder visitar la fábrica ha de contarse con vuestro permiso?

—Sí, es cierto.

—La visita de la fallecida, doña Úrsula, y de don Álvaro, ¿se hizo habiendo solicitado permiso a vuestra persona?

—No, en absoluto.

—Sin embargo, no impedisteis su continuación.

—Sí, traté de impedirla recomendando a doña Úrsula que abandonase la fábrica por su propia seguridad.

—¿Le oyó don Álvaro?

—Sí.

—¿Y alguien más?

—El canónigo fabriquero.

Don Pedro Sarracín se dirigió a don Álvaro.

—Don Álvaro, ¿oísteis la recomendación del maestro de obras de abandonar la fábrica?

—No lo recuerdo —dijo incómodo, el hijodalgo.

—Don Johan, y vos, ¿escuchasteis la invitación que el maestro hizo a doña Úrsula?

—Sí, sí, la escuché.

—¡Miente! —espetó don Álvaro, poniéndose en pie.

—¡Don Álvaro! —interpeló Gutier Abate—. He de recordaros que estando yo presidiendo este tribunal, estáis ante el Rey. No volváis a interrumpir la sesión o me veré obligado a requeriros que la abandonéis.

El joven noble se sentó desabrido y lanzó una mirada llena de rabia hacia el merino de Burgos.

Tomó la palabra el alcaide de San Llorente, Ramón Bonifaz.

—Don Johan de Champagne, como canónigo fabriquero debéis atender las necesidades de la fábrica, entre las que están que no ocurra ningún percance. ¿Es cierto esto?

—Sí, bueno. En buena lid, es así —respondió el canónigo a la difusa pregunta que acababa de formular el primo de los Almerich.

— ¿Fuisteis el primero en encontraros la malograda visita?

—Sí, así es.

—¿Estabais dentro de la obra o en el exterior?

—Estaba en la casa de la obra, con el maestro Pietro.

—¿Y cómo supisteis de la visita de doña Úrsula? —preguntó Ramón Bonifaz.

—Me avisó un peón de que ya estaban dentro de la obra.

—Y, cuando entrasteis en la obra, ¿no recomendasteis a la visita que se ausentara de la fábrica, por su propia seguridad?

—Señalé a doña Úrsula el peligro al que se exponían ambos al entrar en la fábrica.

—Pero, ¿les conminó a abandonarla?

—Ciertamente, no me dio tiempo. Don Álvaro echó a andar hacia la puerta que sale al Sarmental y, cuando quise rogarle que desistiera de su intención, ya había llegado el maestro Ricard hasta nosotros. En ese momento fue él quien invitó a doña Úrsula a abandonar la obra.

—Antes habéis dicho que escuchasteis al maestro Ricard decir a doña Úrsula que debía abandonar la fábrica. ¿Os reafirmáis en esa aseveración?

—Sin duda. Lo escuché perfectamente —dijo el canónigo fabriquero.

—Y don Álvaro, ¿dónde se encontraba en ese momento?

—Al lado de doña Úrsula y de mí.

—Luego, a vuestro juicio, ¿es posible que don Álvaro oyera el requerimiento que el maestro hizo a doña Úrsula para abandonar la fábrica?

—Sí. Estoy seguro de que don Álvaro oyó al maestro puesto que añadió, más o menos, que estando en la casa de Dios, nada les podía ocurrir.

—¿Cuál fue la actitud de don Álvaro ante el maestro?

—De absoluto desdén —dijo Johan de Champagne.

—¿Le conminó el maestro a que se identificase?

—Sí, le preguntó por su nombre.

—¿Se lo dijo?

—Por supuesto. Con total arrogancia.

Tras la intervención de Ramón Bonifaz, los alcaides realizaron algunas preguntas más a todos los afectados para concretar determinados detalles que podían contribuir a un justo desenlace. Después, el alguacil despejó la iglesia, quedándose solo el corral de alcaides y el merino de Burgos para deliberar sobre lo escuchado y ratificar lo acordado.

3

—A todas luces, se trata de un homicidio por negligencia —señaló el alcaide Pedro Sarracín.

—Creo que eso es lo que parece —apuntó el alcaide Martín Ibáñez.

—O bien se parece a un asesinato con intento de que pase por homicidio —señaló García, el juez de la collación de San Gil.

—Pero García, ¿os creéis lo del segundo hombre de la plataforma? Vos mismo habéis interrogado al acusado, ¿os habéis dejado embaucar?

—¿Y por qué iba a ser inverosímil? —preguntó Ramón Bonifaz.

—¿Y por qué iba a ser cierto? —contraatacó Martín Ibáñez.

—Yo no he dicho que fuera cierto —dijo Bonifaz.

—¿Qué quieres decir entonces?

—Que, si se ha demostrado que fue una negligencia, aún debemos determinar de quién, y, por otra parte, si efectivamente el oficial fue empujado, debemos averiguar por quién y por qué.

—Dirimamos lo primero —indicó el merino, para avanzar en la deliberación.

—Doña Úrsula falleció porque le cayó un pesado cajón con herramientas que estaba situado al borde de la plataforma —comenzó a exponer Pedro Sarracín—. Si el inculpado, como oficial de la fábrica, era el encargado de los cometidos que se estaban realizando allí, él es culpable. Y si no era el encargado, el culpable es el maestro Ricard, como responsable de la seguridad de la obra.

—Sin embargo, existe otra figura que tendría que haber controlado la situación antes que el maestro Ricard —dijo Ramón Bonifaz.

—Quién, ¿el canónigo fabriquero? —preguntó el alcaide de Santa Águeda

—¿Quién si no? —dijo Ramón Bonifaz.

—Pero ya le oísteis, don Álvaro hizo caso omiso —dijo Pedro Sarracín.

—Como hizo con el maestro de obras —dijo Ramón Bonifaz.

—Pero el maestro podría haberse mostrado más enérgico —dijo Pedro Sarracín.

—¿Y pretendéis enfrentar a un hombre de armas con un constructor de catedrales? —dijo Ramón Bonifaz.

—¿Y por qué le mostró entonces la cuerda a don Álvaro, tratando de hacerle ver que alguien había huido por allí, sino para evitar su responsabilidad por negligencia? —insinuó Martín Ibáñez, irascible.

—Ya visteis cómo se puso don Álvaro cuando el fabriquero dijo que sí había oído al maestro decir a doña Úrsula que abandonase la fábrica —dijo el alcaide García, que veía una creciente e innecesaria hostilidad.

—¿Qué queréis decir? —preguntó de nuevo Martín Ibáñez, aún colérico.

—Que, con independencia de que exista algo más, si lo que se dirime ahora es la responsabilidad de la negligencia, esta no recae solo en una única persona.

—¿Pretendéis que la responsabilidad sea del maestro de obras y del obispo? —señaló el alcaide de la Llana.

—¿De quién si no? Fabriquero y maestro debían haber parado al hijodalgo, y no lo hicieron —dijo el alcaide García.

—Eso no es posible —interrumpió el merino de Burgos.

Hubo un momento de silencio. Cuando el asunto implicaba diferentes municipios, el merino arbitraba entre los alcaides avenidores y, llegado el caso, decidía sobre el acuerdo. Pero ahora la decisión debían tomarla los alcaides oficiales. El merino estaba presente solo como presidente de la asamblea y aceptaría y refrendaría cualquier fallo del tribunal, siempre y cuando no afectase a su señor.

—Si aceptamos la responsabilidad compartida de la negligencia, cargamos contra el obispo Mauricio como promotor y beneficiario de la fábrica. Pero no debemos olvidar que existe otro promotor que no puede, ni debe, ser acusado de algo que no le compete.

—¿Quién? —preguntó Martín Ibáñez.

—El Rey. Y como su representante que soy, eso no va ser posible.

—Entonces, la responsabilidad recae solo en el maestro Ricard —dijo Martín Ibáñez.

—En cuyo caso, sería excluido del reino, ¿no es así? —preguntó Pedro Sarracín, aunque la respuesta ya la conocía.

—Así es. Cuando un homicidio se produce por negligencia, esta se considera atenuante y la pena de muerte se sustituye por la de exclusión. El acusado debe permanecer encerrado en su casa evitando estar en contacto con los familiares de la víctima. Además, la responsabilidad por negligencia implica el reconocimiento de enemistad del acusado para con los familiares de la víctima, que podrían apelar a la venganza legal. Esto casi siempre ha derivado en desórdenes que han terminado afectando a la población del municipio, motivo por el cual, como solución pacífica a la pena por el delito de sangre, se ha ido implantando el destierro como método de exclusión —recordó Gutier Abate.

—Y ¿quién se lo dice al Rey? —preguntó el alcaide Bonifaz.

—¿A qué te refieres? Está aquí el merino —apuntó el alcaide de la Llana.

—A que la catedral se queda sin maestro constructor, y no es fácil encontrar a alguien de la capacidad de Ricard d'Epernay —dijo el alcaide García.

—Y una baja tan notable en la fábrica catedralicia podría arrastrar a otros oficios a que abandonasen la urbe en busca de otras fábricas, como la catedral de Toledo —puntualizó Ramón Bonifaz—. No creo que la Reina esté por la labor de favorecer a la diócesis del arzobispo de Rada en detrimento de la de Burgos, lo que, además, conllevaría el consiguiente menoscabo mercantil para nuestra ciudad.

—Entonces, no queda más remedio que optar por el mal menor —dijo el alcaide de Santa Águeda.

Todos sabían a qué se refería Pedro Sarracín. Sin embargo, para Ramón Bonifaz la cuestión no era tan sencilla. Yago era como un hijo para Ricard. El alcaide de San Llorente debía demostrar su teoría. Pero no lo tenía fácil.

—¿Y si existiera un asesinato encubierto? —dijo, pausado, Ramón Bonifaz.

—¿Asesinato u homicidio? —señaló el alcaide Pedro Sarracín.

—Asesinato —repitió Bonifaz.

—¿Cómo va a ser eso posible? —preguntó el alcaide de la Llana.

—Insisto en lo que he dicho antes, se puede tratar de un asesinato disfrazado de homicidio —señaló otra vez el juez García.

—¿Y por qué? —preguntó Pedro Sarracín.

—Eso quiero descubrir —respondió pensativo Bonifaz.

De nuevo el silencio se apoderó de los presentes. La idea podía parecer descabellada, pero los asesinatos existían y los motivos podían ser muy dispares. Sobre todo, entre la gente de alcurnia. Y los cuatro alcaides y el merino lo sabían. La cuestión era descubrir el motivo.

—¿Quién se beneficia? —preguntó, a nadie en concreto, Ramón Bonifaz.

—¿De qué? —preguntó a su vez Martín Ibáñez.

—De la muerte de doña Úrsula.

—¿Es que tiene que haber un beneficiado?

—En cualquier acontecimiento fortuito siempre hay alguien que pierde y alguien que gana, y no por ello tiene que haber un culpable. Aun así, cuando se busca, la culpabilidad puede ser por negligencia o por premeditación. Si la negligencia queda demostrada, ella misma, en principio, demuestra la accidentalidad. Pero si la negligencia no existe, entonces existe intención en el hecho, que deja de ser fortuito para convertirse en intencionado. Y, la intencionalidad lo es por una ganancia. Se emprende algo con la intención de obtener un beneficio.

—Como hacéis vos en vuestros negocios —intervino Pedro Sarracín.

—¡Y qué es el asesinato, sino un negocio!

—¡Por Dios, Bonifaz! Un asesinato es más tremebundo que cualquiera de vuestros negocios —dijo Martín Ibáñez.

—Pero el resultado que se busca es el mismo —dijo Ramón Bonifaz.

—¿Cuál?

—El beneficio. La ganancia.

—Señores, dejemos la filosofía para los monasterios y las escuelas —interrumpió el merino—. ¿Adónde queréis llegar, Bonifaz?

—¿Quién hereda a doña Úrsula?

Otra vez, un instante de mutismo flotó en el aire. Todos miraban al comerciante de los puertos en espera de que explicase su hipótesis.

—Hasta donde sé —comenzó Bonifaz su exposición— doña Úrsula era sobrina del chantre Pedro Díaz de Villalobos, que, cuando falleció, le cedió la posesión de la casa donde reside, en la zona llamada del Capiscol. La casa es solariega y posee un molino que da buenas rentas. Doña Úrsula no tenía descendencia, ni ascendencia viva, y su esposo también está muerto. Lo más lógico es pensar que doña Úrsula, mujer devota, quisiera ingresar en un monasterio. Al fin y al cabo, es lo que hacen muchas viudas de buena cuna. Pero el ingreso en la clausura lleva aparejada la donación de bienes. Un molino de nutridas rentas es suficiente argumento como para entrar en un buen monasterio.

—¿Las Huelgas? —preguntó el de Santa Águeda, Pedro Sarracín.

—Las Huelgas, por ejemplo —indicó Bonifaz.

—Pero, ¿eso qué tiene que ver con todo esto? —preguntó Martín Ibáñez, el de la Llana.

—Dejemos que continúe —dijo el merino.

—Por su parte, don Álvaro Martínez es hijo de Martín Pérez y Teresa Núñez, ambos hijosdalgo. Martín Pérez estuvo sirviendo a la casa de Lara desde la muerte del rey Alfonso VIII, terminando como mayordomo del conde don Gonzalo Núñez de Lara. La madre de don Álvaro falleció antes que don Martín, y cuando este murió, don Álvaro Martínez, su hijo, no tenía nada que heredar. Don Gonzalo Núñez hizo firmar una carta de cesión a don Martín con la que poder afrontar el coste de su mesnada para batallar en el Guadalquivir. El conde don Gonzalo quería recuperar el favor del Rey para su linaje a toda costa. De esta forma nos encontramos con un hijodalgo sin hacienda, sin aliados en la corte, sin mesnada y sin armas que ofrecer.

—Pero entonces, ¿qué relación guardan don Álvaro y doña Úrsula? Antes se ha dicho que ella fue nodriza de don Álvaro. ¿Tenían alguna relación sus padres con doña Úrsula? —preguntó Pedro Sarracín.

—Sí —dijo Bonifaz—. El marido de doña Úrsula, don Sebastián, era el persevante del padre de don Álvaro.

—¿Qué pretendéis entonces? —preguntó el merino.

—Necesitaríamos saber si doña Úrsula testamentó a favor de alguien.

—¿Y cómo vamos a saberlo?

—Habiendo sido sobrina del chantre de la catedral, es posible que pueda iluminarnos Martín Simón, el alcaide del cabildo catedralicio. De haber hecho testamento, ¿quién mejor que el notario del Cabildo?

—¿Y si la pesquisa diera como resultado que no hay testamento? —preguntó Martín Ibáñez.

—Entonces solo nos quedará preguntar a la abadesa de las Huelgas.

XXI

EL DESTIERRO

Anno Nostrae Salutis 1233
Junio

1

La siguiente sesión del corral de alcaides acaeció el viernes siguiente, dándose cita en el mismo lugar y a la misma hora. Esta vez solo entraron los alcaides y el merino, quedando fuera el resto de la gente, que había ido para saber de primera mano la decisión del Concejo municipal. Había mucha expectación porque podrían peligrar algunos puestos de trabajo. El merino de Burgos había citado al alcaide del cabildo catedralicio, que había venido con el canónigo notario. De nuevo sentados de espaldas al altar, el merino presidía la asamblea. A un lado el alcaide de San Gil y el de San Llorente y al otro el de la Llana y el de Santa Águeda.

—Y bien, don Martín —comenzó preguntando el merino, tras la apertura de la sesión—, ¿tenemos respuesta al requerimiento hecho por este corral de alcaides?

—Sí, don Gutier.

—Informad entonces, por favor.

—Doña Úrsula tenía previsto ceder su heredad a favor del monasterio de Santa María la Real de Las Huelgas y del cabildo catedralicio.

—¿A favor de ambos?

—Sí, don Gutier. Al estar ligada, de algún modo, a la catedral, por haber sido su tío chantre del coro, doña Úrsula quería ceder al Cabildo la propiedad de su casa, con el único requerimiento de que fuera empleada para acoger peregrinos a Santiago. En cuanto al monasterio, iba a recibir de tan generosa dama el molino y las rentas que de él se desprenden, para lo cual solo pedía ser aceptada en la claustra monacal de Huelgas.

—¿Llegó a realizarse la carta de donación?

El alcaide del Cabildo miró al notario, cediéndole la palabra.

—Sí, don Gutier, llegó a formalizarse. Pero el documento se lo llevó doña Úrsula.

—¿Cómo?

—Doña Úrsula me dijo que quería consultarlo con don Álvaro.

—¿Y habéis preguntado a don Álvaro por el legajo?

—No hemos podido. No hemos encontrado al hijodalgo —respondió el alcaide del cabildo catedralicio.

—Pero, si se dictó orden de que ningún implicado en el suceso podía ausentarse de la ciudad. ¡Alguacil! —llamó el merino.

—Don Gutier.

—Salid y mirad si está alguien de la casa de doña Úrsula. Preguntad por don Álvaro Martínez.

El alguacil salió de la iglesia para cumplir lo ordenado.

—Pero, ¿para qué querría consultar esa buena mujer con don Álvaro su donación? —pensó en voz alta el alcaide de la Llana.

—Era una mujer muy tierna y cariñosa —comenzó a explicar Martín Simón—. En cierto modo, cándida. Cuando perdió a su hija, crio a dos niños, uno de ellos don Álvaro.

—¿A dos niños, decís? —inquirió el merino.

—Eso tengo entendido. Aunque no era del agrado de don Sebastián, el marido de doña Úrsula.

—Y eso, ¿por qué? —preguntó Gutier.

—Porque el otro niño era plebeyo. Era el hijo de una de sus criadas, que murió al darle a luz y, según parece, doña Úrsula prometió a su padre que cuidaría de él hasta que tuviera edad de aprender un oficio.

—¿Y sabemos qué ha sido del padre?

—Murió también.

—¡Vaya! Todo son alegrías —dijo el merino de Burgos.

—Y del niño, ¿qué se sabe?

—Un día se lo llevó su padre de la casa de doña Úrsula. La servidumbre no ha sabido decirme más.

—Yo tengo la respuesta para esa cuestión —dijo entonces Ramón Bonifaz, que se había puesto en pie para encargar otro recado al alguacil, que retornaba a la iglesia.

—Han ido a buscar a don Álvaro —informó el alguacil.

—Alguacil, haga el favor de traer al monje de Cardeña —solicitó Bonifaz.

El alguacil llevó al padre Norberto ante el tribunal. A sus sesenta y tres años, el padre Norberto aún mantenía una muy digna presencia.

—Padre Norberto, sed bienvenido —recibió el merino al monje de Cardeña.

—Don Gutier.

—Padre —tomó la palabra el alcaide de la collación de San Llorente—, haced el favor de indicar al tribunal quién sois y cuál es vuestra relación con doña Úrsula, con don Álvaro y con Yago de Gamonal.

Los tres alcaides y el merino miraron sorprendidos a Bonifaz. En una frase había ligado a tres personajes, aparentemente enfrentados, con un monje del monasterio de Cardeña. El padre Norberto comenzó haciendo una somera descripción de su persona y enseguida dio paso al relato de por qué doña Úrsula crio a Yago de Gamonal y a don Álvaro Martínez. El monje narró que la dama educó y enseñó a ambos niños y que él mismo, al mantener contacto con el chantre para atender las necesidades de la escuela catedralicia en lo tocante a su biblioteca, también participó en la enseñanza de los vástagos. Después relató que cuando Álvaro y Yago alcanzaron la edad de nueve años, don Sebastián comenzó el adiestramiento del joven hijodalgo, valiéndose de Yago como pareja de ejercicios. Norberto terminó su reseña contando el incidente acaecido entre Yago y Álvaro y cómo después el padre del primero, que trabajaba como acequiero para el monasterio cardenense, ingresó al muchacho en el cenobio. Finalmente, el padre Norberto reseñó cómo Yago recaló en la fábrica catedralicia, hacía ya nueve años.

—Yago no pudo matar a doña Úrsula. ¡Jamás! —terminó su intervención el monje.

El tribunal permaneció en silencio un breve momento, que pareció interminable, mientras en el templo de Santa Águeda aún resonaba la palabra «jamás», como si hubiese sido rescatada de sus paredes siglo y medio después de haber sido dicha con el mismo aplomo por un rey. El merino y los cuatro alcaides miraban al padre Norberto. Su inusual altura para las gentes del pueblo llano y su hábito blanco le conferían una dignidad casi abacial. Según refería los hechos que adornaban la vida de esas tres almas, la mirada de Norberto había ido saltando de alcaide en alcaide, clavándose en sus ojos. Una mirada serena y penetrante que solicitaba avenencia y justicia a un mismo tiempo. Unas cualidades difíciles de emparejar, que ahora debían de casar los que allí estaban.

Agradeciendo su intervención, el merino despidió al monje, rogándole que dijera al alguacil dónde iba a estar, por si debían requerir su presencia otra vez.

—Entonces, el acusado y don Álvaro ¡son collazos! —dijo Pedro Sarracín, cuando el monje abandonó el templo.

—En efecto —dijo Bonifaz.

—¿Hermanos? —preguntó difuso Martín Ibáñez.

—De leche, no de sangre —señaló García.

—Pero, en caso de herencia, ¿esta sería a partes iguales? —preguntó Pedro Sarracín.

—Si uno tuviera derecho a ella, el otro también, en igual medida. Sin distinción de estamento —indicó García.

—Lo que supone un interés en el suceso que se juzga —dijo Bonifaz.

Los cuatro alcaides se miraron entre sí. Un atisbo de acuerdo comenzaba a aparecer, al igual que con la deliberación sobre la negligencia.

—Antes de nada —comenzó a decir Pedro Sarracín—. En el caso de que no se encontrara el documento de cesión de doña Úrsula ¿eso colocaría a don Álvaro en situación de heredar, como si se tratase de un hijo por derecho?

—El parentesco de nutricio refiere tanto a los hermanos de leche entre sí, como a los hijos no consanguíneos de la criandera para con ella —comenzó a explicar el merino, Gutier Abate—. Pero este reconocimiento parental únicamente tiene consideración social y, por lo tanto, carece de efectos pro derecho.

—Entonces, el homicidio no esconde un asesinato. No existe intencionalidad —dijo Martín Ibáñez.

—A no ser que don Álvaro desconozca lo que el merino acaba de decir —replicó Ramón Bonifaz.

—En cuyo caso, solo hay una forma de saberlo —dijo el de San Gil.

2

La puerta de la iglesia se abrió de nuevo y el alguacil se dirigió con paso apresurado hacia el tribunal. Antes de que llegase, un hombre de porte noble apareció por el umbral de la puerta del templo y se encaminó hacia la cabecera. Detrás entró don Álvaro Martínez. El alguacil comunicó algo al merino y este le indicó que se retirase. Cuando la puerta del templo se hubo cerrado, el desconocido tomó la palabra.

—Mi nombre es Juan Pérez y sirvo en la casa de Lara.

—Sed bienvenido, don Juan —recibió cortés el merino al hijodalgo.

—Represento a don Álvaro Martínez, en calidad de enviado de la casa de Lara.

—¡Enviado? ¿Por qué? —preguntó Gutier Abate.

—Como vos sabéis, el padre de don Álvaro sirvió en la casa de Lara como mayordomo de don Gonzalo Núñez de Lara. Su hijo, don Nuño González de Lara, se crio con el infante don Alfonso, gracias a la generosidad de su Alteza, el rey Fernando. Creo que no es menester recordar los tiempos pasados, tan difíciles para la casa de Lara como para la Corona. Don Nuño me ha solicitado que vele por que este incidente no empañe la buena armonía existente entre la Corona y su linaje.

La situación era extraña. Ni el merino ni los alcaides se habían visto nunca en unas circunstancias parecidas. Lo único que les hacía falta de don Álvaro era su testimonio y ya lo había dado. Sin embargo, en esta segunda deliberación había surgido una duda que aún flotaba en el ambiente. Justo cuando don Álvaro había aparecido acompañado.

—Bien —dijo el merino—. Ruego permanezcáis en silencio. Los alcaides tienen una pregunta que formular a don Álvaro.

Tomó la palabra Ramón Bonifaz.

—Don Álvaro, ¿sabéis si doña Úrsula testó sus bienes y propiedades a favor de alguna persona o de algún estamento o formalizó carta de cesión en los mismos términos?

—No. ¿Acaso lo hizo?

—¿Sabéis si os corresponde por derecho recibir los bienes de doña Úrsula en herencia?

—Sí. Doña Úrsula me crio y he vivido en su casa como su hijo. Mis padres cedieron sus bienes para el linaje al que servían y, cuando murieron, doña Úrsula volvió a recibirme en su casa.

La cuestión se situaba en el supuesto que Bonifaz y García presuponían desde un principio. Al tiempo que el primo de los Almerich sostenía una mirada grave sobre el hijodalgo, los otros alcaides dirigieron las suyas al merino. El alcaide del cabildo catedralicio y su notario permanecían aún frente al tribunal, a la derecha de don Álvaro. Frente a ellos, el acompañante del hijodalgo, que se había situado a su izquierda, pero ligeramente adelantado, pudo valorar la escena.

—Don Gutier, ¿podríamos hablar en privado? —preguntó el representante de don Álvaro.

—Esta es toda la privacidad de que disponemos, don Juan.

—Como preveía, esta cuestión puede complicarse más de lo deseado por las partes implicadas.

—¿Y qué partes son esas? —preguntó el merino con curiosidad, al tiempo que, ladeando un poco la cabeza, fruncía el ceño y lanzaba una mirada circunspecta.

—Creo que se atisba la posibilidad de que don Álvaro pueda verse acusado de algo que no es probable, en la medida de las dudas que se pueden plantear.

—Explíquese, don Juan.

—Por un lado, existe la posibilidad de una negligencia por parte de la fábrica. Tanto el canónigo fabriquero como el maestro de obras no supieron evitar la coincidencia de la visita con la caída del cajón.

—Se les solicitó que abandonasen la obra e hicieron caso omiso —señaló el alcaide de San Gil.

—Cierto. Sin embargo, bien podían haber ordenado el cese de la actividad —replicó don Juan.

—Pero eso hubiera sido muy violento —contestó García.

—Menos que la muerte de doña Úrsula.

—En la que se sospecha un oculto interés —lanzó al quite Bonifaz.

—Cuya investigación demoraría la obra o incluso la paralizaría —respondió don Juan.

—¡Eso no puede ser! —dijo algo alterado el alcaide del cabido, al tiempo que daba un paso al frente.

—Tampoco es del interés de su Alteza que eso ocurra —señaló más comedido el merino.

Don Juan miró al alcaide del Cabildo esbozando una mueca sonriente. Había llegado a donde quería. El paso al frente del canónigo rebelaba el interés del Cabildo por finalizar el templo, costase lo que costase, y el comentario del merino reflejaba la inquietud de la Corona por dotar al reino de una catedral acorde a su preeminente posición en España. A su lado, frente al tribunal, un joven Álvaro, ya despistado, trataba de seguir el juego de su adlátere.

—¿Qué proponéis, don Juan? —preguntó Gutier Abate, yendo directo al motivo de la presencia del desconocido noble.

—El documento que formalizó doña Úrsula, pero que no llegó a elevar, certifica la cesión de su casa al cabildo catedralicio y la del molino, con sus rentas, al cenobio de las Huelgas.

—¿Conocéis el documento? —preguntó Martín Ibáñez.

—Propongo que el molino pase a los dominios del monasterio de las Huelgas y la casa de doña Úrsula al Concejo de Burgos —continuó don Juan Pérez, haciendo caso omiso de la pregunta del alcaide de la Llana—. Por su parte, don Álvaro renuncia a reclamar cualquier bien o propiedad de doña Úrsula.

—Y el Cabildo, ¿qué obtiene? —preguntó el canónigo Martín Simón.

—Lo mismo que el Rey. Una catedral —dijo Ramón Bonifaz, que no apartaba la vista del joven hijodalgo, pensando en Yago y en Ricard.

Desde fuera llegaban las voces de la gente, apagadas por la pétrea edificación eclesial. Nadie de los presentes se movía. Nadie decía nada. El merino se echó hacia atrás en el respaldo de su silla y, durante unos instantes, se mantuvo pensativo. Un asesinato en suelo sacro era algo tenebroso en sí mismo, pero si el hecho luctuoso ocurriese durante la edificación de la catedral, la afluencia de fieles podría verse mermada, algo que no deseaba el cabildo catedralicio, promotor de la obra a través de su obispo. Además, la catedral también estaba promocionada por el propio Rey, lo que situaba a la Corona al lado del cabildo catedralicio.

También estaba claro que investigar la posibilidad de un asesinato determinaba la asistencia del alcaide de los hijosdalgo y la demora de todo el proceso, lo que llevaría aparejada la ralentización de la obra. Esto, a su vez, podría suponer que algunos oficios se fueran de Burgos a las fábricas catedralicias de Cuenca o de Toledo, provocando un agravamiento en la demora de la obra burgalesa. Por otra parte, la propuesta de don Juan Pérez incluía al Concejo de Burgos entre los beneficiarios, al recibir una propiedad que contribuiría a la llegada de más peregrinos. Como representante del Rey, si él aceptaba la oferta, el monarca quedaba como aliado del Concejo, posición que, desde hacía décadas, la Corona mantenía como contrapeso con la nobleza. Además, tampoco sería bueno para la catedral, en cuya promoción participaba el Rey, que un linaje de su curia se viese inmiscuido en un suceso de este tipo. Sobre todo si dicho linaje, después de haberse visto menoscabado, participaba de nuevo de cierto reconocimiento real. «Al final la cuerda siempre rompe por la parte más débil», pensó Gutier Abate.

—Dejadnos solos. Debemos considerar la propuesta —rompió el silencio el merino.

El corral de alcaides esperó a que los canónigos y los hijosdalgo abandonaran la iglesia. Ramón Bonifaz no dejaba de pensar en la actitud del joven Álvaro. Durante todo el tiempo en que había estado presente don Juan Pérez se había mantenido manso, sumiso. Ni siquiera había mostrado sorpresa o disconformidad cuando su representante dijo que renunciaba a cualquier bien de la malograda Úrsula. Ramón Bonifaz, que llevaba años negociando con las gentes de los puertos cántabros, con mercaderes castellanos y francos, con mineros y con ganaderos, sabía ya mucho de lo que los gestos y las miradas decían. Y de lo que no decían.

3

—¿Y bien? —abrió el merino el debate, que veía que nadie daba el primer paso.

—Bueno, esto sí que ha sido algo inesperado —dijo el alcaide de la Llana, incorporándose sobre su silla.

—Sobre todo, porque el Concejo obtiene su mordida —insinuó el de San Gil, como si él no perteneciese al cabildo municipal.

—Todos salimos beneficiados —dijo el de Santa Águeda, intentando repartir los beneficios.

—Menos uno —observó el de San Llorente, poniéndose en pie para estirar las piernas.

—Esa es la cuestión —dijo el merino, mirando a Ramón Bonifaz—. ¿Cómo zanjamos el hecho punitivo?

—Cierto es que don Juan Pérez no ha hecho ninguna referencia al acusado en su propuesta —dijo Martín Ibáñez, dejando la frase colgando para que alguien la terminase.

—Lo que deja abierta la cuestión de la venganza legal —señaló García.

—La cual solo es posible en el caso de reconocimiento de enemistad entre las partes —señaló Bonifaz, girando sobre sí mismo.

—Que suele ser lo habitual, don Ramón, por lo que es de esperar que don Álvaro así lo demande. Y eso solo tiene una salida —observó Pedro Sarracín, que también se había levantado para pasear por el tribunal.

—A no ser que ahora seamos nosotros los que hagamos una propuesta a don Juan —dijo Bonifaz, mirando a Sarracín.

—¿Cuál? —preguntó Sarracín.

—Todos sabemos que la pena de exclusión, o destierro, si se prefiere ese término, sustituye a la de muerte en caso de negligencia -comenzó a razonar Bonifaz—. Y esa exclusión puede ser por un tiempo limitado, que además puede verse reducido por el cumplimiento del destierro en la frontera, sirviendo en la hueste del Rey.

—Prebenda que solo es posible si se es noble —interrumpió Martín Ibáñez.

—O cuando se forma parte de los almogávares castellanos —matizó Bonifaz, que continuó con su exposición—. Sin embargo, si se declara la enemistad entre las partes, lo que favorece el derecho de venganza legal, la exclusión puede mantenerse de forma indefinida mientras los familiares afrentados permanezcan en la villa.

—A no ser que se compre el perdón —intervino Sarracín.

—Lo que también afectaría a don Álvaro —señaló García— y, en cierto modo, protegería al acusado. Si el acusado se convierte en enemigo acogido o saludado por comprar el perdón, don Álvaro debe saber que, en caso de darle muerte, se trataría de un homicidio agravado.

—Hay otra salida, aún —dijo Bonifaz, deteniendo su caminar por el recinto del tribunal—. Que el afrentado tampoco quede en la ciudad.

—¿Qué pretendéis? —preguntó sorprendido Sarracín.

—Como he dicho antes, sin tener en cuenta a la pobre doña Úrsula, que Dios guarde, en todo este suceso al final todo el mundo sale bien parado, excepto el acusado —respondió Bonifaz.

—Pero es el acusado —dijo Ibáñez.

—¿De qué? —preguntó Bonifaz, abriendo los brazos y encogiendo los hombros, al tiempo que la mueca de su cara imploraba que alguien se lo explicara.

Otra vez, el silencio tomó la palabra y el eco de su mensaje resonó en todo el templo.

—¿Qué proponéis? —preguntó Martín Ibáñez, que se había dado cuenta de que el mercader acudía a la lógica existencia de la duda.

—Si nos acogemos a lo propuesto por don Juan Pérez admitimos que el hecho por el que se juzga al acusado es resultado de una negligencia, de tal forma que, para salir exoneradas las partes beneficiarias de la propuesta, el acusado debe ser desnaturalizado[60], abandonando la ciudad, su alfoz y el Reino. Pero esta solución, que se ajusta a derecho y fazañas, no se ciñe a justicia, en tanto se admite al acusado como víctima propiciatoria para el acuerdo entre las partes. Solo si se posibilita el retorno del acusado a su lugar natural, podremos estar en disposición de haber hecho la menor de las injusticias. Pero para ello se debe evitar la posibilidad

60 Desterrado.

de venganza legal otorgada por la declaración de *inimicitia*, lo que el acusado puede obtener si compra el perdón. Pero, ¿sería justo que el acusado compre un perdón que no es necesario que obtenga, pues no ha injuriado a nadie?, ¿o sería más justo que don Álvaro abandonase Burgos? Al fin y al cabo, aquí nada le ata, ya que nada posee.

Durante unos momentos, el resto de los alcaides y el merino se miraron entre sí, buscando algún gesto que llamase a la discusión o el de desacuerdo.

—Me parece lo menos injusto —dijo García, el alcaide de San Gil.

—Si en un principio me pareció un homicidio, debo reconocer que ahora dudo de que quizás tuvieseis razón. Es posible que detrás se esconda algo que no somos capaces de ver con claridad, pero la imposibilidad de demostrarlo con certeza me lleva a aceptar vuestra propuesta como la más razonable —dijo Martín Ibáñez, el de la Llana.

—También estoy de acuerdo con los alcaides. Creo que es la opción menos perjudicial para un acusado del que ya no tengo claro de qué se le inculpa —dijo, por último, el alcaide de Santa Águeda, Pedro Sarracín.

Cuando todos los alcaides aceptaron la proposición de Bonifaz, el merino se puso en pie y tomó la palabra.

—A tenor de todo lo escuchado y de todo lo referido en esta asamblea, ha quedado claro que lo que parecía un triste accidente se ha tornado en un necesario juego de intereses. Ahora bien, teniendo en cuenta que como jueces debemos buscar el bien común, y lo que se juzga es un hecho por el que un súbdito del Rey debe pagar, es justo incluir al inculpado en el reparto de beneficios. En efecto, el destierro lo es con derecho de retorno en determinadas circunstancias. Hagamos que estas sean reales y sin más coste para el reo, ya que, como ha dicho don Ramón, el acusado no es sino una víctima propiciatoria de todo este drama. Sin embargo, estimo más conveniente acordar con don Juan Pérez antes de crear fazaña y de hacer público el veredicto. Alguacil, llame a don Juan Pérez.

—Don Juan —inició el merino su intervención, cuando el hijodalgo estaba frente al corral—, hemos sopesado vuestra propuesta y aceptamos los términos de la misma. Sin embargo, solicitamos, para poder llevarla a cabo, una contraprestación necesaria.

—Creo que no estáis en posición de negociar.

—Creo que don Álvaro tampoco —sugirió rápido Gutier, que en estas lides estaba muy bregado y que sospechaba que don Álvaro también era una víctima necesaria, pero de otro tipo de intereses.

—Decidme, pues —sugirió don Juan, retrayendo la cabeza.

—Que don Álvaro renuncie a la declaración de *inimicitia* y abandone Burgos.

—¿Y por qué debe renunciar a que se declare al inculpado como enemigo?

—Porque en vuestra propuesta todos obtienen su rédito, menos el acusado.

—Tampoco lo hace don Álvaro.

—¿Estáis seguro? —preguntó Gutier, poniendo en entredicho una respuesta aún no dada.

—Y en cuanto a abandonar Burgos, ¿por qué ha de hacerlo? —sorteó la pregunta Juan Pérez.

—¿Acaso le queda hacienda, negocio u obligación en la urbe? Si sirve a la casa de Lara, ahora debería acudir a donde está su señor.

—Pero deberá poder volver a Burgos —propuso don Juan Pérez.

—No antes de tres años —respondió el merino.

—¿Y si no aceptamos?

—La catedral se detendrá y su promotor tomará cartas. Y, como dije antes, eso a la Corona no le interesa. Y creo que al linaje que representáis tampoco.

Mientras reflexionaba un momento, don Juan sostuvo la mirada al merino. Debía reconocer que Gutier había sabido dar la vuelta a la situación obteniendo una contraprestación, pero este incidente le había procurado lo que necesitaba y Yago no significaba nada para él. Lo que don Álvaro tenía pendiente con el cantero debería esperar o, mejor aún, ser olvidado. El hijo del mayordomo de Gonzalo Núñez debería volver al anonimato al que la vida le había relegado. Él, por su parte, tenía mucho trabajo por delante.

—No se hable más. Don Álvaro saldrá hoy mismo de Burgos.

—Hágase así —terminó el merino.

4

Cuando se comunicó el veredicto, una agridulce sensación inundó la iglesia de Santa Gadea. Se hacía justicia. Así lo entendían los presentes y así lo acataban. Pero algo les decía que la sentencia trataba de proteger a alguien. No tenía mucha lógica que la culpa recayese en un oficial, habiendo estado los maestros presentes en el suceso. Al escuchar la sentencia, a Ricard se le hizo un nudo en el estómago. Había sido avisado de antemano por Bonifaz, pero aun así no pudo evitar su desazón. Yago escuchó el fallo del tribunal sin inmutarse, como si ya lo diera por hecho. Ricard se fijó en la mirada de su oficial y a su memoria acudió ese primer día en que lo vio. Yago tenía ahora la misma mirada que vio Ricard cuando llegó a Burgos en el niño que estaba junto a la acequia. En ese momento descubrió dónde había visto por primera vez a Yago.

Uno de los más apenados por el veredicto fue Roberto Medina, el alcaide de Gamonal. Había conocido a Martín y a Marta, los padres de Yago, y había visto crecer al joven oficial. Y ahora debía informar en el Concejo de Gamonal que el hijo de Martín iba a ser desterrado a la frontera. El alcaide de Gamonal también conocía al padre Norberto, ya que trabajaba con el cenobio de Cardeña surtiéndole de material para el *scriptorium*, que él mismo llevaba siempre que podía. Eso le permitía poder hablar con el monje de las enseñanzas que se escondían entre los libros de la biblioteca. Sin embargo, cuando ambos salieron de la iglesia se acompañaron en silencio hasta la salida hacia Cardeña. Allí se despidieron, confiando en que la Divina Providencia trajera de vuelta algún día a su paisano y a su discípulo.

El merino de Burgos informó del proceso seguido por el accidente en la fábrica catedralicia a quien detentaba la tenencia de la capital castellana, la reina doña Berenguela.

— ¿Afecta a la fábrica? —preguntó la Reina madre.

—No, Alteza. Al menos no demasiado. El inculpado es un oficial. Pero se trata del protegido del maestro de obras, del maestro Ricard.

—Lo que, supongo, no entorpecerá el buen hacer del maestro —dijo doña Berenguela.

—No, mi señora. El maestro Ricard es hombre templado y llevará a buen término su labor en la fábrica catedralicia. Sin embargo, aunque el destierro es con retorno a los tres años, me preocupa más la situación de la familia del oficial —dijo Gutier Abate, sabiendo que, para tratar de compensar la injusticia, se metía en un terreno movedizo.

—¿Siendo oficial ya tiene familia?

—Así es, Alteza. Está casado con una conversa. Una antigua mudéjar.

La Reina escrutó los ojos del merino esperando que dijese algo más.

—Se trata de Yago de Gamonal, el esposo de la hija de Laila.

—¡Por Dios! — exclamó la reina doña Berenguela—. ¿Pero qué ha hecho esa familia para merecer tanta desgracia?

Cuando la reina Beatriz, que estaba presente, oyó el nombre del inculpado, sintió cómo el estómago se le tensaba al tiempo que la imagen de un niño acudía a su memoria.

—¿Y en qué situación queda ella? Zarádat, creo recordar que se llama esa niña. Alguna vez vino con su madre a palacio. ¿Tiene hijos esa mujer? —preguntó doña Berenguela.

—Dos. Muy pequeños.

—Bueno. Al menos las cofradías velarán por ella y sus vástagos. De todas formas, lo único que podemos hacer es rezar por ellos.

—¿En verdad no podemos hacer nada, excepto rezar? —preguntó la reina Beatriz a su suegra cuando el merino se hubo retirado.

—¿Y qué se te ocurre?

—No sé. Se trata de quien lleva el *tiraz* de palacio. Puede sentirse abandonada, en cierto modo.

—¿Por qué? ¿Acaso es ella quien parte hacia tierras de frontera? No os preocupéis, Beatriz. Las cofradías cuidarán de Zarádat y sus hijos. Además, ya has oído a Gutier, en tres años estará de vuelta.

—Si sobrevive —dijo Beatriz—. He oído hablar a los nobles de la dureza de la frontera. Y ese chico no está hecho para esas lides.

—¿Acaso le conoces? He visto cómo te inquietaba el sonido de su nombre.

La reina Beatriz relató a doña Berenguela cómo conoció a Yago entre los libros de la biblioteca del monasterio de Cardeña. Le contó la vivacidad que mostraba el niño y cómo perdió la fíbula de su capa bajo las estanterías. Aunque se trataba de un simple plebeyo, recordaba aquella anécdota con cariño, por lo que no pudo evitar mostrar su desazón.

—La Corona debe mirar por el pueblo, pero no confraternizar con él —dijo doña Berenguela, cuando la reina Beatriz terminó su relato—. Se es Reina de todos los súbditos, Beatriz, y todos los súbditos forman el Reino. Si se personaliza la labor regia en cada uno de ellos, el Reino se fractura en tantos trozos como súbditos tiene. El Reino está siempre por encima de los vasallos y de los reyes. Sin Reino, nada existe.

—Pero me siento mal sin poder hacer algo.

—Hay ocasiones en las que lo más importante y lo más difícil es no hacer nada. El Concejo tiene sus mecanismos para dirimir los pleitos que en su seno surgen y el origen de los mismos se pierde en el Fuero Juzgo y la costumbre. La acción de un monarca no puede interferir en la dinámica de la urbe cuando esta garantiza la estabilidad social. Y debes recordar, querida Beatriz, que la fuerza de la Corona reside en las ciudades más que en los dominios y tenencias. Allí campan los nobles de la curia regia, cuya avidez de poder no tiene límite. Y a sus actos son a los que debemos estar atentas. La Corona mantiene su fuerza a través de las acciones que realiza para equilibrar la balanza de poder de su curia. Es una romana con muchos platillos cuyas pesas no dejan de pasar de uno a otro. La ciudad, en cambio, se gobierna por sí sola. Si Yago es un hombre justo, no recurrirá al recuerdo de vuestro infantil encuentro para solicitar clemencia. Y, en lo que la conozco, tampoco creo que lo haga su mujer.

5

La ley daba al desterrado nueve días para salir de la ciudad hacia su destierro. Sin embargo, ese plazo podía prorrogarse hasta dos veces. Pero pasado ese tiempo, si el desterrado no había salido de la ciudad era expulsado con la participación del vulgo, que salía de sus casas para espolear al condenado.

Yago quería dejar todo bien sujeto antes de partir, aunque, en realidad, todo estaba ya bien atado. A pesar de que Isaac tenía solo dos años e Irene uno, Zoraida y sus hijos estarían protegidos tanto por la cofradía de los canteros como por la de los tejedores. Además, el telar se había ido consolidando y funcionaba bien. Seguía sirviendo al palacio y poco a poco iba recuperando algunos de sus antiguos clientes. Por otra parte, Yago sabía que sus amistades no iban a dejar de atender a su familia en ningún momento. Eran muchas las personas con las que Zoraida podría contar en caso de necesitar algún auxilio.

Yago también había ido al monasterio de Cardeña para despedirse del padre Norberto. Fue un momento amargo para ambos. Por segunda vez el monje perdía a su discípulo, pero en esta ocasión no le vería ni siquiera los domingos. Desde que Yago y Zoraida tuvieron a sus hijos el cantero había restringido las visitas al cenobio, aunque procuraba ir al menos una vez al mes. Pero ahora sería diferente. Durante tres años el padre Norberto no sabría nada de Yago.

Al décimo cuarto día de la sentencia, la casa continuaba llena de pena. Zoraida conocía la historia del héroe castellano, la historia de «quien en buena hora ciñó espada», que cantaban los juglares. Pero su héroe no era hijodalgo. Ni siquiera era un hombre de armas. Solo era un sencillo cantero. ¿Por qué, entonces, debía abandonar Burgos? ¿Por qué ahora sus vidas debían separarse? ¿Por qué la Divina Providencia les sometía a ellos a este castigo? ¿Acaso no había demostrado ella a Dios su fe en Él, al renunciar a sus antiguas creencias? ¿O quizás era ese el pecado? ¿Es posible que Dios estuviera castigando su falsa apostasía? Pero, si para ella no era falsa en ningún modo, ¿por qué debía pasar por este trance? Todo esto atormentaba a la tejedora, para quien la única respuesta venía de una expresión de su antigua religión: *in sha Alá*, si Alá quiere. Pero, aun así, esa respuesta no la consolaba.

—Tres años pasan rápido —dijo Yago, queriendo mitigar la profunda pena que afligía a Zoraida y que compartía con ella.

—Pero los pasaremos separados —dijo la tejedora—. Además, la frontera está llena de peligros. Solo Dios sabe lo que te puede ocurrir —respondió ella mientras recogía los juguetes y la ropa de los niños.

—En la fábrica también hay riesgos.

—Pero no son los mismos —dijo compungida Zoraida.

—Tampoco tú los conoces —dijo Yago.

— ¡Ni tú! ¡Solo sabes de tu oficio!

— ¡Pues deberé aprender!

—El oficio de las armas no es para ti, Yago —dijo Zoraida bajando la voz, para no despertar a los niños.

—¿Por qué? Soy castellano y aquí la tierra es ruda. Te forja un recio carácter. Estoy acostumbrado al trabajo y a las inclemencias del tiempo. Mi cuerpo es duro como la piedra que trabajo.

—Pero no tu alma, amor mío.

—No se pelea con el alma.

—¡Pero se atormenta cuando se arrebata una vida! —dijo Zoraida cogiendo a Yago de los brazos y mirándole compasiva, al tiempo que recordaba a su padre.

—Tendré que aprender también a llevar el tormento.

—Yo no quiero que cambies —se abrazó Zoraida a su esposo.

—Si lo hago, será solo para sobrevivir y poder volver junto a ti y nuestros hijos.

Yago separó a Zoraida de sí y la miró a los ojos.

—Si cuando vuelva no tengo esta mirada que ves ahora, deberás ayudarme a recuperarla.

Yago y Zoraida pasaron la noche abrazados en su alcoba. Las horas trascurrían sin conciliar el sueño. Ninguno de los dos quería dejar de sentir el cálido abrazo del otro. Al final, la fatiga de la desazón pudo con ellos y ambos se quedaron dormidos. Cuando Zoraida se despertó, Yago ya no estaba.

Después de ahogar su pena en amargas lágrimas, la tejedora se incorporó. A su izquierda, sobre un jergón de paja, Isaac e Irene dormían ajenos a la pesadilla. Tras contemplarlos, Zoraida retiró el llanto de sus ojos y miró hacia el ventanuco. Un gorrión revoloteó frente a él sin apartar la mirada de ella. Tras un breve instante, el pajarillo desapareció. Zoraida sintió que algo en ella acababa de cambiar. Cuando sus padres murieron, la pena la había embargado hasta dejarla casi inútil, pero Yago estaba a su lado y ella contaba con su fuerza y con su compañía. En aquellos aciagos días consiguió salir adelante con su ayuda y con la de la inolvidable Salma. Pero ahora Salma ya no estaba y Yago acababa de marcharse. Sin embargo, Zoraida se notó henchida de fuerza y determinación. Tenía dos importantes motivos por los que levantarse cada mañana para afrontar el día y no disponía de tiempo para la pena y la autocompasión. Si Yago no estaba, ella también sería Yago. Conocía a muchas mujeres que estaban al frente de su negocio y de la familia, tras haber fallecido su marido. Y a otras muchas con los suficientes redaños como para no achicarse ante nada ni ante nadie. Su propia madre le había demostrado el peso que tenía en el *tiraz*. Y cuando había ido a palacio, la sola presencia de la reina doña Berenguela trasmitía una seguridad y aplomo que muchos hombres querrían para sí mismos. No. No se amilanaría. Ella era Zarádat, de los Xama de Zaragoza. La maestra del *tiraz*. Madre de Isaac e Irene. Esposa de Yago. Ella era Zoraida.

La antigua mudéjar se levantó y se dirigió al jardín de la casa. Aún era temprano y el sol apenas había despuntado. Antes de que los niños se despertaran, Zoraida sacó agua del pozo y la puso a calentar. Para ella empezaba una nueva vida en la que debía ser y parecer la mujer segura y decidida que sus hijos necesitaban. «Tres años pasan rápido», había dicho Yago. Cuando él estuviera de vuelta, quizás los dos tendrían que recuperar sus inocentes miradas. Aunque cabía la posibilidad de que Yago no retornase jamás. Si eso ocurría, Zoraida guardaría sus recuerdos en lo más profundo de su corazón para enseñárselos solo a sus hijos, cuando ellos pudieran comprender cómo era su padre. Sea como fuere, quería afrontar esa nueva etapa con decisión.

Zoraida preparó todo en la cocina. Al despojarse de su saya se dio cuenta de que aún mantenía el olor de Yago. Desnuda ante sí misma en la intimidad de su hogar, tras inspirar profundamente sus propios ropajes, cogió el jabón de Alepo y se bañó.

Está

ANEXOS

ANEXO I

Láminas Monasterio de San Pedro de Cardeña

Iglesia

1 Iglesia
2 Sacristía
3 Armarium
4 Torre campanario
5 Atrio
6 Escalera de la tribuna
7 Tribuna
8 Puerta principal
9 Puerta de conversos
10 Puerta de hospedados
11 Puerta de monjes y novicios

Claustros y Pandas

12 Claustro de los Mártires
13 Fuente de los Mártires
14 Sala Capitular
15 Escalera de maitines
16 Pasaje de los claustros
17 Calefactorio
18 Sala de Profundis
19 Despensa
20 Cocina
21 Escalera de la bodega y lagar
22 Escalera de día
23 Púlpito
24 Refectorio de los monjes y novicios
25 Portillo del hospital
26 Refectorio del hospital
27 Zaguán de poniente
28 Portería
29 Locutorio de los monjes
30 Enfermería
31 Locutorio de los conversos
32 Botica
33 Almacén de la botica
34 Zaguán de levante
35 Puerta del cementerio
36 Casa del abad
37 Taller de alfarería
38 Almacén
39 Taller de carpintería
40 Herrería
41 Refectorio de conversos
42 Púlpito
43 Detritus
44 Tahona
45 Escalera de novicios
46 Cilla
47 Claustro de novicios

Patios y Piso superior

48 Patio de San Benito
49 Puerta de San Benito
50 Sala de los conversos
51 Dormitorio de los conversos
52 Letrinas de los conversos
53 Entrada al hospital
54 Escalera del hospital
55 Hospital
56 Letrinas del hospital
57 Puerta de san Lesmes
58 Patio de san Pedro
59 Puerta de san Pedro
60 Senda de los Apóstoles

Dependencias Externas

61 Cementerio
62 Cuadras
63 Establos
64 Porquerizas
65 Arreos y utillaje
66 Ocas
67 Gallinero
68 Viñas
69 Huertos
70 Tenada
71 Puerta de san Juan Bautista

Piso superior

72 Antigua biblioteca
73 Dormitorio de los monjes
74 Dormitorio de los novicios
75 Letrinas de novicios
76 Letrinas de monjes
77 Baños
78 Scriptorium
79 Pergaminarius
80 Biblioteca Sala de Meditatio
81 Biblioteca Sala de Carmina Laude
82 Biblioteca Sala de Verbum Dei
83 Biblioteca Sala de humanae cognitionis
84 Dormitorio de los conversos
85 Letrinas de los conversos
86 Hospital nave corrida
87 Letrinas del hospital

Monasterio de San Pedro de Cardeña | S.XIII
(Planta tejados)

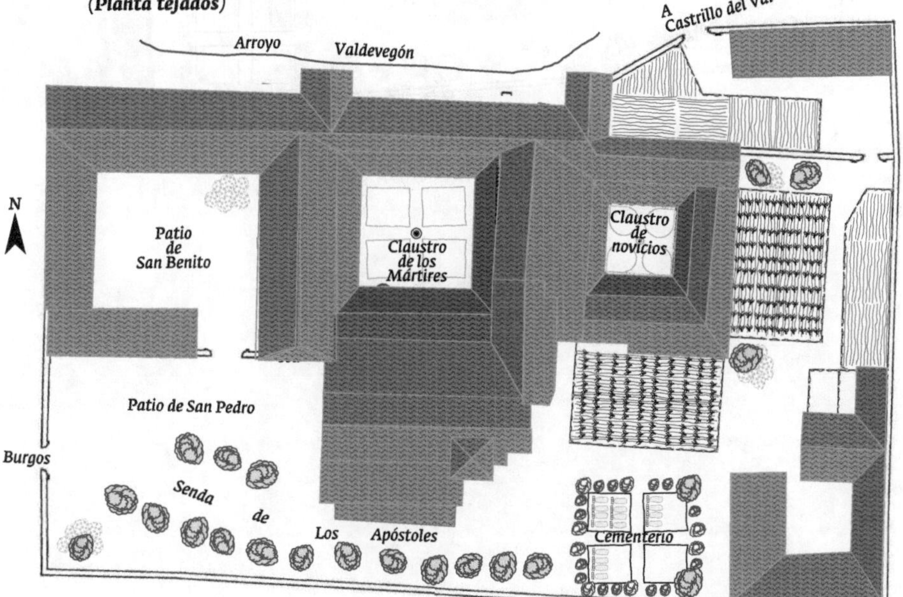

Monasterio de San Pedro de Cardeña | Siglo XIII
(Planta superior)

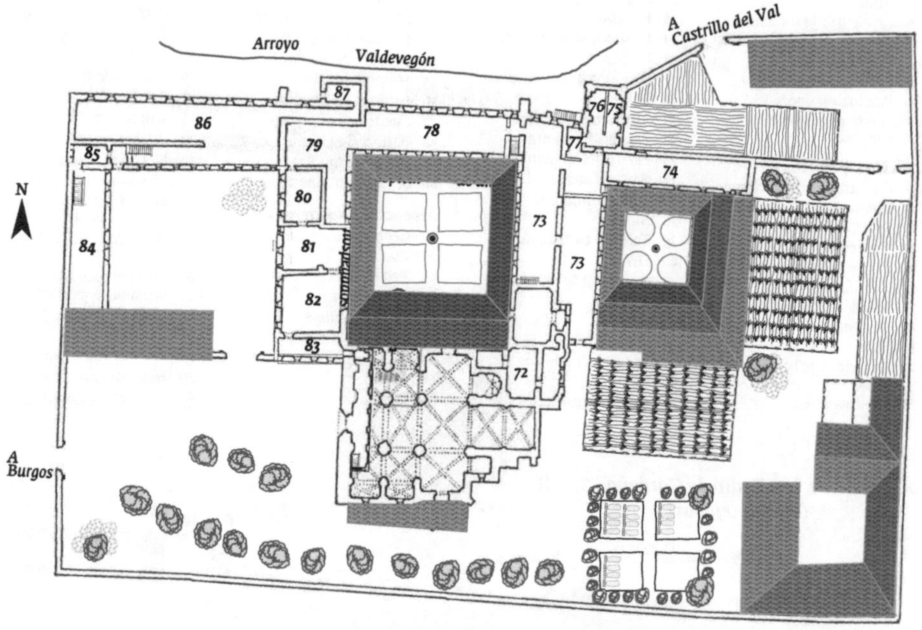

Monasterio de San Pedro de Cardeña | Siglo XIII
(Planta baja)

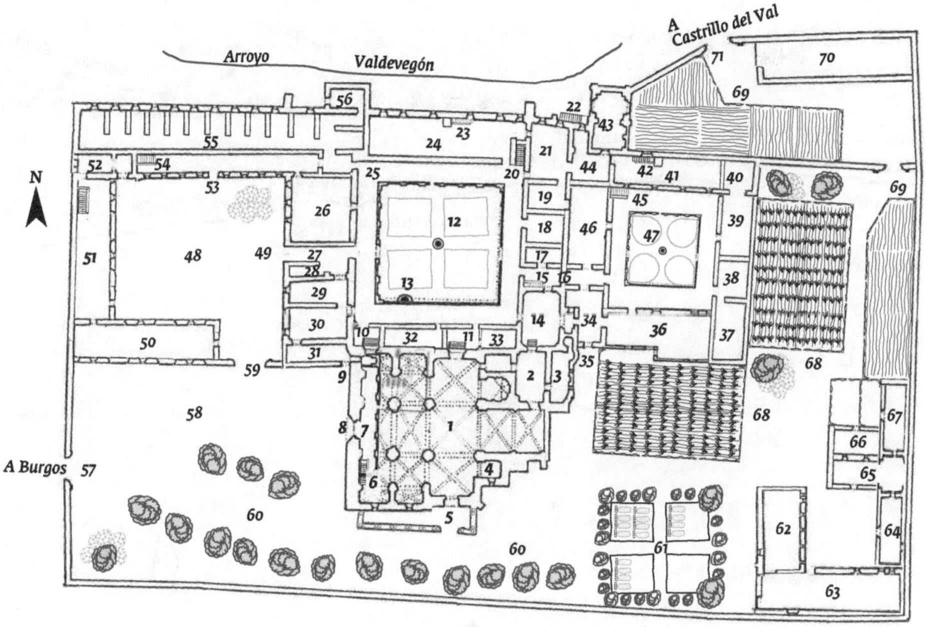

ANEXO II
Planos de Burgos

Burgos, siglos XII-XIII

Burgos, sus ríos, el Camino de Santiago y las aldeas de alrededor

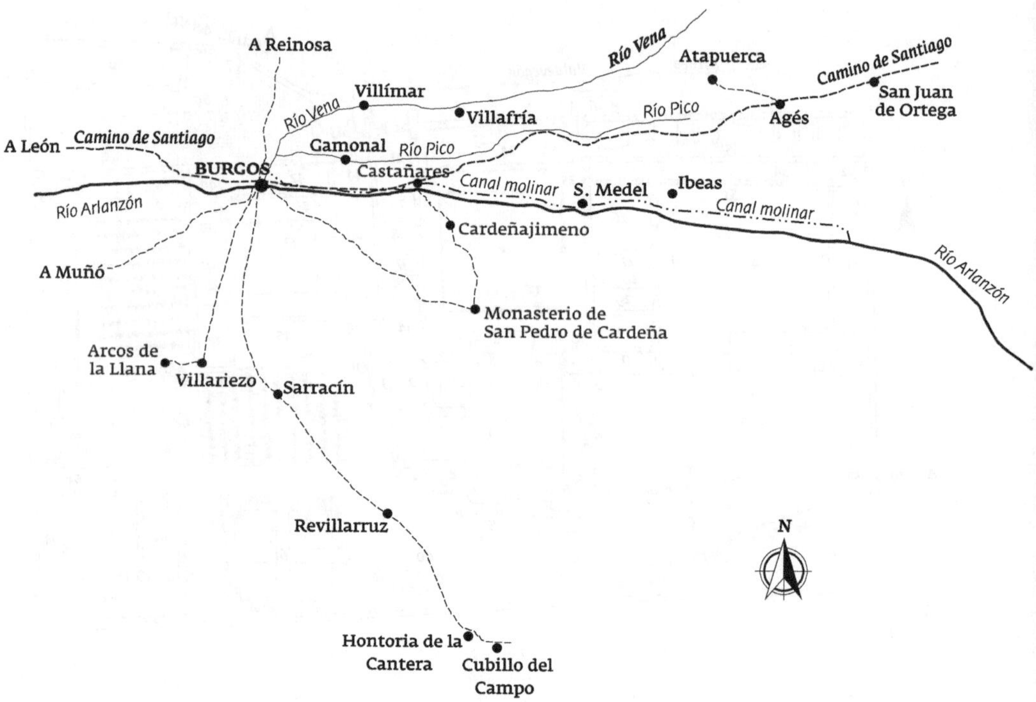

Burgos, siglos XII-XIII

Capítulo III • Recorrido de Marsilio y el maestro de obras por Burgos

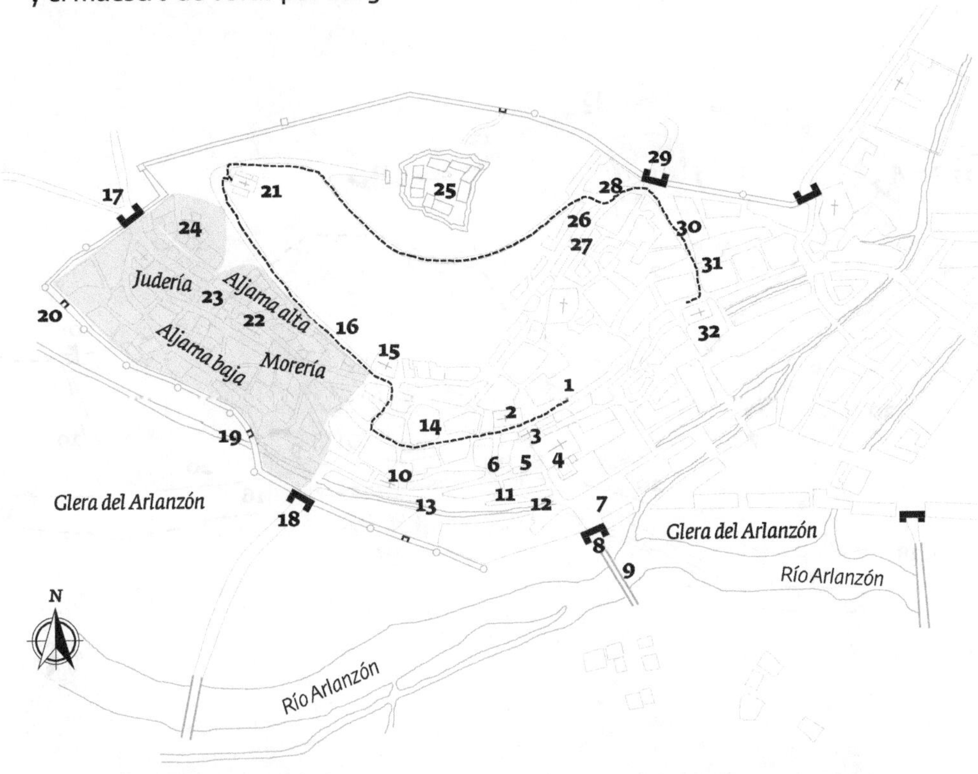

1 *Casa del maestro de obras*
2 *Iglesia de San Nicolás*
3 *Iglesia de Santiago de la Fuente*
4 *Catedral románica*
5 *Plaza de Santa María*
6 *Plaza del Azogue*
7 *Plaza del Sarmental*
8 *Puerta de Santa María*
9 *Puente de Yuso*
10 *Iglesia de Santa Gadea o Santa Águeda*
11 *Calle de los Humos*
12 *Calle de Caldavares*
13 *Calle de Yuso*
14 *Calle de Frenería*
15 *Iglesia de San Román*
16 *Calle de las Armas*
17 *Puerta de San Martín, Real o Juradera*
18 *Puerta de Santa Gadea o de Girón*
19 *Portillo de los Tintes*
20 *Puerta de la Judería*
21 *Ermita de Santa María de la Blanca*
22 *Calle de Vieja Rúa o Rúa Vieja*
23 *Iglesia de Roccaboía o Viejarrúa*
24 *Barrio del Quemadillo*
25 *Castillo*
26 *Calle de Lancería*
27 *Calle de Cabestrería*
28 *Calle de Soguería*
29 *Puerta de San Esteban*
30 *Costa Episcopi o Costanilla del Obispo*
31 *Calle de Hospital de los Ciegos*
32 *Convento de San Llorente*

Burgos, siglos XII-XIII

Castillo, murallas, puertas y ríos

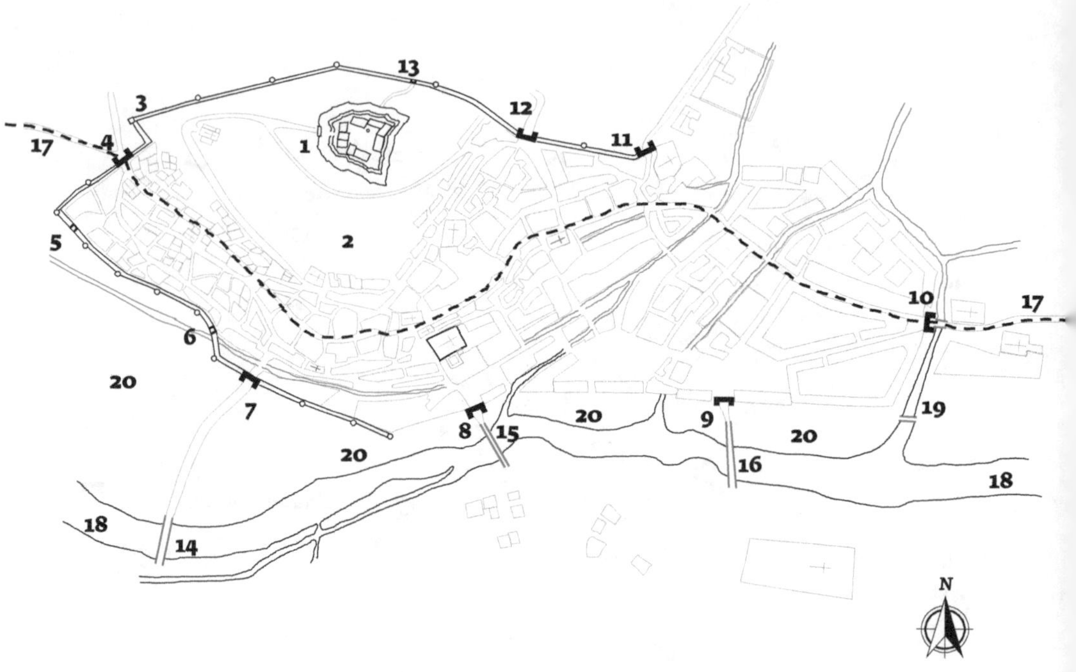

1 *Castillo*
2 *Ladera del cerro del castillo*
3 *Muralla*
4 *Puerta de S. Martín, Real o Juradera*
5 *Puerta de la Judería*
6 *Portillo de los Tintes o de Ferreros*
7 *Puerta de Santa Gadea o de Girón*
8 *Puerta de Santa María*
9 *Puerta de San Pablo o del Mercado*
10 *Puerta de San Juan*
11 *Puerta de San Gil*
12 *Puerta de San Esteban*
13 *Puerta de las Corazas*
14 *Puente de Girón*
15 *Puente de Yuso*
16 *Puente de Suso o de Predicadores*
17 *Camino de Santiago*
18 *Río Arlanzón*
19 *Río Vena*
20 *Glera*

Burgos, siglos XII-XIII

Iglesias y conventos

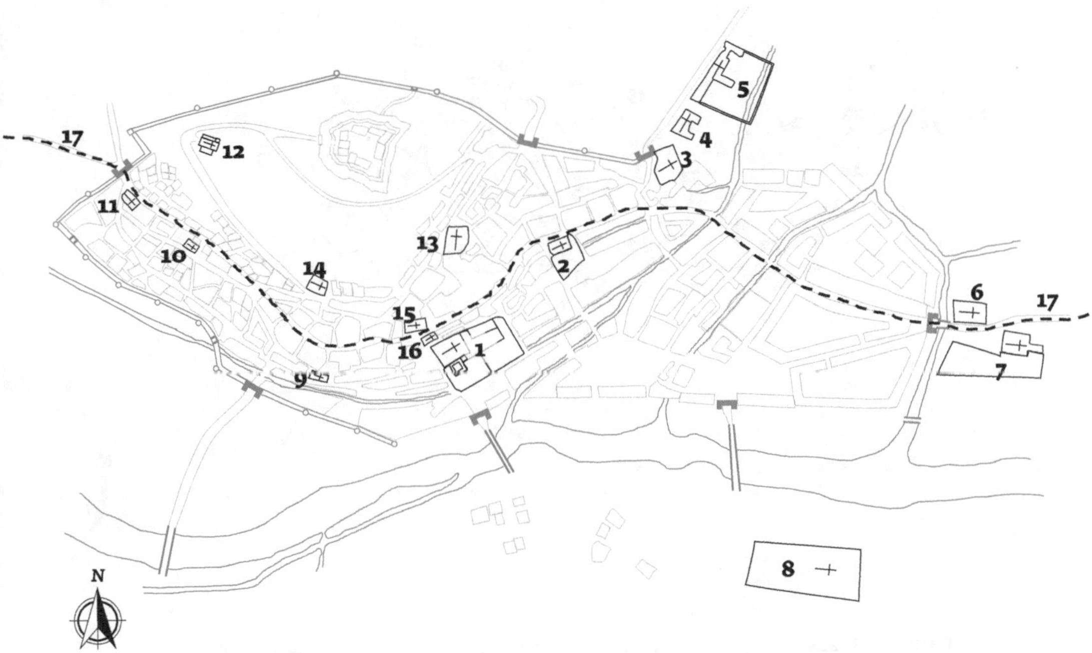

1 *Catedral y palacios real y episcopal*
2 *Convento de S. Llorente. Palacio episcopal*
3 *Iglesia de San Gil*
4 *Convento de la Trinidad*
5 *Convento de San Francisco*
6 *Parroquia de San Juan*
7 *Convento de San Juan*
8 *Convento de San Pablo*
6 *Parroquia de San Juan*
7 *Convento de San Juan*
8 *Convento de San Pablo*
9 *Iglesia de Santa Gadea o Sta. Águeda*
10 *Iglesia de Santa María de Roccaboia*
11 *Iglesia de San Martín*
12 *Ermita. Nuestra Señora de la Blanca*
13 *Iglesia de San Esteban*
14 *Iglesia de San Román*
15 *Iglesia de San Nicolás*
16 *Iglesia de Santiago*
17 *Camino de Santiago*

Burgos, siglos XII-XIII

Calles y esguevas

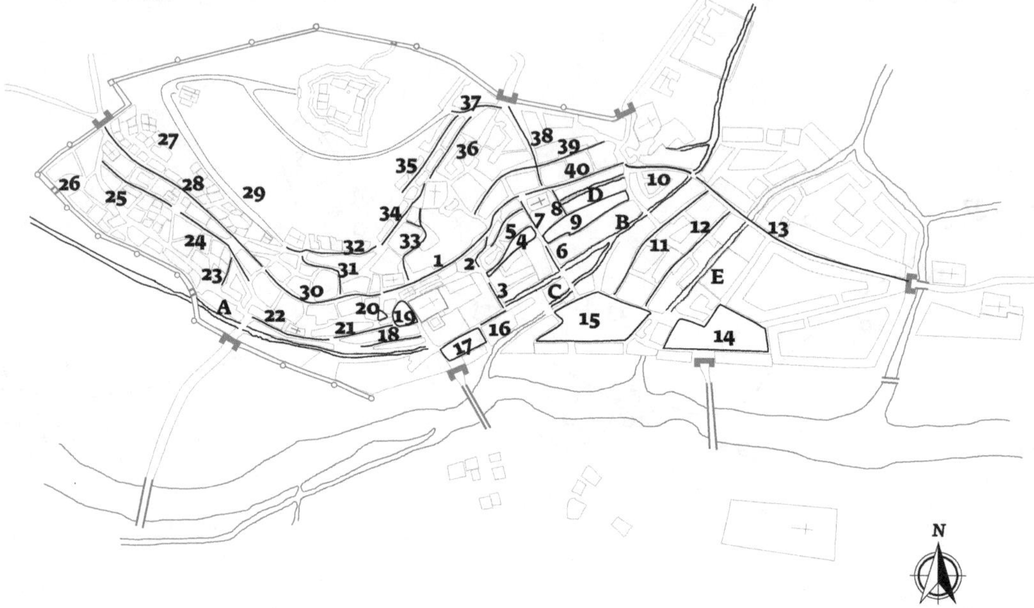

Calles y plazas

1 *Corronería*
2 *Bajada de la Cruz*
3 *Burguete*
4 *Plaza de la Llana*
5 *Cruz*
6 *Salinería*
7 *Patenería*
8 *Sin Puertas*
9 *Plaza del Huerto del Rey*
10 *Avellaneda*
11 *Cantarranas la Menor*
12 *Cantarranas la Mayor*
13 *Vía de los Peregrinos*
14 *Plaza del Mercado Mayor*
15 *Plaza del Mercado Menor*
16 *Cerrajería*
17 *Plaza del Sarmental*
18 *Caldavares*
19 *Plaza de Santa María*
20 *Plaza del Azogue*
21 *Los Humos*
22 *Yuso*
23 *Barguillas*
24 *Zapatería*
25 *Santiago*
26 *Corral de Judíos*
27 *Barrio del Quemadillo*
28 *Vieja Rúa*
29 *Las Armas*
30 *Tenebregosa*
31 *Ferrería*
32 *Pomería*
33 *Pozo Seco*
34 *Calderería*
35 *Lancería*
36 *Cabestrería*
37 *Soguería*
38 *Costa Episcopi o Costanilla del Obispo*
39 *Hospital de los Ciegos*
40 *San Llorente*

Esguevas

A *Merdancho*
B *Trascorrales*
C *Cantarranas*
D *Algebina*
D *De las Monedas*

Correspondencia aproximada de las calles, rúas y plazas citadas en el relato con el callejero actual de Burgos

RELATO	**ACTUALIDAD**
Calle de **Avellaneda**	Calle de **Avellanos**
Calle de **Barguillas**	*DESAPARECIDA*
Calle de **Burguete**	Calle de **Diego Porcelos**
Calle de **Cantarranas la Mayor**	Calle del **Almirante Bonifaz**
Calle de **Cantarranas la Menor**	Calle de **San Lorenzo**
Calle de **Cerrajería**	Calle de **la Paloma**
Calle de **Costanilla del Obispo**	*DESAPARECIDA* (subida a la derecha del colegio **La visitación de Nuestra Señora-Saldaña**)
Calle de **la Cruz**	*DESAPARECIDA*
Calle de **Cabestrería**	Calle **San Esteban**
Calle de **Caldavares**	*DESAPARECIDA* (entre la calle de los **Humos** y Calle de **Nuño Rasura)**
Calle de **Calderería**	Calle de **San Esteban**
Calle de **Corronería o Cornería**	Calle de **Fernán González**
Calle de **Frenería**	Calle de **Fernán González** (tramo que sube a la calle de Cabestreros) y calle de **Cabestreros** hasta la calle de **San Esteban**
Calle de **los Humos**	Calle de **Santa Águeda**
Calle de **Pomería**	Calle **San Esteban**
Calle de **San Gil** o **del Infierno**	Calle de **San Gil**
Calle de **San Juan**	Calle de **San Juan**
Calle de **San Llorente**	Calle de **Fernán González**
Calle de **Tenebregosa**	Calle de **Fernán González**
Calle de **Vieja Rúa**	Calle de **Fernán González**
Calle de **Yuso**	Calle de **Santa Águeda**
Calle del **Hospital de los Ciegos**	Calle del **Hospital de los Ciegos**
Calle de **Peñavera**	Calle del **Arco de San Esteban**
Calle del **Pozo Seco**	Calle del **Pozo Seco**
Calle de **Salinería**	Calle del **Cardenal Segura**
Calle **Sin Puertas**	Calle de **Fernando III el Santo**
Esgueva de **Cantarranas**	Calle de **Sombrerería**
Esgueva de **las Monedas**	Calle de **la Moneda**
Esgueva de **Trascorrales**	Calle de **la Paloma** y calle de **Laín Calvo**
Plaza de la **Llana**	Calle de **la Llana de Afuera**
Plaza del **Mercado Mayor**	Plaza de **Santo Domingo de Guzmán** y parte de la calle de **Santander**
Plaza del **Mercado Menor**	Plaza **Mayor**
Plaza del **Huerto del Rey**	Plaza del **Huerto del Rey**
Calle de las **Armas**	Carretera del **Castillo**

ANEXO III

Mapas de los reinos y ciudades citadas en el relato

Reinos peninsulares en el siglo XII

Reinos peninsulares en el siglo XIII

Algunas ciudades citadas en el relato

CRONOLOGÍA DE LA CONSTRUCCIÓN CATEDRALICIA DE 1221 A 1232, SEGÚN EL RELATO

1221

Solar:

Cimentación de gran parte de la mitad norte de la cabecera, excepto un pilar del presbiterio y los pilares torales del crucero. Cimentación de los muros de levante del brazo norte del transepto. Colocación de la primera piedra el día 20 de julio, día de Santa Margarita.

1222

Solar:

Elevación de pilares y muros del lado del evangelio en la cabecera. Desmontaje de parte del palacio para la cimentación del muro de levante del transepto sur. Trabajos de basamento y cimentación de la cabecera sur y de los muros de levante del transepto sur.

1224

Solar:

Elevación de pilares y muros en la cabecera. Cimentación del resto de los muros del transepto sur.

1227

Catedral románica:

Inicio del desmontaje del ábside central.

Catedral gótica:

Inicio del abovedado y del techado de la girola y de los absidiolos.

Construcción de los arcos de crucería de dos tramos del presbiterio de la parte del evangelio y de uno de la parte de la epístola. Elevación de una parte de los muros y pilares de levante del brazo sur del transepto.

1228
Catedral románica:
Desmontaje de los ábsides contiguos al central.
Catedral gótica:
Abovedado y techado de la girola, del tercer tramo del deambulatorio y del altar. Acabado del tercer tramo de la nave de la cabecera y construcción de las crucerías del segundo tramo. Elevación de muros y pilares de levante de ambos brazos del transepto y del muro de poniente del brazo sur.

1230
Catedral gótica:
Cimentación y levantamiento de los pilares torales de levante del crucero. Cimentación del muro norte del transepto norte. Cimentación e inicio de la fachada sur y muros laterales. Finalización de la cabecera y primera consagración (Concordancia Mauriciana).

1232
Catedral románica:
Desmontaje del transepto y de un tramo de la nave.
Catedral gótica:
Acabado de la capilla de San Nicolás. Cimentado y recrecido del muro de poniente del transepto norte, del muro sur y parte del de poniente del transepto sur y de los pilares torales oeste del crucero.

GLOSARIO

Ajimez: Cerramiento en forma de celosía que permite ver desde dentro de una estancia hacia el exterior y que impide la visión desde el exterior. Se utilizaba para cerrar las ventanas y vanos en los harenes.

Alarife: Maestro albañil y de obras.

Alcandora: Camisa.

Alhóndiga: Casa pública destinada para la compra y venta de trigo.

Aljuba: Jubón. Vestidura morisca usada también por los cristianos, consistente en un cuerpo ceñido en la cintura, abotonado, con mangas y con falda que solía llegar hasta las rodillas.

Aluche: Lucha leonesa.

Ataujía: Damasquinado. Técnica persa, llevada por los árabes en su expansión, que consiste en el adorno de piezas metálicas mediante la incrustación de filigranas de hilo de oro.

Bajorra: Fusta corta de camello.

Bedaui (beduino, badawi, bedu, badw): Morador del desierto.

Bifolios: Conjunto de dos pergaminos listos para su empleo por el escriba y cortados al tamaño preciso para la composición del libro. También se pueden emplear para la composición del libro terniones, quaterniones, quiniones o senoines, siendo pliegos de tres, cuatro, cinco y seis pergaminos, respectivamente.

Bordo: Lado o costado exterior de la nave.

Bordura: Cenefa u orla de ajuste que enmarca las figuras y composiciones en las vidrieras góticas. Sus motivos son vegetales o geométricos o simples franjas de vidrios pequeños.

Cadí: Juez, magistrado musulmán.

Calibre: Forma, tamaño y superficie de cada una de las piezas de vidrio que forma la vidriera.

Cartón: Dibujo a escala natural de la composición de la vidriera, realizado por el maestro vidriero, por el maestro de obras o por algún otro maestro o artista.

Codaste: Madero grueso puesto verticalmente sobre el extremo de la quilla inmediato a la popa, que sirve de fundamento a toda la armazón de esta parte del buque. Llamado también roda de popa, es el elemento estructural, de acero o de madera, en que termina el buque por la popa, siendo la continuación de la quilla, en el que terminan las planchas o tablones del forro exterior.

Desnaturalizado: Desterrado.

Egal: Aro hecho con cordón para ajustar el *kafiyyeh* a la cabeza.

Ensalada: Composición de una vidriera utilizando trozos de vidrios antiguos para cerrar un vano en el que se ha perdido la vidriera.

Eslora: Longitud que tiene la nave sobre la primera o principal cubierta desde el codaste a la roda por la parte de adentro.

Faldistorio: Asiento que en el medioevo utilizaban algunas dignidades eclesiásticas y civiles.

Falúa: Embarcación egipcia utilizada para navegar por el río Nilo.

Frany: Término con el que los mahometanos llamaban a todos los cruzados originarios del reino franco. Posteriormente se empleó el término para referirse a cualquier cristiano, con independencia de su origen.

Hajj (hach,hagg, hay, hall): Peregrinación que realizan los fieles musulmanes a la ciudad santa de La Meca, en Arabia Saudita.

Halal: Prácticas permitidas por la doctrina musulmana.

Haram: Prácticas prohibidas por la doctrina musulmana.

Hashshashin: Consumidor de hachís. Termino despectivo dado a los nizaríes seguidores de Hassan-i Sabbah, conocido como el Viejo de la Montaña o el Señor de las dagas. La secta de los nizaríes se hizo con la fortaleza de Alamut, el Nido de Águilas, en una zona escarpada de los montes Elburz, al norte de Irán. Desde allí conquistaron otros castillos formando un inexpugnable refugio. Los componentes de la secta se dedicaban al espionaje, la extorsión y el asesinato por encargo, trabajando para y contra cristianos, musulmanes y judíos. Del término *Hashshashin* proviene la palabra asesino.

Hiyab: Pañuelo usado por las mujeres musulmanas para cubrirse la cabeza.

Iglesia juramentera: Iglesia en la que, según el rito visigótico, el rey debía juramentar a requerimiento de alguno de sus próceres.

Jallab: Bebida refrescante típica de los países del Medio Oriente, hecha de melaza o jarabe de dátiles al que se agrega agua o agua de rosas. Se consume particularmente en Siria y Jordania.

Jambiya (janyar): Daga curva que se lleva al cinto.

Kafiyyeh (chafiye, cemedanî, dastmal yazdi, ghutrah, ḥaṭṭah, mashadah, shemagh y yashmagh): Tocado árabe o musulmán consistente en un pañuelo grande que se ciñe a la cabeza mediante sí mismo o con un egal.

Kanab: Antiguo nombre persa de la planta del cannabis.

Karkadé: Bebida egipcia hecha con hojas de hibisco y azúcar.

Kibr: Manto o chaqueta larga confeccionado con seda o algodón. La chaqueta queda abierta en el frente y se ciñe con un cinturón de cuero.

Kohl: Cosmético para ennegrecerse los párpados y pestañas.

Laban: Bebida fría a base de suero de leche. Se bebe sola o aderezada con pasta de dátiles, agua de rosas, agua de azahar o especias como el azafrán y el cardamomo.

Labrar: Realizar una vidriera.

Lanceta: Ventana muy alta y estrecha rematada con un arco agudo y afilado, que se asemeja a la punta de una lanza. En ocasiones forman un ventanal por sí mismas y otras veces el ventanal se divide en varias lancetas.

Legua (legua castellana): Unidad de longitud utilizada para medir distancias largas. Viene a ser el camino que se podía recorrer en una hora, lo que servía para medir el tiempo necesario para los desplazamientos. Equivale a 5.572,70 metros (6.666 y 2/3 varas), 20 mil pies o una hora de marcha a pie y que coincide con 4 millas (milla: 1.393,175 m); habría que decir millas que se recorren en una hora, la que aquí se refleja es la definida para su uso en el reino de España en 1801. Anteriormente en 1769 se había decretado que fuera de 8.000 varas, y existen muchas otras.

Madrasa: Colegio de derecho islámico fundado por Saladino para promover la ortodoxia sunní frente a la heterodoxia chií.

Maghreb: Lugar por donde se pone el sol. Poniente. Geográfica y políticamente abarca a todos los países de cultura y religión musulmana que se encuentran al oeste de Libia, incluyendo este país. Libia, Túnez, Argelia, Marruecos, Mauritania y los territorios en disputa del Sáhara Occidental.

Manchador: Persona que da aire al órgano con un fuelle.

Manga: Anchura mayor de un buque.

Mashrabiya: Balconada colgante cuya ventana se cierra con una ajimez o celosía.

Mashreq: Lugar por donde sale el sol. Levante. Geográfica y políticamente abarca a todos los países de cultura y religión musulmana que se encuentran al este de Libia, excepto Israel y los países del Índico. Egipto, Sudán, Palestina, Jordania, Líbano, Siria, Arabia Saudí, Yemen, Irak, Catar, Baréin, Omán, Kuwait y los Emiratos Árabes Unidos.

Muhtasib: Funcionario especial de los mercados árabes que supervisaba los pesos y medidas, así como las calidades y precios de los productos y la evolución de los negocios.

Nasraní: Nazareno, cristiano.

Planto: Elegía funeral medieval en que el poeta lamenta el fallecimiento de un ser querido. Si es de carácter popular y surgido de la lírica tradicional se denomina endecha; si el autor es de carácter culto, se llama planto. Los poetas bizantinos lo llamaban monodia.

Qamardeen: Bebida árabe elaborada con pasta de albaricoques secos.

Qansel (al): Cónsul del mar.

Rais al-tuyyar: Representante de los comerciantes del tráfico de largas distancias. Era un importante cargo ya que, a través de él, los gobernantes podían reunir grandes cantidades de dinero en poco tiempo.

Rasguño: Dibujo abocetado y esquemático a escala reducida que se realiza previo al cartón.

Rihla: Palabra árabe que significa viaje, partida, emigración, periplo, itinerario, relato de viaje, siendo esta última acepción la que dio origen, en el siglo XII, a un género de literatura árabe cuyo valor reside en la aportación histórica y costumbrista, más que en lo literario, siendo todos sus autores andalusíes o magrebíes.

Roda: Pieza gruesa y curva, de madera o hierro, que forma la proa de la nave.

Sayyid: Señor.

Sayyidi: Mi señor.

Shurta: Unidad policial que vigilaba el mercado. En los comienzos del califato se constituyó como una unidad de élite con cometidos de seguridad interna.

Sidi: mi señor, contracción de sayyidi. Término proveniente del árabe magrebí.

Simún: viento abrasador que suele soplar en los desiertos de África y de Arabia. Temporal fuerte, cálido y seco de viento y arena que sopla en el Sahara, Palestina, Jordania, Siria y los desiertos de Arabia. Su temperatura puede sobrepasar los 54 °C, con una humedad por debajo del 10%.

Substrucción: Basamento, sobre todo para obtener una superficie en terreno accidentado.

Taub (thaub, thawb, kandurah o suriyah): Prenda similar a una túnica, por lo general con mangas largas, y que llega hasta los tobillos. En el idioma suajili se llama *kanzu*. Se viste en países árabes del Golfo Pérsico, Arabia Saudí y Oriente Próximo, así como en el este de África.

Tetería (palabra incorrecta, licencia del autor): Lugar donde se toma té.

Tingle: Pieza que usan los vidrieros para abrir las tiras de plomo y ajustarlas al vidrio.

Trujamán: Traductor.

Wikala: Consulado, fondac.

Zawariq: Tipo de embarcación de pescadores del mar Rojo.

DOCUMENTACIÓN CONSULTADA

Sobre la catedral de Burgos: •*La catedral de Burgos*. Teófilo López Mata. 1950 •*La catedral de Burgos y la arquitectura del siglo XIII en Francia y España*. Henrik Karge. 1995 •*La catedral de Burgos*. Juan A. Oñate. Valencia 1987 •*Guía inédita de la catedral de Burgos*. Juan José Calzada. Burgos 1997 •*Civitas Dei. La catedral soñada*. Juan Ruiz Carcedo. •*La catedral de Burgos. Ocho siglos de historia y arte*. René-Jesús Payo •*Las vidrieras de la catedral de Burgos*. María Pilar Alonso Abad. 2016 •*Historia de la catedral de Burgos*. Pedro Orcajo. 1997 •*Historia del templo catedral de Burgos*. Manuel Martínez Sanz. 1997 •*Signos lapidarios de los canteros en la catedral de Burgos*. Néstor Pavón. 1998 •*La vidriera española: ocho siglos de luz*. Víctor Nieto Alcaide •*Catedrales. Las biografías desconocidas de los grandes templos de España. Miguel Sobrino*. Madrid 2009.

Sobre España: •*Historia de España*. Julio Valdeón, Joseph Pérez y Santos Juliá. 2006 •*Atlas de Historia de España*. Fernando García de Cortázar. 2005 •*Fernando III el Santo. El rey que marcó el destino de España*. Manuel González Jiménez. 2006 •*Reyes de Castilla y León. Fernando III 1217-1252*. Gonzalo Martínez Díez. 1993 •*Las conquistas de Fernando III en Andalucía*. Julio González. 1946 •*La nobleza castellana en la plena Edad Media. El linaje de Lara (ss XI-XIII)*. Tesis doctoral. Antonio Sánchez de Mora. Sevilla, 2005 •*La monarquía como conflicto en la corona de castellano-leonesa (1230-1504)*. José Manuel Nieto Soria •*Génesis y evolución del derecho de frontera en Castilla (1076-1212)*. Tesis doctoral. Gonzalo Oliva Manso. 2015 •*Una ciudad de la España cristiana hace mil años*. Claudio Sánchez Albornos. 2014 •*La Corona de Castilla en la Edad Media*. Enrique Rodríguez-Piacvea Matilla •*El enemigo en el espejo. Cristianos y musulmanes en la España medieval*. Ron Barkai. 2007 •*El mito del paraíso andalusí*. Daría Fernández-Morera. 2018 •*España frente al islam. De Mahoma a Ben Laden*. César Vidal. 2005

Sobre Burgos: •*Efemérides burgalesas*. Juan Albarellos. 1963 •*Burgos en la Edad Media*. Julio Valdeón. 1984 •*Burgos, la ciudad marginal de Castilla*. Nazario González. 2010 •*Burgos, su memoria callejera*. Carlos Conde Díaz. 1995 •*El monasterio de San Pedro de Cardeña. Historia de un dominio monástico castellano. (902-1338)*. Salustiano Moreta Velayos. 1997.

Sobre el Medioevo: •*Gente de la Edad Media*. Robert Fossier. 2007 •*La vida cotidiana en la Edad Media. El paso de la aldea a la ciudad*. Rubén Andrés Martín. 2020 •*Mujeres silenciadas en la Edad Media*. Sandra Ferrer. 2016 •*Misterios, secretos y enigmas de la Edad Media*. José Luis Corral •*El Mediterráneo medieval*. José Hinojos Montalvo. 1998 •*Auge y caída de los templarios*. Alain Demurger. 1986

Sobre religiones, su doctrina y su cultura: •*Los judíos*. Jesús Mosterín. 2006 •*Los cristianos*. Jesús Mosterín. 2010 •*El islam*. Jesús Mosterín. 2012 •*Historia de los judíos*. Paul Johnson. 2017 •*Historia del cristianismo*. Paul Johnson. 2017 •*Historia de los árabes*. Albert Houami. 2017 •*Los judíos en la Edad Media española*. Isabel Montes Romero Camacho. 2001 •*Sinagogas españolas*. Francisco Cantera Burgos. 1984 •*Diálogo entre un filósofo, un judío y un cristiano*. Pedro Abelardo[1] •*Conócete a ti mismo*. Pedro Abelardo •*Las naciones del Profeta. Manual de geografía política musulmana*. Xavier de Planhol •*Minorías en el islam*. Xavier de Planhol •*El Corán*. www.islamreligion.com •*La sharía. Orígenes, desarrollo y usos contemporáneos*. Baudouin Dupret.

Sobre viajes medievales y viajes por el desierto: •*Los viajeros medievales*. María Serena Mazzi •*A través de Oriente (Rihla)*. Ibn Yubayr[2] •*Las damas de Oriente. Grandes viajeras por los países árabes*. Cristina Morato. 2015 •*Arabia deserta*. Charles M. Doughty •*Burgos, legua cero del viaje de Magallanes-Elcano. Una historia de reyes, mercaderes y océanos. Cristóbal de Haro, mercader burgalés.*

Sobre arte y arquitectura medieval y catedralicia: •*Cómo construir una catedral. Construyendo la historia de una obra maestra medieval*. Malcolm Hislop. 2013 •*El enigma de las catedrales. Mitos y misterios de la arquitectura gótica*. José Luis Corral. 2012 •*Diccionario visual de términos arquitectónicos*. Lorenzo de la Plaza Escudero. 2019 •*Diccionario visual de términos de Arte*. Lorenzo de la Plaza Escudero. 2019.

Esta es gran parte de la bibliografía consultada para la elaboración de esta novela. Se añaden a la misma cientos de páginas web de contrastada veracidad y confianza, que considero ímprobo e irrelevante reflejar.

---

1 Filósofo, teólogo, poeta y monje francés 1079-1142.

2 Hispano-árabe nacido en Valencia en 1145, secretario de una cancillería almohade en Granada. Viajo a la Meca en 1183, regresando en 1185. Regresaría de nuevo a tierras de oriente afincándose en Alejandría, donde murió en 1217

Nos sumus

sicut nanus

positus

super humerus

gigantis[1]

---

1 *Somos como enanos colocados a hombros de gigantes.* Frase atribuida al teólogo y filósofo Juan de Salisbury (1115-1180) en su obra *Metalogicon* (1159).

ATTICUS